LA SAIGNÉE

Cédric Sire, lauréat du prix Méditerranée Polar et du prestigieux prix Polar du Festival de Cognac, fait partie du cercle fermé des maîtres du thriller et se révèle l'une des nouvelles voix du polar français. Ses romans aux frontières du suspense et du frisson sont traduits en plusieurs langues et remportent un grand succès critique et public, comme en témoigne le formidable accueil réservé à son précédent thriller, *Vindicta* (2019). Avec *La Saignée*, il confirme son style addictif, violent et redoutablement efficace, plébiscité par les lecteurs.

Paru au Livre de Poche :

Du feu de l'Enfer

CÉDRIC SIRE

La Saignée

FAYARD

ISBN : 978-2-253-94014-2 – 1re publication LGF

La vie, c'est avancer d'un pas hésitant,
sans cesse torturé par une idée obsédante.

Douglas Kennedy,
L'homme qui voulait vivre sa vie[1]

1. Traduit de l'anglais (États-Unis) par Bernard Cohen, Belfond, 1998.

Prologue

Est-ce que tu aimes ?

Les lettres sont affichées en noir dans un rectangle rouge vif, en plein milieu de l'écran. L'homme y est habitué. Au début, le message sibyllin ne surgissait que de temps à autre, émettant un carillon démodé, le plus souvent quand l'homme était connecté à TOR, le navigateur qu'il utilise pour surfer anonymement sur le Web. Un simple *pop-up*, qu'il suffit de refermer pour continuer à naviguer.

Au fil des jours, cependant, ce message est apparu de plus en plus souvent. Un *Ding !*, et il est là. Toujours le même rectangle rouge. Étrangement prometteur. Accompagné, maintenant, de ce qui ressemble à une voix d'enfant, déformée, qui répète la question avec une insistance grandissante dans les enceintes de l'ordinateur, tandis que les fenêtres intempestives se superposent :

Est-ce que tu aimes ?
Est-ce que tu aimes ?
Est-ce que tu aimes ?

Une obstination proportionnelle à l'envie qui le dévore. L'homme maigre, voûté devant son ordinateur, laisse échapper un rire nerveux. La cocaïne. La kétamine. Le mélange explosif des deux substances aux effets opposés bouillonne dans ses veines. L'individu a consommé ces stupéfiants en abondance toute la journée. Incapable de faire autre chose. Incapable de *penser* à autre chose. D'un glissement de doigt sur le pavé, il déplace le curseur de la souris sur la croix en haut à droite du rectangle rouge pour le faire disparaître. Puis le suivant, et le suivant encore. Il referme chacune des petites fenêtres jusqu'à retrouver son écran libre.

Est-ce qu'il aime ? Bien sûr qu'il aime.

Il replace le curseur dans la barre d'adresse de TOR. Avec grand soin, il tape la longue suite de lettres et de chiffres se terminant par « .onion ». Cette succession illisible de caractères alphanumériques change régulièrement. Depuis trois jours, l'homme n'a cessé de consulter sa boîte aux lettres sécurisée pour ne pas manquer la moindre de ces variations.

Car ce site particulier est mouvant.

Comme une anguille, l'avait prévenu son contact. *Ou comme le désir*.

L'expérience interdite. Cachée juste là. Au bout d'une simple pression sur la surface tactile qui bourdonne sous sa peau.

Un autre carillon retentit, le faisant frissonner au plus profond de sa colonne vertébrale. C'est encore un son du passé, surgi d'un système d'exploitation obsolète. Aucun *pop-up* cette fois. L'homme ne quitte pas l'écran des yeux tandis qu'une image s'affiche. La netteté se fait avec une lenteur insupportable, comme si la technologie avait reculé de plusieurs décennies, mais elle arrive, elle se charge, l'image se précise. Un mur carrelé. La couleur rouge et vive du sang frais. L'homme tousse dans son poing. Les montées et descentes successives causées par les drogues lui donnent l'impression que ce carrelage respire, doucement, imperceptiblement.

Il se rapproche de l'écran. Sans parvenir à déterminer si ce sont ses sens qui lui jouent des tours, ou si cette photo est bien animée. Puis le texte qu'il connaît par cœur s'affiche lettre après lettre, palpitant lui aussi.

LA SAIGNÉE
LA SEULE VÉRITABLE PIÈCE ROUGE
POUR CONNAISSEURS AVERTIS

**Prenez part à cette expérience
qui ne se présente qu'une fois dans une vie**

Un partage de plaisirs non éthiques, avait expliqué son correspondant anonyme rencontré sur les forums du Dark Web, dans les méandres de la toile la plus sale, là où l'homme a si longtemps cherché l'accès à cet endroit. *C'est une expérience strictement réservée à ceux et celles qui savent ce qu'ils cherchent.*

Oh, il sait très bien. Il n'en peut plus d'attendre.

Le compte à rebours défile, blanc hypnotisant dans un rectangle noir.

Il y est presque.

— *Allez,* murmure l'homme d'un timbre guttural, tandis que les secondes passent en dessous du 10, comme pour les encourager. *Allez, allez, allez*...

D'un revers de main, il essuie la sueur qui dégouline sur ses paupières au moment où le décompte s'achève.

Il a éteint toutes les lumières de l'appartement. La lueur de l'écran fait ressortir ses traits ravinés, ses pupilles dilatées, les gouttelettes de sueur acide qui roulent sur son menton.

Un nouveau rectangle noir s'affiche.

ENTRER

OU

QUITTER

L'homme clique sur ENTRER. De nouveaux menus surgissent. Il navigue de l'un à l'autre. Quand il sélectionne « MEMBRE VÉRIFIÉ », une nouvelle fenêtre exige son identifiant et son mot de passe.

Il inscrit, de plus en plus agité, la nouvelle suite de lettres, de chiffres, de caractères spéciaux. Il ne les voit pas à l'écran, où apparaissent seulement des étoiles, et il sait qu'il n'a pas droit à l'erreur, ni même à la moindre hésitation. Plus à ce stade. Chaque pression sur le clavier est accompagnée par une note de carillon. Une berceuse désaccordée. *Ding, ding, ding, ding.* Il lui faut garder le rythme, régulier, précis, en dépit de ses tremblements.

Il sent son cœur redoubler sa cadence quand son index effleure la touche *Entrée.*

BIENVENUE

GRAND SAIGNEUR

Un sourire extatique se dessine sur son visage.

Enfin.

Il a dépensé une fortune en bitcoins pour avoir droit à ce privilège. Mais il ne pouvait pas faire autrement. Il serait le Grand Saigneur ou rien.

L'écran noir s'estompe pour céder place au rouge obsédant des murs.

Désormais, une jeune femme est apparue au centre de la pièce, attachée sur un fauteuil médical. Tout indique qu'elle a été droguée : ses yeux mi-clos, le filet de bave sur son menton. Elle dodeline de la tête au ralenti, de droite à gauche, et respire au rythme rapide de la terreur, qui fait se soulever sa poitrine. Malgré la mauvaise définition du *stream*, l'homme peut la voir forcer sur les sangles qui l'entravent. Il distingue ses larmes, et même ses tétons sous le tissu de la chemise mouillée de sueur. Il sent une érection qui gonfle dans son pantalon. Irrépressible, à l'idée de ce qui va suivre.

La victime n'est pas seule, évidemment.

L'indispensable bourreau est présent. Sa silhouette est fine, gainée de noir. Pas du tout ce que l'homme imaginait. *Encore mieux que tout ce qu'il imaginait.* Le masque est en cuir, ne laissant libres que les yeux, le menton et la bouche du bourreau. Ses mains sont gantées de plastique noir, épais, pratique. Prêtes à saisir la variété d'outils de torture installés sur le présentoir, juste derrière.

Sur le côté droit de l'écran, un rectangle semi-transparent affiche le *chat*, la zone de discussion où il peut lire les pseudonymes des participants. Six en tout. Quatre ont le statut « Voyeur » accolé à leur alias. Le cinquième arbore celui de « Saigneur ». Quant à lui, il est le seul à prétendre au titre de « Grand Saigneur ».

Six voyageurs des zones les plus sulfureuses du Web Profond. Bien à l'abri chez eux, tout-puissants derrière leur anonymat. Leurs doigts humides sur leurs claviers. Leurs fantasmes en ébullition.

Les messages défilent. Les Voyeurs encouragent. Suggèrent. S'impatientent. C'est tout ce qu'ils sont autorisés à faire. Seuls les deux Saigneurs ont le droit de donner des ordres au bourreau. L'autre ouvre d'ailleurs le bal sans perdre de temps :

[SAIGNEUR] N@cHt88: Commence par la frapper un peu.

Les autres participants enchaînent :

[VOYEUR] K-l@$H: Fort !

[VOYEUR] @sM0d3e666: Où ?

[SAIGNEUR] N@cHt88: La tempe d'abord.
Bien fort.
Puis le nez.

Le bourreau hoche la tête. Un coup de poing fait basculer le cou de la femme sur le côté. Un deuxième lui renverse la tête en arrière. La victime tressaute, s'étouffe, se débat en vain. Ses cris horrifiés saturent les enceintes. Les lignes de commentaires défilent dans la boîte de dialogue, à mesure que les internautes s'excitent, et le font savoir. Ils en redemandent. Ils proposent, supplient. *N@cHt88* continue sur sa lancée, décidant des gestes du bourreau, qui se plie à chaque instruction sans un mot, mais avec une redoutable célérité. Les coups. Les gifles. Des cheveux sont arrachés par poignées. Un doigt est retourné et brisé net, à 90 degrés. Le bourreau ne s'essouffle pas. L'œil droit de la victime, battu à plusieurs reprises par les poings gantés, a presque doublé de volume, et laisse échapper un filet écarlate. Les hurlements se sont mués en sanglots et en toux rauque.

[SAIGNEUR] N@cHt88: Stop.
Découpe-lui
ses vêtements
maintenant. Qu'elle
soit entièrement
à poil.

Le bourreau écarte les mains. Une demande de précisions.

[SAIGNEUR] N@cHt88: Avec le rasoir, là. Celui qu'on voit posé juste derrière.

Cette fois, le bourreau hoche la tête. Il s'exécute, toujours sans la moindre parole. Le rasoir de barbier arrache la chemise de la fille, cisaillant sa peau au passage.

[SAIGNEUR] N@cHt88: Le bas aussi !

Devant son ordinateur, l'homme maigre a saisi son pénis d'une main fébrile. Dix minutes se sont écoulées déjà, il ne veut pas que ce moment s'arrête.

Il regarde le sang couler. Il lit les commentaires du *chat*, où les autres participants commencent à s'adresser à lui, lui demandant pourquoi il ne se manifeste pas.

L'homme lâche son sexe pour taper son premier ordre.

[GRAND SAIGNEUR] L0rDoFw@R: Prends le couteau de chasse. Le Ka-Bar, là.

Le bourreau suit les instructions et tourne vers la caméra la longue lame noire. Son masque est inexpressif, mais sa langue passe et repasse sur ses lèvres luisantes. L'écran est parcouru de coupures, les pixels clignotant ici et là en raison de la lenteur de la transmission. Curieusement, cela ne fait que rajouter à l'intensité de ce qui se passe sous ses yeux écarquillés. Son sexe pulse de lui-même.

[VOYEUR] @sM0d3e666: Qu'est-ce que tu vas faire ?

[VOYEUR] K-l@$H: On peut lui crever l'autre œil ?

[VOYEUR] R3Ap3R: Ou lui enfoncer la lame dans la chatte !

À présent, tous attendent son ordre, y compris le Saigneur *N@cHt88*.

L'homme derrière son ordinateur prend une grande inspiration et écrit :

[GRAND SAIGNEUR] L0rDoFw@R: Enlève-lui un sein avec le couteau. Montre bien comment tu fais. Et ensuite, fais-le-lui manger.

Le bourreau regarde la caméra et lève un pouce. Les participants tapent des hourras.

La fille sur la chaise se met à secouer la tête et à hurler de toutes ses forces alors que l'exécuteur approche la lame de sa poitrine dénudée.

I

LA FEMME EN FEU

1

Quatre ans auparavant

La première fois qu'elle avait poussé la porte de la psy, Estel se demandait ce qu'elle allait bien lui dire, *comment* elle allait le lui dire. Elle était encore policière – à moins que l'administration n'ait déjà décidé de son renvoi pour mieux se laver les mains de la situation. Pour la jeune femme, les vrais ennuis commençaient. Il allait y avoir l'enquête interne. Le rejet de tous. L'inévitable sanction. Le casier judiciaire, probablement, qui l'écarterait de tout emploi dans la fonction publique. Par-dessus tout, elle priait pour ne pas passer par la case prison. Elle ne savait que trop bien comment on traitait les flics de l'autre côté des barreaux. Pourtant, c'était sorti tout de suite, sans qu'elle y réfléchisse, du ton automatique, détaché, avec lequel elle s'exprimait la plupart du temps.

— Je m'appelle Estel Rochand. Je dois vous voir parce que j'ai tué quelqu'un…

La psy l'avait regardée en souriant. Aucun jugement. Nulle appréhension. Juste un hochement de tête bienveillant.

— Prenez place. Ne vous inquiétez pas. Je suis là. J'espère vous faire prendre conscience que ces séances ne sont pas un devoir. Bien au contraire, elles doivent être un soutien pour vous apprendre à y voir plus clair dans vos émotions.

Estel s'était abstenue de tout commentaire. Elle s'était assise dans le fauteuil design, couleur jaune d'œuf et d'une laideur confondante, mais qui, curieusement, se révéla des plus confortables. La jeune femme restait sans expression. Elle avait comme une lame de métal, au fond d'elle, qui la faisait se tenir droite. Même quand elle pensait aux coups qu'elle donnait, qu'elle avait donnés, toute sa vie. Aux chocs de ses poings sur la chair des autres, et au plaisir qu'elle en avait toujours retiré. Au *besoin* qu'elle en avait développé, au gré du temps et des combats, du ring à l'octogone, et dans les endroits plus sombres encore. De cela, elle ne dirait rien. Jamais. Elle n'était là que pour parler de ce qui s'était passé avec Inès Alami. Et uniquement parce que sa hiérarchie le lui avait imposé. Parce qu'elle était lâchée entre les crocs de la justice et du lynchage public, et que tout le monde se lavait les mains de ce qui pouvait bien lui arriver à présent.

— Je n'ai pas l'habitude des psys, commença-t-elle. Je n'aime pas trop parler, en fait.

— C'est très bien. Vous me direz ce que vous souhaitez, rien d'autre. Je suis là pour vous écouter. Et pour vous aider. Vous pouvez être en parfaite confiance ici.

La voix de la psy était calme, chaude. Estel la trouvait belle, bien en chair, avec d'épais cheveux noirs attachés en arrière. Cette femme ne devait guère avoir plus d'une trentaine d'années. Elle portait des lunettes rondes, à épaisse monture, qui semblaient deux fois trop grandes pour son visage. Sur ses bras à la blancheur de lait, Estel remarqua aussi la présence de tatouages en doux filigranes bleutés. Elle pensa à son propre tatouage, un défi de jeunesse qui à l'inverse de ces œuvres-là n'avait rien de subtil, puis elle ne pensa plus à rien. Elle n'était pas là pour ça. Elle était là pour essayer d'ôter le nœud inexorable dans son estomac. Pour effacer, d'une manière ou d'une autre, les souvenirs de la fusillade dans ce couloir d'HLM…

— Quel âge avez-vous, Estel ? lui demanda la psy.

— J'ai vingt-deux ans, madame.

— Vous pouvez m'appeler Apolline. Maintenant, racontez-moi, s'il vous plaît. Que s'est-il passé ?

Ce qui s'est passé. Les événements s'étaient déroulés une semaine auparavant, mais n'avaient plus quitté ses pensées depuis. Les détonations de part et d'autre. Le bois de la porte qui éclatait, perforé par les balles fusant à l'aveugle. Sa collègue appuyée contre le mur à ses côtés. Le filet de sang qui dessinait un lent point d'interrogation entre elles.

— Je suis policière…

Elle s'interrompit. Non. Ça, c'était un automatisme. Elle devait au moins être franche avec elle-même, pour commencer.

— Je suis gardienne de la paix stagiaire. J'ai eu mon affectation seulement en janvier dernier, dans le 93. Enfin, bref, il y a un peu plus d'une semaine, avec ma collègue Madalena, nous avons été envoyées sur un différend familial. L'individu était bien connu de nos services, mais vous savez comment fonctionne le système. Tant qu'il n'y a pas de mort…

Estel déglutit. Plissa les yeux. Les images de son amie Madalena Ribeiro se vidant de son sang ressurgissaient derrière ses rétines. Plus violentes encore qu'elles l'avaient été sur le moment. La colère aussi. Elle l'emplissait comme un océan brûlant. Le visage d'Estel demeurait impassible. Elle renifla. Elle gratta son crâne sous ses cheveux frisés coupés très court.

— Prenez votre temps, lui dit la psy sans la quitter de son regard apaisant.

— C'est simple, déclara Estel comme si elle ne ressentait pas le moindre trouble intérieur. Depuis onze mois que je suis dans cette putain de ville, mes supérieurs m'ont collée à l'accueil des blaireaux qui me racontent leurs misères, parce qu'à leurs yeux je ne suis bonne qu'à ça. Je ne suis qu'une femme…

Elle s'interrompit de nouveau.

— Je vais vous dire comment les choses se sont passées. Je ne veux pas me trouver d'excuses. Madalena et moi, nous avons été appelées parce qu'un salopard était en train de fracasser son épouse, et que les cris de la pauvre femme s'entendaient jusque dans les barres d'immeubles voisines. J'ai sonné à la porte. Le mari, Karim Alami, nous a crié de dégager. Alors Madalena s'est annoncée comme étant de la police et lui a ordonné de nous ouvrir. C'est la procédure, vous voyez…

La psy l'encouragea d'un silence appuyé. Elle ne prenait pas de notes. Elle se contentait de la regarder avec son sourire compréhensif, encourageant, son index effleurant le bord de ses lunettes et passant parfois le long de son menton.

— Et puis, tout d'un coup, il y a eu des coups de feu, poursuivit plus lentement Estel. Le type… le salaud… Il a commencé à tirer à travers la porte. Il avait une arme de guerre. Madalena a été touchée à l'épaule. Elle s'est effondrée contre le mur. Elle a quand même dégainé, moi aussi. Nous avons répliqué ensemble, sans réfléchir. Sans savoir sur qui nous étions en train de tirer exactement.

— Vous avez blessé l'homme ? Ce Karim ?

— Non. Pas lui.

Estel contracta sa mâchoire. Fort.

— Sa femme, Inès. Elle a pris une balle dans le ventre. Elle est morte sur le coup. D'une balle tirée par mon arme.

La psy patienta quelques instants, comme pour laisser s'éloigner les terribles mots.

— Vous avez conscience que ceci n'est pas du tout de votre faute, Estel ? C'est un événement tragique, mais vous ne pouviez pas savoir…

— Mais maintenant, je sais, non ?

La psy hocha la tête. Quoi que cela puisse vouloir dire.

Estel, elle, ressentait simplement l'envie de frapper quelqu'un.

N'importe qui.

Elle ne l'avoua surtout pas à la psy.

Ni lors de cette séance, ni lors d'aucune de toutes celles qui allaient suivre.

2

Finalement, elle n'avait pas fait de prison.

Le juge s'était montré compréhensif au regard des circonstances. Il avait même fait en sorte que l'affaire ne soit pas inscrite au casier judiciaire d'Estel. À l'inverse, Karim Alami n'avait pas eu droit à la moindre indulgence. L'époux belliqueux traînait déjà un beau pedigree. Violences conjugales, tentatives d'extorsion et autres types d'agression, y compris à l'encontre des forces de l'ordre… Cette fois, les faits relevaient de la tentative de meurtre et l'avaient conduit en détention avant même que le procès ne soit planifié et en dépit des protestations des associations qui hurlaient aux manigances policières. Il était resté un peu plus de dix mois dans une cellule de Fresnes. Jusqu'au matin où le gardien l'avait retrouvé pendu dans sa cellule avec un drap mouillé. Suicide ou vengeance d'un codétenu, personne ne savait, ni ne s'en souciait le moins du monde.

C'était il y a quatre ans.

Quatre ans déjà.

Estel avait fait profil bas. Elle avait continué sa vie. Ou plutôt elle avait essayé d'en reprendre le fil à deux mains. Pour rester debout. Avancer dans la nuit.

Elle n'était pas repartie pour Toulouse, où elle n'avait plus la moindre attache. Léo, son compagnon, était programmeur informatique. Il pouvait télétravailler d'où il le souhaitait. Plus par défaut que par choix, ils s'étaient donc résolus à rester en proche banlieue où ils venaient de s'installer.

Au niveau professionnel, elle aurait tout aussi bien pu être radioactive. Les portes de la police lui étaient fermées à vie. Fort heureusement, ce n'était pas le cas pour les autres métiers de la sécurité. Surtout les moins regardants.

Estel avait serré les dents et repris tout au bas de l'échelle. À la porte des boîtes de nuit, très exactement. Elle avait été remarquée. Une femme dans ce milieu, ce n'était déjà pas commun. Mais une femme qui savait se battre comme elle, c'était encore plus rare. Elle avait intégré une agence décente. Elle avait gravi les échelons. Vite. À coups de poing. Comme toujours.

Dans ce domaine, au moins, elle connaissait sa valeur.

Pour tout le reste, cela ne servait à rien de se raconter des histoires. Elle était sur le point de craquer, de se fissurer de l'intérieur sous sa façade de pierre impénétrable.

Un problème après l'autre, se répétait-elle. *Un jour à la fois.*

Le soleil était levé depuis plusieurs heures. Pourtant, Estel venait à peine de finir sa nuit de travail.

Service de sécurité à la personne.

Une vaste blague.

Elle avait enlevé sa veste de costume ainsi que sa cravate, avait défait les boutons de sa chemise stricte. Elle conduisit sa Clio jusqu'à la base nautique de Vaires-sur-Marne, où elle passa un tee-shirt et troqua son pantalon à pinces contre un legging de running.

Les abords de la paisible étendue d'eau étaient déserts, ou presque. Estel aperçut quelques rares joggeurs comme elle, affrontant le froid matinal. Et même une maman avec une poussette. Estel s'élança à son tour le long de la piste goudronnée de deux kilomètres qui longeait le plan d'eau. Elle venait courir ici chaque matin pendant une demi-heure, qu'il pleuve ou qu'il vente. Une nécessité, pour se débarrasser de la suie des heures sombres et des corps transpirants. Les gens avaient besoin de divertissement, de cocktails, de sexe, de drogues, bref de tout ce qui faisait d'eux des animaux sociaux.

De même qu'ils avaient besoin de personnes comme Estel pour éviter les dérapages tragiques.

Au cours de la nuit, elle avait neutralisé deux abrutis qui allaient s'en prendre à son employeur, Clément Droux. Elle les avait eus à l'œil pendant plusieurs minutes, attendant le premier geste déplacé. Quelque chose dans leur langage corporel. Leurs regards insistants vers le directeur du club. La manière dont ils s'étaient dirigés vers lui, chacun d'un côté, une coordination trop évidente, qui hurlait à la préméditation. Les innombrables magouilles de Droux lui valaient un nombre tout aussi incalculable d'ennemis. Il adorait ça, suspectait Estel. De son côté, cela impliquait de rester constamment sur le qui-vive. Et elle ne s'était pas trompée, cette fois comme les autres. Les noms d'oiseaux avaient commencé à fuser. Un des deux individus avait cassé une bouteille pour s'en servir d'arme. Il n'avait pas vu arriver Estel dans son dos. Étranglement, rapide, radical. Suivi d'une belle clé de bras. D'un seul mouvement fluide, Estel avait immobilisé le bonhomme au sol. Elle avait poussé son patron et envoyé la pointe de sa chaussure entre les jambes du deuxième importun, qui s'était effondré sans demander son reste.

Elle repensa à la manière dont les clients du club l'avaient dévisagée, alors qu'elle traînait les deux types, pleurnichant avec les bras tordus dans leurs dos, jusqu'aux colosses à la peau d'ébène qui s'occupaient de la porte. Une femme aussi menue en apparence et capable de maîtriser deux gaillards aussi facilement, ça intriguait forcément.

Cette pensée lui insuffla un sourire.

Elle salua un autre joggeur, un jeune homme aux cheveux longs attachés en queue-de-cheval qui arborait un tee-shirt de metal au logo illisible.

Le reste de la nuit n'avait rien eu d'exceptionnel. Le travail d'Estel était simple. Elle devait surveiller son patron tandis qu'il se pavanait dans son royaume de paillettes, offrait des verres de champagne à des filles court vêtues et réglait ses affaires plus ou moins douteuses avec divers « partenaires » professionnels. Le club de Droux, contrairement à son nom pompeux de « Grand Paris », n'était pas très vaste, mais jouissait d'une bonne réputation en termes de *people*. On pouvait y croiser de vieilles gloires de la télé, de la radio ou de l'édition, quand bien même la plupart avaient été chassées des feux de la célébrité par quelque scandale de mœurs ou de stupéfiants. Estel s'était toujours dit que cela ne la concernait pas. Ce qui se passait au Grand Paris restait au Grand Paris.

Elle avait raccompagné le directeur à son appartement vers 4 heures du matin, en compagnie de deux jeunes Russes blondes à peine majeures qui ne cessaient de glousser et de s'effleurer les mains et le haut de leurs jupes. L'une d'elles se faisait appeler Bambi. Elles portaient systématiquement des noms de ce type. Des bonbons prêts à être consommés. Dans ce genre de moments, passé tous les mensonges qu'elle pouvait se répéter le reste du temps, Estel devait se l'avouer :

tout au fond d'elle, elle détestait son travail. Mais il s'agissait de la seule chose qu'elle savait faire.

Elle accéléra la cadence, sentant une hargne familière remonter malgré elle.

C'est à cet instant que le vertige la saisit. Des papillons noirs envahirent son champ de vision.

— Merde, fit Estel, qui déjà n'entendait plus le son de sa propre voix.

Ses jambes se dérobèrent sous elle, sensation de ralenti soyeux. Elle roula au bord du chemin, échoua dans un massif de ronces, les épines s'accrochèrent à son legging.

L'eau la reçut au bout de sa lente roulade. Frigorifiant tout son corps.

La jeune femme resta prostrée dans la vase, incapable de se mouvoir.

Ce n'était pas le premier malaise de ce genre. Une brève perte de connaissance, durant laquelle les pensées d'Estel tournoyèrent, prisonnières d'un piège clos.

Des anonymes. Tous, depuis le début. Pas de véritables êtres humains. Juste de la chair. Pour assouvir ce besoin de frapper. De faire couler le sang des autres. Sous les yeux qui brillaient. Qui lui donnaient l'impression d'être en vie. En chute libre. Mais en vie.

La jeune femme battit des paupières, haleta. Recracha un filet de liquide épais. Jura de toutes ses forces en partant dans une quinte de toux.

— Putain de merde ! Fait chier !

Elle se releva en pataugeant. L'eau était glaciale, et son corps quasi tétanisé, mais c'était ce qui la dérangeait le moins. Les ronces avaient déchiré ses vêtements de sport et éraflé son bras gauche. Le sang ruisselait sur ses mollets et ses chaussures, initialement blanches et bleues. Elle regarda la couleur rouge progresser sur elle, comme hypnotisée.

Comme ce sang qui giclait sur son visage...

Cette sensation dont elle ne pouvait plus se passer.

Elle ne voulait pas penser à *ça*. Pas maintenant. Si elle y pensait, elle se dirait qu'il était temps d'arrêter. Avant d'avoir de sérieux problèmes. Cela arrivait à tous les autres...

Mais elle ne pouvait pas s'en passer.

Elle demeura assise quelques instants au bord de l'eau, grelottant sans y prêter attention. Nul passant pour la voir si honteuse. C'était au moins ça.

Juste une baisse de tension.

Encore.

Il devenait urgent de s'en inquiéter. C'était la *deuxième* fois que son corps la lâchait cette semaine. Les crises s'accéléraient. Et surtout, elles se manifestaient de manière de plus en plus brutale. Il aurait fallu qu'elle fasse moins de sport. Qu'elle mange davantage. Qu'elle dorme suffisamment...

Les conseils étaient toujours si faciles à donner.

Elle se promit, pour la centième fois peut-être, de prendre rendez-vous avec son médecin. Et, cette fois, la promesse était sincère. *Avant que cela ne dégénère vraiment.*

Devant elle, seule la surface du lac scintillait sous le soleil anémique de mars. Elle y contempla son reflet ondulant. Une fille aux cheveux courts. Le nez cabossé, les oreilles abîmées par les combats, du temps des compétitions. Le temps où elle était quelqu'un... À l'époque, elle parvenait même à se trouver plutôt pas mal. Maintenant...

Une mocheté, songea-t-elle.

Elle se demanda si elle en avait quelque chose à foutre.

Des canards sauvages passaient en l'observant du coin de l'œil.

— C'est ça, moquez-vous. Bande de connards.

3

Des loups vicieux.

C'est ainsi que Quentin Falconnier considérait les criminels qu'il poursuivait, sous la surface, dans les eaux nauséabondes de l'océan digital. Dès le début de sa carrière, au SRPJ de Versailles, il avait travaillé comme cyberpatrouilleur. Son rôle consistait à fouiller le Deep Web, la toile profonde non référencée par Google, et son univers le plus obscur, le Dark Web. Ou, pour résumer : le paradis absolu du crime. Vente de drogue, trafic d'armes, traite d'êtres humains, services de tueurs à gages… sans parler de la pédopornographie, bien entendu. Aucun secteur d'ignominie n'était boudé. Tout était là. À vendre, à louer, à échanger, sans limites ou presque.

Pendant cinq ans, Falconnier avait déchiffré les adresses d'innombrables sites abjects, qui hantaient encore ses cauchemars, jusqu'à le réveiller au milieu de la nuit plus souvent qu'il n'oserait l'avouer. Cinq ans à écumer les égouts du Web, à intercepter des photos et vidéos qui feraient vomir n'importe quelle personne normalement constituée. Mais qui donnaient des érections à tous les dégénérés familiers de ces horribles places de marché.

Les loups vicieux.

Sans cœur, sans âme. Pire que des animaux.

Le plus insupportable, c'était que ces monstres menaient des existences ordinaires le reste du temps. Insoupçonnés de leurs amis et collègues de travail, ils revêtaient l'apparence trompeuse des agneaux.

Falconnier n'avait jamais eu la moindre pitié pour eux quand tombait le couperet de la justice. Car le couperet tombait toujours. Il était là pour y veiller. Il déployait tous les moyens nécessaires. Il était le rempart, la présence invisible de l'autre côté de l'écran. Toute sa concentration focalisée sur les listes de symboles qui défilaient en puzzles hermétiques, compréhensibles par seuls de rares élus. Quand il y réfléchissait, Falconnier se disait qu'il n'était pas si éloigné des super-héros des comics qu'il collectionnait. Ses pouvoirs dépassaient ceux du commun des mortels. De plus, tout comme un super-héros, son identité demeurait secrète. Dès qu'il entrait sur les réseaux numériques, il se faisait passer pour un autre. C'était la seule manière de faire sortir les loups vicieux des bois de l'anonymat digital. Il allait les appâter, les piéger. Et Falconnier savait le faire mieux que quiconque. Neuf fois sur dix, il réussissait à les identifier dans la « vie réelle ». Alors ces ordures payaient le prix de leurs vices. Derrière des barreaux qui n'avaient rien de dématérialisé.

Tout avait une fin, cependant. Cinq années, c'était la limite absolue qu'il avait pu supporter, et les deux dernières s'étaient révélées un véritable enfer. Falconnier n'était pas irresponsable au point de pousser le bouchon indéfiniment. Il avait décidé de suivre la formation pour se reconvertir en ICC, un investigateur en cybercriminalité. Il avait été muté à la PJ de Marseille, où il offrait à présent ses compétences aux différents services.

Fondamentalement, son rôle demeurait le même.

Il ne chassait plus directement les monstres, mais il restait celui qui pistait les traces informatiques sur le matériel que ses collègues collectaient lors des perquisitions. Il identifiait et comparait les indices. Cela lui permettait de remonter jusqu'aux sites qui avaient été utilisés par les suspects. À partir de là, il interrogeait les fournisseurs d'accès de ces serveurs pour obtenir une adresse IP. Son Graal personnel. Une fois cette adresse connue, il pouvait à coup sûr identifier le criminel. Falconnier arrachait le masque numérique, révélant le vrai visage du monstre.

Il n'était pas étonnant que tous les groupes de la PJ, toutes spécialités confondues, se disputent ses talents.

— Quentin, on en a un autre pour toi…

Le jeune homme releva les yeux de ses écrans. À la porte du laboratoire, il reconnut Gérard Crais, le plus ancien chef de groupe à la brigade de répression du banditisme. Un mètre quatre-vingt-quinze, crâne rasé, tout en maigreur et arêtes osseuses. Sa pomme d'Adam semblait prête à déchirer sa gorge quand elle montait et descendait, à tel point que c'en était parfois douloureux à regarder.

— Gérard ! lança Falconnier en saluant son collègue. Fais-moi donc rêver !

— J'y compte bien.

Les dalles marbrées au sol crissèrent sous les rangers du vieux policier tandis qu'il traversait la pièce. Il déposa un sachet transparent contenant un téléphone portable sur le bureau, devant la série de moniteurs où pulsaient les lignes de progression des divers logiciels en cours.

— Des armes de guerre, annonça-t-il en prenant place sur le fauteuil libre à côté de Falconnier. Provenance d'ex-Yougoslavie. Elles circulent à la Castellane depuis quelques mois. Elles ont déjà servi à deux braquages, et tout récemment à un beau règlement de comptes dans un parking. Un caïd de vingt ans sur le carreau. On veut absolument serrer la personne qui fait circuler le matos avant que les dégâts ne s'aggravent. Il est à peu près certain que ces armes sont d'abord stockées à Marseille ou à Toulon… et la réponse, on l'espère, se trouve quelque part dans ce téléphone.

Le timbre du chef de la BRB, étonnamment grave, ne pouvait pas être en plus grande contradiction avec son physique filiforme. Falconnier arracha son regard à la pomme d'Adam proéminente sous la peau ridée. Il se tourna vers ses écrans, juste le temps de refermer la boîte de dialogue qui lui annonçait que la duplication des données en cours venait d'être achevée avec succès.

Puis il s'intéressa au sachet et en retira le téléphone.

— Il vient d'où, ce petit bonhomme ?

— Le règlement de comptes. On a mis au frais la petite frappe qui a pris la place du caïd assassiné. Amir Mokrane, c'est le nom de notre vedette. Ça, c'est son téléphone personnel, sûr et certain, on l'a saisi sur lui. Pour l'instant, on n'a strictement aucune preuve qu'il a commandité le coup, mais un tonton à peu près fiable nous assure que c'est lui. Mokrane aurait acheté l'arme et il serait aussi allé la récupérer en personne. Toujours selon le tonton, le vendeur du matos se ferait appeler « Lord of War ».

— Un fan de Nicolas Cage, s'amusa Falconnier. On a du niveau.

L'homme de la BRB renifla entre ses doigts.

— Encore un débile qui a vu trop de films, ouais. En tout cas, c'est tout ce qu'on a sous la main. Le gardé à vue a un bon avocat, on n'en tirera pas un mot.

L'investigateur en cybercriminalité fit basculer sa chaise. Son visage pâle, qui avait conservé son aspect d'éternel sale gosse en dépit de sa trentaine bien entamée, s'illumina d'un grand sourire.

— Pas besoin. S'il a bien fait l'achat d'une arme, ce portable est tout ce dont j'ai besoin pour te dire où, quand, combien il a payé et qui se cache derrière le nom de ton mystérieux Lord of War. Considère que c'est fait, les doigts dans le nez…

4

De retour à l'appartement, coincé au dixième étage de la barre d'immeuble bruyante et surchauffée, particulièrement en ce début d'année, Estel espérait ne pas avoir à croiser Léo trop longtemps. Tout ce qu'elle désirait, à cet instant, était une douche rapide, se mettre au lit, sombrer sans plus penser à rien. Comme d'ordinaire, son compagnon était déjà installé à son poste de travail, devant ses deux larges écrans. Il portait un bermuda à la propreté douteuse et un tee-shirt trop grand pour lui, qui clamait « Keep Calm and HACK THE PLANET ». Les mèches brunes de Léo tombaient en serpentins désordonnés sur ses joues. Sa chevelure était déjà parsemée de cheveux blancs alors qu'il n'avait pas trente ans, mais cela lui donnait un certain charme, associé à ses lunettes « spéciales écran » posées sur son nez droit.

— 'Jour, fit Estel en jetant son sac de sport sur le canapé.

Léo déposa son mug de thé et se retourna vers elle. Relevant les mèches de ses cheveux d'une main, il contempla le bras ensanglanté de sa petite amie.

— Merde. Tu es encore blessée.

Estel ne savait pas si le plus dur était la manière dont il avait prononcé « merde » ou « encore ».

— Oui, *encore*, lui renvoya-t-elle en allant suspendre son costume aux cintres dans le placard de l'entrée. Mais ce n'est rien, ne t'en fais pas.

Comme il restait à la fixer, elle lui fit face à son tour, poings sur les hanches.

— J'ai trébuché en courant, c'est tout. J'ai atterri dans des ronces au bord de l'eau. Ça m'apprendra à faire attention.

Léo ne la quittait pas des yeux. Contrairement à elle, il était expressif. Trop, sans doute. Trop beau. Trop enfantin dans son intensité. Toujours trop *tout*. Elle vit de la détresse se peindre sur ses traits fins.

— Tu me trompes, c'est ça ? Tu fais des soirées sadomasos avec ton patron dont tu ne me parles pas ?

— Je te dis que ce sont des putains de ronces ! Je me suis vautrée comme une merde à la base nautique !

Léo écarta les mains, penaud. Son sourire était à la fois maladroit et désarmant.

— Je faisais juste de l'humour pour détendre l'atmosphère ! C'était de mauvais goût, désolé.

Elle secoua la tête.

— Non, c'est moi qui suis désolée. Je ne suis pas d'humeur. Le travail… Tu sais…

— Je sais. Et tu sais ce que j'en pense…

— C'est mon métier, Léo. Je n'ai pas le choix.

— Bien sûr que si, tu as le choix. Tu peux arrêter cet emploi pourri si tu le veux.

— Et faire quoi ? décocha-t-elle, plus durement qu'elle ne l'aurait voulu.

— Je ne sais pas. N'importe quoi. Quelque chose qui te rende heureuse, pour une fois.

Il quitta son fauteuil de *gamer* et vint poser ses lèvres sur celles d'Estel. Son haleine avait le parfum du thé aux agrumes. Mais c'était un baiser froid, d'une part comme de l'autre, plus une habitude qu'une réelle envie de contact. Léo et elle avaient fini par mener leurs vies en parallèle, chacun dans son monde bien hermétique. Estel ne savait plus quand cela avait commencé. Juste que, désormais, ils semblaient ne plus parvenir à se rencontrer.

— Je suis heureuse, dit-elle entre ses dents. Ce métier… c'est ce qui me rend heureuse.

— Ça se voit tellement.

Elle recula, battit en retraite dans l'étroite salle de bains. Elle s'en voulait. Leur relation avait beau être au point mort, Léo continuait d'essayer. Il faisait tout ce qu'il pouvait, mal certes, mais il ne lâchait pas. Tandis qu'elle…

Elle se déshabilla et se réfugia sous la douche.

Léo entrouvrit la porte, décidé à ne pas la laisser tranquille.

— Tu veux que je te prépare quelque chose à manger, au moins ?

— J'ai déjà avalé un truc, mentit-elle. Mais merci.

Son petit ami referma la porte sans même chercher à prétendre qu'il la croyait. Ses efforts pour être agréable allaient s'arrêter là, espérait-elle.

Qu'est-ce que tu fous ? songea-t-elle alors en laissant le jet brûlant submerger son visage.

Est-ce que tu l'aimes encore ?

Oui. Bien sûr que je l'aime encore. C'est le seul homme que j'aie jamais aimé.

C'était bien ça, le pire.

Elle déboucha le gel douche dont le parfum l'enveloppa, et elle laissa couler l'eau sur sa peau recouverte de mousse. Ses mains parcoururent les reliefs rassurants de ses abdominaux, durs et sculptés, modelés par les relevés de buste qu'elle effectuait au quotidien. Son corps était sensible à certains endroits. Des bleus. Des blessures. Certaines faites à l'entraînement. D'autres au travail. D'autres encore…

Elle caressa ses seins minuscules sous lesquels les pectoraux sans cesse sollicités étaient tendus. Ses biceps ressemblaient à des nœuds d'acier. Elle baissa les yeux vers le tatouage qui dévorait son flanc droit. Une immense tête de mort, mal dessinée, mal piquée, mais gueule ouverte. La dévorant. Depuis toutes ces années. L'avalant lentement, sans bouger.

Une question la taraudait.

Une question qui la terrifiait.

Et Léo ? Est-ce qu'il t'aime encore, lui ?

5

Quatre ans auparavant

S'il y avait bien une chose essentielle aux yeux d'Estel, c'était la discipline. Elle se rendait donc consciencieusement à chacun des rendez-vous chez la psy, une semaine sur deux. De discussions hasardeuses en silences parfois lourds de sens, elle avait commencé à apprécier la compagnie de cette femme. Elle ressentait un *besoin* de retourner lui parler. Même si elle n'arrivait toujours pas à l'appeler par son prénom. *Apolline.* Elle restait juste *la psy*. Pas une vraie personne. C'était important. Estel était incapable de confier des choses intimes à qui que ce soit.

Avec *la psy*, oui, elle parvenait à laisser filtrer certains détails de son passé. Pas grand-chose encore, mais, ici et là, les réflexions prenaient forme. Par allusions détournées ou remarques acerbes. Au sujet de sa mère qui aurait préféré qu'elle joue avec les autres fillettes et se déguise en princesse Disney, au lieu de passer tout son temps avec les garçons. Ou au sujet de son père qui, quand il ne tapait pas sur sa mère, était le plus souvent en garde à vue pour une raison ou une autre. Et au reste de sa famille qui ne valait pas mieux. Dès l'âge de onze ans, Estel passait deux heures par jour à frapper à coups de coude et de tibia sur des sacs, dans l'unique salle d'arts martiaux de son village. C'était tout ce qu'elle avait envie de faire. Tout ce pour quoi elle était vraiment douée.

— J'aimais gagner. Je gagnais toujours, vous savez…

La psy hochait la tête, l'encourageait à poursuivre d'un regard ou d'un subtil haussement des sourcils. C'était le premier jour du printemps, le temps était superbe et, derrière la baie vitrée, la tour Eiffel se dressait, invaincue dans le ciel bleu roi.

— Vous pensez que, d'une certaine manière, cela vous valorisait aux yeux des autres ?

La déduction était si naïve de la part de la psy qu'Estel n'avait pu s'empêcher d'éclater de rire. Elle détourna les yeux de la silhouette de fer à l'horizon.

— *D'une certaine manière ?* Madame, je remportais toutes les compétitions régionales. J'ai même été championne de France de kick-boxing. Deux fois. J'étais la *star* du collège. C'est même à cette période que mon petit ami, Léo, a commencé à s'intéresser à moi. Lui, c'était le premier de la classe. Sans la compétition, je ne vois pas pourquoi il aurait seulement posé les yeux sur moi. Je peux vous assurer que c'est la seule et unique chose pour laquelle on m'a jamais respectée.

— Mais vous avez des tas d'autres qualités. Vous en avez conscience, tout de même ?

Nouveau rire. Amer, maintenant.

— Ne dites pas de bêtises. Je n'ai jamais eu que ça. Je sais cogner mieux que n'importe quel mec, et c'est tout.

— Je crois que c'est une partie de votre problème, vous ne pensez pas ? Vous êtes beaucoup plus que cette image que vous avez de vous-même.

Estel fit courir ses ongles ras sur la matière moelleuse du fauteuil.

— J'ai de moi l'image que le monde me donne, finit-elle par répliquer après un temps de réflexion. Je n'ai jamais existé que grâce à mon palmarès de boxeuse. J'en ai essayé, des styles. La version japonaise. Puis le MMA… ce sont les arts martiaux mixtes, plus violents. Ça m'a appris à pratiquer les étranglements, la soumission au sol…

Elle enfonça ses doigts dans le fauteuil. Jusqu'à avoir mal.

— Et même ça ! C'est ce qui m'a aidée le plus, à l'école de police. Je maîtrisais les techniques mieux que les instructeurs. Tout le monde était admiratif. Mes camarades hallucinaient que j'arrive à me partager comme ça, entre les cours et le sport.

Elle releva les yeux vers la psy. Ils avaient une lueur sombre.

— Jusqu'à ce que je me blesse. À trop vouloir en faire. À trop vouloir tout avoir… J'ai eu droit à un arrachement osseux de l'épaule. J'ai passé un mois alitée. Plus de compétition pour moi.

— Et cela a changé certaines choses ?

— Ça a *tout* changé, vous voulez dire. La championne, c'était fini. Je n'étais plus qu'une fille qui avait été bonne en baston. Du jour au lendemain, tout le monde a détourné les yeux de moi.

Une hésitation. Les souvenirs. Pénibles.

— Moi, tout ce que je voulais, c'était apprendre le métier de flic… Sauf que plus personne ne me prenait au sérieux. J'étais qu'une bleue, avec un minable chevron sur son uniforme. Juste bonne pour les quartiers pourris, les patrouilles que tous les autres refusaient… Je n'existais plus, vous comprenez ? Je n'étais plus rien du tout.

La psy fit claquer sa langue dans sa bouche.

— C'est ce que vous voudriez ? Exister à nouveau ?

— C’est tout ce que je *voulais*, madame. Mais personne ne vous donne jamais de deuxième chance. Vous le savez aussi bien que moi.

6

Juste avant que le réveil ne la tire du sommeil, Estel se tordait dans les draps.

Elle faisait son éternel cauchemar.

Celui de l'attente fébrile. Douloureuse.

Dans le rêve, Estel était recourbée sur son ordinateur portable. Sous ses yeux, l'écran était noir d'encre, mais semblait respirer, au rythme de son propre souffle, de tout ce qui grouillait dans le secret de son âme. Estel ne bougeait pas. Elle se contentait de patienter, rivée à ce rectangle opaque.

Enfin, des lettres vertes, aussi lumineuses que des soleils miniatures, apparurent sur l'écran.

Le message s'inscrivait trop lentement. Estel se pencha un peu plus. Ses mains empoignèrent les bords de l'ordinateur. Elle n'avait que peu de temps. Elle craignait que son petit ami ne découvre ce qu'elle manigançait, si souvent, dans son dos. Que penserait-il d'elle ? Son cœur s'emballait à cette seule pensée.

— Quand ? Où ? gémit-elle. Vite, vite !

Mais les lettres vertes étaient trop lumineuses, Estel avait beau plisser les yeux, elle ne parvenait pas à déchiffrer le texte qui s'affichait de plus en plus vite, de plus en plus intensément. Elle gémit davantage.

— Je veux… j'en ai *besoin*…

La vitesse continuait d'augmenter. Le texte vert emplissait la totalité de l'écran, il défilait sans fin, charriant avec lui tout un flot d'images qu'Estel ne connaissait que trop bien. *Des corps ensanglantés. Des visages boursouflés d'hématomes. Des jets de sang sur les murs.* Elle secoua l'ordinateur pour stopper le raz-de-marée.

Tout d'un coup, l'écran redevint noir.

— Non ! Non ! Pas si vite ! Je n'ai pas eu le temps !

Maintenant des ronces jaillissaient furieusement de l'ordinateur, tels de fins tentacules chargés d'épines. Ils se refermèrent autour de ses bras, de ses cuisses, de son cou, jusqu'à la faire suffoquer.

La mélodie de « 'Till I Collapse » la tira du cauchemar.

Estel jura, cligna des yeux, tâtonna vers son téléphone pour couper sa sonnerie tandis que les notes de piano laissaient place au chant d'Eminem.

13 heures. Pas assez dormi. Il faudrait faire avec. Elle roula sur le lit en maugréant, ouvrit la fenêtre pour se sentir moins comprimée. La vibration frénétique d'un marteau-piqueur emplissait la rue, entrecoupée à intervalles réguliers par le tremblement des rails, au passage des trains transiliens. Estel inspira un peu d'air, chargé des relents de goudron et des vapeurs d'essence. Il faisait froid. Sa peau se couvrit de chair de poule. Elle put constater que sa cuisse allait mieux, mais, sur son bras, les longues plaies causées par les épines s'étaient infectées.

Elle repensa à son cauchemar. Elle frissonna de plus belle.

— Pas comme ça que ça se passe, murmura-t-elle pour elle-même en faisant coulisser le panneau du placard.

Son coffre en bois se trouvait là, peinture éclatante et armature dorée kitschissime. Soigneusement cadenassé. Depuis le premier jour, elle avait été claire à ce sujet : les souvenirs de son adolescence demeuraient son jardin secret, Léo n'aurait jamais le droit d'y fourrer le nez.

Pendant quelques instants, par habitude elle caressa le bois laqué, avant de refermer lentement le placard.

Elle alla prendre une nouvelle douche, puis désinfecta les coupures ourlées de violet, grimaçant sous la brûlure de l'alcool.

Dans le salon, Léo était avachi devant ses écrans, où il semblait passer sa vie, les mèches de ses cheveux entortillées sur ses lunettes. La musique électronique de John Carpenter passait en sourdine.

Il releva la tête quand elle entra dans la pièce. Elle s'habilla avec un costume propre.

— Ça va mieux ?

— Ça va, dit-elle en boutonnant la chemise blanche.

— Tu ne déjeunes pas ?

— Je prends une cannette de Monster pour le trajet. Je dois aller chercher le patron un peu plus tôt, aujourd'hui. J'aurais apprécié une heure ou deux de sommeil en plus.

Léo fit la moue.

— Tu as une sale mine, Estel.

— Tu as d'autres gentillesses à me dire ? grommela-t-elle sans le regarder. Et d'abord, c'est quoi ton programme pour la journée ? À part rester vautré là ? J'aimerais mater des séries, moi aussi !

— Ouais. Comme si c'était ce que je faisais…

Son petit ami se rembrunit. Il se leva, se dirigea vers le plan de travail de la cuisine, où attendait sa théière, et versa le liquide parfumé dans son mug. Léo pouvait critiquer le régime alimentaire d'Estel, mais lui semblait se nourrir de thé bourré de sucre et de nouilles chinoises avalées par-dessus son clavier à toute heure du jour ou de la nuit. Qu'il reste aussi mince sans faire le moindre sport demeurait un mystère.

— Je crois que je n'ai jamais autant travaillé de ma vie, reprit-il en approchant le thé de ses lèvres. On doit finir un programme de chiffrement qui est encore loin d'être au point. C'est un vrai défi pour la boîte. Tout à l'heure, je vais passer chez Cassandre pour récupérer un disque dur de secours…

Estel enfila sa veste, électrisée par ce maudit prénom. *Cassandre*. La plupart du temps, elle faisait abstraction de l'existence de cette fille. Mais c'était la collègue de Léo. Elle semblait omniprésente dans ses journées.

— Cassandre, prononça-t-elle comme si elle avait un goût désagréable dans la bouche. La super hackeuse, la super bonnasse.

Léo la regarda par-dessus ses lunettes. Comme d'habitude, il fit comme s'il ne comprenait pas où elle voulait en venir.

— Niveau hacking, on est d'accord. C'est son truc. Si tu veux mettre hors service un site Internet, ou même placer des dossiers compromettants dans l'ordinateur de ton patron pour lui faire les pieds, elle peut le faire en trois clics de souris. Pour le reste…

Il prit un air las.

— Son physique, c'est ton jugement.

— Oh, arrête un peu, Léo. Elle est terriblement belle, et en plus c'est une nymphomane qui te veut dans son lit !

— On a déjà eu cette discussion, non ?

— Et ça continuera. Regarde-toi sourire bêtement quand je parle d'elle ! Je sais qu'elle te fait triper, madame *gamer girl* !

Il mit le nez dans son mug, tel un enfant pris en faute. De la buée recouvrit les verres de ses lunettes. Estel apercevait très précisément le rouge qui montait aux joues de son compagnon.

— Pourquoi tu cherches toujours la confrontation ? marmonna-t-il dans sa tasse de thé. Tout pourrait être si simple…

— Je ne sais pas, avoua Estel.

Elle s'adressait autant à elle qu'à lui en disant cela.

Je ne sais pas, putain.

Elle se précipita vers la porte.

— Je vais être en retard. Amuse-toi bien avec la fabuleuse Cassandre.

7

Costume ajusté et impeccable, maquillage sobre et son expression parfaitement neutre, Estel tint la portière de la Porsche Panamera le temps que le directeur s'installe à l'arrière, avant de la refermer avec délicatesse et d'aller prendre sa place au volant. Elle avait laissé sa Clio sur une place du parking souterrain. Comme chaque jour, elle transporterait Clément Droux dans sa voiture de luxe.

— Vous vous sentez en forme, aujourd'hui ? demanda-t-il en effleurant l'écran tactile accroché devant lui, au dos du siège passager, ce qui lança un filet de musique *lounge* dans les enceintes.

— Bien sûr, patron, répondit poliment Estel, sans vraiment saisir ce qu'il insinuait.

Elle avait vite appris à se méfier de ce petit homme aux cheveux gras et aux poignets ceints d'énormes bracelets en or. De ses sautes d'humeur constantes. Et, parfois, de ses idées tordues, dont le but était toujours le même : prendre les autres au dépourvu pour mieux les plonger dans l'embarras. Un individu *dangereux* quelles que soient les circonstances. Depuis six mois seulement qu'elle assurait sa sécurité, Estel ne comptait plus les bassesses dont elle avait été le témoin forcé. Elle essayait de ne pas trop y penser. Droux la payait. Elle faisait le job.

— Où allons-nous ?

Elle leva les yeux vers le rétroviseur central. Droux l'observait, lui aussi, avec son sourire de fauve sûr de lui. Il passa une main chargée de bagues étincelantes dans ses cheveux en bataille, puis ajusta les pans de sa veste sur mesure.

— Nous changeons un peu la routine. Un rendez-vous avec une vieille connaissance. Mais d'abord, nous allons commencer par récupérer David et Bastien, au parking de la porte de Clichy.

David et Bastien ? Estel tiqua. Habituellement, elle conduisait Droux à son club du XIe arrondissement, chez son comptable ou bien à une succession de rendez-vous plus ou moins professionnels. *Seul.* Les portiers n'arrivaient à la boîte qu'en milieu d'après-midi.

— Une affaire un peu spéciale, précisa-t-il face à son silence interrogatif. Je repousse l'échéance depuis trop longtemps, il faut que je la règle une fois pour toutes. Mais David et Bastien ne seront là que pour le décor. C'est toi ma star, ne t'en fais pas.

— Je ne m'en fais pas, patron.

Elle démarra, le cuir du volant serré sous ses doigts. Ne pas poser de questions faisait partie de son travail. Même si aujourd'hui elle ne saisissait pas tous les sous-entendus de son employeur.

Les paroles de Léo tournaient dans sa tête.

Tu peux arrêter ce travail pourri si tu le veux.

Si tu savais, mon pauvre Léo…

Un tour de périf plus tard, elle faisait halte dans un autre parking où les deux hommes les attendaient. Bastien, le plus jeune, un athlète bodybuildé à l'air euphorique, s'installa dans le fauteuil passager. David, le plus ancien de l'équipe de sécurité du Grand Paris, rejoignit leur directeur à l'arrière.

— Maintenant, chaton, direction Versailles !

— Ne m'appelez pas chaton, s'il vous plaît, lui renvoya-t-elle avec un regard de biais dans le rétroviseur.

La mine réjouie de Droux lui révulsa l'estomac. Rien ne se refléta dans son expression. En tout cas, elle l'espérait.

— C'est vrai que tu es une tigresse ! relança-t-il, hochant la tête au rythme langoureux de la musique. D'ailleurs, je suis sûr que ça te plaira. Je te mets l'adresse sur le GPS…

Les deux portiers sourirent en silence tandis que leur patron tapotait sur l'interface. Estel ne décrocha plus un mot. Après quelques instants, le trajet sélectionné par Droux apparaissait sur l'écran devant elle.

Versailles, donc.

Elle reprit le périphérique parisien encombré.

8

Considère que c'est fait, les doigts dans le nez...

Quentin Falconnier s'était un peu avancé en la matière, mais qu'importe. Ce genre de défi alimentait son orgueil personnel.

Aucun ne me résiste.

Sitôt son collègue de la BRB reparti, il avait connecté le téléphone au boîtier UFED. Cet outil universel d'extraction de données était son jouet préféré. Falconnier ne se lassait pas de ses prouesses.

D'une pression de l'index sur l'écran tactile, il lança l'aspiration de la data. L'appareil, conçu par la société israélienne Cellebrite, était capable de déverrouiller n'importe quel smartphone et d'en siphonner le contenu en seulement quelques minutes : historique des appels, carnet d'adresses, SMS, photos, vidéos, e-mails, conversations sur les applications et réseaux sociaux… absolument *toutes* les données étaient récupérées et consultables par l'investigateur. La mémoire interne conservait tout, y compris les fichiers effacés.

Il n'y avait plus qu'à choisir où fouiller, et ne rien laisser passer.

Il avait déjà sa petite idée. Il s'intéressa aux messageries chiffrées, que les délinquants imaginaient inviolables, mais qui ne posaient guère de problème à l'arsenal des nouveaux logiciels. Historique des discussions Telegram. Le jeune Amir Mokrane semblait privilégier cette application pour ses messages. La plupart de ses conversations étaient de type flash, elles se détruisaient sitôt lues. Il suffit d'une minute supplémentaire à l'investigateur pour accéder aux données supprimées.

Les messages qu'il cherchait, datés du mois précédent, étaient bien là. Envoyés par le correspondant surnommé Lord of War :

> **Lord of War**
> J'ai ce dont tu as besoin
> 11:20

> **Lord of War**
> On passe par mail
> pour les détails
> 11:21

— Tu as décidé de me faciliter le travail, jubila Falconnier.

Par acquit de conscience, il releva le numéro de téléphone utilisé par Lord of War et le passa au tamis des logiciels de rapprochement judiciaire. Néant. Selon la base de données, aucun téléphone impliqué dans une autre affaire n'avait été en contact avec celui-là. Ce n'était pas étonnant. Un téléphone rechargeable. Utilisé à la Castellane à deux reprises. Ce détail mis à part, il serait difficile de tirer grand-chose de l'appareil. Il n'avait pas servi depuis et, selon toute logique, n'émettrait plus jamais, probablement broyé dans une benne.

Avec les messages électroniques, en revanche, le petit Seigneur de guerre était cuit. Falconnier n'aurait aucun mal à retracer leur provenance jusqu'à l'adresse IP de leur expéditeur.

Il retrouva vite les deux e-mails impliquant la transaction, tous deux naïvement effacés par Mokrane.

Les messages, succincts, lui apprirent que l'achat avait été effectué par portefeuille bitcoin. Il tiqua un peu, mais pourquoi pas. Même les plus idiots des délinquants savaient manier les cryptomonnaies, désormais. Mokrane avait également utilisé un service d'Escrow, l'équivalent d'un tiers tel que Paypal, mais qui prenait en charge les échanges en bitcoins, afin d'assurer de ne pas se faire rouler. S'il n'avait pas réceptionné la marchandise comme promis, l'acheteur n'aurait eu qu'à faire une réclamation et l'Escrow lui aurait restitué son virement.

On n'arrête pas le progrès.

Vérification faite, Falconnier eut la confirmation que tout s'était bien déroulé : le retrait de la « marchandise » avait eu lieu en main propre, deux semaines auparavant, dans les quartiers nord de la ville.

De quoi prouver l'implication de Mokrane dans l'assassinat qui avait été perpétré avec cette arme.

Falconnier s'intéressa de plus près à l'e-mail du mystérieux Lord of War. Il tiqua davantage.

L'adresse provenait d'un *junk mail*, hébergé par un fournisseur d'accès chinois. Intelligent.

Trop, songea Falconnier. *Comment un trafiquant à la noix peut-il penser à un tel détail ?*

Ce genre de service mail n'avait aucune protection. Il ne demandait même pas de login pour se connecter. Il était utilisé de manière quasi unique, comme un produit jetable. En contrepartie, on était assuré de ne pas être pisté. Les sociétés peu scrupuleuses qui les proposaient avaient précisément conçu ces adresses pour faciliter les activités frauduleuses. Russes ou chinoises, elles ne répondaient jamais aux réquisitions judiciaires des autres pays, au mépris des conventions internationales.

Falconnier se gratta le menton.

Puisqu'il en était là, cela ne coûtait rien d'envoyer la requête d'identification de l'internaute qui avait utilisé cette adresse.

C'était la procédure.

Il ne s'attendait simplement pas à recevoir de réponse.

Aucun ne me résiste, se répéta-t-il. *Certainement pas un petit connard de la Castellane.*

Il ouvrit un deuxième logiciel de croisement judiciaire pour étudier les bornages du téléphone. Chaque antenne-relais à laquelle l'appareil s'était connecté fournissait une localisation précise. Par ce biais, le policier pouvait reconstituer à peu près tous les déplacements du caïd.

C'était un début.

Il allait éplucher chaque bornage.

Il trouverait un moyen de remonter jusqu'à Lord of War.

Il n'était pas un super-héros pour rien.

Mais un pressentiment commença à bourdonner dans un coin de ses pensées, comme la présence énervante d'un moustique qu'on entend tourner quelque part autour de soi sans parvenir à le localiser.

Dans quoi d'autre peux-tu bien tremper, Lord of War ?

9

Quand elle découvrit le lieu de leur rendez-vous, Estel songea que la journée ne s'annonçait pas sous les meilleurs auspices. Elle conserva cependant ses réflexions pour elle-même.

— C'est ici, patron ?

Elle ralentit devant la façade noire et rose du club libertin baptisé « Le Rayon X ». De l'autre côté de l'avenue se tenaient un établissement automobile, plus proche de la casse de seconde zone que d'un garage à proprement parler, ainsi qu'un local de pompes funèbres fermé. Droux agita sa main étincelante de pierres.

— Va te garer dans la ruelle, juste là-bas. C'est une voie sans issue qui appartient à la boîte. Ça vaut mieux.

Mieux pour quoi ?

Le secteur était peu fréquenté. Une déviation pour poids lourds, essentiellement. Pas même un arrêt de bus à l'horizon. Le club où ils se rendaient représentait la quintessence même du terme *miteux*. Estel avança la voiture jusqu'à la petite allée et se gara entre des murs bouffés par le salpêtre.

Un peu plus loin, une porte blindée s'ouvrit. Un Noir de plus de deux mètres en costume gris perle sortit et leur adressa un signe de la tête.

D'accord. C'était l'entrée non officielle.

— Je coupe le moteur ? On fait quoi exactement ?

— Toi, tu arrêtes de stresser, pour commencer, la sermonna Droux d'un ton paternaliste. Nous sommes attendus par une vieille connaissance. Un baltringue d'Antillais à qui j'ai refourgué ce rade merdique pour deux fois sa valeur et qui a cru faire l'affaire de sa vie, si tu veux tout savoir. Ça fait plus d'un an maintenant, et nous avons, disons, un détail de comptabilité à régler. Mais ça va aller… Surtout avec toi. C'est le jour où tu fais tes preuves et où tu montes en grade.

— Je ne suis pas sûre de comprendre où vous voulez en venir, patron.

— Je vois ça. On aurait dû te dresser un peu mieux. Tu ne comprends pas grand-chose en général…

— *Comment ?*

C'était sorti trop vite de sa bouche, comme un coup de fouet. Estel n'en pouvait plus de ce rabaissement permanent.

Droux, à son habitude, se contenta de ricaner.

— Je rigole, mon petit chat. Allez, allez…

Bastien et David étaient déjà sortis du véhicule. David ouvrit la portière à son directeur.

— Merci, mon grand. Et toi, Estel, ma mignonne, tu bouges tes fesses maintenant.

À la porte, le géant s'écarta pour laisser place à un métis habillé comme s'il allait à un mariage. Veste bleu ciel assortie au pantalon à pinces, chemise crème, cravate noire. Bagues en or à chaque doigt. Le « directeur », forcément.

Estel commençait à cerner le tableau. Et il ne laissait rien présager de bon.

— David, tu connais la musique, tu restes ici, ordonna Droux à voix basse. Bastien, Estel, on va leur montrer qu'on ne plaisante pas. Ce sont tous des clandés. Ils peuvent aboyer, ils n'ont que de la gueule.

Puis, s'avançant vers l'Antillais, bras grands ouverts :

— Guy-Arnaud ! Mon ami !

Ils s'embrassèrent. Du pouce, Droux désigna la jeune femme derrière lui.

— Tu ne connais pas encore la petite nouvelle, elle s'appelle Estel. Estel, je te présente Guy-Arnaud Berri. Le propriétaire de ce bel établissement dédié aux plaisirs des sens et à la célébration de la liberté !

Estel le salua de la tête. Sourire professionnel. Le regard de Berri l'enveloppa. Il dégoulinait de vice et d'autosatisfaction.

— C'est ta petite amie ? se gaussa-t-il en tapant dans le dos de Droux. C'est la grande classe, une fille en costard !

— Elle sait faire des trucs incroyables. Je pourrais te la prêter, à l'occasion. Tu apprendrais de ces choses…

Les rires virils fusèrent de part et d'autre. Estel conserva son indifférence habituelle. Mains posées l'une sur l'autre devant elle. Regard attentif au géant à la porte. Un visage carré, marqué de cicatrices. Il la scruta aussi, tout en s'écartant pour les laisser entrer dans le « bel établissement ». À l'intérieur les attendaient deux autres Noirs, serrés dans des costumes qui contenaient mal leur masse musculaire. Le personnel de sécurité, ici, avait l'air tout sauf avenant.

Ils peuvent aboyer, ils n'ont que de la gueule.

Elle espérait que son patron ne se trompait pas.

L'endroit était éclairé par des rubans de leds qui changeaient lentement de couleur. Berri emmena Droux dans son sillage et Estel suivait son patron de près, attentive, dans le corridor meublé de grands fauteuils et décoré de plaques argentées représentant des corps humains en relief. On y voyait beaucoup de silhouettes féminines, des fesses rondes et des seins énormes, des sexes masculins en érection aussi. Ils traversèrent une salle de danse flanquée d'un bar et de plusieurs cages suspendues. Sur la gauche, Estel devina une succession de petites pièces avec des matelas. Des boîtes de préservatifs et des tubes de lubrifiant étaient accessibles un peu partout.

La jeune femme se dit qu'elle voulait partir. Aussi vite que possible. Elle essayait tant bien que mal de faire abstraction de l'odeur aigre qui flottait dans l'air, derrière le désodorisant industriel et les effluves agressifs d'ylang-ylang.

— Tu as fait quelque chose de bien ! s'extasiait Droux, parfait dans son rôle d'hypocrite.

— Et tu as vu la piscine ? Ça m'a coûté une fortune, mais la clientèle adore. On voit tout !

Ils s'approchèrent du grand mur de plexiglas derrière lequel s'étendait un bassin à l'eau cristalline.

— Eh bien, ponctua Droux avec un claquement de langue. C'est cérébral, ça. C'est bien. Très, très bien !

Berri souriait comme un benêt, hochant la tête à chaque compliment. L'attention d'Estel restait focalisée sur ses deux agents de sécurité qui, eux non plus, ne la lâchaient pas des yeux. Elle espérait que Bastien était sur ses gardes autant qu'elle.

— En parlant de fortune… commença Droux.

Le déclic qu'elle redoutait venait de se produire. Le ton de son patron n'était plus joueur.

— … Quand j'ai accepté de te céder ce bâtiment, je savais très bien que ce ne serait pas facile pour toi, du point de vue financier. Mais nous sommes amis de longue date, n'est-ce pas ? Moi, tout ce que je voulais, c'était t'aider à remonter la pente. C'est pour ça que j'ai fermé les yeux quand tu n'as pas pu payer les mensualités à temps. Mon côté bon Samaritain. Toujours envie de sauver le monde entier. C'est plus fort que moi.

— Je comprends que tu sois déçu. Je ne suis pas fier de la situation, crois-moi. Mais tu sais que les travaux ont pris beaucoup plus de temps que prévu. Puis il y a eu la mise en route compliquée, des soucis avec la paperasse… et ensuite, le temps de se faire un nom…

Le ton du propriétaire du Rayon X avait changé, lui aussi. Fin des préliminaires. Une tension nouvelle s'installait. Du coin de l'œil, Estel remarqua que les deux portiers de Berri se rapprochaient, l'air de rien, leurs doigts agités d'infimes frémissements.

Droux haussa la voix.

— Comment crois-tu que j'ai fait, moi ? Les amis doivent s'entraider, mais aussi se faire confiance. Tu sais que j'ai cru en toi depuis le début. Et j'ai eu raison. Vrai ou pas ? Regarde-moi ce palais ! Sans compter que la clientèle est au rendez-vous, paraît-il ?

— Elle l'est, Clément. Elle l'est. Les gens ont besoin de se lâcher. Ça a pris un peu de temps, mais les affaires commencent à bien partir, je te jure.

— Alors, pourquoi n'as-tu pas mis tes mensualités à jour ? Ça, c'est la partie confiance de l'amitié. La partie qu'il ne faut jamais, jamais briser.

Le métis se massa le cou. Il ne souriait plus.

— Je t'ai dit que je suis désolé. C'est la faute de la fatalité. La trésorerie ne s'est pas renflouée aussi vite qu'on espérait…

— Que *tu* l'espérais, souligna Droux. Et ne mêle pas la fatalité à ça, par pitié. Tu as des clients. Tu ne leur fais pas de cadeau, si ? Alors où est passé le fric ?

— Il a servi à payer tous les travaux, les appels de charges… tu le sais très bien, enfin ! Écoute, j'ai mal géré certaines choses au début, je l'admets volontiers. Mais ça y est, je vais te verser tout ce que je te dois. Tu seras payé rubis sur l'ongle. C'est une affaire d'honneur.

Droux le toisa.

— Je suis ravi d'entendre ça. Tu vas donc me rembourser tes six mensualités de retard dès aujourd'hui, histoire de remettre les comptes à plat…

Ce n'était pas une question. L'agacement fit briller le regard de Berri.

— Tu plaisantes, n'est-ce pas ?

— J'ai l'air de plaisanter ? Tu vas me payer ce que tu me dois.

— Je viens de te dire que la trésorerie est vide ! Mais je vais reprendre le paiement mensuel. Je vais même le doubler, si tu veux. Il faut que tu me fasses confiance…

Droux le coupa d'un geste sec.

— Tu sais quoi ? Je vais te proposer autre chose de beaucoup plus efficace que la confiance. Tu vois Bastien, là ? Je sais que tu le connais bien. Mais je vais t'apprendre une chose que tu ignores peut-être sur lui. Ce petit, ce n'est pas qu'un bon portier. Il sait aussi tenir un bar comme un vrai chef. Alors il va venir ici tous les soirs. Tu le laisseras gérer à la fois les entrées et les serveurs. À partir de maintenant, c'est lui qui fera la caisse. Lui seul. Je suis persuadé que, de cette manière, nous mettrons beaucoup moins longtemps à revenir à nos comptes, et à notre si belle amitié.

Un silence pesant flotta pendant de longs instants.

— Je vois…

Berri sortit un mouchoir de sa poche et se tamponna le front, révélant par la même occasion la doublure argentée de sa veste. Et la crosse noire du pistolet qui y attendait.

Le visage d'Estel demeura imperturbable. Tous ses sens aux aguets. Personne ne bougeait, mais elle sentait les ennuis arriver à une vitesse vertigineuse.

— Clément, mon cher ami Clément, dit l'Antillais en rangeant son mouchoir aux côtés de son arme. Je vois très bien ce que tu fais. Si tu cherches à me faire avoir un changement d'humeur, cela ne va pas bien se terminer entre nous.

Droux secoua la tête, goguenard. Il jeta un bref regard à Estel, qui ne broncha pas. Puis il répondit tranquillement :

— Tu as le choix entre honorer ta dette telle qu'elle est, tout de suite, ou la doubler. Bastien restera ici aussi longtemps qu'il le faut pour me rembourser. Je suis curieux de voir comment la trésorerie se porte au jour le jour…

— Fils de pute !

Berri cracha par terre et, à bout de nerfs, empoigna son arme.

Il n'eut pas le temps de la sortir de sa veste. Estel lui saisit la main et la retourna. Elle avait glissé vers lui si rapidement qu'aucun de ses sbires ne put réagir.

L'homme en costume bleu s'effondra à genoux avec un hurlement de douleur.

— Salope ! Tu me casses le poignet !

— Je t'avais dit qu'elle pouvait t'enseigner deux ou trois trucs, se moqua Droux.

Le reste se déroula en un éclair. Bastien se plaça devant son patron pour faire écran de son corps. Les deux hommes de Berri, eux, foncèrent sur Estel pour libérer leur employeur.

Estel les attendait. Elle lança un coude en arrière, repoussant le premier d'un grand coup au visage. Le deuxième l'empoigna pour lui faire une clé de bras. Elle résista, mais elle ne pouvait maîtriser le directeur et se défendre en même temps.

— Bastien ! appela-t-elle, ne comprenant pas pourquoi son collègue tardait autant à venir lui prêter main-forte.

Car les coups pleuvaient sur elle de tous côtés. Elle fit face comme elle put. Son genou s'enfonça sous les côtes d'un des deux types, l'écartant provisoirement du combat. L'autre la saisit à bras-le-corps. Le premier revint déjà à l'attaque. Elle reçut une gifle, une deuxième. Sa vision se troubla.

Elle frappa au hasard. Toucha la gorge d'un adversaire, qui recula en chancelant. Mais la main boudinée du deuxième lui empoigna les cheveux et la tira violemment en arrière. Elle fut bien forcée de lâcher Berri.

Au moins, le pistolet était tombé par terre. D'un coup de pied, elle s'assura de l'envoyer le plus loin possible, et le vit disparaître sous un matelas, dans une alcôve.

— Bastien ! cria-t-elle à nouveau, tout en s'arrachant à la prise de son adversaire, au prix de plusieurs mèches de cheveux.

Elle chercha désespérément son camarade des yeux, constata qu'il se tenait toujours auprès de Droux, en retrait. Mais ce n'était pas tout.

Elle remarqua avec effroi la main de son patron posée sur le bras du jeune homme.

Il lui interdisait de lui porter secours.

— Laissons-les combattre, susurra Droux. Ça la dressera un peu.

10

— Bastien ! répéta Estel avec une détresse dont elle eut subitement honte.

Ses deux adversaires n'attendirent pas. Ils se précipitèrent de nouveau sur elle. Il ne s'agissait pas des meilleurs combattants du monde, mais leur masse imposante les avantageait. Ils rouèrent la jeune femme de coups, qu'elle rendit âprement. En l'espace de quelques instants, leurs visages à tous les trois étaient gonflés et couverts de sang. Pas forcément le leur.

— Merde ! haleta-t-elle en balançant son poing dans le menton d'un des hommes.

Elle se sentait piégée. Pire, elle se sentait dégradée. Elle ne savait plus où était passé Berri, ni ce que trafiquaient son patron et Bastien. Tout ce qu'elle comprenait, c'est qu'elle était livrée à elle-même. La manche de sa veste se déchira. Elle reçut des coups à la tempe, à l'arrière du crâne. Des nuées d'étoiles traversaient ses rétines.

Et malgré tout, l'excitation.

Se relever. Ne rien lâcher. Le plat de sa main heurta le nez d'un des deux types. Du bas vers le haut. Elle sentit le cartilage se disloquer en plusieurs morceaux, reçut un jet de sang salé. Le goût métallique se déposa sur ses lèvres tandis que le type roulait au sol, inanimé.

La rage aveugle, quand elle martelait la chair. Ses forces décuplées par l'adrénaline.

D'un coup de tête en arrière, elle parvint à se glisser hors de l'étreinte de l'autre homme. Elle se retourna, frappa au nez, à la gorge, aux yeux, sans relâche, jusqu'à ce que l'agresseur ne soit plus capable que de reculer en gémissant, sans même chercher à se défendre. Estel ne s'arrêta pas pour autant. Elle avançait, une machine, ses poings s'écrasaient contre le visage tuméfié, brisant de l'os, des dents, ses propres phalanges sans doute, et cela lui était égal car elle *prenait le dessus*.

La voix de Berri s'éleva :

— Ta chienne va le tuer !

— J'espère bien ! Il ne mérite pas mieux !

Le bonhomme s'effondra à ses pieds, en proie à une panique évidente. Sa face n'était plus qu'une énorme bouillie rouge. Le coin de sa lèvre pendait, sectionné en plusieurs endroits.

— Assez ? siffla-t-elle en crachant de la salive ensanglantée.

Le colosse hocha fébrilement la tête. Il arrivait à peine à respirer.

— Gilles ! s'écria alors Berri avec une joie nouvelle. Enfin !

Estel se retourna. Le géant au costume clair, qui les avait accueillis à la porte, venait de les rejoindre dans la salle. *Gilles*, donc. Les cicatrices sur son visage grossier étaient soulignées par les couleurs fluctuantes des leds. Oreilles en chou-fleur. Mains comme des battoirs. Il était si grand que son crâne rasé et inégal semblait frôler le plafond.

Il écarta le pan de sa veste pour retirer de son étui une lame courte, triangulaire. Un outil de chasseur. La vision tétanisa Estel. Elle songea à ce qu'une perforation avec un tel objet pouvait entraîner…

Elle se tourna vers les deux patrons. Le sang qui suintait de son arcade lui brouillait la vue. Elle aperçut pourtant Droux et Berri côte à côte, découpés en contre-jour devant le plexiglas de la piscine. En dépit de leurs différends, ils restaient deux vieux camarades. Profitant d'un spectacle de cirque dont elle était l'attraction.

— Qu'est-ce qui se passe, putain ?

Droux croisa les bras sur son gros ventre avec une satisfaction évidente.

— On te dresse un peu. Tu te débrouilles bien.

— Ça suffit ! cria-t-elle en levant les mains.

— Je te paye pour ça, lui rappela-t-il. Et je sais que tu es la plus forte. Montre-lui donc, à ce nègre.

— Gilles, ajouta Berri en claquant des doigts.

Le géant fonça sur elle sans autre forme d'encouragement.

Lame en avant.

Estel esquiva la redoutable pointe. D'un coup de bassin, elle contourna son adversaire, puis elle écrasa brutalement son pied sur l'articulation du genou. L'homme s'effondra net. Il était titanesque, oui. Donc trop lent à se mouvoir.

C'est ça que tu veux ?

Elle lui balança un autre coup de pied circulaire en pleine tempe, qui claqua comme un coup de fouet. Il chercha à se relever, elle l'en empêcha en frappant, cette fois, la main tenant l'arme.

C'est ça ? exultait intérieurement Estel. *Tu veux que je t'ouvre en deux comme un gros porc, Gilles ?*

Elle l'entendit grogner de douleur. Elle le vit lâcher enfin le couteau…

Mais elle ne vit pas l'autre portier s'approcher, dans son dos.

Tout à coup, les bras musculeux se resserrèrent autour d'elle.

L'adrénaline gicla dans les veines de la jeune femme. Elle en oublia la souffrance qui dévorait déjà tout son corps.

Elle bascula sa tête en arrière pour se dégager. Heurta brutalement le visage de son assaillant. Malheureusement, elle fatiguait. Et le type, lui, avait eu le temps de reprendre des forces. Il ne lâchait pas. Elle donna des coups de talon, se tordit en tous sens. En vain. Elle était immobilisée.

De son côté, Gilles avait repris le couteau. Il se dressa, le regard fixé sur elle. Il cracha à ses pieds, avant de s'approcher, la courte lame se balançant à droite, à gauche.

Vite.

Estel tâtonna vers l'entrejambe de celui qui la tenait. Elle serra les parties génitales. Fort.

L'homme poussa un cri aigu.

L'étreinte se relâcha.

Gilles se précipita sur elle au moment où Estel se jetait sur le côté. Le couteau pénétra dans l'épaule de l'individu qui, un instant auparavant, la tenait contre lui.

Il hurla. Gilles retira vivement la lame, libérant des flots de sang qui aspergèrent son costume.

— Ah, la salope ! explosa-t-il.

Sans se soucier des braillements de son camarade blessé, le géant fendit l'air avec la lame, cherchant à atteindre la jeune femme.

Estel ne lui en laissa pas la possibilité.

Elle le cogna à la tempe, d'un mouvement répété mille fois contre le sac de frappe, arrachant un brusque râle à son assaillant.

Elle s'écarta tandis que le couteau tranchait le vide entre eux.

Puis elle revint à l'assaut, cognant au même endroit. Nouveau râle surpris. Elle esquiva et cogna, esquiva et cogna plus fort encore, enivrée par l'odeur du sang, le halètement grandissant de son adversaire et les sanglots de l'autre homme à terre. Il lui fallut seulement quatre coups pour entendre l'os temporal craquer. Gilles vacilla, cligna des yeux, déboussolé pendant deux secondes. Pourtant, avec un rugissement de frustration, il s'élança une dernière fois pour l'embrocher.

Estel sentit le tranchant de la lame lui entailler le flanc, comme une flamme vive.

Dents serrées pour étouffer un gémissement, elle agrippa le bras offert, fit une clé et utilisa le poids du géant pour le retourner.

Gilles bascula, emporté par la douleur et sa taille titanesque.

Cela n'empêcha pas le craquement sec dans l'articulation de son coude.

Il hurla. Encore plus fort que son comparse quand la lame l'avait embroché.

Mais moins fort que le bruit suivant, affreux, des os qui se brisaient.

Estel savait qu'elle pouvait s'arrêter là. Elle avait gagné.

Elle *aurait pu.*

Elle remonta son genou et abaissa le bras du géant simultanément.

Le tissu de la veste couleur perle, déjà maculé de sang, se souleva sous l'os qui jaillissait de la chair.

À ce moment seulement, Estel relâcha son adversaire.

Le colosse échoua face contre terre. Il appela au secours en s'étranglant tandis qu'une flaque écarlate grandissait autour de lui.

Des claquements vifs s'élevèrent dans son dos.

Clément Droux applaudissait le spectacle.

11

— Tu ne vas pas faire la gueule, quand même ?

— Ne m'approchez pas !

Estel s'était assise sur le muret devant les pompes funèbres. Elle avait ôté sa veste déchirée et l'avait jetée. La plupart des boutons de sa chemise étaient arrachés, laissant apparaître son soutien-gorge. Même le tissu de celui-ci était gorgé de sang.

— Tu as été brillante, lui dit Droux en marchant vers elle, guilleret. Je peux t'assurer que Guy-Arnaud ne va plus chercher à faire le malin. Ces gens-là, ils sont comme ça. Il faut juste savoir leur montrer qui est le maître.

— Je vous ai dit de ne pas m'approcher !

Elle tremblait. D'humiliation. De colère. De tant d'autres émotions inexprimables. Sa respiration saccadée dessinait des volutes dans l'air frais.

Son patron s'arrêta à un mètre d'elle. Des camions passaient dans l'avenue, cahotant, entraînant une puanteur de gazole. Estel toussa. Sa gorge la brûlait. Mais, tout au fond d'elle, ce qui brûlait était plus douloureux et plus noir encore.

— C'est un peu tard pour jouer les mijaurées, décréta Droux. Allez, viens, on va s'occuper de toi. David conduira pour le retour, ne t'en fais pas.

Il ôta sa propre veste.

— Et couvre-toi, tu as du sang partout.

Estel ne se fit pas prier pour passer le vêtement sur sa chemise souillée. Elle serra ses bras autour d'elle.

— Bastien va commencer ce soir, poursuivit Droux comme si de rien n'était, tout en tapotant sur sa sacoche en cuir. Il viendra avec notre propre équipe de serveurs et de portiers, bien sûr. Ne travailler qu'avec des gens dont on connaît la valeur, c'est une règle de base.

La jeune femme explosa.

— Mais arrêtez le baratin, putain ! J'ai blessé un homme à un point inimaginable ! Je l'ai sans doute privé d'un bras ! Et l'autre a probablement une perforation artérielle ! Je ne comprends même pas pourquoi la BAC n'est pas encore ici… Et, de toute manière, l'hôpital préviendra la police ! Il va y avoir une enquête…

Droux se pinça l'arête du nez.

— Tu le fais exprès, d'être aussi gourde ? Je t'ai dit que ces types n'ont pas de papiers. Aucun d'entre eux. Tu peux oublier l'hôpital. Guy-Arnaud est un tocard jusqu'au bout, dans tout ce qu'il fait. Et la BAC de ce secteur ? Ce sont de bons amis. Les choses sont bien carrées.

— Vous réalisez que l'un et l'autre de ces hommes peuvent y laisser la vie ?

— Encore mieux, alors. On n'entendra pas parler d'eux pour porter plainte.

Estel ravala de la bile acide.

— Comment pouvez-vous prendre les choses comme ça ?

— Je prends les choses comme un patron.

Elle le dévisagea d'un regard meurtrier. Sur le trottoir d'en face, elle apercevait David, posté à côté de la Porsche. Et Bastien, devant la porte du club, les mains dans le dos. Tous deux souriaient placidement, comme si ce qui venait de se passer était « bien carré », oui. Droux devait avoir raison. Il était le patron.

— Plus le mien, déclara-t-elle. Je démissionne. Maintenant.

Droux pencha la tête sur le côté, les yeux ronds. Le vent agitait ses cheveux en bataille.

— Pardon ?

Elle relâcha les pans de la veste trop grande. Celle-ci sentait le parfum écœurant de Droux.

— Je ne veux plus jamais avoir *quoi que ce soit* à voir avec vous, ou avec votre putain de cour des Miracles. Ce n'est pas le métier pour lequel j'avais signé.

— Ne dis pas de bêtise. Regarde plutôt.

Droux plongea la main dans la sacoche. Il en ressortit une belle liasse de billets.

— Qu'est-ce que c'est que ça ?

Il agita l'argent comme s'il s'agissait d'une friandise.

— C'est dingue comment ton petit spectacle a rafraîchi la mémoire de Guy-Arnaud. Il a subitement retrouvé du cash dans son coffre. Par la même occasion, tu es augmentée. Qu'en dis-tu ? C'est plus que ce pour quoi tu avais signé, c'est certain !

Estel eut subitement envie de cogner ce visage rubicond. De lui effacer son sourire doucereux à coups de poing. Mais elle n'était pas si stupide.

— Gardez votre thune. Je ne suis pas une des putes que vous recrutez pour appâter les losers du show-biz dans votre club.

Le regard de Droux s'ombragea.

— Attention, tu franchis la ligne, ma jolie. Mais je vais oublier les insultes. C'est toi l'héroïne du jour, après tout. Comme c'est le métier que tu as choisi.

Personne ne t'a forcée. Tu n'as pas de casier, mais tu sais que tout le monde connaît ton passé.

Elle se figea. Elle devait faire attention à chacun de ses mots.

— Et alors ?

— Tu es transparente, ma pauvre. En réalité, tu ne te soucies pas du mal que tu viens de faire. Tu as juste peur qu'une enquête fasse remonter ton petit passé policier. Je me trompe ?

— C'est une menace ?

— Juste une manière de te rafraîchir la mémoire, parce qu'on dirait que les coups que tu viens de prendre t'ont fait perdre la mesure des choses. Si tu me tournes le dos maintenant, après tout ce que j'ai fait pour t'intégrer à mon équipe, ne compte pas retrouver de travail de sitôt, mon petit chaton. Tu as bien vu ce dont je suis capable.

— Vous vous imaginez que vous m'impressionnez ?

Elle soutint son regard. Sa plaie à l'arcade avait recommencé à saigner, mais elle s'en moquait.

— Vous ne seriez pas le premier macho à vouloir me faire baisser les yeux, ajouta-t-elle entre ses dents. Tous ceux qui ont essayé ont mis un moment avant de pouvoir rouvrir les leurs.

Droux hocha la tête. Il caressa sa sacoche.

— Je n'en doute pas. C'est pour ça que je t'aime. Maintenant, dis-moi que l'émotion t'a emportée, et cette discussion est oubliée.

Elle cracha par terre et tourna les talons.

— Va te faire foutre, Clément.

Elle l'entendit qui haussait la voix derrière elle.

— Estel ! Je ne plaisante pas ! Tu ne peux pas me quitter comme ça !

— Et pourtant…

Elle pensa à Léo et à leur dernière discussion. Elle sentit une montée stupide de bonheur. Finalement, elle *pouvait* arrêter.

Elle entendait encore Droux s'égosiller quand elle tourna à l'angle de l'avenue, une centaine de mètres plus loin. Là seulement elle sortit son téléphone et, du bout de ses doigts douloureux, effleura l'écran pour commander un Uber.

12

Elle avait perdu beaucoup de sang, pourtant elle pouvait s'estimer chanceuse. Il n'y avait aucune de ses blessures qu'elle ne puisse soigner par elle-même. Elle commença par nettoyer son arcade sourcilière. Elle était à peu près sûre de ne rien avoir de cassé. Les antibiotiques empêcheraient l'inflammation.

Au niveau du visage, une fois ces impressionnantes ecchymoses dégonflées, elle n'aurait aucune séquelle. Elle souffrirait pendant deux, trois jours au maximum.

Au niveau de sa hanche, c'était une autre affaire. Le tranchant du couteau avait méchamment ouvert la chair. Une lésion profonde, sur plusieurs centimètres.

Mais, là encore, ce n'était rien dont la jeune femme ne puisse s'occuper. Elle l'avait déjà fait. À maintes reprises. Pour commencer, elle stoppa le saignement, nettoya la plaie, la désinfecta avec soin. Puis, la pinçant d'une main pour la refermer, elle appliqua de la colle cyanoacrylate tout le long, sans trembler une seule seconde.

Elle doubla avec des sutures Steri-Strip dont elle possédait tout un stock.

Oui, elle s'en tirait bien.

Physiquement.

Depuis le début, elle avait ignoré la présence oppressante de Léo. Il l'observait en silence depuis l'encadrement de la porte.

Elle se tourna enfin vers lui, appuyant ses reins douloureux contre le lavabo, et affronta le regard de son compagnon. La détresse qui transpirait de lui était une torture. *Ça*, elle ne savait pas comment le soigner toute seule.

— Rambo était une chochotte, dit-il.

Elle eut un rictus féroce, qui devait encore plus déformer son visage boursouflé. Même aussi abattu, Léo parvenait à la faire sourire.

— T'es con…

— Ce matin, c'était les ronces, ajouta-t-il d'un ton qui n'avait rien d'amusé. Maintenant, tu vas inventer quoi ? Que tu t'es cognée à une porte ?

— Le job, dit Estel. Je suis garde du corps, tu te souviens ?

— Bien sûr. Le job a bon dos. Pourquoi tu es là, et pas en train de porter plainte au commissariat ?

— Je… De quoi parles-tu ?

Léo croisa les bras, un pli anxieux au coin de ses lèvres. Le néon de la salle de bains fit danser des éclairs dans ses lunettes.

— On t'a agressée, n'est-ce pas ?

— Mais bien sûr que non ! J'ai dû sortir un type du club. J'étais seule et c'était un dur à cuire. Ça s'est envenimé. Pourquoi tu ne me crois pas ?

— Parce que tu me mens, Estel. Je ne sais pas depuis combien de temps, je ne sais pas sur combien de choses, mais ça ne peut plus durer comme ça.

Elle sentit un début de nausée.

Comme si une nouvelle baisse de tension était sur le point de la saisir. Elle pria pour que ça n'arrive pas. Surtout pas devant lui.

— Je ne te comprends pas, Léo. Tu me connais.

— Non, c'est moi qui ne te comprends plus. Je ne te reconnais plus. Je ne sais pas comment te le dire autrement et je suis désespéré. Ça fait des mois et des mois que ça dure. Je n'en peux plus de voir ce que tu te fais, les états dans lesquels tu te mets. Je n'ose même pas imaginer ce que tu fais *exactement*.

— Mais…

— Si tu continues dans cette voie, tu sais que ce ne sera plus possible.

— Parce que ce n'est pas *déjà* plus possible ?

Elle ne voulait pas lui dire ça, bien sûr.

Elle attendit une relance qui ne vint pas. Tout ce qu'elle aurait aimé, c'est qu'il fonce vers elle et la prenne dans ses bras. Qu'il la gifle s'il le voulait. Si c'était pour lui dire ensuite qu'ils pouvaient tout arranger… Qu'à partir de maintenant tout allait changer.

Au lieu de cela, son téléphone se mit à vibrer contre le lavabo. Elle vit que c'était Jean-François Maxime, le PDG de la boîte de sécurité qui l'employait.

— Je dois répondre. Le travail…

— Le travail, souffla Léo. Ouais.

Il se retourna et claqua la porte de la salle de bains.

Estel fit glisser son pouce sur l'écran de verre.

— Oui, Jean-François. J'allais vous appeler…

13

— *Vous vous foutez de moi ?* braillait Jean-François Maxime au bout de la ligne. *Droux m'a incendié pendant un quart d'heure et m'a menacé de dénoncer tous les contrats que nous avons avec lui ! Qu'est-ce qui s'est passé pour en arriver là, bon Dieu ?*

Estel referma la porte de la chambre et s'assit en tailleur sur le lit. Elle essaya de ne pas regarder son reflet difforme dans le miroir mural.

— Il ne vous l'a pas expliqué ?

— *Il m'a dit que vous vous êtes battue avec un collègue, que vous l'avez blessé, et que vous avez fait un abandon de poste par-dessus le marché ! Qu'est-ce que c'est que ce cirque ?*

— Droux est un salopard de la pire espèce.

— *Droux est un client de Maxime Sécurité. Un gros client. Il mérite le respect le plus total, quoi que puissent être vos états d'âme. Il connaît toute la profession.*

— Ça, je n'en doute pas.

En six mois, elle avait amplement eu l'occasion de constater la popularité de Droux dans la faune de la nuit. Son réseau d'influence faisait frémir. Elle repensa à ses menaces à peine voilées.

Tout le monde connaît ton passé.

Elle savait que de tels mots n'étaient jamais lancés au hasard par ce genre d'homme. Droux avait le bras long, et il n'hésitait jamais à s'en servir. Pour briser.

— Dites-moi ce que vous avez à me dire, reprit-elle sans rien laisser transparaître du chaos de ses pensées. Clément Droux vous a demandé de me blacklister, ou quelque chose dans le genre ? C'est ça, n'est-ce pas ? Et *vous*, qu'avez-vous décidé ?

Il y eut un moment d'embarras, qui ne ressemblait pas à Maxime. Estel sut que c'était perdu d'avance.

— *C'est un petit milieu*, reprit son patron. *La boîte est encore jeune. Elle a besoin d'une image irréprochable si nous voulons conserver nos clients.*

— Ce n'est pas le discours que vous m'avez tenu il y a trois ans, lui rappela Estel. C'est vous qui êtes venu me chercher, vous vous souvenez ? Vous aviez vos grandes théories sur la justice. Sur le besoin de donner sa chance à une fille pour gérer une équipe de mecs et faire évoluer les mentalités. En fin de compte, c'est la vôtre, de mentalité, qui a évolué, c'est ça ?

Les mots avaient un goût détestable dans sa bouche. Jean-François Maxime était un ancien flic qui avait monté son entreprise par passion. Il avait engagé Estel en dépit de sa bavure encore récente à l'époque, et s'était toujours démené pour lui trouver des postes à la hauteur de ses compétences. Si même *lui* finissait par ronronner face aux pourris qui le payaient, il n'y avait plus rien à attendre de cette profession.

— *Vous devriez prendre des vacances. Cela vous ferait le plus grand bien. Moins de stress, moins d'emportements...*

— J'ai compris le message, conclut Estel qui ne tenait pas à faire durer le supplice plus longtemps. Pas besoin de m'humilier davantage.

Elle raccrocha sans rien ajouter. Elle tremblait de tout son corps.

À quoi tu t'attendais, pauvre idiote ?

Elle étouffait. Elle ouvrit la fenêtre, mais le vacarme des travaux à l'extérieur ne suffisait pas à couvrir celui de sa détresse à l'intérieur. Tout ce qu'elle avait vu dans le club en seulement six mois lui revenait. Un raz-de-marée. Tout ce qu'elle avait laissé passer, les lèvres serrées, *parce que ça faisait partie du travail.* Les intimidations. Les filles qui venaient pour « s'occuper » des bons clients de Droux, et qui partageaient avec lui une partie de leurs revenus…

Comme Sucre.

Le souvenir de cette fille-là, tout particulièrement, l'emplissait d'une sensation douloureuse. *Sucre* était le pseudo d'une escort d'à peine vingt ans, dont Estel ne connaissait même pas le véritable prénom. Une fille perdue, qui tapinait sous la protection de Droux. Estel lui avait offert un ou deux verres, en douce. Elles échangeaient des banalités, mais Estel appréciait ces moments.

Jusqu'au soir où Sucre était revenue au club avec le visage couvert d'hématomes. Un client pas commode, selon ses propres termes. Il l'avait largement dédommagée, insistait-elle. C'était comme ça que la vie fonctionnait. Estel l'avait laissée se mentir. À vingt ans, on était stupide. Les filles comme Sucre voulaient de l'argent, et les hommes qui le leur donnaient avaient parfois des manières odieuses de le leur faire gagner.

Estel referma la fenêtre. Elle ne se sentait *vraiment* pas bien. Elle appuya sa main contre le mur, à côté du miroir. Son regard se planta dans son reflet boursouflé.

La tête de Sucre n'avait pas été aussi abîmée que *ça.*

La jeune femme avait tenu quelques mois après l'épisode du *client pas commode*. Puis elle avait annoncé à Droux qu'il ne la reverrait plus dans son établissement et en effet, elle n'y était pas revenue. Pendant quelques jours, Estel s'était inquiétée pour elle. Un matin après le service, elle avait pris sur elle de téléphoner à la fille pour s'assurer qu'elle allait bien. Elle entendait encore la voix diaphane de l'escort qui ne tenait plus à être importunée. Elle allait quitter Paris, tout recommencer à zéro. Estel ne devait *jamais plus* chercher à la joindre. Elle faisait partie de son passé désormais. Estel avait été sidérée par la violence de ses propos, à moitié chuchotés, à moitié crachés au téléphone. Mais elle avait également compris que la jeune femme, en dépit de tous les rabaissements qu'elle avait pu subir dans sa vie, avait plus de courage qu'elle.

Maintenant qu'elle se regardait dans le miroir et qu'elle contemplait son affreuse tête gonflée, elle constata que la plaie à son arcade avait recommencé à saigner.

Elle se laissa tomber dans le lit sans s'en occuper et perdit peu à peu toute notion du temps.

14

Tu te crois bien malin, Lord of War ?

Tu te crois si bien caché ?

C'est ce qu'on va voir.

La loi de la nature s'appliquait à la jungle urbaine de la même manière qu'au sein de la forêt sauvage. Les charognards restaient entre charognards. Et les délinquants restaient entre délinquants.

Ils *vivaient* entre eux. En meute.

Les bornages du téléphone d'Amir Mokrane pouvaient en témoigner. Falconnier étudia le moindre appareil s'étant, à un moment ou à un autre, trouvé en sa présence. Il lui fut aisé d'identifier le cercle proche du caïd. Une belle petite bande de malfrats, pour la plupart de moins de vingt-cinq ans.

Tous pouvaient s'enorgueillir de casiers déjà fournis. Avec, pour certains, des séjours plus ou moins longs à l'ombre des Baumettes.

Cela ne prouvait rien en soi, bien sûr.

Mais Lord of War, si féru d'informatique soit-il, restait un dealer d'armes de seconde zone, terré dans un ghetto où il se contentait de refourguer ses vieux AK-47 yougoslaves à ses semblables.

Ses clients ne le cherchaient pas sur le Web.

Ils devaient entendre parler de lui par le bouche-à-oreille.

Les messages de Mokrane laissaient supposer qu'il ne connaissait pas personnellement le revendeur. Il avait juste eu besoin d'une arme qui ne soit pas « chaude » et Lord of War lui avait fourni un service pratique, rapide. Comme il devait le faire pour d'autres utilisateurs…

Falconnier devait mettre au jour la chaîne de ses clients pour remonter jusqu'à lui. Rien de plus. Rien de moins.

Plusieurs jours durant, il étudia les téléphones ayant émis à proximité les uns des autres. Il écarta beaucoup de pistes. Jusqu'à ce que le logiciel Mercure fasse une corrélation intéressante entre les numéros.

Du premier coup d'œil, Falconnier sut qu'il avait un gagnant.

Il appela le chef de la BRB.

Gérard Crais franchit la porte du labo moins de cinq minutes plus tard.

— Je t'écoute.

Non sans fierté, Falconnier projeta la photo d'un jeune homme barbu sur le plus gros des écrans.

— Tu le reconnais ?

— Carrément. Omar Maaroufi. J'ai placé cette petite ordure en garde à vue plus d'une fois. Le juge des libertés le remet dehors dans la journée. Entre lui et nous, c'est un peu comme le chat et la souris.

— Le juge ne le relâchera pas aussi vite dans la nature, cette fois. Le souriceau va finir à l'ombre. Il fait partie des clients de Lord of War.

Le visage de Crais se plissa. Sa pomme d'Adam remonta.

— Comment tu peux en être aussi certain ?

— La localisation de Mokrane prouve qu'il s'est souvent trouvé en présence de Maaroufi. Les deux hommes se fréquentent régulièrement. Ils s'envoient des SMS. Ils se retrouvent même plusieurs heures durant, chaque mardi, dans le même salon de thé. Sauf, très bizarrement, il y a deux semaines de ça. Mardi 26 février, pour être précis. Mokrane y était, comme à son habitude. Pas Maaroufi. Tu sais ce qui s'est passé, ce jour-là ?

Crais fit un rapide calcul.

— Braquo du convoyeur banalisé sur le parking de la Valentine ? Trois individus avec des kalachs. Ils ont tiré dans le tas. Un miracle qu'il n'y ait pas eu de blessés.

— Les hasards du calendrier, ricana Falconnier. Moi, je mets ma main à couper que Maaroufi était l'un des trois lascars.

— Tu peux l'affirmer comme ça ? Tu es magicien ?

— Je dispose surtout d'outils très performants.

Le jeune investigateur désigna la photo de Maaroufi.

— Tu ramènes ce trou du cul sous n'importe quel prétexte et tu me donnes accès à son téléphone pendant dix minutes. Ces outils te fourniront toutes les preuves dont tu as besoin.

— Un prétexte, cela ne devrait pas être trop compliqué à trouver, promit Crais.

15

Deux jours.

Il n'en fallut pas plus à la BRB pour embarquer Omar Maaroufi. Rixe en pleine rue. Le regard d'un passant ne lui avait pas plu. Maaroufi l'avait poussé du trottoir et s'était mis à le rouer de coups. Les hommes de Crais étaient prêts, ils menottèrent le garçon qui se démenait en hurlant au harcèlement policier. Il allait passer quelques heures au frais. Assez pour récupérer son téléphone en toute légalité.

Falconnier le connecta à ses outils magiques. Sous les doigts experts du jeune policier, les logiciels déployèrent leurs spirales de calculs.

Les informations qu'il attendait ne tardèrent pas à s'afficher sur les moniteurs.

Premièrement, Maaroufi n'était pas un amateur de Telegram, il privilégiait Signal. Le mystérieux Lord of War, quant à lui, semblait user de toutes les messageries sans distinction. Il avait utilisé un autre téléphone rechargeable, avait pris contact via cette application chiffrée avant de basculer sur un *junk mail* chinois à usage unique pour les détails de la transaction. Paiement similaire à celui de Mokrane : environ 6 000 euros, versés en bitcoins d'un portefeuille à l'autre par l'intermédiaire d'un Escrow.

Quand Gérard Crais arriva enfin, Falconnier avait posé les pieds sur le bureau, fauteuil renversé en arrière.

— Je te l'avais dit, c'est notre homme ! Il a acheté trois armes à Lord of War et il est allé les chercher en main propre à la Castellane. Pas loin de là où Mokrane avait récupéré la sienne.

— Très bien, grommela Crais.

Falconnier se retourna.

— Un souci ?

— Nouveau braquage, même type de kalach. Ça vient de se passer. Les collègues sont partis sur place. Nous sommes cosaisis avec la Crim.

L'implication de cet autre service ne pouvait signifier qu'une seule chose :

— Des victimes…

— Un opticien, la quarantaine, précisa Crais d'une voix encore plus grave que d'ordinaire. Il a pris une balle perdue qui a traversé la vitrine de sa boutique. Colonne vertébrale touchée. Le cœur a lâché avant qu'il n'arrive en réanimation.

Ses traits se creusèrent tandis qu'il ajoutait :

— Je le connaissais. Lui et sa femme habitent dans ma rue. Je les croisais chaque matin. Et maintenant, c'est sa femme seule, sa *veuve*, dont je vais devoir affronter le regard. Chaque matin, putain.

Falconnier se leva, mal à l'aise.

— C'est terrible, mais ce n'est pas de ta faute pour autant. Ne commence pas à en faire une histoire personnelle…

— Tu établis ton procès-verbal et on garde Maaroufi, se contenta de répliquer le chef de la BRB. Ce que tu as accompli là, ça relève du génie, comme d'habitude. Mais il y a une chose que je te demande, maintenant…

— Laquelle ?

— Retrouve le fils de pute qui se fait appeler Lord of War. Fais comme tu veux, mais vite.

— Je l'aurai, Gérard. Je vais remonter la chaîne de ses clients. Je finirai par avoir un nom et une adresse. Je te le promets.

Le vieux policier lui adressa un mouvement de la tête, avant de tourner les talons.

Falconnier se retrouva seul devant ses moniteurs. Face aux données du téléphone de Maaroufi qui dévoilaient leurs arborescences numériques. Des lignes et des lignes d'informations.

L'identité de Lord of War était là. Dissimulée dans le nuage de data, codée sous une forme ou une autre dans les déplacements de Maaroufi et les personnes qu'il avait croisées, dans le recoin d'un de leurs carnets d'adresses. *Quelque part.*

L'investigateur se gratta le menton.

Les quartiers nord. La Castellane.

C'était là que les échanges se faisaient.

Qui que soit l'individu planqué derrière ce pseudonyme, il était fini. Il ne le savait pas encore, mais alors que les doigts de Falconnier se remettaient à pianoter sur les touches rétroéclairées dans un bruissement de silice, il était proprement, définitivement cuit. Ce n'était qu'une question de temps. Et de pugnacité. Falconnier ne manquait ni de l'un, ni de l'autre.

Il venait de faire une promesse à Crais. Mais, en réalité, il se l'était faite à lui-même.

Tout comme, des années auparavant, il l'avait faite aux fonctionnaires fainéants qui refusaient de prendre au sérieux ses déductions, alors qu'il aurait pu retrouver l'escroc qui avait ruiné ses parents.

Une fois en chasse, plus jamais *personne* ne le ferait abandonner.

II

LA FEMME
EN CENDRES

16

Le gibier était identifié.

Il ne restait plus qu'à organiser la battue.

Falconnier avait suivi la piste avec une patience infinie, alors que les jours devenaient des semaines. Il avait cerné l'environnement du revendeur d'armes, soigneusement analysé ses habitudes. Il avait établi un dossier complet pour la demande d'écoutes.

À présent, tout tenait droit.

Le procureur Coquelet prenait régulièrement des nouvelles du dossier. Avec lui, les choses étaient toujours carrées. La juge donna son accord pour que la BRB procède à l'interpellation. La circulation de ses armes continuait, un vrai fléau. Il était plus que temps d'arrêter l'hémorragie.

Certes, le type était malin. Il maîtrisait ses moyens de communication à la perfection. Cela ne l'avait pas empêché de commettre deux erreurs.

La première : se cantonner aux quartiers nord pour livrer sa marchandise. Les lieux de rendez-vous étaient trop proches les uns des autres. Ils permirent à Falconnier de remonter la piste d'un client à l'autre, d'un réseau de téléphones mobiles à un autre.

Et encore, le jeu de piste aurait pu continuer longtemps.

Mais le vendeur avait commis une deuxième erreur, qui avait un nom aussi simple que fatal : *toxicomanie*. Gros consommateur. Cet idiot avait la paresse d'aller se fournir ailleurs que dans son périmètre d'activité. Quand il en avait besoin, il en avait besoin *tout de suite*.

À la demande de Falconnier, l'équipe technique avait placé son fournisseur de cocaïne sous écoute. Non seulement ils purent récupérer des preuves de sa consommation de stupéfiants, qui suffisaient à le placer en garde à vue, mais le dealer leur fit également, sans s'en douter, le plus précieux des cadeaux : il lui demanda s'il avait du nouveau « matos » à vendre de son côté. L'individu s'enorgueillit d'une belle réception attendue pour le lendemain et se vanta de pouvoir alimenter en AK-47 quiconque avait l'argent pour se les offrir.

Bingo.

Lord of War avait désormais un nom : Étienne Haussmann. Vingt-sept ans, sans emploi. Il avait été serré à Toulon trois ans auparavant, son sac à dos rempli de cocaïne. Deux ans derrière les barreaux à La Farlède. Il avait travaillé à la bibliothèque du centre pénitentiaire, où il s'était de toute évidence formé au maniement du Web et de ses subtilités.

Quand Falconnier avait vu le pedigree de son gibier s'afficher, il s'était senti déçu.

Aucune envergure. Un simple *geek* qui se croyait dans *Call of Duty* et qui jusque-là, par chance, était simplement passé sous les radars ? Ça en avait tout l'air. Haussmann vivait dans un logement appartenant à sa mère qui, elle, résidait à Toulon avec son deuxième mari.

Falconnier insista toutefois pour être présent pendant l'interpellation. Après tout, il avait effectué la plus grande partie du travail.

Lui aussi avait son orgueil. Mal placé parfois. Mais c'était ainsi.

Il attendit dans une voiture, observant les hommes de la BRB se déployer dans la rue en silence. Cagoules. Gilets pare-balles. C'était le lundi de Pâques, songea Falconnier de manière absurde. Une chasse aux œufs un peu spéciale pour eux.

À 6 heures précises, les policiers fracassèrent la porte et Gérard Crais lui-même arracha Haussmann à son lit taché de vomissures fraîches. Résultat classique du mélange de cocaïne et de kétamine tant à la mode depuis quelques années.

Le vieux commandant se pencha sur le délinquant menotté, une joue écrasée contre le mur, de la bave maculant sa petite barbichette. L'homme était aussi maigre qu'un animal malade, ses dents claquant comme s'il essayait de mordre.

— Emballez, c'est pesé, déclara Crais avec satisfaction. Je notifie le début de la garde à vue. On effectue la perquise dans la foulée.

Les enquêteurs commencèrent la fouille de l'appartement. Falconnier resta près de la porte au début, pour ne pas interférer. Il chercha des yeux le matériel informatique, repéra un ordinateur portable sur une table basse, un deuxième posé par terre et des clés USB dispersées en vrac sur des étagères.

Pourquoi autant ? ne put s'empêcher de remarquer l'investigateur en cybercriminalité. Avant qu'il ne puisse faire une réflexion, un officier sortit de la petite cuisine en agitant un trousseau.

— J'ai une clé qui correspond à un box, chef. Il y a un numéro dessus. Probablement les garages en bas de la rue.

— Dans ce cas, on va voir tout ça ! s'exclama Crais.

Haussmann était toujours à terre, maintenu par deux agents. Le chef de la BRB appuya la semelle de ses rangers sur son dos. Le jeune homme geignit.

— Tout ça ne tiendrait qu'à moi, tu serais déjà plus de ce monde, espèce de petite merde.

Chacune de ses paroles vibrait de dégoût, profond, glacé. En retrait, Falconnier dévisagea son collègue d'un regard désapprobateur.

Crais s'en aperçut et ôta son pied.

— Quoi ?

— Rien, dit Falconnier.

Il se tourna vers les hommes occupés à glisser les câbles d'un des ordinateurs dans des sachets plastique.

— S'il vous plaît, pouvez-vous me mettre de côté tout ce qui est numérique ? Il y a pas mal de clés USB sur les étagères, là-bas. Mais aussi, si jamais vous mettez la main sur des appareils photo, des disques durs, des cartes micro-SD, des baladeurs numériques… Vraiment tout ce qui a une mémoire à l'intérieur.

Il s'approcha du réfrigérateur couvert d'autocollants, dont la peinture manquait à plusieurs endroits, dévoilant du métal crasseux en dessous.

— Tu veux embarquer ça aussi ? se moqua le chef de la BRB.

Falconnier secoua la tête.

— Non. Ce n'est pas un modèle connecté. Mais je voulais vérifier, au cas où. Dans une affaire, à Paris, on avait retrouvé des images pédopornos sauvegardées dans la mémoire du frigo.

Le vieux policier souleva sa casquette et gratta son crâne ridé.

— Tu penses que notre oiseau tremperait dans ce genre de trucs ?

Falconnier observa l'appartement, puis l'homme à terre. Haussmann le regardait aussi. Son corps luisant de sueur tremblait imperceptiblement.

— Il y tâte bien en informatique. Je sais pas.

Crais haussa les épaules. Puis lança aux membres de son groupe :

— Les enfants, vous m'entendez ? Tout ce que Quentin vous demande de récupérer, vous me le prenez sans discuter. Et même s'il vous dit d'embarquer le frigidaire, le putain de micro-ondes ou je ne sais quoi… C'est lui, le connaisseur. Vous faites ce qu'il vous dit, entendu ?

Au sol, le jeune homme décocha un regard intensément noir au policier, avant qu'on ne le mette de force sur ses pieds pour l'emmener dans une voiture.

17

Trois ans auparavant

— Cette semaine, j'ai déjeuné avec ma collègue Madalena. Nous sommes allées manger des sushis, comme on le faisait quand on travaillait ensemble.

La psy hocha posément la tête.

— Comment va-t-elle ?

— Mal. Très mal…

Estel chercha ses mots. Elle n'en trouvait pas qui ne soient tranchants comme des lames.

— Elle sort d'un mois entier d'hospitalisation, suivi de torrents de merde administrative sans fin. Ils n'ont pas pu se débarrasser d'elle aussi facilement qu'ils l'ont fait pour moi, alors ils l'ont collée dans un bureau minuscule, dans les combles du commissariat. Elle ne travaille plus avec ses collègues. Elle est interdite de voie publique, bien sûr. Mais elle doit rester là. Pour justifier son emploi. On lui renvoie toutes les victimes de harcèlement, viols conjugaux, agressions ordinaires…

Tout en parlant, elle conservait le regard braqué vers le plafond. Elle respirait trop fort, peinant à gérer les émotions qui se battaient dans sa poitrine. *L'injustice. La défaite.*

— Elle passe ses journées à écouter des personnes au bout du rouleau. Des pauvres femmes battues et terrifiées par leurs conjoints, parce que c'est comme ça que ça se passe, encore aujourd'hui. Quand elle n'a pas ces porcs en face d'elle, qui la menacent parce qu'elle s'immisce dans leur vie… et que jamais, *jamais*, sa putain de hiérarchie ne fera mine de la soutenir, parce qu'elle-même, elle se trouve là en guise de *punition*.

— Je comprends.

— Sauf votre respect, je doute que vous compreniez vraiment ce qu'elle traverse, madame.

La psy lissa lentement sa jupe. Concentrée.

— Est-ce que votre collègue est suivie, elle aussi ?

— On nous a imposé de voir des psys, vous le savez très bien. Mais cela lui fait une belle jambe. Ils vont la laisser crever dans son placard alors que rien de tout cela n'était de sa faute.

— Il est toujours possible de remonter la pente. Peut-être que Madalena finira par changer de travail, si la situation dans laquelle on l'a mise est à ce point difficile.

Estel laissa échapper un sourire forcé.

— Comme si on avait le choix. Elle ou moi.

— Vous l'avez. Et peut-être que votre amie s'en rendra compte.

— C'est tellement facile, pour vous, de dire ça. Votre vie n'est pas un énorme gâchis.

— Vous pensez toujours que votre vie est un gâchis ? Parce que je ne suis pas d'accord, Estel.

— Mais bien sûr…

Elle ferma les yeux. Parfois elle avait l'impression d'avancer. Parfois, comme aujourd'hui, une terrible lucidité s'emparait d'elle et elle n'était plus qu'un puits sans fond d'acidité et de ressentiment.

— Je ne suis pas déprimée. Je suis juste en colère. Une colère qui me donnerait presque envie de défoncer chaque personne que je croise. La société est un dépotoir où tout le monde ne cherche qu'à vous baiser, à vous humilier, ou, au mieux, à se servir de vous. Vous êtes la seule qui m'écoute. Et pourquoi ? Parce que vous êtes payée pour ça.

— Vous avez le droit de le penser. Mais je vous assure que ce n'est pas vrai. Bien au contraire.

Estel ricana. Elle regarda pensivement la pièce, les photos du système solaire décorant les murs. Il y avait même deux vinyles de Jean-Michel Jarre exposés sous verre. La psy pencha la tête sur le côté.

— Reparlez-moi de votre nouvel emploi, si vous voulez bien. Maxime Sécurité, vous m'avez dit ?

— C'est ça.

— Comment cela se passe-t-il ?

— Cela se passe, souffla la jeune femme. Je n'ai pas encore commencé, mais j'ai été reçue au test de sélection en off. J'ai les acquis de la police, il semble que j'ai fait mes preuves. Le patron s'appelle Jean-François. Il a été prévenant, vraiment très sympathique. Il m'a dit qu'il me voyait bien accompagnatrice de sécurité rapprochée, et qu'il va me former. Je ne suis pas naïve, c'est une boîte *light*. Il ne cherche pas des militaires pour de la protection haut de gamme. Il a juste besoin de personnes qui savent se battre et qui présentent correctement. Au stade où j'en suis, c'est mieux que rien. C'est même plutôt bien. Je vais marcher à la mission. Un peu comme en intérim. L'ironie, c'est que je vais avoir un emploi mieux payé que quand j'étais dans la police.

— Votre patron… Il est au courant de votre parcours, je présume ?

— Évidemment. C'est un ancien flic. Un vieux de la vieille, avec une de ces têtes de *biker*. On peut sentir que, lui aussi, il a dû en baver avant de monter sa boîte. Au moins, il sait qu'on est dans ce métier parce qu'on est fait pour ça. Il tient à me donner ma chance.

— Je me souviens que vous pensiez qu'on ne vous la donnerait pas.

Estel baissa les yeux sur ses ongles rongés.

— C'est vrai.

— Vous pouvez donc vous tromper, quand vous jugez aussi durement la société, non ?

Estel considéra longuement cette affirmation.

— J'espère une seule chose.

— Laquelle ?

— Que si je me lance dans ce travail et qu'un jour un autre coup dur arrive, le patron sera aussi droit dans ses bottes qu'il l'a été lors de notre entretien. Qu'il ne me laissera pas tomber pour sauver ses fesses, comme il reproche à tout le monde de le faire…

— Mais enfin, il n'y a pas de raison, la rassura la psy avec sa douceur habituelle.

Un mensonge. Comme tout le reste. Évidemment.

18

Estel et Léo n'avaient plus reparlé de l'incident du mois précédent, quand la jeune femme était rentrée blessée et couverte de sang.

Le profond malaise entre eux ne s'était pas dissipé pour autant.

Au début, Léo restait à l'appartement, scotché à ses écrans, entre codage intensif et conférences vidéo avec ses collègues. Il ne s'autorisait que sa sortie hebdomadaire traditionnelle, où il retrouvait ses amis dans un bar de *geeks* et revenait toujours passablement éméché. Mais, depuis près de deux semaines, il avait pris l'habitude de déserter les lieux pour aller travailler à l'extérieur.

Autrement dit, il préférait fuir sa compagnie. La jeune femme ne pouvait pas lui en vouloir. Passer leurs journées entières l'un sur l'autre n'arrangeait rien.

Elle n'était pas idiote, non plus. Le « travail à l'extérieur » de Léo consistait surtout à retrouver sa *merveilleuse* collègue Cassandre dans une brasserie du centre-ville. Elle les imaginait tous les deux, confortablement installés avec leurs ordinateurs portables, épaule contre épaule, buvant des pintes d'IPA, discutant et gloussant comme des adolescents.

Seule dans le lit, Estel ferma les yeux.

Elle s'efforçait d'ignorer cette jalousie violente, absurde, qui la rongeait de l'intérieur.

Mais cela faisait un mois maintenant.

Un mois d'inaction.

De punition.

Jean-François Maxime ne l'avait pas rappelée, bien sûr.

Estel s'était rabaissée à essayer de le contacter. Il ne prenait pas ses appels.

Le message était clair. Et les paroles de Droux résonnaient encore. *Ne compte pas retrouver de travail de sitôt, mon petit chaton.*

Elle était seule.

Livrée à elle-même.

Elle avait l'impression de tourner en rond dans l'appartement, comme une lionne en cage.

En plus de trois ans, elle n'avait jamais cessé de travailler. Hommes d'affaires allemands ou néerlandais de passage, dont il fallait surveiller les rendez-vous, actrices ratées en pleine crise de la quarantaine à accompagner chez leur médecin pour leurs injections. Ses journées n'avaient *jamais* été vides à ce point.

Sans parler de son compte en banque.

Elle arrivait au bout du bout. À moins d'un miracle, elle ne savait même pas comment elle pourrait payer sa part de loyer le mois prochain. Néanmoins, elle refusait de l'avouer à Léo.

— Je trouverai une solution, murmura-t-elle à la chambre vide. Je trouve toujours une solution.

D'un coup de reins, elle sauta hors du lit et ouvrit le placard. Son ordinateur était posé sur son coffre de pirate. Elle prit l'appareil, le déplia sur ses genoux. Le PC s'alluma instantanément.

Rapide et silencieux. Un modèle récent, presque aussi fin qu'une feuille de papier.

La jeune femme se connecta à la messagerie sécurisée sans perdre de temps.

L'écran se refléta dans ses yeux, se déployant comme une fleur vénéneuse.

Estel se mordilla les lèvres.

Quand elle vit le message apparaître, elle ne put retenir une joie quasi animale.

19

Des documents chiffrés sur les disques durs.

La routine.

Mais ça...

Falconnier fit tourner entre ses doigts la clé USB en forme de petit disque représentant le logo de l'OM. Une TAILS. Cette clé était équipée d'un système d'exploitation autonome. Anonymisation totale. Il suffisait de la connecter à n'importe quel ordinateur et d'allumer la machine. La connexion ne laissait aucune trace. Après utilisation, il fallait jeter la clé, bien entendu. Ou bien la reformater pour la remettre à neuf, ce qui avait été fait ici. Un seul reformatage. Pas assez. Haussmann n'était pas si fortiche qu'il se l'imaginait.

Pourtant, c'était inquiétant. Car c'était un niveau de plus dans la maîtrise des arcanes digitaux.

Petite frappe ou pas ?

Falconnier gardait en tête le regard du délinquant quand il avait entendu qu'on allait saisir ses clés USB. Il fouilla scrupuleusement le contenu de chacune, ne trouva que quelques films pornos, du genre violents, mais légaux. Des fichiers de facture aussi. Ceux-là mèneraient à des portefeuilles de cryptomonnaies, espérait Falconnier. Cela aiderait l'équipe de Crais qui se focalisait sur la vente d'armes. Dans le box d'Haussmann, les hommes de la BRB avaient retrouvé une douzaine d'armes de guerre, des grenades et deux pistolets. En ce moment même, ils se relayaient sur le dos du jeune homme. Quarante-huit heures minimum de garde à vue. Ils n'allaient pas le laisser souffler un instant.

De son côté, cela laissait aussi à Falconnier quarante-huit heures pour faire des miracles avec ses logiciels.

— Qu'est-ce que tu caches d'autre, mon petit Étienne ? Et *où* est-ce que tu le caches ?

La réponse vint sous la forme d'une carte SD. Juste un petit morceau de plastique noir sans aucun signe distinctif.

Elle avait été rangée à l'écart des autres sources de mémoire par Haussmann. Placée dans une boîte à bijoux fantaisie.

En apparence, la carte était vide. Pourtant, le logiciel indiquait qu'une partie de la mémoire était occupée.

Quentin Falconnier cessa toute autre activité pour se concentrer sur ce qu'il venait de découvrir.

Il avait déjà vécu ce genre de moment mille fois quand il était cyberpatrouilleur.

La première pierre à écarter pour voir plus loin.

Il pianota avec empressement sur les touches du clavier. Sur son écran, les fichiers cachés se matérialisèrent enfin. Il y en avait trois en tout.

Ces fichiers étaient chiffrés.

Et *ça*, c'était un deuxième voyant rouge qui s'allumait dans les pensées de l'investigateur.

Trop de détails qui s'ajoutaient les uns aux autres.

Pas de précipitation. Ce n'est peut-être pas grand-chose.

Les deux premiers fichiers étaient les plus légers.

Le jeune policier les passa à la moulinette de ses programmes pour faire sauter le verrou numérique. Ce ne fut pas bien long. Dès que la boîte de dialogue s'afficha, annonçant le succès du déchiffrement, Falconnier s'empressa de cliquer pour découvrir de quoi il s'agissait.

Une image.

Il avait sous les yeux la photo d'une pièce carrelée de rouge.

Il se pencha vers le moniteur, intrigué. Sur le côté, des outils étaient disposés sur un râtelier. Falconnier reconnut des scies. Des poignards de type Ka-Bar. Des pinces. Des scalpels.

Il avala lentement sa salive.

— Qu'est-ce que c'est que ces conneries ? marmonna-t-il dans sa barbe. Quel rapport ?

Le deuxième fichier était un document texte, sobrement intitulé « inf-saignee ». D'un mouvement de souris, Falconnier le fit glisser sur un autre écran.

Il afficha son contenu.

Celui-ci consistait en seulement trois lignes.

La première indiquait : **La Saignée**.

Les deux autres n'étaient que des séries de caractères alphanumériques.

Falconnier s'humecta les lèvres.

Il ne pouvait pas dire que cela ne lui plaisait pas. Au contraire. Cela lui plaisait *terriblement*.

Il passa au troisième fichier contenu sur la carte mémoire. Celui-là était beaucoup plus volumineux. Bien trop gros pour ne dissimuler que de la comptabilité de revente.

Le logiciel n'arrivait pas encore à craquer le chiffrement.

Mais il semblait que ce soit un document de type vidéo.

Il pouvait s'agir de n'importe quoi, de la sex-tape à l'élément compromettant permettant de faire chanter des concurrents.

Ou autre chose, ne cessait de songer l'investigateur.

Son instinct ne le trompait jamais. Il reconnaissait trop de signes.

Un loup vicieux.

Mais de quel genre exactement ?

L'investigateur afficha de nouveau le document texte. Ces suites de seize caractères pourraient bien être des adresses de sites web.

Cela correspondrait au besoin d'une clé TAILS…

Perdu dans ses pensées, il changea d'ordinateur et lança TOR. Dans la barre de recherche, il colla le premier code en y ajoutant l'extension « .onion », propre aux services cachés de ce réseau.

Il attendit. La connexion était toujours lente avec ce logiciel qui basculait d'un relais à l'autre pour assurer l'anonymat de la navigation.

La requête ne donna rien. Avec la deuxième série non plus.

Cela aurait été trop facile.

— Bien. Très bien.

Falconnier se déplaça de l'autre côté du bureau pour surveiller l'évolution du logiciel de déchiffrement. Pour l'instant, aucun succès. Haussmann avait apporté un grand soin à protéger l'accès à cette vidéo. Signe qu'elle devait être importante.

Un *Ding !* aigu le fit sursauter. C'était un son Windows 95, plus utilisé sur aucune machine. Encore moins les siennes.

— Que… ?

Il revint devant le moniteur où s'affichait la fenêtre de TOR.

Une boîte de dialogue rouge était apparue en plein milieu de l'écran. Elle affichait un texte écrit en noir.

Est-ce que tu aimes ?

Étonnant.

Falconnier dirigea le curseur de la souris sur la croix, en haut à droite du *pop-up*, et referma d'un clic la petite fenêtre rouge. Il attendit quelques instants, puis referma également TOR. Il n'appréciait pas ce qui venait de se produire, qui ressemblait fort à une tentative d'effraction.

Il vérifia les diagnostics de l'antivirus, quelque peu anxieux.

Aucun signe d'activité suspecte sur le log.

Certes, la plongée dans les zones immergées du Web attirait toujours des logiciels malveillants. Mais il n'avait rien à craindre ici. Son système était surprotégé.

Le jeune policier se laissa tomber dans son fauteuil, fit pivoter le siège en arrière et observa l'écran qui affichait la progression de déchiffrement du mystérieux fichier.

Voilà tout ce dont il devait se préoccuper.

Cette vidéo que cherchait à dissimuler Haussmann.

Il fit craquer ses phalanges.

Il était prêt.

20

Son ordinateur de nouveau rangé à l'abri dans l'armoire, Estel poussa la porte du séjour. Elle ne portait qu'une culotte et la lumière matinale surlignait son corps tout en muscles. Mis à part sa blessure à la hanche, elle ne conservait aucune séquelle de son combat au Rayon X.

Léo était encore là. Il s'apprêtait à sortir. Sacoche sous le bras. Clés à la main. Il dévisagea sa compagne avec une certaine gêne.

— Tu as encore maigri, non ?

— J'ai été plus en forme, murmura-t-elle entre ses dents. Mais je vais voir le médecin.

— Vrai ?

Elle préféra ne pas croiser son regard. Elle ne mentait pas. Pas totalement. Elle avait bien pris rendez-vous au cabinet médical. Ses problèmes de tension devenaient préoccupants. Mais elle préférait ne pas parler à son compagnon de ses malaises. Il se faisait déjà assez de souci pour elle.

Elle prit place derrière le plan de travail de la cuisine et inséra une dosette dans la machine à café.

— On ne se parle plus, ajouta Léo. Tu l'as remarqué, non ? Cela ne te dérange pas ? Moi, ça me fout en l'air.

Silence. Poings serrés. Il avait raison, mais le souligner ne changerait pas la situation. Leurs uniques échanges, désormais, étaient des reproches.

— C'est quand, ton prochain jour de psy ? finit-il par demander face à son mutisme.

Le jour de psy.

Un sourire souleva le coin de ses lèvres.

— Demain, répondit-elle avec un frisson qu'elle n'arrivait pas à masquer totalement, et qu'il devait forcément percevoir.

Il n'insista pas.

21

Ses matinées se déroulaient de manière immuable. Parcours de running le long de la base nautique, d'abord. Puis Estel se rendait à la salle de boxe. Elle y faisait des pompes, des abdos, et passait près d'une heure à frapper sur le sac. Elle s'acharnait jusqu'à avoir l'impression que les os de ses avant-bras se désintégraient. Parfois, elle avait la chance de croiser un partenaire d'entraînement et ils échangeaient des passes sur le ring. Mais la plupart des garçons qui fréquentaient la salle préféraient décliner. Ils finissaient tous démolis sans avoir pu la toucher. Trop dur à gérer pour leur ego.

Ce matin, elle n'avait pas la tête à ça.

Elle ôta ses vêtements, passa la main sur le vieux tatouage qui ornait son flanc droit, puis caressa l'estafilade boursouflée sur son flanc gauche. Le couteau acéré avait laissé un souvenir qui ne cicatrisait que très lentement.

Ensuite, elle resta sous la douche beaucoup plus longtemps que nécessaire, mais c'était un moment où son cerveau se déconnectait, elle en profitait toujours longuement. Elle laissa couler l'eau sur son corps. Elle frotta ses cheveux courts, faisant mousser le savon liquide bon marché. Le temps semblait ne plus exister pendant dix, vingt minutes. Peut-être plus. Elle rouvrit les yeux comme si elle revenait à elle.

Elle replia la porte en plastique du bac de douche et se dirigea vers son casier. Son instinct la tira subitement de sa rêverie.

Une présence anormale.

Elle se figea net. Un individu était assis sur la fenêtre des vestiaires, un appareil photo muni d'un gros objectif entre les mains. Il avait replié la capuche de son K-Way sur son visage pour dissimuler ses traits, et il était évident qu'il la prenait en photo sous toutes les coutures.

— Eh ! Ça va pas la tête ? vociféra-t-elle. Espèce de pervers !

Elle n'avait que sa serviette autour des reins, mais se précipita vers la fenêtre pour lui faire passer l'envie de jouer les voyeurs.

L'individu bascula en arrière et s'enfuit.

Estel atteignit la fenêtre à l'instant où il tournait à l'angle du bâtiment. Au-delà, c'était les arbres de la forêt.

Cela ne servait à rien de s'habiller pour lui courir après.

Les gens étaient des ordures. Tous. Tout le temps.

Estel se tourna vers le miroir mural, observant son corps comme tressé de fils de fer.

Au moins, ce tocard devait trouver quelque chose de sexy chez moi...

Elle y réfléchit un moment, le regard embrumé. Puis elle ouvrit son casier et s'habilla pour rentrer à la maison au plus vite.

Demain, ce serait *jour de psy*.

Et c'est tout ce qui comptait.

22

Canapé du salon.

Le spot préféré de Léo pour regarder des séries.

Et réfléchir…

Le jour de psy.

C'était lui qui l'avait baptisé ainsi.

Un jour qu'il avait appris à détester plus que tout.

D'une fois à l'autre, il ne s'agissait pas obligatoirement du même jour. Mais, toutes les deux semaines à peu près, depuis quatre ans, il revenait. Inévitable. *Insupportable.*

Estel s'en allait voir sa psychologue à l'autre bout de Paris. Son repentir, sa fuite ou sa quête de sens. Il n'avait jamais compris. Tout ce qu'il savait, c'est que cela ne servait à rien.

Mais Léo la laissait s'entêter.

Forcément.

Elle ne revenait pas avant l'aube. Et quand elle rentrait, c'était pour s'enfermer sous la douche. Sans un mot. Sans jamais la moindre explication, ni la moindre excuse.

Ce qu'elle pouvait faire pendant ces absences, Léo l'ignorait.

Tout ce qu'il voyait, c'est que ces foutues séances de psy abîmaient sa compagne.

Au début, elle rentrait à la maison juste après. Tard, certes, le regard éteint, les silences traînants, mais elle rentrait et elle lui parlait. Elle le laissait la prendre dans ses bras et la serrer contre lui. Puis ses absences s'étaient prolongées. De plus en plus. Accompagnées de ces sautes d'humeur. Léo tuait le temps sur des jeux en ligne pour l'attendre. Parfois il avançait même dans son travail sur les divers programmes qu'il élaborait.

— Tu veux me dire ce qui se passe ? lui avait-il demandé si souvent.

À chaque fois, elle avait secoué la tête et elle avait changé de pièce pour ne pas l'affronter.

Alors Léo prenait sur lui. Il faisait comme si tout allait bien, alors que plus rien n'allait depuis longtemps. À quoi pouvait bien s'adonner Estel lors de ces vadrouilles nocturnes ? Il savait qu'elle ne s'autorisait pas la moindre goutte d'alcool, il la voyait mal se perdre dans des bars. Allait-elle chez des amis dont il ignorait l'existence ? Ou alors en forêt pour dormir à la belle étoile ? Restait-elle prostrée sous un pont, en compagnie de SDF ? Estel était capable de tout cela. Il savait qu'elle avait été *borderline* toute sa vie, toujours en rupture avec la société. Mais, en réalité, Léo n'avait *aucune* idée de ce qu'elle fabriquait, et cette pensée l'angoissait plus qu'il ne voulait l'admettre.

Une fois, et il n'en était pas très fier, il avait essayé de localiser son téléphone, pour se rendre compte qu'elle l'avait laissé à l'appartement, éteint.

Il ne comprenait pas.

Ou plutôt il ne comprenait que trop bien.

Le stress post-traumatique de ce qui lui était arrivé, quatre ans auparavant, persistait. Toujours aussi vif. Une pieuvre noire et venimeuse dans l'esprit de sa petite amie.

La nostalgie lui pinça le cœur tandis qu'il se remémorait leurs premières années ensemble. Le Sud-Ouest. Les temps insouciants. Ils n'étaient que des gamins, mais, tous les deux, ils se comprenaient, alors. Léo connaissait le tempérament à fleur de peau d'Estel. Il avait depuis longtemps accepté toutes ses zones d'ombre. Il n'avait pas hésité à quitter son emploi chez Airbus pour la rejoindre ici, en région parisienne. Quand le drame s'était produit, il avait tout fait pour l'aider à remonter la pente. Il n'avait jamais cessé de se répéter que tout finirait par s'arranger.

Aujourd'hui, il n'avait plus envie, plus la force de se battre contre le vent.

Il passa la nuit entière devant une série coréenne.

Il ne s'endormit que vers 6 heures du matin, après l'épisode final.

À 10 heures, le bruit des clés dans la serrure le fit émerger.

Estel traversait le séjour. Il eut à peine le temps de distinguer sa silhouette de spectre. Porte de la salle de bains refermée.

La douche se mit en marche.

Il grommela.

Sur le bras du canapé, son téléphone émit un son de sabre laser. Il le saisit pour lire le SMS. Sa collègue Cassandre.

> Alors ? Elle est rentrée ?

Il tapa sa réponse.

> À l'instant, oui.

> C'est comme d'habitude ?

Comme d'habitude ? Léo se frotta les yeux, se massa le cuir chevelu, se leva en maugréant. Sa tête tournait, encore prisonnière des voiles du sommeil.

Il se planta devant la salle de bains, inspira.

Il poussa la porte.

Estel se trouvait derrière le rideau semi-transparent de la douche, auréolée d'un nuage de vapeur.

— Laisse-moi ! s'écria-t-elle aussitôt.

— Est-ce que tu as besoin de quelque chose ?

Elle ne répondit pas. Il s'approcha de la membrane de plastique.

— Estel…

— Va te faire foutre, Léo ! Dégage, compris ?

Il recula.

— Ouais. *Parfaitement* compris.

Après avoir refermé la porte de la salle de bains, il retourna s'asseoir dans le salon. Il resta un moment les yeux dans le vague.

Puis il reprit son téléphone et envoya un SMS à sa collègue.

> Cassandre, on avance notre rendez-vous de travail ? Déjeuner ? Je t'invite.

23

Il n'était absolument pas prêt pour ça.

Personne *n'était prêt pour ça.*

Quand le logiciel afficha enfin le résultat de son décryptage, Falconnier avait pourtant jubilé. Il s'était installé dans son fauteuil et avait repoussé son gobelet isotherme pour libérer un peu de place.

Le fichier, fraîchement dépouillé de ses verrous digitaux, avait pour nom « La-Saignée.mov ».

Falconnier l'ouvrit avec le lecteur vidéo.

— Que le spectacle commence, mon petit Étienne.

La vidéo affichait une durée d'un peu plus d'une heure. Si, comme il l'espérait, il s'agissait d'une preuve d'activités criminelles, Falconnier songea que Crais serait aux anges.

Un bureau de travail surchargé d'icônes apparut. Il reconnut le fond d'écran d'un des deux ordinateurs d'Haussmann, et comprit qu'il regardait une capture vidéo de ce qui s'était affiché sur cette machine. Le toxicomane avait-il voulu piéger quelqu'un ? Garder un souvenir d'une discussion intime, peut-être ? L'horloge, dans la barre des tâches, indiquait que l'enregistrement se déroulait à 1 h 58 du matin, le dimanche 3 mars 2019, soit deux mois auparavant, à quelques jours près.

L'homme utilisait TOR. Et il était un habitué, à en juger par l'aisance avec laquelle il manipulait l'interface.

Entrée d'un site. Une page d'accueil avec une image de mur rouge et un compte à rebours.

LA SAIGNÉE
LA SEULE VÉRITABLE PIÈCE ROUGE
POUR CONNAISSEURS AVERTIS

Prenez part à cette expérience
qui ne se présente qu'une fois dans une vie

— Tu te fous de ma gueule, laissa échapper le policier.

Il s'était attendu à beaucoup de choses.

Certainement pas à ça.

Il savait ce qu'était une pièce rouge. Une *red room*. Un mythe du Web qui revenait de temps à autre, dont personne n'avait jamais eu la moindre preuve, mais qui faisait toujours bouillonner les imaginations sur les forums.

Il regarda, fasciné, le compte à rebours s'achever, puis l'internaute naviguer de choix en choix. Il était *Membre vérifié*. Comme login, il avait choisi le très reconnaissable alias de *L0rDoFw@R*.

Paiement encaissé
5 Btcs

— Sérieusement ? Tu as payé 50 000 euros pour te faire plumer sur un site de *scam* ? Pas étonnant que tu t'empresses de vendre des armes n'importe comment pour payer ces conneries.

Un son répétitif s'éleva. *Ding, ding, ding, ding...*

Site planté. Argent perdu. Classique.

— Et en plus ça va te lâcher là, avec les remerciements du créateur de cette grosse arnaque, probablement installé en Afrique, se moqua Falconnier. Bravo, mec. Plus minable, tu meurs.

Haussmann le décevait de plus en plus. Ce genre de *scam* était bien connu, pourtant. Les sites en question proposaient une entrée tapageuse, avec des images gore parfois, mais il s'agissait toujours d'escroqueries soigneusement mises au point pour exploiter la naïveté des internautes… et…

… Le policier, stupéfait, vit que l'écran changeait à nouveau. *Ce n'était pas encore fini.* Il vit la salle carrelée de rouge apparaître. Il vit la jeune femme attachée sur une chaise. Il vit le bourreau, mains dans le dos, qui attendait les ordres.

— Non… sérieux…

Une zone de *chat* était située à droite de l'écran, dans une colonne noire semi-transparente. La liste des participants s'y affichait. Tous portaient des pseudonymes du même type. *K-l@$H*, *N@cHt88*, i-M@-*NaTaS*, *Tr0mAl*…

Préenregistré, songea Falconnier. *Le début de l'entourloupe.*

Je n'y crois pas une seule seconde.

Il ne pouvait s'empêcher d'attendre le moment où le site basculerait sur une série d'images d'autopsies, d'accidents de la route, de décapitations de Daech peut-être. C'était tout ce que proposaient les sites de *red rooms*. *Habituellement.* Des images horribles, mais déjà en accès libre partout sur la Toile, si on était assez détraqué pour les rechercher.

Pas de quoi payer une fortune…

[SAIGNEUR] N@cHt88: Commence
par la frapper un peu.

[VOYEUR] K-l@$H: Fort !

[VOYEUR] @sM0d3e666: Où ?

[SAIGNEUR] N@cHt88: La tempe d'abord.
Bien fort.
Puis le nez.

La stupéfaction étrangla Falconnier tandis que les commentaires des participants défilaient dans le *chat*, et que la fille se faisait passer à tabac par le bourreau imperturbable. Il regarda les ecchymoses apparaître. Il regarda les entailles faites au rasoir de barbier. Il regarda le sang qui s'écoulait à flots. Cela semblait si réel.

— Putains de malades ! s'exclama-t-il, tandis que la vidéo déroulait son insoutenable fil d'atrocités, au gré des commentaires dans le *chat*.

Des loups vicieux.

Les pires qu'il découvrait en six ans de métier.

Si cette vidéo était vraie...

Il tint le premier quart d'heure de cette horreur absolue avant de mettre en pause le flot d'immondices.

Le regard vide.

Le cœur battant.

Elle était *vraie.*

Sur l'écran, la jeune victime était déjà méconnaissable et à moitié évanouie. Le bourreau venait de lui sectionner plusieurs doigts, aux deux mains, et allait s'attaquer à ses pieds pour poursuivre son « art ».

— C'est une blague, grinça Falconnier. Ça n'existe *pas*.

Mais il l'avait sous les yeux. Le mythe ultime du Dark Web, dont tout le monde parlait sans jamais avoir eu la moindre preuve de son existence.

Une *red room.*

La Saignée.

Les pièces rouges *existaient.*

Falconnier appuya fermement son dos contre le dossier de son fauteuil.

Deux éléments le perturbaient plus qu'il ne l'aurait voulu.

Tout d'abord, cette pièce rouge était française. Son interface était rédigée dans cette langue. De même que les commentaires des participants.

Il essuya la sueur qui lui brûlait les rétines.

— Ce n'est pas possible, répéta-t-il pour la millième fois.

Il tâtonna sur le bureau. Composa le numéro de Gérard Crais.

— Mon vieux, je t'attends au labo. Tout de suite.

— *À ce point ?*

— Il faut que tu le voies pour le croire. Je t'assure.

Il agrippa sa tasse isotherme et aspira de grandes gorgées de cappuccino très sucré pour faire passer le goût de bile qui remontait dans sa gorge. Il épongea à nouveau son front.

Le deuxième élément qui le retournait, et peut-être le plus, était cette personne, dont il ne parvenait pas à détacher les yeux. Le masque qui ne laissait libre que sa bouche. Le pantalon en cuir, des lacets tout le long pour le serrer au plus près des jambes. Le corps mince était gainé de noir, jusqu'aux gants désormais couverts de fluides poisseux et écarlates.

Le bourreau.

C'était une femme.

Mince et musclée. Une femme qui n'hésitait pas à en frapper une autre. À lui briser les dents à coups de tournevis. À lui découper lentement un sein…

Une femme qui allait hanter ses pensées désormais.

Une louve vicieuse.

24

La brasserie située rue de la Résistance.

Leur lieu de rendez-vous préféré.

Mais habituellement, leurs discussions s'y révélaient bien plus légères.

— Je ne sais plus quoi faire. C'est de pire en pire.

Léo et Cassandre étaient installés sur une confortable banquette, leurs ordinateurs ouverts devant eux. Le serveur venait de déposer les deux bières blanches qu'ils avaient commandées.

— Je ne comprends pas, dit la jeune femme après avoir bu une gorgée. Quand on va voir une psy, c'est pour que cela nous fasse du bien, non ?

— Que veux-tu que je te dise ? J'ignore ce qu'elle lui trafique dans le cerveau, mais je ne reconnais plus Estel.

— Tu veux vraiment mon avis ? demanda Cassandre en détachant ses cheveux.

Les cascades blondes ruisselèrent sur ses épaules. De son côté, Léo descendit une grande partie de son verre avant de réajuster ses lunettes.

— Je connais ton avis. Estel et toi, vous ne vous êtes jamais entendues.

— Pas ma faute à moi. Sois honnête.

— C'est vrai. C'est elle qui ne t'aime pas.

Il se mit à jouer nerveusement avec le menu plastifié. Cassandre posa sa main sur la sienne, mettant un terme à ses agitations. Les grands yeux bleus de la jeune femme ne le quittaient pas.

— Léo, je te le dis maintenant et je ne te le répéterai pas. Tu n'as rien à faire avec cette fille. Elle est trop bizarre.

— Et pas toi ?

Cassandre eut un petit rire.

— Moi, je ne t'ai jamais manqué de respect ! Tu es avec elle depuis… quoi, le lycée ?

— Le collège.

— Bon sang. Et tu n'as jamais eu envie d'aller voir ailleurs ?

— Cassandre… Je t'ai déjà dit que…

Elle ne le laissa pas poursuivre. Elle se pencha pour l'embrasser.

Il se laissa faire.

Leur baiser fut long et agréable. Cassandre avait des lèvres pulpeuses et une langue chaude et douce. Léo dut prendre sur lui pour se détacher de leur étreinte.

— On ne peut pas, commença-t-il, avant de se statufier.

Cassandre se tourna à son tour.

À l'entrée de la brasserie se tenait Estel.

Droite. Les regardant sans un mot.

Elle fit quelques pas vers eux. Son teint était cendreux.

— Je venais m'excuser, Léo.

Léo se leva maladroitement.

— Ce n'est pas ce que…

Les mots moururent dans sa gorge. Estel empoigna sa pinte et lui jeta son contenu au visage.

— Voilà donc mes excuses. Ce seront les dernières que tu auras de ma vie, Léo. Profite bien.

25

Ce n'est pas possible.

Gérard Crais le répétait encore et encore à mesure que le film se déployait. *Ce. N'est. Pas. Possible.*

Falconnier, lui, restait en retrait.

Il regardait les images sans un mot. Comme hypnotisé. La torture. Les cris. Le sang qui coulait. Il observait le bourreau, la louve vicieuse, en combinaison noire et masque de dominatrice, qui coupait les doigts de la fille, un par un. Il n'osait se tourner vers son collègue.

Cela ne semblait jamais finir.

Jusqu'à ce que, enfin, après une heure dix de ce supplice infernal, *L0rDoFw@R* donne le dernier ordre.

[GRAND SAIGNEUR]
L0rDoFw@R: Tranche-lui la tête avec la scie. En deux moitiés.

Les images qui suivirent durèrent de longues, épouvantables minutes supplémentaires.

— *Game over*, conclut le bourreau en regardant la caméra.

Le silence plana ensuite dans le laboratoire ICC.

Falconnier attendit que le chef de groupe de la BRB parle le premier. Son cœur tambourinait dans sa cage thoracique.

Crais tira sur le col de sa chemise pour le desserrer.

— C'est du faux ? demanda-t-il quand il fut de nouveau capable de parler. Ou c'est pas possible de truquer tout ça ?

— C'est peu probable, confirma le jeune investigateur. Bien sûr, la définition de l'image est très mauvaise, en raison du flux maigrichon. Il faut que j'analyse cette vidéo en profondeur avec les logiciels. Mais, je veux dire… Pour moi, il n'y a pas de doute.

Le visage du vieux flic était blafard, et douloureux. Il se leva, comme pour s'éloigner physiquement de l'écran où s'était déroulée la monstrueuse mise à mort.

— Est-ce que ce… cette *horreur*… correspond à quelque chose qu'on connaît ? Il y a des précédents pour ce genre d'assassinat en ligne ?

— Non. Enfin…

Falconnier prit une longue inspiration.

— En fait, si. Ça s'appelle une *red room*.

— Une quoi ?

— Une pièce rouge. Comme ce qui est écrit à l'entrée du site. C'est une légende du Dark Web, qui circule depuis des années sur les forums. Le nom vient de *redrum*, soit *murder* – meurtre –, écrit à l'envers. En outre, l'idée initiale de la pièce entièrement rouge pourrait avoir été piquée à *Videodrome*. Un film culte des années 1980.

— Jamais entendu parler.

Falconnier bomba le torse pour afficher une assurance qu'il était loin de ressentir.

— Aucune importance. Le concept de pièce rouge s'est nourri de choses très différentes. En réalité, toutes ces histoires de torture interactive sur Internet n'ont jamais été que des mythes. On en entend souvent parler, mais personne n'a jamais pu apporter la preuve qu'elles existent.

— Et ça ? cracha le vieux flic en pointant un doigt tremblant vers l'écran. Qu'est-ce que c'est que cette merde qu'on vient de regarder pendant une heure, si ce n'est pas une preuve ?

— Justement. Cela nous met dans une situation inédite.

D'un clic de souris, Falconnier referma le logiciel. Puis il ébouriffa ses cheveux.

— Des vidéos de meurtres, d'exécutions terroristes ou d'agressions sexuelles plus ou moins gratinées, on en trouve à foison sur le Net. En matière de spectacle de torture, il y a même eu un précédent fracassant. Ça s'appelait *Daisy's Destruction*.

— J'ai peur de ce que tu vas me raconter.

— Tu peux. C'était une vidéo de deux heures de torture pédophile. Le bourreau était, là aussi, une femme masquée. Elle a méthodiquement massacré une enfant devant la caméra.

— Mon Dieu…

— Si on préfère voir le verre à moitié plein, poursuivit Falconnier, les deux criminels à l'origine de *Daisy's Destruction* ont été appréhendés assez vite. Ils sont derrière les barreaux aux Philippines, et pas près d'en sortir. Il y a juste une différence de taille. Dans leur cas, ils avaient enregistré leur vidéo en amont. Il s'agissait d'une simple diffusion en ligne. Mais ce que je viens de retrouver ici, ça a tout l'air d'être du direct. Du participatif. Six personnes y prenaient part en temps réel.

Crais se gratta l'arête du nez. Il respirait fort.

— Quatre ne faisaient que commenter et regarder. Seules deux de ces personnes pouvaient donner des ordres. Les deux « Saigneurs ». J'ai bien compris ?

L'investigateur en cybercriminalité hocha la tête.

— Ils ont payé une petite fortune pour ça. Visiblement, la pièce rouge fonctionne comme une salle aux enchères. On achète le droit de participer. Plus on paye, plus on a de pouvoir. Le type qui se cache derrière le pseudo *N@cHt88*, en tant que Saigneur, pouvait donner des ordres au bourreau, mais rien qui puisse être mortel. Ce privilège revenait à Haussmann. Lui, il a payé le max pour être Grand Saigneur. Ce qui lui a laissé le choix de la mise à mort finale. La tête tranchée en deux.

Une ombre profonde s'installa dans le regard de Crais.

— Je te jure que ce fils de pute va payer.

Falconnier n'aimait pas ce qu'il percevait chez son collègue, mais il n'allait certainement pas lui jeter la pierre.

La seule manière de gérer une telle découverte était de rester professionnel.

— Une chose est sûre. Ces nouveaux éléments n'ont plus rien à voir avec la vente d'armes.

— On est d'accord, fit nerveusement Crais en essuyant un film de transpiration sur sa lèvre supérieure. Tu te sens de t'en occuper ? C'est ton domaine d'expertise. Pour ma part, je ne tiens pas à être mêlé à ce truc.

Falconnier plongea son regard dans le sien.

— Je vais devoir interroger Haussmann, alors. Il faut que je comprenne comment il a trouvé ce site. S'il y a eu des séances similaires… et surtout, s'il va y en avoir *d'autres*.

Crais acquiesça.

— Je vais en toucher un mot au procureur. Vu comme il aime les résultats, il ne devrait pas y avoir de problème. Haussmann est en détention aux Baumettes depuis hier. L'information judiciaire ne vise que la vente d'armes, mais, rien qu'avec ça, on a déjà tout ce qu'il faut pour bien s'occuper de ce pourri. Autant te dire que cette deuxième affaire, je la laisse avec plaisir à la Crim.

L'ombre ne quittait pas ses yeux tandis qu'il ajoutait :

— Avec ta magie informatique, tu peux remonter jusqu'aux sadiques qui ont participé à ça ?

Falconnier gigota sur sa chaise. Il secoua son gobelet vide, se rabattit sur une bouteille d'eau minérale dont il descendit la moitié d'une seule gorgée. Le goût acide restait dans sa gorge.

— C'est loin d'être de la magie, justement. Je vais déjà vérifier que cette vidéo a bien été enregistrée en direct sur l'ordinateur d'Haussmann. Je ne pense pas trop m'avancer en supposant que ça collera.

— Et ensuite ? Comment on retrouve la provenance de cette abomination ?

Ça, c'était bien tout le problème.

— Ce site est hébergé sur le Dark Web, lui rappela Falconnier. Autant dire qu'il est impossible de trouver d'où ça a été émis, et par qui. Si seulement cette scène a bien été filmée en France…

Il fit le compte de ses options. Il n'en avait guère.

— À ce stade, il me faudrait un corps, si je veux pouvoir mener une enquête digne de ce nom. Je vais commencer par demander l'ouverture d'une disparition inquiétante. Je vais également passer le visage de la victime à la reconnaissance faciale, mais je ne m'attends à rien. La définition de la vidéo est trop mauvaise. Cette fille pourrait être n'importe quelle brune un peu menue.

— Tu peux pas augmenter la résolution ?

— Non, ça c'est que dans les films. Mais je t'assure que je vais m'en occuper.

— Et l'autre ? suggéra Crais.

— Le bourreau ? C'est encore plus mort. Elle ne prononce que deux mots, tout à la fin. On n'a même pas la couleur de ses cheveux. Tout ce qu'on peut dire, c'est que ça doit être une sportive. Et une sacrée tarée…

Crais rumina quelques instants.

— Haussmann doit payer pour ça, répéta-t-il dans sa barbe. Tu crois que si on fait courir le mot que c'est un pointeur, il va en baver assez à l'intérieur ? On verra s'il se branle encore longtemps sur des filles massacrées.

— Arrête, Gérard, tu me fais peur, là. Haussmann n'est pas un violeur. Si tu t'amuses à lâcher une info comme ça, il va plus pouvoir se baisser pour ramasser son savon.

— Tu as raison. Il est *pire*.

Falconnier regarda son collègue de biais, mais ne relança pas cette discussion. La pente qu'empruntait le chef de la BRB était très glissante.

Par ailleurs, Crais pouvait bien faire subir ce qu'il voulait à Haussmann.

Tout ce qui l'intéressait, *lui*, était la femme derrière le masque.

Découvrir à qui appartenait ce corps d'acier.

26

Le lendemain matin, Estel et Léo ne s'étaient toujours pas adressé la parole. Léo avait passé la nuit dans le canapé, ce qui convenait très bien à Estel.

Qu'il souffre un peu.

Qu'il réfléchisse à ce qu'il a fait.

Lorsqu'elle émergea du hall de son immeuble pour se diriger vers sa voiture, elle se figea.

À quelques mètres d'elle, Cassandre Klem se tenait les bras croisés, dans le flot des passants et le ronflement des travaux. Épaules voûtées, expression anxieuse, la jeune femme n'affichait pas une assurance à toute épreuve, c'était le moins qu'on puisse dire. Mais, même ainsi, elle était belle, de manière insupportable. Estel inspira lentement. Elle se rendit compte qu'elle tremblait.

— Qu'est-ce que tu fais là ?

Un souffle rauque sortait de sa gorge.

— Je voulais te voir, commença Cassandre.

— Ah oui ?

Estel fit un pas vers elle. Instinctivement, Cassandre recula. Une rafale de vent projeta entre elles un nuage de poussière.

— Je venais m'excuser. Ce qui s'est passé hier… c'est entièrement de ma faute, Léo n'y est pour rien. De toute manière, c'était sans conséquence.

Estel s'abstint de répondre. Poings fermés, elle fit un pas de plus. Cassandre recula encore, jusqu'à se retrouver dos à un mur tagué.

— Je ne suis pas fière de moi, d'accord ? Et je sais que tu me détestes. Mais je venais te dire que je suis désolée, sincèrement. Je ne peux pas faire grand-chose de plus…

Un vif dégoût déforma les lèvres d'Estel.

— En effet. Il n'y a rien à faire.

La jeune femme remonta le col de son pull bleu marine, sur lequel dansaient les mèches de ses longs cheveux.

— On oublie et on repart sur de meilleures bases, alors ?

— On oublie ?

Estel regarda à droite, à gauche. La rue était pleine de monde. Le flot ininterrompu entrait et sortait de la gare du RER.

Elle s'approcha de Cassandre. Si près qu'elle pouvait respirer son foutu parfum vanillé. Elle fixa son joli visage à la peau lisse et aux yeux si bleus. Elle avait envie de la frapper et de la voir saigner. Personne ne s'arrêterait.

— Je vais te dire une chose, Cassandre, et je ne le ferai qu'une seule fois. D'abord, tu vas garder tes sales pattes de pute loin de mon petit ami. Et ensuite, si je te recroise dans ce quartier, je te jure que même ta mère ne te reconnaîtra pas après ce que je te ferai.

La jeune femme se fit toute petite contre le mur. Maintenant la peur flétrissait un peu son teint, et Estel aimait ça.

— Est-ce que tu as bien compris ?

Hochement de tête. Tremblements.

Le visage d'Estel fut traversé par une grimace d'intense satisfaction.

27

Son rendez-vous au cabinet médical, maintes fois différé, ne lui apporta finalement aucun réconfort.

Symptômes lipothymiques accompagnés de syncopes. Ischémie cérébrale transitoire. D'accord, mais au-delà des mots savants, le gentil médecin replet et maniéré n'avait aucune idée du problème réel d'Estel, si ce n'est qu'il avait théâtralement écarquillé les yeux quand elle avait précisé la fréquence de ses crises de vertige.

— Avec des épisodes d'amnésie ?

— Juste des détails qu'il me semble avoir oubliés, ici ou là. Rien de très grave.

— Au contraire. Dites-vous bien que ces syncopes risquent d'avoir de sérieuses répercussions sur votre organisme. Elles proviennent peut-être d'un problème vasculaire ou cérébral. Peut-être même de la séquelle d'un infarctus du myocarde passé inaperçu, ça arrive. Depuis combien de temps traînez-vous ça ?

— Un certain temps… Je ne sais plus trop.

— Sans vouloir vous affoler, vous êtes visiblement en état de dépression, ou tout au moins d'anxiété très importante. Cela aurait-il pu commencer à la suite d'un traumatisme, quel qu'il soit ? Un choc émotionnel brutal peut entraîner une baisse du débit sanguin au niveau du cerveau.

Sans rire.

Elle avait prétendu ne pas s'en souvenir. Le jeune homme en blouse blanche lui avait prescrit des examens médicaux à effectuer au plus vite. Tests sanguins et neurologiques, électrocardiographie au repos, échocardiographie. Si cela ne suffisait pas, ce serait l'électroencéphalogramme.

Pire qu'un cobaye.

Son téléphone vibra subitement dans son sac alors qu'elle venait de se garer devant la salle de sport. Numéro inconnu.

Elle n'arrivait pas à chasser les paroles du médecin de ses pensées. Elle donna un coup de poing sur le volant.

— Je ne suis pas hystérique, putain !

La personne qui appelait insistait. Estel finit par décrocher.

— Allô ?

— *Mademoiselle Rochand ?*

— Elle-même.

— *Je suis l'assistante de M. Aymeric Dardeau. Il souhaiterait vous engager pour une mission de protection personnelle. De manière urgente. Nous savons que vous travaillez pour Maxime Sécurité, mais mon patron préférerait vous employer en direct, si jamais l'arrangement vous convenait...*

L'espace de quelques instants, la surprise l'empêcha de réagir.

— Attendez. Comment avez-vous eu ce numéro ?

— *Je me suis permis de le demander à vos collègues du Grand Paris. Ils parlent de vous en termes plus qu'élogieux.*

Vraiment ? Estel retrouva sa concentration. C'était une offre d'emploi. Et pas n'importe laquelle. Un poste négocié en direct. Forcément mieux payé que par l'intermédiaire de la boîte.

Difficile de refuser.

— OK. Nous pouvons convenir d'un rendez-vous, mademoiselle…

— *Je suis Salomé. Seriez-vous disponible aujourd'hui ?*

— Si vous voulez. Où se trouvent vos bureaux ?

— *Ce ne sera pas au bureau. Je dois vous prévenir, M. Dardeau est actuellement hospitalisé. Je vais vous envoyer par texto l'adresse de la clinique ainsi que le numéro de chambre où il vous attendra. Disons à midi, si cela vous convient ?*

— Midi, d'accord, s'entendit-elle dire. Mais que lui est-il arrivé ?

— *M. Dardeau a été attaqué. Le mieux est qu'il vous explique tout lui-même.*

Estel remercia son interlocutrice et raccrocha, l'esprit perturbé. Quelque chose dans le nom de cette personne lui semblait familier.

Aymeric Dardeau…

Pourquoi je connais ce nom ?

Baissant les yeux vers le siège passager, elle contempla pensivement l'ordonnance que lui avait établie le médecin. Elle la froissa et la jeta au hasard, comme si elle se débarrassait d'une braise qui lui brûlait les doigts, puis elle démarra. Elle avait le temps de repasser à la maison pour se changer, mais il valait mieux ne pas perdre de temps.

C'est en roulant le long de la route départementale et en apercevant une publicité pour le nouveau roman de Guillaume Musso placardée sur un bus que cela lui revint brusquement.

Aymeric Dardeau. L'écrivain.

Elle avait lu un de ses romans, des années auparavant.

Dardeau était un auteur à succès. Beau gosse, habitué des plateaux télé. Et aussi des scandales qui faisaient le buzz.

L'histoire qu'Estel avait lue surfait sans honte sur la popularité de *Cinquante nuances de Grey*. En y repensant, elle ne savait pas ce qu'elle y avait trouvé de pire : le style affreux, ou l'intrigue malsaine au possible.

Tout ce qui se vendait le mieux, apparemment.

28

Dans la pièce plutôt vaste, baignée de lumière par deux immenses fenêtres, Aymeric Dardeau l'attendait seul. Il était assis dans un lit aux draps blancs, une perfusion reliant son poignet gauche à une poche en plastique. Avec sa chemise blanche déboutonnée et ses cheveux noir corbeau ondulés, il était conforme à ses images promotionnelles : un homme de quarante ans aux épaules larges, à la beauté brute. Le sourire de celui à qui on ne disait jamais non. Quant à son regard noisette, gourmand, il brillait d'une arrogance affichée, qui n'était bizarrement pas si rebutante. Au contraire. Dardeau dégageait une énergie bouillonnante qui faisait aussitôt penser à un Valmont ou à un Don Juan. Il était évident que l'homme le savait, et en jouait. Estel comprenait sans mal l'impact d'une telle aura sur le lectorat de ménagères en mal de frissons.

— Mademoiselle Rochand, vous m'excuserez de ne pas pouvoir me lever.

— Aucun problème, monsieur Dardeau.

Elle s'avança dans la chambre où flottait l'odeur de désinfectant typique des hôpitaux. Sous la chemise entrouverte de l'écrivain, elle aperçut les fins entrelacs de tatouages ainsi qu'un pansement épais qui semblait lui prendre la moitié du torse. La plaie devait être profonde.

— Votre assistante m'a dit qu'on vous a attaqué, fit-elle remarquer.

— En quelque sorte. C'est un peu embarrassant.

— Que s'est-il passé ?

— C'est mon épouse, Nadia, qui m'a poignardé, confia-t-il en la fixant comme s'il cherchait à évaluer sa réaction.

Estel ne laissa rien paraître de ses pensées.

— Je vous écoute…

— Un sale coup, ajouta-t-il en caressant ses bandages. Muscle entier perforé. Autant dire que ça fait un mal de chien et que j'ai perdu beaucoup de sang. Les conséquences auraient été dramatiques si Salomé ne s'était pas trouvée là pour nous séparer et appeler les urgences. Mais Nadia n'avait pas toute sa tête. Ce n'est pas vraiment de sa faute.

Curieuse manière de faire l'état de la situation. Estel songea à tout ce qu'on pouvait raconter sur la vie décalée des écrivains, et se dit qu'il devait y avoir du vrai là-dedans.

— Je suis sincèrement désolée. Votre épouse est en garde à vue ?

— Non, non. Rien de tout cela.

— Que voulez-vous dire ?

L'homme sembla se rendre compte seulement à cet instant de l'indécence de sa chemise ouverte et entreprit de la reboutonner avec soin.

— Je préfère ne pas impliquer la police. Nadia souffre assez comme ça. Et je tiens aussi à éviter la presse à scandale. Ce sont des charognards.

— La clinique aura appelé les autorités. C'est la loi.

— Je le sais très bien. C'est pour cela que je n'ai pas mentionné ma femme dans le récit que j'ai donné aux médecins. Je leur ai expliqué que j'étais tombé avec un couteau à la main. Pour eux, je me suis bêtement empalé tout seul. Un accident domestique.

La naïveté de l'excuse la fit presque rire. Elle croisa ses mains dans son dos.

— Vous pensez réellement qu'ils vous ont cru ?

— Ce n'est pas leur problème, trancha l'homme. Même chose concernant mon éditeur. Mon nouveau roman sort la semaine prochaine, je ne veux surtout pas mettre la promotion en péril. Avez-vous lu ce qu'on raconte sur moi ?

Elle fit non de la tête. Tout ce qu'elle savait de cet homme en venant ici était qu'il écrivait de mauvais livres.

— D'accord, dit-il. Il y a toute une meute de militantes hystériques qui me harcèlent. Les nouvelles féministes, vous voyez le genre ?

— Pas vraiment, dit Estel qui n'appréciait guère la tournure que prenait la discussion.

— L'évolution étrange de la société ne doit pas vous échapper, pourtant ? Tout le monde ne cherche plus que des boucs émissaires. Les réseaux sociaux sont pleins de folles furieuses qui considèrent que je suis un monstre parce que j'écris des livres érotiques dans lesquels les femmes apprécient une certaine forme de soumission. Elles guettent la moindre occasion de m'attaquer et d'appeler au boycott de mes romans. Je ne tiens pas à leur donner d'os à ronger, vous comprenez ?

— Je… je ne suis pas sûre…

Il la transperça de son regard intense.

— J'aime ma femme, mademoiselle Rochand. C'est la seule chose qui compte. Et je ferai tout pour la protéger. Nadia est une personne fragile. Elle souffre de dépression depuis des années, ça, ce n'est un secret pour personne. L'alcool, les médicaments…

Il inspira. Derrière l'arrogance, il y avait autre chose.

Une *urgence*. Presque douloureuse.

— Depuis quelques mois, son état s'était aggravé. Nadia a plongé dans la drogue comme jamais auparavant. En janvier dernier, elle a déjà disjoncté une première fois. J'ai dû faire intervenir un médecin en urgence. Il voulait la garder à l'hôpital. On n'a plus le droit de parler de problèmes mentaux, de nos jours, alors ils ont remplacé ça par des termes encore pires. *Trouble conversif somatoforme avec risque de passage à l'acte.* Je n'ai rien voulu entendre. Tout ce qui m'importait, c'était qu'elle puisse rentrer à la maison. Quelque part, je considère que ce qui est arrivé est de ma faute.

— Je suis sincèrement désolée, dit Estel.

— Ne le soyez surtout pas. Je suis sûr que vous allez pouvoir m'aider. Nous sauver la vie à Nadia, et à moi.

— Eh bien, si vous souhaitez m'engager pour votre protection, je…

— Pas la mienne. Celle de Nadia.

Elle le dévisagea sans comprendre.

— … Votre femme ?

— Ce n'est pas compliqué. Nadia a quitté notre domicile. Je possède une résidence secondaire en Seine-Maritime. Elle est allée s'y réfugier, comme à chaque fois qu'elle fait ses crises d'angoisse. Au regard de la situation, je ne peux pas m'y rendre moi-même, et je ne souhaite alarmer personne. Nadia a besoin de… disons, de *surveillance*. C'est une certitude. Pour son bien.

— Je ne suis pas certaine de saisir où vous voulez en venir. Votre femme vous a poignardé, et maintenant vous voulez que j'aille m'occuper de sa sécurité ?

— C'est cela, oui.

Estel ne répliqua pas. L'idée lui semblait absurde.

— Si vous vous inquiétez pour le contrat ou la paye, reprit l'écrivain, ce n'est pas un problème. Mon assistante vous fournira tous les documents nécessaires dans la journée, et je suis généreux. Vous avez simplement à vous rendre auprès de ma femme et vous assurer qu'elle ne se fait pas de mal. L'appartement se trouve près d'Étretat. Je vais vous donner les clés du logement en vis-à-vis, que nous n'occupons quasiment jamais. La chambre y est toujours prête, vous pourrez vous y installer. Tout ce que je vous demande, c'est de me tenir informé de tout ce qui pourrait arriver.

— Je ne saisis toujours pas.

— Pourquoi ? Vous n'avez jamais eu des différends dans votre couple ?

En plein dans le mille. Mais Estel ne laissa paraître aucune émotion.

— Votre assistante m'a dit que vous avez entendu parler de moi par mes collègues ?

— C'est exact. On peut dire que vous ne laissez personne indifférent.

— Mais vous m'avez fait venir parce que je suis une femme, c'est ça ? Pour votre image, vis-à-vis des personnes qui vous critiquent ?

La déduction fit sourire l'écrivain pour la première fois.

— Vous êtes aussi très intelligente, mademoiselle Rochand. Mais que voulez-vous, je dois prendre en compte la guerre de l'image, comme tout artiste…

C'était bien ce qu'elle avait compris.

En ce qui la concernait, tout était clair.

Elle s'inclina respectueusement.

— Il semble y avoir une erreur de casting. Je ne suis pas la bonne personne pour ce genre de mission.

Dardeau la fixa. L'amusement était passé. Une virulence nouvelle enflammait son regard.

— Réfléchissez tout de même.

— C'est tout vu, monsieur. Je suis désolée.

— Je suis sûr que vous avez l'embarras du choix des clients ?

Estel encaissa sans sourciller.

Sa décision était prise. Elle n'avait pas fui un enfer pour retomber dans une situation qui, dès les premiers instants, ne lui inspirait aucune confiance. Les problèmes des gens célèbres la dépassaient.

— Je m'excuse de ne pouvoir satisfaire à votre demande. Je suis certaine que vous trouverez un autre agent plus approprié que moi pour vos besoins.

Elle s'en alla sans lui laisser le temps d'insister.

29

— On ne me l'avait jamais faite, celle-là, gronda-t-elle en redescendant l'escalier.

Elle avait mis un terme, non sans perte et fracas, à six mois d'enfer au service d'un salaud. Ce n'était pas pour revenir tête baissée dans le même piège, au service d'un bonhomme qui ne lui apparaissait guère différent.

Elle traversa le hall de la clinique et se dirigeait vers la sortie quand, du coin de l'œil, elle aperçut une jeune femme serrée dans un treillis et sweat-shirt à l'effigie du groupe Gojira, des enveloppes de radiographies à la main, qui semblait presser la fille de l'accueil de questions de la manière la moins aimable au monde.

— C'est vrai que c'est lui ? Vous pouvez me le dire. Je suis sûre de l'avoir reconnu, au troisième étage ! C'est bien cette ordure d'Aymeric Dardeau ?

La personne derrière le desk semblait faire de son mieux pour mettre un terme à l'échange.

— Je ne peux rien vous dire, mademoiselle. Bonne journée.

Estel ralentit son pas. Puis s'arrêta non loin, piquée par la curiosité.

— Allez, vous pouvez me dire ce qu'il fait ici, non ? Sérieusement ? Vous ne connaissez pas ce type ? Vous ne regardez jamais ce qui se passe sur Twitter ?

La personne à l'accueil se contenta de sourire poliment.

— Je vous ai expliqué que je ne peux pas vous aider. Il y a des personnes qui attendent leur tour…

La jeune femme au sweat-shirt Gojira finit par s'écarter. Elle se rapprocha des portes, non loin d'Estel, sortit son téléphone mobile sans cesser de pester à voix basse.

— Je m'en fous, on va finir par le coincer, ce porc. Il croit quoi ? On va te l'afficher comme il faut et on va donner l'adresse de cette clinique de merde qui soigne les fachos, ouais !

Quelque peu stupéfaite par la violence des propos, Estel resta bras croisés. Elle observait cette fille tapant avec frénésie sur son mobile. *Voilà* vraiment *le monde dans lequel on vit ?*

Un agent de sécurité ne tarda pas à accourir vers la jeune excitée.

Estel repensa à ce que lui avait confié le romancier sur le déferlement de haine à son encontre. L'homme n'avait visiblement pas exagéré.

Tout le monde ne cherche plus que des boucs émissaires.

Estel n'aimait pas cela, mais cela la fit tout de même réfléchir.

Elle sortit prudemment.

Elle patienta sur un banc en face de la clinique.

Deux minutes plus tard, l'agent de sécurité, un grand Africain à l'air désolé mais inflexible, accompagnait la fille à l'extérieur tandis qu'elle lui hurlait qu'il était un fasciste et un salopard d'homme.

Estel ne savait plus quoi penser.

En désespoir de cause, elle sortit son téléphone de son sac et envoya un SMS à Jean-François Maxime.

> Jean-François, je sais que je vous harcèle, mais je dois savoir. Pensez-vous pouvoir me refaire travailler un jour ? Et si oui, quand ?

Elle attendit.

La réponse, pour une fois, ne tarda pas, et elle était plutôt claire.

> On en parle dans une paire de mois ? Je ne pense pas pouvoir faire mieux. Je suis désolé.

Pas autant qu'elle.

Estel regarda les nuages qui se faisaient et se défaisaient dans le ciel. Il allait très certainement pleuvoir. Au moins, elle était fixée sur son avenir professionnel. Ou plutôt sur son néant absolu.

Elle se leva et retourna sans se presser dans la clinique. Elle emprunta l'escalier jusqu'à la chambre d'Aymeric Dardeau.

L'écrivain n'avait pas bougé. Il souriait comme s'il avait été sûr qu'elle reviendrait.

— L'offre est toujours valable ? lui demanda-t-elle, pour la forme.

— Et comment ! déclara-t-il en écartant les mains. Vous me sauvez la vie, Estel Rochand. Vous n'avez *vraiment* pas idée.

30

Ding ! Ding ! Ding !

Le son retentissait dans la salle fermée. Les tintements de cloche synthétiques cascadaient, enrageaient, augmentaient de volume à chaque instant.

Ding ! Ding ! Ding !

Falconnier remonta le couloir à la hâte, sous les regards circonspects de ses collègues qui se demandaient ce qui pouvait bien se passer. Il fit glisser son badge sur le lecteur, poussa la porte du labo ICC.

À l'intérieur de la pièce, le son était assourdissant.

Des *pop-ups* écarlates se superposaient par dizaines sur les écrans de l'investigateur.

Est-ce que tu aimes ?

Est-ce que tu aimes ?

Est-ce que tu aimes ?

Est-ce que tu aimes ?

— Bon sang, mais c'est pas vrai…

En premier lieu, le jeune homme coupa le son du système. L'horripilante litanie cessa enfin. Il s'affaira ensuite à refermer une à une chaque petite fenêtre polluant les écrans.

Un petit malin avait encodé ce truc dans les fichiers d'Haussmann, il ne voyait pas d'autre explication.

Falconnier arriva au dernier *pop-up*. Plutôt que de le refermer comme les autres, il le regarda fixement. Fond rouge. Lettres noires. Mystère entier.

— D'où tu viens ? Hein ? Où te cachais-tu ?

Il sursauta presque quand le téléphone sonna, juste à côté de lui.

— Allô ?

— *Quentin ? C'est Gérard. J'ai eu le proc', comme promis. C'est bon pour Haussmann, tu peux aller le voir aux Baumettes. Coquelet te contactera pour rester briefé sur tout ce que tu fais. À toi de te mettre en règle avec ton chef.*

— OK. Merci, Gérard.

— *Tout va bien ? Tu as une voix bizarre.*

— Tout va bien, ne t'en fais pas.

Il s'empressa de raccrocher. Il continuait de fixer l'écran devant lui. Le *pop-up* le narguait toujours.

Est-ce que tu aimes ?

Il cliqua sur la croix.

Puis il attendit.

Rien de suspect ne se produisit au cours des minutes suivantes.

— Bien…

Il rechercha le dossier contenant les documents aspirés sur les appareils d'Haussmann et sélectionna le document texte où figuraient les mots « La Saignée » ainsi que les suites de caractères.

Haussmann ne laissait rien au hasard. S'il avait noté ces lignes, c'est qu'elles étaient essentielles.

D'un clic de souris, Falconnier lança l'impression du fichier.

Ensuite, il coupa les ordinateurs du réseau et lança l'antivirus le plus redoutable dont il disposait. Le logiciel tournerait toute la nuit. Si quelque chose de suspect s'était répandu dans son système, le policier en aurait le cœur net.

Il se leva.

Il avait du travail en perspective.

Beaucoup de travail.

31

Estel était partie pour trois bonnes heures de route. Elle ne savait même pas vraiment où elle se rendait, elle se contentait de suivre le tracé du GPS sur l'écran de la voiture, mais elle avait accepté cette mission et, en fin de compte, conduire était la meilleure chose qui aurait pu lui arriver. Délaissant la climatisation, elle ouvrit les vitres. L'air entra en tourbillonnant dans l'habitacle.

Elle était prête pour une nouvelle phase de sa vie.

Dardeau lui avait remis les clés des deux appartements. Elles reposaient désormais dans le vide-poche entre les sièges. Sur le premier trousseau, correspondant à l'appartement où logeait son épouse, une étiquette en plastique bleue indiquait : « Eaux Claires, APT1 », tandis que sur l'autre, celui du logement plus petit destiné habituellement à leurs amis, c'était une étiquette jaune : « Eaux Claires, APT 2 ». L'écrivain semblait attacher une importance aux menus détails, ce qui avait fait sourire Estel.

La relation de Dardeau avec son épouse, en revanche, lui plaisait toujours aussi peu. Elle se demandait comment elle allait se présenter à cette dame. Si Nadia Dardeau allait accepter de recevoir une inconnue, après ce qu'elle avait fait à son mari. Un coup de couteau dans la poitrine, tout de même.

« Elle se sera calmée. C'était une crise isolée, à cause de la drogue », lui avait assuré Dardeau avant qu'elle quitte la chambre de la clinique.

Certainement.

C'est pour cela que vous avez besoin d'une nounou pour veiller sur elle...

Estel n'avait pas commenté. Elle verrait bien une fois sur place.

À présent qu'elle avait accepté le deal, elle ne pouvait pas faire marche arrière.

Ce travail était, littéralement, tombé du ciel. En dépit de toutes ses appréhensions, elle n'avait pas le droit de faire la fine bouche.

Elle faillit appeler Léo, puis finalement préféra attendre d'être installée. Vu l'état de leurs rapports dernièrement, ce n'est pas comme s'il allait s'inquiéter de son absence.

Estel serra les dents et s'efforça d'étouffer le souvenir de son compagnon embrassant la jolie programmeuse.

Elle songea qu'elle n'était jamais venue dans cette région, mais elle appréciait le paysage qui défilait. Elle quitta l'autoroute A29 et fila sur la départementale bordée de champs à perte de vue. Au fil des kilomètres, de village en village, elle se retrouva à rouler le long de terrains broussailleux.

Quand elle arriva en bord de falaise, quelque part entre Étretat et Fécamp, elle arrêta la voiture et sortit pour admirer l'horizon. Le vent du large la fouettait en grandes vagues fraîches. Il apportait une odeur étonnamment forte de sel et d'iode, et aussi quelques gouttes de pluie qui virevoltaient. Bras croisés face à l'immensité, Estel resta un moment subjuguée par cette mer bleu marine et les falaises crayeuses qu'elle n'avait, jusqu'à ce jour, jamais vues qu'en images ou à la télévision. En contrebas, elle distinguait les plages de galets. Des dizaines d'oiseaux volaient au ras de l'eau. Elle entendait leur clameur étrange tandis qu'ils se disputaient des poissons.

Enfin, rassérénée par le grand air, elle remonta en voiture et reprit la route indiquée par le GPS. Délaissant les villas alignées au-dessus d'Étretat, elle traversa des terres herbeuses, puis une succession de bois verts.

La résidence des Eaux Claires se trouvait à une vingtaine de kilomètres de la mer. Dans une ouverture de la forêt, elle était constituée de plusieurs longues bâtisses de brique rouge, de silex et d'ardoise, pourvues de trois étages chacune et disposées en U.

Il y avait une voiture garée dans l'allée bordée de peupliers. « Le gardien se trouve sur place », l'avait prévenue Dardeau. « Il faudra vous présenter. Il est un peu bourru. »

L'homme n'était pourtant pas visible autour des résidences. Estel ne le rencontra pas non plus quand elle pénétra dans le hall.

Boîtes aux lettres soigneusement entretenues. Murs de brique traversés de baies vitrées aux montants de bois blanc. De l'autre côté du hall, au travers de ces ouvertures, Estel aperçut un plan d'eau longeant l'immeuble, où trônaient trois statues en métal, fières et étincelantes. Les œuvres étaient à taille humaine, immergée jusqu'à mi-cuisse dans l'eau cristalline. Elle ne put s'empêcher de contempler leurs chevelures démesurées, comme figées dans des mouvements serpentins, et leurs corps cambrés, les bras tendus vers le ciel. Des déesses sans doute, et très belles certainement, mais Estel remarqua surtout leurs mains griffues et leur expression avide.

Elle fut traversée par un frisson qu'elle s'empressa d'ignorer.

— Bien, bien. On dirait qu'on y est…

L'appartement était situé au troisième et dernier étage du bâtiment. Estel gravit l'escalier d'un pas décidé.

Elle frappa à la porte.

Elle ne reçut aucune réponse.

Elle frappa de nouveau.

— Madame Dardeau ?

Elle tendit l'oreille. Était-ce des pleurs qu'elle entendait de l'autre côté de la porte ? Pourquoi pensait-elle à une telle chose ?

Parce que Dardeau t'a expliqué que sa femme n'a pas toute sa tête. Voilà pourquoi.

Elle posa sa main sur la poignée.

La porte était ouverte. La pièce de l'autre côté était plongée dans le noir. Rideaux tirés.

Peu engageant.

— Madame Dardeau ? C'est votre mari, Aymeric, qui m'envoie.

Les sanglots avaient cessé. S'ils avaient jamais existé.

Personne ne vint.

Estel se décida tout de même à entrer.

Elle eut à peine le temps de deviner une présence sur le côté. Nadia Dardeau avait attendu en silence, et se jeta sur elle sans prévenir. Du coin de l'œil, Estel reconnut une longue matraque dans la main de la femme, un instant avant que l'objet percute sa tempe. Des éclairs douloureux l'aveuglèrent. Elle tituba.

— Madame Dardeau, non…

Elle fut repoussée contre l'encadrement de la porte. Son épaule heurta un tableau qui se décrocha du mur.

Deuxième coup, surgi de nulle part.

Estel tomba à genoux.

Le coup suivant la cueillit dans le dos, chassant tout l'air de ses poumons.

— Arrêtez… putain…

Elle ne voulait pas faire de mal à cette femme.

Mais il fallait qu'elle se défende.

La matraque s'abattit sur l'arrière de son crâne, puis sur sa pommette. Le goût du sang inonda sa bouche. Estel jura, balança un coup, qu'elle n'espérait pas trop fort. Elle toucha la femme au ventre. Du moins, elle le croyait. La femme hurla de manière hystérique. Et Estel se rendit compte qu'elle criait aussi, de douleur, de panique, tant la confusion était totale. Un guéridon installé contre le mur se renversa. Des assiettes se brisèrent au sol. Ou peut-être une lampe. La porte avait claqué. Estel n'y voyait rien. Les coups qu'elle avait pris l'étourdissaient. Subitement, la femme se saisit d'elle. Ses ongles labourèrent son bras, son visage.

— Mais arrêtez ! lui hurla-t-elle. Arrêtez, bon sang !

Elle envoya un autre coup de poing. Cette fois, elle atteignit la femme au visage, la propulsant en arrière. Elle avait honte, mais il fallait en finir.

Elle se redressa.

Le vertige lui coupa les jambes.

Non.

Elle tomba au ralenti dans l'obscurité.

Pas maintenant... pas...

Elle perdit connaissance.

32

De tous les évanouissements dont elle avait été victime au cours de ces derniers mois, aucun ne fut aussi brutal que celui-ci.

Comme si ses sens ne lui appartenaient plus.

Son *black-out* ne dura peut-être que quelques secondes. Mais il fut total. Estel perdit la notion de l'espace, du temps, de son propre corps. Elle entendit seulement un long cri déchirant, qui semblait vouloir perforer ses tympans.

— Madame… Dardeau… appela-t-elle en se forçant à bouger.

Ses oreilles sifflaient douloureusement. Elle roula sur le plancher maculé de débris tandis que sa vue revenait.

Une odeur violente d'alcool agressa ses sinus. Elle comprit qu'une bouteille de vodka s'était renversée.

La lumière était plus vive, également. Il lui fallut quelques instants pour s'apercevoir que les rideaux, au fond de la pièce, avaient été ouverts.

Elle toussa, se redressa, encore sonnée, la bouche pâteuse. Les griffes de la femme lui avaient bien rayé le visage. Passant sa main sur sa joue, elle sentit du sang.

— Madame ? fit-elle à nouveau, saisie d'un sentiment d'inquiétude irrationnel mais intense.

Elle distinguait la pièce, à présent.

Mais elle y était seule.

— Madame Dardeau ? Où êtes-vous ?

Son cœur s'emballait.

Comme si son corps savait *déjà* ce qu'elle allait découvrir.

Elle fit quelques pas jusqu'à la double fenêtre ouverte.

Elle se pencha.

Elle surplombait le plan d'eau et ses sculptures.

Elle découvrit alors, en contrebas, où se trouvait exactement Nadia Dardeau. Et ce qu'elle était devenue.

La femme gisait, empalée de part en part, sur les bras levés de la statue juste en dessous. Ses longs cheveux noirs, gluants d'une substance rouge, s'emmêlaient sur les drapés de la silhouette de métal. Les doigts griffus avaient déchiré son chemisier, à présent maculé de son sang. Un épouvantail humain.

Des gouttes de pluie se mirent à tomber sur l'horrible scène, tandis que le bassin se troublait d'une teinte écarlate.

Estel sentit monter un haut-le-cœur.

Elle recula dans l'appartement, une main devant la bouche pour ne pas vomir.

— Non, non, non, répéta-t-elle.

Elle s'effondra contre le mur.

Le vertige revenait. Insidieux. Moqueur.

Tu as encore tué quelqu'un, lui hurlait la voix dans sa tête. *Cette fois tu es coincée. Tu ne t'en sortiras pas. Ils te retrouveront. Ils ressortiront ton passé.*

— Non, non, haletait-elle. Ce n'était pas moi…

Elle sentit des larmes monter.

— Ce n'est pas possible… je ne l'ai pas poussée.

S'est-elle suicidée ? songea-t-elle, cherchant une explication à laquelle se raccrocher.

Mais pour quelle raison ? Réfléchis, Estel.

Elle ne cessait de le faire, justement. Et elle ne trouvait aucune explication logique.

Tu l'as peut-être poussée par la fenêtre.

Tu étais en train de la frapper. Tu ne t'en souviens plus parce que ça a recommencé. Ce problème dont tu refuses de t'occuper.

Mais tu vois le résultat.

Tu vois ce que tu as FAIT.

Elle sentit sa tension baisser à nouveau. Le voile noir revint, en même temps que ses oreilles recommençaient à bourdonner. Estel cligna des yeux, lutta de toutes ses forces. Elle suffoquait. Elle sanglotait.

Elle était finie.

Cette fois, il n'y aurait pas de circonstances atténuantes aux yeux de la police. Pas de séances de psy imposées pour prétendre que tout pouvait s'arranger et que la vie allait lui donner une nouvelle chance.

Cette fois, c'était l'incarcération.

— Non ! NON !

Elle cogna l'arrière de sa tête contre le mur. Fort. Et recommença.

Arrête.

Reprends-toi. Maintenant.

Appelle les secours pour prouver ta bonne foi.

Elle ne put retenir un éclat de rire. Un rire de folle. Les secours ne serviraient à rien dans l'état où se trouvait cette femme.

Elle se redressa, tituba jusqu'à la fenêtre pour jeter un nouveau coup d'œil au cadavre. Il pendait toujours au même endroit, accroché à la sculpture de déesse, comme porté par elle, de manière quasiment obscène. La main droite de la statue avait littéralement traversé la gorge de Nadia Dardeau.

Déboussolée, Estel crut cependant reconnaître un élément *familier* dans cette horreur.

Elle se pencha.

À quoi penses-tu ?

Il y avait un détail, au cœur de cette scène, qui dépassait la mort et le sang.

Quelque chose qui la terrifiait au plus profond d'elle.

Elle ne comprenait pas ce qui lui évoquait un tel sentiment. Mais elle en profita pour chercher des yeux une présence humaine. Le gardien dont lui avait parlé Dardeau n'était toujours pas en vue. Tout au plus aperçut-elle un sentier de promenade juste derrière, mais il était désert.

Avec la pluie qui s'intensifiait, il était peu probable que des passants arrivent de ce côté.

La jeune femme redressa une chaise et s'assit pour réfléchir.

Elle inspira le plus calmement possible.

Prends tes responsabilités.

Tu as assez perdu de temps.

Elle composa d'abord le numéro d'Aymeric Dardeau.

— Votre femme… commença-t-elle, gorge serrée, comme dans un cauchemar impossible.

— *Quoi ? Que se passe-t-il ? Comment va-t-elle ?*

Elle ferma les yeux.

— Votre femme vient de se défenestrer. Je n'ai rien pu faire pour l'en empêcher.

Elle entendit un son comme un soupir, au bout du fil.

— *Est-ce qu'elle est... ?*

— Oui, monsieur. C'est horrible.

Elle lui expliqua de son mieux la lutte, l'incompréhension, la rapidité avec laquelle tout s'était déroulé. Tout en parlant, elle se frotta la joue, étalant le sang.

— J'ai des griffures partout. Je ne comprends toujours pas pourquoi elle a fait ça... M'attaquer dans le noir... Je vais appeler la gendarmerie. Je ne sais même pas où est la plus proche brigade, ici.

Il y eut un silence pesant, où elle ne perçut plus que la respiration rauque de l'écrivain.

— Monsieur, vous êtes toujours là ?

— *N'appelez pas la gendarmerie.*

Elle crut avoir mal entendu.

— Comment ?

Le silence dura encore plus longtemps.

— Votre femme m'a attaquée. Je vais être arrêtée. Je ne sais même pas quoi dire... je...

— *Alors taisez-vous.*

— Quoi ? Mais je...

— *La ferme !* s'écria l'écrivain. *Contentez-vous de m'écouter et de faire ce que je vais vous dire, d'accord ?*

Elle se tendit.

— *Vous n'aurez rien à déclarer*, poursuivit-il d'un ton glacial, à présent. *Vous êtes en état de choc. N'aggravez rien en faisant n'importe quoi. Vous allez remonter dans votre voiture et revenir à Paris. Immédiatement. Vous venez me retrouver à la clinique. Je vais prendre mes dispositions pour qu'on vous laisse entrer.*

— Je ne peux pas faire ça. La gendarmerie...

— *La gendarmerie va me contacter quand on découvrira Nadia. Les officiers chercheront à comprendre où je me trouvais lorsqu'elle est décédée. Ils voudront me voir, bien sûr. Quant à vous, vous ne serez plus dans le tableau depuis longtemps. Si on nous le demande, et on nous le demandera à un moment, vous vous trouviez avec moi.*

— Mais…

— *C'est ce que vous direz à la moindre de leurs questions. Et c'est exactement ce que je leur dirai, moi aussi. Vous étiez ici. À Paris. J'étais en train de vous embaucher et nous ne nous sommes pas quittés de la journée.*

Estel croyait à peine ce qu'elle entendait. Elle repensait à son pressentiment quand elle était entrée dans la chambre de cet homme qui venait de se faire poignarder et qui refusait d'en parler à la police. Elle avait *su*, à cet instant, et tout au fond de ses tripes, qu'elle n'aurait jamais dû accepter son offre tordue. *Trop tard à présent.*

— *Vous a-t-on vue ?* lui demanda-t-il ensuite. *Le gardien ?*

Elle se remémora son arrivée sur les lieux.

— Non. Je ne crois pas. Je n'ai croisé personne. Mais…

— *Alors c'est parfait. La porte était ouverte ?*

— Oui. Mais maintenant, tout est brisé dans l'appartement.

— *Nadia a eu une crise. Rien d'anormal. Contentez-vous de refermer la porte à clé. Et vous revenez à la clinique. Tout de suite.*

Il inspira longuement.

— *Tout est de ma faute, Estel. Je pensais naïvement que Nadia allait mieux... Vous m'avez entendu ? Vous montez dans votre voiture et vous revenez aussi vite que possible. C'est compris ?*

— Bien, monsieur.

Elle raccrocha. Tremblante. Elle posa sa main sur son bras. Les griffures la démangeaient. Mais apparemment le sang n'avait pas coulé au sol.

C'est de la folie.

Elle sortit de l'appartement. Comme le lui avait ordonné Dardeau, elle referma la porte à clé. Puis elle se précipita dans l'escalier.

Personne ne peut se sortir de ce genre de situation…

Il n'y avait aucun signe de vie en bas.

PERSONNE.

Elle s'installa dans sa voiture.

Son téléphone bourdonna. Léo s'inquiétait, finalement.

Elle refusa l'appel, éteignit le mobile et enclencha la marche arrière pour se sortir le plus vite possible de cet endroit.

33

Paris sous la pluie.

La nuit tombait, mais le ciel était obscurci depuis des heures. Déprimant.

Dans les locaux de la police judiciaire du Xe, les effectifs de jour quittaient progressivement les bureaux pour le week-end.

— À lundi, Delphine ! lança le capitaine Vincent Escorsac. Essaie de déconnecter, pour une fois !

— Je m'y mets demain, beau gosse !

— C'est ça ! gloussa-t-il en passant la porte.

Il ne restait plus que la jeune femme dans la pièce, et les lieux lui semblèrent terriblement silencieux tout à coup.

Temps d'y aller, moi aussi.

Elle rangea méthodiquement ses stylos et ses carnets de notes sur sa table, à côté de la petite plaque qui indiquait : *Lieutenant Delphine Bellefonds, police judiciaire de Paris*. Elle allait éteindre son ordinateur quand elle se rendit compte qu'un e-mail non lu se trouvait dans sa boîte de réception.

Elle se cala confortablement dans son fauteuil, rassembla ses cheveux roux en un chignon qu'elle fixa avec un stylo et ouvrit sa messagerie. Ses collègues avaient beau se moquer de son attachement quasi maladif au moindre détail, elle n'était pas près de changer ses habitudes.

Tout ce qui n'était pas parfaitement organisé, consigné et rangé à la bonne place la déconcertait réellement.

En l'occurrence, elle découvrit un message d'Alioune Djebbari dont elle ne sut quoi penser.

Djebbari était un détective privé avec qui elle entretenait des rapports amicaux depuis plusieurs années. Elle n'était pas censée aider un indépendant dans ses recherches, bien sûr, mais la confiance mutuelle qu'ils s'accordaient était solide. Chaque fois qu'elle l'avait pu, elle avait dépanné le vieil homme avec une information ou une autre. À d'autres occasions, c'était lui qui renvoyait l'ascenseur. Le vieux briscard relevait souvent des éléments qui échappaient à la vision très codifiée et protocolaire des forces de l'ordre.

Échanges de bons procédés.

Le mois dernier, Djebbari l'avait contactée car il cherchait à identifier une personne. *La fille sur le carrelage rouge.* Il lui avait envoyé une photo d'une jeune femme, visiblement battue. Bellefonds avait parcouru les archives, diffusions et télex, mais avait été contrainte de baisser les bras. Ce portrait ne correspondait à aucune disparition signalée.

Et voilà qu'à présent il lui avait écrit :

> Chère Delphine. L'affaire est enfin bouclée de mon côté. Pouvez-vous détruire la photo que je vous avais fait parvenir SVP ? Vis-à-vis de la famille de ma cliente, je souhaiterais ne pas laisser ce genre de traces dans les ordinateurs de la police.

Plutôt étonnant comme requête. Mais le détective était un original, vivant seul avec son chat obèse nommé Roosevelt.

Elle cliqua pour lui répondre.

Cher Alioune,
Vous avez donc retrouvé l'identité de la jeune femme comme vous l'espériez ? Tout s'est bien passé ?

À sa surprise, la réponse arriva quasi instantanément.

Oui, merci. Ce n'était finalement qu'un problème familial classique. J'ai retrouvé ses parents. Je les ai longuement eus au téléphone aujourd'hui. Elle est revenue dans son foyer. Mon implication s'arrête là.

Bellefonds tergiversa. Il y avait quelque chose d'étrange dans cet échange. Le terme *implication*, peut-être ? Cela ne correspondait pas à la manière de s'exprimer du vieux détective.

Cela dit, elle tapa :

Merci de me prévenir. J'efface la photo sans problème.

Elle promena sa souris à la recherche du document en question. Sans le vouloir, elle cliqua dessus et l'image occupa l'écran : le visage d'une jeune femme d'une vingtaine d'années environ. La fille était littéralement *recouverte* d'ecchymoses, ses pommettes mâchées de bleus, l'œil gauche presque fermé tellement il était gonflé. Violence conjugale ? Agression ? Racket, peut-être ? Toutes les suppositions étaient permises. La pâleur de la peau, même sur le mauvais cliché, faisait peur à voir.

Sans même parler du sol sur lequel était allongée la fille.

De gros carreaux peints en rouge vif.

Comme chaque fois qu'elle avait posé les yeux dessus, quelque chose mit la policière terriblement mal à l'aise.

On dirait une morte. Voilà pourquoi.

Et sur ce carrelage écarlate et luisant, c'est pire.

Bellefonds fit lentement tournoyer le curseur de la souris autour du visage tuméfié.

Elle respectait Djebbari, mais jamais elle ne détruirait le moindre de ses fichiers. Ses collègues s'amuseraient encore d'elle, ils affirmeraient qu'elle était maniaque et qu'elle accumulait inutilement les documents et les annotations sans intérêt, c'était comme ça. Même si elle ne pouvait pas vraiment leur expliquer pourquoi, elle avait ça dans le sang.

Noter. Archiver. Se remémorer.

Elle fit une copie de la photo et l'enregistra sur son disque dur externe.

Absence de confiance en elle qui la poussait à ne rien jeter.

Sans aucun doute.

Mais elle ne blessait personne en étant plus rigoureuse que la moyenne.

Ensuite, Delphine Bellefonds effaça l'e-mail et éteignit son poste de travail.

Elle récupéra son sac et sa veste pendue sur un cintre. C'était vendredi soir et plus rien ne comptait. Même si elle n'attendait pas grand-chose de son rendez-vous Tinder, elle était curieuse de découvrir le beau mec qui lui faisait des avances passionnées.

Elle rangea le disque dur dans son tiroir et le referma à clé.

34

L'infirmière était venue changer le pansement de l'écrivain. Elle avait également débranché sa perfusion. Il avait ainsi pu passer sur le fauteuil. Recouvert d'un plaid, il s'éventait avec le contrat qu'Estel et lui venaient de signer.

Estel se tenait dans l'angle de la chambre, à côté des fenêtres. La pluie redoublait de violence.

— Je n'arrive toujours pas à croire ce que vous faites. Ni pourquoi vous le faites…

— Ce qui s'est produit est en grande partie de ma faute, répliqua-t-il d'une voix distante, un peu pâteuse. Je vous sauve de la prison, Estel. Acceptez-le. Vous me remercierez plus tard.

La jeune femme peinait toujours à intégrer la situation. Tellement de choses s'étaient produites en seulement quelques heures.

Le remercier ?

Elle ne pouvait nier qu'il lui sauvait la vie.

Mais elle *détestait* l'idée de travailler pour lui.

Comment se sortir d'une telle situation ?

Jusqu'ici en tout cas, elle devait reconnaître que tout se passait comme Dardeau l'avait anticipé. La brigade territoriale l'avait joint sur son mobile. Il avait pris l'appel devant Estel, et elle l'avait écouté, pantoise, tandis qu'il répondait aux quelques questions pour la forme, expliquant qu'il se trouvait hospitalisé et qu'il était effondré par ce qu'on lui apprenait. On lui avait donné rendez-vous le lendemain après-midi pour identifier son épouse et signer les papiers officiels. Il avait remercié son interlocuteur avant de raccrocher, le visage grave.

Il s'éventa un peu plus fort.

— Je connais ce genre de gendarmes. Je sais que cela vous étonne, mais imaginez qu'ils sont bien plus perdus que nous. Ils n'ont jamais *rien* à faire dans leur secteur, mis à part ramener ses huskies à Pete Doherty quand les bestioles fuguent, ou parader à cheval pour impressionner les vacanciers. Ils ne sont pas habitués à une vraie enquête.

— Habitués ou non, cela ne change pas grand-chose, rétorqua Estel. Ils ont tous les services techniques nécessaires. J'avais mon iPhone avec moi. Il leur suffit de vérifier…

L'homme se fendit d'un sourire supérieur qu'Estel n'aimait pas *du tout*.

— Pourquoi n'écoutez-vous pas ? Vous savez tout ce qu'une recherche de téléphonie nécessite ? D'abord, il faut faire une réquisition à un opérateur pour avoir la facture détaillée, puis il faut établir une autre réquisition pour les bornages, et encore une autre pour les appels passés, et ainsi de suite.

Il ne lui apprenait rien.

— Et alors ?

— Et alors, poursuivit-il, il faut également faire une réquisition différente par opérateur. Ces braves officiers, si bien intentionnés soient-ils, ont d'autres chats à fouetter, et vous le savez parfaitement. Il est dans leur intérêt que ce genre de fait divers soit classé au plus vite. Je suis prêt à parier ce que vous voulez qu'ils ont appelé un médecin local qui s'est contenté de constater que Nadia a perdu la vie. Il n'y aura ni autopsie, ni investigation.

Estel se mordilla le coin des lèvres. Elle savait qu'il avait raison. Elle avait déjà assisté à ce phénomène, même en Occitanie, et dans des villes plus importantes qu'un simple havre de vacances. Nulle part il n'était encouragé de faire monter les statistiques d'actes criminels.

Mais la manière dont il parlait de son épouse…

Cette *froideur*.

— Demain, ils me poseront d'autres questions parce qu'ils sont obligés. Tout ce que vous aurez à dire de votre côté, c'est de confirmer votre présence ici toute la journée. Ils enregistreront que je n'ai pas quitté cette chambre, et vous non plus. Nous avons signé ces contrats. Nous avons parlé des modalités de votre emploi.

Elle hocha la tête.

— Votre épouse est décédée. Et vous prenez les choses… de manière vraiment surprenante…

Il cessa de s'éventer.

— Nous ne pouvons réparer ce qui a été fait. Juste essayer de limiter les dégâts. La promo de mon roman débute lundi. Je vais être encore plus exposé que d'habitude. Il faut que je me protège. Je sais que je peux compter sur le personnel de la clinique pour tenir sa langue sur mon passage ici, mais, pour le reste, j'ai besoin de vous à mes côtés.

Les sourcils d'Estel se soulevèrent. Ses blessures au visage l'élancèrent brièvement.

— Vous allez tout de même faire votre tournée ? Avec ce qui vient de se passer ? Votre éditeur va vous laisser faire ?

Dardeau força son rictus. Il en était presque menaçant.

— Mon éditeur ? Il est aux abois, comme toute cette profession. J'ai *besoin* de vendre ce livre. Vous rencontrerez bientôt mon attachée de presse, Lili. Vous la verrez ramper pour décrocher deux lignes dans la presse régionale. Que vous le compreniez ou non, il est essentiel que les déboires de ma vie personnelle n'interfèrent pas avec mon travail.

Les déboires de sa vie personnelle. Comment peut-il parler ainsi de sa femme décédée ?

Il ajouta :

— Le harcèlement dont je fais l'objet va reprendre de plus belle. Vous serez mon garde du corps, comme nous l'avons convenu avec ce contrat. Nous sommes liés désormais.

Estel ne répondit pas.

Il avait raison. Elle avait déjà accepté son sort.

Et la perspective la pétrifiait.

— Vous devriez penser à nettoyer ces plaies, lui rappela l'écrivain. Elles ont l'air bien infectées.

Sans un mot, elle poussa la porte de la salle de bains. Les griffures étaient toujours à vif, mais l'eau lui fit un peu de bien. Sur son visage, les dégâts étaient mineurs. C'était surtout son bras qui la démangeait. Elle tamponna les plaies avec une serviette, qui se couvrit de petites mouches écarlates.

Ton ADN se trouve sous les ongles de cette femme. Les gendarmes, dépassés ou non comme le prétend Dardeau, vont faire des analyses.

Tu sais que tout ce que vous faites ici n'a aucune chance d'aboutir.

Tu le sais, n'est-ce pas ?

Elle ordonna à sa voix intérieure de se taire.

Elle se sentait piégée.

Elle ne cessait de repenser à cette femme empalée sur les bras de la statue.

Et plus elle y pensait…

Plus cette indescriptible sensation de *déjà-vu* la taraudait.

35

Quand elle arriva chez elle, il était près de 2 heures du matin.

Elle avait vécu le trajet comme un mauvais rêve. Aveuglée par les phares des autres véhicules. Assourdie par les klaxons sur le périphérique saturé même en pleine nuit, comme si les Parisiens ne cessaient jamais leurs déplacements frénétiques. Elle ne se souvenait même plus vraiment comment elle s'était garée, ni à quelle place. Elle avait traversé les couloirs de son immeuble sans allumer la lumière, en s'appuyant aux murs.

Dans l'appartement, un agréable parfum d'encens se diffusait. Léo l'attendait, installé dans la cuisine, devant un mug de thé. Il lisait sur sa tablette.

À son entrée, il la scruta des pieds à la tête.

— Bonsoir, Léo.

Léo prit l'air le plus sombre qu'Estel lui avait jamais vu.

— Donc tu t'es encore battue ?

Elle soutint son regard. À l'intérieur, elle ne ressentait qu'un vide terrible. *Oui. C'était le combat le plus ridicule de ma vie, Léo. Je me suis quasiment fait assommer par une femme ne sachant pas se battre. Mais rassure-toi, tout va bien. Cette femme est morte, à présent.*

— Ce n'est pas ce que tu crois, répondit-elle, comme si quelqu'un d'autre parlait à sa place. J'ai un nouvel emploi. Et pas dans le milieu de la nuit. C'est une mission pour Aymeric Dardeau, l'écrivain.

— Le porc que tout le monde aimerait voir pendu ? ricana Léo. Bien joué. Ta cote de popularité va grimper.

Elle rumina quelques instants.

— Quoi qu'il en soit, tu n'auras plus à me supporter à la maison toute la journée.

Il secoua la tête.

— Tu ne comprendras jamais rien, hein ? Mais ce que tu fais de ta vie ne me regarde pas.

Il hésita, avant d'ajouter :

— Cela ne me regarde *plus*. C'est fini. Notre relation est morte depuis un moment, de toute manière.

— Léo…

— Je vais dormir sur le canapé. Je payerai ma part de l'appartement ce mois-ci, et ensuite je réfléchirai à un moyen de déménager.

Elle ne répondit rien.

Elle en était incapable.

— Quelles que soient les emmerdes dans lesquelles tu te mets à partir de maintenant, Estel, je ne veux pas en entendre parler. Je t'ai suffisamment tendu la main. Et tu m'as suffisamment envoyé chier. Tu as ce que tu voulais.

36

Estel s'imaginait ne pas pouvoir tomber plus bas.

Mais dans ses rêves, elle fut assaillie par des visions qui l'emportèrent dans un monde plus angoissant encore. Elle rêva de ses poings s'abattant sur le visage de Nadia Dardeau. Du sang de la femme qui giclait en tous sens tandis qu'elle la suppliait de la laisser vivre.

Je ne l'ai pas agressée.

C'était elle.

ELLE.

Elle ouvrit les yeux vers 4 heures du matin. Les cris provenaient de la rue. Plusieurs personnes s'égosillaient. Un accrochage, tristement habituel, entre groupes de jeunes.

Elle se replia en silence dans les draps.

Le pressentiment qui la tenaillait depuis cet après-midi se précisait, pour se muer à présent en angoisse sourde.

— Non. Ce serait trop dingue…

L'appartement était silencieux. Elle espérait que Léo dormait toujours dans le salon. De son côté, elle se glissa vers la penderie en essayant de faire le moins de bruit possible et sortit son ordinateur.

Elle fit ce qu'elle n'avait pas encore fait jusqu'ici. Ce qu'elle aurait dû faire dès l'instant où Dardeau lui avait demandé d'aller surveiller son épouse.

Elle rechercha des images de Nadia Dardeau sur Google.

Elle n'avait pas demandé de portrait d'elle avant de partir. Sur le moment, elle ne voyait pas ce que cela allait changer.

Sur place, elle n'avait même pas vraiment vu la personne qui l'agressait. Tout s'était passé dans l'obscurité. Elle lui avait simplement jeté un regard après que la femme se fut embrochée sur la sculpture aux bras levés.

C'est là que le doute avait commencé.

Elle avait vu le visage de cette femme sans le regarder. Il était horriblement défiguré. Mais pourtant…

Estel fit défiler les images disponibles sur le Net.

Elle cliqua sur la photo de Dardeau accompagné de son épouse au festival du Polar de Cognac, où il s'était rendu quelques années auparavant. Le couple souriait, aux côtés de Bernard Minier, un autre auteur à succès.

Il s'agissait de la femme brune qui s'était jetée par la fenêtre.

Pas d'erreur.

Estel pinça l'écran et agrandit l'image.

Elle étudia le visage rond de la femme. Son regard qui semblait voilé, même sur ce cliché, par une trop forte consommation d'alcool.

— Putain, dit-elle. Putain de merde. C'est bien elle.

Cela lui revint d'un coup, avec une précision terrible.

Elle *connaissait* cette femme.

Plus précisément, elle l'avait déjà croisée. Au moins une fois.

Cela s'était produit deux mois auparavant.

Au club de Droux.

Estel n'oubliait jamais un visage. Cela faisait partie de son métier.

Surtout celui de quelqu'un qui causait du grabuge. Nadia Dardeau était venue au Grand Paris et s'en était violemment prise à Droux. Elle était hystérique, comme si elle en voulait à la terre entière. Estel avait dû la sortir *manu militari* de la boîte de nuit. Cette femme l'avait traitée de monstre, bien sûr. Elle l'avait frappée, déjà, avec son sac et ses poings, et Estel avait fait de son mieux pour la maintenir à distance.

Pauvre toxico, avait-elle pesté sur le moment.

Elle ne croyait pas si bien dire.

Le visage bouffi d'alcool de Nadia Dardeau. Ce regard presque mort.

Estel fixa cette image de longues minutes.

Incapable de comprendre.

De trouver une logique à une telle coïncidence.

Et la sensation que cela provoquait, au fond de ses tripes, était insupportable.

Elle referma son ordinateur et resta dans le noir encore longtemps.

Au-dehors les cris avaient cessé.

Le silence absolu qui entourait Estel lui sembla pire encore.

III

LES FEMMES QUI PASSENT

37

Quatorze ans auparavant

L'adolescente faisait ses étirements dans le parc quasi désert, à cette heure matinale.

Depuis qu'elle avait découvert le sport, elle s'y adonnait quotidiennement. Faire de l'exercice, sentir ses poumons s'ouvrir quand elle courait, ses muscles se délier peu à peu sous l'effort, étaient des joies nouvelles qui, au moins, la soustrayaient durant quelques heures à son environnement familial. Sans compter que cette nouvelle passion lui permettait de se vider la tête de ses idées étranges, qui avaient toujours effrayé ses proches, les rares fois où elle avait commis l'erreur de leur en faire part. Ils ne lui en parlaient jamais, mais elle le savait très bien. Ils ne la regardaient plus de la même manière. Aussi elle-même ne se souciait plus d'eux. Elle s'efforçait de passer le moins de temps possible à la maison.

L'entraînement était une excuse parfaite.

Et un plaisir sans pareil.

Elle ferma à demi les yeux, tout absorbée par le lent déplacement de son bassin à mesure que ses cuisses s'écartaient, jusqu'au grand écart presque parfait.

— Toujours aussi souple, fit une voix enjouée dans son dos.

La jeune fille tressaillit.

Même si elle attendait cette voix.

Parce qu'elle l'attendait.

Le vieux monsieur était revenu.

La semaine précédente, il s'était approché en la complimentant sur sa forme. Assez près pour caresser ses cheveux courts. Puis la main du vieux monsieur, telle une lente et intrépide araignée, s'était aventurée vers le bas de son dos. L'adolescente s'était écartée, les joues en feu, mais il ne s'était pas démonté. Il lui avait proposé de venir faire du sport chez lui, dans sa maison qui se trouvait juste au coin de la rue. Elle s'était trouvée sans répartie, sans souffle, emplie d'une pure peur panique. Elle s'était enfuie aussi vite que ses jambes pouvaient la porter.

Elle y avait longuement réfléchi.

Elle avait décidé de revenir.

Aujourd'hui, elle ne s'enfuirait pas.

Elle se tourna vers le vieux monsieur. Tout sourire infantile et effronté, elle observa le visage inégal de cet homme, ses cheveux déjà rares de part et d'autre de ses tempes. Il sentait la sueur, trop de parfum et quelque chose comme des relents de chorizo.

La fille se redressa avec toute l'énergie de ses douze ans.

— Je vais aller me baigner dans la mare. J'ai trop chaud.

Sans lui laisser le temps de répliquer, elle courut jusqu'à la haie, l'enjamba et disparut derrière le rideau de grands saules qui séparait le parc d'une petite étendue d'eau sauvage.

Le vieux monsieur demeura quelques instants sans réagir. Puis il jeta des regards suspicieux de tous côtés. Personne dans les allées. Et les habitations étaient trop éloignées pour le voir. Il ne se retint pas plus longtemps. D'une démarche mécanique, il se dirigea à son tour vers le couvert des arbres aux abondantes feuilles.

Il n'était pas sûr de bien comprendre ce qui se passait.

Mais la curiosité était plus forte.

La tentation.

Il franchit gauchement la haie épineuse, accrocha son pantalon au passage, s'en moquant éperdument. La mare se trouvait derrière, à seulement quelques mètres. Un pas après l'autre, un peu au jugé, il fendit les hautes herbes dans lesquelles personne ne s'aventurait jamais.

La jeune fille n'était plus en vue.

— Petite ?

Il avança encore, jusqu'au bord de l'eau saumâtre. Des ajoncs, des nuées frénétiques d'insectes qu'il dut chasser d'un mouvement excédé de la main.

Était-il possible que la fille ait plongé ?

La surface de la mare était recouverte d'une pellicule d'algues. De belles et grandes fleurs blanches de nénuphars s'ouvraient en corolles sur les larges feuilles vertes.

Personne ne pouvait se baigner là.

La petite s'était moquée de lui.

Le vieux monsieur commençait à se retourner quand, sans prévenir, l'adolescente se jeta sur lui, brandissant à bout de bras une grosse pierre couverte de mousse.

Elle l'abattit violemment contre sa tempe.

Il poussa un cri de douleur. Emporté par son propre poids, il chuta à genoux dans l'eau nauséabonde. Le limon les éclaboussa tous deux.

— Petite pute ! s'écria-t-il.

Ce furent ses dernières paroles.

La pierre heurta de nouveau sa tempe. L'homme cria plus fort, ses yeux se révulsèrent, et ce fut comme si toutes ses forces le désertaient d'un coup.

Il bascula en avant.

La jeune fille colla son coude derrière sa nuque et, d'une pression habile et savamment préparée, maintint la tête de l'individu sous la surface.

Il se débattit, longtemps. Il arrachait au hasard des tiges de nénuphars, battait des pieds, sans parvenir à rouler sur le côté, ou même à poser un genou pour prendre appui.

La fille l'enfourcha de ses cuisses pour le maintenir.

Jusqu'à ce que ses mouvements se fassent moins vifs.

Il eut une dernière, violente secousse.

Plus aucune bulle d'air ne remontait à la surface.

L'adolescente resta pourtant collée contre l'homme inerte, son coude pressé sur sa nuque, maintenant son affreux visage tout au fond de l'eau, contre le sol de boue et de cailloux.

De longues minutes.

Pour être *sûre.*

À un moment, elle entendit des joggeurs qui passaient en discutant, dans le parc, juste derrière les arbres.

Elle ne bougea pas.

Elle attendit que le bruit de leurs pas et de leur discussion animée s'éloigne, puis s'efface totalement.

Ne resta plus que le chant des oiseaux et le coassement épisodique d'une grenouille, quelque part de l'autre côté de la mare.

Alors elle se redressa.

Elle contempla la silhouette allongée dans les cinquante centimètres d'eau, au milieu des nuées dansantes d'insectes.

Elle prit le temps de bien épousseter ses vêtements mouillés, avant de franchir les herbes en sens inverse.

Il n'y avait personne dans le parc.

Elle prit une grande inspiration.

Elle s'élança à petite foulée.

Puis accéléra progressivement.

À mesure qu'un sourire comblé se dessinait sur ses traits juvéniles.

Un éclat nouveau naissant au fond de ses yeux.

Tout au fond de son âme.

Où personne, jamais, n'aurait le droit de regarder.

38

À 9 heures le samedi matin, après quelques heures de sommeil agité, Estel revint chercher Dardeau à la clinique. Elle le trouva en compagnie d'une grande jeune femme.

Plus précisément, elle ouvrit la porte au moment où l'écrivain donnait une gifle sonore à cette personne.

Estel se figea. Aymeric Dardeau, aucunement dérangé par sa présence, retourna une deuxième gifle. Puis une troisième, encore plus violente, qui fit reculer la jeune femme de plusieurs pas.

Elle se tint le visage entre ses boucles blondes.

Dardeau se tourna ensuite vers Estel, avec le même air hautain et détaché qu'il avait eu, la veille, quand il parlait de sa femme. Estel sentit un bloc de glace envahir son cœur. Elle se demanda ce qu'elle faisait là.

Tu fais ce que tu as fait toute ta vie.

Tu prends ton service aux ordres d'un beau salaud.

Tu t'écrases pour ne pas subir les conséquences désastreuses de tes actions.

— Estel, bonjour ! lui lança l'écrivain en remettant un pan de sa chemise en soie dans son pantalon. Je vous présente Salomé, mon assistante.

Son effarement rendait Estel muette. Salomé avait détourné la tête et prenait son sac sur le lit.

— Elle va nous laisser pour ce matin, poursuivit Dardeau. Elle s'est emmêlée dans un dossier et elle va devoir aller tout refaire chez elle. Une journée de télétravail, oui ?

La jeune femme hocha la tête et défroissa sa jupe de tailleur.

Estel n'y tenait plus. Elle lança :

— Mademoiselle ? Tout va bien ?

Salomé l'ignora.

— J'attendrai vos instructions par téléphone, monsieur Dardeau, se contenta-t-elle d'ajouter. Belle journée…

Et elle traversa la pièce pour sortir. Au passage, elle bouscula Estel d'un coup d'épaule.

— Eh !

L'assistante claqua la porte. Le son pressé de ses talons aiguilles se fit entendre durant quelques instants dans le couloir.

Estel fit volte-face et fusilla l'écrivain du regard.

— Qu'est-ce que ça veut dire, ces conneries ?

— Salomé a son petit caractère, répliqua Dardeau. Par conséquent, je dois la reprendre sur de nombreux points, comme… vous venez de le voir. Mais c'est une bonne employée. Elle travaille dur, et elle apprend. Je suis sûr que vous l'apprécierez, quand vous la connaîtrez un peu mieux.

Estel serra les dents.

Les paroles de Clément Droux remontaient en elle et n'entraient que trop bien en résonance avec les propos de cet homme.

On aurait dû te dresser un peu mieux.

— Mais enfin, pour qui vous prenez-vous ?

— Pardon ? fit l'écrivain en levant un sourcil.

Elle dénoua sa cravate. Elle n'allait pas se laisser faire à nouveau par un salaud. Elle le *refusait.*

— Ce n'est pas possible. Je ne travaille pas dans ces conditions.

— Arrêtez vos enfantillages, voulez-vous ?

Le ton sec de l'écrivain ne pouvait être en plus parfait contraste avec son sourire éclatant.

— Vous et moi connaissons la situation, ma chère. Ce qui s'est produit avec ma femme… Ce que vous *risquez* si je ne vous sers pas d'alibi. Sommes-nous bien d'accord là-dessus ?

Estel ne parvint pas à répondre. Il lui sourit de plus belle, désignant la valise posée sur la chaise d'un geste nonchalant.

— Je vous laisse porter mes affaires, je suis encore faible. Ma voiture est garée au sous-sol. Je vous l'ai dit, j'ai *vraiment* besoin de vous, Estel. Quant à vous, vous avez tout autant besoin de moi. Ne gâchez pas tout dès notre première journée ensemble.

Quand elle ouvrit la portière arrière et que l'écrivain prit place sur le cuir de son Audi, Estel songea à tous les jours où elle avait accompli un geste semblable pour Clément Droux. Et encore une fois une détresse immense serra son estomac.

Tous les hommes sont donc des ordures irrécupérables ? rumina-t-elle en prenant place au volant. *Ou seulement ceux qui acceptent de me tendre la main ?*

Sa cravate lui faisait l'effet d'une corde de gibet.

Elle la desserra davantage.

La sensation d'étouffement perdura.

39

Vous avez carte blanche.

Rarement Quentin Falconnier avait autant apprécié les paroles d'un procureur au réveil. Christophe Coquelet l'avait appelé très tôt. Avec lui, aucune seconde n'était jamais perdue.

— *Je veux des résultats.*

— Vous les aurez, monsieur. Je suis le meilleur dans mon domaine.

Il ne lui mentait pas. Il avait *toujours* été le plus compétent. Depuis les bancs de l'école, où il rédigeait et signait lui-même les mots de ses parents. Quand ceux-ci avaient fini ruinés à la suite d'une escroquerie sur Internet, il avait été le seul capable de retrouver le responsable. Il s'était présenté au commissariat avec toutes les preuves, persuadé que le coupable serait arrêté sur-le-champ. *Personne* ne l'avait pris au sérieux. Parce qu'il n'avait que seize ans et que ces abrutis de flics de base savaient à peine allumer leur matériel informatique. Il n'avait eu droit qu'à une main courante et à la stricte interdiction de revenir les importuner avec ses « théories ». Ses parents, quant à eux, avaient dû revendre leur maison qu'ils avaient déjà passé la moitié d'une vie à financer.

Chaque fois que ces souvenirs remontaient – comme ils remontaient maintenant, irrépressibles et entêtants –,

Falconnier se disait que ce genre d'humiliation ne s'était plus reproduit dès qu'il avait eu le pouvoir de sa fonction. Et que cela ne se reproduirait *jamais*.

Après quelques coups de téléphone pour valider toutes les autorisations, l'entretien était calé avec Étienne Haussmann.

Je suis celui qui te brisera, petit louveteau.

Et je vais y prendre un réel plaisir.

En prenant place dans la petite cellule aménagée pour les entretiens avec les avocats, Falconnier songea à quel point le jeu trouble et grisant des auditions lui avait manqué. Il adressa un sourire à son interlocuteur, de l'autre côté de la table miteuse. Étienne Haussmann resta figé.

Autour d'eux, les murs des Baumettes dégageaient des relents de sueur et de moisissure. Ils étaient installés dans une des multiples petites pièces qui bordaient le couloir entre le greffe et le bloc des cellules. Ou, comme les flics les appelaient entre eux, les « cages à poules ».

Le détenu semblait encore plus maigre que quand il avait été serré, presque une semaine auparavant. Les poches sous ses yeux s'étaient creusées.

Il jeta un regard suspicieux au maton qui faisait les cent pas de l'autre côté de la vitre en plexiglas, puis à l'horloge sale affichant 14 heures pile. Il renifla, mal à l'aise, et en même temps empli de cette fierté absurde qui collait à la peau des petites frappes.

— Qu'est-ce que vous voulez, au juste ? J'ai tout balancé à vos collègues. Vous avez les armes. C'est pas moi qui les utilisais, ces trucs. Je suis une victime…

— Tout d'abord, commença Falconnier en choisissant ses mots, est-ce que tu sais ce que c'est, en jargon policier, qu'une affaire incidente ?

Le garçon déglutit. Ses paupières tremblèrent imperceptiblement.

— D'accord, tu ne sais pas. Alors je vais essayer de t'expliquer. C'est simple, tu vas comprendre. Imagine qu'on coince un type. Un petit *tox* de la Castellane sans envergure qui revend des AK-47 dans son quartier, par exemple. On ouvre une information judiciaire. Le vendeur est placé en examen pour une affaire criminelle. On a toutes les preuves, pas de problème. Le bonhomme n'est pas une victime, comme il le prétend, c'est un malfaiteur qui a fourni des armes ayant servi à des crimes. Il va plonger bien comme il faut. Je suis sûr qu'on t'a déjà raconté cette histoire. Non ?

Aucune réaction. Haussmann regarda ses ongles noirs et rongés.

Le policier poursuivit donc.

— Voilà que, tout à coup, *plot twist* dans notre histoire. On se rend compte que le petit filou trempe aussi dans une deuxième affaire. Quelque chose de beaucoup plus grave, même. Tu sais ce qui se passe ? On rouvre tout. Le type n'a plus un seul service sur le dos. Il en a deux. Deux fois plus d'auditions. Deux fois plus d'emmerdes.

Haussmann releva les yeux. Une lueur mauvaise brillait au fond de son regard.

— Un problème ? voulut savoir l'investigateur.

— Je vois pas du tout de quoi vous voulez parler. Je comprends même pas pourquoi vous venez me faire chier encore…

— Tu sais quoi ? Le mieux est que je te rafraîchisse la mémoire.

Falconnier ouvrit son sac et en sortit la feuille qu'il avait imprimée.

— J'aime bien ce moment-là. Et toi ?

Il fit glisser la feuille devant le prévenu.

La capture d'écran était nette. On voyait distinctement la victime se faire découper un sein, la tête basculée en arrière, au bord de la syncope.

— Il y a la date, l'heure et tout. Tu as eu une idée géniale, de tout enregistrer comme ça, tu sais. Ça me simplifie le travail. Le procureur en avait presque un orgasme au téléphone, je ne plaisante même pas.

Les lèvres d'Haussmann restèrent scellées. Pourtant, Falconnier remarqua que le toxicomane tremblait de tout son corps. Et ce n'était pas le manque.

— Alors ? Ça t'évoque des souvenirs, ou non ? Tu t'es bien branlé ? Parce que c'est toi qui as demandé qu'on lui fasse ça, non ? Tu veux revoir d'autres détails de la petite sauterie ? J'en ai encore un ou deux, juste pour toi…

— Je veux mon avocat, répliqua le garçon sans regarder l'image. Je ne vous dirai rien.

— Il est en route, t'inquiète.

Falconnier retourna la photo et posa ses coudes dessus.

— Je note rien, là. Mais… de toi à moi ? Je pense que tu peux encore limiter les pots cassés. Ça va être ta décision. À toi de prendre tes couilles à deux mains, si tu préfères.

— C'est pas un délit, crut bon de se défendre Haussmann. Enfin, merde…

Sa voix dérapait.

Il savait parfaitement ce qu'il risquait.

Il savait à quel point il était baisé.

Falconnier aimait cela.

Intensément.

Il n'avait pas eu l'occasion de se retrouver dans ce genre de situation depuis ce qui lui semblait une éternité, quand il officiait à Versailles. Il tenait à faire durer le plaisir.

— Tu veux qu'on discute de délits ? Pas de problème, c'est ma grande passion, ça aussi. En ce qui concerne la vente d'armes, déjà, on peut dire que c'est plié. Tu es parti pour dix ans de détention. Mais ton super avocat a déjà dû t'expliquer tout ça. Je me trompe ?

Pour toute réponse, Haussmann cracha sur le coin de la table.

— Bien, poursuivit le policier. Je vois que tu te mets à l'aise. Donc, sur les dix ans que le parquet va réclamer, je te prédis que tu en auras huit, à peu près. Ce qui, à la louche, te fera sortir dans trois ans. Tu vois, le système est pas si mal foutu. Juste trois ans à se faire sodomiser. Ah, et à être obligé de se convertir à l'islam, aussi, pour ne pas te faire casser la gueule tous les jours. Si tu ne fais pas trop le malin, ça peut se vivre. C'est pas Byzance, c'est certain, mais ça se fait.

Haussmann se contracta. Son visage émacié semblait être devenu un masque de haine.

— Toujours pas de commentaires ? Bien. On va parler de ta petite vidéo souvenir, dans ce cas. Vraiment, je te le répète, tu as eu une idée de génie. On ne parle pas de détention de simple film porno, là. C'est de la torture réelle. Le seul fait d'accéder à ce genre d'images est interdit et condamnable. Un délit, donc, puisque tu aimes la précision.

Falconnier appuya sur la feuille avec son index, par petites pressions.

— En plus, dans ton cas, il y a un sacré bonus. Parce que, *toi*, tu as participé aux réjouissances. Tu as pris part *activement* à un meurtre précédé d'actes de torture et de barbarie. J'ai envie de dire, la totale.

— C'était pas moi ! s'écria Haussmann. J'ai pas touché cette fille !

— Il y a ton adresse IP codée sur la vidéo, connard. Le Dark Web, c'est extra pour faire ses petites affaires ni vu ni connu, mais dès la seconde où tu en sors et que tu reviens dans le monde normal, pour enregistrer une vidéo de tes exploits par exemple, tout est traqué et fiché. Je suis sûr que Lord of War se croyait au-dessus de tout ça, hein ? C'est carrément dommage, je te le concède. Parce qu'avec ce petit coup d'éclat, ce n'est pas de trois ans peinard que tu vas hériter. C'est trente. Tu l'as, l'image, dans ta tête ? Je te parle de prison ferme, sans remise de peine possible. Quand tu ressortiras d'ici, tu auras cinquante piges. Alors je te le demande les yeux dans les yeux. Es-tu prêt pour ça ?

— C'était pas du vrai…

— Ne commence *même pas* ce jeu avec moi. J'ai les rapports de trois logiciels qui attestent que tout ce qui se passe sur cette vidéo est réel. Le dossier est déjà bouclé, en ce qui me concerne. Ce que je vois, maintenant, c'est qu'il ne te reste qu'une seule solution pour limiter les dégâts…

Le garçon attendit. Le policier contempla sa proie.

— Quoi ? finit par lâcher Haussmann. Vous voulez quoi exactement ?

— Tu vois que tu es intéressé ! Je vais te faire une confidence, en réalité ce n'est pas toi que je souhaite coincer. C'est la salope derrière le masque, avec ses amis qui diffusent le truc en ligne. Tu comprends que tout va dépendre de toi, et de ce que tu as à me raconter. À toi de choisir. Tu peux m'aider à retrouver ces gens. Ou tu peux ne pas m'aider, aussi. Dans ce cas, je devrai laisser tomber. Je me satisferai de te voir prendre perpète.

Il laissa le silence revenir.

Dans les autres parloirs, des sons de discussion étouffés leur parvenaient. Le maton n'était plus en vue derrière la vitre.

— Tu en dis quoi ?

Haussmann se balançait d'avant en arrière. Ses yeux semblèrent soudain encore plus injectés.

— C'est d'accord. Ça sert à rien de perdre du temps. Tant pis pour mon baveux.

— Bien ! se félicita le policier. On peut commencer, alors.

40

Ils furent reçus à la brigade de gendarmerie, où tout se passa comme Dardeau l'avait prédit.

Estel rongea son frein tout le long de leurs échanges, qui furent aussi polis que superficiels. Ces hommes en uniforme affichaient un air cérémonieux, mais ils n'auraient pas pu se révéler plus inutiles.

Leurs locaux se trouvaient à plus de trente kilomètres de la résidence des Eaux Claires, en retrait dans les terres du pays de Caux. Sous-effectif évident. Dans une autre salle, Estel avait aperçu deux femmes occupées à remplir des formulaires sur un poste informatique, ainsi qu'un très jeune gendarme adjoint volontaire qui s'efforçait visiblement de calmer une personne au téléphone. Elle ne doutait pas que ces gendarmes étaient tous écrasés de travail, et qu'ils faisaient de leur mieux.

— Le corps de votre épouse a été remis aux pompes funèbres, expliqua l'adjudant-chef avec une compassion affectée. Le médecin a délivré le certificat de décès sans obstacle médico-légal, puisque la mort de votre épouse n'a rien de suspect. Une chute terrible…

Estel s'étranglait mais patientait, digne, les mains croisées dans le dos. *Rien de suspect.* Officiellement, ils n'avaient pas relevé de trace d'effraction, et pour cause, la porte avait été verrouillée par ses soins.

Quant aux traces de lutte, elles étaient passées pour une crise d'hystérie de plus de la part de Nadia Dardeau. Le médecin devait avoir conclu à un suicide sans même poser les yeux sur le corps. Il n'y aurait aucun prélèvement sur la défunte avant la crémation, même par précaution élémentaire.

Là encore, comme l'avait prévu Dardeau.

Elle percevait de temps à autre des regards de biais de ces hommes, qui semblaient, par habitude, prendre en considération le statut de célébrité de Dardeau. Il était évident qu'ils accéléraient déjà tout ce qui pouvait l'être pour éviter une médiatisation.

Dire que j'ai été virée de la police pour manque de rigueur.

Au fond d'elle, elle s'en voulait de les juger de la sorte.

Il s'agissait certainement de braves types, faisant ce qu'ils estimaient le plus approprié et le plus protocolaire possible. Par ailleurs, ils l'ignoraient, mais leur légèreté était en train de lui sauver la vie.

— Je pense que nous n'allons pas vous ennuyer plus longtemps, conclut l'adjudant-chef. Tout ceci doit être très pénible pour vous.

Dardeau leur fit un signe poli de la tête pour les remercier.

— Peut-être une dernière chose, reprit le gendarme. J'espère que vous ne trouverez pas cela déplacé…

Estel devina l'impatience des trois hommes présents dans la pièce avec eux. Ils avaient le rose aux joues comme des gosses.

— Nous sommes tous des admirateurs de votre œuvre, monsieur Dardeau. Verriez-vous un inconvénient à nous dédicacer quelques livres ?

L'écrivain afficha un sourire savamment modeste.

— Mais avec plaisir, messieurs. C'est bien la moindre des choses.

Estel se fit la réflexion qu'aucun d'eux ne lui avait posé de questions.

Il lui tardait que cette comédie cesse.

41

L'ombre et la lumière jouaient à cache-cache au travers des frondaisons. Si bien qu'Estel peinait à reconnaître le chemin forestier qu'elle avait pourtant emprunté la veille. C'était comme si elle découvrait l'endroit pour la première fois. De plus, il avait plu peu de temps auparavant. L'écrin verdoyant des Eaux Claires scintillait de gouttelettes.

Par réflexe, elle chercha des caméras aux abords de la résidence. Elle n'en décela aucune. Ils n'avaient pas non plus croisé le moindre radar sur la route. Pour autant qu'elle pouvait le voir, il n'y avait aucun moyen de retracer sa venue ici.

Dardeau accrocha son regard anxieux.

— Tout ira bien.

Elle ne répondit pas. Dans le hall de l'immeuble, cette fois, elle fut présentée au gardien, un bonhomme rondelet et dégarni, oreilles décollées, qui passait la serpillière avec un air morose. Il s'inclina, présenta de brèves condoléances et les laissa seuls en emportant son chariot et ses seaux.

— Je vous avais prévenue que Didier était un peu rustre, dit Dardeau en remontant l'escalier. Mais c'est un bon gardien.

Dans l'appartement, il contempla les meubles renversés. Personne ne s'était occupé de la vodka répandue, dont l'odeur était toujours aussi entêtante.

— Vous n'y êtes pas allée de main morte.
— C'est elle qui s'est jetée sur moi. Elle avait une matraque.
— Je vous crois. Par conséquent, cette arme doit toujours être là…
Sans attendre, il commença à redresser les meubles renversés. Alors qu'il venait de repousser le canapé, il siffla entre ses dents et se pencha pour ramasser un objet.
— Voyez-vous ça, dit-il en soulevant le long bâton en métal. Nadia était encore plus atteinte que je ne l'imaginais.
Estel se raidit. Elle transpirait dans son costume trop serré.
— Vous avez conscience de votre chance, monsieur ? N'importe où ailleurs, les gendarmes ne se seraient pas contentés d'un rapide coup d'œil, ils auraient effectué une fouille digne de ce nom. Ils auraient trouvé cette matraque et ouvert une enquête.
— Mais nous ne sommes pas n'importe où ailleurs. Fort heureusement pour vous.
Il glissa la matraque dans son sac avant d'ajouter :
— La famille de Nadia va bientôt arriver. Je préférerais qu'ils ne découvrent pas l'appartement dans cet état.
La jeune femme lui prêta main-forte sans se faire prier.
À deux, en moins de quinze minutes, ils remirent chaque meuble à sa place et entassèrent les débris dans un grand sac en plastique.
— Et maintenant ? demanda-t-elle.
Son patron s'avança jusqu'à la fenêtre, d'où il contempla les statues. Celle sur laquelle s'était embrochée son épouse avait déjà été nettoyée par le gardien. Plus de sang sur ses mains toujours levées vers eux

dans son étrange posture d'imploration affamée. L'eau du bassin était redevenue cristalline.

— Je vais mettre les appartements en vente. Je ne tiens pas à revenir ici. Jamais.

Voilà bien une des seules choses qu'Estel pouvait comprendre.

Puis, subitement, des bruits de moteur et de portières qui claquent leur parvinrent.

— Ils sont arrivés, annonça Dardeau d'un air concentré. Contentez-vous de rester là. Vous ne devriez pas avoir à adresser la parole à qui que ce soit. Dès que j'en aurai fini avec eux, nous repartons à Paris.

Elle hocha la tête tandis qu'il allait retrouver sa belle-famille et jouer son rôle de mari éploré.

Estel resta silencieuse.

Une larme coulait sur sa joue. Elle l'essuya discrètement.

42

Tout le monde a entendu parler des red rooms.

Tout le monde a eu un jour ou l'autre envie d'en voir une...

Les explications d'Haussmann consternaient le policier, mais il le laissa lui raconter son histoire à sa manière. *Il y a ceux qui prétendent que ce n'est que des légendes, et puis il y a ceux qui jurent que ça existe.* Le débit du vendeur d'armes était lent et régulier. Depuis le lycée, il rêvait manifestement de découvrir une de ces pièces rouges, de ses propres yeux. Quand on lui avait révélé qu'il en existait une en France, il avait été piqué au vif et n'avait plus pensé qu'à ça.

— Qui t'en a parlé ? intervint Falconnier.

— L'ami d'un ami, vous savez.

— Non, je ne sais pas. J'ai besoin d'un nom.

— Eh bien, j'ai pas de nom ! C'était juste un type à La Farlède. Il a demandé à une de ses connaissances ou je ne sais quoi. Tout ce que je peux dire, c'est qu'il a récupéré l'adresse de listes de discussion. Il faut utiliser TOR pour y accéder. Vous savez ce que c'est ?

— Me prends pas pour un *noob*, cingla Falconnier. Explique-moi plutôt comment je retrouve ce forum.

Le garçon se ratatina sur sa chaise.

— En fait, il y en a deux. Ils fonctionnent ensemble, comme un miroir.

— Pourquoi ça ?

— Question de sécurité. Sur le premier forum, on n'accède qu'à la moitié de l'adresse de la Saignée. L'autre moitié se trouve sur le deuxième forum. Vous voyez le tableau ? Ça coûte un bitcoin sur chaque forum. Avec les deux moitiés du code, on peut reconstituer la bonne adresse. Mais elle change. Il faut donc repasser par les forums si on veut assister à une autre session.

— Deux bitcoins, soit près de 20 000 euros, juste pour obtenir une URL ? Mais tu vas me dire que ça valait le prix, hein ?

Haussmann ignora le sarcasme, se mordilla fiévreusement le bout des doigts. Le policier poursuivit ses questions.

— Ces forums, comment je trouve leurs adresses ? Est-ce qu'elles sont fixes ?

— Elles changent aussi, mais beaucoup moins souvent que l'adresse de la pièce rouge. Je les ai notées sur un document texte pour ne pas les perdre.

— Est-ce que c'est ça ?

Falconnier glissa une nouvelle feuille de papier. Sur celle-ci, il avait imprimé les lignes de codes retrouvées dans la carte mémoire.

De l'autre côté de la table, le garçon renifla bruyamment.

— Ouais.

— Sauf qu'il y a un problème. J'ai essayé de les coller sur la barre d'adresse de TOR, ça ne mène nulle part.

Haussmann sourit pour la première fois depuis le début de leur discussion. Il renifla de plus belle.

— Vous êtes pas si malin, finalement. J'ai un peu altéré les adresses, pour brouiller les pistes, au cas où.

— Et tu vois où ça te mène.

Le sourire du détenu s'effaça.

— La première ligne, elle correspond au premier forum. Il s'appelle « le Sel ». L'autre, c'est le deuxième forum, « la Plaie ». Pour avoir les bonnes URL, il faut remplacer les 1 par des 2, les 2 par des 1, les A par des Z et les Z par des A. Et ajouter « .onion » à la fin, évidemment.

Le policier plissa les paupières.

— T'as intérêt à ne pas me balader, mec.

Dos rond, Haussmann se frotta les bras.

— Je vous dis la vérité. Mais, de toute manière, cela ne vous servira à rien. L'accès à la Saignée, il faut le mériter. C'est-à-dire que, même avec la bonne adresse, il faut être parrainé.

— Parrainé par qui ?

— Des habitués. Les plus anciens. Il m'a fallu des semaines pour en trouver un qui accepte de me faire confiance. Des fois, on vous demande un mot de passe. Le truc, c'est qu'il y a pas de mot de passe, juste un parrain. Il vaut mieux ne pas trop jouer au con avec eux.

— Le nom de ton parrain, c'était quoi ?

— Je ne connais que son pseudo.

Le policier poussa une feuille vierge accompagnée d'un stylo.

— Écris-le. Et pas d'embrouilles.

Le garçon traça lentement :

Bl@ckB0MB@

— Black Bomb A ? lut Falconnier.

— Plutôt Black Bombay, la drogue. Tout le monde sait ça. Comme je vous vois faire, vous allez vous griller. Regardez-vous, putain. Vous croyez vraiment pas être un *noob* ? Vous êtes pire. Un flic ! Les gens qui organisent ce genre de choses sont paranos. Ils reniflent les condés à des kilomètres.

— Je vais rester seul juge de ça, répliqua le policier.

Le ton d'Haussmann redevint acerbe.

— Je ne doute pas que vous avez un ego à toute épreuve, ouais. Mais si ces gens comprennent que vous avez eu l'info de ma part, ils vous bloqueront. Ils disparaîtront comme ça. Ce qui se dit aussi sur ces types, c'est que c'est jamais vraiment vous qui trouvez un parrain. C'est lui qui vient à vous. Quand vous êtes prêt à encaisser l'expérience d'une vie. Le prenez pas mal, mais je pense pas que vous l'êtes. Vous allez juste vous attirer plein d'ennuis que vous regretterez sévèrement.

— On verra bien. En attendant, on va voir comment, toi, tu encaisses les Baumettes.

— Hein ?

L'investigateur se leva et empoigna son sac.

— Attendez ! Vous avez dit que si je coopérais…

Falconnier haussa les épaules. Un éclat nouveau et dédaigneux se lisait à présent dans son regard.

— On verra ça une fois que j'aurai fait un tour sur tes forums, le Sel et la Plaie. Des noms vraiment ringards, si je peux me permettre. En attendant, fais gaffe à tes fesses, mon mignon.

43

Estel raccompagna Dardeau en début de soirée. Son appartement était situé dans le XVIe arrondissement. Ou, plus précisément, ses *deux* appartements. L'homme devait apprécier les achats en double. Ici comme aux Eaux Claires, les deux logements étaient situés de part et d'autre du palier, au dernier étage, sous de grands Velux qui baignaient les lieux d'une lumière chaude.

— Nous vivons ici, commença-t-il, avant de se reprendre. Nous *vivions*.

Il désigna le palier d'une main pensive.

— En face, c'est mon bureau. Là où j'écris, et où se passent mes rendez-vous professionnels. Ça me donne l'impression d'aller au travail.

Estel l'écoutait tout en faisant le tour du loft spacieux. Les baies vitrées s'ouvraient sur une terrasse avec vue sur la tour Eiffel. Sur l'imposant îlot central qui séparait la cuisine du salon, plusieurs verres étaient sortis, prêts à l'emploi, autour d'une bouteille de grand cru. L'écrivain s'empara de la bouteille et se servit généreusement.

— Je vais récupérer des affaires, prendre une douche. Mon attachée de presse doit m'appeler tout à l'heure.

Il fit danser la boisson pourpre sous ses yeux.

— Elle est tellement hypocrite qu'elle ne posera pas la moindre question sur ce qui s'est passé avec ma femme. Et ce sera très bien.

Estel acquiesça en silence.

Elle observait les tableaux sur les murs. De grandes toiles abstraites. Elle ne pouvait s'empêcher d'y voir des silhouettes tourmentées, qui semblaient en proie à des affres sans fin. Mais elle n'osa pas faire la moindre réflexion. Pour ce qu'elle en savait, elle était peut-être la seule à imaginer un contenu aussi sordide dans ces œuvres.

Elle observa Dardeau ouvrir un tiroir et y déposer les clés des Eaux Claires. Elle devina d'autres trousseaux rangés dans une boîte à casiers, une étiquette d'une couleur différente attribuée à chacun. Cet homme était un beau maniaque.

— Vous pouvez rentrer chez vous, lui annonça-t-il. Ce sera tout pour ce week-end. Lundi matin, je donne ma première interview pour le livre. Lili s'occupera d'accueillir le journaliste. Et vous serez là…

— Au cas où, dit Estel en s'inclinant.

— Vous voyez, vous apprenez vite.

Elle quitta les lieux sans répliquer.

44

Elle espérait ne pas croiser Léo en rentrant. Qu'il soit encore dehors, avec Cassandre ou n'importe lequel de ses amis *geek*, s'il en avait envie.

Mais son ex-compagnon était bien allongé dans le canapé du salon quand elle ouvrit la porte. Il baissa sa tablette et ôta ses écouteurs.

— Estel, il faut qu'on discute.

— Ah ?

— Le nom de ton employeur me turlupinait trop. Je n'ai pas pu m'empêcher de me renseigner. C'est encore pire que je l'imaginais.

Elle s'arrêta au milieu de la pièce. Elle n'avait pas envie de se disputer.

— Ce n'est pas la peine de faire tout ça. Tout va bien. Je t'assure.

Il se redressa.

— On se connaît depuis quinze ans. Ce qui t'arrive me touchera toujours.

— Je suis une grande fille.

— Cela n'a rien à voir. Aymeric Dardeau est toxique. Je sais que tu ne veux pas l'entendre, il t'a offert un emploi et tu en avais besoin, mais, bon sang, *pas lui*. Il vaut mieux ne pas rester trop près de ce type. Il paraît que sa femme vient de mourir, en plus ?

Il attendait visiblement une réaction de sa part.

Estel ne lui en offrit aucune.

— C'est sa vie privée, se contenta-t-elle de répondre. Ça ne regarde que lui.

— Tu n'es pas allée sur les réseaux sociaux voir ce qui se dit ? Les féministes en parlent non-stop.

— Parce que tu t'intéresses aux féministes maintenant ?

— Ce que je veux dire, poursuivit Léo sans tenir compte du sarcasme, c'est que beaucoup de personnes sont remontées contre lui. Et je ne peux pas leur en vouloir. Ce gars est abject !

Estel comprit que cette discussion n'irait nulle part. Elle fit un grand geste excédé.

— Quelqu'un a passé trop de temps avec les féministes, on dirait. Cassandre est féministe, c'est ça ? Ça lui irait bien, maintenant que j'y pense. Elle montre ses seins pour lutter contre le patriarcat ?

Il secoua la tête.

— Ne commence pas avec elle. Elle m'a dit que tu l'as menacée.

— Et c'est de *ta* faute, Léo ! N'essaie pas d'inverser la situation ! Ni d'insulter mon patron juste pour m'emmerder !

Le ton montait, de part et d'autre.

— Tu défends vraiment ce type, alors ? Tu es comme toutes ces dindes qui l'adorent et qui pensent qu'il n'est qu'une victime ?

Estel réfréna difficilement une grimace. Que pensait-elle au juste ?

La vérité, c'est qu'elle ne pouvait rien lui dire. Même si elle en mourait d'envie, tout au fond d'elle.

J'ai peur, Léo.

Terriblement peur.

De mes décisions.

De mes démons.

— Il est victime de harcèlement, s'entendit-elle dire d'une voix qu'elle ne reconnaissait pas comme la sienne, une voix qu'elle détestait. J'ai été témoin de ce qui se passe, figure-toi. Et tu es en train de le confirmer avec ton acharnement enfantin.

— Je n'approuve pas tout ce qui se raconte, s'efforça de tempérer Léo. Sur les réseaux, les gens deviennent trop facilement extrêmes. Mais, parfois, ils ont raison. Même si ce n'est qu'une fois sur dix. Les hommes sont des porcs qui aiment faire du mal aux femmes, c'est toi qui l'as toujours dit, Estel. Tu l'as constaté dans tous les milieux où tu as travaillé, et ça t'a toujours rendue dingue. Vrai, ou pas ?

Une tristesse qu'elle n'avait jamais vue chez lui découpait désormais ses traits, et cela lui serra le cœur.

— Va te faire foutre, fut tout ce qu'elle eut le courage de lui répondre, avant de changer de pièce et de verrouiller fébrilement la porte derrière elle.

45

Quand Estel revint chez Dardeau, le lundi matin, elle n'avait plus adressé la parole à Léo du week-end. Pourtant, ses mises en garde la hantaient. Elle s'en voulait de ne pas parvenir à les mettre de côté.

Contente-toi de faire ton travail.

À sa grande surprise, elle découvrit une femme plantureuse dans le salon, occupée à tapoter des SMS sur son téléphone mobile. Minijupe, maquillage outrancier. La garde du corps marqua un temps d'arrêt.

— Oh, bonjour ! Entrez donc ! Vous devez être Estel ? Je suis Lili, l'attachée de presse d'Aymeric ! Je suis *tellement* enchantée de vous rencontrer.

Voix haut perchée, minauderies à n'en plus finir. Antipathie immédiate. Estel lui sourit, bien plus mal à l'aise qu'elle ne l'aurait voulu.

— Mais moi aussi, Lili. Ravie de faire votre connaissance.

Elle essaya de ne pas trop dévisager cette pin-up à la coupe au carré déstructurée et au décolleté plongeant surchargé de bijoux.

— Aymeric se prépare. L'avez-vous lu ? Il est extraordinaire, non ?

— Juste un de ses livres, admit Estel. Le titre était *Baisers mortels*, ou quelque chose comme ça.

— *Les Baisers de l'ennemi* ! la corrigea l'attachée de presse en éclatant de rire comme s'il s'agissait de la blague de l'année.

Estel sourit poliment.

— Sans doute, oui.

De la romance sadomaso de bas étage, eut-elle envie d'ajouter.

— Son dernier est encore meilleur. Il vous faut absolument le lire. Tenez, je vous en offre un ! Il est déjà dédicacé !

Sans lui laisser l'occasion de décliner, elle saisit un exemplaire sur la pile et le lui fourra entre les mains. La couverture, une photographie en noir et blanc, montrait un corps féminin dénudé. *L'Ennemi au premier regard*, clamait le titre en grandes lettres roses.

— C'est l'histoire d'un frère qui viole sa sœur sans savoir qu'ils sont de la même famille, piaffa Lili avec une délectation évidente. Contre toute attente, ils tombent amoureux. C'est *tellement* dérangeant, et cela nous pousse *tellement* à réfléchir ! On ne ressort pas indemne d'une telle lecture, je vous le promets.

— Je n'en doute pas, grogna Estel en acceptant néanmoins le livre tendu avec *tellement* d'enthousiasme.

Lili gloussa de nouveau. Le monde vu par ses yeux devait être follement excitant. Cela, au moins, était une certitude. Estel se demanda comment elle allait continuer à faire bonne figure face à cette fille. Heureusement, Dardeau se décida à sortir de la salle de bains. Il était fraîchement rasé, parfumé, habillé avec classe. Estel se fit la réflexion que, derrière tous ses défauts, cet homme restait d'une beauté troublante.

— Je vois que vous avez fait connaissance.

— J'adore déjà Estel ! s'exclama Lili. Et vous, mon Dieu, vous êtes superbe ! Vous allez illuminer les pages !

Estel se contenta de patienter. Personne ne lui demandait son avis et c'était très bien.

— Le journaliste m'a envoyé un SMS il y a dix minutes, renchérit l'attachée de presse. Il est en chemin, avec une photographe du magazine. Je vous propose de revoir ensemble les questions qu'il vous posera.

— Passons dans le bureau.

Estel les laissa traverser le palier.

Elle profita de ces instants de calme pour observer le salon de Dardeau. Les toiles abstraites, les fruits dans les coupes et les sets de verres et de bouteilles d'alcool toujours à disposition. Un vrai décor de magazine. Glacé, mais glamour à souhait.

Elle s'arrêta cependant devant une photo de Nadia Dardeau.

Elle ne pouvait s'empêcher de repenser à Clément Droux et à ses six mois au service de cet homme. Toutes les méthodes de mafieux dont elle avait été témoin. Le milieu littéraire n'avait, finalement, pas grand-chose à envier à ce monde-là. Elle se fit aussi la réflexion que Droux aurait adoré Lili.

Elle se demanda si elle devrait retourner le voir. Lui demander des comptes sur ce qui s'était passé avec Nadia Dardeau, quand elle était venue faire son esclandre.

Pourquoi diable ferais-tu ça ?

— Pour être sûre que… commença-t-elle, avant de se rendre compte qu'elle avait parlé tout haut.

— Estel ? appela Lili de sa voix aiguë. Tout va bien ? Vous nous rejoignez ?

Ne complique pas tout, lui intima la voix dans sa tête.

Ta situation est déjà suffisamment hasardeuse.

— Mais bien sûr. J'arrive.

Dans son dos, la photo lui sembla la suivre du regard.

46

Deux jours d'immersion, sans répit.

Dans les profondeurs ténébreuses du Web.

Falconnier avait l'impression de remonter le temps. Ses années à Versailles, l'ivresse de la chasse sous la couverture d'une fausse identité. L'impatience, toujours. L'attente acharnée de ce moment où le piège se refermerait sur la patte du loup vicieux.

Comment ai-je pu abandonner tout ça ?

L'ameublement de son salon n'était pas si éloigné de son laboratoire d'investigations à l'hôtel de police. Il y avait installé un plan de travail qui occupait presque toute la pièce, sur lequel étaient branchés deux puissants ordinateurs. Ils restaient toujours allumés en même temps, tout en étant reliés à des connexions Internet distinctes. Ainsi les deux machines pouvaient servir à des opérations différentes, sans qu'il y ait le moindre lien entre elles. L'investigateur avait même ramené des boîtiers permettant d'extraire des informations.

Le tout était de faire attention où il mettait les pieds.

Toujours assurer ses arrières.

La plus grande source de frustration de TOR résidait dans son extrême lenteur, due à la succession de relais que le navigateur parcourait pour dissimuler les informations. Par conséquent, les pages s'affichaient au ralenti, comme au tout début de l'Internet dans les années 1990. Mais cela fonctionnait bien. Ligne après ligne, le Dark Web dévoilait sa litanie habituelle de services douteux, la plupart du temps reliés à des escroqueries grossières. *Location de tueur à gages. Achats de drogue, d'explosifs, de femmes…*

Les doigts du policier malmenaient les touches à un rythme régulier tandis qu'il inscrivait la bonne série de caractères dans la barre d'adresse.

Cette fois, il put accéder à la page du premier forum.

Le Sel.

Interface minimale, semblable à toutes celles du Dark Web.

Caractères verts sur fond noir.

Le site lui demanda de s'inscrire pour pouvoir consulter son contenu. Ce qu'il fit. Il réfléchit à un pseudonyme en accord avec ceux qu'il avait vus sur la pièce rouge.

Login: DR_S@TaN
Password: ************

La page se rafraîchit.

Le forum apparut.

Ou plutôt, une série de liens s'alignèrent. Falconnier était familier de l'exercice. Il fallait cliquer sur un lien, puis sur un autre, et ainsi de suite. Les adresses URL changeaient à chaque fois, juste un peu, assez pour brouiller les pistes indéfiniment.

Il y avait cependant une *logique* dans ce jeu de piste.

À ses yeux, ces adresses étaient semblables à un alphabet invisible qu'il suffisait de décrypter, page après page. Il savait faire. Il accumulait les années d'expérience en la matière, et surtout, *il avait ça en lui.* Cela ne s'expliquait pas. Falconnier était comme ces types, finalement. Il fallait qu'il le soit un peu pour autant aimer cela.

À force d'obstination, de déductions et de détours, il accéda à un forum qui lui sembla être le bon. Les titres des fils de discussion à eux seuls faisaient froid dans le dos : « Le hurtcore pour les nuls », « Comment trouver des salopes », « Besoin d'idées pour faire chanter un enfant ».

Dans la zone de recherche intégrée, là où la plupart des sites indiquaient la mention habituelle « Rechercher sur cette page », s'affichaient les termes « Risques et périls ? ».

Il sourit.

Aucun risque pour lui. Au contraire, c'était lui le péril pour ces dégénérés. Il venait les chercher dans leur tanière. Pour les en extirper.

Il effaça les mots et tapa à la place : « La Saignée ».

Entrée.

De longues secondes s'écoulèrent.

Un carillon s'échappa des enceintes. *Ding !*

Une seule mention apparaissait sur le forum, dans le fil qui avait pour titre « 100 choses que nous aimerions voir au moins une fois ». Elle correspondait à une photo.

J'y suis.

L'image montrait un homme assis sur un fauteuil médical, devant un mur carrelé rouge. L'homme était gras, bâillonné.

Éventré de part en part.

« Quand il faut couper la poire en deux ! » indiquait la légende.

En dessous, une question que l'investigateur connaissait déjà. Mais accompagnée, cette fois, d'un choix cliquable :

Est-ce que tu aimes ?

OUI ou NON

Oh, oui, pensa Falconnier. Il sauvegarda l'image avant d'entamer toute autre action. *J'aime ce que je vais vous faire, bande d'ordures.*

Le mur rouge, derrière l'homme, ressemblait en tout point à celui de la vidéo.

C'était le même lieu.

Aucune erreur possible.

Sentant l'excitation monter, le policier déplaça le curseur de la souris et cliqua sur *OUI*.

Une boîte de dialogue s'ouvrit alors au centre de l'écran. Il était demandé d'envoyer un message à partir d'une adresse sécurisée pour soumettre sa demande de membre. Falconnier ne fut pas étonné. Technique classique. Enchaînant les combinaisons de touches, il copia l'adresse et bascula sur une adresse de messagerie nouvellement créée avec l'alias *DR_S@TaN*.

Je souhaite devenir un membre vérifié.

Message envoyé.

Il suffisait d'attendre la réponse.

À sa grande surprise, celle-ci arriva quelques instants plus tard. Formulaire automatisé.

Envoyez 1 Bitcoin à ce portefeuille.

Jusque-là, la démarche correspondait au récit d'Haussmann. Par réflexe, Falconnier se connecta à son ancien portefeuille sécurisé, qu'il utilisait à l'époque où il travaillait à Versailles. Il constata d'une part que le compte n'avait pas été fermé, et d'autre part qu'il affichait toujours une confortable provision. Un pactole *gris,* réservé aux enquêtes sous couverture et qui, officiellement, n'existait pas dans les comptes publics. Le policier rumina, ses doigts frôlant les touches. Oserait-il payer presque 10 000 euros pour un début de piste ? Il faudrait justifier cette dépense à la hiérarchie, car on allait sauter au plafond, en haut lieu.

Surtout à Versailles.

Il ne pouvait pas dire que ses anciens collègues le portaient dans leur cœur…

Mais le procureur lui avait donné *carte blanche*, oui ou non ?

— Au diable. Je sais ce que je fais.

Il entra la somme et colla l'adresse du portefeuille qui avait été indiquée dans le message.

Entrée.

Suivie de l'attente.

Si c'est une arnaque, je vais me faire crucifier.

Les minutes s'écoulèrent.

— Me dis pas que c'est un *scam*…

Une demi-heure passa sans nouvelles de son hypothétique interlocuteur.

Puis une heure entière.

Falconnier éprouva une subite sensation de brûlure à l'estomac. Il ne savait même plus à quand remontait son dernier repas complet. Il se contenta d'ouvrir une tablette de chocolat blanc qu'il engloutit machinalement.

L'attente durait depuis plus de deux heures et ses yeux commençaient à se refermer tout seuls quand il vit que la lueur de l'aube traversait les fenêtres. Sur son autre écran, l'horloge indiquait qu'il était presque 7 heures du matin.

— Et merde ! cria-t-il à l'ordinateur toujours aussi muet.

Il s'effondra dans son canapé.

47

Mardi matin. Déjà.

Estel regarda l'aube se lever par la fenêtre de la chambre.

Elle n'avait pas dormi plus d'une heure et demie. Au grand maximum.

Elle ne voulait pourtant pas sortir de la pièce. Croiser Léo, s'il était réveillé, c'était risquer un nouveau dialogue de sourds.

Alors elle avait passé du temps sur son ordinateur.

Les commentaires sur Twitter étaient effarants. D'un côté, les admiratrices enamourées de Dardeau trépignaient d'impatience de lire son nouveau chef-d'œuvre, tandis que, de l'autre, les détracteurs appelaient au boycott pur et simple de l'auteur dans les librairies.

Elle s'égara dans ces fils de discussion délirants, l'esprit ailleurs.

Attendant.

Patiemment.

À 11 h 30, Aymeric Dardeau était invité dans les locaux de Radio France pour présenter son roman, qui arriverait sur les rayons des librairies le surlendemain. Les animateurs ne firent aucune allusion au décès de son épouse, ou même seulement aux polémiques dont le romancier faisait l'objet sur la Toile. Estel s'imagina que Lili avait bien fait le travail en amont, distribuant des consignes strictes. Les journalistes installés autour de la table, devant leurs micros, jouaient le jeu avec une surprenante servilité.

— C'est toujours comme ça ? demanda-t-elle à Lili, qui patientait avec elle dans le couloir.

— Il est *tellement* bon, hein ? s'enthousiasma l'attachée de presse.

Ce n'est pas exactement ce que je voulais dire...

— Tout à fait, soupira Estel. Il est bon.

La pin-up en talons et minijupe ne cessait de consulter son téléphone tout en se trémoussant. Les réactions sur les réseaux sociaux devaient être à son goût.

— Avez-vous commencé son roman ? Comment le trouvez-vous ?

Vas-tu cesser de me parler ? eut envie de rétorquer Estel.

— Pas encore. Mais je le ferai très bientôt.

Elle chercha ses mots. Elle devait se lancer.

— Certains commentaires ne sont pas tendres envers lui, hein ?

Lili releva enfin les yeux de son téléphone, et l'espace d'un instant perdit sa candeur de poupée. De toute évidence, ce genre de sujet n'était pas le bienvenu dans le monde magique de la jeune femme.

— Des mal baisées. Des hystériques. Aymeric attise *tellement* la jalousie des petits esprits.

— J'ai surtout vu des accusations de misogynie, répliqua Estel sans se démonter.

— Oh, ça suffit, avec ces bêtises. Personne ne s'intéresse à leurs jérémiades, si ? Vous devriez les effacer si elles apparaissent dans vos fils d'actualité. Vous savez ce qu'on dit, *ce qu'on ne voit pas n'existe pas*.

Estel digéra cette formule, sans savoir ce que l'attachée de presse voulait dire par là. À l'attitude agacée de cette dernière, elle comprenait qu'un changement de sujet serait le bienvenu, mais c'était plus fort qu'elle.

— Cela ne vous dérange vraiment pas ? insista-t-elle. Toute cette tension autour de lui ?

Lili souffla, de moins en moins enjouée.

— Ces filles sont folles à lier, bon sang ! Et puis, entre nous, il nous paye largement assez bien pour supporter ces petits désagréments, non ?

— Difficile de raisonner contre ça, ironisa Estel.

— Je vais fumer une cigarette, lâcha l'attachée de presse en abandonnant la discussion.

Estel la regarda s'éloigner en roulant des fesses.

Puis elle se tourna de nouveau vers la fenêtre en plexiglas. Dardeau enchaînait les anecdotes et les bons mots, le tout soigneusement préparé à l'avance. Elle n'était pas dupe, elle l'avait vu réviser ses fiches dans la voiture. Il se lança dans un éloge vibrant du droit à la liberté dans la fiction, tandis que les animateurs lui faisaient des sourires languides.

Cela lui rappela les gendarmes perdus qui se passaient de l'enquête sur le décès de Nadia, mais tenaient à avoir la signature de leur idole.

Estel resta songeuse.

48

Un courrier électronique.

Le carillon fit presque bondir le jeune policier.

Il était en train de ronfler sur le canapé, et le fait de sursauter alluma des étincelles de douleur vive dans le bas de son dos. Il roula précautionneusement en position assise.

Sa vision, floue au début, s'ajusta alors qu'il scrutait l'écran : le courrier provenait de la messagerie sécurisée, en réponse à son pseudo *DR_S@TaN*.

— Putain, c'est bon ! s'extasia-t-il sans presque le croire. C'était pas un *scam,* finalement !

Pas encore, tout au moins.

Dans l'e-mail figurait la série de caractères tant attendue.

La moitié de l'URL de la Saignée.

Si son interlocuteur ne se moquait pas de lui...

Son ventre émit un gargouillis. Il résista à l'envie de se replonger directement dans le travail et prit le temps de fouiller dans le placard, y dénichant un paquet de spéculoos. Il se fit un grand cappuccino à la machine, qu'il versa dans son mug isotherme frappé du logo des Avengers. À la réflexion, il y ajouta plusieurs carrés de sucre. Il revint alors s'installer devant son poste, la mousse de cappuccino autour de la bouche et les biscuits à la cannelle croquant entre ses dents. Le rush de sucre calma un peu son impatience et lui remit les idées en place.

Il recopia méticuleusement le code contenu dans l'e-mail. Le message comportait l'instruction suivante :

> La deuxième adresse e-mail se trouve sur
> l'autre moitié de la poire.
> Vous savez quoi faire.

D'accord.

Les devinettes commençaient.

Et oui, il savait précisément ce qu'on attendait de lui.

Recommencer le jeu du labyrinthe sans fin.

Chasser le lapin blanc dans la boue du Dark Web, jusqu'à l'entrée du deuxième forum.

49

Celui-là est mieux caché que le précédent.

Ou alors, c'est moi qui fatigue.

Durant toute la journée, Falconnier s'était adonné au jeu du chat et de la souris, rebondissant de lien en lien, d'immondice en abjection.

Le soir tombait déjà, il en était à son cinquième mug de cappuccino et à son troisième paquet de biscuits quand, d'un ultime clic, il atteignit les portes tant attendues.

La Plaie. Le nom lui-même, dans tout ce qu'il impliquait, le faisait frissonner par anticipation.

Il épousseta consciencieusement des miettes de spéculoos tombées sur le clavier. Les sujets de discussion, ici, étaient « Jeanne a été vilaine », « Je fais pleurer Frédérique » ou encore « La nuit de Pierre-Olivier » et il ne souhaitait pas vraiment les explorer un par un. Il tenta la même recherche que sur le Sel. Cependant, le moteur de recherche lui annonça qu'il ne trouvait aucune mention de la Saignée.

Il essaya alors les mots « poire en deux ».

L'écran devint noir durant de longues secondes, si bien que l'investigateur craignit d'avoir perdu la connexion.

Finalement, un fil de discussion se déroula. Son titre était « La seule véritable pièce rouge française ? ».

C'est ça.

Ça DOIT être ça.

Le policier fit défiler la liste de messages avec une attention accrue. Les échanges évoquaient les mérites respectifs des « truies et des porcs », des « livestreams non éthiques Vs bon vieux snuff ». Un utilisateur portant le pseudonyme *cURr3Nt93* était même prêt à payer une fortune pour avoir accès au mot de passe de cette pièce rouge tant convoitée. Le policier s'arrêta un instant sur ce message avant de continuer à scroller vers le bas.

L'image se trouvait juste en dessous : on y voyait le même homme rondouillet qui figurait sur l'image du premier forum. À ceci près que, cette fois, il était allongé face contre terre, au pied du fauteuil. Falconnier constata que le sol de la pièce était peint du même rouge que les murs.

Au milieu du dos de l'homme, il vit également qu'il manquait un large rectangle de peau. La chair était à nu en dessous.

La légende indiquait sobrement : « Quand la réponse est devant nos yeux. »

Une chose était claire, ces deux forums se répondaient en tout point. *Ils fonctionnent ensemble, comme un miroir*, avait affirmé Haussmann. Chaque face recélant la moitié de l'information.

Falconnier zooma sur la photo. *Quand la réponse est devant nos yeux ?* Facile. Dans le rectangle de chair, il y avait une légère différence de chromie. Il joua avec le contraste de l'écran. C'était bien ça : on avait inséré des lettres en transparence sur l'image. *Un watermark.* Ou, en l'occurrence, ce qui avait tout l'air d'une adresse e-mail.

Le policier avala lentement une gorgée de cappuccino. Elle avait un violent goût de sucre et de victoire.

Il rédigea un e-mail identique au premier qu'il avait envoyé.

Je souhaite devenir un membre vérifié.

La réponse arriva, là aussi, de manière quasi instantanée.

Sauf que, cette fois, il ne s'agissait pas d'une demande de virement en bitcoins.

C'était simplement une autre image.

La pièce aux murs rouges était identique.

L'individu était différent.

Mais tout aussi mort.

Contrairement à l'homme des deux premières photos, celui-ci était maigre, un squelette presque.

Sa peau était couverte de blessures.

Et surtout, il avait le visage écrasé par un étau. Son sang se mêlait à la couleur écarlate du carrelage autour de lui.

Falconnier toussa dans son poing. Cela ne ressemblait pas à un trucage.

Si cette image est réelle, si c'est un véritable macchabée, c'est déjà la preuve qu'il y a eu deux hommes assassinés dans cet endroit.

En plus de la fille de la vidéo.

Combien d'autres y sont passés ?

Depuis combien de temps ?

À quelle fréquence ?

Les questions déferlaient dans son esprit. Beaucoup trop de questions. Falconnier fit une capture d'écran pour sauvegarder l'image. Mais son action fut interrompue par un nouveau *pop-up. Ding !*

Est-ce que tu aimes ?

Des gouttes de transpiration se formèrent sur ses sourcils.

Il les essuya, sa nervosité grandissante.

Le rectangle rouge vif du *pop-up* ressemblait toujours autant à un virus. Le narguant. Comme une menace sous-entendue.

Oseras-tu aller plus loin ? lui demandait-il.

Es-tu prêt à encaisser l'expérience d'une vie ?

Il cliqua sur la petite croix pour se débarrasser de cette présence intrusive.

Aussitôt, l'écran tout entier devint noir.

Falconnier attendit.

Des lignes défilèrent tout à coup. L'interface avait changé. Il s'agissait à présent d'une boîte de discussion de type *chat.* Un seul interlocuteur était connecté sur le canal intitulé #L@-s@iGn3e. Son pseudo était *@h-C1m1.*

— J'y suis ! J'y suis vraiment !

L'écran se mit à jour :

@h-C1m1: Que cherches-tu ?

Le policier pianota lentement :

DR_S@TaN: Je ne cherche pas. On m'a dit que c'est la Saignée qui me trouverait.

Après réflexion, il ajouta :

DR_S@TaN: L'expérience de toute une vie.

@h-C1m1: Petit malin. Tu sais donc dans quoi tu t'engages. As-tu un parrain ?

À ce moment, il hésita.

Il n'avait pas le droit à l'erreur, lui avait assuré Haussmann.

Il tapa :

DR_S@TaN: Pas encore.

De longues minutes s'égrenèrent.
La réponse s'afficha :

@h-C1m1: Tant pis pour toi.
Au revoir.

Mais non ! Cela ne pouvait pas s'arrêter là !
La panique gagna Falconnier. Il savait qu'il devait se maîtriser pour ne pas attirer l'attention, mais il ne pouvait pas non plus se retirer si près du but.

DR_S@TaN: Attendez !

Trop tard. Les lignes s'effaçaient déjà, les unes après les autres, nettoyant le *chat*.
— Non, non, non. J'ai fait tout ce qu'il fallait, merde !
Il se rassura en constatant que la boîte de discussion ne disparaissait pas. Elle restait affichée sur l'écran. Le canal n'était pas fermé, lui non plus.
Ne lâche rien.
Ils attendent sans doute que tu fasses tes preuves.
Il martela les touches :

DR_S@TaN: Je suis sérieux. J'ai demandé à une personne qui connaissait une personne. On m'a donné un bout de papier avec le pseudonyme d'un habitué. Je veux vraiment prendre part à cette expérience.

De longues dizaines de minutes s'écoulèrent.

La réponse arriva alors qu'il n'y croyait presque plus :

> *@h-C1m1:* Envoie une photo de ce papier.
> Avec ta carte d'identité à côté.

Peut-être que rien n'était perdu, finalement.

Falconnier fouilla dans son sac, retrouva la feuille sur laquelle Haussmann lui avait écrit le pseudonyme de son parrain. *Bl@ckB0MB@.*

La deuxième partie de la requête était plus compliquée.

Il ne pouvait pas révéler son identité.

Il fonça vers le tiroir dans lequel il conservait les documents qu'il utilisait depuis Versailles.

Une « vraie fausse » carte d'identité figurait dans l'arsenal du parfait cyberpatrouilleur. Il n'avait utilisé la sienne que deux ou trois fois, en toute dernière extrémité. Et bien évidemment, il aurait dû la rendre à la DCPJ à son départ.

Il fit tourner le document entre ses doigts. Ce n'était pas son visage, sur la photo. L'adresse était vérifiable sur Google, même si, en réalité, personne n'y habitait. Quant au nom, il s'agissait de « Martin Blanc ». Le plus passe-partout possible.

— Maintenant ou jamais, s'encouragea-t-il en plaçant la carte à côté du papier remis par Haussmann.

Il prit une photo avec son téléphone, la transféra sur le disque dur de l'ordinateur. Enfin, il plaça le fichier image en pièce jointe dans la discussion.

Il savait qu'il marchait sur des œufs.

D'une part, il n'avait *strictement* aucun droit d'utiliser ce document dans ses affectations actuelles.

D'autre part, Haussmann l'avait mis en garde : si ces gens comprenaient que c'était par le vendeur d'armes qu'il avait obtenu ses informations, il serait aussitôt blacklisté. Alors, adieu l'enquête en immersion.

Il n'avait pourtant d'autre choix que de jouer toutes ses cartes.

Et d'attendre. Encore.

Il se rongea les ongles le temps que lui parvienne la réponse de son interlocuteur. Elle le rassura un peu.

@h-C1m1: Tu as notre attention.
Juste un rappel : ce n'est pas
un spectacle fait pour les fragiles.

Notre attention.

Sont-ils plusieurs derrière cet écran ? Ou s'agit-il d'une simple manière de s'exprimer ?

Après mûre réflexion, le policier décida d'indiquer à ces personnes qu'il savait déjà *précisément* de quoi il s'agissait.

DR_S@TaN: Je veux participer.
En tant que Saigneur.

De nouvelles minutes s'écoulèrent sans réponse.

Suivies de la question piège qu'il attendait :

@h-C1m1: Quel est le mot de passe ?

Il songea à l'internaute qui recherchait désespérément ce mot de passe sur le forum. D'un autre côté, Haussmann lui avait assuré que c'était un test destiné à écarter les curieux.

Devait-il lui faire confiance pour autant ?

Falconnier contempla ses mains, figées au-dessus du clavier. Comme si la luminosité des touches rétroéclairées allait lui brûler les doigts.

Il se lança.

DR_S@TaN: Il n'y a pas de mot de passe.
Juste un parrain.

Le jeu de patience reprit.

Plus d'un quart d'heure de supplice.

Falconnier espérait que son interlocuteur réfléchissait.

Ou qu'il demandait conseil à quelqu'un du réseau, peut-être.

Il sauta presque de joie quand *@h-C1m1* se manifesta à nouveau.

@h-C1m1: Envoie 1 Bitcoin à ce portefeuille.
Tout de suite.

Bien.

Très bien.

Il effectua la transaction à partir de son compte de Versailles.

DR_S@TaN: C'est fait.

Il attendit une nouvelle fois.

Beaucoup plus longtemps.

Dans la rue, le hululement strident d'une voiture de police se rapprocha à vive allure, avant de s'en aller tout aussi vite. Falconnier s'étira, ouvrit la fenêtre pour respirer un peu d'air, et se rendit compte par la même occasion qu'on était déjà mercredi. Presque 3 heures du matin. Il venait de passer trois jours entiers sur sa machine.

Il se frotta les yeux, bâilla à s'en décrocher la mâchoire. Le sucre et la caféine ne le tiendraient pas éveillé éternellement.

Pourtant, il voulait en finir.

Il y était presque. Il le sentait. Il le *voulait.*

Il regagna son fauteuil, contempla le clavier, dont la lueur pulsait par saccades.

Cela faisait plus d'une heure qu'il avait effectué la transaction.

Il se décida à taper :

DR_S@TaN: Avez-vous reçu l'argent ?

@h-C1m1: Oui.

DR_S@TaN: Alors ? Je suis membre vérifié ?

@h-C1m1: Non. Tu es juste un keuf idiot avec des gros doigts dégueulasses. Bonne nuit.

Falconnier sentit la fièvre monter d'un coup.

DR_S@TaN: Je ne suis pas flic. Qu'est-ce qui vous fait penser ça ?

Mais avant même qu'il presse la touche *Entrée*, l'écran s'effaça. Entièrement noir à nouveau.

Des lettres blanches s'affichèrent.

Connexion impossible.
Vous n'êtes pas autorisé
à vous connecter à ce site.

— C'est pas vrai !

Il rafraîchit la page. Erreur 404. Le forum venait de changer d'URL.

— Non… Non !

Il lança un robot pour tenter de retrouver la bonne adresse. Il savait que cela ne marcherait probablement pas.

À la place, une nuée de *pop-ups* envahit son écran :

Est-ce que tu aimes ?

Est-ce que tu aimes ?

Est-ce que tu aimes ?

— Putain de merde ! enragea le policier.

Il commença à refermer les fenêtres, mais il en surgissait un trop grand nombre. *Ding ! Ding ! Ding ! Ding !*

Est-ce que tu aimes ?

Est-ce que tu aimes ?

Est-ce que tu aimes ?

Ce foutu virus va me flinguer tout mon système.

En désespoir de cause, il finit par éteindre l'ordinateur brutalement.

Il se leva, renversa une pile de feuillets de procédures qui s'éparpillèrent autour de lui.

— Salauds ! Je vous aurai ! Je vous aurai !

Il donna un coup de pied dans la commode. Il se fit mal. Il donna un autre coup dans la table qui s'effondra, emportant écran, clavier, disques durs, dans un fracas de plastique et de verre brisé.

L'investigateur colla son dos au mur et se laissa choir.

Il tremblait comme un toxicomane en manque.

— Je vous aurai, répétait-il dans sa barbe, les yeux mi-clos.

Il entoura ses jambes de ses bras.

Haussmann l'avait prévenu.

Ils l'avaient bloqué.

Ils allaient disparaître.

Il devait *impérativement* trouver un moyen de contre-attaquer.

50

La crémation de Nadia Dardeau avait lieu à 10 heures, le mercredi 1er mai. La préfecture n'avait pas vu de problème à accorder la dérogation autorisant des funérailles un jour férié, en raison de l'emploi du temps surchargé du romancier et de son rôle de personne publique. *Un passe-droit de plus*, avait songé Estel, tout en gardant ses réflexions pour elle. Après tout, cela ne faisait de mal à personne. De plus, une fois que le corps serait incinéré et toutes traces légales détruites, elle dormirait un peu mieux.

Son employeur lui avait annoncé que seuls quelques proches seraient conviés à la cérémonie. En réalité, pas moins de trente personnes se retrouvèrent devant le funérarium, leurs parapluies noirs déployés pour parer un rideau de fine pluie froide. Lili était présente, ainsi que Salomé, un peu en retrait. Estel remarqua que les membres de la famille de Nadia restaient de leur côté. Ils ne discutaient qu'entre eux et, quand ils jetaient des regards vers Aymeric, ils étaient emplis d'animosité.

De toute évidence, peu de personnes portaient cet homme dans leur cœur. Et les seuls qui le côtoyaient vraiment étaient ses relations de travail, comme son assistante ou son attachée de presse.

Estel ne pouvait guère le leur reprocher.

Elle décela plusieurs journalistes de torchons à sensation qui patientaient dans l'allée, leurs gros objectifs aux aguets, et sut qu'elle allait avoir du travail. Dès que l'un d'entre eux s'approchait trop du rassemblement, elle s'empressait de foncer pour le repousser aussi loin que possible de son client.

— J'ai déjà mes photos, pauvre conne, lui lança un grand maigrichon au visage en lame de couteau, vêtu d'un blouson en cuir élimé. Pas la peine de jouer les gros bras.

Estel n'avait pas de patience pour ce genre de petit malin. Sans préliminaire, elle saisit le poignet de l'individu et le tordit. Fort.

— Hé ! Tu me fais mal, salope !

Elle lui arracha l'appareil des mains.

— Les photos sont interdites. J'efface tout ça et je vous rends votre matériel, ne vous inquiétez pas.

— Connasse de gouine ! T'as pas le droit de faire ça ! J'ai une carte de presse !

— Alors vous savez où vous pouvez vous la fourrer. Ce n'est pas un événement public.

Elle tordit un peu plus, ce qui stoppa net les récriminations du bonhomme. De sa main libre, d'un geste expert et rapide, elle supprima les derniers clichés pris par l'appareil photo.

— Maintenant, déguerpissez.

L'homme à la veste en cuir, visage écarlate à présent, battit en retraite, sans cesser de la couvrir d'injures majoritairement homophobes.

Typique.

Estel n'eut pas le temps de s'en préoccuper davantage, car elle venait de repérer une femme aux cheveux frisés qui fendait la foule en direction de Dardeau. Celle-là, il ne s'agissait pas d'une journaliste. Mais, à son expression, il était évident qu'elle ne s'apprêtait pas à présenter des condoléances.

— Salaud ! attaqua-t-elle en abaissant son parapluie, dès qu'elle fut à proximité de l'écrivain.

— Madame, l'interrompit Estel en s'interposant in extremis entre elle et son employeur.

Dardeau leva les mains et s'efforça de conserver une voix basse :

— Juliette. Que faites-vous ici ?

— Je suis son *amie* ! Et vous ne m'avez même pas avertie, espèce de salopard !

— S'il vous plaît, ce sont les funérailles de mon épouse. Un peu de respect…

De grosses larmes coulaient sur les joues de la femme, se mêlant à la pluie. Elle n'avait nulle intention de faire profil bas.

— Qui êtes-vous, pour parler de respect ? Vous n'en avez jamais eu pour Nadia ! Elle avait peur de vous ! Elle était persuadée que vous finiriez par vous en prendre à elle, comme vous vous en prenez à vos petites conquêtes de salons de province ! Si elle est morte, c'est de votre faute !

Estel l'empoigna par les épaules.

— Je vais devoir vous raccompagner à la sortie, madame.

— Cela vaut mieux, approuva l'écrivain en se retournant.

— Lâchez-moi ! Je ne laisserai pas les choses se passer comme ça !

— Vous allez surtout vous calmer et nous laisser, lui intima la jeune femme en la tirant à l'écart. Je vous assure que vous n'apprécieriez pas de me voir en colère.

— Bien ! Bien ! Lâchez-moi !

Estel la repoussa au niveau du parking, avant de la détailler des pieds à la tête pour graver son image dans son esprit. La femme avait une trentaine d'années, quelques kilos en trop et une chevelure frisée à la noirceur de corbeau. Sous la pluie qui tombait de plus en plus dru, ses mèches se plaquaient en boucles gluantes sur ses épaules. Elle releva brusquement son parapluie pour se protéger à nouveau.

— Qu'est-ce que vous avez à me fixer comme ça ? Une garde du corps, c'est une blague ! Rien ne l'arrêtera jamais, ce porc !

— Ça suffit, Juliette…

— Juliette Bourgeon, oui. Vous ne voulez pas ma pièce d'identité, non plus ? Je connais Nadia depuis le lycée. Si elle allait si mal, c'était uniquement à cause de son mari. Et maintenant, elle est *morte* !

Les larmes recommencèrent à couler.

— Je suis désolée, lui dit Estel. Je le suis sincèrement. Mais si vous comptez faire un scandale, on ne vous laissera pas rester jusqu'à la fin de la cérémonie.

— C'est un *porc*, insista la femme en essuyant ses joues, étalant son maquillage au passage. Vous travaillez pour un salopard manipulateur. Mais vous devez le savoir, non ?

Estel demeura parfaitement stoïque.

— Madame…

— Vous vous imaginez quoi ? Que vous pourrez vous en sortir comme ça ? Il vous utilisera, comme il utilise tout le monde, et vous finirez sur le bord de la route, ou bien pire ! Mais pas lui, ne vous en faites pas. *Lui*, il s'en sort toujours. Il fait du mal à tout le monde, et on ne lui demande jamais de comptes ! Il a quoi, contre vous ? Avec quelle crasse a-t-il acheté votre loyauté ?

Elle dépassait les bornes. Estel lui saisit le poignet, sans lui laisser la possibilité de se dégager.

Elle ne pouvait faire qu'une chose. Son travail. Pour ne pas penser à la justesse de ses paroles.

— Vous l'aurez voulu. Vos amis vous raconteront la cérémonie.

— Lâchez-moi, bon sang ! Vous ne pouvez pas me faire ça ! Cette mascarade est une insulte de plus à Nadia ! Il faut qu'Aymeric paye ! Qu'il *paye*, vous entendez ?

— Dehors ! beugla Estel en la traînant comme un enfant rétif.

Elle la ramena à l'entrée du site, où elle la laissa aux bons soins des gardiens.

— Finalement vous n'êtes qu'une ordure, comme lui ! vociférait la femme tandis qu'Estel regagnait le rassemblement de parapluies. Vous n'aurez que ce que vous méritez !

De nouveau, Estel ignora les insultes. Elle fut de retour auprès de Dardeau quelques minutes avant que les portes de la salle ne s'ouvrent. L'écrivain se positionna dans un angle, et Estel s'installa entre lui et le reste des participants.

— Vous comprenez mieux ma vie ? murmura-t-il, le regard braqué sur le cercueil de son épouse. Cette Bourgeon est une illuminée qui me déteste. Cela fait des années que ça dure.

— Illuminée je ne sais pas, mais pour vous détester, j'ai vu ça, oui.

Dardeau épousseta sa veste de costume Armani.

— Nous sommes tous abattus par la mort de Nadia. Il va falloir faire avec.

Estel ne répondit pas.

La musique d'introduction de la cérémonie s'élevait.

Elle espérait simplement que c'était le cas.

Que l'écrivain était aussi effondré qu'il le prétendait.

Car son comportement continuait de le démentir.

51

— Tu as été prise en photo, l'interpella Léo à son retour, tard le soir.

Il ne manquait plus que lui.

Estel n'avait pas la force de discuter. Pas après la longue journée qu'elle venait de passer aux côtés de Dardeau. Et surtout pas avec son ex-compagnon et ses nouvelles élucubrations.

Bizarrement, pourtant, elle se rappela le pervers qui l'avait photographiée à son insu, à la salle de boxe, la semaine précédente. Elle se tourna vers Léo, qui était comme à son habitude sur le canapé, son ordinateur portable ouvert sur ses genoux.

— Quelle photo ? demanda-t-elle avec plus d'inquiétude qu'elle n'aurait voulu.

— Aux funérailles de Nadia Dardeau.

— Oh. Ça ? Très bien.

Elle reprit sa traversée de l'appartement, pressée de se réfugier dans la chambre, comme elle le faisait désormais chaque fois qu'elle rentrait.

— C'est partout sur les réseaux sociaux, martela Léo. Heureusement, on ne te reconnaît pas, tu es de dos. Tu n'as pas la curiosité de regarder ce qui s'écrit ?

— Je n'ai pas besoin, vu que tu m'en parles sans cesse !

— Mais les commentaires sont *vraiment* brutaux.

Elle marqua une pause, au seuil de la chambre.

— C'est tout ce que tu as à m'apprendre ? Oui, Dardeau se fait harceler par les trolls qui vivent sur Internet. C'est comme ça et je n'y peux rien. Mon métier, c'est juste de le protéger. Contrairement à ces gens, je fais la différence entre la vraie vie et ce qui se passe par écran interposé.

— Ça, je le sais.

Il referma le capot de son ordinateur et la fixa, le regard plus triste que jamais derrière ses grandes lunettes.

— Côtoyer ce genre d'individu, ça ne finit jamais bien pour personne.

— Qu'est-ce que ça change pour toi ? maugréa-t-elle. Ce n'est plus ton problème, non ? Et d'ailleurs, est-ce que tu as commencé à chercher un autre appartement ?

Il souffla et passa une main dans ses cheveux pour les chasser de devant son visage.

— Promets-moi au moins que, si les choses deviennent louches, tu t'en vas avant d'y laisser des plumes.

Estel le regarda sans répondre.

Si seulement il avait su tout ce qu'elle aurait aimé lui raconter.

52

Le lendemain était le jour tant attendu de la parution, accompagnée d'une dédicace du roman à la Fnac des Halles. Les choses sérieuses commençaient.

Lili, rayonnante comme jamais, y accompagnait son auteur, et bien sûr Estel marchait à leurs côtés, attentive aux mouvements des passants dans les couloirs tentaculaires.

Le premier incident arriva sous la forme d'une poignée de jeunes femmes attroupées devant le magasin. Dès qu'elles les virent approcher, elles levèrent des portraits de Nadia et lancèrent un concert de huées.

— Honte à vous ! invectiva l'une d'elles, sa chevelure si rose qu'elle semblait dessinée sur sa tête. Vous faites du blé sur le rabaissement des femmes !

— Je ne donnerai plus jamais un centime à une enseigne qui permet à ce genre de porcs de s'exprimer ! ajouta une autre, à l'intention des passants qui entraient dans le magasin, les yeux ronds, et qui ne comprenaient pas vraiment la raison du chahut. Cet homme, là ! Regardez-le ! Le lendemain des funérailles de sa femme, il vient faire sa promo tranquille !

Non loin, plusieurs vigiles patientaient, bras croisés. Tant que les fauteuses de troubles ne pénétraient pas dans l'enceinte de l'entreprise, ils ne pouvaient pas intervenir. Si l'une d'elles franchissait le seuil, en revanche, elle s'exposait à un sale quart d'heure.

Estel ne se laissait pas perturber par ce genre de cirque.

— Ça suffit, les enfantillages. Laissez-nous passer, leur intima-t-elle en avançant la première. Vous n'avez rien à faire là.

La fille aux cheveux roses, visiblement la meneuse du petit groupe, ne voyait pas les choses ainsi. Contournant agilement Estel, elle repoussa Lili. L'attachée de presse couina comme si on allait l'égorger.

— Ne me touche pas ! Espèce de tarée !

— Et ça se promène avec des poupées gonflables ! gueula la manifestante. Mais où est ton honneur, bon sang, meuf ? Ça te plaît tant que ça, de jouer les prostituées du patriarcat ? Tu es la honte du sexe féminin !

Estel lui empoigna fermement le bras pour l'empêcher d'avancer davantage.

— C'est bon ! Laisse-moi ! geignit la fille. On est pas violentes, pas la peine de l'être !

— C'est ça. Vous faites peur à tout le monde.

Elle s'assura d'abord que Dardeau et son attachée de presse étaient bien pris en charge par les vigiles du magasin, puis elle relâcha l'importune.

— Je suis sérieuse. Vous ne pouvez pas rester là. Allez emmerder quelqu'un d'autre. Que vous aimiez ou pas cet homme, il a le droit de travailler.

— Nous ne faisons rien de mal ! aboya la fille en reculant. Mais toi ? Tu te rends compte que tu travailles pour une ordure ?

— C'est ce que tout le monde me dit, répliqua Estel, sans humour.

— Tu en es fière, alors ? Une belle traîtresse !

Estel fit craquer sa nuque, d'un côté puis de l'autre. Elle avait beau savoir que tout ceci ne rimait à rien, elle avait de plus en plus de mal à se contenir.

— L'attachée de presse est trop féminine, hein ? Et moi ? Pas assez ? Toutes les filles qui ne sont pas de ton avis et de tes combats sont des traîtresses à museler ? C'est ça, ta vision de la tolérance ? Il est beau, le camp du bien.

La fille aux cheveux roses se cambra dans une posture de défi. Son visage fin, décoré de plusieurs piercings, était plutôt agréable, même déformé par l'intense mépris qu'elle affichait.

— Ce n'est pas ce que tu crois. Aymeric Dardeau est un danger public. Ce type agresse des filles partout où il se rend. Renseigne-toi un peu sur ton propre boss, avant de juger les autres, et on verra si tu fais autant la fière. Si on est là, c'est justement pour ouvrir les yeux à ses fans stupides. Elles vénèrent un Weinstein de plus.

— Je ne suis pas cinéphile, dit Estel. Je vous le demande une toute dernière fois, libérez le passage. Ou j'appelle les flics. Je suis sûre qu'ils vous connaissent déjà bien et qu'ils se feront une joie de vous accompagner au commissariat pour ajouter une ligne ou deux sur vos fiches respectives.

Les quelques manifestantes la sifflèrent avec fureur, avant de finalement tourner les talons. Leur meneuse ajouta un doigt d'honneur tout en s'éloignant sans se presser.

— Ne crois pas que c'est fini ! On ne lâchera rien !

— Oh, mais moi non plus, fit Estel pour elle-même, plus taciturne que jamais. Cela n'a jamais été mon genre…

Elle fonça à l'intérieur du magasin, où Dardeau était désormais encadré par trois vigiles soucieux mais professionnels. La file d'attente pour les signatures était déjà en place et s'allongeait à vue d'œil. Des femmes, exclusivement.

Estel remonta cette queue pour rejoindre son employeur. Les lectrices piaffaient, plaisantaient entre elles sur la beauté sombre de l'écrivain et sur son esprit sulfureux. Pas d'erreur, toutes étaient en pâmoison. Estel en aperçut deux en train de se remaquiller consciencieusement tout en attendant leur tour. D'autres lui lancèrent des regards jaloux tandis qu'elle rejoignait leur idole de l'autre côté de la table de dédicaces.

Elle serra les dents, plaça sereinement les mains derrière son dos. Elle se demandait lesquelles étaient les plus insupportables – les idiotes amoureuses de l'écrivain ou celles décidées à lui couper les testicules.

Elle savait juste qu'elle se trouvait entre les deux camps.

À l'aise ni avec l'un, ni avec l'autre.

Comme toujours.

53

Aucune piste.

Tous les ponts coupés.

Plus RIEN.

Par dépit, ruminant son impuissance, Falconnier avait un instant envisagé de lancer une recherche sur les deux portefeuilles digitaux vers lesquels il avait transféré les bitcoins. Il n'obtiendrait l'identité de personne, mais il pourrait au moins accéder à l'historique des transactions…

Beaucoup d'efforts pour pas grand-chose.

Il savait comment se soldait ce genre de procédure. Par un barrage de nouvelles demandes administratives absurdes, impossibles à débloquer. L'anonymat des loups vicieux resterait total. Sans compter que la mise en œuvre de la moindre démarche intrusive reviendrait à prouver à ses interlocuteurs éventuels qu'il était bien flic. Il risquait de se retrouver face à des portes encore plus closes qu'elles ne l'étaient déjà.

Ou alors…

Il pouvait faire profil bas.

Retrouver ce réseau par un autre accès.

S'il avait assez de chance.

Il appela le procureur pour solliciter une nouvelle audition avec Lord of War. Il *devait* l'interroger tant que l'affaire était en flagrance. Le délinquant avait accédé à la pièce rouge, alors que lui-même s'était lamentablement heurté à un mur.

Il voulait comprendre pourquoi.

Et Haussmann était sa seule perspective de le faire.

Malheureusement, la discussion fut brève. Une vraie douche froide. Falconnier ne put qu'écouter le procureur lui faire le récit de la situation, pressant un peu plus le combiné contre son oreille à chaque nouveau détail.

— Je ne comprends pas, monsieur, balbutia-t-il enfin. A-t-on une idée de qui aurait fait courir un tel bruit ? Non, bien sûr… Merci beaucoup pour cette information… De mon côté, je vous tiens au courant des développements de mon enquête.

Il raccrocha, la gorge nouée.

— Je suis baisé !

Il saisit le mug Police nationale empli de stylos posé devant lui et le projeta contre le mur.

La faïence éclata en morceaux.

Deux de ses collègues ICC, installés un peu plus loin dans le labo, levèrent des yeux inquiets vers lui.

— Oh, Quentin ! cria l'un d'eux. Fais pas ça, mec ! Va te passer les nerfs ailleurs, si t'as un problème.

Falconnier écarta les bras.

— Eh ouais, j'ai un putain de problème ! Étienne Haussmann, le vendeur d'armes de la Castellane qu'on a serré la semaine dernière, vient de se faire buter aux Baumettes !

— Ah ? se sentit obligé de ponctuer son collègue, qui ne voyait pas de quoi il parlait, et ne se sentait pas davantage concerné.

— Poignardé à mort au réfectoire, au nez et à la barbe des matons ! Vous le croyez, ça ?

— Désolé, ajouta l'autre, guère plus touché par son problème.

Ils poursuivirent leur travail comme si de rien n'était.

Falconnier était, visiblement, le seul que la nouvelle dérangeait.

Car son unique piste vers la Saignée venait de s'effacer pour de bon.

Dans toutes les prisons, quelles que soient les époques, une catégorie de criminels avait toujours été particulièrement mal acceptée par les autres pensionnaires. Ceux-ci faisaient l'objet de sévices permanents, jusqu'à devoir être parfois protégés par l'administration. Les violeurs. Ou *pointeurs* comme on les appelait, à l'intérieur.

Mais il y avait une chose pire encore.

Les pointeurs d'enfants.

Dès l'arrivée d'Étienne Haussmann aux Baumettes, la rumeur s'était répandue comme une traînée de poudre. Chacun jurait l'avoir entendue de source sûre. Ce serait pour cette raison qu'une deuxième enquête avait été ouverte, et qu'on emmenait si souvent le détenu en entretien avec les policiers.

Un pointeur d'enfants.

Peut-être même un *tueur* de gosses.

Que cela soit vrai ou non, le mal était fait. Un virus, irréversible. Au fond des prunelles de tous les pères qui croisaient Haussmann durant la promenade. Dans leurs poings serrés, à l'heure de la douche. Dans les pensées mortifères de tous les petits caïds qui refusaient catégoriquement de partager leur territoire avec un violeur d'enfants.

À l'heure du repas, les gardiens avaient été distraits par une bagarre subite. Occupés à intervenir, aucun d'eux n'avait été témoin de ce qui se produisait dans la salle sans surveillance.

Étienne Haussmann avait été frappé à l'aide d'un objet dur et tranchant. Probablement une cuillère affûtée en lame. Ou *plusieurs*, car il avait reçu plus d'une vingtaine de perforations et de tous côtés, ce qui suggérait une action de groupe. À peu près tous ses organes avaient été transpercés.

Il s'était écroulé au milieu des autres détenus.

Sans vie.

Personne n'avait rien vu.

Personne ne parlerait.

Seuls les sourires demeureraient, narquois, sur les faces burinées.

Falconnier eut une envie subite de retourner les meubles pour tout casser. Suivant son pressentiment, il s'élança dans les longs couloirs de l'Évêché, jusqu'au bureau de la brigade de répression du banditisme.

Gérard Crais s'y trouvait avec son équipe. Il venait de raconter une plaisanterie, car toutes les personnes présentes étaient hilares à l'instant où Falconnier poussa la porte.

— Quentin ! lança le vieux flic. Ça va, mon vieux ?

Ils le saluèrent tous, mais froncèrent vite les sourcils devant son expression exaspérée.

— Tu es au courant de ce qui est arrivé aux Baumettes ? interrogea-t-il sans préambule, le regard planté dans celui de Crais. La mort d'Haussmann ?

Le chef de groupe ne put contenir une mimique coupable.

Nom de Dieu, se dit Falconnier.

Il avait vu juste.

— Ouais, c'est vraiment con, ce qui s'est passé. Mais c'était un pourri de première. Il y a une sorte de justice, finalement.

— C'est *toi* qui as lancé cette rumeur, c'est ça ? Un pointeur d'enfants ? Dans ce secteur de la prison ? Sans déconner ?

— Je t'avais dit qu'il aurait ce qu'il méritait, fit le vieux flic en levant les yeux au plafond.

— Gérard, cet homme est mort ! Tu te rends compte de ce que tu as fait ?

— Je pensais que ça lui servirait de leçon, d'accord ? C'est pas moi qui ai organisé une expédition punitive contre lui, non plus !

Sa pomme d'Adam proéminente se mit à monter et descendre nerveusement. Parce que ça le faisait rire, en plus.

Sans réfléchir, Falconnier fonça sur lui. Il lui colla son poing dans l'estomac, de toutes ses forces. Le coup était maladroit, mais Crais n'avait pas esquivé. Il poussa un gémissement de douleur.

Sa réaction, elle, fut beaucoup plus maîtrisée. Il visa le visage du jeune homme. Un coup à droite, un coup à gauche. Falconnier fut projeté contre le mur, le goût du sang dans la bouche et un grand bourdonnement dans le crâne.

Leurs collègues s'empressèrent de les ceinturer, l'un comme l'autre, pour les empêcher de continuer.

— Calme tes nerfs ! aboya Crais en se débattant. Cette affaire est bouclée, que ça te plaise ou non ! Et si ça fait une ordure de moins, c'est pas plus mal, OK ?

— Rien n'est bouclé, pauvre crétin ! Sans Haussmann, mon enquête tombe à l'eau !

Le flic de la BRB fut relâché le premier. Il épousseta sa chemise, tachée d'un peu de sang de Falconnier.

— *Ton* enquête ? Tu t'entends un peu ? Ta tête arrive encore à passer les portes ? Tu ferais mieux d'arrêter ta petite fixation personnelle tout de suite.

À son tour, Falconnier se dégagea de l'homme qui le tenait.

— C'est moi qui voulais faire payer Haussmann à tout prix, peut-être ?

— Tu vas juste fermer ta gueule et retourner à ton labo ! trancha Crais. Déjà, t'as de la chance que je te colle pas un rapport, avec tous les témoins que j'ai ! Sans compter qu'avec ce que tes anciens collègues m'ont raconté sur toi, tu n'es pas qualifié pour juger *qui que ce soit.*

— Qu'est-ce que tu insinues par là ?

— J'insinue rien, je te le dis les yeux dans les yeux. Le hasard a voulu que je discute avec tes camarades de Versailles, pas plus tard que ce matin. Ils m'ont fait le topo. On peut pas dire qu'ils te portent dans leur cœur, hein ? Je comprends que tu préfères ne pas te vanter de ce qui s'est passé là-bas…

Le coup était bas.

Mais il avait touché. Droit au but. Aussi fort qu'un uppercut.

Il se remettait à peine des accrocs de Versailles. Ses conflits sans fin avec son équipe. Le harcèlement en meute, pour le pousser à craquer…

— Ils n'aimaient pas ma façon de travailler, déclara-t-il, le visage contrit. C'est tout à fait vrai. Des connards de planqués qui freinaient des quatre fers dès qu'ils le pouvaient. Ça n'a rien à voir avec ce qui se passe…

— Au contraire. Ça a à voir qu'on a tous une façon de travailler différente. La tienne, c'est de partir en vrille partout où tu te trouves, visiblement. Tu veux que je sois franc avec toi ? Ce qui est arrivé aux Baumettes, je le regrette profondément. Je te jure que c'est la vérité. Un homme qui meurt, c'est affreux. Sauf que ce qui est fait est fait, d'accord ? C'est la loi des voyous entre eux.

Crais fit craquer ses phalanges avant de conclure solennellement :

— Juste au cas où tu t'imaginerais aller te plaindre, comme tu aimais si bien le faire vis-à-vis de tes anciens collègues, apparemment… Je te conseille de bien faire attention à tes choix…

— C'est une menace ?

— Juste un rappel qu'on peut tous te rendre la vie misérable, nous aussi, si tu commences à jouer au con. C'est une famille ici. On n'a pas la place pour les cow-boys prêts à n'importe quelle trahison pour toucher leur prime.

Falconnier observa les policiers, une bonne demi-douzaine. Le message, identique sur tous les visages crispés, était très clair.

On peut tous te rendre la vie misérable.

C'était, à peu de chose près, ce qu'avaient fait ses anciens collègues, oui.

La véritable raison pour laquelle il avait arrêté la cyberpatrouille.

Les flics étaient donc tous les mêmes. Partout.

Le jeune homme ne prit pas la peine d'ajouter quoi que ce soit et battit en retraite.

54

Je n'ai plus rien.

Falconnier laissa tomber quatre cubes de sucre dans son cappuccino. De l'autre côté du laboratoire, ses collègues discutaient tout en lui jetant des regards torves. Son altercation dans le local de la BRB avait vite fait le tour de l'Évêché.

C'était bien la dernière de ses préoccupations.

Haussmann mort, il repartait de zéro, ou presque, et la frustration qu'il éprouvait était intolérable.

Plus rien...

Il refusa d'un bloc l'apitoiement, tout comme la perspective de défaite.

Non. Je n'ai pas rien. J'ai des victimes.

Trois en tout. La fille torturée dans la vidéo ainsi que les deux hommes qui apparaissaient sur les photos du Dark Web.

Pour conduire une enquête, il fallait des éléments matériels tout autant que des éléments légaux. En l'occurrence, sans les identités de ces personnes, ni la preuve de leur décès, Falconnier ne pouvait entamer la moindre procédure.

— Vos identités, chuchota-t-il. C'est tout ce dont j'ai besoin. Ce ne doit pas être si compliqué...

Il prit place dans son fauteuil, contempla la photo du bourreau, punaisée à son mur de liège.

La Saigneuse.

Il détailla son corps mince.

Ses muscles toniques, qui devaient se prêter à un entraînement régulier.

Il se perdit dans son sourire acéré, éclatant, sous le masque.

Plus il l'observait, plus il se sentait investi d'une urgence sournoise mais irrépressible.

— Ensuite, je trouverai *ton* identité, ma petite louve. Je jure que j'y arriverai. Parce que je suis le seul qui ne renonce jamais. Ils peuvent me mettre autant de bâtons dans les roues qu'ils le veulent. Je sais à quoi m'en tenir maintenant.

Il parlait à voix haute, sans se soucier de ses collègues, qui avaient cessé de discuter.

Il ouvrit les dossiers, effectua une capture d'écran du visage de la victime. Il récupéra ensuite les photos qu'il avait trouvées sur les forums du Dark Web, recadra de la même manière afin d'obtenir des portraits exploitables de ces hommes. Pour le plus maigre, c'était assez délicat, car son crâne était entièrement écrasé par l'étau. Il zooma autant que possible.

Il ne serait pas évident d'établir un rapprochement.

Il faudrait pourtant que cela suffise.

Car il ne voyait pas quoi faire d'autre, à ce stade.

— J'ai l'accord du proc' pour balancer une circulaire de recherche, avec des photos pas jolies jolies, annonça-t-il à la ronde. Je la mets en diffusion nationale, tous les services vont les recevoir. On verra ce qui retombe. Si ces gens sont français, je les retrouverai.

Ses collègues hochèrent machinalement la tête, toujours aussi peu intéressés.

55

Dès le lendemain de la dédicace parisienne, un grand rassemblement littéraire commençait à Limoges. Estel accompagna son patron et sa fidèle attachée de presse dans le train dont la majorité des wagons avaient été réservés par le milieu littéraire pour l'occasion. Ils étaient entourés d'autres écrivains, de journalistes et de responsables de maison d'édition, qui parlaient tous fort et s'amusaient bien. Arrivés en province, ils furent reçus en grande pompe par des organisateurs volubiles et prévenants, puis conduits sous l'immense chapiteau où se tiendraient les signatures, conférences et interviews diverses, tout au long du week-end.

De prime abord, la jeune femme se sentait plutôt en confiance. Son unique expérience en matière de salon littéraire se limitait à un poste de chauffeur, trois ans auparavant. Elle avait été assignée à un auteur de romans policiers du nom d'Olivier Norek, qui venait de se voir décerner un prix littéraire, et qui semblait connaître un succès fou auprès du public féminin. Il ne lui avait demandé qu'une chose : l'emmener faire la tournée des boîtes de nuit, en compagnie de plusieurs de ses collègues. Elle se souvenait de la consommation excessive d'alcool de cette joyeuse bande et de la bonne humeur permanente. Elle avait oublié l'effervescence quasi rituelle de tout le reste. Le fourmillement des files d'attente, le protocole guindé des discours d'inauguration, le jeu de rôles plus ou moins codifié à chaque rendez-vous avec la presse. Et les nuées de fans surexcités qui tourbillonnaient autour des auteurs. Il fallait seulement gérer les plus exaltés avec beaucoup de tact pour ne pas créer de scandale. Ça, Estel savait faire. Elle appréciait l'ambiance générale. On était loin de l'agressivité des toxicomanes du monde de la nuit.

Le début d'après-midi fut consacré aux interviews. Dardeau fit son numéro de charme habituel. Estel nota, une fois de plus, l'absence de toute question polémique.

Quelques heures de signature suivirent. Lili, omniprésente et tout en enthousiasme, veillait au grain. Elle apportait des boissons, discutait avec les libraires, faisait habilement patienter les fans sans oublier de se remaquiller à intervalles réguliers. De son côté, Dardeau signait, décochait ses sourires de séducteur, se prêtait au jeu des selfies avec ses lectrices aux anges, leur exemplaire de *L'Ennemi au premier regard* à la main.

De part et d'autre de leurs stands, les romanciers moins sollicités par le public jouaient avec leur téléphone mobile ou se contentaient de fixer la foule devant Dardeau avec une jalousie parfois palpable. Cela aussi faisait partie du jeu.

Après tous les heurts auxquels elle avait dû faire face ces derniers jours, Estel craignait surtout de se retrouver en conflit avec des militants quelconques. Il y avait tellement de monde entassé dans les lieux que le moindre débordement serait un enfer à encadrer. Il semblait toutefois qu'elle ait surestimé la menace. Ou bien les râleurs évitaient les événements littéraires, ou bien le service de filtrage à l'entrée était efficace.

La tranquillité dura jusqu'à 18 heures.

Alors que la file des admiratrices ne désemplissait pas, Lili embrassa son champion et prit congé pour le reste du week-end. Elle avait un train pour Paris. Son rôle de chaperon s'arrêtait là pour l'instant.

Elle ne les avait pas laissés depuis cinq minutes que Dardeau se leva et glissa à l'oreille de sa garde du corps :

— Estel, ce soir nous dînerons à des tables séparées. Je vais passer un peu de temps avec une personne…

D'un mouvement du menton, il indiqua une lectrice, fort jolie et fort jeune, serrée dans un perfecto en dépit de la chaleur sous le chapiteau. La petite brunette attendait en retrait, les yeux remplis d'étoiles sous son carré plongeant asymétrique, avec un sourire aussi timide que séducteur. Estel n'avait pas besoin qu'il lui fasse un dessin.

— Je compte sur vous pour rester discrète et m'épargner tout commentaire déplacé, conclut l'auteur avant de s'installer de nouveau derrière ses piles de livres et de recommencer la valse des signatures et des photos souvenirs.

La cérémonie funéraire pour Nadia a eu lieu il y a seulement quarante-huit heures, calcula Estel.

Au fond d'elle, elle entendait encore la voix de Juliette Bourgeon, entrecoupée de sanglots. *Qui êtes-vous, pour parler de respect ? Vous n'en avez jamais eu pour Nadia !*

Elle garda ses réflexions pour elle.

Comme toujours.

Quand le moment fut venu et que le salon ferma ses portes, la horde d'auteurs, autrices, éditeurs et journalistes se rabattit vers les restaurants de la ville réservés à leur intention. Estel accompagna Dardeau et son invitée, qui s'avérait être une étudiante en cinéma fort cultivée, manifestement émerveillée. Le repas avait lieu dans une brasserie cossue de la ville. Pourtant, alors que la plupart des auteurs se retrouvaient dans la grande salle, Dardeau avait spécifiquement demandé à être servi dans une pièce à part, en retrait du tumulte mondain. De son côté, Estel resta à distance, comme prévu, tandis que l'écrivain passait son dîner en tête à tête avec sa charmante admiratrice.

Estel ne mangea rien.

Elle se répétait qu'elle était grassement *payée*, comme s'en était si bien vantée Lili.

Elle attendit que le repas se termine, régla la note et escorta l'écrivain et sa conquête à l'hôtel, sans avoir prononcé le moindre mot de la soirée.

— Je pense que je n'ai plus besoin de vous, déclara Dardeau en lui jetant un clin d'œil tout à fait inapproprié, une fois devant la porte de sa chambre. À demain, chère Estel.

La fille lui adressa également un sourire quelque peu gêné, avant de disparaître dans la pièce.

Estel, de son côté, redescendit dans le lobby, encore hésitante sur ce qu'elle avait envie de faire à présent. Il n'était que 23 heures. Elle s'installa au bar et commanda un chocolat chaud.

Un peu avant minuit, la porte de l'ascenseur s'ouvrit et l'étudiante qui était montée avec Dardeau en jaillit. Elle était en pleurs, son chemisier mal remis, ses cheveux humides et emmêlés comme si elle avait passé la tête sous un jet d'eau.

Estel se redressa. Sens aux aguets.

Faire son travail.

Éviter le scandale.

La fille la reconnut. Elle s'arrêta à son niveau :

— Ce type est un malade ! Il a essayé de m'étrangler ! Pour de vrai ! J'ai cru que j'allais *mourir* !

Estel maintint son expression impénétrable.

— S'il vous plaît, un peu moins fort, mademoiselle.

— Ouais. Forcément. Pas de vagues, hein ? Mais je vais le raconter ! Je vais le dire à tout le monde, vous entendez ?

La jeune femme se rua hors de l'hôtel, percutant dans sa précipitation un client qui la couvrit d'injures outrées.

Estel se leva avec raideur et sortit à son tour, emplie d'un pénible sentiment de désarroi. Les voix de toutes les personnes qui lui avaient parlé de Dardeau résonnaient dans sa mémoire. Les mises en garde de Juliette Bourgeon aux funérailles… celles des manifestantes devant la Fnac… et la supplique de Léo, avec son regard de chien battu, pour qu'elle laisse tout tomber si les choses s'envenimaient.

Elle marcha dans les rues au hasard tandis que les voix se muaient en une spirale folle dans sa tête. Elle s'égara dans des ruelles sombres, trébucha à moitié, et finit par s'arrêter devant un alignement de containers de poubelles. L'odeur qui se dégageait des bennes était écœurante. À l'image du monde dans lequel elle évoluait. La décomposition, cachée sous la surface polie. Les pulsions inavouables.

— Fait chier ! cria-t-elle en balançant un coup de pied circulaire.

Le choc raviva la puanteur, tandis que le bruit sourd se répercutait dans la ruelle.

Elle réitéra son assaut sur le bloc de plastique. En appuyant de tout son poids. Pour briser. Quelque chose. N'importe quoi.

— Chier ! répéta-t-elle. Merde ! MERDE !

Et encore.

Toujours plus fort à chaque coup.

Les impacts la faisaient vibrer. Ce bruit de casse, de choses diverses, du verre peut-être, des froissements de plastique malmené, et davantage d'odeurs suffocantes à chaque oscillation de l'énorme bac gris.

— CONNARDS DE MERDE !

La paroi se fendit net. Une fissure sur toute la hauteur du container. Des immondices en jaillirent, comme d'un abcès qui éclatait.

— Eh ! Ça va pas, petite ?

Elle s'arrêta de frapper, pantelante, l'esprit perdu dans le vide. Un homme en costume, cravate dénouée, tempes dégarnies et ventre rebondi, s'approcha dans son dos, titubant un peu. Il rayonnait d'ébriété et de cette insolence facile de celui à qui tout est dû.

— Je te paye un verre pour oublier tes soucis ? Hein, *ma jolie* ?

L'image de Dardeau et de la fille en perfecto lui traversa l'esprit. Les yeux de cette jeune femme qui avaient brillé d'une telle fierté, avant de ne plus scintiller que de dégoût. Pour une raison étrange, elle imagina son *sang* ruisselant sur ses joues.

Ce fut plus fort qu'elle.

Elle fonça droit sur le type.

Son coude se cala sous la gorge de l'individu, qui tout d'un coup perdit sa virilité alcoolisée. Estel crut même voir des larmes naître dans ses yeux.

Elle le repoussa contre le mur.

Et elle lui assena un unique coup de poing.

Dans l'estomac.

L'homme s'effondra, à genoux, se tenant le ventre.

Un jet de vomissures s'échappa de ses lèvres.

Estel vit que les larmes coulaient pour de bon.

Elle sourit. Elle ne put s'en empêcher. Elle dévoila ses crocs comme une démente en transe.

Puis elle entendit un groupe de personnes approcher, et elle s'enfuit de l'autre côté de la ruelle. Le plus vite et le plus loin possible.

Avec ses démons en cage.

Qui hurlaient de plus en plus fort.

56

Son sommeil, au cours des maigres heures où elle parvint à le trouver enfin, fut houleux.

Elle rêva de cette nuit, quatre ans auparavant, où sa coéquipière et elle se retrouvaient prises sous les coups de feu. Elle vidait son chargeur, totalement paniquée, sur cette porte d'HLM, mais, à ses côtés, cette fois, Madalena ne l'imitait pas. Estel ne tardait pas à comprendre pourquoi : Madalena était morte. Elle avait reçu une balle en pleine tête, son sang avait aspergé les murs.

Estel leva les yeux vers l'appartement.

Elle vit que le bois de la porte saignait aussi.

Le sol du couloir virait à l'écarlate.

Dans cette logique absurde des rêves, Estel pouvait voir à travers les murs et à l'intérieur de l'appartement. Elle contemplait une silhouette sans vie, mais ce n'était plus la dépouille d'Inès Alami qui reposait là.

C'était Nadia Dardeau.

Son corps désarticulé, étalé en travers d'une table, telle une offrande barbare. Sa gorge toujours affreusement déchirée. Ses yeux, injectés de sang, braqués sur Estel comme si elle essayait de communiquer par-delà la mort. Pas pour la supplier. Pour l'accuser.

Salope, semblait vouloir dire le cadavre. *C'est toi. Ça a toujours été toi !*

Estel cligna des yeux.

Elle avait chuté. Elle se trouvait recroquevillée à même le sol.

La bouche pâteuse, elle colla son dos au pied du lit, serra ses genoux devant sa poitrine et resta ainsi, longtemps, hébétée.

Le samedi, il y eut davantage de monde dans les allées, d'agitation, de caméras de télévision promenées dans chaque recoin du rassemblement littéraire.

Au moins, Estel n'eut pas à se préoccuper d'une éventuelle confrontation avec son employeur. Dardeau et elle eurent à peine le temps de s'adresser la parole. L'écrivain, bon élève, dédicaçait à tour de bras, charmait tout le monde et se tint parfaitement à carreau. Elle nota même qu'il consomma moins d'alcool que d'ordinaire. Peut-être avait-il conscience d'être allé trop loin, la veille ? Estel ne baissait pas sa garde pour autant. Elle guetta notamment la brunette au perfecto, sans l'apercevoir de la journée, mais sans oublier non plus les menaces proférées par la jeune femme.

La foule bruyante ne diminuait pas. Estel fut étonnée du nombre de personnes qui apportaient des cadeaux à l'auteur. Bouteilles d'alcool, livres, gâteaux. L'une d'elles lui offrit même une petite statue le représentant, qu'elle avait réalisée elle-même.

Le soir, Dardeau lui demanda d'aller dîner dans un restaurant différent, pour avoir un peu de calme. Mais, même alors qu'ils se retrouvaient enfin en tête à tête, ils parlèrent peu, de banalités.

— Votre public vous offre toujours autant de choses ?

— Et vous n'avez encore rien vu ! Disons que cela fait partie des preuves d'affection de mes fans…

Elle hocha la tête et se contenta de finir son assiette.

En le raccompagnant à l'hôtel, cependant, elle ne put s'empêcher de lui demander :

— Pas de compagnie, ce soir ?

— Pas de compagnie, non.

Il la dévisagea. Avec son éternel sourire qu'elle n'arrivait toujours pas à déchiffrer. Danger ou tendresse ?

— Il paraît qu'un journaliste s'est fait agresser, hier soir. Par une dingue, visiblement. Vous en avez entendu parler, peut-être ?

Estel se tendit. Non, elle n'avait pas eu le moindre contact avec qui que ce soit. Elle n'avait pas pu profiter des ragots.

— Il a dû faire une mauvaise rencontre, dit-elle.

— Sans doute.

Il n'ajouta rien. Elle non plus.

Mais elle refusa de sonder ses propres pensées.

Maintenant plus que jamais.

57

La journée du dimanche se déroula vite, sans le moindre heurt, dans la même abondance de paillettes et de joyeuse insouciance. Signatures le matin, après-midi réservé à de nouvelles rencontres avec la presse. Dardeau, fidèle à lui-même, incarna la perfection ou ce qui s'en rapprochait, face à des interlocuteurs soumis. Tout allait pour le mieux dans le meilleur des mondes.

Estel ne pouvait s'empêcher de ruminer.

Si c'était bien un journaliste qu'elle avait « rencontré » autour des containers à ordures, deux nuits auparavant, ne risquait-elle pas de le croiser à nouveau lors du trajet du retour ?

Probablement.

Et alors, comment réagirait cet homme ?

Comment réagirait-*elle* ?

Une fois à bord du train, elle ne l'aperçut nulle part dans leur wagon. C'était au moins ça.

Elle patienta, tandis que le voyage n'en finissait pas.

Elle se tendait chaque fois que quelqu'un passait dans l'allée.

— Juste pour être sûre…

Installé à côté d'elle, Dardeau releva les yeux du livre qu'il avait ouvert au départ de la gare de Limoges.

— Oui ?

— Le journaliste qui prétend avoir été agressé, l'autre soir, comme vous me l'avez dit… Vous pensez qu'il est dans le train ?

— Oh. Ça…

Dardeau dévoila un sourire à rendre jaloux un requin.

— S'il l'avait été, vous croyez que je ne vous l'aurais pas dit ?

Elle s'enfonça un peu plus dans son siège.

— Eh bien…

— Je vous aurais couverte, Estel. C'est comme ça qu'on fonctionne, vous et moi, je ne veux plus avoir à vous le répéter. Le bonhomme que vous avez utilisé comme un sac de frappe n'est qu'un poivrot local. D'une part, personne n'a pris son histoire au sérieux et, d'autre part, il est resté à sa place, dans sa cambrousse. Si je ne vous en ai pas reparlé, c'est que tout allait bien. Ça aussi, intégrez-le, je vous prie.

Intégrer…

Quelque chose qu'elle ne croyait pas entièrement.

— D'accord, dit-elle.

Puis elle ajouta :

— Merci.

L'écrivain sourit à nouveau, avant de replonger dans sa lecture pour le reste du trajet. Estel regarda le paysage défiler sur le côté en comptant les minutes. Quand ils arrivèrent en gare Montparnasse, elle scruta, l'air de rien, toutes les personnalités, journalistes et éditeurs qui se pressaient dans le vaste hall, appelaient des taxis, se faisaient la bise. Dardeau restait en retrait, ce qui allait très bien à la garde du corps.

Retrouver le confort de la voiture de luxe, rouler dans les rues grises et encombrées de Paris, après ces quelques jours d'immersion dans un monde euphorique où ne régnaient que les apparences, lui fit un bien fou.

Des repères.

Si sombres soient-ils.

Elle porta la valise du romancier jusqu'au palier de l'appartement. Dardeau traversa son salon et, comme par réflexe, s'empara de la bouteille toujours prête à cet effet.

— Je vous invite à boire un dernier verre ?

— Pas en service, monsieur.

L'homme consulta sa montre en or, avant de défaire les boutons du haut de sa chemise.

— On va dire que vous ne l'êtes plus à compter de maintenant. Vous avez suffisamment donné de votre temps depuis une semaine.

Estel secoua poliment la tête.

— Quand bien même. Je ne préfère pas.

Haussement d'épaules. Dardeau versa l'alcool ambré dans un unique verre.

— Comme vous voudrez. Je n'ai pas de promo prévue jusqu'à jeudi prochain. Je vais rester ici. Écrire, peut-être. Vous êtes donc en *off* pendant quelques jours. Tout ce que je vous demande, c'est d'être disponible à tout moment, au cas où j'aurais besoin de vous.

— Entendu.

Il planta son regard dans le sien. L'odeur de l'alcool montait déjà dans son haleine.

— Qu'allez-vous faire de ces quelques jours de repos ? Passer du temps avec votre petit ami ?

Estel songea à Léo et eut envie de rire.

Elle savait *très bien* ce qu'elle allait faire.

— Je vais aller voir ma psy, énonça-t-elle comme s'il s'agissait d'une banalité. J'ai un rendez-vous une fois toutes les deux semaines.

Elle était curieuse de sa réaction. Dardeau leva un sourcil.

— Vous êtes pleine de surprises, Estel. Mais d'après ce que je crois comprendre de vous, cela me semble être une sage idée.

Estel se contenta de lui offrir un sourire indéchiffrable.

Après tout, elle aussi en était capable.

IV

LA FEMME SUR LA PHOTO

58

Deux ans auparavant

— Comment ça, un problème de personnalité ?

— Je n'ai pas parlé de problème, Estel. Je vous fais simplement part de mon inquiétude sur l'évolution de vos idées noires. Plus nous discutons, et plus il apparaît que les faiblesses psychologiques que vous manifestez ont une cause plus ancienne et plus profonde que je l'avais imaginé. Et, par conséquent, bien plus difficile à dépasser pour vous. Ce n'est en aucun cas de votre faute.

Des mots. Encore.

Ils se voulaient rassurants. En réalité, ils étaient implacables. Des accusations.

Estel avait l'impression de se prêter à une sorte de danse d'évitement, hypocrite, avec sa thérapeute. Elles tournoyaient autour des vraies questions depuis des mois. Bien sûr, le comportement de la psy n'avait pas changé. La femme se montrait toujours aussi chaleureuse, toujours autant à l'écoute.

Ce n'était plus suffisant.

Estel s'en rendait compte un peu plus à chacune de leurs rencontres. À chaque hochement du menton de la psy. Elle ne voyait plus que ses gestes automatiques. Ses sourires pasteurisés.

Ce dont elle avait besoin n'était pas de mots rassurants. C'était d'implication, d'*intensité*.

— Je ne suis pas folle, de simplement vouloir un moyen de m'épanouir. Un exutoire… qui me corresponde vraiment.

— Je n'ai jamais prétendu cela, Estel.

— Bien sûr que si. Vous pensez que je suis cinglée. Vous m'expliquez que je devrais laisser les autres décider de ce qui est bien pour moi. Que je devrais me contenter de fermer ma gueule, de baisser la tête et de toujours tout accepter, que ça me plaise ou non.

Estel n'aimait pas ses paroles. Mais c'était plus fort qu'elle. Tout au fond. Elle n'en pouvait plus.

— Les gens me regardent comme une sorte de bête de foire, poursuivit-elle avec une infinie amertume. Aujourd'hui, j'ai même reçu un e-mail d'une personne qui voulait me faire une offre. Au noir. Alléchante. Vous savez ce qu'on m'a proposé ? De tabasser quelqu'un. Ça avait l'air si simple. J'ai hésité à demander des informations, juste au cas où…

La psy ne répondit pas tout de suite. Dans le reflet de la baie vitrée, Estel pouvait apercevoir le pli soucieux de sa bouche.

Quand elle se retourna vers elle, la thérapeute souriait de nouveau, de son sourire impeccable.

— Il s'agit toujours de cette image que vous avez de vous-même, Estel. Au lieu de vous en défaire, vous entretenez cette confusion. Entre ce que vous pensez être, et ce que votre entourage perçoit de vous.

— Par pitié, arrêtez avec ça. Je sais parfaitement qui je suis, et ce que je veux. Je vous l'ai dit maintes fois.

— Oui. Vous aimez cogner les autres pour avoir l'impression d'exister. C'est ce que vous avez fait toute votre vie. Et pour quel résultat ? Vous refusez de voir la vérité en face.

— Vérité qui est… ?

— Que, tout au fond, vous ne supportez pas de faire du mal aux autres.

— N'importe quoi.

— La seule personne que vous aimez faire souffrir, c'est vous, insista la psy. C'est à *vous* que vous infligez une punition permanente.

— C'est faux.

— Alors racontez-moi.

Estel ne dit rien.

— Prouvez-moi que je me trompe, Estel.

Ça suffisait comme ça.

Elle se leva. Il lui sembla que sa vision se troublait. Que le monde entier tremblait autour d'elle. Elle avait envie de frapper cette femme.

C'était tout ce que ces séances faisaient ressortir en elle. La *violence.*

— Vous ne voulez pas savoir. Vous ne vous êtes jamais réellement intéressée à moi. Ça ne sert à rien que je déballe ma vie comme ça. Vous savez quoi ? Je crois que ça ne fait qu'aggraver mes problèmes.

Elle s'en alla.

Poings serrés. Esprit confus.

Avec cette terrible impression de fuir comme une lâche.

59

Delphine Bellefonds.

Lieutenant à la police judiciaire de Paris ?

L'expéditeur de l'e-mail qu'avait reçu Quentin Falconnier durant sa pause déjeuner attira son attention. Il ne connaissait pas cette personne, mais son message, intitulé « Prise de contact suite à circulaire de recherche », généra en lui une brusque montée d'adrénaline.

> Cher Quentin,
> Je pense pouvoir apporter des éléments à votre dossier.
> Vous pouvez me contacter directement par téléphone.
> Bien cordialement,
> Delphine Bellefonds

Il ne se fit pas prier et appela le numéro inscrit dans la signature du message. Une voix plutôt douce et qui semblait très jeune lui répondit.

— *2e DPJ, lieutenant Bellefonds, je vous écoute.*

— Bonjour, je suis Quentin Falconnier, au labo ICC de Marseille. Vous m'avez envoyé un e-mail.

— *Oh, j'attendais ton appel ! Ravie de te parler, Quentin ! On peut se tutoyer ? Je t'ai contacté car les photos que tu as diffusées m'intriguent beaucoup. J'aurais aimé savoir d'où elles proviennent.*

Pas exactement l'entrée en matière qu'il attendait.

Il médita quelques instants. Dire toute la vérité ?

Il ne savait plus à qui se fier dans la maison.

— J'ai des raisons de penser qu'il s'agit d'individus assassinés, se décida-t-il à expliquer. Le problème, c'est qu'à ce stade, nous n'avons aucune identité. J'essaie de retrouver de qui il s'agit. Je présume que tu as retrouvé une de ces personnes, ou peut-être même plusieurs, dans ta base ?

— *Non,* lui avoua sa collègue. *Je n'ai rien, sur aucune d'entre elles.*

Falconnier sentit son excitation retomber.

— Oh.

— *Pour tout te dire, ta diffusion a suscité certaines interrogations de mon côté.*

— Je ne suis pas sûr de comprendre.

— *Tu as accès à ta messagerie ?*

Le policier fit rouler son fauteuil pour se placer devant son poste de travail.

— Je suis devant.

— *Dans ce cas, c'est à mon tour de t'envoyer une image. Dis-moi ce que tu en penses...*

Le message arriva un instant plus tard, photo en pièce jointe. Falconnier cliqua dessus pour l'afficher en plein écran.

Il fut frappé de stupeur.

La photo montrait une femme, yeux grands ouverts, mais légèrement vitreux, fixant le vide. Derrière se trouvait un carrelage rouge. Identique à celui des autres clichés.

— C'est le même endroit ! s'écria Falconnier, dont l'excitation revenait au galop. La pièce rouge !

— *C'est bien ce qui m'a interpellée quand j'ai vu ta diffusion.*

— Qui est cette personne ?

— *Je l'ignore. Cette photo, c'est un détective privé qui me l'a envoyée le mois dernier. Il cherchait lui aussi à identifier la fille. Nous avons toujours eu un très bon contact, lui et moi. Cependant, vendredi dernier, il a eu une réaction assez inhabituelle...*

— C'est-à-dire ?

— *Il m'a écrit pour m'expliquer que son enquête était bouclée, et il m'a encouragée à détruire nos derniers échanges.*

— Il a retrouvé la fille saine et sauve, alors ?

— *Je suppose. En fait, je n'en sais rien. Mais tes photos m'y ont fait penser. Quand je les ai reçues ce matin, j'ai voulu le joindre, comme tu l'imagines. Je n'ai pu avoir que son répondeur. J'ai laissé un message pour qu'il me rappelle.*

— Tu penses qu'il le fera ?

— *Je le connais depuis des années, c'est quelqu'un de fiable.*

Falconnier réfléchit aussi vite que possible.

— Tu ne sais pas du tout pour quelle raison il recherchait cette personne ?

Le rire mélodieux de la policière résonna au bout du fil.

— *C'est la question à mille euros non ? Il voulait obtenir son identité et la localiser par la même occasion. Ce qu'il a fait, car il m'a parlé des parents de cette personne, chez qui elle se trouverait en ce moment. Comme je te l'ai dit, il est assez réactif. Je m'attends à avoir les réponses à toutes ces questions assez vite.*

— Ce serait bien, dit Falconnier. Quoi qu'il arrive, je vais devoir lui parler. Je suis sur une affaire d'envergure…

Il vérifia l'heure affichée au coin de l'écran.

— J'aimerais que nous nous voyions, si cela ne t'ennuie pas. Il faut juste que j'avise le proc' et ma hiérarchie. La paperasse va bien prendre toute la journée… Mais demain, ça devrait être jouable. Il y a quelque chose qu'il faut que je te montre.

— *Quel genre de chose ?*

Nouveau flottement de la part de Falconnier. Après le coup d'éclat de Crais, il préférait rester sur ses gardes.

Pourtant, l'enthousiasme perceptible de son interlocutrice le mettait en confiance.

— J'ai saisi un fichier vidéo plutôt spécial, finit-il par lâcher. Je préfère que ce document ne circule pas dans le réseau. Tu comprendras pourquoi quand tu verras de quoi il s'agit.

60

Un désagréable pressentiment.

Après sa conversation avec Falconnier et pour être certaine de ne pas perdre de temps, Delphine Bellefonds essaya encore une fois de joindre le détective. Malheureusement, comme à chacune de ses tentatives précédentes, elle tomba sur le répondeur.

— Monsieur Djebbari, c'est encore Delphine, de la DPJ. S'il vous plaît, rappelez-moi. C'est urgent.

De plus en plus désagréable, oui.

Elle espérait que le privé ne tarderait pas à consulter sa messagerie. La porte du bureau s'ouvrit et Vincent Escorsac apparut, de retour de sa pause déjeuner.

Le grand flic barbu s'arrêta devant les photos qu'elle avait affichées sur son mur.

— C'est gai, tout ça ! Je te reconnais bien là !

— C'est surtout inquiétant que ces gens n'apparaissent nulle part comme disparus, lui expliqua-t-elle. J'ai fouillé dans toutes les bases. Inconnus au bataillon, tous les quatre.

Escorsac se gratta la tête.

— D'où viennent ces photos, alors ?

— Un collègue de Marseille. Il pense que les deux hommes et cette femme, que tu vois ici, sont tous les trois décédés, et pourtant impossibles à identifier. Quant à la deuxième femme, là, c'est une photo transmise par un contact à moi. Même interrogation sur son identité.

— Elle n'est pas morte, elle aussi ? Elle a bien une tête de macchabée.

— Normalement, non. Elle devrait être en vie. En tout cas, d'après ce que j'en sais. Le seul début de piste dont on dispose, c'est que toutes ces photos ont été prises au même endroit.

— À cause du carrelage rouge ?

— Oui.

Il s'approcha des horribles portraits.

— On dirait le même, en effet.

— Le collègue qui a soulevé l'affaire passe nous voir demain pour apporter plus d'informations.

Escorsac se retourna.

— Mais c'est une enquête de quel service ?

Elle haussa les épaules.

— Pour l'instant, l'affaire n'est pas ouverte ici, mais à Marseille.

— Ah ! s'exclama-t-il.

Le ton de sa voix trahissait ce qu'il pensait, et qu'il était trop poli pour formuler à voix haute.

Encore à faire du zèle.

— Sincèrement, Vincent, ça ne te rend pas curieux ? De te dire que ces gens ont peut-être tous été assassinés, quelque part, et que personne ne les recherche ?

— Si, bien sûr. Mais je te rappelle qu'on a déjà du mal à suivre toutes nos affaires, notamment à la Grange-aux-Belles où ça chauffe encore. Je me disperserais pas trop, si j'étais toi. Enfin, je te connais. Je sais que tu n'en feras qu'à ta tête ! Bon courage !

Il récupéra son arme de service dans son casier et repartit.

Bellefonds se retrouva seule, comme toujours.

Pour éviter de trop y penser, elle consulta sa messagerie et reprit ses dossiers.

Quelque part, Escorsac n'avait pas tort. Il y avait déjà bien à faire avec les enquêtes en cours. Des victimes déjà bien identifiées, elles.

61

Ce lundi était jour de psy.

Synonyme de disparition et d'errance.

Estel replongeait dans les acclamations, dans cette montée d'adrénaline dévastatrice et nécessaire. Elle ouvrait la porte à tous ses fantômes et à toutes ses contradictions. Elle laissait ses pulsions l'engloutir. Ou bien la nettoyer de ses péchés, peut-être.

Subitement, elle ouvrit les yeux dans sa voiture, comme au sortir d'un rêve, quand l'esprit crève la surface.

L'aube n'était pas encore levée.

Elle prit son visage dans ses mains.

Le goût métallique du sang emplissait sa bouche. Elle se pencha pour cracher, et constata qu'il y avait un peu de vomissures sur ses genoux.

— Et merde.

Elle n'avait aucun souvenir d'avoir regagné son véhicule.

Amnésie.

Les crises se rapprochent.

Elle se remémora le brave médecin qui l'avait accueillie dix jours plus tôt. Tous ses termes techniques incompréhensibles sur l'afflux de sang insuffisant dans son cerveau, et son insistance touchante pour qu'elle prenne rendez-vous chez le neurologue.

— Je sais ce que je fais, murmura-t-elle d'une voix étouffée. Je garde le *contrôle*.

Un filet de sang maculait son avant-bras. Sa toilette avait été trop précipitée. En se penchant vers le rétroviseur, elle décela d'autres gouttes de sang séché sur ses pommettes.

Elle tâtonna pour récupérer le paquet de lingettes dans la boîte à gants. Elle essuya son visage, lentement, quoique avec moins de précautions que d'habitude. Elle n'avait plus rien à dissimuler à Léo, à présent qu'elle était seule à nouveau. Libre à nouveau. Plus isolée que jamais.

Sur le siège du passager se trouvait une brassière poisseuse de sang.

Un souvenir.

Toujours. Depuis la toute première fois.

Elle la fourra dans son sac.

Quand elle poussa la porte de l'appartement, le soleil lançait ses premiers rayons dans l'horizon gris. Léo dormait dans le canapé. Ou faisait semblant.

Elle s'enferma dans la chambre. Elle haletait. Son estomac était serré. Encore révulsé.

Pourtant, elle ne regrettait rien.

Elle n'avait jamais pu le révéler à Léo, jamais pu lui expliquer à quel point elle se sentait vivante en ces instants-là. Elle ne pouvait le partager avec personne.

Elle déverrouilla le cadenas, ouvrit son coffre et y déposa la brassière. Ses mains effleurèrent le tissu maculé de sang une dernière fois.

Son plaisir coupable.

N'en parle jamais. Même si tu meurs d'envie de te confier.

JAMAIS.

Elle passa une minute sur son ordinateur pour soigneusement effacer ses derniers e-mails et toute trace de ses errances nocturnes. Puis elle ôta ses vêtements et se dirigea vers la salle de bains sur la pointe des pieds pour aller prendre une douche bien méritée.

62

Son téléphone vibrait avec entêtement sur la table de nuit.

Estel serra ses draps. Son lit. Sa chambre, plongée dans la pénombre pâle du matin.

Le numéro affiché n'était pas dans son répertoire.

Estel laissa passer encore une sonnerie, le temps de se réveiller tout à fait.

— Allô ?

— *Estel Rochand ?*

La voix était aiguë, à l'intonation rapide. Estel l'avait déjà entendue, mais ne parvenait pas à la resituer.

— C'est moi, oui. À qui ai-je l'honneur ?

— *Je m'appelle Lucille Vuillemin. Nous nous sommes croisées, mais ce n'était pas le meilleur moment pour discuter. Maxime Sécurité a bien voulu me communiquer votre numéro. Pourriez-vous m'accorder dix minutes de votre temps dans un café ? Il faut que je vous parle de votre patron, Aymeric Dardeau. Vous ne savez pas tout sur lui.*

Un frisson parcourut sa colonne vertébrale.

— Pas la peine. Effacez ce numéro et foutez-moi la paix.

Elle allait raccrocher. Elle aurait *dû* raccrocher. Mais la voix insista.

— *Sa femme ne s'est pas donné la mort, comme il le prétend.*

Sa gorge se contracta, comme si elle abritait une boule de pétanque. Estel aurait voulu la cracher. Vomir le mal qui l'emplissait. Une fois pour toutes.

— Vous avez mon attention, dit-elle très calmement. Mais ça ne durera pas. Expliquez.

— *Pas au téléphone.*

Estel se redressa, s'assit en tailleur sur le lit.

— Alors tant pis. Désolée.

— *Je vous en supplie. Il y a des informations que je suis seule à connaître sur ses derniers mois.*

Le regard d'Estel se perdit dans les ombres de la pièce, où elle s'attendait presque à apercevoir le spectre de Nadia Dardeau. Elle inspira lentement.

— *Je vous promets que je vous expliquerai tout*, insistait la voix au téléphone.

J'aimerais bien voir ça.

— C'est d'accord, rencontrons-nous, répondit-elle d'une voix d'outre-tombe. Aujourd'hui, c'est possible ?

63

Le bureau de Djebbari.

Delphine Bellefonds n'y était allée qu'une fois, trois ans auparavant. Il s'agissait de leur toute première rencontre. Elle avait besoin d'un service, que le détective privé lui avait rendu sans rechigner : grâce à lui, elle avait ainsi récupéré le portrait d'un petit escroc qui, s'il avait initialement été photographié dans le cadre d'une arnaque à l'assurance, se trouvait surtout impliqué dans une série de viols particulièrement violents. La photo avait servi de preuve au procès, et l'homme purgeait à présent une peine bien méritée à la prison de la Santé.

Depuis, chaque fois que le privé l'avait contactée pour lui demander une vérification ou un conseil, Bellefonds avait fait de son mieux pour lui rendre la pareille.

Elle espérait qu'il collaborerait une nouvelle fois. Il n'y avait pas de raison qu'il refuse. Pour lui prouver sa bonne foi, elle avait même prévu des copies des photos transmises par Falconnier.

Elle sonna à l'interphone.

Pas de réponse.

Après plusieurs tentatives infructueuses, la policière traversa la rue pour observer la fenêtre du bureau. Elle savait que l'endroit était minuscule. Une unique pièce destinée à recevoir les clients. Alioune Djebbari œuvrait à l'ancienne, comme dans les films noirs. Minimum d'informatique. Maximum de travail sur le terrain. De l'humain avant tout.

Il faisait gris. De grosses gouttes de pluie encore éparses virevoltaient, chassées par un vent froid. Si quelqu'un s'était trouvé dans le bureau, la lumière aurait été allumée.

— Au moins, je suis fixée, tu n'es pas là…

Elle fit le tour de ses options. Le détective privé était probablement en rendez-vous à l'extérieur, et rien n'indiquait quand il serait de retour. Un détail la titillait cependant : pourquoi ne répondait-il pas à ses messages ?

Elle l'imagina en planque, quelque part. Occupé à photographier un escroc ou un conjoint infidèle, coupé du monde. Rien d'anormal à ça.

Aucune raison de s'inquiéter.

Pas encore.

La policière commença à s'éloigner, résignée, avant de se rappeler que l'appartement de Djebbari se trouvait à quelques rues de là.

Elle avait encore du temps devant elle.

Quentin Falconnier, son collègue de Marseille, arriverait bientôt à Paris.

Elle devait parler au détective privé avant.

Il fallait simplement qu'elle le trouve.

Elle pressa le pas.

64

Durant le trajet en métro, Estel compulsa le petit carnet relié Paperblanks dont elle se servait comme journal de bord. Elle avait l'habitude d'y inscrire les horaires de ses vacations et de son emploi du temps en général. Un réflexe pris durant son année dans la police. Elle l'ouvrit à la page du jour, inscrivit le nom que la fille lui avait donné, Lucille Vuillemin, et l'entoura plusieurs fois.

Nous nous sommes déjà croisées.

Elle creusa sa mémoire de son mieux. Si elles avaient été présentées, Estel s'en souviendrait.

Elle se dit qu'elle ne tarderait pas à comprendre. Leur rendez-vous était fixé au Lux, un petit troquet situé dans la rue Lepic. Elle connaissait l'endroit pour s'y être arrêtée une ou deux fois pendant ses temps de pause, lors de missions dans le quartier de Montmartre. Elle sortit du métro à la station Blanche et traversa la rue. Les immanquables pales du Moulin-Rouge se détachaient sous un ciel couleur de plomb. Des touristes asiatiques, bruyants et euphoriques, se prenaient en photo de part et d'autre des trottoirs.

Estel remonta la rue d'un pas rapide.

En terrasse au Lux, elle n'aperçut qu'un gros bonhomme qui descendait une pinte de bière brune avec application. Un peu plus loin, un jeune homme vêtu de treillis et en fauteuil roulant faisait la manche sous la pluie, un chien paisiblement endormi à ses pieds.

Estel entra dans le café.

Derrière le bar, le serveur la salua d'un mouvement de tête évaluateur. Elle lui rendit la politesse, avant de se figer.

Elle venait de poser les yeux sur la personne qui l'attendait, installée à la table du fond devant un verre de Coca-Cola.

Elle portait un béret aujourd'hui, mais, en dessous, sa chevelure était toujours du même rose éclatant.

— Vous ?

La militante féministe lui sourit. Elle n'affichait plus la fureur qui l'animait quand elles avaient échangé des mots devant la Fnac. Elle avait plutôt l'air timide. Et gênée.

Voyant qu'Estel faisait un pas en arrière, elle leva les mains, presque chaque doigt orné d'une ou plusieurs bagues.

— Je vous en prie, ne repartez pas tout de suite. Accordez-moi juste dix minutes, comme vous l'avez promis.

La garde du corps inspecta le minuscule endroit. Vuillemin semblait être seule. Mais cela ne voulait pas dire grand-chose.

— Quel est le piège ?

— Pourquoi y aurait-il un piège ?

Estel la dévisagea avec dédain. Vuillemin ne devait pas avoir plus de vingt ans. De grands yeux bleus sans le moindre maquillage, déjà un peu trop cernés. Un piercing étincelait à son nez, ainsi qu'un autre au coin de sa lèvre supérieure. Elle portait une veste léopard. Parfaite caricature de sa génération.

— C'est vrai, pourquoi me méfier, hein ? assena Estel. Après tout, vous et vos petits camarades harcelez simplement Dardeau, partout où vous le pouvez. Oh, et la dernière fois que nous nous sommes vues, vous m'avez aussi qualifiée de traîtresse à la cause féminine…

La fille ramena une mèche rose pour la caler sous son béret.

— Je suis désolée pour tout ce que je vous ai dit, et je vous demande de m'excuser. Vraiment. Je n'ai rien contre vous. Au contraire. Je veux vous donner des informations importantes. Mais si vous êtes venue, c'est que vous n'êtes pas dupe, non ?

Elle semblait sincère.

Estel consentit à approcher d'un pas prudent.

— Dupe de quoi ?

— Des comportements déplacés et répétés de votre patron, pour commencer. Pas plus tard que ce week-end, une étudiante s'est plainte d'une tentative de viol dans une chambre d'hôtel. Ce n'est pas le premier témoignage de ce genre. L'étau va finir par se resserrer autour de lui. Il est stupide s'il ne le voit pas venir.

Estel savait qu'elle pouvait difficilement défendre son employeur.

Mais il le faut, n'est-ce pas ?

Le serveur posa ses coudes sur le comptoir.

— Mademoiselle ?

— Un Schweppes, commanda-t-elle instinctivement. Indian Tonic.

Elle prit place en face de la jeune femme.

Sa méfiance ne faiblissait pas pour autant.

— D'accord, Lucille. Vous avez vos dix minutes. Votre histoire a intérêt à valoir le coup.

— Ce n'est pas mon histoire. Ce que je vais vous dire, c'est ce que m'avait révélé sa femme, Nadia, avant son décès dans des circonstances plus que suspectes…

Si seulement tu savais.

— Vous voulez me faire croire qu'elle s'était confiée à vous ? attaqua Estel.

— À la fin de l'année dernière, oui. Nous nous étions rencontrées… Et, juste pour être claire à ce sujet, c'est elle qui m'avait contactée sur mon Instagram, après une opération de sensibilisation comme on a fait aux Halles l'autre jour. Elle avait besoin de se confier à une personne qui ne se laisserait pas embrouiller par le charme de son mari. C'est dire à quel point il la terrifiait.

Estel ne réagit pas immédiatement, mais sa curiosité n'était pas moins piquée au vif. Elle patienta tandis que le serveur déposait le verre de soda devant elle, puis s'empressa de boire une longue gorgée de boisson pétillante. Sa gorge était plus sèche qu'elle ne l'aurait cru.

— Donc, vous lui avez parlé. Vous n'avez pas essayé de profiter de ses problèmes mentaux pour la monter contre son mari, quand même ?

Elle scrutait la jeune femme face à elle, qui, du bout de la langue, jouait nerveusement avec son piercing à la lèvre. Tout, dans son attitude, était à fleur de peau.

— Je ne sais pas ce qu'on vous a raconté sur elle, mais Nadia n'était pas le moins du monde déséquilibrée.

Ce n'est pas ce qui m'a semblé quand elle m'a foncé dessus avec une matraque, se souvint Estel.

L'image du corps sans vie de Nadia Dardeau la traversa malgré ses efforts pour ne plus y penser. Le souvenir était si incroyable, et une partie de son inconscient le niait toujours aussi férocement, qu'elle finissait par se demander s'il avait jamais existé, ou si elle commençait à ne plus savoir ce qui était réel et ce qui relevait du fantasme.

— Ce n'était pas une toxicomane dépressive, alors ?

Au tour de la fille de faire la moue. Elle continuait de mordiller son piercing.

— Nadia était sous médicaments à cause de tout ce qui se passait entre elle et Aymeric. Il était violent avec elle. Et je sais reconnaître une femme battue, je vous jure que Nadia n'en rajoutait pas.

— Je veux bien vous croire. Mais pourquoi n'est-elle pas allée voir la police ?

— Vous le savez très bien. Elle avait peur des représailles ! Je lui ai même proposé de porter plainte pour elle, au travers de mon association. Elle m'a suppliée d'oublier l'idée. Elle tenait à rassembler des éléments pour faire tomber son mari. Du concret. Quand nous nous étions vues, elle avait déjà une photo en sa possession. Elle l'avait trouvée dans le téléphone d'Aymeric.

— Quel genre de photo ?

— Une fille tabassée. Ce porc s'était défoulé sur elle. Ça faisait peur à voir ! Et puis le carrelage sur lequel elle était allongée…

— Quoi, le carrelage ?

— Rouge vif. Limite obscène. Il faisait ressortir la pâleur de la fille et tous ses hématomes.

Estel reprit une gorgée de soda. Le Schweppes crépitait sur son palais. Elle n'aimait pas ce qu'elle entendait. Au fond d'elle, une alarme se déclenchait. *Ne cherche pas à en savoir plus,* lui hurlait cette voix intérieure. *Pars d'ici avant qu'il ne soit trop tard.*

— Et que comptait faire Nadia, exactement ?

— D'abord, elle a parlé à son mari de sa découverte pour le mettre au pied du mur. Elle exigeait des explications, ou bien elle irait montrer cette photo aux flics. Vous savez ce que cette ordure a fait pour lui retourner le cerveau ? Il a appelé la fille en question ! Il l'a fait venir chez eux pour qu'elle s'explique avec sa femme ! Et, forcément, cette personne a juré à Nadia que tout ce qui s'était passé entre Aymeric et elle était parfaitement consenti. Qu'il n'était qu'un amant parmi d'autres…

Estel intégrait les informations.

— Donc, il n'y avait aucun délit, finalement ? Ce n'est que ça, votre foutue révélation ?

— Parce que vous ne trouvez pas ça inacceptable ? s'exclama la jeune femme. Cette Sucre, c'était juste une prostituée perdue. Il a abusé d'elle ! Et…

— *Sucre* ? susurra Estel, le souffle coupé.

Le simple fait de prononcer son nom lui comprimait le cœur. Elle eut l'impression qu'un froid de glace envahissait ses doigts et remontait dans ses bras.

— Oui, poursuivait Vuillemin. C'était son nom. Enfin, un surnom, bien sûr…

Estel ferma les yeux pour chasser le vertige.

Ce n'était pas possible.

Ce n'était pas la première coïncidence et ce n'était *pas possible*.

— J'ai dit quelque chose qui vous choque ? finit par s'inquiéter la jeune militante.

— Oui, à peu près tout votre discours, marmonna Estel. Mais je… j'ai juste une baisse de tension. Je n'ai rien dans l'estomac.

Elle rouvrit les yeux. Le monde était flou.

— Vous voulez commander à manger ?

— Je veux juste connaître la fin de votre histoire, fit Estel, déterminée. Cette Sucre, elle était comment ?

Les bagues de Vuillemin cliquetèrent sur la table avec nervosité.

— Eh bien… Difficile à dire, vu l'état dans lequel elle était. Brune, ça, oui… Jolie, sans doute…

Estel demeurait figée.

Un client pas commode.

Mais tout est cool, Estel. Il m'a largement dédommagée.

La voix de l'escort lui revenait, comme si elles avaient discuté la veille. La fumée de ses affreuses cigarettes de contrefaçon s'élevant en cercles tremblotants autour d'elles. Et les silences de Sucre, chaque fois qu'Estel essayait de lui en faire dire davantage.

Fin d'année. Les dates coïncidaient.

— Je ne comprends pas. Pourquoi est-ce que vous me racontez ça ? À part pour m'apprendre que Dardeau est un queutard dégueulasse, comme la plupart des mecs ? Je sais déjà très bien pour quel genre d'homme je travaille.

La jeune femme haussa les épaules.

— Ce qu'il fait, c'est plus que le comportement d'un simple « queutard », comme vous le dites. Il a besoin de dominer les femmes. De les faire souffrir. Combien en a-t-il réellement violées ? Et je vous assure que ce n'est pas juste un raccourci. C'est exactement ce que pensait son épouse. Elle était persuadée que son mari lui cachait des trucs graves…

— Sans en avoir la moindre preuve, souligna Estel.

— Elle comptait fouiller dans ses papiers pour en découvrir. Et vous savez quoi ? Je suis persuadée qu'elle avait trouvé. Elle m'a appelée, il y a une dizaine de jours. Totalement paniquée. Elle voulait absolument me revoir pour tout m'expliquer. C'était au sujet de son mari, de ce qu'il faisait avec des mannequins…

— Des mannequins ?

— Une école de mannequins, très précisément. Elle était surexcitée, et je n'ai pas vraiment compris tout ce qu'elle racontait. Je n'étais pas disponible tout de suite, je lui ai dit que notre rendez-vous devait attendre. Sauf que, quelques jours plus tard, elle se suicidait. Ce qui me fait penser…

Elle marqua une hésitation.

— Ce qui vous fait penser… ? s'impatienta Estel.

— Je ne sais pas exactement, admit la jeune femme. Tout ce que mon instinct me dit, c'est que son mari a de grandes chances d'être impliqué dans son suicide, d'une manière ou d'une autre. Si jamais il y a une enquête, je suis sûre qu'on trouvera qu'il était sur place, ou pas loin… Vous ne croyez pas ?

Estel réfléchit.

Très vite.

Elle n'aimait pas ce qui se passait en elle.

Cette sensation de flottement tenace qui s'enroulait autour d'elle, refusant de la laisser tranquille.

Elle cligna des yeux. Le monde toujours un peu flou.

Mais elle restait parfaitement droite sur le siège.

— Non, je ne le crois pas. Parce que vous vous trompez complètement.

— Vraiment ?

Estel chercha ses mots.

Elle ne pouvait lui révéler la vérité. Parce que ce qui s'était passé *en réalité* était pire que tout ce que cette fille s'imaginait.

Mais ce salaud de Dardeau avait raison. Encore maintenant, comme sur tout le reste. *Personne* ne devait savoir qu'elle se trouvait sur les lieux quand Nadia s'était jetée dans le vide. *Jamais*. Cela la mettrait dans une situation intenable.

Vuillemin pencha la tête sur le côté. Une mèche rebelle échappa au béret et se déroula le long de sa joue.

— Vous êtes sûre que ça va ? Vous faites vraiment une drôle de tête.

Si seulement tu savais ce que je sais...

Estel s'humecta les lèvres. Son visage aussi neutre que possible.

— Écoutez, Lucille. Je me trouvais avec Aymeric Dardeau au moment où sa femme s'est donné la mort. À Paris, à trois cents kilomètres de là. Dardeau était hospitalisé avec une blessure grave. Et vous savez pourquoi il était blessé ?

— Pourquoi donc ?

— Parce que sa femme l'avait attaqué à l'arme blanche. Nadia Dardeau était psychotique. Aymeric Dardeau a failli y rester.

La jeune femme fronça les sourcils. Tout son visage tremblait imperceptiblement.

— Vous êtes sûre que ce n'est pas une de ses histoires ? C'est lui qui vous a raconté ça, je présume ?

— Je vous explique que j'étais à l'hôpital avec lui ! cingla Estel, qui commençait à perdre patience. J'ai vu ses points de suture ! Qu'est-ce qu'il vous faut de plus ? Sa femme avait peut-être trouvé la photo d'une de ses conquêtes, cela ne change rien à ce qu'elle a fait. C'était elle, le danger !

— Et si Nadia avait découvert encore pire ? Une preuve du mal que fait Aymeric ?

— Si cette preuve existait, alors elle a disparu avec elle, conclut Estel.

Vuillemin croisa les bras sur sa veste léopard.

— C'est la parole de ce salaud contre la parole d'une morte, hein ?

— On dirait bien.

— Tellement pratique…

Estel empoigna son verre. Il était vide.

— Et les dix minutes sont écoulées.

Elle s'éjecta presque de sa chaise, se cogna contre le mur au passage. Elle jeta un billet sur le bar.

— Je pense que vous perdez votre temps, ajouta-t-elle avant de s'en aller. Il n'y a pas de mystère, pas de complot, Lucille. Juste une tragédie que vous montez en épingle. Je vous demande d'arrêter vos délires une fois pour toutes. Sinon, c'est moi qui témoignerai contre vous. Pour harcèlement. Et, contrairement à vous, j'aurai des preuves concrètes.

65

Elle n'avait pas craqué.

Pas encore.

Estel gravit les rues de Montmartre, au pas de course. Un fin rideau de pluie tombait sur l'immensité de Paris. Des odeurs de crêpes et de chocolat flottaient autour d'elle. Elle finit par s'abriter sur le côté du Sacré-Cœur et, le regard perdu à l'horizon, récupéra son carnet dans son sac. Sur une page vierge, elle écrivit la liste de prénoms qui occupaient son esprit :

Sucre
Nadia
Lucille

Elle hésita. Songea à ce que lui avait dit la jeune femme et nota en dessous : « *École de mannequins* ». Elle ajouta une succession de points d'interrogation à la suite de ces derniers mots, les souligna plusieurs fois, et soupira. C'était ridicule. Ces théories du complot ne rimaient à rien.

Elle déchira la petite feuille du carnet, le rangea dans son sac et s'empara de son téléphone.

Ridicule, oui.

Mais plus fort qu'elle.

Elle avait conservé le numéro de Sucre en mémoire.

Elle effleura la touche d'appel.

Une voix enregistrée lui annonça calmement que ce numéro n'était pas attribué.

Estel demeura immobile face à Paris déployée à perte de vue, et sous le ciel qui semblait noircir à chaque instant.

— Qu'est-ce qui m'arrive, putain ? lança-t-elle au vide.

Elle ne le savait pas encore.

Mais, observant la pluie qui se densifiait, elle songea qu'elle n'avait qu'une façon de le savoir vraiment.

Clément Droux.

D'abord, Nadia Dardeau se trouvait dans son établissement quand elle l'avait croisée. Quand elle avait dû maîtriser cette femme et la sortir de force du Grand Paris.

Ensuite, Sucre, qui avait travaillé pour lui durant des mois, s'était fait rabaisser par tous ces hommes pour quelques centaines d'euros.

S'était fait démolir le portrait par Aymeric Dardeau.

Le visage de la jeune escort ne quittait pas ses pensées.

Ni les impossibles coïncidences qui s'accumulaient.

Estel voulait comprendre dans quoi elle avait mis les pieds.

Il le fallait.

Avant qu'il ne soit trop tard.

66

Aucune réponse à l'interphone.

Bellefonds pressa de nouveau la sonnette de Djebbari. Elle allait repartir, dépitée, quand une dame sortit de l'immeuble.

Par réflexe, elle attrapa la porte avant qu'elle ne se referme et se décida à entrer dans la vieille bâtisse parisienne. La cage d'escalier sentait la moisissure et la soupe à l'oignon.

Elle gravit les marches jusqu'au quatrième et dernier étage. Le détective privé habitait au fond du palier.

Elle frappa à sa porte.

Toujours sans susciter la moindre réaction.

Bien.

Il n'était vraiment pas là.

La minuterie s'arrêta, plongeant le palier dans la pénombre. La policière tâtonna le long du mur jusqu'à trouver l'interrupteur.

Elle l'actionna, mais resta figée.

Elle venait de sentir l'odeur.

Très légère. Et pourtant tenace.

Elle revint devant la porte et n'eut plus aucun doute. L'odeur provenait de là.

Elle frappa de nouveau. Plus nerveusement.

— Monsieur Djebbari ? C'est Delphine Bellefonds. Vous êtes là ?

Silence.

Elle posa la main sur la poignée.

La porte s'ouvrit.

La policière pénétra dans l'appartement.

L'odeur fut aussitôt plus forte. Acide. Elle faisait remonter l'estomac dans un réflexe atavique. Bellefonds la connaissait bien. Une fois qu'on avait été en contact avec les relents de la putréfaction humaine, on ne pouvait plus jamais l'oublier.

Elle sortit son arme de service de son sac. Traversa le salon. Canapé élimé. Télévision énorme. Affiches de vieux westerns sur les murs.

Il n'y avait personne dans la cuisine. Bellefonds découvrit une assiette posée sur la table. De la nourriture s'y trouvait, recouverte d'un voile de moisissure verte.

Le fond de l'appartement comportait deux portes.

La chambre, déserte. Lit défait.

Et la salle de bains.

La porte était entrouverte.

Les remugles de décomposition s'échappaient de cet endroit.

Quand elle s'approcha, Bellefonds perçut le bourdonnement des mouches.

Elle poussa la porte.

Alioune Djebbari lui tournait le dos.

À genoux sur le carrelage, mains attachées dans son dos, il était plié en deux par-dessus la baignoire.

La policière s'approcha du cadavre.

La tête du détective était plongée sous l'eau dont la couleur oscillait entre le marron et le jaune.

— Putain, s'étrangla-t-elle, à demi asphyxiée par l'odeur pestilentielle.

Il y avait une autre forme, flottant dans l'eau saumâtre. Une masse indistincte recouverte d'asticots. *Roosevelt*, le chat de Djebbari.

La petite dépouille était démantelée, comme si on lui avait brisé toutes les vertèbres.

À mains nues ?

Bellefonds ravala une salive au goût infect.

Comme pour se moquer d'elle, son téléphone émit un carillon dans sa poche, la faisant sursauter. SMS de Falconnier. L'ICC lui annonçait qu'il venait d'arriver à la gare.

Elle appela d'abord le central pour demander du renfort.

Puis elle répondit au texto de Falconnier, lui expliquant qu'il allait y avoir un changement de programme.

67

14 h 45.

Droux était réglé comme une horloge. Il n'y avait aucune raison qu'il ait changé ses habitudes au cours du mois écoulé. En cet instant, il devait à peine sortir de la douche. Il quitterait son immeuble à 15 heures précises, comme chaque jour.

Estel sourit en apercevant le garde du corps qui la remplaçait. Il était déjà au garde-à-vous devant la Porsche Panamera : un grand gaillard blond aux yeux bleus, mâchoire carrée et épaules larges, tout de noir gainé dans un costume Hugo Boss parfaitement ajusté. Il aurait fait la fierté du Reich allemand quelques décennies auparavant. Estel remarqua qu'il portait une oreillette aussi inutile qu'ostentatoire, étant le seul personnel de sécurité présent. Un gros besoin de frimer. Cela en disait long sur l'individu.

Le bel Aryen bomba le torse dès qu'il aperçut Estel.

— Bonjour.

— Te fatigue pas, je vais parler à ton patron. En espérant qu'il a déjà enfilé son pantalon.

Le visage du garde du corps se plissa d'un coup.

— Ce ne sera malheureusement pas possible, mademoiselle.

Il s'interposa devant la grille du porche.

— Vous devrez prendre un rendez-vous avec…

Elle ne lui laissa pas finir sa phrase et lui rentra dedans, avec une vive délectation. Elle avait visé la clavicule. Le choc fut direct, elle sentit la vibration de l'os. Enchaînement sur les tempes, du tranchant de ses deux mains, puis au plexus solaire, poing fermé, de toutes ses forces.

L'homme émit un gémissement de douleur. Il vacilla. Mais, contrairement à ce qu'Estel attendait, il ne s'écroula pas à ses pieds.

Plus solide que la moyenne, celui-là.

Avec un rugissement de colère, il lui renvoya un uppercut en pleine poitrine. Ce fut au tour d'Estel de reculer, secouée par la violence du coup.

Elle attaqua à nouveau, l'homme esquiva, agrippa son poignet.

Il lui plia le bras.

Douleur immédiate.

— Petite salope. Tu vas voir !

Il passa dans son dos, changeant sa prise en minutieuse clé d'étranglement.

Estel s'arc-bouta. Sa carotide et sa trachée étaient déjà comprimées. Des taches noires papillonnèrent dans ses rétines.

Elle donna des coups de pied en arrière, se débattit en tous sens pour se dégager. L'étranglement était mal maîtrisé. Le petit soldat aimait parader, mais il n'était pas si redoutable qu'il l'aurait aimé. Ce genre de prise aurait dû la mettre au tapis en un instant.

— C'est tout vu… Tu étrangles… comme un flic… marmonna-t-elle d'un timbre rauque.

Un brusque mouvement de bassin, et elle glissa hors de l'étreinte. Avant que le garde du corps ne se reprenne, elle lui envoya son coude en pleine arête nasale. Craquement sec. Le sang l'éclaboussa.

Ce délicieux goût salé sur sa langue.

Elle donna un deuxième coup de coude. Puis un troisième, du haut vers le bas, sur l'articulation acromio-claviculaire. Pour briser.

Cette fois, l'homme tomba à genoux.

Il la saisit à bras-le-corps. Un étau musculeux.

Estel envoya la pointe de sa chaussure dans ses testicules.

Cela mit instantanément fin à l'affrontement.

L'homme bascula, face contre terre, avec un long gémissement aigu.

— Bon chien, dit-elle en le faisant rouler du pied. Tu as encore quelques trucs à apprendre dans ce métier.

Par pure précaution, elle ajouta un ultime coup de talon entre ses jambes, qui suscita une jérémiade plus aiguë encore.

La voie était libre. Direction la grille. Elle connaissait le code. Elle monta quatre à quatre les marches de l'escalier et tambourina contre la porte de l'appartement.

— Clément ! Sors de là tout de suite !

La porte s'entrouvrit. Son ex-patron, cheveux gras en épis, avait les tempes maculées de mousse à raser. Comme elle l'avait imaginé, il n'était encore vêtu que d'un pantalon à pinces. Son torse nu dévoilait son ventre flasque qui débordait devant lui, et les touffes de poils gris qui parsemaient son torse, sous son énorme chaîne en or.

— C'est une blague ? s'étouffa-t-il. Dolf t'a laissée passer ?

— Parce que bien sûr il s'appelle Dolf, grogna-t-elle en forçant son entrée. Je ne sais même pas pourquoi je suis surprise.

— Sors de chez moi tout de suite ! lui ordonna Droux, qui reculait à pas prudents. Ne t'avise pas de me toucher…

— Ce n'est pas l'envie qui me manque. Mais tu comptes faire quoi pour m'en empêcher ?

Elle avança vers lui plus vite qu'il ne reculait. Elle le poussa à travers la pièce jusqu'à lui faire heurter le mur. Elle pressa son avant-bras sur sa gorge, le faisant suffoquer en quelques secondes.

Elle vit la peur dans son regard et elle se sentit puissante.

— Arrête… Je peux pas… respirer…

— C'est le but.

Elle relâcha la pression. Juste assez. Il toussa, mais était incapable de bouger.

— Qu'est-ce que tu veux, enfin ?

— Nadia Dardeau, d'abord.

— Quoi ? La folle ?

— Et ensuite, Sucre. Tu te souviens d'elle, j'espère ?

Droux regarda le plafond.

— Oh, ça.

— Ouais, ça. Elle s'était fait tabasser par un client en décembre dernier. Ça ne te gênait pas trop, hein ?

— Quand elle en a eu vraiment marre, elle s'est barrée. Je l'ai pas retenue, que je sache.

— Parce que ça t'arrangeait bien ! Mais maintenant, je veux des explications !

Elle le frappa du genou sous les côtes pour lui montrer qu'elle ne plaisantait pas. Droux haleta. Ses yeux se mirent à luire, de peur, de rage, ou des deux.

— Plus vite tu me donnes mes réponses, plus vite je suis repartie, insista Estel. Commence par Sucre, et pas de plaisanterie.

— J'oserais pas, trésor.

Il planta son regard dans le sien. Même menacé, il ne pouvait s'empêcher de la prendre de haut.

— Je connais pas la vie de ta copine. J'ignore même son vrai nom, d'accord ? Elle est majeure, elle peut bien faire ce qu'elle veut de son cul ! Depuis son départ, j'ai pas eu de nouvelles et j'en attends aucune. Je me doutais bien qu'elle partirait comme elle est arrivée.

— C'est-à-dire ?

— Comme une princesse. Je me souviens du jour où elle a débarqué au club. Tous seins dehors. Robe fendue jusqu'au string. Maquillée comme un camion volé. Elle savait très bien ce qu'elle faisait. Elle est venue directement me voir pour me demander la permission de travailler tranquille.

— En échange de ta protection, bien sûr ?

— Tu connais la musique, bébé.

— On se calme avec les petits noms, lui intima Estel en le repoussant.

La tête de Droux cogna contre le mur, à côté d'une photo où il posait fièrement avec la chanteuse Rihanna. Il gémit.

— D'accord, d'accord. Écoute, Sucre faisait ce qu'elle voulait avec ces types, tant que je m'y retrouvais.

— Y compris quand elle se faisait casser la gueule ? Tu t'y retrouvais bien ?

— Qu'est-ce que tu veux que je te dise ? Bien sûr qu'elle gagnait davantage quand c'était un peu plus chaud. Mais elle aimait l'argent. Elle était consentante pour tout ce qu'elle a pu faire. Elle s'est jamais plainte de quoi que ce soit. Mais pourquoi ça t'intéresse subitement ? Me dis pas que tu fais une crise de jalousie ?

Estel plissa les yeux.

— De quoi tu me parles ?

— Je suis pas aveugle. Tout le monde avait remarqué votre petit jeu. Les pauses clope à l'arrière. Les petits tête-à-tête entre filles. Toi aussi, t'as bien le droit de faire ce que tu veux de ta vie intime, hein.

Elle le repoussa de nouveau contre le mur. La photo sous verre trembla.

— Qu'est-ce que tu insinues, putain ?

— Tu veux que je te fasse un dessin ? Elle était bonne au lit, au moins ? Moi, elle a toujours refusé.

Ce fut plus fort qu'elle. Estel lui balança un coup de poing dans l'estomac. Droux cria de douleur. Il aimait bousculer les autres, mais avait rarement été lui-même victime.

— Je n'aime pas les filles, espèce de connard !

Le directeur éclata de rire.

— Sans déconner ? Tu viens t'offusquer des conditions de travail d'une escort de seconde zone, mais finalement c'est qu'on te prenne pour une gouine qui te blesse le plus ? Tu as vu ton look, bon sang ? Tu as tant de mal à assumer que ça ?

Cet enfoiré réussissait à la rendre honteuse de sa propre réaction.

Elle se souvint que c'était la spécialité de Droux. Les mots. Les duperies.

— Arrête de m'embrouiller ! lui ordonna-t-elle entre ses dents. Le client qui avait fait ça à Sucre, en décembre dernier, tu sais qui c'était ? Un habitué du club ?

Il ne quitta pas son regard. Ses bajoues avaient beau frémir, il ne parvenait pas à perdre son arrogance naturelle.

— Évidemment que je sais de qui il s'agit. C'est Aymeric Dardeau.

— Parce que tu le connais ?

— T'es vraiment aussi bête ? C'est juste pour ça que tu es venue ici ? Tu ne t'en rends compte que maintenant ?

— Rendre compte… de quoi ?

Dans l'escalier, un brouhaha se fit entendre. Des pas précipités.

— Aymeric est un ami. Il suffisait de me le demander, si tu voulais le savoir.

Elle eut l'impression que le sol s'ouvrait sous ses pieds.

— Il sait que… je travaillais pour toi jusqu'au mois dernier, alors ?

— Bon sang, mais tu ne t'es même pas posé la question un seul instant ? Il cherchait quelqu'un pour sa sécurité, c'est moi qui lui ai filé ton numéro. Je lui ai assuré que tu étais la personne qu'il lui fallait, qu'il le regretterait pas.

— C'est une *blague* ?

La cavalcade sur les marches arriva sur le palier. Du coin de l'œil, Estel aperçut le dénommé Dolf. Il avait encore du sang sur le visage et des taches écarlates sur sa chemise. À présent, il était accompagné par un deuxième homme en costume, tout aussi blond et baraqué.

Estel s'écarta d'un pas de Droux. Elle était encore sous le choc, et les questions se multipliaient dans son esprit.

— Tu n'en as pas eu assez ? lança-t-elle au garde du corps. Et, mon Dieu, tu as demandé du renfort pour affronter une fille ? Ça doit mettre un sacré coup à ta testostérone !

Les deux hommes pénétrèrent dans la pièce sans un mot.

Dolf, prudent, avait désormais une matraque à la main. Il la fit tournoyer.

— Les garçons, ça ira, leur annonça Droux. Je n'ai pas besoin de vous.

Ils firent halte.

— Vous êtes sûr, patron ?

— Affirmatif. Mon amie Estel est simplement venue me poser une ou deux questions. Elle va avoir ses réponses.

Il pivota vers elle en grattant son torse velu. Son sourire s'agrandit.

— Que ça lui plaise ou non, d'ailleurs.

68

— T'es contente, là ? C'est toi qui as insisté pour tout savoir.

Clément Droux avait attrapé une serviette et se la passa sur le visage pour en essuyer les restes de mousse à raser.

— Je connais Aymeric depuis des années. Il sait qu'il peut me faire confiance les yeux fermés quand je lui donne un conseil.

Estel tressaillit presque convulsivement. Quand ils avaient abordé la question, le jour de leur rencontre, l'écrivain avait seulement évoqué ses anciens collègues du Grand Paris, omettant le détail principal. Elle sentit une partie de ses certitudes s'effondrer, et elle n'aimait pas cette sensation de vide sous elle.

Droux tendit la main vers sa chemise posée sur le dossier d'une chaise.

— Je peux m'habiller, maintenant ?

Estel fit un pas en arrière pour lui libérer le passage.

— Par pitié, oui. J'ai assez vu ton corps d'Apollon pour mes cauchemars des dix prochaines années.

Il enfila sa chemise sans relever l'insulte.

— J'ai toujours été de ton côté, poursuivit-il d'une voix mielleuse.

— Me fais pas rire.

— Je suis sérieux. Tu es la meilleure. Tu as vu les bras cassés avec lesquels je dois travailler maintenant ?

Tout en secouant son veston bleu marine, Droux lança un regard dédaigneux en direction des deux hommes qui attendaient toujours ses ordres, à côté de la porte. Dolf serra sa matraque et essuya un peu de sang qui continuait de suinter à ses narines.

— C'est drôle, non ? Tu me dois ton emploi, et tu ne t'en doutais même pas !

Estel sentit la colère palpiter en elle. De plus en plus vive.

— D'abord, non. Je te dois mon absence d'emploi. À cause de toi, j'ai été blacklistée dans toute la profession.

— Ouais, d'accord. Mais j'ai eu des remords, comme tu peux le constater.

Elle l'évalua alors qu'il ajustait son veston et tirait sur le col de sa chemise. Pas la moindre empathie. Cet homme était pire qu'un serpent.

— Je ne te crois pas, Clément. Tu mens en permanence. À tout le monde. Ça a toujours été ton truc.

— Tu ne projetterais pas sur moi tes propres défauts, petite ?

— Et Nadia Dardeau ? interrogea-t-elle sans lui laisser la possibilité de changer de sujet. Tu la connaissais, elle aussi ?

Droux lui offrit son sourire habituel, chafouin.

— Pas elle, non. Bien sûr, Aymeric m'avait raconté à quel point elle était cinglée. Il avait pas tort. La seule et unique fois où je l'ai vue, c'est quand elle s'est pointée comme une furie dans mon bureau. Elle venait d'apprendre que son mari se tapait des putes, visiblement. Ça l'avait mise dans tous ses états.

— Tu vois bien que tu mens, le coupa Estel. Nadia savait déjà qu'il la trompait. Si elle était venue au club, c'est uniquement parce qu'elle avait trouvé une photo de Sucre tabassée par Aymeric. Elle avait peur que ça ne cache plus grave…

Droux fronça les sourcils. Pour la première fois, Estel lut une vraie surprise sur son visage bouffi. C'était déjà une victoire en soi.

— D'où tu connais cette histoire de photo, toi ?

— Peut-être que je suis pas si bête que tu te l'imagines.

Il secoua la tête.

— Peut-être bien, en effet… Ouais, d'accord, elle braillait qu'elle avait discuté avec Sucre, qu'elle savait que la petite traînait dans mon club, et bref, elle en voulait à la terre entière. Elle était défoncée, elle aurait tout cassé, juste pour se passer les nerfs. Mais tu l'as bien constaté, tu étais là, non ? Et, d'après ce que tu me dis, tu en sais plus que moi sur l'affaire. Pourquoi me poses-tu ces questions…

Son ton changeait peu à peu. Plus sinueux. Jusqu'à redevenir narquois.

— … car *toi*, tu la connaissais bien, cette femme… C'est pas vrai ?

— Qu'est-ce que tu racontes ?

— Sans rire ? Tu ne te souviens pas ?

— De quoi je devrais me souvenir ?

Il risqua un pas vers elle, une lueur de défi dans le regard.

— Quand tu l'as sortie du club, j'ai bien vu qu'elle s'en prenait à toi aussi. Je sais pas ce qu'elle te disait, mais ça semblait très personnel. Je me trompe ?

L'assurance d'Estel s'érodait. Elle se remémorait la scène en détail. Elle se souvenait avoir saisi Nadia Dardeau par les bras, pour l'empêcher de se débattre, et de l'avoir tirée de force hors du bureau de Droux. Pendant qu'elle la traînait vers la sortie, la femme lui hurlait des insultes pour qu'elle la laisse tranquille. Rien de plus.

— Elle te traitait de monstre, Estel. Elle disait qu'elle te reconnaissait, qu'elle savait qui tu étais, ce que tu faisais, ou je ne sais quoi dans le goût-là. Me dis pas que j'invente. Il y a des témoins. Toute l'équipe l'a entendue.

Estel secoua la tête, ouvrit et referma la bouche. Une vive panique l'envahissait désormais.

— Mais elle était défoncée, à ce moment-là, se défendit-elle.

— C'est bien ce que je te dis, renchérit Droux. Elle était délirante.

Elle comprit subitement ce qu'il faisait. Sa capacité à manipuler ses interlocuteurs était inhumaine.

— Arrête de te moquer de moi !

Elle colla la paume de sa main sur la poitrine de son ex-patron, le repoussant une nouvelle fois contre le mur.

Les deux gardes du corps commencèrent à s'approcher, prêts à défendre leur employeur.

— Tout le monde se calme, tempéra une nouvelle fois Droux. Estel, tu me lâches, maintenant ? S'il te plaît ?

Elle maintint sa main contre lui et son regard droit dans le sien.

— Tu essaies de me retourner le cerveau. Ça ne marchera pas.

— Qui t'a mis cette idée dans la tête ? Je crois que tu es déjà assez cramée comme ça, ma pauvre amie. Il n'y a que toi qui ne le vois pas.

Estel fulminait intérieurement. Elle aurait aimé lire dans ses pensées. Comprendre ce qu'il manigançait. Pourquoi tout le monde lui cachait tellement de choses. L'homme tremblait, pourtant, sous sa posture impertinente. Il dégageait l'odeur de la peur. Sueur et hormones.

Mais se pouvait-il qu'il ait raison ?

Que sa propre mémoire lui joue des tours ?

Estel songea à ses malaises. À tous ces trous noirs dont elle ne se rappelait rien.

Impossible.

— Je sais qui je suis, murmura-t-elle d'une voix étouffée, autant pour lui que pour elle-même.

— Ça me rappelle un film, railla Droux.

— Arrête d'essayer d'inverser la situation, putain !

Elle attrapa le revers de son veston et le secoua. Son dos cogna contre le mur, à tel point que la photo avec Rihanna se détacha. Le verre se brisa sur le parquet.

Les deux agents de sécurité n'attendirent plus. Ils foncèrent sur elle.

Estel lâcha Droux une fraction de seconde avant d'être percutée par le plus jeune.

Ils s'écrasèrent contre le mur. Le garçon tenta de la saisir, elle se défila, et ce fut elle qui lui empoigna le bras.

Torsion. Son adversaire tomba au sol en couinant.

Estel mit fin à cette menace d'un coup de pied à la tempe. Le jeune homme s'écroula. Sonné.

Dolf plongea sur elle, sa matraque brandie.

Il fut reçu par un coup de genou entre les jambes. Il cria une onomatopée, qui devait être une insulte.

Estel avait déjà agrippé le poignet qui tenait l'arme. Elle comprima les points nerveux avec des doigts de fer.

Dolf lâcha prise. Estel fit aussitôt passer la matraque dans sa main et le frappa avec, en pleine poitrine. Le garde du corps fut repoussé contre une armoire. Il se recourba, estomaqué. Estel n'oubliait pas sa résistance exceptionnelle. Elle le frappa encore, visant le visage cette fois. Elle entendit l'os de la pommette craquer. Un autre coup à la tempe. L'homme cracha du sang.

— Couché ! cria-t-elle. Allez !

Elle frappa encore.

Elle ne s'arrêta que lorsque son adversaire se décida à tomber à genoux.

Il se recroquevilla contre l'armoire. Ses cheveux blonds gominés désormais souillés de lignes écarlates.

— Arrête, supplia-t-il.

Alors seulement cessa-t-elle ses coups.

— Il suffisait de le demander gentiment.

Elle se tourna vers Droux.

L'homme la dévisageait avec gravité.

Mais il dégageait aussi une forme de fierté bravache.

— Tu n'aurais pas dû me quitter, Estel. Tu vois à quoi tu es bonne ? Tu as tout gâché parce que tu t'imagines une autre vie. Mais c'est ce que tu es. C'est qui tu es.

— Je sais qui je suis, répéta-t-elle en jetant la matraque ensanglantée aux pieds de Droux.

Avant de s'en aller, elle contempla une dernière fois les deux agents de sécurité à terre. Le plus jeune attendait qu'elle s'en aille sans oser bouger. Quant à Dolf, toujours prostré au pied du meuble, il pleurait en silence, ses doigts pressés contre son visage. Les tortillons de son oreillette se balançaient sur son épaule.

Estel ne put réprimer un sentiment de satisfaction délicieux et insupportable.

Je sais très bien qui je suis.

Ce n'est pas à moi de me plier à ce que veulent les autres.

Ni maintenant, ni jamais.

69

Un assassinat.

Cela voulait dire un premier corps identifié, finalement !

Non sans une vive excitation, carte tricolore brandie, Quentin Falconnier franchit le filtrage au pied de l'immeuble et s'engouffra dans le minuscule escalier en colimaçon. Il pénétra dans l'appartement où l'Identité judiciaire s'affairait déjà. Photographies. Recherches d'empreintes, de traces de chaussures. Récupération de documents personnels, du contenu des poubelles. Des gestes routiniers, indispensables.

Plusieurs personnes portant des masques chirurgicaux patientaient devant la salle de bains, où le médecin examinait le macchabée plié en deux contre la baignoire, dans le bourdonnement entêtant des mouches.

— Delphine Bellefonds ?

Une femme aux cheveux de feu attachés en queue-de-cheval se retourna vers lui.

— Quentin ! Désolée de t'accueillir dans ces circonstances… mais c'est très bien que tu sois ici !

Elle s'écarta de ses collègues pour venir lui parler sans les déranger. Falconnier eut l'impression de se perdre dans ses yeux bleus d'une absolue pureté.

Même avec son visage en partie dissimulé par le masque, la beauté de cette femme était évidente.

— On peut dire que tu as eu du flair, enchaîna-t-elle. Quelqu'un essaie d'effacer ses traces. Il est allé jusqu'à assassiner pour ça.

Le jeune investigateur s'éclaircit la gorge. Du coin de l'œil, il apercevait la tête de l'homme sortie de l'eau marron. La chair était devenue grisâtre.

— C'est le détective privé dont tu m'as parlé ? Celui qui t'avait fourni la photo ?

— Il ne répondait pas à mes appels pour une raison évidente, fit Bellefonds.

— Torturé, renchérit le médecin penché au-dessus du corps. Et pendant des heures, à en juger par l'accumulation des ecchymoses.

Il plaça du papier kraft sous la tête du cadavre pour l'empêcher de replonger sous la surface et balaya l'air pour chasser les nuées d'insectes. La puanteur était insupportable, même hors de la salle de bains. Falconnier essaya de respirer par la bouche.

Le médecin s'écarta de la baignoire et ôta ses gants en latex. Son masque chirurgical bleu contrastait avec ses cheveux et sa barbe blancs comme neige.

— Vous pouvez embarquer le corps. J'ai fini mon examen préliminaire.

Il sortit de la pièce pour s'adresser à la poignée de policiers :

— Comme vous avez dû le voir, il y a des traces de coups sur l'ensemble du corps de la victime. Une bonne moitié des côtes brisées. En outre, la chair autour des liens est profondément creusée, il est à peu près certain que cet homme était ligoté depuis le départ. Il a tiré comme il a pu pour se libérer, mais les nœuds étaient solides.

— On l'a tabassé comme si on voulait lui extorquer des informations ? releva le lieutenant Bellefonds.

Le médecin hocha la tête.

— Il n'était pas bâillonné. Il pouvait parler, ça c'est certain. Tout ce que je peux vous certifier à ce stade, c'est que le corps n'a pas été déplacé. Le passage à tabac s'est déroulé dans cette salle de bains. La personne qui s'en est chargée, en supposant qu'il n'y en ait qu'une, n'y est pas allée de main morte. Vous voyez les gouttelettes de sang sur les murs ? Ça vous donne une idée de la violence des coups. Selon moi, on plongeait régulièrement la tête de cet homme dans la baignoire pour l'emmener près de la suffocation, puis on le sortait pour qu'il puisse reprendre son souffle, et on recommençait à lui taper dessus. Maintenant, seule l'autopsie pourra vous préciser si ce sont ces coups ou la noyade qui l'ont tué.

— Une date approximative pour le décès ? interrogea la policière.

— La putréfaction est déjà avancée. Il semble que la deuxième escouade de mouches soit déjà en train d'investir le terrain, ce qui ferait remonter la mort à au moins trois semaines. L'analyse des pupes donnera une date plus précise, bien sûr. Je ferai les mêmes tests sur la dépouille du chat.

Bellefonds le remercia et le laissa prendre congé.

Elle se retourna ensuite vers Falconnier :

— Quentin, voici Sophie Pouget et Gauthier Picard, qui travaillent dans mon groupe PJ. Je leur ai parlé de toi, et j'ai prévenu la hiérarchie de ton arrivée, histoire d'officialiser ta présence. Il faudra juste s'arranger avec le procureur, pour savoir si nous avons une cosaisine entre Paris et Marseille.

Les deux collègues qu'elle venait de lui présenter le saluèrent d'un mouvement de tête avant de rejoindre l'équipe scientifique qui quadrillait les lieux pour orienter les recherches.

— Je me suis permis de prendre les devants, précisa Falconnier à voix basse. J'ai eu le proc' de Marseille au téléphone il y a dix minutes. Il est d'accord sur le lien entre ce meurtre et mon affaire, il se charge de contacter son homologue parisien pour qu'on puisse travailler ensemble. La notification de la cosaisine va arriver à la DPJ dans la journée, si ce n'est pas déjà fait.

La policière haussa les sourcils.

— Au moins, toi, tu es une personne pleine d'initiative !

— Je fais de mon mieux, répliqua-t-il d'un ton qu'il espérait désinvolte. Autant qu'on me laisse le faire…

— Ne m'en parle pas ! s'exclama Bellefonds avec un grand geste dramatique. Il faut toujours pleurer pour que l'administration se bouge, hein ?

Ils s'écartèrent pour laisser passer les techniciens, qui protégèrent les mains du cadavre avec du papier kraft. Une manucure serait effectuée lors de l'examen médico-légal pour rechercher des indices éventuels sous les ongles.

— Prenons un peu l'air, proposa Bellefonds en lui donnant un coup de coude. Cela fait une heure que je tourne en rond dans cette infection et ces foutues mouches…

Ils s'isolèrent sur le palier. Elle ôta son masque et Falconnier put découvrir la totalité de ses traits ronds et purs, à la beauté presque naïve. Des taches de rousseur déposaient comme une poudre d'étoiles sur ses pommettes et le dessus de son nez droit.

— Je t'ai dit que j'avais reçu un e-mail de Djebbari vendredi dernier, n'est-ce pas ? On sait maintenant qu'il n'était plus de ce monde depuis un certain temps.

Quelqu'un s'est fait passer pour lui. Il l'a torturé pour obtenir ses identifiants. Et il espérait que je détruirais la photo en ma possession…

— Cette personne se croit rusée, répliqua Falconnier. Je t'assure qu'on va lui montrer ce qu'il en coûte.

Il contempla les agents qui entraient et sortaient de l'appartement, les mains chargées de sachets contenant des éléments sous scellés.

— Je vais passer au crible tous les supports digitaux, ajouta-t-il. C'est mon domaine. On peut retrouver des indices étonnants avec les bons logiciels.

— Tes compétences nous seront précieuses. À condition qu'on trouve du matériel à analyser. Parce que jusqu'ici, tout semble avoir disparu. Ordinateur, tablettes, disques durs… On a fait un beau ménage par le vide.

Il haussa les épaules, nullement découragé.

— Cela ne va pas nous arranger, c'est certain. Mais on va trouver. Il y a *toujours* un détail que les salauds oublient. D'ailleurs, Djebbari n'avait pas un bureau où il aurait pu conserver des archives ?

La moue de Bellefonds était déjà une réponse assez claire.

— Des collègues y sont, mais c'est le même topo. Tout le matériel informatique a été embarqué. On n'a même pas de téléphone, et je sais qu'Alioune en avait au moins deux. Un pour sa vie privée, un autre pour ses affaires.

— Des papiers ? suggéra encore Falconnier. Comme ses dossiers clients, par exemple ?

— Non plus. Dans mon souvenir, il y avait des classeurs plein son armoire, mais d'après ce que les collègues m'ont annoncé, tous les meubles sont maintenant vides. Son assassin n'a rien laissé au hasard. On veut nous empêcher de remonter à quelque chose.

Elle le fixa avec des yeux emplis d'espoir.

— Tu as une idée de ce que c'est, n'est-ce pas ?

— C'est pour cette raison que je suis ici.

Il souleva sa sacoche.

— J'ai apporté une vidéo sur mon ordinateur, comme je te l'avais promis. Tu as un endroit au calme pour visionner à peu près une heure d'horreur pure ?

70

Deux ans auparavant

Estel était revenue, finalement.

Mais son visage restait fermé. Son regard mélancolique. Nul besoin d'être devin pour comprendre qu'elle avait pleuré. Depuis des jours. Elle n'essayait même plus de se maquiller. Tant pis si on apercevait les ecchymoses laissées par son travail. Les gens étaient à cran durant les fêtes de fin d'année. Il y avait eu de l'action.

Elle avait coupé ses cheveux elle-même, la veille. Un coup de sabot, encore plus court que d'habitude. Elle portait un pull informe pour dissimuler totalement son corps.

La psy observa les mains de la jeune femme. Les phalanges étaient encore à vif des impacts de son dernier combat.

Ses ongles rongés jusqu'au sang, eux, n'avaient rien à voir avec la boxe.

— Que s'est-il passé ?

Estel se cala dans le fauteuil. Admira le plafond.

Elle ne parvenait pas à ouvrir la bouche.

— Estel ?

Elle finit par hocher la tête, lentement. Quand elle s'exprima, sa voix était éteinte.

— Vous vous souvenez de Madalena Ribeiro, ma collègue dans le 93 ?

— Bien sûr. Elle se trouvait avec vous lors de la fusillade.

— Elle est morte ce week-end.

Le silence s'installa. Comme si elle avait dit tout ce qu'il y avait à dire.

— Vous souhaitez m'en parler ? l'encouragea la psy.

Le silence persista.

— Estel ?

— Je l'avais revue, murmura la jeune femme d'une toute petite voix. Il y a même pas deux semaines, juste avant les fêtes. Vous devez vous rappeler tout ce que je vous ai raconté, non ? Cela fait deux ans qu'elle vivait l'enfer. Elle passait ses journées avec des femmes brisées par la vie. Eh bien, elle venait de surprendre son supérieur en train de placer ses rapports sur le dessous de la pile de dossiers à traiter, purement et simplement…

Elle fit une pause, cherchant ses mots, la gorge nouée.

La psy ne chercha pas à la brusquer.

— Deux ans qu'elle se tuait à établir des notes pour essayer d'améliorer la situation de toutes ces personnes en détresse, reprit Estel d'une voix encore plus traînante. Non seulement ces entretiens étaient épouvantables à encaisser, parce qu'elle ne pouvait rien changer à l'injustice de cette putain de société… mais en plus, il n'a jamais été question de les transmettre à qui que ce soit.

— Elle était sûre de ça ?

— Son patron lui a fait remarquer qu'elle avait été prévenue dès le début. On ne lui avait assigné qu'une mission de merde. Mais c'est la définition d'un placard, non ? On vous y enterre pour ne plus vous voir. On attend que la dépression vous pousse dehors.

— J'ai du mal à croire qu'il y ait de tels dysfonctionnements dans le système, fit la psy.

— Ce que vous pensez ne change rien à la situation. Madalena a travaillé jusqu'à son dernier jour avant les vacances de Noël. Elle a continué à écouter ces femmes. Elle a fait de son mieux pour prendre des foutues notes qui ne serviront à rien. Et quand tout le monde est reparti, à la fin de la journée, elle s'est enfermée dans son bureau et s'est fait sauter la cervelle avec son arme de service.

La psy laissa le silence s'établir. Une respiration nécessaire.

— Qu'est-ce que cela vous fait ressentir ?

Estel continua de fixer le plafond.

Des larmes coulaient, de plus en plus grosses.

La psy ne la poussa pas. Elles patientèrent ainsi, dans un silence lourd, pendant une demi-heure. À la fin, de sa voix toujours affectée, elle lui assura :

— Je suis prête à vous entendre quand vous serez prête à en parler. Il faut que cela sorte, d'une manière ou d'une autre.

— Cela ne suffira jamais, madame. J'ai besoin *d'autre chose.*

La psy tira consciencieusement sur les bords de sa jupe pour ôter ses plis.

— Je suis sûre que nous trouverons une solution.

Estel frotta son visage bouffi par les larmes, renifla, gratta ses cheveux ras.

— Vous n'avez pas compris. Je vous parle de la seule manière de ne pas devenir folle. Je vous parle de violence. De souffrance. De pouvoir fermer les yeux et m'endormir sans penser à Madalena. Continuerez-vous à me recevoir si je vous racontais… tout ce dont j'ai vraiment besoin ?

— Estel, vous commencez à réellement m'inquiéter.

71

Impassible.

Professionnelle.

L'attitude de Delphine Bellefonds rassurait Falconnier.

Il l'observait du coin de l'œil tandis qu'elle visionnait la vidéo sur son ordinateur portable. La jeune femme demeurait droite. Elle n'affichait pas vraiment de sourire, mais l'investigateur devinait sa palpitation intérieure. Elle était heureuse de découvrir quelque chose d'inédit.

La vidéo s'acheva. La policière demeura immobile pendant encore quelques instants, le regard lointain. Elle intégrait l'information.

Ensuite, elle se tourna vers lui. Sa chevelure rousse, détachée, se répandit comme des rivières sur ses épaules et son décolleté. Falconnier détourna prudemment le regard.

— C'est une femme, dit-elle. C'est incroyable.

Certains auraient trouvé la phrase d'une banalité affligeante. Falconnier, lui, comprenait tout ce qu'elle impliquait.

— Une Saigneuse, ajouta-t-elle avec un sourire mi-dégoûté, mi-fasciné. On ne la voit pas assez bien. Elle est très sportive.

Elle s'interrompit.

— D'où viennent les images, exactement ?

— Du disque dur d'un homme qui est mort, dit-il en refermant le capot de son ordinateur.

— Un autre ?

— Je crois que nous ne sommes qu'au début d'une très longue liste. Le problème, jusqu'ici, c'est que cette vidéo est intraçable, tout comme les portraits que j'ai diffusés d'ailleurs. Mais la photo de Djebbari change tout. Elle rapproche l'enquête de Paris.

La policière réfléchit.

— Malheureusement, Alioune n'est plus là pour nous donner les informations qu'il détenait.

— Tu penses qu'il enquêtait sur la pièce rouge elle-même, ou juste sur l'identité de cette fille ?

— Dans un cas comme dans l'autre, cela veut dire que quelqu'un lui avait demandé de faire des recherches. C'était un pro, il ne travaillait que si on l'employait. Il nous faut à tout prix retrouver ses archives et comprendre qui était ce client.

— Je vais lancer les réquisitions pour la téléphonie, déclara Falconnier. Il a forcément des contrats pour son abonnement Internet. Cela prendra quelques jours, mais je récupérerai ses traces numériques. Je vais éplucher tous les échanges qu'il a pu avoir.

Il passa la main sur son visage fringant, toujours illuminé d'une inébranlable confiance en lui, avant d'ajouter :

— Et la vidéosurveillance de la ville ? Il n'y a pas de caméra près de son immeuble ?

— Pas dans la rue, non. On peut réquisitionner celles du quartier, mais sans savoir ce qu'on cherche précisément, avec la masse de données à exploiter, ça va être chaud. Sans parler du problème de stockage des images. Elles ne sont conservées qu'un mois.

— Donc, chaque jour qui passe est un jour de perdu. Tu sais ce qui nous reste à faire ?

— Prendre des initiatives, répliqua la jeune femme avec une expression résolue.

72

Le rideau de pluie ne faiblissait pas, froid et gris, quand Estel arriva dans le XVIe arrondissement. Elle se gara sur la place de livraison située de l'autre côté de la rue.

La lumière brillait à toutes les fenêtres chez Dardeau, que ce soit celles de son appartement comme celles du bureau.

Bien.

Estel éteignit le moteur.

Elle hésitait encore.

Calme-toi avant de le voir.

Ne te laisse pas emporter…

La porte de l'immeuble s'ouvrit, coupant net ses tergiversations. Estel aperçut Lili, gloussante, accompagnée par Salomé, qui déployaient leurs parapluies et sortaient sur le trottoir luisant. La journée de travail des deux femmes était terminée. Elles se firent la bise et partirent chacune dans une direction différente.

Le cœur battant, Estel s'aplatit contre son fauteuil. Mais ni l'une ni l'autre ne fit attention à sa voiture.

Elles disparurent toutes deux dans la pluie du soir.

Estel patienta encore quelques minutes, observant les rares piétons.

Les réverbères s'illuminèrent.

Là-haut, la silhouette de Dardeau se découpa dans la baie vitrée. L'écrivain, immobile, semblait observer la ville.

Même d'ici, Estel devinait le verre d'alcool dans la main de son employeur.

Lui ne devait pas l'apercevoir, à l'abri du véhicule.

Elle effleura la poignée de la portière, toujours traversée par des émotions contradictoires.

Monte le voir maintenant, lui criait une voix dans sa tête. *Fais ce qu'il y a à faire.*

Mais l'autre voix, plus raisonnable, criait tout aussi fort :

Attends.

Tu n'es pas dans ton état normal.

Tu le SAIS.

La dualité au fond d'elle atteignait son paroxysme.

Elle voulait des réponses, oui.

Mais elle avait tout autant peur de les obtenir.

Soudain, comme elle le redoutait en permanence désormais, le vertige revint à la lisière de ses sens.

Elle vacilla.

Sa main relâcha la poignée et s'agrippa au volant.

Elle serra. De toutes ses forces. Son bras tremblait.

La voix de sa psy revenait. Ce qu'elle lui avait dit, des années auparavant, et qu'Estel n'avait jamais pu se sortir de l'esprit.

La seule personne que vous aimez faire souffrir, c'est vous.

— Si seulement c'était aussi facile, geignit-elle.

Son téléphone bourdonna dans son sac.

Elle sursauta.

Il faut que tu manges. C'est tout.

Que tu arrêtes de stresser. Tout va s'arranger.

Le téléphone insistait.

Léo...

Estel plissa les yeux. Le monde tanguait de plus en plus vite autour d'elle. Elle n'avait ni le temps ni l'énergie pour son ex-compagnon.

Elle refusa l'appel et éteignit le téléphone.

— Me fais pas chier, grommela-t-elle entre deux frissons. Ce n'est vraiment pas le moment…

Elle observa de nouveau la baie vitrée.

Dardeau n'était plus là.

L'avait-il seulement été ?

Tout ce qu'elle pouvait dire, c'est qu'elle se sentait un peu mieux.

Le vertige semblait la laisser en paix pour l'instant.

Elle ralluma le moteur et, manœuvrant avec soin, repartit sous la pluie qui se densifiait.

Elle verrait Dardeau demain matin, à sa reprise de poste.

Cette nuit, elle savait déjà qu'elle ne rentrerait pas à la maison.

73

Leurs rires emplissaient la rue.

Les deux jeunes femmes marchaient bras dessus, bras dessous, serrées l'une contre l'autre, dans les flaques qui parsemaient le trottoir. Leur parapluie, pourtant large, ne leur évitait guère les gouttes de pluie féroces, ce qui ne les dérangeait pas vraiment. Leurs parfums se mêlaient. Leurs mains s'effleuraient et se caressaient.

— Et voilà ! s'exclama Lucille en s'arrêtant devant le portail de sa résidence. Merci de m'avoir raccompagnée, Kamille.

Elle plaqua son amie contre la grille. Leurs lèvres se rencontrèrent avec une certaine brutalité. Les deux femmes échangèrent un long baiser langoureux au goût de tabac et de gin tonic.

— Envie de continuer ? susurra Lucille quand leurs bouches humides se séparèrent.

— Pas ce soir, ma beauté. D'abord, j'ai trop picolé, et surtout, je ne vais pouvoir dormir que quelques heures. Mon connard de patron a programmé le point du mercredi à 8 heures.

— Tant pis pour toi…

Lucille colla sa bouche contre sa gorge. Elle déposa de petits baisers sur les entrelacs du tatouage qui émergeait du décolleté de son amie.

— Mais je vais me caresser en pensant à toi.

— T'as intérêt !

Elles s'embrassèrent de nouveau, souffles chauds sur leurs langues enlacées, leurs corps épousant celui de l'autre avec une avidité mêlée de délicieuse frustration.

— Fais de doux rêves, acheva Lucille en se détachant de l'agréable étreinte et en abandonnant son amie à la protection du parapluie.

Elle tapa le code de la grille et s'engagea dans l'escalier de la résidence.

Elle habitait au deuxième étage. Elle n'avait pas l'habitude d'allumer la lumière du palier. Elle se repérait dans le noir sans aucune difficulté.

Pourtant, elle s'arrêta et plissa les yeux.

Était-ce une silhouette, mince, dans l'angle, juste à côté de sa porte ?

— Hello ? Il y a quelqu'un ?

L'abus des cocktails de la soirée perturbait quelque peu son jugement, elle le savait.

Elle passa la main sur son visage mouillé de pluie.

— Cindy, c'est toi ? Réponds-moi, c'est pas drôle !

Cindy était sa voisine de palier. Une jeune punk toujours de bonne humeur qui aimait les fêtes bruyantes.

Elle tâtonna le long du mur, à la recherche de l'interrupteur.

La lumière baigna le palier.

Ce n'était pas Cindy.

Lucille eut juste le temps d'apercevoir la femme se jeter sur elle et lui placer un sac sur le visage, l'aveuglant de nouveau.

Elle poussa un hurlement.

Un poing frappa sa joue. Elle se sentit trébucher, sa tête percuta le mur. La douleur fut terrible. Mais sans commune mesure avec la terreur qui l'emplit.

Elle roula au sol, se débattit, hurla de plus belle.

Une main de fer la souleva. Elle fut violemment plaquée contre le mur.

Davantage de coups s'abattirent sur son visage.

Elle sentit le goût du sang dans sa bouche. Et la chaleur de son urine qui souillait ses cuisses à présent, son odeur violente d'ammoniaque montant autour d'elle.

Un lacet passa autour de son cou. Étranglement immédiat, atroce.

— Non, non… haleta-t-elle. Par… pitié… au… secours…

Lucille Vuillemin finit par ne plus rien sentir d'autre que ce grand abysse noir et terrifiant qui l'avalait.

V

LES FEMMES DU PASSÉ ET DU PRÉSENT

74

Une nuit blanche.

Elle la voyait venir. Il ne pouvait guère en être autrement.

Elle était trop excitée pour lâcher son ordinateur.

Delphine Bellefonds, cheveux remontés en chignon et retenus par un stylo, était assise en tailleur sur son lit, courbée devant l'écran de son notebook. Elle regardait la séance de torture pour la troisième fois, le volume sonore au minimum. Chaque visionnage lui paraissait plus insoutenable que le précédent.

Travailler aussi tard, songea-t-elle, ne lui était pas arrivé depuis longtemps. Mais en aucun cas elle ne pouvait arracher ses pensées et son énergie à ce mystère.

Elle attrapa la bouteille posée sur la tablette de nuit et but au goulot, de longues gorgées d'eau minérale gazeuse. À l'extérieur, le son continu de la pluie lui évoquait une berceuse rassurante.

Un carillon tinta, à moitié étouffé par l'oreiller.

Un SMS.

Elle mit la vidéo en pause et fouilla sous les draps emmêlés pour retrouver son téléphone. Le message venait de Quentin Falconnier.

Juste pour te dire que j'ai lancé toutes les réquisitions que je pouvais. Je continue de rassembler le dossier de Djebbari.
Pour l'instant, aucune trace numérique à se mettre sous la dent.
On a affaire à un hacker qui sait ce qu'il fait.
Il me tarde d'avoir la téléphonie et l'historique du fournisseur Internet pour pouvoir avancer.

Elle ne put s'empêcher de sourire. Déjà 2 heures du matin, et la motivation de son collègue venu de Marseille était intacte. Cela tranchait tellement avec ses habitudes ! Pour le reste de son groupe, prendre des initiatives était au mieux perçu comme une bizarrerie, un embarras le plus souvent. Il fallait toujours attendre que la hiérarchie leur ordonne de lancer les procédures. Toujours rester à sa place. Tout particulièrement elle. Personne n'osait le lui dire en face, mais le fait qu'elle soit une femme faisait d'elle une hystérique aux yeux de ses supérieurs, et ce en dépit de toutes les affaires résolues grâce à elle.

D'ailleurs, elle avait bien senti les regards flottants de ses collègues quand elle avait emmené Falconnier au siège de la DPJ. Les murmures dans leur dos.

La pinailleuse. Toujours à vouloir faire du zèle.

Et maintenant, voilà le même qui nous tombe du ciel avec une affaire nauséabonde !

Tant pis pour eux, s'ils étaient à ce point recroquevillés sur leur petit confort.

Elle avait trouvé une affaire qui la fascinait. Une énigme qui demandait toute son attention. Elle allait faire le travail pour lequel elle était payée, après tout. Quoi qu'il arrive.

Falconnier semblait être la personne idéale pour lui remonter le moral.

Je suis sur la vidéo. Il y a un truc qui me chiffonne. Je n'arrive pas encore à déterminer quoi. J'ai pourtant l'impression que c'est sous nos yeux.

Elle attendit quelques secondes, avant d'ajouter :

Comment est l'hôtel ? Pas trop pourri ?

Il répondit aussitôt :

Pire que ça : –) mais mon chef ne m'autorise pas mieux. Quoi qu'il en soit, je ne vais pas beaucoup dormir cette nuit.

Elle sourit.

Bienvenue au club. Nous aurons une belle tête demain pour le débrief
: -) : -) : -)

Elle se fit la réflexion qu'elle abusait avec les smileys. Mais c'était trop tard, le message était envoyé. Ses yeux se reportèrent sur l'autre écran : celui du notebook posé sur ses cuisses, où la vidéo de la Saignée attendait de reprendre. L'image, statique, exposait la victime ensanglantée. La Saigneuse se tenait derrière elle, sourire de fauve sous le masque. Elle découpait les vêtements de la jeune femme au rasoir, lacérant la peau par la même occasion.

Et si c'était ça, qui la dérangeait depuis le début ?

La mutilation sur la photo de l'homme.

D'un glissement de l'index, elle déplaça la vidéo en bas de l'écran et afficha les photos que Falconnier avait récupérées sur le Dark Web.

Elle observa le premier individu, allongé ventre contre terre.

Premièrement, il s'agissait d'une photo, raisonna Bellefonds. Pas d'une capture d'écran, qui aurait eu une piètre définition. Par ailleurs, l'angle de vue venait du dessus de la victime, là où celui de la vidéo était de face, en plan large.

Enfin, cette photo avait été prise après la diffusion du *stream*, puisque l'homme était mort.

Bellefonds imagina que la Saigneuse avait détaché le corps une fois son petit spectacle achevé. Elle avait allongé la victime sur le sol carrelé, recouvert de la même peinture rouge obsédante que les murs.

Elle l'avait enjambé.

Et elle avait pris la photo.

Le dos de l'homme présentait une zone de peau découpée.

Un rectangle quasi parfait.

Cela aussi avait été fait après la torture.

Après avoir disposé le corps ainsi.

Son bourreau avait souhaité prendre cet ultime cliché pour immortaliser son exploit.

Bellefonds glissa son index entre ses lèvres et mordilla son ongle.

Elle *tenait* quelque chose.

Elle en était persuadée.

75

La douleur, intense, l'arracha à son évanouissement.

Des angles durs martelaient son corps.

On la traînait dans l'escalier de l'immeuble.

Sa nuque heurta une marche, une deuxième, elle faillit s'évanouir à nouveau.

On la fit ainsi glisser jusqu'en bas. Meurtrissant tout son corps contracté.

Puis elle fut tirée à même le béton.

Soulevée, balancée dans le coffre d'un véhicule qui empestait le gasoil.

Le moteur pétarada, tout près de ses oreilles. Le sac sur son visage l'empêchait de voir quoi que ce soit. Sa toile rugueuse, plaquée contre sa bouche, gênait sa respiration, s'emplissait du ruissellement de ses larmes, de la morve suintant de ses narines.

Elle fut secouée par les cahots de la route.

Ses poignets étaient retenus dans son dos par des liens de plastique tranchant. *Serflex*. Elle tira et tira dessus. Ne parvint qu'à se cisailler douloureusement la peau.

Lucille Vuillemin pleura, gémit, s'étouffant à chaque inspiration.

Quand le véhicule s'arrêta, la terreur la reprit.

Le coffre s'ouvrit. Elle sentit l'air froid du dehors, et la pluie qui lui tombait dessus tandis qu'on la traînait encore sur du béton. Ses genoux et ses coudes râpaient le sol, sa peau s'arrachait, davantage de brûlures à vif partout sur son corps.

Elles pénétrèrent à l'intérieur d'un bâtiment, les gouttes de pluie cessèrent.

Les pas de sa ravisseuse résonnaient. Des espaces vides ?

Elle voulait crier, ne parvint qu'à émettre un pitoyable couinement.

Une odeur piquante de sciure, de plastique fondu et de crasse la submergea. Elle toussa sous la toile du sac.

— Au… secours…

On la souleva. Douleur subite dans sa colonne vertébrale malmenée. Ses liens furent tranchés d'un coup de lame. L'espace d'un instant, elle eut l'espoir fou que tout s'arrêterait là. Qu'on avait seulement cherché à lui faire peur et qu'on la laisserait repartir.

Au lieu de cela, elle fut rejetée violemment en arrière, installée de force dans un fauteuil. Son crâne rencontra un appuie-tête rigide.

Elle se sentit au bout de ses forces, incapable de se débattre.

De nouveaux liens attachèrent ses poignets aux accoudoirs, ses chevilles à la base du fauteuil.

— Tu vas être une star, lui siffla la voix de la femme à l'oreille. Tu verras, ce sera encore mieux que les réseaux sociaux.

Lucille Vuillemin haleta.

Elle ne saisissait pas le sens de ces paroles et n'en était que plus terrifiée.

Les pas s'éloignèrent.

Leur écho résonna de longs instants, ne laissant que le son continu de la pluie sur le toit, et cette puanteur lourde et graisseuse tout autour d'elle.

Lucille recommença à pleurer.

76

Au petit matin, Estel revint au domicile de son employeur bien en avance et non sans une certaine appréhension.

Mais il fallait qu'elle lui parle.

Maintenant.

Elle ne s'était pas attendue à trouver la porte du bureau grande ouverte. S'approchant, elle aperçut Salomé, assise dans le canapé, au fond de la pièce, une tasse de thé à la main.

— Vous arrivez bien tôt, lui dit l'assistante sans autre forme de politesse.

— Bonjour à vous aussi, Salomé.

La jeune femme répliqua d'un mouvement distant de la tête. Son visage demeurait, à son habitude, parfaitement glacial.

Estel hésita. Elle venait confronter Dardeau, mais autant en profiter pour exprimer tout ce qu'elle avait sur le cœur vis-à-vis de son assistante par la même occasion.

— D'accord. Vous ne pouvez pas me blairer. Je ne comprends pas pourquoi. Une explication ?

Salomé posa sa tasse sur la table basse et la dévisagea.

— Qu'est-ce qui vous fait dire ça ?

Sa coupe au carré retombait en travers de son visage. Les hématomes causés par les gifles de Dardeau avaient disparu. Estel se demanda si l'homme l'avait battue entre-temps. Si c'était une habitude. Il la frappait ailleurs que sur le visage, peut-être ? Ou bien imaginait-elle encore des absurdités ?

— Arrêtez l'hypocrisie, s'il vous plaît ! Vous savez comment vous vous comportez avec moi, depuis le premier jour. Je n'ai rien fait pour mériter ça. Au contraire. J'ai vu comment Dardeau vous traite.

— Je me comporte avec vous comme avec tout le monde, riposta la jeune femme. Vous êtes totalement paranoïaque et vous ne le voyez même pas. Vous devriez vous faire suivre.

Son regard restait dur. Elle lui mentait. Estel le savait. Elle la revoyait sortir de l'immeuble, la veille au soir, en compagnie de Lili. Elle avait entendu leurs rires. Elle avait vu Salomé souriante, enlacer l'attachée de presse et lui faire la bise, lui promettre de se libérer pour aller boire un verre avec elle.

— Je ne suis là que pour faire mon travail, trancha-t-elle. Assurer la protection de M. Dardeau, comme il me l'a demandé.

— C'est ce qu'il a demandé ?

Estel fronça les sourcils. Tant pis. Elle n'avait pas le temps pour un dialogue de sourds.

— OK, j'aurai essayé. Je dois lui parler, de toute manière.

Elle tourna les talons, mais la voix maussade de l'assistante s'éleva dans son dos :

— Aymeric n'est pas encore prêt. Il ne supporte pas d'être dérangé avant. Il vous l'a expliqué.

Comme il te l'explique à coups de gifles ?

— Il devra me le rappeler, alors…

Elle toqua à la porte de l'appartement. Sans réponse, elle essaya la poignée. La porte n'était pas verrouillée. De la musique s'élevait dans le salon. Un des rares airs d'opéra qu'elle connaissait, le *Duo des fleurs* de Delibes. Des voix de femmes entremêlées, aussi fluides que des rivières se cherchant avec fébrilité, s'étreignant avec une passion innocente.

Même sa foutue musique collait à la peau de l'écrivain. Intellect et ambiguïté.

Estel se planta au centre de la pièce, observa la tour Eiffel qui se profilait derrière la baie vitrée, battue par les hachures incessantes de la pluie. On entendait la douche couler, tout au fond de l'appartement. L'air embaumait le café et les croissants chauds. Estel se tourna vers l'îlot de la cuisine, où attendaient une tasse fumante, des viennoiseries et un plat débordant de fruits frais.

Tout d'un coup, elle réfléchit à la présence aussi matinale de Salomé. Était-elle celle qui préparait le petit déjeuner, en plus de son emploi d'assistante ? Venait-elle de quitter cet appartement ?

Se pouvait-il que l'écrivain couche avec elle ?

L'esprit d'Estel vagabonda. *Et Lili, alors ? Cette caricature de poupée gonflable ?* L'attachée de presse avait-elle été engagée sur le critère de ses services sexuels, elle aussi ?

Tu commences à divaguer. Attention.

Estel colla son poing contre sa bouche. Était-ce cela ? Son esprit s'égarait-il à ce point ? Elle imaginait peut-être des choses, oui. Et probablement pas les bonnes.

Trop de questions la brûlaient. Elle pressentait des réponses qu'elle n'aimerait pas. Et se demandait si elle aurait le courage de les exiger.

Elle jeta un regard au couloir menant à la salle de bains. L'eau de la douche continuait de se faire entendre, sous les envolées de l'opéra, les voix luxuriantes de ces deux femmes, Lakmé et sa servante, se suivant et se chevauchant, chantant le jasmin et le lotus bleu, l'amour interdit et la mort inéluctable.

Estel se tourna vers la porte d'entrée, qui s'était refermée derrière elle.

Elle était seule.

Pendant quelques instants encore.

Elle fonça vers le meuble qu'Aymeric Dardeau utilisait en guise de vide-poche.

Dans une coupe posée dessus, des stylos, un portefeuille en cuir, une boîte de cônes d'encens.

Estel ouvrit le premier tiroir en s'efforçant de faire le moins de bruit possible.

La boîte des clés se trouvait toujours là. Elle contempla les trousseaux rangés soigneusement dans leurs cases. Chacun était identifié par une couleur. Elle reconnut celui des Eaux Claires, étiquette bleue pour le premier appartement, jaune pour le deuxième. Il y en avait d'autres. Étiquettes rouge, grise, verte, blanche…

Elle referma ce tiroir.

Le deuxième contenait des carnets Moleskine et des beaux livres aux pages blanches que Dardeau utilisait pour coucher ses idées au moment où elles lui venaient. Il y inscrivait des phrases entendues dans la bouche des personnes qu'il rencontrait, reportait des noms, de brèves descriptions de lieux.

Estel s'empara d'un petit livret en cuir décoré de motifs orientaux, qu'elle connaissait bien. C'était le carnet d'adresses de Dardeau. Il l'avait souvent eu en main durant la tournée. Elle fit tourner les pages et constata qu'il y reportait minutieusement tous ses contacts.

Elle s'arrêta sur la page où figuraient les coordonnées de Clément Droux. Le libellé indiquait simplement « Clément ». En dessous, un numéro de mobile, suivi d'une autre entrée intitulée « GP ». Le Grand Paris ? Le numéro noté en dessous correspondait, en effet, à celui du téléphone fixe du club. Estel le connaissait par cœur.

Plus loin, elle retrouva son propre numéro. Dardeau avait inscrit : « Estel Rochand – garde du corps – la solution ».

La solution ?

Le morceau de musique s'acheva, les deux voix s'éteignirent en une douce harmonie.

Au bout du couloir, la porte de la salle de bains s'ouvrit.

Estel referma le tiroir aussi vite que possible.

77

Elle se retourna au moment où le romancier arrivait dans le salon, accueilli par la reprise de l'orchestre. Il était vêtu d'un peignoir blanc très ample, cheveux humides, le visage froissé par le mécontentement.

D'une pression sur la télécommande, il stoppa l'envolée de la musique.

— Vous cherchez quoi, au juste ?

— Je vous attendais, déclara Estel, stoïque.

Dardeau s'avança. Son peignoir bâillait, dévoilant une partie de son torse imberbe, parfaitement entretenu et tatoué de fins caractères calligraphiés. Estel nota qu'il avait enlevé le pansement : la plaie causée par le couteau de sa femme était vilaine, parcourue sur toute la longueur de points de suture aux contours rouges.

— J'avais demandé à Salomé que vous restiez toutes les deux dans le bureau. Elle ne vous l'a pas dit ?

— Oh, si, bien sûr, fit Estel, nullement impressionnée.

Il écarta les mains, interrogateur.

— Mais ?

— Je voulais d'abord vous parler. Vous écouter, surtout.

— D’accord, lança-t-il en prenant place sur un des sièges hauts installés autour de l’îlot. Que se passe-t-il ?

Estel s’approcha à pas mesurés.

— Vous connaissez Clément Droux ?

— Oh… J’en déduis que vous lui avez parlé ?

Il prit sa tasse de café, nappée d’un nuage de mousse compacte. Estel avait décelé de la surprise dans sa voix. À moins qu’il ne s’agisse d’agacement.

— Est-ce lui qui est venu vous voir ? enchaîna-t-il en caressant la tasse. Cela ressemblerait à Clément. Il aime mettre les gens mal à l’aise.

— On est bien d’accord là-dessus, marmonna Estel. Pourtant, c’est moi qui lui ai demandé.

— Vraiment ? Et pourquoi ?

— Ne déviez pas du sujet. C’est donc vrai ? C’est lui qui vous a conseillé de m’engager ?

— Clément est un vieil ami. Je n’ai rien à cacher.

— C’est ça. Sur quoi d’autre m’avez-vous menti ?

Il porta la tasse à ses lèvres, avant de lui répondre d’un ton nonchalant :

— Je ne vous ai pas menti. La question ne s’était simplement pas posée. Auriez-vous accepté de travailler pour moi si je vous en avais parlé lors de notre première rencontre ?

— Bien sûr que non ! explosa-t-elle.

Un sourire se dessina sur les traits de Dardeau, et s’effaça presque aussitôt. Le romancier reprit une gorgée de café.

— Alors peut-être est-ce la raison de cette omission, vous ne pensez pas ?

Estel ignora l’excuse. Son opinion était déjà tranchée.

— Vous n’êtes pas différent de Droux. Vous aimez jouer avec vos interlocuteurs et les manipuler.

— Vous pensez que je vous manipule ?

— Je ne le pense pas, je le *sais*.

— Pourquoi êtes-vous parano à ce point, Estel ?

Elle espéra qu'elle ne devenait pas trop blême. Salomé lui avait fait la même remarque.

Parano.

Était-ce donc ce que tout le monde voyait en elle ?

Une cinglée ?

Sans prévenir, elle tapa du poing sur l'îlot. Fort. La tasse trembla. Une poire roula hors du plat.

— Ce n'est pas moi qui ai un problème ! C'est *vous*, qui vouliez à tout prix m'embaucher ! Et vous m'avez littéralement forcé la main, après… ce qui s'est passé avec votre femme ! Pourquoi ? Pourquoi moi ? Où espérez-vous en venir ?

L'homme respirait très calmement. Elle ne parvenait pas à savoir si elle lui inspirait de la crainte, ou s'il était en train de se moquer d'elle, encore.

— Je ne comprends pas ce que vous cherchez à me faire dire. Clément m'a assuré que vous étiez la meilleure, en matière de sûreté. C'est quelqu'un de confiance pour ce genre de conseil. Et maintenant, avec tout ce qui s'est produit au cours de ces deux semaines, j'ai pu le constater de mes propres yeux. Je ne le regrette pas une seule seconde.

— Je ne vous parle pas de ça. Qu'avez-vous fait *exactement* à votre femme ?

Il inclina la tête. Ils arrivaient à court de fausses politesses. L'agacement pointait.

— Je ne lui ai rien fait du tout. Elle était dépressive, sous l'emprise de l'alcool et de la drogue, et cela depuis bien trop longtemps, je l'admets. Elle m'a attaqué. Et puis elle *vous* a attaquée. N'est-ce pas ce qui s'est passé ?

— Peut-être, concéda-t-elle, mâchoire contractée. Mais avant cela ? Tout le monde me raconte que Nadia avait peur de vous. Et ça, je veux bien le croire.

— Tout le monde ? C'est-à-dire ?

— Je vous ai vu à l'œuvre, poursuivit-elle en refusant de se laisser distraire. Ça vous excite à ce point, de casser la gueule à des filles à peine majeures ? Et ensuite, vous les prenez en photo ?

Enfin, ses mots parvinrent à faire pâlir Aymeric Dardeau. Il repoussa la tasse de café d'un geste sec.

— Vous parlez de Sucre, je suppose.

— Bien sûr, que je parle de Sucre !

— Vous la connaissiez bien, n'est-ce pas ?

— C'était mon amie.

— Et pour moi, c'était un dérapage malheureux. Je vous le jure. Ce n'était qu'un égarement, juste une fois…

— Comme la fille que vous avez essayé d'étrangler au salon du livre ?

L'agacement augmenta. La voix de l'écrivain se fit plus basse.

— Dois-je vous rappeler que le même soir, vous avez agressé un inconnu au hasard dans la rue ? Vous n'avez pas l'excuse du jeu sexuel, que je sache.

— Cela n'a rien à voir ! Et il ne s'agit pas de *jeu* !

Il secoua la tête. Une lueur étrange et inquiétante grandissait dans son regard.

— Vous et moi, nous ne sommes pas les meilleures personnes du monde. C'est un fait, rien ne sert de le nier. Vous voulez parler de Sucre ? Très bien. Commencez par me donner de ses nouvelles, puisqu'elle a choisi de couper les ponts avec tout le monde.

— Comment voulez-vous que j'en aie ? s'étonna Estel.

Dardeau la fixa intensément. Les coins de ses lèvres se relevèrent en un sourire qui n'avait rien de bienveillant.

— Ne me charriez pas, voulez-vous ? Vous devez très bien savoir ce qu'elle devient. Vous étiez proches. Vous venez de me le dire. Et, maintenant, je me souviens que Clément l'avait mentionné, lui aussi.

À quoi jouait-il, subitement ?

Estel repensa à l'allusion salace que Droux lui avait faite. Ce sous-entendu idiot que l'escort et elle auraient entretenu une sorte de relation. Elle sentit la colère revenir. Monter de plus en plus fort en elle.

Il essaie de t'enfumer. Comme Droux. Comme tous les mecs.

Ne le laisse pas faire.

Au fond de son ventre, une crampe naquit pourtant.

— Je n'étais pas aussi proche que ça d'elle. Je me fais simplement du souci pour une personne que j'ai côtoyée dans le cadre de mon travail.

— Que lui avez-vous vraiment fait ? demanda-t-il, brutal à présent.

Elle leva instinctivement les poings. Réflexe défensif.

— Ça suffit ! Vous ne m'aurez pas à ce jeu-là. Je démissionne. Tout ça, cet emploi, c'était une erreur regrettable.

Il fit une moue déçue, soufflant tout doucement. Le salaud était beau. Et dangereux. Il ne cherchait plus à le cacher.

— Je ne peux pas vous laisser faire ça…

— Ah non ?

— … Parce que de mon côté, je pourrais aussi décider que j'ai fait une erreur en vous protégeant…

Le fils de pute.

— Je pourrais rappeler ces adorables gendarmes de Seine-Maritime pour revenir sur ma déposition, suggéra-t-il en appuyant chaque mot. Je pensais bien faire, mais, après tout, vous avez peut-être raison ? Peut-être qu'il faudrait une enquête précise pour déterminer les circonstances dans lesquelles mon épouse est décédée.

Estel fit de son mieux pour ne pas montrer sa panique.

— Vous n'oserez pas. Cela vous ferait passer pour un coupable.

— Vous en êtes certaine ?

De nouveau, le sourire. Le faux-semblant. Estel le voyait. Estel le sentait. Au plus profond d'elle. Et une angoisse irrationnelle en résulta.

Il a quoi, contre vous ?

Ces paroles que lui avait hurlées cette femme en larmes, aux funérailles. Ces mots étaient d'une justesse cruelle, après tout. Depuis le début.

Dardeau posa les coudes sur l'îlot et croisa ses mains sous son menton, le regard brûlant.

— À mon tour de vous demander à quoi vous jouez, Estel. Vous venez me réclamer des comptes. Mais qu'est-ce que vous, vous me cachez ? Quel est votre secret honteux ?

Elle ne sut quoi répondre. Ce salaud parvenait tout de même à reprendre le dessus.

— Vous débarquez, vous me menacez, susurra-t-il sans plus le moindre masque de patience. Vous questionnez ma relation avec ma femme et mes comportements intimes ? Vous oubliez que c'est *vous* qui étiez sur place quand Nadia s'est suicidée. Que devrait-on en déduire ?

Estel secoua vivement la tête.

— Ce n'est pas la vérité. Vous… Je… Nous n'allons pas nous en sortir comme ça !

— En effet.

Ils se mesurèrent encore du regard.

Ce fut l'écrivain qui rompit le silence, d'une voix posée.

— Assez de prise de tête. Accompagnez-moi dans les locaux de Sud Radio. Je dois enregistrer une interview ce matin. Si l'info a fuité, il y a toujours le risque que quelques hystériques essaient de causer du grabuge pour faire parler d'elles. Après l'émission, je vous promets que je vous laisse le reste de la journée libre. Vous pourrez mettre ce temps à profit pour réfléchir à ce que vous avez à gagner… ou à perdre.

Estel s'inclina.

— C'est tout réfléchi. Mais d'accord. Habillez-vous. Pour l'instant, vous êtes plus proche d'un vieux pervers *has been* que du beau gosse que vous essayez tellement de paraître.

Elle le laissa sur ce dernier jet de venin.

Elle se demanda s'il souriait dans son dos.

Mais cela ne la dérangeait pas.

Car elle avait un plan.

78

Les photographies sur le mur.

Leur violence de rouge et de mort les liant comme un ADN commun, mais secret. Indéchiffrable.

Jusqu'à maintenant.

— Vous pouvez voir les premières victimes que notre collègue Quentin Falconnier a trouvées sur le Dark Web. Il s'agit de deux hommes et d'une femme, dont nous ignorons les identités.

Tout en résumant la situation à ses collègues, Delphine Bellefonds désignait les clichés à l'aide d'un pointeur laser.

— Nous les avons appelées Victimes n° 1 et n° 2 pour les hommes, et Victime n° 3 pour la femme, dont je vous rappelle que la mise à mort a été diffusée en direct.

Il n'était pas encore 8 heures du matin et la salle embaumait le café, à disposition sur une petite table avec des viennoiseries. Les policiers, au nombre d'une demi-douzaine, écoutaient consciencieusement leur collègue. Les visages étaient ternes, constata Falconnier, assis en retrait. Le meurtre de la veille avait perturbé le sommeil de tout le monde. Il remarqua que le grand flic nommé Escorsac lui jetait des regards de biais, sourcils froncés. Falconnier fit comme s'il ne voyait rien. Pour le moment.

— Quant à cette personne…

Bellefonds amena le point rouge sur le dernier portrait. La jeune femme au visage tuméfié.

— Il s'agit d'une victime potentielle, peut-être parisienne, que nous nommerons Victime n° 4 pour l'instant. Vous noterez qu'elle présente une grande ressemblance avec la Victime n° 3. Toutes les deux sont brunes, minces, visage rond, et n'ont probablement pas plus d'une vingtaine d'années.

— C'est la fille sur laquelle Djebbari enquêtait, c'est ça ?

L'homme qui avait parlé était grand, fin et barbu. Falconnier se remémora son nom : Gauthier Picard.

Delphine Bellefonds hocha la tête. Elle se tourna vers la photo du détective privé, punaisée un peu plus loin sur le mur.

— Exact. Alioune Djebbari cherchait à identifier cette personne. Nous devons découvrir qui l'avait engagé. Tout porte à croire que son assassinat a un rapport direct avec cette photo et, ainsi, avec le site de torture… D'où la collaboration avec Quentin, cosaisi avec nous sur cette affaire. Comme vous le savez, Quentin est spécialisé en cybercriminalité et en systèmes de traitement de données.

Les yeux du petit groupe flottèrent vers lui. Falconnier ne sentit pas plus de bienveillance dans ces regards que dans celui d'Escorsac. Il avait l'habitude, et se contenta de lever sa tasse de cappuccino.

Non loin de lui, ce fut au tour du lieutenant Sophie Pouget, cheveux nattés, visage souriant et yeux profonds, de prendre la parole d'une petite voix aiguë à l'accent du Sud-Ouest :

— Nous n'avons pu trouver le moindre matériel informatique. L'assassin a fait le ménage dans les deux appartements. Même chose pour les documents papier. On n'a rien du tout.

— Il reste les abonnements téléphoniques et Internet de Djebbari, rappela Bellefonds.

— J'attends le retour des réquisitions, confirma à son tour Falconnier. Djebbari avait peut-être sauvegardé des informations sur un *cloud*. Il y a aussi ses achats avec sa CB, son passe Navigo… En épluchant toutes les archives numériques, je compte bien retrouver ses derniers contacts et, si possible, un historique de ses déplacements.

Bellefonds poursuivit :

— En attendant, nous n'avons que ces personnes disparues à nous mettre sous la dent. Je me suis donc penchée sur les mutilations de la Victime n° 1. Je ne vous cache pas que cela m'a gardée éveillée toute la nuit, mais ça en valait la peine.

Déplacement du laser. Le point de lumière rouge dessina les bords de la plaie rectangulaire située au milieu du dos.

— Voyez, ici ? On a découpé la peau sur une surface précise. C'est très minutieux. L'intention n'était pas de blesser. D'ailleurs, l'homme était déjà mort quand on le lui a fait. Je suis sûre et certaine qu'il ne s'agit pas d'une demande des participants à la Saignée.

— Je croyais qu'eux seuls pouvaient dicter quoi faire au bourreau, s'étonna le lieutenant Pouget.

— C'est le cas, ne put s'empêcher de renchérir Falconnier. Ce sont les règles du site. Les utilisateurs ayant le rang de Saigneurs indiquent quelles tortures ils souhaitent infliger à la victime. Celui qui a payé assez pour être Grand Saigneur dispose, en plus, du choix de la mise à mort.

Bellefonds acquiesça. Sourire en coin.

— C'est juste, Quentin. Il n'y a pas de raison que cette séance ait dérogé aux règles. Notez bien que les sévices ont été portés sur le devant du corps. Pourquoi ? Tout simplement parce que la victime était ligotée sur le fauteuil : seul son torse était exposé à la torture. La découpe de son dos a donc été pratiquée après la diffusion de la Saignée. Le spectacle était fini. Le bourreau a étendu cet homme à plat ventre. Elle ne l'a pas mutilé pour faire plaisir à de quelconques voyeurs. Elle l'a fait pour elle. D'où sa grande minutie.

Subitement, Falconnier comprit où sa collègue voulait en venir. Il s'en voulait de ne pas y avoir pensé le premier. Il fit un signe de la main pour reprendre la parole.

— Tu penses que le bourreau prélève des trophées sur ses victimes ?

Un éclair de connivence illumina les yeux de la policière.

— Si on considère que la femme qu'on voit sur la vidéo est une psychopathe, cela ne serait pas surprenant, non ?

— Ce serait même logique, approuva Falconnier. Ce genre de personne conserve très souvent des souvenirs de ses exploits. Sauf que pour le déterminer avec certitude, il faudrait des preuves qu'elle l'a fait à d'autres occasions…

— Et j'en ai ! annonça fièrement Bellefonds. J'ai trouvé des précédents.

Elle ouvrit une chemise et en sortit plusieurs photos.

— Je suis arrivée en avance pour imprimer les archives. Vous m'excuserez si je n'ai pas encore tous les détails en tête… Voilà.

Elle punaisa la première photographie tout à gauche du tableau. Le cliché montrait un homme carbonisé, comme fondu sur un grand fauteuil, et des coulées de peinture rouge tout autour. Bellefonds s'empara d'un feuillet pour lire à mesure qu'elle expliquait :

— Premier homicide. Octobre 2014. La police est arrivée pour un incendie dans une cave, cité Floréal, en Seine-Saint-Denis. Il y avait un corps calciné dans le box, ligoté à un fauteuil de dentiste. Les collègues ont conclu à un « barbecue », comme disent les caïds. Mais les détails sont curieux. Premièrement, l'homme a été torturé. Doigts amputés. Multiples pénétrations d'objets tranchants dans les muscles et organes. On l'a achevé à coups de perceuse dans le crâne avant de l'asperger d'essence. Pour moi, la partie barbecue ressemble surtout à un nettoyage. Deuxièmement, comme vous pouvez le voir sur ce qui reste sous la suie : les murs de cette cave avaient été fraîchement peints en rouge.

Falconnier crut que sa mâchoire se décrochait. Cette policière était aussi méthodique que redoutable. L'image quant à elle semblait surgir d'un tableau surréaliste et effroyable.

— Évidemment, ce n'est pas tout. Voilà ce qui m'a permis de faire le lien.

Elle plaça une deuxième photographie sur le mur. Il s'agissait d'un gros plan, issu du rapport d'autopsie. Le corps avait été détaché du fauteuil. Au milieu de son dos, quelque peu épargné par l'incinération, apparaissait un rectangle quasi parfait. Le rouge vif de la plaie contrastait avec l'épiderme boursouflé de cloques et de croûtes.

— On lui a aussi découpé la peau ! s'exclama Falconnier. C'est sûr, tu as vu juste !

Bellefonds se fendit d'un sourire faussement timide.

— En tout cas, cette mutilation semble identique à celle de la Victime n° 1. Nette, appliquée. Le médecin l'a mesurée. Elle faisait quinze centimètres par vingt, très précisément.

Falconnier avait envie de bondir et de serrer cette femme dans ses bras.

— Le profil de la victime ?

— Karim Bayram, vingt-quatre ans. Ce sera notre Victime n° 5. Ce jeune homme résidait en région lilloise. Bien connu des mœurs pour prostitution. Terrain de chasse habituel, les clubs gays. Quelques problèmes de stupéfiants, sans réelle gravité. Ses parents sont propriétaires d'un restaurant, La Rose d'Orient. Ils n'acceptaient pas son homosexualité et l'avaient mis à la porte plusieurs années auparavant. Ils n'ont pas voulu entendre parler de lui quand on leur a annoncé son décès.

— Tout ça à Lille, donc ? poursuivit Falconnier. Ce garçon avait une raison de se trouver à Paris ?

— On l'ignore. Quelques jours auparavant, c'est bien à Lille qu'il a été vu pour la dernière fois, dans une boîte de nuit où il trouvait ses clients. Peut-être a-t-il suivi la mauvaise personne ? S'il n'a pas été purement et simplement enlevé et transporté ici…

— La cave dans laquelle ça s'est produit, releva Pouget, elle appartenait à qui ?

Bellefonds se tourna vers elle pour expliquer :

— C'est un box en sous-sol, le propriétaire le loue au noir. Quelqu'un le lui avait réservé pour trois mois, sous un faux nom. Paiement en espèces. Impossible de remonter à qui que ce soit. À l'époque, les collègues ont conclu à un simple règlement de comptes. Pas de témoins, pas de piste. On a juste supposé que les mœurs du garçon lui avaient valu une punition, et que les choses avaient dégénéré.

— On peut dire ça comme ça, ouais, grogna Escorsac.

— Mais ce n'est que le début…

Troisième photo tirée de la chemise. Bellefonds la punaisa avec méticulosité à côté des autres.

— Angers, deux mois plus tard, décembre 2014. Autre homicide, mode opératoire identique. Un garage fermé en sous-sol, loué en espèces et sous un faux nom. Là aussi, on a peint les murs en rouge, installé un fauteuil de gynéco, et vous voyez le résultat…

Le corps noirci et racorni ressemblait au précédent, à tel point qu'on aurait cru avoir la même scène sous les yeux.

— Je vous présente notre Victime n° 6. Milena Issova, vingt-deux ans, originaire de Prague, mais qui résidait à Angers depuis plusieurs années. Prostituée et polytoxicomane, bien connue de nos services elle aussi. Elle cumulait les problèmes habituels de ce genre de milieu, mais rien qui justifie une telle mise à mort.

Bellefonds agita le point rouge sur la silhouette calcinée tout en précisant :

— Elle aussi a subi des actes de barbarie. Dents arrachées, une main sectionnée… Je vous passe les détails sur les mutilations génitales qu'on lui a fait subir.

— Mon Dieu, fit une des policières présentes en portant sa main devant sa bouche.

— C'est sordide, mais voilà le genre de personnes que nous recherchons, appuya Bellefonds. Ces gens n'ont pas de limites. La mort de cette femme a été causée par écrasement du crâne au marteau. Une vingtaine de coups. Boîte crânienne et cerveau réduits en bouillie. Comme pour l'homicide du 93, le corps a été incendié. Aucune trace exploitable.

La photo suivante provenait du rapport d'autopsie.

On y voyait très distinctement le rectangle de peau manquant.

— Sauf ceci, acheva la policière. Incisions pratiquées à l'arrière de la cuisse, sans doute la seule zone qui n'avait pas été abîmée par la torture. Dimensions identiques à celles de la Victime n° 5, soit 15 centimètres sur 20.

Le lieutenant Picard leva la main.

— Les collègues n'avaient pas fait le lien avec le meurtre de Seine-Saint-Denis ?

— Si, bien sûr. Pour eux, il s'agissait toujours de règlements de comptes entre bandes. Surtout que le meurtre de la Victime n° 6 s'est produit tout près de la fête foraine d'Angers, en pleine saison. Il y a eu des auditions parmi la communauté du voyage, je vous laisse imaginer à quel point tout ça a été tendu. Mais sans qu'on puisse déterminer la moindre piste.

— Aucun autre homicide de ce type par la suite ? demanda un des hommes, à qui Falconnier n'avait pas été présenté.

— Rien que j'aie pu retrouver en consultant le SALVAC. Ce qui ouvre des tas de questions quant à notre affaire présente…

Bellefonds reposa son pointeur laser et s'assit sur une table. Elle croisa ses jambes gainées dans un jean délavé.

— Mais nous avons une antériorité claire. Nous pouvons affirmer que ce site a ses racines en France. Le mur rouge, le fauteuil médical, la torture… Ce sont tous les éléments de la Saignée tels qu'on les voit sur la vidéo.

Falconnier n'y tint plus.

Il se leva et rejoignit sa collègue face à la petite assemblée.

— Je suis d'accord avec Delphine. Ces deux meurtres pourraient faire partie des premiers. Peut-être même que nous avons sous les yeux la fondation de cette pièce rouge. Si c'est le cas, cela signifie que le bourreau récupérait un trophée dès le début.

— Cela ne nous dit pas ce qui s'est produit ensuite, fit remarquer Escorsac d'un air renfrogné. Si vous croyez que ça a continué comme ça pendant quatre ans, pourquoi n'a-t-on retrouvé aucun autre corps ?

— C'est toute la question, approuva Bellefonds. Mais au vu de ce que nous avons déjà comme éléments, je suis persuadée que ces séances de torture se sont produites régulièrement. Je vais transmettre ce que nous avons à Europol, cela ne fera pas de mal d'élargir la recherche à l'international.

Falconnier fit quelques pas le long du mur devant les photos des chairs calcinées.

— On peut présumer qu'en 2014 les individus derrière la Saignée tâtonnaient encore. Ils considéraient qu'incendier les lieux de leur diffusion suffirait à masquer leurs affaires. Assez vite, pourtant, ils ont dû perfectionner leur méthode pour faire disparaître les corps, puisqu'on n'en a trouvé aucun.

Ses yeux étincelaient.

Son enquête reposait désormais sur des faits.

Il en trépignait presque.

— Ce que nous apprend le profil de ces victimes, poursuivit-il en se retournant vers le groupe, c'est qu'elles ont été choisies dans le milieu de la prostitution. Il n'y a pas de raison que cela ait changé. Il est plus facile de faire disparaître quelqu'un qui a déjà coupé les ponts avec sa famille. Personne ne va le rechercher.

— On peut creuser dans le milieu de la nuit, suggéra Pouget. Essayer de compiler toutes les disparitions inquiétantes de ces dernières années.

— Exactement. On remonte les contacts de personne à personne. Comme une série de petits cailloux…

Il pointa l'index vers la dernière photo affichée sur le mur. Celle de la femme bourreau.

— Ils nous conduiront à la louve vicieuse, acheva-t-il avec emphase. C'est une personne sportive. Violente. Qui aime les trophées. Elle a forcément des antécédents, que ce soit psychiatriques ou pénaux. Elle est quelque part dans nos archives. On ne sait simplement pas encore où regarder.

Face à lui, les policiers échangèrent des coups d'œil circonspects. Mais personne ne fit de réflexion.

79

Quatorze ans auparavant

L'adolescente était assise au bord de la falaise.

Elle contemplait le coucher de soleil qui nappait l'horizon d'écarlate. Un incendie dans le ciel.

Pareil à l'incendie en elle. Ce feu qui ne s'éteignait jamais.

Dans son dos, loin, son frère atteignit le sommet de la colline. Il vint prendre place à ses côtés, l'air grave.

— Je me doutais que tu étais là. Tu m'as fait marcher. Tu sais que s'il t'arrive un pépin au milieu de nulle part, personne ne te trouvera ?

Elle ne répondit pas. Elle avait encore du sang sur les phalanges. Du bout de la langue, elle le lécha.

— Oh, mon Dieu, ne fais pas ça…

Elle cessa, prit ses genoux et les serra contre elle, toujours mutique.

— Les parents s'inquiètent, poursuivit son frère. On nous a dit que tu as blessé ton prof à l'entraînement. Salement. Tu lui as brisé le nez, tu sais ? Et tu continuais de le frapper alors qu'il était au sol… Tes camarades te surnomment Psycho Girl !

Elle tourna la tête vers lui.

— C'est vrai, ça ? Ça sonne bien.

— Ne plaisante pas. On va te demander des explications.

— Il avait essayé de me toucher. Ce porc a eu ce qu'il mérite.

Son frère la dévisagea.

— Tu sais à quel point je t'aime. Mais c'est vrai, ce dont tu l'accuses, au moins ? As-tu vraiment voulu te défendre, ou… est-ce que cela t'a simplement fait *plaisir*, de lui casser la gueule ?

— Tu ne me crois pas ?

— Je n'ai pas dit ça. Mais tu te mets toujours dans des situations…

Elle renifla. Porta de nouveau sa main devant sa bouche. Sa langue parcourut les marbrures brunes sur ses doigts.

— Personne ne me croit, je suis habituée. Mais il ne me touchera plus, lui non plus.

— Lui non plus ?

Au fond de son regard brillèrent les braises de la prudence. Elle se mura de nouveau dans le silence.

— Je ne pourrai pas te protéger toute ta vie. Il faut que tu calmes tes pulsions.

— En faisant comment ? répliqua-t-elle, sa voix comme un feulement.

— Je ne sais pas. Tu aimes la boxe…

— J'adore ça.

— Alors frappe dans des sacs. Passe ta haine dessus.

— Ça devrait aider…

Elle sourit. Un sourire aussi dur que son regard.

— … mais seulement pendant un moment. Et après ? Quand ce ne sera plus suffisant ? Quand j'aurai besoin de faire du mal à quelqu'un *physiquement* ?

— Je t'aiderai, petite sœur. Tu le sais.

— Tu mens. Personne ne m'aidera jamais. Il n'y a que des menteurs. Surtout vous, les hommes. N'ose pas dire le contraire.

Il n'osa pas.

Ils restèrent tous deux à observer le soleil s'enfoncer à l'horizon dans un silence gêné.

Mais même l'obscurité la plus totale n'apportait aucun réconfort.

80

Il n'y avait aucune manifestation devant les locaux de Sud Radio.

Pour une fois, l'écrivain avait exagéré son statut de célébrité persécutée.

Estel n'eut même pas à entrer dans les studios avec lui. Parapluie brandi, elle se contenta de l'accompagner jusqu'à la porte, où elle l'abandonna aux bons soins de Lili. L'attachée de presse, en minijupe et petit haut en soie malgré le froid, fit une accolade soutenue à son auteur. Pas un regard vers la garde du corps. Ils s'enfoncèrent dans le bâtiment bras dessus, bras dessous.

— Frime, ma cocotte, commenta Estel entre ses dents. Tout finit par se payer.

Elle redescendit la volée de marches pour regagner la voiture, garée le long de l'avenue. De là, elle avait une vue dégagée sur l'entrée du bâtiment. Elle baissa sa vitre : la pluie se calmait, le vent lui apporta les odeurs de la Seine toute proche.

Elle resta un moment à observer le trafic dans l'avenue, puis se décida à fouiller dans sa poche.

Elle en ressortit le petit calepin.

Elle avait eu peur que l'écrivain ne s'aperçoive immédiatement de sa disparition et ne la soupçonne.

Fort heureusement, il n'avait pas pensé à le chercher avant de partir.

Elle tourna les pages avec curiosité.

On cache tous quelque chose.

De plus ou moins sombre.

De plus ou moins condamnable.

Son cœur s'accélérait à chaque nouveau nom inscrit sur les pages. Des journalistes connus. Des libraires. D'autres écrivains.

Je sais ce que je fais, se dit-elle tout en sachant que c'était faux.

Jusqu'ici, chaque fois que Dardeau l'avait remise à sa place, elle devait admettre que les faits lui avaient donné raison.

Comme si cet homme était intouchable.

Même le fait que sa femme soit décédée, quoi qu'elle en pense, faisait de lui une victime.

Et moi ? se demanda-t-elle. *J'étais avec Nadia Dardeau quand elle s'est suicidée. Je ne peux pas le nier. Si c'est dévoilé publiquement, qu'est-ce que cela fera de moi, aux yeux du monde ?*

Qu'iront-ils chercher après ?

Elle cessa de penser à tout cela.

Elle venait de retrouver les coordonnées qui l'intéressaient.

Elle espérait obtenir des réponses à présent.

Il le fallait.

81

Le vide dans la salle de réunion, à nouveau.

Brouhaha dans les couloirs.

Le débrief achevé, chacun retournait à ses tâches matinales.

Alors que Delphine Bellefonds ordonnait méticuleusement ses chemises plastifiées pour les ranger, Escorsac s'approcha d'elle et lui glissa du bout des lèvres :

— Garde tes distances avec ce type. C'est les emmerdes assurées.

Elle dévisagea son collègue avec une franche surprise. Elle ne lui connaissait pas ce visage dur, qu'il conservait depuis qu'il était arrivé ce matin, comme une forme d'arrogance mal placée. De la jalousie ?

— Je vois bien que tu lui fais la gueule, Vincent. Qu'est-ce qu'il t'a donc fait ?

Le policier passa une main aux doigts épais dans sa barbe. Il semblait aussi inquiet que sur ses gardes.

— Rien à moi directement, mais son nom circule dans tout le service. Il est juste là pour se faire mousser à nos dépens.

— Tu ne trouves pas que tu exagères, là ?

— Je te le répète, tout ce que tu vas récolter avec ce gusse, c'est des problèmes. Je dois y aller…

Alors qu'il s'éloignait, Falconnier lui lança :

— Bonne journée !

Escorsac ne lui répondit pas. Il referma la porte sans un regard en arrière.

— D'accord, murmura le jeune homme. Lui, il ne m'aime pas.

— Il a ses jours, lui dit Bellefonds, ne sachant trop comment gérer cette tension.

Il traversa à son tour la pièce pour la rejoindre.

— Te fatigue pas. Personne n'avait l'air à l'aise avec moi ce matin. Je ne suis pas stupide. Il y a quelques jours, j'ai eu une prise de bec avec un commandant de la BRB, à Marseille. Je parie que les ragots vont bon train…

— Je ne suis pas au courant.

Elle détacha ses cheveux.

— Tu sais, ils ne sont pas habitués à être secoués comme ça. Cette affaire nous tombe dessus de nulle part. Je comprends qu'ils ne soient pas préparés.

— Toi, tu as bien l'air de l'être.

Elle sourit, du rose aux joues, avant de prendre un carnet dans son sac et d'y écrire avec une grande application.

— Qu'est-ce que tu fais ?

— Je me note simplement ton expression. La louve vicieuse.

— Oh ! À force de l'appeler comme ça dans ma tête, j'oublie que ce n'est pas très protocolaire…

Il lança son gobelet dans la poubelle, un tir parfait. Mais sa voix se fit subitement plus grave.

— Quand j'étais adolescent, aux débuts d'Internet, mes parents ont été victimes d'une arnaque à l'investissement. Ils ont tout perdu. Non seulement le type qui leur a fait ça n'a jamais été inquiété, alors même que je l'avais moi-même retrouvé, mais il a pu quitter le pays sans le moindre problème. Le nom de cette ordure était Loup. Alors, tu vois… Depuis que je patrouille dans le Web Profond, pour moi, tous les prédateurs sont de la même famille. Des loups vicieux. Et je me suis juré que je ne les laisserais plus s'en sortir. Il suffit d'un seul, et les agneaux ne sont jamais en sécurité…

— Tu parlerais presque comme un prêcheur, constata-t-elle.

Il leva les yeux au plafond, comme empreint d'une profonde réflexion existentielle.

— Si seulement un dieu, n'importe lequel, m'aidait à les éradiquer jusqu'au dernier, ce serait plus facile.

Elle ne savait pas si elle devait sourire. Elle décida que oui, tout en inscrivant une dernière ligne sur sa page déjà bien noircie.

— Et toi, tu notes tout, donc ? Ce n'est pas un signe de maniaquerie, ça ?

Elle referma le carnet, amusée par la remarque.

— On a tous droit à nos petites manies. Tu m'accompagnes à mon bureau ? Tes réquisitions ne vont pas arriver tout de suite.

— Je te suis !

Dans le couloir, ses collègues toisaient toujours avec défiance l'investigateur marseillais.

— Tu as réservé ton hôtel pour combien de temps ? lui demanda-t-elle pour essayer de penser à autre chose.

— J'ai déjà prolongé jusqu'à ce week-end, mais il va falloir que je négocie un peu avec le chef. Tout dépendra vraiment de ce qu'on trouve, ou pas...

Il réfléchit quelques instants, avant de proposer :

— D'ailleurs, pendant que tes collègues analysent les disparitions inquiétantes, si on commençait par revoir ensemble l'inventaire de la perquisition ? Deux paires d'yeux valent mieux qu'une.

82

Quand la femme ouvrit la porte, le vent souleva ses abondants cheveux frisés, et elle dut les maintenir pour les dégager de son visage. Nez droit, yeux d'un bleu presque gris. Ses traits accusaient les premiers signes de l'âge.

— Oui ?

— Vous me reconnaissez, madame Bourgeon ? Nous nous sommes croisées aux funérailles de Nadia.

Le visage de Juliette Bourgeon se contracta, faisant apparaître de nouvelles rides autour de ses yeux.

— Croisées n'est pas le terme que j'emploierais. Vous m'avez virée comme une pestiférée ! À cause de vous, je n'ai pas pu assister aux funérailles de ma meilleure amie ! J'en ai pleuré pendant trois jours… et vous avez le culot de sonner à ma porte ?

Estel lissa nerveusement sa cravate. Elle était venue directement ici, sans se changer, de peur de se défiler.

— Même si cela n'efface rien, je m'excuse pour la manière dont les choses se sont passées au funérarium.

— Vous avez raison, cela n'efface rien. Vous êtes toujours le chien de garde d'Aymeric. Et vous avez l'air totalement perdue, en plus.

Il y avait du mépris dans la voix de Juliette Bourgeon. Mais aussi de la curiosité.

— J'en déduis que votre maître vous a fait des misères ? Je vous avais prévenue.

— Oui, vous m'aviez prévenue, lui dit Estel, soucieuse de ne pas envenimer la discussion. C'est pour cette raison que je suis ici. Vous prétendiez savoir des choses sur Nadia Dardeau, et sur ce que son mari lui aurait fait. Je suis prête à les entendre.

La femme jeta un bref regard à la rue déserte. Dans ce quartier de Chatou, il n'y avait que des pavillons aux jardins séparés par des murets. Des basses bourdonnantes de hip-hop filtraient par une fenêtre entrouverte. Elle replia finalement ses bras sur son pull à grosses mailles pour se protéger du vent.

— C'est bon. Ne restez pas sous la pluie. Et mieux vaut ne pas s'afficher en public plus que ce n'est déjà fait…

Elle l'emmena dans le salon, où elle pressa la télécommande pour éteindre la télé. Elles prirent place sur deux canapés installés de part et d'autre d'une table basse où brûlait une bougie parfumée.

— Vous tenez vraiment à ce que je vous parle de Nadia ? Ce n'est pas très joyeux. Cela ne la fera pas revenir non plus.

— Je veux savoir, madame. Que ce soit agréable ou pas.

La femme grimaça, dévisageant Estel comme si elle essayait de lire en elle.

— Si vous voulez que je sois honnête, soyez-le d'abord avec moi. Dites-moi ce que vous savez de la mort de mon amie.

Estel ne sourcilla pas.

— Je ne sais pas autre chose que ce que la gendarmerie nous a dit. Je me trouvais avec M. Dardeau quand elle s'est suicidée.

— Il n'y a donc eu aucun témoin ? Même potentiel ?

Estel pensa au concierge des Eaux Claires. Il avait dû entendre leur bref pugilat dans l'appartement. Pourtant, il n'avait rien dit à personne.

— Non, assura-t-elle. Nadia était seule.

Un mensonge de plus. Question de survie.

— C'est à n'y rien comprendre, fit Bourgeon, baissant sa garde en même temps que le regard.

Estel réfléchit soigneusement à ses paroles pour ne pas la brusquer.

— Elle n'était pas dépressive ? Son mari m'a parlé d'un état plutôt inquiétant.

— Peut-être. Mais si elle avait sombré à ce point, c'est à cause de lui ! Elle n'avait jamais été comme ça, avant.

La femme tritura son pull. Estel vit ses prunelles luire d'émotion.

— Je connaissais Nadia comme personne. Elle et moi, ça remonte à l'adolescence. Nous avons fait les mêmes études, nous avons même travaillé dans la même boîte. Puis elle a eu sa période un peu folle. Elle voulait donner du piment à sa vie. Soirées fétichistes, expériences libertines… C'est dans ce milieu qu'elle a rencontré Aymeric.

Peu surprenant. Estel laissa son interlocutrice poursuivre.

— Ce type incarnait tout ce qui la faisait fantasmer. L'artiste exalté, le mâle dominant… Et encore, c'était au début, il ne jouissait pas encore de toute cette célébrité ! Mais j'ai bien vu comment il a pris le contrôle de Nadia. Elle est passée de la légèreté insouciante à la tristesse chronique. Jusqu'à se couper totalement de moi, alors que, jusque-là, nous partagions tout ! Cet homme est un tyran. Mettez-vous ça dans le crâne. Il utilise les gens. Il les manipule. Quand ils ne lui sont plus d'aucune utilité, il les brise et il s'en débarrasse.

Bourgeon cala son dos contre le dossier du canapé.

— Je parie qu'il vous a raconté que sa femme était droguée ?

Il l'a répété ce matin encore, songea Estel.

— Pas en ces termes-là, répondit-elle prudemment.

— Ne vous moquez pas de moi, il le chante sur tous les toits ! Et le pire, c'est que ça aussi, c'est la triste vérité. Vous savez pourquoi ? Parce que c'est lui, ce salopard, qui la fournissait ! Avant lui, elle n'avait jamais touché à tous ces trucs. MDMA, speed, ecstasy, que sais-je… tous ces produits « récréatifs », comme on dit, c'est arrivé avec Aymeric. Pour la maintenir en son pouvoir. Mais ça a fini par dégénérer, forcément.

Estel se pencha en avant, coudes posés sur les genoux.

— Dégénérer comment ?

— À petit feu, reprit Bourgeon, la gorge serrée. Les engueulades, la violence de cette ordure… J'ai vu des bleus sur les bras de Nadia si souvent. Parfois sur son visage… Quand j'essayais de lui en parler, elle s'enfermait dans le déni.

Un reniflement. Elle tira de plus belle sur son pull informe.

— Et puis Nadia a fini par trouver une photo dans le téléphone de son mari. Une fille avec le visage défoncé. Elle était venue pleurer ici. Elle ne savait plus quoi faire.

Les propos de Lucille Vuillemin ressurgissaient dans l'esprit d'Estel. Jusque-là, les récits de la militante féministe et de cette femme coïncidaient.

— Je suis au courant pour cette photo, lui dit-elle.

Elle pesa ses mots, mais ne put s'empêcher d'ajouter :

— Vous n'en avez pas une copie, par hasard ?

La femme fit non de la tête.

— Je n'ai même pas voulu la regarder. Ce genre de chose me dégoûte.

— Bien, dit Estel.

Juliette Bourgeon se frotta le nez. Ses yeux étaient de plus en plus humides.

— Vous savez, les tragédies, ce sont comme des dominos. Quand elles commencent à tomber, elles s'enchaînent. Il y a une logique que nous ne voyons pas tout de suite, mais tout est lié. Chaque acte que nous faisons renverse une nouvelle pièce. La photo, c'était le premier de ces dominos. Celui qui a tout entraîné à sa suite.

Elle hésita, le regard ailleurs, plongée dans les souvenirs douloureux.

— Nadia ne parvenait pas à pardonner à son mari. Ce dégueulasse lui a même présenté la fille en question, avec son visage encore tout démoli ! Elle ressassait cette histoire, elle accusait Aymeric de manigancer dans son dos, et même d'essayer de monter sa famille contre elle. C'est à ce moment qu'elle est devenue parano. Je veux dire, paranoïaque au niveau médical. Et lui… je crois qu'il jouait à la pousser à bout.

Estel était de plus en plus attentive.

— Comment ça ?

— Je ne sais même pas comment l'expliquer. Nadia n'était pas très facile à suivre dans ses raisonnements. Malgré tout ce que je peux penser de son mari, je lui ai vivement conseillé d'oublier cet enfer sans demander son reste. Il lui aurait suffi de quitter Aymeric une fois pour toutes. Mais, de manière ironique, c'était elle qui refusait de lâcher ! L'air de rien, dès qu'elle le pouvait, elle mettait le nez dans ses affaires. Une fois, elle a carrément forcé son bureau alors qu'il était en déplacement…

Vuillemin ne s'était donc pas trompée, constata Estel, qui continua de garder ses réflexions pour elle.

— Elle a découvert quelque chose ?

— Des papiers immobiliers, dit Bourgeon en balayant l'air devant elle. Au sujet de l'acquisition d'une propriété. Ce qui a mis Nadia dans tous ses états, parce qu'elle n'était pas au courant.

— Vous voulez dire que son mari a acheté une maison sans le lui dire ?

Bourgeon acquiesça.

— Cela fait déjà un an et demi qu'il en est propriétaire. Nadia était folle de rage. La version d'Aymeric, c'est qu'il ne s'agit que d'un investissement fiscal et qu'elle n'avait pas à être consultée. Mais, bien sûr, elle ne croyait plus un mot de sa part.

La femme fut agitée d'un bref tremblement, comme si un frisson la parcourait. Elle resserra son pull sur elle.

— Cette maison l'obsédait. Elle était persuadée qu'il s'agissait d'une garçonnière. Elle s'imaginait qu'Aymeric y organisait des rendez-vous secrets, peut-être même des orgies avec des prostituées.

— C'était le cas ? interrogea Estel.

— En toute sincérité ? Rien ne m'étonnerait de la part de ce type. Mais concrètement, tout ce que je sais, c'est que Nadia s'est débrouillée pour trouver les clés de cette fichue baraque, et qu'elle s'y est rendue pour voir de ses propres yeux de quoi il s'agissait…

— Et ?

Bourgeon haussa les épaules.

— C'était juste une maison vide. Sauf qu'Aymeric y avait fait installer une alarme. En entrant, Nadia l'a déclenchée. Aymeric a rappliqué avec leur médecin. Nadia s'est rebellée, forcément. Ces salauds l'ont déclarée hystérique et l'ont bourrée de médicaments pour qu'elle se tienne tranquille.

— Il m'en a parlé, en effet. Est-ce que vous savez où se trouve cette fameuse maison ?

— Aucune idée. Mais pas en région parisienne, c'est certain. Nadia a dû faire un bon bout de route pour s'y rendre. Tout ce que je sais, c'est qu'après cet incident Aymeric a fait en sorte qu'elle reste bien défoncée nuit et jour. Il voulait la convaincre que c'était elle qui déraillait. Je suis sûre qu'il attendait qu'elle en crève. Mais cela durait trop longtemps. Alors il a dû trouver un moyen ou un autre de se débarrasser d'elle…

— Pourtant, c'est Nadia qui a fini par l'agresser, souligna Estel. Je ne sais pas si vous le savez, mais elle l'a poignardé. Et c'est son mari qui a fini aux urgences.

Bourgeon s'essuya maladroitement le coin des paupières.

— Si vous le dites. Cet homme vous mettra ce qu'il veut dans la tête.

Pouvait-elle avoir raison ? Estel pensa à l'assistante soumise qui encaissait les gifles. Elle pensa à l'attachée de presse formatée pour servir de faire-valoir sexuel. Oui, Dardeau se servait des autres en fonction de leurs faiblesses. Elle pensa qu'il avait choisi sa femme pour ça aussi. Utilisable jusqu'à ce qu'elle ne soit plus qu'une gêne, un parasite dont il lui avait fallu se défaire définitivement.

Alors elle pensa à elle-même.

Pour quelle raison *exacte* Aymeric Dardeau l'avait-il sélectionnée ?

— Que s'est-il passé ensuite ? demanda-t-elle, anxieuse d'en finir.

— Ce qui était à craindre, dit Bourgeon. Nadia est retournée dans cette maison de malheur. Elle a utilisé l'excuse de mon anniversaire.

Froncement de sourcils.

— Que voulez-vous dire ?

Bourgeon dirigea son index vers la cheminée. Sur le rebord, devant un assortiment de vases en grès, Estel aperçut une grande carte d'anniversaire colorée et couverte de signatures.

— J'ai organisé une petite fête, le 2 mars. Nadia a raconté à Aymeric qu'elle serait des nôtres, mais c'était un mensonge. Elle suspectait son mari de retrouver une amante ce soir-là, dans cette fameuse maison, et elle comptait bien le prendre en flagrant délit.

Estel sourit en coin.

— C'est ce qui est arrivé ?

Les yeux de la femme brillèrent de plus belle.

— Je ne sais pas. Elle a débarqué au milieu de la nuit, bien après le départ de mes amis. Totalement délirante. Impossible d'obtenir une réponse cohérente de sa part. Tout ce que j'ai réussi à comprendre, c'est que ce n'est pas son mari qu'elle a découvert sur place.

— Comment ça, pas son mari ?

— Je ne sais pas ce qu'elle voulait dire. Elle a répété plusieurs fois que ce n'était pas lui. Que c'était une femme…

Estel conserva un visage de marbre.

— « Cette femme », pour reprendre son expression, poursuivit Bourgeon. Et aussi « cette folle ». J'ignore de quoi elle voulait parler. Il me semble avoir saisi qu'elle a revu la prostituée, aussi. Celle de la photo.

Elle renifla.

— Nadia est partie au petit matin sans me prévenir. C'est la dernière fois que je l'ai vue. Quoi qu'il se soit passé cette nuit-là, ça l'a fait basculer pour de bon. Et vous avez vu le résultat. La pauvre n'avait que trente-cinq ans…

Des larmes roulaient sur ses joues. Elle ne se souciait plus de les essuyer.

— Voilà tout ce que j'ai à vous raconter. Je vous jure que cet homme est le diable. Si vous entrez dans ses combines, vous ne vaudrez pas mieux. Et vous aussi, vous vous ferez écraser.

Estel lui renvoya un sourire sans aucune douceur.

— Ne vous en faites pas, Juliette. Je sais ce que c'est, être le diable.

83

Elle mentait.

Et plus elle mentait, plus sa sérénité de façade devenait difficile à conserver.

Dès qu'elle fut de retour dans sa voiture, dissimulée par les gouttes de pluie qui martelaient le pare-brise, Estel laissa les tremblements la gagner.

Elle se débarrassa de sa cravate et la jeta sur le siège passager. La sensation d'étouffement ne la quittait pas.

Dans la boîte à gants, elle récupéra son carnet de bord et fit défiler les feuillets.

Mois de février. Elle avait entouré la date du dernier jour, le jeudi 28. Et dessiné un visage triste, une esquisse presque enfantine.

Le jour où Sucre a démissionné.

Son index se décala de deux colonnes sur la droite. Samedi 2 mars. Il était indiqué qu'elle était de congé ce jour-là.

Page suivante. Lundi 4 mars. De nouveau en service. C'était le soir où Nadia Dardeau était venue faire son scandale dans le bureau de Clément Droux. Elle lui avait hurlé de ne pas la toucher, quand elle était arrivée pour la calmer.

Traitée de monstre.

Les cris de Nadia Dardeau se répercutaient dans sa tête.

Et, toujours, cette image de son corps sans vie, transpercé par les griffes de métal de la statue. Ses yeux qui par-delà la vie continuaient de la désigner, *de l'accuser.*

Tout au fond d'Estel, l'angoisse grandissait.

Pourquoi tout doit toujours tourner autour de moi ?

De mes choix ?

Sa vision se marbra subitement de taches noires, signe avant-coureur d'une nouvelle crise.

De tes absences, insinua une voix vicieuse tout au fond d'elle. *Cela a commencé il y a deux ans. Pourquoi continuer à te mentir ? Depuis le jour où Madalena s'est tiré une balle dans le crâne, tu as cru que tu avais besoin de lâcher prise...*

Mais en réalité, tu as juste commencé à disjoncter.

Elle devait finalement se poser la question qu'elle fuyait de toutes ses forces depuis des semaines.

Que fais-tu au juste, quand tu perds connaissance ?

Je ne fais rien. Je dors.

Tu en es bien sûre ?

Elle essaya de reprendre sa respiration.

Suis-je folle ?

Elle tapa sur le volant. Renifla. Toussa. Hurla. Le vertige la faisait tanguer de droite à gauche sur le siège.

La pluie s'intensifia. Sur le pare-brise, les impacts étaient si nombreux qu'elle ne voyait plus rien.

Il y avait un mystère autour d'elle.

Un mystère qui se resserrait de jour en jour.

D'heure en heure.

À présent, tout ce qu'elle voulait, c'était des réponses.

Elle sortit son téléphone.

Avec une fébrilité croissante, elle fit défiler ses contacts.

84

— *Estel ? C'est toi ?*

Le ton n'avait rien d'amical. Ce qui était bien compréhensible après leur dernière discussion.

Elle prit une grande inspiration et s'assura que sa voix ne tremblait pas.

— Bonjour, Cassandre. Je me doute que tu ne t'attendais pas à cet appel. J'ai quelque chose à te demander.

— *Si c'est pour me menacer encore*… commença la jeune femme.

— Absolument pas. S'il te plaît, ne raccroche pas. Je souhaite faire la paix. Réellement.

Il y eut un bref silence.

— *Ça ne m'intéresse pas. Tu es givrée, tu l'as toujours été et je crois que ça s'aggrave de plus en plus.*

Estel se passa la main sur le visage. Elle n'était pas très à l'aise avec cette situation, elle non plus. Mais elle ne voyait pas comment faire autrement.

— Cassandre, j'ai vraiment besoin de ton aide. Si tu me trouves une information, je te promets que tu n'entendras plus jamais parler de moi. Tu as ma bénédiction pour faire ce que tu veux avec Léo.

Hésitation.

— *Je croyais que tu l'aimais*, fit Cassandre d'un ton blasé.

— Lui, il ne m'aime plus. Cela devait finir par arriver, nous le savions tous les deux depuis longtemps. Autant l'accepter.

Silence.

Elle entendit son interlocutrice faire claquer sa langue. Et le carillon d'un e-mail entrant, dans le fond.

— *Tu ne le mérites pas,* finit par répliquer la programmeuse. *Tu ne l'as jamais mérité. Je ne comprends décidément pas ce qu'il te trouve.*

— Vas-tu m'aider ? recadra Estel. Tu ne veux pas que je te supplie, non plus ?

— *Cela ne me déplairait pas.*

— S'il te plaît, Cassandre. Tu es la seule personne à qui je peux demander ça.

— *C'est bon. Explique-moi de quoi tu as besoin.*

Estel posa sa nuque contre l'appuie-tête. Le staccato de la pluie martelait sans relâche.

— Je veux connaître l'adresse d'une propriété que possède mon patron, Aymeric Dardeau, l'écrivain. C'est une maison, sans doute en province, et il l'a achetée il y a un an et demi à peu près. À ce stade, c'est tout ce que je sais.

— *Tu me demandes de hacker le cadastre ? Sérieusement ?*

— Cela ne devrait pas être très difficile pour toi. Léo prétend que tu es la plus redoutable pirate du Web.

— *Rien que ça ?*

— Il est en admiration devant toi. Plus qu'il ne l'a jamais été devant moi. Et tu le sais très bien.

Un nouveau ricanement gêné. Estel entendit aussi un bruit de froissement et elle imagina la jeune femme en train de tortiller ses cheveux de poupée. Elle accrocha son regard dans le rétroviseur. Son visage à elle ne pouvait être plus éloigné de celui de la jolie *gamer girl.*

Elle s'efforça de chasser cette comparaison stupide de son esprit et pressa davantage sa nuque contre le siège.

— Alors ?

En fond, le tapotement rapide sur un clavier.

— *Donne-moi une demi-heure. La base du cadastre a été aspirée depuis longtemps. Elle est accessible par quiconque sachant se servir d'un VPN solide et de ses dix doigts. Léo aurait très bien pu te le faire, tu sais...*

— On laisse Léo en dehors de ça ! s'emporta Estel. Il a déjà assez morflé pour mes conneries.

— *Ça, je ne te le fais pas dire.*

Estel ferma les yeux et se laissa absorber par le bruit de la pluie.

Il ne s'écoula qu'un quart d'heure avant que la jeune femme ne la rappelle. Perdue dans des pensées amères, Estel sursauta à la sonnerie et déverrouilla nerveusement son téléphone.

— Alors ? Tu as les infos ?

— *La plus redoutable pirate du Web,* railla Cassandre de sa voix presque juvénile. *Bien sûr que j'ai tes infos. Je dois admettre qu'il est bien loti, ton patron, niveau immobilier.*

— Accouche, alors. Il possède quoi ?

— *Eh bien, pour ce que tu dois déjà savoir, il est propriétaire de deux appartements à Paris, dans le XVI*e*. L'un est sa résidence principale, l'autre, à la même adresse, est enregistré comme local professionnel.*

— Oui, je sais. Quoi d'autre ?

— *Deux appartements en Seine-Maritime, même lotissement. Il les a mis en vente il y a tout juste dix jours et, a priori, il a déjà trouvé un acquéreur. Pour deux fois le prix qu'il avait investi, d'ailleurs.*

— Je les connais aussi, s'impatienta Estel. Ensuite ?

— *Ensuite, il possède trois autres appartements entre Nanterre et Suresnes, dans la zone du mont Valérien. Tous les trois sont en location depuis cinq ans environ.*

— Toujours pas.

— *Je m'en doutais. Ne reste qu'un dernier bien, acheté il y a un an et demi comme tu le disais. Une maison, avec un petit terrain. Mais elle a été remise en vente, il y a un peu plus d'un mois. Pas encore d'acheteur.*

— Celle-là ! Elle est située où ?

— *Marigny-les-Usages. Un bled bien paumé en rase campagne, pas loin d'Orléans.*

Bourgeon avait mentionné un long trajet pour y arriver. C'était forcément ça.

— Tu peux m'envoyer l'adresse exacte par texto ?

— *Sans problème.*

— C'est tout ce qu'il possède ? Tu es sûre ?

— *Au niveau du cadastre, en tout cas, il n'y a rien d'autre de déclaré.*

— Bien…

Estel se pétrit le front. Elle défit un bouton de plus de sa chemise.

— Merci, Cassandre.

Silence. Puis, lentement :

— *Ça veut dire que tu me fous la paix, maintenant ?*

Estel ferma les yeux. Sa main se raidit sur le téléphone.

— Juste une dernière chose.

— *Laquelle ?*

— Tu ne parles pas de ça à Léo. Il s'inquiète déjà assez pour moi. Tu peux me promettre ça ?

— *Je n'ai rien à te promettre, Estel.*

Estel resta silencieuse. Cassandre finit par ajouter :

— *Mais non. Je ne lui dirai rien. Je ne veux pas l'affoler moi non plus, figure-toi.*

Estel espérait que c'était la vérité.

D'une manière ou d'une autre, elle ne contrôlait pas cet élément. Elle hocha la tête pour elle-même.

— Je ne vous ennuierai plus, ni l'un, ni l'autre.

Elle raccrocha.

Les mots brûlaient ses lèvres.

Elle sentait des larmes monter.

Elle se détestait à un point inimaginable.

85

Tout vérifier par soi-même.

Cela restait la seule manière de ne rien laisser passer.

Après un examen approfondi de la procédure de perquisition et des pièces enregistrées, Falconnier et Bellefonds avaient donc demandé l'accès aux affaires du détective. Trois jeux de clés figuraient au registre, inscrits sous les noms : « clés n° 1, appartement », « clés n° 2, bureau » et « clés n° 3, véhicule ». Ce troisième trousseau les intriguait. Il comprenait deux petites clés au logo Peugeot, mais, si l'on se fiait au service de l'immatriculation, Alioune ne possédait pas de voiture.

— Ça, c'est un scooter, déduisit Falconnier, non sans une certaine fierté.

Des recherches complémentaires furent nécessaires – et réclamèrent un temps déjà précieux –, mais, finalement, les aiguillèrent vers une solution possible : le frère d'Alioune Djebbari possédait un engin de cette marque. Il avait déménagé à Nice trois ans auparavant, ce qui n'avait pas empêché sa plaque d'être flashée deux fois à Paris au cours des six derniers mois. Pour Falconnier, la logique était évidente :

— Je te parie que c'est Alioune qui l'utilisait ! Son frère a dû le lui laisser.

— Un moyen de déplacement utile, plutôt discret pour les filatures, approuva Bellefonds. Pour moi aussi, ça collerait bien.

— S'il y a un équipement connecté, ça nous donnera un historique GPS, renchérit Falconnier qui ne tenait déjà plus en place. Il ne peut pas être garé bien loin du domicile ou du bureau. On va vite le trouver !

Vite, avait été un peu facile à dire.

Le soir tombait et Falconnier continuait de faire le tour des scooters stationnés le long des trottoirs, juste pour en avoir le cœur net. La pluie battante, glacée, crépitait sur leurs parapluies.

— On a vraiment choisi notre jour ! s'exclama Bellefonds. Mes chaussures prennent l'eau !

— Je suis sincèrement désolé. On n'a qu'à repartir par là…

Ils remontèrent la rue Théodore-Deck en direction des quais de Seine. Malgré la pluie, l'air était empli de musique et d'odeurs diverses, de friture, de gaz d'échappement. Ils avaient parcouru une bonne partie du quartier quand ils firent halte sous la toile d'une terrasse où se pressaient des fumeurs volubiles.

— Bon, marmonna Falconnier. Il nous en reste encore beaucoup à faire, tu crois ?

Bellefonds indiqua le trottoir opposé, qu'un lampadaire défectueux plongeait dans une pénombre humide, derrière le rideau insistant de la pluie.

— Il y a des places, là-bas.

— C'est reparti.

Ils s'élancèrent de nouveau sous l'averse, jusqu'aux deux-roues garés les uns à côté des autres.

— Tu fais le guet ? Comme si nous étions des hors-la-loi ?

Delphine Bellefonds se prêta au jeu. Elle jeta un regard à la ronde.

— On est large !

Falconnier parcourut les motos et scooters alignés le long du mur.

Il repéra un modèle Peugeot crossover à trois roues. Il était de couleur sombre, avec un autocollant du PSG fièrement étalé sur la calandre.

Son cœur s'emballa d'un coup.

— Delphine ! C'est la bonne plaque ! C'est celui-là !

Sa collègue accourut alors qu'il essayait la clé. Elle correspondait.

Les phares du scooter s'illuminèrent.

— Et voilà ! Tu me donnes un peu de lumière, s'il te plaît ?

Bellefonds alluma la torche de son téléphone.

— La mauvaise nouvelle, c'est que ce n'est pas un modèle connecté, constata Falconnier.

Il farfouilla en dessous pour trouver l'ouverture du vide-poche. La jeune femme rapprocha l'éclairage tout en plaçant son parapluie au-dessus de leurs têtes. Le petit compartiment ne contenait rien d'intéressant. Un paquet de chewing-gums, des tickets de métro. C'était une déception. Mais tel était le jeu. Et il refusait de perdre espoir.

— Soyons fous. Djebbari aura peut-être laissé un appareil numérique quelque part ? En prévision d'une planque, peut-être ?

Il déverrouilla le siège et le souleva, dévoilant le large coffre arrière. Un casque, des gants. Avec précaution, l'investigateur les retira pour voir s'il y avait autre chose en dessous.

Nul appareil numérique, malheureusement. Mais Falconnier saisit une enveloppe en papier kraft, qu'il veilla à maintenir sous la protection du parapluie.

— Qu'est-ce que c'est ? fit Bellefonds.

— Des documents, on dirait. C'est scellé.

Il retourna l'enveloppe. Il n'y avait rien d'écrit, d'un côté comme de l'autre.

La pluie redoubla, assourdissante sur la toile du parapluie.

— Ne restons pas là ! On va se mettre au sec pour étudier ça !

Il referma le coffre et replaça le tablier de protection, puis ils se replièrent vers le café. Ils s'installèrent au fond de la salle et commandèrent des boissons chaudes.

Falconnier ébouriffa ses cheveux, avant de débarrasser l'enveloppe des quelques gouttes de pluie qui s'y étaient déposées.

— Il y a fort à parier que cela ne nous avance à rien, hein…

— On a retrouvé le moyen de déplacement de Djabbari, répliqua Bellefonds en déposant sa veste ruisselante sur le tabouret à côté d'elle. On a *déjà* avancé.

Au fond de ses yeux, il vit cette étincelle qu'il connaissait bien. La dévotion au travail. Absolue et frénétique.

Résoudre les énigmes.

Ne pas dormir, ne s'arrêter à aucun obstacle tant que l'animal sauvage n'est pas à terre, dévoilé et vaincu.

Il lui sourit de toutes ses dents.

— Qu'est-ce qu'il y a ? lui demanda-t-elle avec une moue intriguée.

— Je suis content de travailler avec toi, Delphine. Cela fait longtemps que je n'ai pas été aussi heureux de faire équipe avec quelqu'un.

Alors il leva l'enveloppe devant elle, comme s'il lui présentait un trophée.

— Le moment de vérité ?

— Tu as assez fait durer le suspense !

Il ouvrit avec soin le haut de l'enveloppe kraft.

Tout aussi délicatement, il en retira une feuille de papier et la déposa entre leurs tasses fumantes.

Dessus, de grands caractères écrits au feutre noir, formant des lignes de lettres et de chiffres sans le moindre sens. Du moins, au premier coup d'œil.

Bellefonds se pencha également pour observer ce texte. Son parfum floral se mêla à l'odeur des cappuccinos.

Falconnier se remémora les codes trouvés sur la clé USB d'Haussmann. Il y en avait beaucoup plus ici, mais ces successions de caractères y faisaient immédiatement écho. Une piste concrète. Enfin.

— Ça te parle ? demanda Bellefonds.

— Je préfère ne pas m'emballer trop vite. Mais oui, si c'est ce que je crois, cela pourrait nous être diablement utile.

Il reprit l'enveloppe, l'agita.

— Et ce n'est pas tout, on dirait !

Il sortit une photo, qu'il plaça sur la feuille de codes.

Une jeune femme à moitié nue figurait sur l'image. Très mince, muscles saillants comme un parfait écorché anatomique. Ses cheveux, frisés et courts, étaient humides. La photo semblait avoir été prise au moment où cette personne sortait de la douche. Elle tenait sa serviette sur les hanches, dévoilant une poitrine plate sur des pectoraux vigoureux et striés.

— C'est un vestiaire de salle de gym, dit Bellefonds.

— Et une sacrée athlète.

Il observa le visage carré de l'inconnue, son nez légèrement de biais. Elle n'avait pas grand-chose de féminin. Même son regard n'exprimait que de la dureté.

— Avec un beau signe distinctif, ajouta Bellefonds.

Elle posa son index sur la hanche de la jeune femme. Un tatouage de tête de mort rouge et noir semblait sur le point de disloquer le corps musclé entre ses mâchoires.

Falconnier dissimula le frisson qui le parcourait.

— Donc, qui est cette personne ? Quel rapport avec l'enquête de Djebbari ?

Il ouvrit et referma les poings au-dessus de la photo. L'excitation montait. La solution, si proche…

— S'il cherchait qui pouvait faire du mal à tous ces gens…

Bellefonds, de son côté, se rembrunit.

— Je vois à quoi tu penses. Elle ressemble au bourreau de la vidéo.

— Exactement.

— Il ne faut pas tirer de conclusions hâtives non plus.

Falconnier soupira.

— Je le sais très bien. Mais elle ressemble à une victime, pour toi ?

— Non, concéda la jeune femme. Cela étant dit, on ne sait même pas d'où sort cette photo.

— C'est précisément ce qu'il nous faut déterminer, conclut-il, le regard brillant.

Il n'y avait pas qu'une seule fille mince et musclée dans le monde.

C'était certain.

Mais il n'y avait pas de coïncidences non plus dans une affaire telle que celle-là.

Il reporta son regard sur sa collègue qui prenait sa tasse et plongeait ses lèvres dans la mousse veloutée. Il ne pouvait lui avouer ce qu'il ressentait vraiment, en cet instant, tout au fond de son ventre. Là où la rage montait, aussi silencieuse qu'inexorable.

Ses propres fantômes ne regardaient que lui.

86

Chelles.

Dans la moiteur du petit appartement.

Léo ôta ses lunettes, fit basculer son fauteuil de *gamer*, essuya son front du revers de la main.

Son travail n'avançait pas. Il attendait le retour d'un bêta-testeur, qui tardait à se manifester, et sans lequel il ne pouvait continuer à coder.

Pendant ce temps, bien évidemment, il ne cessait de songer à Estel.

Ce n'est plus ton problème, se morigéna-t-il pour la millième fois.

Il abandonna ses écrans, ouvrit la fenêtre pour respirer un peu d'air. La pluie tombait dru. Dix étages plus bas, les phares des véhicules illuminaient la nuit de lumières ondoyantes, dans une rumeur indistincte de moteurs, klaxons et éclats de voix.

Où est-elle donc ? s'entêtait la petite voix dans sa tête. *Que fait-elle, maintenant ?*

Léo s'arracha à sa rêverie. Il se prépara un bol de ramen avec deux œufs pochés, qu'il ingurgita assis en tailleur sur le canapé. Quand il souleva le bol pour finir le bouillon, le liquide gras s'échappa le long de son menton et souilla son tee-shirt.

— Et merde !

Il s'essuya sommairement avec le torchon.

Passage dans la salle de bains, où le panier à linge commençait à déborder. En voulant y faire de la place, Léo reconnut tout d'abord les affaires qu'Estel avait portées la veille, avant qu'un détail ne lui saute aux yeux. Il fouilla, retira le tee-shirt du panier, la mâchoire crispée, pour constater qu'il ne s'était malheureusement pas trompé : le tissu était bien maculé de petites gouttes écarlates. *Beaucoup* de gouttes.

Ce n'était pas la première fois qu'il remarquait ce genre de détails anormaux. Il avait toujours préféré fermer les yeux. Ne pas poser de questions dont il redoutait les réponses.

Elle finira par appeler à l'aide, si elle a vraiment des problèmes.

Elle l'a toujours fait, non ?

Il jeta son propre tee-shirt sur le dessus de la pile.

Ses vêtements se trouvaient encore dans la chambre. Il poussa timidement la porte, pénétra dans la pièce, observa ce lieu qui n'était plus le sien. Le lit défait dans lequel Estel dormait seule à présent.

Rien n'avait changé. Et pourtant tout avait changé.

Ruminant, Léo ouvrit le placard. Il ne put s'empêcher de contempler le vieux coffre kitsch d'Estel. Son foutu trésor sorti d'une histoire de pirates, à peu près la seule chose qu'elle avait rapportée de chez ses parents, et dont elle n'avait jamais voulu lui parler.

Que contenait-il exactement ?

Des souvenirs. C'était tout ce qu'il avait pu obtenir comme réponse.

Léo avait souvent eu envie de regarder dans ce coffre, par curiosité. Mais le cadenas à code interdisait toute intrusion, si ce n'est par la force. Ce que Léo ne ferait jamais.

Il retira un tee-shirt propre du tas de fringues en vrac.

L'ordinateur ultra-fin d'Estel était glissé entre les piles de linge, sur l'étagère du dessous.

Il l'effleura. Il éprouva la curieuse sensation de toucher un objet interdit.

— Tu ne peux pas faire ça, déclara-t-il à voix haute. Tu ne dois pas…

Trop tard. Avec délicatesse, il saisit la machine. Il se faisait trop de souci pour son ex-compagne. Peut-être trouverait-il des réponses dans son intimité numérique ?

Juste un coup d'œil. Je sais faire.

Elle n'en saura rien. Et moi, je serai rassuré.

Non sans un certain sentiment de culpabilité, il emporta la machine sur sa table de travail. Il fit de la place devant ses deux écrans et se munit d'une clé USB, qu'il contempla longuement.

Si elle revient et qu'elle te voit fouiller dans ses affaires...

Il acceptait de prendre le risque. Il souleva le capot de la machine et fut surpris de trouver, glissé dedans, un papier plié en deux et passablement froissé.

Il le déplia. C'était une page avec des lignes, arrachée à un carnet. Il reconnut l'écriture d'Estel.

Sucre
Nadia
Lucille
École de mannequins ???

Il resta interdit quelques instants, avant de se rappeler qu'il ne pouvait pas passer trop de temps à ce petit jeu. Il replia la feuille de papier et pressa le bouton d'alimentation de la machine.

Je fais ça pour son bien.

D'une série de gestes machinaux, il pianota sur les touches de fonctions pour accéder au menu du BIOS, inséra la clé USB et relança la machine en désactivant le démarrage sur le disque dur principal. Une astuce de base, mais qui fonctionnait à coup sûr.

Le terminal de commandes s'afficha, une fenêtre noire et sobre. Léo fit défiler l'arborescence des fichiers. Peu de dossiers et de programmes sur le disque. Estel se servait essentiellement de cet ordinateur pour surfer sur le Web et consulter des messageries en ligne.

Léo n'aurait su dire ce qui le guidait. Il s'agissait plus d'une intuition.

Quand il arriva aux dossiers cachés, cependant, son attention fut attirée par un fichier corrompu ou, plus probablement, encrypté. Ce qui était une première étrangeté, car il n'avait aucune raison de se trouver à cet emplacement. Sans oublier son nom, qui évoquait un document archivé. *SVNIRS_LSGN_12-2014-02-2019.bz2.*

Une anomalie dans cette section du répertoire, aussi flagrante qu'une verrue en plein milieu d'un visage.

Léo n'aimait pas ça.

L'archive faisait-elle référence à une période ? De 2014 à cette année ? *Décembre 2014, précisément ?* Il songea que c'était la date de la « bavure ». Cette horrible fusillade dont Estel ne s'était jamais réellement remise.

Bien sûr, cela ne voulait rien dire. Mais il aurait préféré ne pas remarquer ce fichier. Il se serait convaincu qu'il se faisait des idées, il aurait pu tourner la page et se lancer dans sa recherche d'appartement, comme il l'avait expliqué à Estel.

Baisser les bras...

Il s'humecta les lèvres.

... ou chercher à comprendre, pour une fois, au lieu de continuer à faire l'autruche toute sa vie ?

Même si les réponses devaient être désagréables ?

Il possédait les logiciels adéquats pour être fixé rapidement. Il enregistra donc le document sur la clé avant de la connecter sur son propre poste de travail. La fenêtre du programme de déchiffrement s'afficha. Sa version personnelle, boostée par un algorithme plus agressif. Quelques clics pour ajuster les paramètres du VPN afin de s'appuyer sur des ordinateurs distants et réduire le temps de calcul. Le processus ne prit que quelques minutes pour déverrouiller le cadenas digital.

Dossier décompressé. La liste des documents se déploya dans la noirceur du terminal de commandes.

À en juger par leurs extensions, il s'agissait de photos.

Léo les ouvrit avec un autre logiciel de sa confection, afin d'éviter la propagation de tout virus sur son système.

Ce qu'il découvrit le fit grimacer de surprise autant que de dégoût.

— Estel… murmura-t-il. Nom de Dieu… Mais dans quoi tu t'es fourrée, putain ?

87

Deux ans auparavant

À la fin de sa journée de consultations, Apolline Mauduit était restée près d'une demi-heure enfermée dans son bureau. Elle observait les photos alignées sur la table sans savoir que penser, encore moins que faire, tiraillée entre sa conscience professionnelle et la demande qu'elle venait de recevoir.

Ce type de sollicitation n'était pas courant.

Elle savait qu'elle n'avait aucune obligation.

Cela ne demeurait néanmoins *pas* un bon signe.

D'une main hésitante, elle réarranga l'ordre des clichés. Comme si leur donner un semblant de cohérence suffirait aussi à leur conférer un sens.

Mais il n'y avait pas de sens à trouver dans ces images.

Aucune justification à cette violence.

L'homme, sur la première photo, était plié à terre.

Son sang ruisselait, entre autres, de ses bras éraflés contre le mur en crépi. Et d'une de ses arcades sourcilières éclatée, qui avait déjà doublé de volume.

Une à une, la psychologue aligna les photos.

Celles où apparaissait Estel Rochand.

Ses muscles nerveux tendus sous l'effort, la jeune femme plaquait l'homme contre le mur.

Puis, photo après photo, elle le frappait. Des coups brutaux. Déchaînés. De ses poings nus.

Le sang de sa victime la souillait, humide et luisant. Son visage, tordu par le feu de l'action, était empli d'une telle ivresse, d'un tel *abandon*, qu'il en devenait indécent.

Comme un orgasme.

À chaque frappe.

À chaque giclée écarlate.

Apolline Mauduit bascula la tête en arrière.

— Estel, murmura-t-elle. Estel…

Elle fit courir ses mains sur sa jupe stricte.

Finalement, elle se résolut à saisir son téléphone et composa le numéro de sa patiente.

— *Oui, allô ?*

La voix de la jeune femme était étouffée par un fond musical bruyant.

— Bonsoir, Estel. C'est Apolline, votre psychologue.

— *Oui ? Il y a un problème ?*

— À vrai dire, il pourrait bien y en avoir un. J'aurais aimé vous voir, aussi vite que possible. Nous devons éclaircir certaines choses ensemble.

En fond, le battement régulier de la musique du club. Des éclats de voix. Des rires.

— *Quel genre de choses, au juste ?*

La psychologue hésita.

Autant ne pas le lui cacher.

— Un détective privé est venu me poser des questions, au sujet d'un homme qui a été agressé, la semaine dernière. Ça s'est passé dans un parking, en banlieue. Vous voyez forcément de quoi je veux parler. Le détective vous a retrouvée grâce à la médiatisation, à l'époque de la tragédie. Il est remonté jusqu'à moi, et il m'a laissé des éléments… plutôt compromettants pour vous…

Silence de la part d'Estel. En fond, la voix de Madonna. *Justify my love...*

— *Je vois,* finit-elle par répondre. *Cet homme, il n'a pas porté plainte, n'est-ce pas ?*

La psychologue sortit un stylo de son mug multicolore. Elle le suçota pensivement.

Dans les haut-parleurs du club, elle entendait le timbre suave de Madonna qui encourageait à parler, confier ses rêves et justifier son amour…

— Comment voulez-vous que je le sache ? J'ignore qui est cette personne et ce que vous avez bien pu lui faire. Cela ne change pas ce que…

— *Il ne fera rien,* la coupa la jeune femme. *Ne vous inquiétez pas pour moi. Je dois vous laisser. Je suis au travail.*

— Je le sais, mais il faut toutefois que…

Estel Rochand avait raccroché.

Apolline Mauduit contempla le plafond de son bureau, le stylo entre ses dents.

— … ça finira mal, murmura-t-elle à la pièce vide, avec une infinie tristesse dans la voix.

88

Retour sur le canapé.

Nuque calée contre un coussin moelleux, Léo fixait l'ordinateur posé sur son ventre sans vraiment le regarder. L'économiseur d'écran faisait s'écouler des caractères asiatiques en une succession de lentes colonnes vertes, tandis que le saxo mélancolique de *Blade Runner* s'élevait en sourdine des enceintes Bluetooth.

Léo avait replacé le PC d'Estel dans la chambre, entre ses piles de pulls, avec la sensation d'avoir commis une faute impardonnable. Il avait conservé la copie des fichiers sur sa propre machine, mais ne tenait pas à les compulser à nouveau. Leur simple souvenir le mettait terriblement mal à l'aise.

Qu'est-ce que ça veut dire ?

Que me caches-tu ?

Et depuis combien de temps ?

Il ne pouvait rester comme ça.

Il devait lui parler. Exiger des réponses.

Mais il était déjà 1 heure du matin et elle ne rentrait toujours pas.

Il prit son téléphone, et, après une hésitation, rédigea un texto.

Estel ? Tu es où ?

Il patienta.
Comme il s'y attendait, il ne reçut aucune réponse.
Il ajouta :

> Désolé d'être lourd, mais je veux qu'on parle. Que tu m'expliques certaines choses.

Il hésita, puis acheva :

> Je crois que tu me le dois.

89

Elle rêvait…

De coups de poing.

De sang qui giclait dans ses yeux.

De plaisir violent.

Toujours.

Comme la première fois…

Le vrombissement d'un SMS la tira de sa torpeur.

Estel grelotta. Se frictionna les bras. Un sifflement persistait dans ses tympans.

Une deuxième vibration fit gronder le sol à ses pieds. Suivie d'une troisième, presque aussitôt.

— Putain…

Bouche pâteuse, assommée par une sensation de vertige persistante, Estel attendit que sa vision s'ajuste.

Il lui semblait émerger d'un mauvais rêve.

Mais, alors qu'elle tournait la tête de droite à gauche pour désengourdir sa nuque bloquée, elle comprit qu'elle ne faisait que s'échapper d'un cauchemar pour retomber dans un autre.

Je suis dans ma voiture.

D'accord.

Comment je suis arrivée là ?

Elle se redressa sur son siège. La pluie avait cessé. La lueur d'un feu de signalisation colorait les vitres d'un rouge ardent, puis d'un vert tout aussi aveuglant.

Elle était garée au pied de l'immeuble de Dardeau. Avec strictement aucun souvenir d'avoir roulé jusqu'ici.

Baissant la vitre, elle observa les fenêtres du dernier étage. La lumière brillait dans le bureau, comme toutes les nuits.

Dardeau était en train de travailler.

Estel consulta l'heure sur le tableau de bord.

1 h 30 du matin.

Son téléphone illuminait encore le plancher où il avait glissé. Elle se contorsionna pour le récupérer et constata que les messages venaient de Léo.

Ne manquait plus que lui.

La nausée persistait.

Elle lut les SMS. Plusieurs fois.

Puis elle tapa sa réponse.

> Je ne rentrerai pas cette nuit.
> Je vais me prendre une chambre
> d'hôtel. Je préfère ne voir
> personne. Surtout pas toi.

Elle chercha les mots.

Ne trouva rien qui ne soit négatif.

> Plus envie qu'on se prenne la
> tête, Léo. Je repasserai chercher
> des affaires demain. Là, j'ai
> vraiment besoin d'être seule.

Cette fois, elle éteignit son téléphone et s'empressa de quitter les lieux avant d'attirer l'attention.

90

Le son de la porte de métal raclant le sol résonna dans l'espace vide.

Il fut suivi par des claquements de talons.

Les pas se rapprochèrent.

La tête toujours recouverte par le sac, à bout de forces, Lucille Vuillemin gémissait. Elle ne voyait rien, ignorait tout de l'endroit où elle se trouvait, de *pourquoi* cette horreur lui arrivait…

Elle était captive depuis au moins une journée entière. Les relents acides de son urine se mêlaient à la puanteur de crasse et de bois. Son dos la faisait souffrir de ne pouvoir bouger, et son ventre était noué par la faim et la soif.

— Pitié… geignit-elle. J'ai… mal…

Une main souleva la toile rêche, juste assez pour lui dégager la bouche. Elle put respirer un peu mieux. L'espace d'un instant, Lucille eut un aperçu de son bourreau. Pantalon de tailleur. Jambes fines. Chaussures en cuir.

Elle vit une bouteille d'eau s'approcher de ses lèvres. Elle ne se fit pas prier et but à longs traits.

Quand elle eut fini, sa plainte terrifiée reprit.

Une gifle sèche, douloureuse, la ramena au silence. Le sac fut réajusté, bloquant sa vue.

— Garde ta voix. Elle sera appréciée, le moment venu.

Sa tortionnaire tournait lentement autour d'elle. Elle parlait tout bas, mais l'écho de ses mots portait, haut et loin. La salle dans laquelle elles se trouvaient devait être vaste.

— Je te conseille de t'économiser. Si tu es gentille, je te donnerai à manger. Je t'ai ramené des sachets de nourriture pour chats. Poulet en gelée. Tu n'es pas vegan, j'espère ?

— Pourquoi… vous me faites… subir ça ? sanglota la jeune femme entravée.

Des mains se posèrent sur ses épaules. La toile fut relevée au-dessus de son oreille droite. Le visage de la femme s'approcha. Elle sentit son parfum. Son souffle, chaud, régulier, caressa sa peau.

Puis ce fut la sensation humide de la langue. Dans son cou. Le long de son oreille. Lucille secoua mollement la tête.

— Arrêtez… Merde… Vous êtes… folle à lier…

— Oh, ça, en effet.

Les lèvres s'attardèrent sur sa nuque, revinrent sur son oreille dénudée. La femme déposa un long baiser sur le cartilage orné de plusieurs minuscules petites boucles. Puis elle lécha doucement le lobe. Une goutte de salive s'écoula dans son cou.

Le souffle s'accentua.

— Et toi, tu es morte, Lucille.

Les dents se refermèrent sur le lobe de l'oreille.

Lucille poussa un cri de douleur.

La mâchoire trancha la chair tendre.

VI

LA FEMME DANS LA PIÈCE

91

Dixième étage.

8 heures du matin.

Accoudé à la fenêtre, Léo observait la brume bleuâtre draper le paysage urbain. Il ne distinguait plus les trottoirs, ni les engins des travaux. Seuls montaient les rugissements des trains transiliens, et les milliers de voix de la ville, inintelligibles et omniprésentes.

Il passa la paume de sa main le long de ses joues, faisant crisser sa barbe de deux jours. Il avait à peine dormi. Ne s'était pas douché depuis bien trop longtemps. Il se sentait aussi sale que désespéré.

Comme elle le lui avait annoncé, Estel avait bien trouvé un autre endroit où passer la nuit. Une manière pratique de fuir toute discussion.

Il serra la ceinture de sa robe de chambre, remit ses lunettes et s'installa sur un des tabourets du coin-cuisine.

Ça ne pouvait plus durer.

Il fit ce dont il avait eu envie depuis des heures : il écrivit un texto à Cassandre.

> Hey. Quand tu es réveillée,
> tu me fais signe stp ?

Il avait à peine eu le temps de mettre de l'eau à chauffer dans la bouilloire quand le son de sabre laser jaillit de son téléphone.

Je suis debout. On s'appelle ?

Il s'empara de l'appareil et lança la communication.

— Allô, Cassandre ! Désolé de te déranger si tôt…

— *Aucun problème. Ma nuit a été courte, de toute manière. Que se passe-t-il donc ?*

Il se colla de nouveau près de la fenêtre. Regard perdu dans les lumières des autres immeubles, au travers des vapeurs poisseuses. *Que se passait-il au juste ?* Il n'en avait aucune idée. C'était *justement* ce qui le terrifiait.

— J'ai un truc à te montrer. Ça m'angoisse un peu.

— *Par pitié, ne me dis pas que c'est encore au sujet d'Estel ?*

Il entendit l'appréhension dans le ton de son amie.

— Si, c'est au sujet d'Estel. Je sais ce que tu penses, et je suis désolé de t'ennuyer avec ça, mais… je ne vois pas à qui d'autre en parler, vraiment.

Claquement de langue. La respiration de Cassandre fit saturer l'écouteur.

— *OK, vide ton sac.*

— J'ai un peu fouillé dans son ordinateur, cette nuit…

— *Sérieusement ? Un extraterrestre a pris le contrôle de ton corps ?*

— Ne te moque pas, s'il te plaît. Je m'inquiète pour elle. J'ai trouvé quelque chose de très bizarre sur son disque. J'aimerais pouvoir lui demander des explications… Mais, de toute manière, elle n'est pas rentrée cette nuit. Tu voudrais me donner ton avis ? Tu connais bien le Dark Web et tout ce qui s'y trafique. Peut-être que je me fais du souci pour rien…

— *À t'entendre, on dirait que tu as déjà ta réponse.*

— Tu peux m'aider, ou pas ?

Nouveau souffle grésillant dans l'écouteur. Plus long, cette fois.

— *Je n'ai pas encore pris mon petit déjeuner. Tu veux qu'on se retrouve à la brasserie ? Disons dans un quart d'heure ? Tu me montreras tout ça.*

— À la brasserie, dit-il en éteignant la bouilloire. Merci, Cassandre.

Elle avait déjà raccroché.

92

Estel avait toujours mis un point d'honneur à prendre son service un peu en avance. Question de respect envers son employeur et envers elle-même. Ce matin, après une heure de running et une autre à suer et à s'acharner contre le sac de frappe, elle décida que ce temps était révolu. Elle s'autorisa à flâner dans les rues du XVIe arrondissement, puis à prendre un jus de fruits en terrasse, et cela lui apporta un plaisir aussi simple qu'inédit. Elle en profita pour appeler le laboratoire d'analyses médicales, le cardiologue, le neurologue, et prit enfin tous les rendez-vous dont elle avait besoin. Quand elle se présenta à la porte d'Aymeric Dardeau, elle était en retard de presque dix minutes.

L'écrivain n'avait, quant à lui, rien de cette précision dans la peau. Il la laissa même patienter plus d'un quart d'heure supplémentaire dans le hall avant de la rejoindre. Il apparut enfin, tiré à quatre épingles, cheveux encore humides, flamboyant comme jamais.

— De meilleure humeur, ce matin ? lui demanda-t-il en appelant l'ascenseur. La journée promet d'être bien remplie !

— Vous sentez déjà l'alcool, se contenta-t-elle de relever.

Il rit à gorge déployée.

— Bien ! Les lectrices vont a-do-rer !

Elle le suivit dans la cabine de l'ascenseur sans un commentaire sur son sens de l'humour. Ils commencèrent leur descente vers le garage.

— Salomé vous a bien communiqué l'adresse de France TV ? Mon interview est à 11 h 30, nous sommes largement dans les temps. Ensuite, le directeur du Furet nous convie à déjeuner avant la signature. J'adore les gens du Nord, vous allez voir leur accueil !

Il parlait avec une insouciance forcée. Elle avait déjà le planning en tête, aucun besoin de le lui rappeler. Émission de télé locale, repas, signature, mondanités. La routine. Qu'elle détestait déjà.

Elle le devança pour lui ouvrir la portière de l'Audi.

Deux heures et demie de route jusqu'à Lille. Enfermée avec lui.

Désormais elle n'avait plus qu'à attendre le bon moment.

Elle compterait les jours.

Les heures.

93

Une semaine depuis la mort d'Haussmann.

Et tant de nouvelles pièces du puzzle.

Falconnier ne savait pas encore dans quel ordre les assembler. Chacun de ces éléments renfermait, il n'en doutait pas, un sens précis et indispensable au tableau général. Les portraits des victimes présumées de la Saignée, l'enquête que menait Djebbari sur l'inconnue de la photo, les lignes de caractères inscrites sur cette feuille de papier… Et, bien sûr, cette sportive encore non identifiée, photographiée à son insu dans les vestiaires d'une salle de gym.

La clé.

La solution de toute l'énigme.

C'était forcément elle. Le fil qui le ramènerait à la pièce rouge et à toutes ces horreurs qui l'empêchaient de dormir.

Cette femme-là.

Il lui suffisait de découvrir son identité pour ouvrir le dernier verrou. Alors il exposerait la coupable, il leur monterait à tous qu'il avait eu raison depuis le début.

Malheureusement, aucune des bases de données qu'il avait consultées n'avait pu lui fournir cette information. Sur les fichiers du TAJ, il ne retrouva aucun antécédent judiciaire de jeune femme ressemblant de près ou de loin à cette personne. Le tatouage du crâne rouge et noir ne ressortait nulle part. Même les logiciels de reconnaissance faciale restaient sans réponse. Dans ce domaine, la technologie demanderait encore quelques années de développement. *Et que les lois autorisent l'utilisation de ces programmes à leur pleine capacité*, ne pouvait s'empêcher de ruminer l'investigateur. Il ne fallait pas se voiler la face : le système législatif n'évoluerait pas de sitôt, les malfrats pouvaient dormir tranquilles.

— Ça va me rendre dingue ! pesta-t-il au moment où on toquait à la porte du bureau.

Le lieutenant Bellefonds entra. Elle tenait un mini-plateau contenant deux cappuccinos de chez Starbucks.

— J'ai cru comprendre que c'est ta boisson ? annonça-t-elle en lui tendant un des gobelets.

— Rien ne t'échappe !

— C'est un métier, plaisanta-t-elle.

Elle prit place sur le fauteuil à côté de lui, avant d'ajouter :

— Tu n'as pas beaucoup dormi. Je me trompe ?

Il perçut de l'inquiétude dans la voix de sa collègue. Inutile de lui avouer qu'il en était à sa deuxième nuit blanche.

— J'ai encore des réserves, dit-il en se grattant l'arrière du crâne. En attendant, j'ai fouillé tous les sites imaginables. Les clubs de gym n'ont pas encore généralisé les photos d'identité de leurs adhérents, et quand c'est le cas, la foutue CNIL interdit leur stockage et leur consultation.

— Je sais. Mais on doit pourtant bien respecter la loi. Que ça nous arrange ou non…

Tout en parlant, elle sortit un fin dossier de son sac et le déposa sur le bureau. Elle se tourna vers l'écran de l'ordinateur, où étaient affichées deux images : d'un côté, une capture d'écran de la terrible vidéo, montrant la femme bourreau le bras levé, un tournevis serré dans son poing, prête à frapper. Et, sur l'autre moitié de l'écran, la photo de l'inconnue dans le vestiaire. Ses cheveux bouclés coupés à la garçonne. Ses muscles saillants. Son regard qu'on devinait naturellement agressif, braqué sur l'auteur de la photo. L'esquisse d'un mouvement belliqueux, étonnement similaire à celui de l'autre photographie.

— Tu aimerais vraiment qu'il s'agisse de la même personne, hein ?

Falconnier haussa les épaules.

— Ce n'est pas ce que j'aimerais. C'est de la logique, et je le prouverai. On trouve cette femme, on a toutes les réponses à notre affaire.

La policière hocha poliment la tête.

— D'accord. Pour ma part, si tu veux bien, je préfère récolter des preuves en premier. La Saigneuse a beau avoir le même type de physique, elle est masquée. Aucun indice ne nous permet de faire le lien à partir de cette seule vidéo. Ce qui est sûr, par contre, c'est que cette femme dans le vestiaire venait de comprendre qu'Alioune la photographiait. On voit à quel point elle était furieuse. Elle a dû essayer de lui courir après…

Falconnier engloutit un bon quart de son gobelet, le regard brillant.

— Et, visiblement, elle a su le retrouver. Elle lui a même fait prendre un bain.

Sa collègue grogna, saisissant à son tour sa boisson.

— Attrape-la, et on l'interrogera.

— C'est bien ce que je compte faire. Je ne m'avoue pas vaincu aussi facilement. On a son visage. On va remonter jusqu'à elle. Après tout, Djebbari a pris cette photo. Il faudrait que je trouve un moyen de retracer les déplacements du bonhomme. Peut-être grâce à ses données Internet, dès qu'on aura le retour de l'opérateur. Parce qu'il n'avait pas de Navigo, et niveau carte bancaire, c'est pas bien fameux. Il retirait toujours des sommes en espèces au même endroit et avait ses habitudes dans une poignée de magasins.

Il désigna la chemise cartonnée que sa collègue avait posée devant elle.

— Et toi ? Labo ?

— Labo, acquiesça-t-elle en ouvrant le dossier. Je vais être franche, c'est pas mieux de ce côté-là. Les gars de l'IJ ont fait un premier tour du scooter. À première vue, pas grand-chose d'exploitable pour nous. Le réservoir est plein, personne ne semble avoir utilisé l'engin depuis la mort de Djebbari. Les seules empreintes sont les siennes, évidemment. D'autre part, l'équipe a analysé les documents qu'on a trouvés dans le coffre.

— Et ?

— Je ne sais pas si ça veut dire quoi que ce soit, mais il n'y a aucune empreinte dessus. Que ce soit sur l'enveloppe, la feuille qui était dedans, la photo de notre inconnue.

— Djebbari les avait peut-être manipulées avec des gants ? suggéra Falconnier.

— C'est possible. Il y a encore une dernière chose. L'étude graphologique indique que ce n'est pas l'écriture de Djebbari. Ce qui ouvre de nouvelles questions.

Il intégra consciencieusement les informations.

— D'accord. Donc, cela veut dire que quelqu'un a écrit les caractères sur cette feuille pour lui. Ce n'est pas surprenant, si on y réfléchit… Djebbari menait une enquête. Il était peut-être d'ailleurs sur une piste, depuis le temps. Il devait demander des infos à droite et à gauche…

— Et une de ses sources a dû lui fournir ces codes, poursuivit Bellefonds en buvant son cappuccino à petites gorgées. C'est aussi ce que j'en déduirais. Maintenant, il nous reste à comprendre à quoi ils servent. Ce ne seraient pas des adresses Internet pour le Dark Web ?

— Tu imagines que c'est la première chose que j'ai essayée. Chaque ligne fait seize caractères. C'est pile la longueur d'une URL pour le navigateur TOR, si on utilise la version n° 2 du réseau, qui est encore la plus répandue. Sauf que ça ne mène nulle part tel quel.

Falconnier s'essuya la bouche. D'un clic sur le pad de l'ordinateur, il fit apparaître cette feuille que, tout comme la photo, il avait scannée avant de la remettre aux techniciens. Les suites de caractères et de chiffres emplirent l'écran, telles des formules magiques impénétrables.

— À Marseille, j'avais trouvé des codes semblables. C'était bien des adresses URL, mais, le truc, c'est qu'il fallait connaître l'astuce pour les déchiffrer, et si Étienne Haussmann ne me l'avait pas donnée, je n'aurais même pas découvert le début de cette affaire. Là aussi, je suppose qu'il nous manque une clé de déchiffrage quelconque.

Bellefonds se pencha sur l'écran, sourcils froncés.

— En les revoyant, que penses-tu de la toute première ligne ? On ne dirait pas des mots ? *Psycho*… ?

Falconnier acquiesça. Ce détail, il l'avait remarqué dès le début, sans trop savoir quoi en penser. La ligne entière était : « P 5 Y C H 0 G 1 R R L 1 S A L T ».

— On pourrait y voir « Psycho », « Girl », « Salt », soit « Sel » en anglais. C'est le seul passage de toute la page qui évoque quelque chose d'intelligible. J'ai cherché dans tous les sens. Il s'agit peut-être d'un simple hasard.

Il prit une longue inspiration.

— Faire parler ces lignes sera mon défi des prochains jours. D'ailleurs, tant que je suis sur le sujet, j'ai examiné les mails de Djebbari que tu m'as transmis. Tous les messages proviennent bien du même compte, à un détail près. Les deux derniers, ceux que tu as reçus la semaine dernière, et dans lesquels la personne qui se faisait passer pour lui te demandait d'effacer la photo. Ils n'ont pas été envoyés de chez lui.

— Comment tu peux savoir ça ?

Il sourit, comme s'il s'adressait à une enfant.

— C'est vraiment tout bête. Chaque fois que tu envoies un e-mail, il y a des informations dans le code source, avec ton adresse IP ainsi que la zone géographique de ton réseau. On peut donc constater que, dans les messages précédents, ces métadonnées indiquent le même endroit, dans le XVe arrondissement, c'est-à-dire le domicile ou le bureau de Djebbari. Mais elles changent sur les deux derniers. Non seulement ce n'est pas le même ordinateur qui a été utilisé, mais la zone indiquée est celle du nœud Orange de Chelles, en Seine-et-Marne. Je ne peux malheureusement pas avoir de localisation plus précise.

Bellefonds fit lentement tourner son doigt sur la photo du détective assassiné.

— Pourquoi le meurtrier n'a-t-il pas écrit ces messages depuis chez Djebbari, pour ne pas attirer l'attention ? Je veux dire, il avait la paix.

— Son crime remonte au mois dernier, calcula Falconnier. Il avait déjà débarrassé les lieux de tout le matériel informatique, sans parler du ménage hallucinant qu'il a fait. Je comprends qu'il n'ait pas souhaité revenir dans l'appartement. Il a rédigé les e-mails depuis un endroit sûr. Ce qui me fait penser que le tueur réside dans les environs de Chelles.

Il revint sur la photo de la femme tatouée. Sa voix s'assombrit.

— Ou, comme je le crois, la tueuse…

94

Centre de Chelles.

Installés sur une banquette moelleuse dans l'angle de la brasserie. De la musique flottait en sourdine. Sur leur table, leur petit déjeuner tout fraîchement servi dégageait ses odeurs de croissants chauds et de café. C'était une ambiance que Léo trouvait rassurante, d'ordinaire, mais qui, ce matin, s'effaçait pour se muer en vague environnement distant.

Ajustant ses lunettes de l'index, il se tourna vers son amie emmitouflée dans un sweat-shirt à capuche un peu trop grand pour elle. Elle n'était pas maquillée, ce qui lui donnait un air particulièrement juvénile.

Elle fixait l'écran de l'ordinateur posé entre leurs assiettes, hypnotisée par les images qui s'y affichaient. Au tout début, elle avait soufflé sur sa tasse de café. Elle n'avait pas tardé à la reposer et à lever la main devant sa bouche.

Les photos défilaient. Dans toute leur inexorable, insoutenable précision. Des personnes, hommes et femmes, attachées sur un fauteuil médical. Leurs vêtements lacérés. Leurs corps en charpie. Une femme aux deux mains tranchées se cambrait désespérément, bouche déformée dans une expression de douleur inimaginable. Un homme sans visage – on lui avait pelé la peau du menton jusqu'au front – fixait l'objectif de ses yeux ronds et blancs sur le rouge profond de ses muscles.

— C'est grave, murmura Cassandre entre ses doigts crispés, pupilles dilatées.

Léo, quant à lui, détournait le regard autant qu'il le pouvait. Il avait déjà suffisamment vu ces horreurs, et elles ne quittaient déjà plus son esprit. Il aperçut malgré lui la photo d'une métisse d'un certain âge, en surpoids. Contrairement aux autres victimes, cette femme était recroquevillée au sol. Il manquait un morceau de peau rectangulaire sur son bras énorme. Son crâne était hors de l'image, mais on devinait une flaque de sang tout autour de sa chevelure.

L'image suivante montrait une silhouette carbonisée, os noircis à nu, encore ligotée sur les restes du fauteuil.

— Ça a l'air réel, nota Cassandre. Des vrais cadavres.

— Même si c'est de la mise en scène, c'est anormal de collectionner ce genre de machins, non ?

— Je ne te le fais pas dire.

— Mais ça ne ressemble pas à Estel ! Je veux dire, elle a un comportement inquiétant, ces derniers temps, mais ça…

— On croit connaître les gens, hein ?

Il était trop mal à l'aise pour répondre.

— Quoi qu'il en soit, reprit-elle, il y a un détail qui revient dans chaque image.

— C'est ce que je me suis dit aussi. Les murs rouges.

Cassandre pencha la tête sur le côté. Leurs coudes s'effleurèrent. Un contact rassurant. Elle avança une main hésitante vers le clavier et pressa la touche d'espace pour mettre en pause le défilé horrifique.

— Regarde.

Léo risqua un rapide coup d'œil. La photo montrait une femme empalée sur un couteau électrique de cuisine, les cuisses en charpie.

— Putain, grogna-t-il en se détournant. Je veux pas mater ça à nouveau.

— Pas la boucherie. Sous l'image. Cette photo vient d'une capture d'écran.

Il se résolut à regarder, tandis que Cassandre posait deux doigts sur l'écran pour zoomer. La photo semblait, en effet, avoir été mal recadrée. Dans sa partie inférieure, on devinait encore, en tout petit, une portion de texte en vert sur fond noir, qui indiquait : « *...ffusé en 2017 sur la Saignée, la seule vér...* »

— Ouais, je vois. Ça ressemble à une interface de forum basique. Et le mot manquant, au début de la ligne, ça doit probablement être « diffusé ». Sans déconner, ces atrocités circulent en ligne, comme ça ?

— On dirait bien.

Elle referma l'ordinateur.

— C'est bon. J'en ai assez vu comme ça, moi aussi. Et je ne te remercie pas. Grâce à toi, je vais avoir droit à de sérieux cauchemars.

— Tu comprends pourquoi je panique, hein ? fit Léo, plus décomposé que jamais, le coin de ses yeux tremblotant derrière ses lunettes.

La jeune femme ne souriait plus. Une extrême pâleur avait envahi son visage.

— Tu as trouvé ces fichiers comme ça, sur son disque ? Ce n'était pas chiffré ?

— Si, mais assez mal. Le chiffrement n'a pas tenu dix minutes avec Hashcat reconfiguré par mes soins. Heureusement qu'Estel n'est pas un génie de l'informatique.

— Elle y tâte tout de même assez si j'en juge par ces images ! Pour obtenir ce genre de trucs, il faut bien connaître la face cachée du Web.

— Toi, tu la connais, non ?

— Un peu, admit-elle en haussant les épaules. Ça m'arrive d'aider des potes de Greenpeace à effacer leurs traces ici ou là.

— Alors, qu'est-ce que tu en penses ?

Elle émit un ricanement sournois.

— Que ta copine est bonne à enfermer.

— Mon *ex*, précisa-t-il d'une voix éteinte. Et plaisante pas, s'il te plaît, c'est pas le moment.

Du bout du doigt, la jeune femme fit tourner la viennoiserie à laquelle elle n'avait pas touché.

— Écoute, Léo. J'ai rarement vu quelqu'un d'aussi fidèle et d'aussi aveugle que toi. Non mais, sans déconner ! Depuis que je te connais, tu fais tout ce que tu peux pour sauver cette pauvre fille d'elle-même. Si tu t'entêtes à faire des recherches sur elle, et que tu découvres qu'elle a dépassé une limite impardonnable, comment le prendras-tu ?

— Au moins, je saurai. Ce sera horrible, mais toujours moins difficile que… juste ne pas savoir, et se dire que peut-être…

Il laissa son esprit vagabonder. D'un souffle rauque, il avoua ce qu'il craignait plus que tout :

— Imagine qu'elle a participé à ça ?

Cassandre plongea son regard dans le sien.

— Tu crois que ce serait possible ?

— Je me mets à la place des flics, s'ils fourraient leur nez dans ses affaires. À croire qu'elle espère que quelqu'un va trouver tout ça… et…

— L'arrêter ? suggéra-t-elle.

Il se sentait mal. De plus en plus mal.

— Je sais pas, putain. Je me fais tellement de soucis ! Et elle ne rentre pas… Tu n'as pas eu de nouvelles, toi, par hasard ?

— Pourquoi elle m'aurait contactée ? demanda la jeune femme sans sourciller. Tu es toujours aussi naïf, hein ? Tu sais qu'elle ne peut pas me supporter.

— C'est vrai. Je suis bête.

Il se massa les tempes. Elle approcha ses bras. Il déposa sa tête dans le creux de son épaule, et son amie lui caressa doucement la nuque.

— Tu es tout sauf bête, Léo. Et tu sais que tu peux compter sur moi. Si Estel a fait quelque chose de mal, tu ne seras pas seul. Je te le promets.

Il poussa un soupir désespéré.

Puis, mû par un réflexe, il rouvrit l'ordinateur. L'écran affichait toujours la même image, zoomée sur la portion de texte.

— La Saignée. Qu'est-ce que ça peut être, alors, selon toi ?

— Bonne question, dit Cassandre en se décidant à porter sa tasse de café à ses lèvres. Si tu le découvres, tu t'approcheras peut-être de tes réponses.

95

Estel n'avait pas la moindre envie de faire la discussion à son employeur. Elle conduisait avec rigidité, lèvres closes. Fort heureusement, Dardeau fut occupé au téléphone une bonne partie du trajet. D'abord, il parla avec son notaire de la vente des appartements des Eaux Claires. Puis avec son assistante de leur planning hebdomadaire. Finalement, il appela Lili, avec qui il resta en communication durant plus d'une heure.

— Tu envoies les billets à Salomé dans l'après-midi ? conclut-il alors qu'ils n'étaient plus qu'à quelques kilomètres de Lille. Merci, ma chérie ! On refait un point demain. Je suis tellement excité à l'idée de cette émission !

Plus que jamais, il irradiait son insupportable enthousiasme.

— Vous avez entendu ce dont on parlait, Estel ? Mon livre démarre fort en Allemagne ! L'éditeur m'a obtenu une place sur un plateau télé *prime time*, enregistrement dimanche. Lili me réserve un vol pour samedi soir. Elle viendra avec moi.

— Félicitations, fit Estel entre ses dents, le regard obstinément braqué sur le ruban d'asphalte.

Elle n'ajouta rien, mais avait déjà gravé cette information dans le métal chauffé à blanc de ses pensées.

Quand ils arrivèrent boulevard de la Liberté, à Lille, elle arrêta la voiture au pied des studios de France TV Nord-Pas-de-Calais. Plusieurs personnes attendaient en piaffant devant les grandes portes bleues. Estel reconnut le journaliste, un romancier local et le directeur du Furet du Nord, dont Salomé lui avait passé les photographies dans son mémo pour la journée.

Dardeau bondit hors du véhicule.

— Vous allez vous garer et vous m'attendez devant les portes ? Je pense ne courir aucun risque entre personnes de bonne compagnie !

Elle hocha la tête et manœuvra avec fluidité pour regagner le parking le plus proche.

Samedi soir, avait-il dit.

Dans deux jours.

Elle pouvait attendre deux jours de plus.

Personne ne la vit se mordre les lèvres jusqu'à ce qu'un filet de sang perle au coin de sa bouche.

Elle acheva la manœuvre pour ranger l'Audi sur l'emplacement avant d'essuyer son menton du revers du poignet.

96

Déception après déception.

L'autopsie d'Alioune Djebbari ne dévoila rien de nouveau. Tout au plus confirmait-elle que l'homme avait été passé à tabac pendant des heures, peut-être une nuit entière, avant de succomber à la noyade. On avait tué son chat avant lui – et à mains nues, comme l'avait supposé Bellefonds –, très probablement pour l'inciter à parler. Restait à déterminer ce qu'il avait découvert de si important pour mériter un tel châtiment. La date exacte du décès était évaluée entre le 22 et le 24 mars, soit un mois plus tôt. Son assassin n'avait pas laissé plus de trace sur le corps qu'il n'en avait oublié sur la scène de crime.

Quand le lieutenant Bellefonds annonça qu'Orange leur avait transmis les archives de l'abonnement Internet, Falconnier eut un regain d'espoir. Vite balayé. Le document Excel ne comportait que quelques pages à moitié vides.

— C'est tout ? C'est une putain de blague ?

— C'est tout ce qu'on nous a donné, lui assura sa collègue avec un sourire aussi charmant que désolé. On ne peut pas inventer des données quand il n'y en a pas.

La lecture des maigres éléments fut donc rapide. Et l'énervement du policier d'autant plus vif. Il se releva, tourna en rond dans la salle.

— C'est pas possible. Tout ce qu'Orange a été capable de nous faire passer, c'est le relevé de son téléphone fixe, dont Djebbari ne se servait pratiquement jamais. Je n'ai jamais vu un historique aussi vide !

— Son assassin a réussi à l'effacer ?

— Même pas. Le fournisseur d'accès conserve les logs de connexion. C'est Djebbari qui devait être allergique à Internet. Aucun accès au moindre *cloud*.

La jeune femme acquiesça d'un mouvement du menton, l'air concentré.

— Donc, en clair, pas de trace exploitable de ton côté ?

— Que dalle. Ces putains de relevés nous indiquent seulement des dates de connexions. Impossible de s'en servir pour retrouver ses comptes, ses documents… Si je mettais la main sur ses photos, par exemple, je pourrais retirer les dates des prises de vue et leur localisation. Cela nous permettrait de suivre une partie de ses déplacements.

— Son truc, c'était plutôt les téléphones à carte prépayée et les classeurs avec des archives remplies à la main, fit remarquer Bellefonds. Mes parents sont comme ça aussi. Ils évitent toutes ces applications qui collectent la moindre de leurs informations personnelles.

Falconnier luttait pour garder son calme.

Un jeu auquel il n'avait jamais été très bon.

— C'est *justement* parce que le moindre geste des gens est suivi, localisé et enregistré que nous pouvons faire notre travail correctement ! Enfin, dans ma partie, en tout cas. La matière que j'utilise, ce sont les traces numériques.

Il empoigna des papiers qui traînaient, en fit une boulette qu'il jeta à la poubelle.

— Là, je n'ai *rien* pour bosser. Le tueur a pris soin de tout débarrasser. Cet enfoiré a vraiment fait un sans-faute.

Sa collègue s'assit au bord du bureau.

— Le sans-faute, ça n'existe pas, déclara-t-elle en roulant les manches de son chemisier avec détermination. Quand on tue quelqu'un comme ça, à son domicile, il y a des centaines d'erreurs quasi impossibles à éviter, tu le sais.

Falconnier eut un rire amer.

— Sauf que celui ou celle qui a commis ce meurtre a évité *toutes* ces erreurs. Sérieusement ! Indices matériels, empreintes ADN, jusqu'aux traces digitales… Partout où on cherche, tout a été nettoyé ! À croire que c'est un flic, qui savait précisément où on allait regarder !

Il s'arrêta, prenant conscience de ce qu'il venait de dire.

— Tu ne penses tout de même pas… ? murmura Bellefonds.

Il resta un moment à fixer le mur où étaient affichées les photos des victimes connues pour l'instant. Les corps calcinés. Les cages thoraciques dénudées, comme des cerceaux noirs sur le fond rouge cloqué. Les pensées fusaient dans son esprit.

— Non, dit-il en détournant finalement le regard. Je veux dire, tu imagines ce que cela impliquerait ?

La jeune femme resta silencieuse quelques instants.

— Je ne préfère pas. On a besoin de faire confiance au système.

— Alors, comment on fait ? lui demanda-t-il.

Bellefonds l'enveloppa de son regard turquoise.

— Aucune idée. Mais il va peut-être falloir chercher là où un flic n'aurait pas pensé à regarder…

97

Ils ne s'attardèrent pas après la signature. Le romancier ressortit du Furet du Nord les bras chargés de cadeaux. Estel devait l'avouer, il avait eu raison en vantant l'accueil des gens du Nord. La manière dont ils avaient été reçus surpassait toutes les rencontres précédentes.

Dans le rétroviseur central, Estel observa son patron, qui une fois loin des regards du public se laissait aller, avachi sur la banquette arrière, les yeux fermés, un sourire d'autosatisfaction sur les lèvres.

— Mettez Radio Classique, voulez-vous ?

Elle ne se fit pas prier pour allumer le poste. Pendant tout le trajet, elle profita elle aussi de la musique apaisante. Dardeau ne sortit de sa torpeur que deux bonnes heures plus tard, alors qu'ils arrivaient aux abords de Paris. Estel le vit fouiller dans ses affaires. Il pesta longuement, avant de se pencher entre les sièges.

— Vous n'auriez pas vu mon carnet d'adresses, par hasard ? Celui que j'ai toujours avec moi.

Elle garda son regard sur le ruban de l'A1 tandis qu'elle doublait une file de camions.

— Je ne crois pas.

— Assez petit. En cuir marron et doré.

— Désolée. Je ne vois pas.

Il hocha la tête et se replaça à l'arrière.

— Il doit être quelque part au bureau, alors. Ce n’est pas bien grave.

— C’est forcément ça, murmura Estel.

98

Tout le reste de la journée, elle avait réfléchi à ses options avec Léo. Même maintenant, alors que la nuit était tombée depuis un moment, Estel continuait de douter.

Tu pourrais lui parler.

Mais il ne comprendrait pas.

Personne ne comprendrait.

Personne ne t'a jamais comprise.

Elle attendit patiemment dans la voiture. Son ex-compagnon aussi avait ses habitudes. Chaque jeudi soir, il allait retrouver une poignée d'amis pour un verre dans un bar de *geeks*. Il manquait rarement le rendez-vous. Surtout quand il avait des baisses de moral.

Cela ne manqua pas. Un peu avant 22 heures, le jeune homme poussa la porte de l'immeuble et s'éloigna en direction du RER.

— Merci d'être aussi prévisible, chuchota Estel.

Elle se hâta dans l'ascenseur. À son entrée dans l'appartement, un frisson de nostalgie la traversa. L'odeur du thé au jasmin de Léo embaumait le salon. Les images des moments de bonheur avec lui remontaient. Des souvenirs déchirants, désormais.

Arrête de faire ta fille, putain.

Son sac de sport se trouvait dans l'armoire. Elle le remplit d'affaires pour le week-end, ajouta une paire de chaussures de chantier dont elle aurait sans doute besoin. Elle n'oublia pas de récupérer son ordinateur glissé entre les piles de linge.

Il lui semblait l'avoir rangé plus haut. Pas ainsi, sur ses pulls de Noël moches. Mais en était-elle vraiment certaine ? Elle se rendit compte qu'elle n'était plus certaine de *rien*, ces derniers jours.

Tu réfléchis trop. Bouge-toi plutôt les fesses.

Elle zippa la fermeture du sac et quitta l'appartement comme elle y était revenue. En intruse honteuse. Elle pria même pour que Léo ne soit pas déjà en train de revenir pour une raison ou une autre.

Regagner son véhicule. Se retrouver à l'abri enfin, invisible à nouveau. C'est tout ce qu'elle souhaitait. Ne pas avoir de comptes à rendre à quiconque, ne plus *jamais* risquer de s'exposer. Elle sentit ses mains trembler sur le volant, ainsi que le vertige, omniprésent, vicieux, qui semblait se moquer d'elle et de ses états d'âme puérils.

— Je ne suis pas cinglée, articula-t-elle, la voix pâteuse. Et je le prouverai…

Elle fit rugir le moteur et sortit en trombe de sa place de stationnement.

99

Tout près d'ici.

Quelque part.

Falconnier fit une halte pour laisser passer la voiture qui déboîtait sur les chapeaux de roue, et dont les phares l'éblouirent un instant.

Certains ont besoin de se calmer les nerfs, on dirait.

Tandis que le véhicule disparaissait à l'angle de l'avenue, le policier observa les immeubles qui constituaient ce quartier de Chelles. Une cité-dortoir, grise et triste, comme Paris en avait tant semé sur sa couronne. À cette heure tardive, il n'y avait pas grand monde dans les rues baignées de brume. Des personnes qui marchaient vite, sans lever les yeux vers les autres. Falconnier longea des barricades de chantier. On apercevait les silhouettes des engins qui luisaient sous les réverbères. L'air avait des odeurs de goudron et d'essence.

Tout près.

La Saigneuse est là.

Ou, au moins, elle a été là.

Mains dans les poches, le policier se posta au pied d'un immeuble. Avec son sweat-shirt à capuche, il devait ressembler à un dealer. Ou à un junkie. Il en avait croisé quelques-uns, pareils à des zombies, du côté de la station RER.

Il se massa l'arête du nez. Il en avait eu assez de tourner en rond dans les bureaux de la DPJ et s'était dit qu'il trouverait peut-être l'illumination en banlieue. Jusque-là, rien de très concluant. D'une part, il se rendait compte que la connexion de n'importe qui pouvait avoir été piratée pour utiliser le compte mail de Djebbari. D'autre part, le nœud Orange qui avait été utilisé pour envoyer les données abreuvait le réseau Internet de la moitié de cette ville.

Techniquement, il était impossible de vérifier l'identité de chaque habitant. Le temps jouait contre lui. La personne qui avait assassiné Alioune Djebbari connaissait son affaire. Elle avait fait disparaître toutes les preuves potentielles, coupé tous les ponts risquant de la confondre.

À l'exception de cet e-mail adressé à Bellefonds.

Aurait-elle été confiante au point de l'envoyer de son propre quartier ?

C'était ce qu'espérait Falconnier. Qu'elle finisse par se sentir invulnérable. Qu'à force de gommer si facilement ses traces, elle prenne sa supériorité comme un dû. C'était le moment où ils commettaient tous une erreur. La vraie, la grosse, qui les faisait irrémédiablement plonger.

Tout espoir était bon à prendre.

Surtout que le procureur devait appeler le lendemain matin pour faire le point. Falconnier détestait avoir à justifier ses faits et gestes, mais Coquelet attendait des résultats rapides, et cela faisait trois jours déjà qu'il était en détachement ici…

S'il n'avait rien de neuf à lui annoncer, c'était la fin de son séjour parisien.

100

Estel poussa la porte de la chambre d'hôtel. Elle l'avait choisie près de chez elle. Un endroit neutre. Toujours rangé quand elle y revenait, avec cette odeur tenace et étrangement rassurante de produits d'entretien.

Cela lui permettrait de souffler pendant quelques jours.

Ensuite… Elle aviserait.

Ses affaires jetées sur le lit, elle déposa l'ordinateur sur le petit bureau et l'alluma sans attendre. Elle ouvrit une fenêtre de navigation, se connecta à sa messagerie cryptée et rédigea un nouveau mail.

Quand ?

Elle prit une longue inspiration. Les réponses pouvaient arriver tout aussi rapidement que plusieurs heures plus tard.

La seule chose qui comptait, c'est qu'elles arrivaient.

Toujours.

•

101

Toujours plus d'interrogations.

Sans aucun début de réponse.

Ni assez de sommeil.

Falconnier s'assit au bord du lit, dans sa chambre d'hôtel de seconde zone. Comme si le vacarme du périphérique tout proche ne suffisait pas, un couple avait fait l'amour sans discontinuer dans la chambre voisine. Puis, dès 4 heures du matin, ça avait été les bruits des douches de tous côtés, les claquements de portes et les pétarades de moteurs sur le parking.

Il se dit qu'il avait dû dormir un peu malgré tout. Il n'en avait simplement pas l'impression.

Il se leva pour ouvrir le rideau. Un élancement dans le bas du dos le fit grimacer.

— Putain de fonction publique fauchée.

Son ordinateur était posé sur la table au coin de la pièce. La machine avait tourné toute la nuit. Pour rien, à en juger par les colonnes de recherche désespérément vides. Falconnier ne pouvait s'empêcher de songer que, sur la sombre nébuleuse du Web Profond, les loups vicieux s'amusaient. Échangeaient leurs horreurs. En toute impunité.

Tandis que, lui, perdait peu à peu leur trace.

De rage, il frappa le premier objet à sa portée, qui se trouvait être la lampe de chevet.

La lampe en plastique heurta le mur avant de s'écraser au sol, son ampoule brisée.

— Putain, répéta-t-il en retombant dans le lit aux draps rêches.

Il attendit en scrutant les lézardes du plafond, perdu dans ses hantises familières. C'était plus qu'un besoin de revanche idiote. C'était une sensation brûlante, dévoratrice, qui l'aiguillonnait du plus profond de ses tripes…

Quand son téléphone sonna, il était encore dans la même position, seulement vêtu de son caleçon. Il ne se redressa pas, il colla simplement l'appareil contre son oreille.

— Bonjour, monsieur le procureur.

— *Finalement, vous êtes joignable ? Votre hiérarchie me signale qu'ils n'arrivent pas à vous avoir.*

Christophe Coquelet n'y allait jamais par quatre chemins.

— Je dois les rappeler. J'étais la tête dans le guidon.

— *Le directeur de la DIPJ veut que je vous demande de rentrer si vous n'avez pas obtenu de résultat. Alors, qu'en est-il ?*

Falconnier ferma les yeux. C'était bien ce qu'il craignait. Il fit un rapide topo de la situation, du rapport de l'autopsie, du peu de matière exploitable à sa disposition. Il insista cependant sur la photo de la jeune femme qu'il avait retrouvée, et qui selon lui était la clé de tout.

— *En clair, vous n'avez rien,* résuma le procureur.

— Je manque de supports contenant des traces numériques, c'est certain. Mais la femme dont je vous ai parlé réside en région parisienne. Je vais trouver qui elle est, et je vais l'arrêter. J'ai besoin de quelques jours de plus.

— *Vous vous moquez de moi ? Ou simplement de votre chaîne hiérarchique ?*

La voix du procureur était montée d'un ton. S'opposer à cette figure de l'autorité n'était guère une bonne solution. Mais louvoyer allait vite devenir problématique.

— Ni l'un ni l'autre, assura Falconnier, cherchant le ton juste.

— *Dans le doute, je vous rappelle que c'est moi qui ai autorisé cette enquête hors ressort. Et c'est moi qui passe pour un con si elle n'est pas rentabilisée. Ça fait déjà trois jours.*

— Vous croyez sincèrement que je m'accorde des vacances ? Bon sang, mais vous me connaissez !

Il avait redressé la tête en même temps qu'il élevait la voix. Il cala de nouveau sa nuque contre le coussin. Fixa le plafond décrépi.

— C'est une affaire hors normes. On traque une prédatrice qui a peut-être assassiné des dizaines de personnes.

— *Ce sera l'affaire de la DPJ parisienne. La DIPJ Marseille ne va plus payer votre hôtel ni les autres frais à partir de demain. Ils ont besoin de vous à l'Évêché.*

Falconnier ne put s'empêcher de ricaner.

— Sauf le respect que je vous dois, monsieur le procureur, je peux me payer moi-même ce palace. Mon directeur ne m'aime pas, et il n'y a aucune urgence au labo. À moins d'une nouvelle affaire dont on ne m'aurait pas parlé, ce sont les machines qui font tout le travail. Il y a deux autres ICC dans le groupe qui ont largement le temps de s'en occuper. C'est ici qu'on a besoin de moi.

Il avait conscience de jouer à un jeu dangereux. Il prit une inspiration et ajouta :

— Je suis certain d'avoir une piste solide. Depuis que vous me connaissez, est-ce que je me suis déjà planté une seule fois ?

Coquelet éructa un juron.

— *Bon sang, des têtes de mule comme vous, on n'en fait plus ! Pas étonnant que vos collègues vous détestent.*

— Je travaille avec des cons. Cela ne fait pas de moi un mauvais flic.

— *Je n'ai jamais prétendu cela. Je vous demande une seule chose. Des résultats.*

— J'en aurai.

À force de contempler les fissures sur la peinture cloquée, il finissait par y déceler des crânes ricanants.

— Dès ce week-end. Je vous promets que j'obtiendrai des éléments solides. Si ce n'est pas le cas, je rentre.

Il y eut un long moment de silence.

— *Ce week-end, Quentin. Nous sommes vendredi. J'attends votre appel demain.*

Le procureur raccrocha.

Falconnier balança son téléphone à travers la pièce. Il l'entendit rebondir contre le mur, puis le sol.

Et maintenant ?

Il n'en savait rien. Mais il n'avait guère le choix. Il lui fallait se creuser les méninges, et vite. Il enfila maladroitement un tee-shirt, son pantalon sale, prit place sur la chaise, lança machinalement le navigateur.

Des éléments pour demain ?

Qu'est-ce qui t'a pris ?

Il se mordilla les ongles tandis que l'interface s'affichait :

Explore. Privately.

Comme pour continuer de le narguer.

— Si seulement je savais où explorer ! s'exclama-t-il en frappant du poing sur la table.

Son ordinateur trembla sous le choc. La feuille avec les lignes de codes, qu'il avait posée au coin du minuscule bureau, s'envola. Il la ramassa et la regarda de nouveau à la lueur du jour. Ces alignements de formules magiques impossibles à déchiffrer. Il les fixa jusqu'à voir ici aussi les visages accusateurs de ses cauchemars.

D'un coup, son regard s'éclaira.

Ses pensées se focalisèrent.

La clé.

Il l'avait sous les yeux depuis le début.

102

Stoppée net.

Une main massive agrippait son épaule.

Surprise, Delphine Bellefonds poussa un cri aigu. Elle lâcha la porte qu'elle venait de déverrouiller avec son badge, puis, d'une brusque secousse, se libéra de l'étreinte d'Escorsac.

— Ça va pas la tête ? Ne refais *jamais* un truc pareil, merde !

Le capitaine barbu leva les mains en signe d'apaisement, bouche entrouverte en un O qui semblait vouloir s'excuser tout en s'étonnant d'une telle manifestation d'agressivité. Derrière lui, Bellefonds aperçut une autre collègue, grande et blonde.

— C'est bon, je suis désolé, marmonna Escorsac. Je ne voulais pas te faire peur. C'est vrai que, hier, j'ai été plutôt ronchon avec toi, mais…

— Ronchon ? l'interrompit-elle, furieuse à présent. Vincent, tu te comportes comme un vrai connard ! Ça ne peut plus durer !

Pour mieux appuyer son propos, elle repoussa le grand flic, du plat de la main, fort. Escorsac recula docilement, le visage empourpré.

— Delphine, s'il te plaît…

Il fit rouler ses yeux dans ses orbites en cherchant ses mots.

— Il faut vraiment qu'on parle. C'est important.

— Très bien. Tu prendras la parole durant le débrief, tout à l'heure.

— Pas devant tout le monde, dit-il entre ses dents. Et surtout pas devant Falconnier.

— Bon sang, tu vas me ficher la paix avec tes histoires ? Ça ne m'intéresse pas ! Il faut que je te le dise comment ?

Escorsac renifla, remit un coin de chemise dans son pantalon.

— Je sais que je ne peux pas te convaincre de me croire. Tu es trop têtue. C'est pourquoi je voulais te présenter Diane. Elle travaille aux écoutes administratives. Elle connaît bien le bonhomme.

— OK, soupira Bellefonds en se tournant vers la femme qui patientait en arrière. Et alors, quoi ?

La grande blonde dénommée Diane, cheveux courts, jean délavé et blouson d'aviateur à motif camouflage, lui offrit un sourire timide.

— Je ne veux pas causer de problème, prévint-elle d'une voix légèrement enrouée de fumeuse. Comme j'en ai discuté avec Vincent, il m'a suggéré de t'en parler. Quentin a été à la PJ de Versailles. Nous avons travaillé dans le même groupe pendant deux ans.

Bellefonds planta ses poings contre ses hanches.

— Et alors ? Son poste est à Marseille, maintenant.

— Parce que nous l'avons littéralement mis dehors. Nous avons fait un signalement contre lui. Je ne parle pas d'un ou deux collègues avec qui il se serait accroché. Tout le service a signé. Il fallait alerter la hiérarchie de son comportement.

Bellefonds ne réagit pas. Elle était toujours aussi irritée, mais son attention était, toutefois, captée par les propos inquiétants de cette inconnue.

— C'est ce que j'essayais de te dire hier, grommela Escorsac. Ce n'est pas de la méchanceté. Je me fais vraiment du souci pour toi. Ce type fout la merde partout où il passe. Il fallait que tu l'entendes.

Elle ne lui accorda pas un regard. Le sentiment acerbe de trahison lui grignotait toujours le ventre.

— Je ne comprends pas, finit-elle par déclarer. Il a fait quoi de si mal ? Dans notre cas, il vient de déterrer une affaire de dingue et nous l'a servie sur un plateau !

— Non, Delphine. C'est *toi* qui as trouvé Djebbari. Tu ne le vois donc pas ?

— Si je peux me permettre, intervint de nouveau Diane, Quentin a toujours su sentir les affaires en or, on ne peut pas lui enlever ça. Il est obnubilé par la chasse aux criminels, comme si sa vie en dépendait… jusqu'à faire n'importe quoi. Chacune de ses investigations, je dis bien *chacune*, s'est mal finie avec un collègue ou un autre. Primo, parce qu'il écrase toujours tout le monde pour récolter les lauriers. Mais, à la fin, son entêtement a dépassé les limites…

— Je ne suis pas sûre de vouloir le savoir, Diane.

— Quentin s'était investi dans une affaire qui allait droit dans le mur, poursuivit la femme sans tenir compte de sa remarque. Il n'en a toujours fait qu'à sa tête, mais là, il s'est vraiment déchaîné. Avec des recoupements tirés par les cheveux, il a déniché un coupable… à un gros détail près. Il n'avait aucune preuve concrète contre l'individu. Peut-être parce qu'il était innocent, après tout. Tu sais ce qu'il a fait ? Quentin a fabriqué toutes les preuves dont il avait besoin pour envoyer le type à l'ombre. Et pas un simple paquet de cannabis glissé dans la poche d'un petit caïd pour simplifier une procédure. Je parle de milliers d'images pédophiles qu'il a placées sur l'ordinateur du type. De quoi l'envoyer derrière les barreaux pour vingt ans.

Bellefonds inspira profondément.

— C'est extrêmement grave, ce dont tu l'accuses. Je ne te connais pas, et tu me balances ça, comme ça ?

La grande blonde haussa les épaules.

— Tu es libre d'en déduire ce que tu veux. Mais au moins, je te l'aurai dit. Je n'invente rien. Tout le monde est au courant. Quentin a produit des preuves bidon pour pouvoir boucler son affaire comme un cador. Il a même récolté les félicitations du patron ! C'est pour cette raison que nous l'avons dénoncé aux bœuf-carottes. Et même à ce moment, la sanction s'est limitée à une petite tape sur la main. Alors nous lui avons pourri la vie jusqu'à ce qu'il n'en puisse plus et qu'il finisse par partir.

— Et donc, tu te vantes d'avoir harcelé un collègue pour l'éjecter de ton groupe ? s'exclama Bellefonds. Je dois me sentir rassurée ?

— Je n'en suis pas fière, admit sa collègue en remontant nerveusement la fermeture de son bomber. Nous ne voyions pas quoi faire d'autre pour nous débarrasser de lui. Résultat, Quentin a fini par solliciter sa formation d'ICC, et quelques mois plus tard il était muté au soleil. À présent, je plains quiconque doit bosser avec lui. Tu chasses ce type par la porte, il revient par la fenêtre. C'est un obsessionnel maladif.

— Ça suffit, trancha Bellefonds, excédée. J'en ai assez entendu.

Elle se tourna vers Escorsac, le regard incendiaire.

— Je suis une obsessionnelle maladive, moi aussi, Vincent. C'est ce que tu m'as toujours reproché, non ? Je mets tout par écrit, j'ai toujours besoin de plus de détails. J'emmerde tout le monde avec mes pinaillages.

— Oh, arrête un peu ! la recadra-t-il. Tu n'es pas comme lui. Tu te plierais en quatre pour un camarade. C'est justement pour ça qu'il ne faut pas que tu entres dans son jeu. Il va juste se servir de toi tant qu'il en a besoin, et ensuite te plomber devant les chefs pour tirer toute la couverture à lui. À force de fréquenter les ordures du Net, il n'est plus très différent d'eux. Il utilise exactement leurs méthodes.

C'était bas. Et alarmant. Bellefonds préféra ne pas répliquer.

Escorsac s'adossa au mur du couloir.

— Je veux juste finir en te rappelant ça : tu as raison, de toutes les personnes que je connais, tu es celle qui attache le plus d'importance aux détails. C'est pour ça qu'on vient de t'en donner. Tu devrais bien te les noter, comme tu le fais pour tout le reste, et toujours les garder à l'esprit si tu veux éviter les ennuis.

Elle hocha lentement la tête.

— Je ne les oublierai pas.

Elle hésita un instant, avant d'achever :

— Si je pense qu'il y a un problème, tu sais que je viendrai t'en parler. Mais tant que ce n'est pas le cas, je te demande de ne plus venir me saouler avec tes histoires. Je suis assez grande pour m'occuper de mes affaires. Compris ?

Escorsac n'insista pas et lui adressa un sourire qu'il voulait sans doute rassurant. Elle le trouva surtout empreint d'une inquiétude qui lui vrilla le cœur.

103

Ne t'emballe pas.

Falconnier essayait de ne pas se tortiller comme un gosse sur sa chaise.

D'abord, il sortit une feuille de papier vierge de sa valise et la scotcha sur le mur. Avec un gros feutre, il y reporta les caractères, ligne par ligne, en prenant soin d'accorder exactement le même espace à chaque lettre ou chiffre, de sorte qu'ils se trouvent bien l'un au-dessus de l'autre.

Les dix-sept lignes de seize caractères s'alignaient parfaitement. Tout en haut, la première était la seule dans laquelle on pouvait deviner un sens.

P 5 Y C H 0 G 1 R R L 1 S A L T

Comme l'avait également remarqué Bellefonds, l'expression « Psycho Girl » sautait aux yeux.

Il lui restait toujours à déterminer ce que cela voulait dire.

S'il ôtait ce nom, il restait les lettres « 1 S A L T » sur cette même ligne. *Le Sel*, comme il l'avait supposé initialement ? Ou bien « *is* » suivi de « alt » ?

Psycho Girl est Alt ? Alternative ? *Altération* ?

Maintenant, c'était aussi la seule ligne qui ne semblait pas tout à fait coller avec les autres. Et, s'il ôtait cette phrase du tableau, il se retrouvait avec seize lignes de seize caractères. Un carré magique des sorciers moyenâgeux. *Une alternance de combinaisons ?*

Il reprit les URL des deux forums, le Sel et la Plaie, qui avaient fonctionné la semaine précédente. Par pure formalité, il essaya d'y accéder, mais, sans surprise, le navigateur web lui confirma qu'aucun des deux sites n'avait réapparu à ces emplacements.

— J'ai essayé en suivant les lignes, songea Falconnier à voix haute. Pas les colonnes…

Il réfléchit encore. Il y était presque, il le sentait. Du plus profond de ses tripes.

— Imaginons…

Ses mains dessinèrent des cercles hésitants dans les airs, au-dessus des touches lumineuses.

Puis il inscrivit les seize caractères de la première colonne avant de la compléter par le nom de domaine spécifique à TOR, « .onion ». Cette première tentative ne menant nulle part, il essaya les seize caractères de la deuxième colonne. Puis de la suivante.

Échec après échec.

Les pages vides s'ouvraient devant ses yeux, perdues dans l'immensité d'encre du Dark Web.

— Je n'ai pas encore dit mon dernier mot, bande de salopards, murmura-t-il, sans se départir de sa concentration.

Cette fois, il recopia les combinaisons de caractères du bas vers le haut. Il les essaya comme la première fois, colonne après colonne.

Quand il entra la onzième suite de caractères et qu'il pressa la touche *Entrée*, l'ordinateur émit un *Ding !* qui le fit frémir.

L'écran devint noir.

— Bon sang… me dis pas… me dis pas…

Tout en haut, l'interface sobre du forum, lettres vertes sur fond noir, commença à s'afficher.

LA PLAIE
ESPACE DE DISCUSSION
NON ÉTHIQUE ET LIBRE

Falconnier cala son dos contre le dossier de la chaise.

Il était revenu à la case départ.

Il cliqua sur la zone de recherche pour accéder à l'arborescence de liens. Cette action déclencha un *pop-up* écarlate en plein milieu de l'écran.

Est-ce que tu aimes ?

Dans les enceintes explosa une voix suraiguë, ou plutôt plusieurs voix, trafiquées, inhumaines, qui auraient poussé n'importe quelle personne saine d'esprit à sortir tout de suite de cet endroit et à éteindre sa machine.

L'investigateur ne sentit que l'exaltation monter en lui. Cette certitude qu'il y était.

Et que, cette fois, ce serait la bonne.

104

Login: *DR_S@TaN*
Password: ************

Cela lui avait pris deux heures complètes. Strate après strate, il progressait. Le fil était ténu, mais il le tenait, il le suivait, jusqu'au cœur de cet inextricable labyrinthe.

Est-ce que tu aimes ?

OUI ou NON

Il ne sursautait même plus à la voix déformée.

Juste un clic sur *OUI*, retenant son souffle tandis que l'écran s'éteignait.

— Allez… Allez…

La boîte de discussion s'afficha.

Non sans un immense soulagement, Falconnier eut la confirmation que son accès était toujours valide. Après tout, il avait déjà payé près de 20 000 euros pour en arriver là.

Le nom de la chambre de discussion n'avait pas changé.

Channel: #L@-s@iGn3e

@h-C1m1: est connecté(e)

Une seule personne en ligne. Toujours la même.

Falconnier inspira longuement.

Il n'avait pas cessé d'y réfléchir pendant son périple de lien en lien.

Il n'avait qu'une option à proposer.

Ses doigts tremblaient tandis qu'il écrivait :

DR_S@TaN: Mon parrain est P5YCH0G1RRL.

105

Le téléphone d'Estel ronronna brièvement contre sa peau alors qu'elle montait les marches vers les appartements de Dardeau. Elle regarda à peine l'écran. Il s'agissait d'une notification pour qu'elle se connecte à son compte crypté.

Non sans fébrilité, elle éteignit l'appareil. Il y avait des mondes qu'elle ne pouvait pas mélanger. Qu'elle le veuille ou non, elle était sur ses horaires de travail. C'était à peu près tout ce qu'il restait de sa vie sociale de façade.

Elle songea qu'elle aurait tout le temps de régler les détails ce soir, à leur retour de la signature.

Elle salua instinctivement l'assistante de Dardeau, déjà installée dans le bureau, en pleine conversation téléphonique.

Salomé détourna le regard et continua sa discussion.

Estel serra les dents.

106

Une journée entière.

Falconnier continuait d'attendre, à l'affût devant ses écrans.

Il avait renvoyé la femme de ménage quand elle était venue faire la chambre. Vers midi, il avait appelé Bellefonds pour la prévenir qu'il ne passerait pas au bureau.

— *Un problème ?*

— Au contraire, lui assura-t-il. Mais je t'en dirai plus dès que j'aurai progressé. Du neuf du côté du groupe ?

— *On recherche toujours des éléments. J'ai pointé les dernières dépenses de Djebbari. Il a fait un plein d'essence dans le XI*e* arrondissement le jeudi 21 mars à 18 h 15, preuve qu'il était encore en vie. Son agression a dû avoir lieu dans la soirée, ou le lendemain. Ça matche avec le rapport du légiste.*

Plus sa collègue lui parlait, plus elle lui paraissait différente. Une distance nouvelle.

— Tout va bien, Delphine ?

Il perçut son hésitation.

— *Bien sûr, pourquoi ?*

Il se sentit idiot et s'excusa. En raccrochant, il se fit la réflexion qu'il ne comprendrait jamais rien aux femmes.

Il n'y pensa pas bien longtemps pour autant. Il ne ressentait plus que ce feu familier qui n'avait cessé de monter en lui au fil des jours précédents. Cette pulsion, puissante, intoxicante, qui lui faisait peu à peu oublier tout le reste.

Il passa tout l'après-midi devant ses deux ordinateurs, qu'il avait installés côte à côte sur le minuscule bureau. L'un était entièrement dédié à sa navigation sur TOR, en attente d'une réponse. Avec l'autre, il poursuivait ses recherches à partir de la photo de la mystérieuse sportive. Il ne s'autorisait à sortir de la chambre qu'une fois toutes les heures, pour aller prendre un cappuccino à la machine dans le hall de l'hôtel.

Le procureur attendait quelque chose pour demain matin.

Il l'aurait. *Quoi qu'il arrive.*

La nuit était tombée et il venait de remonter avec un sandwich jambon-beurre quand il constata qu'un nouveau message était apparu sur le *chat*.

Il se précipita sur la chaise.

@h-C1m1: Tu es perspicace.

Une joie intense inonda Falconnier. Il *voulait* se faire ces dégénérés, et cela *allait* arriver. Ce n'était plus qu'une question de temps, à présent.

Il s'accorda quelques minutes pour répondre. Il préférait éviter que son interlocuteur le sente trop fébrile.

DR_S@TaN: Vous avez déjà encaissé mon argent.
Maintenant, je veux l'adresse exacte de la Saignée.

Au tour de son interlocuteur de demeurer silencieux de longues minutes.

— Allez, putain, grogna le policier en époussetant la table des miettes de son sandwich.

> *@h-C1m1:* Après ce petit faux départ
> entre nous, nous pensons que
> l'accès à cette expérience
> vaut un peu plus cher.

Espèce d'enfoiré.

Mais il n'était pas là pour rien.

Il reprit le clavier :

> *DR_S@TaN:* Combien ?

> *@h-C1m1:* 1 btc de plus. Ensuite seulement
> nous te donnerons l'URL.

Quand même. Il bascula la tête en arrière. 10 000 euros de plus à donner à des inconnus, sans la moindre certitude qu'il ne s'agissait pas d'une arnaque. Ces petits salauds savaient qu'ils ne lui laissaient pas le choix, puisqu'il avait déjà commencé à payer. Mais cela ferait tout de même monter ses dépenses à 30 000 euros, uniquement pour accéder au site.

> *@h-C1m1:* Verse la somme sur ce numéro
> de portefeuille.
> Cette offre est valable 1 heure.
> Elle doublera chaque heure
> suivante.

Évidemment.

Il n'avait plus aucune possibilité de se défiler. Il ne perdit pas de temps et se connecta au compte de cyberpatrouille de Versailles pour y prélever les fonds.

Accès refusé.

Il crut que son cœur s'arrêtait.

Il réitéra sa demande, espérant avoir mal tapé ses identifiants. Le résultat fut le même.

Le service savait déjà qu'il avait pioché dans les fonds. Et ces minables avaient verrouillé le portefeuille.

Cela n'augurait rien de bon, mais il avait toujours su qu'il devrait rendre des comptes. L'impuissance dans laquelle cela le plongeait, dans l'immédiat, était autrement plus fâcheuse.

— J'en ai besoin pour travailler. PUTAIN !

Il se leva et fit le tour de la minuscule chambre. Il finit les deux mains appuyées contre la fenêtre, le regard égaré dans la nuit au-dehors.

Appeler sa hiérarchie ? La voie administrative légale n'était plus une option. Il eut une pensée aigrie en imaginant la réponse de Coquelet. Même si le procureur lui donnait l'autorisation – ce qu'il ne ferait jamais –, il faudrait ensuite passer par une demande officielle pour débloquer les fonds publics. Sans assurance d'être accepté, le dossier prendrait au moins un mois à être étudié.

Qu'ils aillent tous se faire mettre.

Il avait une mission, bon sang.

Il la mènerait à son terme.

L'année précédente, on l'avait laissé consulter les affaires sous scellés d'un pédocriminel afin de rechercher ses mots de passe éventuels. S'il n'avait pas trouvé les mots de passe, il avait bien pris le temps de noter les numéros de la demi-douzaine de cartes de

« comptes sans banque ». Des comptes Nickel ouverts dans des bureaux de tabac avec des pièces d'identité volées.

Il s'était dit que cela lui servirait peut-être, un jour ou l'autre. Si jamais il se retrouvait au cœur d'une urgence.

Un sourire frénétique lui revint. L'urgence était là. Et il possédait toujours la liste de ces numéros, noms, cryptogrammes, tout ce dont il avait besoin, à l'abri dans un fichier. Une connexion au site Internet Nickel lui confirma que les cartes étaient toujours valides. Les fonds accessibles. Son sourire s'élargit. Un clic ici, un clic là. Prélèvements sur deux des comptes. Il versa les sommes sur un portefeuille bitcoin fraîchement créé. Cette fois, il en était persuadé, personne ne se rendrait jamais compte des mouvements de ces fonds.

Il envoya la somme qu'on lui demandait.

L'attente ne fut pas longue.

@h-C1m1: Bienvenue, membre vérifié.
L'URL et tes codes de connexion
sont envoyés sur ton adresse
e-mail sécurisée.

Il frappa ses poings ensemble, comme un enfant découvrant son cadeau de Noël.

— Oh, oui…

Sa voix fut couverte par la succession de timbres distordus, se chevauchant :

Est-ce que tu aimes ?

Est-ce que tu aimes ?

Est-ce que tu aimes ?

— Doucement ! Doucement !

Il cliqua aussi vite que possible sur les *pop-ups* pour les refermer.

Quand il débarrassa l'écran de la dernière fenêtre écarlate, tout devint noir à nouveau.

Il ne s'affolait plus.

Il commençait à reconnaître le cycle de la programmation.

Il accéda à ses e-mails et constata avec soulagement que le mystérieux correspondant avait tenu parole. Tous les codes figuraient dans le message.

Falconnier saisit l'adresse complète.

Une nouvelle fenêtre du navigateur s'ouvrit.

Le fond rouge de la Saignée commença à se dessiner sur l'écran, tout comme il était apparu sur celui d'Haussmann, un mois plus tôt. Un mur rouge, luisant.

LA SAIGNÉE
LA SEULE VÉRITABLE PIÈCE ROUGE
POUR CONNAISSEURS AVERTIS

En dessous, un compte à rebours.

JOURS	HEURES	MINUTES	SECONDES
3	4	32	20

107

Calcul rapide.

— Le prochain *livestream* aura lieu à 2 heures du matin, dans la nuit de lundi à mardi. Je n'ose même plus me déconnecter.

Falconnier restait rivé à sa chaise, comme hypnotisé par les secondes qui s'égrenaient sur l'écran.

Dans son téléphone, pressé contre son oreille, la respiration douce du lieutenant Bellefonds semblait souffler sur sa nuque.

— *Tu peux localiser l'hébergement du site ?*

— Non. Il est sur le Dark Web. Personne ne peut retracer le lieu d'émission. Il faudrait qu'un de ses organisateurs se connecte ailleurs, sur le réseau normal.

— *Tu peux les pousser à le faire ?*

— Je me creuse la tête pour y arriver.

Il ferma les yeux. L'urgence de la situation lui donnait le vertige.

— Si la femme de la photo est bien le bourreau, cela nous laisse trois jours pour trouver son identité. Je peux t'assurer que je ne vais plus faire que ça. J'ai de quoi analyser le flux de données qui transite sur le site. J'ai déjà placé des forums suspects sous surveillance, au cas où. Je vais l'attraper.

— *Si c'est bien elle*, lui rappela sa collègue. *Tu souhaites toujours mettre tous tes œufs dans le même panier ?*

Il froissa ses feuilles de notes avec irritation. Il n'avait aucune envie de revenir sur ce sujet qu'ils n'avaient déjà que trop abordé.

— Crois-moi, je sais ce que je fais.

— *Si tu le dis.*

Ignorant la contrariété dans le ton de sa collègue, il retourna à ses écrans. À toutes ses questions sans réponses.

Trois jours.

Il *devait* y arriver.

Le site indiquait qu'il restait deux places de Voyeurs. Les autres rôles étaient déjà réservés pour cette séance.

Le prix de ces places « bas de gamme » était fixé à 2 bitcoins.

20 000 euros.

Les comptes Nickel confisqués disposaient largement de cette somme.

108

La discipline. Inaltérable. *Indispensable.*

Estel courut pendant cinquante minutes autour de la base nautique de Vaires-sur-Marne et dans les sous-bois. Une brume épaisse gommait les sons, effaçait le monde. À un moment, deux petits renards se retrouvèrent face à elle, affolés de ne pas l'avoir sentie s'approcher, et déguerpirent ventre à terre entre les buissons.

Sprint sur le dernier kilomètre. Elle rejoignit sa voiture alors que la lueur du soleil blanchissait à peine l'horizon plat du lac. Puis, à la salle de boxe, elle travailla le sac de frappe, fit des tractions et des relevés de buste pendant près d'une demi-heure. Elle ne s'arrêta que lorsqu'elle sentit une bile brûlante remonter dans sa gorge.

Elle resta allongée à même le sol dans la salle vide, l'odeur âcre de sa transpiration flottant autour d'elle. Un grand soleil blême illuminait les baies vitrées et le monde tremblait imperceptiblement. Ou bien c'était elle qui tremblait. Un spasme continu de ses muscles tétanisés.

Le triple bip du lecteur de badge s'éleva. Un autre utilisateur pénétrait dans la salle de boxe.

Elle se redressa avec précipitation et regagna les vestiaires des femmes, priant pour que personne ne pousse la porte.

Elle claquait des dents. Un exécrable pressentiment la rongeait, au plus profond d'elle. Une peur irrationnelle que le destin la rattrape. *La punisse.* Ses abdominaux, tendus à craquer, se chargeaient d'une sensation glacée.

Une crise d'angoisse. Rien de plus. Elle avait l'impression d'une marée inexorable qui montait en elle. La bile, et tout ce qu'elle avait à expulser.

Mais elle le refusait. Elle refusait la *faiblesse.* Il lui fallait la chasser. Comme elle l'avait toujours fait. Enfant, pour fuir la violence familiale. Adolescente, pour avoir l'impression de ne pas être une moins-que-rien. Et maintenant…

Elle passa sous la douche. Un spasme de ses cuisses la trahit, elle glissa. Sa tête heurta la paroi carrelée. Explosion de lumière.

De jets de sang sur les murs du couloir. Du sang de Madalena. De Nadia. De toutes celles qui s'étaient succédé. De ses poings qui frappaient les visages grimaçants. Sous les acclamations du public. Sous ses propres cris de plaisir.

Elle demeura inanimée, en position fœtale, sous le jet brûlant, pendant près d'une demi-heure, sans le moindre souvenir de ce temps, ni de toutes les images qui la traversaient.

Fort heureusement, personne n'en fut témoin.

Cette fois comme les autres.

Elle rampa presque jusqu'à ses affaires, les joues trempées de larmes.

109

Samedi.

Où était-elle ?

Les pensées de Léo tournaient en boucle.

Que FAISAIT-elle ?

Estel ne rentrait plus. Elle était passée chercher des affaires alors qu'il était sorti, jeudi soir. Depuis qu'il s'en était rendu compte, Léo n'osait plus bouger de l'appartement.

Il chercha sur le Web à quoi pouvait faire référence ce nom, la Saignée. Sans le moindre succès.

Le retour du bêta-testeur, qu'il attendait depuis plusieurs jours, arriva à 10 heures sur sa messagerie professionnelle. Il avait du travail sur la planche, et le projet était déjà en retard. Sauf que ses neurones demeuraient paralysés par toutes ses interrogations.

Au lieu de se mettre au boulot, il ne put s'empêcher de fouiller dans ses anciens agendas papier. Plusieurs années auparavant, il avait noté le numéro de téléphone de la psychologue d'Estel. Il reconnut le nom en le lisant : *Apolline Mauduit*. Il recopia ses coordonnées sur un Post-it qu'il colla sur le frigo. Il suffisait peut-être d'appeler cette personne pour lui demander des renseignements. Ne serait-ce que pour le rassurer. Mais une psy parlait-elle de ses patients à un inconnu, si angoissé soit-il pour la sécurité de cette personne ? Bien sûr que non. Secret professionnel.

Ne sachant pas quoi faire d'autre, il rappela Cassandre.

— Tout roule ?

— *Comme un samedi. Plein les bottes de coder. Ce soir, je me fais un cinéma. Je viens de voir que ma salle préférée passe encore le remake de* Suspiria. *Et toi ?*

Il écarta nerveusement ses mèches de cheveux et les cala derrière les branches de ses lunettes. Lui ?

— J'ai essayé de trouver des références à ce truc, la Saignée. Je vois toujours pas ce que ça peut être.

— *Oh. Journée pas fun, alors ?*

Il fit basculer son fauteuil de *gamer*.

— Pas vraiment, non. Et de ton côté, tu n'as rien trouvé non plus, je suppose ?

— *Non, je suis désolée. Je ne vois pas du tout à quoi ça pourrait correspondre.*

Il étouffa un grognement de frustration.

— D'accord. Si même toi tu n'y arrives pas, je crois que je peux arrêter de me creuser la tête.

— *En revanche*, reprit son amie d'une voix plus posée, *on a enfin eu le retour de Baptiste. Je ne sais pas si tu as vu la notification ?*

— Je l'ai vue. On peut reprendre le travail sur le programme.

— *Moi, je m'y mets, en tout cas.*

— Dans ce cas, moi aussi, maugréa-t-il.

110

Cassandre Klem reposa délicatement son téléphone sur son bureau.

Elle était installée devant son ordinateur, dans l'angle de sa chambre qu'elle avait organisé en espace de travail. La lueur de l'écran colorait de rouge son visage de porcelaine.

Le compte à rebours du site continuait de s'égrener méthodiquement, en blanc dans le grand rectangle noir.

JOURS	HEURES	MINUTES	SECONDES
2	15	22	18

La programmeuse se tourna un instant vers la photo de Léo et elle qu'elle avait posée sur sa commode. Ils étaient tous deux habillés en lézards envahisseurs. Leur unique portrait ensemble, pris à Bruxelles lors d'une convention Comic Con où elle l'avait traîné. Ils ressemblaient à un vrai couple. Elle jura entre ses dents.

— Je suis sincèrement désolée, Léo…

111

Le sourire forcené de Falconnier.

Bien trop gonflé à bloc, alors qu'il parlait au procureur de son tour de force informatique, et de l'implication du compte à rebours.

Quelque chose dans l'intensité du jeune homme mettait Bellefonds mal à l'aise. Elle détourna la tête. Mais, en fait, *tout*, dans cette chambre minable en bordure de périphérique, la dérangeait. L'odeur sous-jacente de la moisissure. La moquette douteuse sur les murs. La petite commode en plastique dans l'angle, à présent occupée par les écrans qui scintillaient dans la pénombre. C'était certes un bureau improvisé, mais tout y semblait bien fétide. Comme si la quête obsessionnelle de l'investigateur débordait sur lui. *Physiquement.*

Falconnier mit fin à sa conversation téléphonique. Son expression farouche n'en sembla que renforcée.

— Et voilà ! Coquelet va pouvoir calmer mon taulier. Il me laisse jusqu'à lundi soir !

— Félicitations, je suppose, murmura Bellefonds.

Elle s'approcha des ordinateurs, tandis que son collègue reprenait place à son poste, penché sur les écrans comme un junkie devant des doses de produit pur.

La page d'accueil de la Saignée était déjà une vision d'horreur en soi. La policière attacha ses cheveux en chignon improvisé, plus pour chasser sa tension grandissante que par réel besoin.

— En dessous de ton login… remarqua-t-elle. Il est indiqué que tu es un Voyeur ? Tu as vraiment payé ? Avec quel argent ?

— Mon service a un fonds pour ça, lui assura-t-il en appuyant son menton sur ses mains jointes. Quelqu'un va peut-être mourir en direct dans deux jours. Je dois rester infiltré coûte que coûte.

Elle songea que son service avait de la chance. Dans le sien, il fallait attendre plusieurs mois pour obtenir le remplacement d'un clavier cassé.

— Je pensais que tu t'intéresserais un peu plus à Djebbari, lui rappela-t-elle. J'ai relevé les numéros préenregistrés sur son téléphone, les derniers endroits où il a fait des achats. De quoi mener une vraie enquête de terrain.

— Tu peux t'occuper de ça, non ? Moi, je cherche cette femme. C'est l'urgence absolue.

Il désigna l'écran de gauche, où plusieurs fenêtres se superposaient. Des forums de discussion. Des bases d'images. Et, au bout de câbles scintillants, un boîtier d'analyse qui aspirait avidement toutes ces données pour les traiter en direct.

— Je trouve cette salope avant la diffusion de cette horreur et je l'arrête, déclara-t-il d'un ton sans appel.

— *On* l'arrête, non ?

— Tu vois ce que je veux dire.

Non, elle ne voyait plus du tout. Pire même, elle ne pressentait rien de très encourageant dans le comportement de son collègue.

— Ce que tu es en train de faire là, sur les forums, c'est du travail de cyberpatrouilleur, non ?

Il inspira bruyamment. Haussa les épaules.

— C'est à peu près la même chose que le travail d'ICC, en définitive.

Sauf que pas vraiment, non. Bellefonds avait beau ne pas être spécialiste, elle savait que la nuance était importante. Il fallait des autorisations très précises pour prendre l'identité d'un autre sur la Toile. Falconnier devait les avoir eues, elle n'en doutait pas, quand il était en poste à Versailles. Mais aujourd'hui ?

Il est obnubilé par la chasse aux criminels, lui avait dit Diane. *Jusqu'à faire n'importe quoi.*

— Quentin… implora-t-elle. Tu veux que cette femme soit la Saigneuse. Mais si ce n'est pas le cas ? Si c'était juste une victime de plus ?

— Tu dis ça parce que tu es une femme, ricana-t-il.

La tension qu'elle ressentait commença à devenir embarrassante. C'était le genre de phrases rabaissantes auxquelles elle avait eu droit toute sa vie, et qu'elle n'acceptait plus. De personne.

— Je dis ça parce que je suis flic. Mon métier, *notre* métier, c'est de rassembler des putains de preuves. Du genre qui soit acceptable au tribunal.

— J'aurai toutes les preuves dont on a besoin. Ne t'inquiète pas. Parce que c'est elle. C'est cette femme tatouée la coupable. Je vais le prouver. Je vais résoudre cette affaire.

— À n'importe quel prix ?

Il se retourna, la regarda de biais.

— C'est quoi, le problème, à la fin ?

Elle secoua la tête.

— Je ne travaille pas comme ça. Et je pensais que toi non plus.

— Laisse-moi juste faire. Tu verras bien.

— Ouais, lâcha-t-elle. Là-dessus, je pense que tu as raison. On verra bien le résultat.

Elle se dirigea vers la porte. Enfin, quitter cet endroit.
— De toute façon, je suis de repos aujourd'hui. Je crois que je vais me promener un peu.

112

Aymeric Dardeau avait passé la matinée en interviews dans son bureau, il n'avait eu besoin que de la compagnie de Lili pour ça. Estel ne se présenta donc devant sa porte qu'à midi et demi. Quand il découvrit son front blessé, il eut une expression dubitative. À croire que cet homme était capable d'empathie, finalement.

— Tout va bien ?

— Tout va très bien, assura-t-elle.

Il désigna l'hématome qui avait gonflé sur le visage de la jeune femme. Le souvenir du mur des douches prenait des couleurs, il l'élançait sans fin depuis ce matin, en dépit de la couche de pommade qu'elle y avait appliquée.

— Sérieusement. Dois-je m'inquiéter de quelque chose ?

— On y va, décida-t-elle en le précédant dans l'ascenseur.

Le romancier haussa les épaules sans insister.

De son côté, elle espérait que la signature serait brève et, surtout, sans complication. L'événement se déroulait à la Fnac du Mans, à plus d'une heure de route, qu'ils effectuèrent au son de Radio Classique, à défaut de la moindre discussion. Quand ils arrivèrent, la foule habituelle patientait déjà dans l'espace de conférence. Des lectrices exclusivement. Apportant, comme d'habitude, bon nombre de cadeaux.

Le seul incident fut minime. Quelques instants avant le début de la rencontre, une femme d'un certain âge se planta devant l'écrivain, un magazine à la main.

— Vous vous souvenez de ça ? C'est le plus juste portrait qu'on ait jamais fait de vous !

Estel ne s'approcha pas tout de suite. Elle reconnut le torchon à scandale. En couverture, une photo peu flatteuse de Dardeau enlaçant deux filles en bikini au bord d'une piscine. Les filles étaient très jeunes et vulgaires à souhait, mais pas autant que le titre qui clamait, en grandes majuscules rouges : *MATZNEFF, DARDEAU ET LES AUTRES... DE L'ART OU DES COCHONS ?*

— Vos lectrices vous connaissent sous cet angle ? beugla la femme, prenant désormais à partie l'attroupement de ménagères. Vous voyez son vrai visage ? Vous avez des filles ?

— Madame, arrêtez ça, lui intima Dardeau entre ses dents, tout en cherchant Estel du regard.

La garde du corps ne réagit pas tout de suite. Cela lui plaisait qu'il sue un peu, et elle voyait qu'il ne risquait rien. De plus, elle était fascinée par cette capacité d'escalade qu'avait la haine, tout le temps, chez tout le monde. De la moindre étincelle surgissait un incendie redoutable. Autour d'eux, dans la file, les lectrices faisaient les yeux ronds. L'une d'entre elles leva un smartphone pour filmer la dame qui continuait de traiter Dardeau de pédophile tout en agitant son magazine.

— Estel, bon sang ! finit par appeler l'écrivain, qui peinait de plus en plus à conserver son image lisse.

Elle se décida à approcher et pria la personne de s'en aller.

— Parce que vous êtes qui, hein ? répliqua cette dernière en postillonnant vers Estel. La police ?

— Pas loin. Maintenant, je vais devoir vous raccompagner, si vous le voulez bien.

— Hors de question, espèce de…

Estel lui saisit le poignet, juste assez pour que la douleur plie la dame récalcitrante en deux, et elle la tira vers la sortie du magasin.

— Je ne fais que mon travail, se sentit-elle obligée de préciser quand elle la relâcha de l'autre côté des portiques antivol.

— C'est ce que les collaborateurs nazis disaient ! piailla la femme en massant son poignet. Je vous préviens, je vais porter plainte !

— Je vous souhaite bien du courage avec ça, fit Estel.

Elle retourna vers l'attroupement dans la section livres. L'auteur posait pour un selfie avec deux lectrices aux anges. Il se tourna vers elle et lui dit à voix basse :

— Vous n'avez pas été très réactive sur ce coup-là. Je vous rappelle que je vous paye pour être vigilante.

— Je me sens un peu rouillée. Peut-être que je ne suis pas la meilleure garde du corps pour vous, vous savez…

Il la regarda de travers. Elle vit les éclairs de colère dans son regard, et cela lui procura un plaisir immense.

— Je commence à me le demander, en effet, fulmina-t-il tout bas.

Elle se contenta de soupirer et le laissa continuer cette parade virile qu'il maîtrisait si bien.

113

Désillusion grandissante.

Delphine Bellefonds se sentait trahie.

Elle devait se faire une raison. En fin de compte, son collègue n'était pas tout à fait l'homme ingénieux et subtil qu'il voulait laisser paraître. Tant pis pour lui. Elle était consciente que les mises en garde de ses collègues jouaient beaucoup dans l'intensité de cette déception, mais elle n'était pas aveugle non plus. Le comportement de Falconnier se dégradait. Cette affaire lui collait à la peau. De beaucoup trop près.

Il préférait foncer dans une seule direction. Quitte à rencontrer un mur.

Son choix.

Delphine, pour sa part, profita de l'ensoleillement passager et alla se dégourdir les jambes dans le XIe arrondissement. Elle n'avait pas choisi ce quartier au hasard. D'après les relevés bancaires, Alioune Djebbari avait effectué son dernier plein d'essence pour le scooter ici, à la station-service ELAN de l'avenue Ledru-Rollin. Il était ensuite reparti dans le XVe, pour garer son engin là où Bellefonds et Falconnier l'avaient découvert.

Qu'était venu fabriquer le détective dans ce quartier ? Bellefonds y avait réfléchi toute la nuit. Sur les relevés bancaires ne figurait aucune autre dépense dans la soirée. Tout semblait indiquer que Djebbari était rentré chez lui, où son assassin l'attendait peut-être déjà. À moins qu'il soit resté dans les parages, mais en payant uniquement en espèces. Les lieux de sortie ne manquaient pas.

Toutefois, il s'agissait d'un après-midi de semaine. Et, dans son souvenir, le détective ne buvait pas. Elle préférait supposer qu'il s'en tenait à son enquête.

Elle contempla le commissariat du XIe arrondissement, situé à quelques centaines de mètres de la station-service.

Comme souvent, une question en soulevait une autre. Bellefonds ne pouvait s'empêcher de se demander si Djebbari entretenait des contacts amicaux avec d'autres flics qu'elle. Il aurait pu venir ici pour discuter de son affaire, par exemple.

Sauf qu'il ne s'était jamais déplacé pour la voir, elle.

Tout en marchant, elle évaluait diverses hypothèses, les tournait en tous sens et les écartait une à une de l'équation.

Chercher là où un flic n'aurait pas pensé à regarder...

Improviser...

Le système actuel ne jurait que par les preuves physiques, indiscutables légalement. Celles-ci devaient être recueillies, contrôlées, enregistrées par elle et ses collègues. Le *flair* des enquêteurs d'autrefois n'avait plus de valeur juridique.

Il lui fallait cependant trouver un regard neuf si elle voulait ouvrir son horizon. Sinon, elle était condamnée à piétiner. À laisser le tueur continuer son « sans-faute », tel que l'avait dit Falconnier.

Djebbari avait dû se faire la même réflexion.

Elle longea les devantures de plusieurs boîtes de nuit. Devant celle nommée le Grand Paris, un chauffeur grand et blond, le visage marbré d'ecchymoses toutes fraîches, lui lança un regard empli d'une avide gourmandise. Elle constata qu'il attendait près d'une Porsche Panamera étincelant de mille feux.

Elle se força à poursuivre sa promenade sans ralentir.

Falconnier, tout obnubilé par ses pistes digitales qu'il était, n'avait rien voulu entendre au sujet des contacts enregistrés sur le téléphone fixe de Djebbari. Pourtant, en ce qui la concernait, un de ces noms l'avait interpellée. Elle y avait repensé jusqu'à en perdre le sommeil. *Juste un détail, mais au cas où...* Elle se dirigea vers la rue Saint-Sabin, la remonta d'un pas à la fois décidé et impatient. Elle trouva la plaque qu'elle cherchait, bien en évidence au-dessus de la trentaine de sonnettes de l'immeuble :

Agence SANTONI
Détective privé France & étranger

Une pression sur le bouton correspondant. Bourdonnement électrique. Bellefonds poussa la vieille porte mal huilée.

Elle avait toujours exploré la moindre piste qui s'offrait à elle. Même quand tous ses collègues lui expliquaient que cela n'en valait pas la peine, qu'il fallait se conformer au ronronnement des procédures.

Premier étage. Un grand monsieur au visage de bon vivant ouvrit la porte vitrée. Il lui serra vigoureusement la main.

— Bonjour, madame ! Je suis Bruno Santoni. Venez prendre place !

Il la précéda dans une vaste pièce où chaque mur était recouvert de casiers, et chaque casier empli à ras bord de livres, cahiers, piles de feuilles photocopiées, sans oublier un imposant coffre-fort. Un joyeux bazar qui devait impressionner les clients. Aux yeux de la policière, la mise en scène prêtait surtout à sourire.

— Alors, pourquoi une jolie femme telle que vous avez besoin des services d'un détective privé ? interrogea l'homme en s'installant sur son fauteuil, de l'autre côté du bureau.

Bois précieux, astiqué avec soin. Seul objet sur la table, un beau Mac couleur ivoire refermé. Bellefonds déposa sa carte tricolore devant elle. Le regard vif du bonhomme resta jovial. Premier bon point.

— Eh oui. Lieutenant de police, Delphine Bellefonds. J'enquête sur la mort d'un de vos confrères. Alioune Djebbari. Vous le connaissiez ?

L'homme sembla réfléchir à la réponse appropriée. Il finit par hocher la tête et roula les manches de son pull gris au-dessus de ses poignets.

— Si vous êtes ici, c'est que vous le savez déjà. Je me trompe ?

— C'est vrai. Votre numéro était sauvegardé dans la mémoire de son téléphone fixe.

— Excusez-moi, mais je ne vous suis pas, fit le détective.

— Disons que c'est intéressant, lui expliqua-t-elle en passant la paume de sa main sur la table luisante. Il ne vous a pas appelé avec cette ligne depuis plus d'un an. Il n'utilisait presque pas ce téléphone. Pourtant, quelqu'un d'aussi peu consommateur de technologie qu'Alioune n'aurait jamais pris le temps de mettre le numéro de n'importe qui en mémoire. J'en déduis que vous vous connaissez depuis longtemps.

Il l'évalua durant plusieurs secondes.

— Je trouve que vous avez un sacré sens de la déduction.

— J'y travaille dur.

— Quand Alioune est-il décédé ? Je n'en savais rien…

— L'information n'est pas encore publique, je ne peux donc rien vous dire de plus.

Elle alla ensuite droit au but :

— Je me demande comment se passait la concurrence, entre amis ? Vous vous échangiez des tuyaux pour vos affaires respectives ?

— Parfois, oui, lâcha le détective du bout des lèvres.

— Par hasard, il ne serait pas venu vous voir pour un coup de main sur une enquête, le mois dernier ?

L'homme demeurait poli, mais tout aussi impénétrable. Un vieux de la vieille, à qui on ne la faisait pas.

— Je vois pas trop…

Il se donnait du mal pour paraître détaché, mais elle n'était pas dupe. Il y avait cette inflexion dans le ton de sa voix. Il voyait *très bien* à quoi elle faisait allusion.

— Allons, monsieur Santoni. Une jeune femme qu'Alioune cherchait à identifier et dont il ne disposait que de la photo. La dernière fois qu'il est venu vous voir pour vous en parler, c'était le 21 mars dernier. Un jeudi. Vous ne voyez toujours pas ?

Le détective joignit ses mains sous son menton.

— Alioune était un ami de trente ans. Quelqu'un d'adorable et de très professionnel. Tout comme je me suis toujours efforcé de l'être moi-même. Alors vous comprenez, mademoiselle, que…

— Lieutenant.

Il toussa dans son poing. *Enfin déstabilisé.*

— Désolé, lieutenant. Mais enfin, vous vous rendez bien compte que je ne peux pas divulguer des secrets de boutique.

— Ce n'est pas ce que je vous demande. Alioune était également mon ami. Cette photo, il me l'avait envoyée, à moi aussi. On n'hésitait pas à partager des infos, de temps en temps. Je vous assure que cela n'a jamais porté préjudice à ses affaires, ou aux miennes. Bien au contraire. Car lui aussi avait besoin de coups de pouce, parfois.

L'homme acquiesça, mi-gêné, mi-perplexe. Il remonta un peu plus les manches de son pull.

— C'est votre truc, de jouer le gentil flic ?

— Gentil flic, méchant flic ? plaisanta-t-elle. Ça fonctionne encore comme ça, dans votre grille de lecture ?

— Pourquoi ? Pas chez vous ?

Elle vit des petites rides se former aux coins de ses yeux, et sut qu'elle avait gagné.

— Cette affaire est très importante pour moi. Il y a sans doute des vies en jeu.

— C'est ce qu'il pensait aussi.

Dans le mille.

Le cœur de Bellefonds se mit à battre plus fort. Mais elle demeura parfaitement calme.

— Alors ? Vous avez aidé Alioune dans sa recherche ?

— Je sais pas…

— Que voulez-vous dire ?

Le détective marqua une autre hésitation, plus longue.

— Vous me renverrez *vraiment* l'ascenseur, si je vous file des biscuits aujourd'hui ? Parce qu'on va pas se mentir, je peux en avoir besoin, de temps en temps.

— Vous préférez me les donner en garde à vue ?

Cette fois, l'homme se dérida pour de bon.

— Gentil flic *et* méchant flic ensemble, hein ?

Elle lui décocha un sourire entendu.

— On a tous plus d'un visage.

— Je vois ça. Mais c'est bon. Je vais vous faire confiance. Après tout, Alioune cherchait des réponses…

Il alluma l'ordinateur. D'une pression sur le pad, il ouvrit son agenda Google.

— Je ne suis pas sûr de lui avoir été d'une aide quelconque, notez. Il est d'abord venu me voir le 28 février pour me parler de cette photo affreuse sur laquelle il travaillait. Il pensait avoir trouvé le nom de la fille, mais il était pas sûr à cent pour cent. Ça collait pas avec les infos que lui avait données son client.

— Son client ? demanda Bellefonds.

Le détective grimaça.

— Pour ça, désolé, j'ai pas le détail. Et je vous jure que je vous dis la vérité. On restait quand même concurrents.

— D'accord. Le nom de la fille, alors ?

— Il y en avait deux. Je vous les écris, annonça-t-il en sortant un bloc de Post-it et un stylo. *Sucre*. Ça, c'était le pseudonyme d'escort. Et voilà le nom qu'Alioune avait trouvé : *Sofia Baranov*. Une prostituée russe. Normalement active en Belgique flamande, mais qui semble s'être totalement évaporée en fin d'année dernière. Le genre de fille que personne songera à rechercher. Le hic, c'est qu'elle parle pas un mot de français. Comme je vous l'ai dit, ça contredisait les infos qu'on avait données à Alioune. Il aurait dû avoir affaire à une Française. Bref, il savait pas quoi en penser. Et, du coup, moi non plus.

Elle empocha la petite feuille verte.

— Merci beaucoup. Tant qu'on y est, vous ne lui auriez pas remis un document avec des codes ? Ou vous ne sauriez pas qui aurait pu le faire ?

— Là, je ne vois pas du tout de quoi vous voulez parler, désolé.

— Pas grave. C'est juste un détail qui reste encore nébuleux. Je m'accroche à ce que je peux.

— Ce que je peux vous dire, renchérit le détective privé, c'est qu'Alioune s'intéressait de près au personnel d'un club du quartier. Le Grand Paris. La fille y aurait tapiné avant de disparaître, voyez. Il s'y est rendu en personne, peut-être deux ou trois fois, courant mars. Mais quand on s'est revus le 21, il m'a expliqué qu'il s'était fait griller. Il posait trop de questions personnelles. Les portiers l'ont mis tricard.

— Je suis passée devant, releva-t-elle. Vous pensez qu'il pourrait y avoir un lien entre la disparition de l'escort et cette boîte de nuit ?

— Le bonhomme qui s'était défoulé sur cette fille est un habitué du club, apparemment. Ce qui préoccupait Alioune, c'est que son enquête l'emmenait vers une autre personne. Plus inquiétante. Foutrement plus dangereuse aussi, si vous me passez l'expression.

— Qu'est-ce qui lui faisait penser ça ?

Haussement d'épaules.

— Il me donnait pas tous les détails de ses avancées non plus, hein. Je me souviens qu'il a évoqué une méchante baston dans une autre boîte, où des portiers du Grand Paris auraient été impliqués. Une personne a été salement blessée, mais il n'y a eu aucune plainte. C'est pour ça qu'il essayait d'interroger le personnel. De mon côté, comme je vous l'ai dit, j'ai pas pu l'aider. Je connais pas l'équipe de cette boîte. Les effectifs changent régulièrement, et le patron est pas connu pour tenir des comptes super précis de ses activités, si vous voyez ce que je veux dire…

— Je vois très bien. Merci encore.

Il leva un sourcil.

— Vous pensez que cette histoire vous aidera à élucider la mort d'Alioune ?

— Plus que vous ne l'imaginez, lui assura la policière. Maintenant je sais où chercher.

114

À la fin de la dédicace, les cadeaux apportés par les lectrices formaient un tas impressionnant. La directrice événementielle de la Fnac les aida à transporter les sacs jusqu'à la voiture.

— En espérant vous revoir bientôt, Aymeric. Quel succès !

— Pour vous, Julie, minauda le romancier, ce sera toujours avec le plus grand des plaisirs !

Les portières claquèrent. Estel manœuvra pour sortir du parking du centre commercial.

— C'est vrai que vous avez été gâté, commenta-t-elle en jetant un œil aux paquets entassés dans l'habitacle.

Dardeau ne lui répondit pas tout de suite. À présent loin de son public, il cessait de jouer la comédie et revêtait une expression boudeuse.

— Je n'apprécie *vraiment pas* ce que vous avez fait aujourd'hui.

— C'était peut-être fait pour, monsieur.

Il lui renvoya un regard glacial dans le rétroviseur. Estel mit un point d'honneur à rester de marbre.

— Radio Classique ? proposa-t-elle.

— Radio Classique, bougonna-t-il.

Au moins, il n'avait pas envie de relancer les hostilités. Il farfouilla dans ses cadeaux et en sortit un whisky pur malt.

— Heureusement que certaines pensent à moi…

Il déboucha la bouteille, l'odeur tourbée de l'alcool envahit l'habitacle. Estel se rendit compte qu'il buvait directement au goulot.

S'il essayait *réellement* de lui donner envie de vomir, c'était gagné.

À mi-chemin, le regard déjà troublé par la boisson, Dardeau se pencha entre les sièges.

— Vous m'emmenez bien à l'aéroport, hein ?

— Je ne suis pas près d'oublier, répliqua-t-elle, mains crispées sur le volant. Lili vous y retrouvera comme convenu.

— Bien ! Et je n'emporte pas tout ce qu'on m'a offert, bien sûr. Vous allez devoir passer chez moi. Vous mettez tout sur la table du salon. Je m'en occuperai à mon retour, demain soir. Je vais vous confier la télécommande pour désactiver l'alarme. Ne la perdez pas, je n'ai pas de double.

— Comme vous voulez, dit Estel, laconique.

Intérieurement, elle jubilait.

Enfin.

Un peu plus de deux heures plus tard, elle se gara à Orly et accompagna son patron aux bornes d'enregistrement. Lili vint enlacer son auteur. Leur avion pour Berlin ne décollait pas de sitôt, ils avaient le temps d'aller prendre un verre – peut-être même plusieurs – avant.

— Je crois qu'on est bien, lança Dardeau en lui tendant le trousseau.

Autrement dit, la présence d'Estel n'était plus nécessaire. La jeune femme faillit lui faire remarquer que, en tant que professionnelle, elle aurait dû l'accompagner jusqu'au contrôle passagers. Mais en contemplant la minijupe de Lili, elle ne put s'empêcher de serrer les dents. Le romancier était entre de très bonnes mains, pas d'erreur.

Elle prit donc congé, quitta l'aéroport et regagna le XVIe arrondissement.

Quand la porte du garage souterrain s'ouvrit à l'approche du véhicule, le cœur d'Estel battait à tout rompre.

115

Elle désactiva l'alarme de l'appartement avec une impatience grandissante avant de déposer tous les paquets sur la table du salon.

Elle resta quelques instants à tergiverser. La nuit tombait, projetant des ombres de plus en plus profondes au travers des grandes baies.

C'est le moment ou jamais.

Tu le sais.

Elle savait aussi que l'auteur était du genre à installer des caméras dans son domicile.

Le risque en vaut la peine.

Elle se dirigea vers le tiroir contenant les clés.

La boîte se trouvait à sa place. Dans chaque compartiment, un trousseau étiqueté. Elle reconnaissait les étiquettes bleue et jaune des Eaux Claires. Le trousseau correspondant à l'appartement était gris. Celui du bureau, noir.

Elle inspecta les autres avec soin.

Si elle se fiait aux inscriptions, les clés couleur violette, verte et rose étaient celles des logements mis en location sur le mont Valérien. Celles avec une étiquette rouge indiquaient : « MRN ». *Marigny.*

Elle s'en empara, referma le tiroir avec précaution, éteignit la lumière.

Ensuite, elle remit l'alarme en service et attendit que la succession de *bips* finisse de résonner.

Tout était en ordre.

Elle fonça vers le parking souterrain.

116

L'entrée du Grand Paris.

Façade illuminée de mille feux alors que la nuit tombait sur la ville.

Les cordes rouges étaient déjà installées pour former les files d'attente le long de la rue. Un grand panneau affichait le programme de la soirée : Miss Kittin et Technasia, dès 1 heure du matin.

Photos de stars fièrement affichées. Prix d'entrée exorbitant. L'endroit semblait connaître un beau succès.

La policière consulta sa montre. Les portes n'ouvraient qu'à 23 heures. Elle avait passé les heures précédentes à tourner dans le quartier, observant les allées et venues du personnel et notant que le grand blond de la sécurité n'était plus reparu. Dans l'immédiat, elle ne voyait pas quoi faire de plus. Elle calcula qu'elle avait largement le temps de rentrer chez elle, dîner, se préparer pour sortir. Car elle comptait revenir, ne serait-ce que pour profiter de son samedi soir.

Tout en marchant vers la station de métro, pliée en avant pour affronter une bourrasque de vent glacé, elle sortit son téléphone et appela le capitaine Escorsac.

— Vincent. Désolée de te déranger comme ça au dernier moment, mais as-tu quelque chose de prévu, ce soir ?

— *C'est enfin le moment où tu me laisses te faire une proposition indécente ? Pour me faire pardonner de t'avoir un peu bousculée avec Diane ?*

— Dans tes rêves, le rembarra-t-elle en réprimant un gloussement nerveux. Je voudrais ton avis sur un club du XIe. Et je t'invite, au fait.

— *Toujours sur l'affaire Djebbari, hein ?*

— Tu crois que je t'appellerais pour autre chose ?

— *Mon sex-appeal en prend un coup. Mais dis-moi, tu n'es pas avec l'ami Falconnier ?*

— Je vais le laisser un peu seul, je crois.

Escorsac étouffa un rire.

— *À la bonne heure ! Je passerai te chercher en moto, quand tu veux. Tu sais que les clubs, c'est mon truc !*

Delphine le remercia. La chaleur naturelle de son collègue la faisait se sentir un peu moins seule.

Aussi loin qu'elle puisse se le remémorer, elle avait toujours craint le jugement des autres, tout autant qu'elle avait redouté leur abandon. À l'adolescence, on l'avait diagnostiquée dyslexique. *Anxiété de performance.* La moindre mémorisation lui demandait de tels efforts qu'elle lui semblait relever du miracle. Elle serait bien incapable de l'avouer à ses collègues aujourd'hui, mais c'était la véritable raison de ses manies. Tout noter, classer, archiver était pour elle la seule manière de s'approprier le monde dans lequel elle évoluait.

Cette habitude lui avait toutefois appris une chose essentielle : les puzzles humains, si complexes soient-ils, n'étaient que la somme de toutes ces infimes pièces.

Il n'y avait jamais rien d'anodin.

Jamais le moindre détail qui ne mène à une révélation d'importance.

117

Il lui fallut une heure et demie de route pour atteindre Marigny-les-Usages. La bourgade était perdue en rase campagne et minuscule, une simple poignée de résidences au milieu des champs. Les phares de la Clio illuminèrent des clôtures basses, des jardins, des prés couverts de brume translucide. Estel roula au pas, suivant les instructions du GPS. Elle emprunta une longue rue qui, peu à peu, prenait des allures de chemin de terre.

Il y avait toujours des places de stationnement de part et d'autre, le long des haies, mais aucun véhicule en vue. Même les lampadaires de l'agglomération avaient disparu une bonne cinquantaine de mètres en arrière.

Arrivée devant la clôture de la maison, elle coupa les phares.

Quelques toits se devinaient derrière les arbres. Pour la grande majorité, il devait s'agir de résidences secondaires, d'après les rares lumières aux fenêtres. Ce n'est pas le voisinage qui risquait de la déranger.

Elle attendit encore un peu que ses yeux s'habituent à la pénombre. Sur le mur, à côté du portail, un autocollant précisait : « Protégé par EPS – Alarme connectée et télésurveillance ».

Bourgeon avait mentionné cette alarme, quand elle lui avait parlé de la maison. Selon ses dires, Nadia

Dardeau l'avait déclenchée en entrant, la première fois où elle était venue ici. Et, bien sûr, son mari avait été prévenu de l'intrusion.

Cela n'arriverait pas cette fois.

Estel se munit du carnet d'adresses du romancier et le feuilleta à la lueur du téléphone, étudiant chaque contact, chaque note griffonnée. Elle s'arrêta sur une page où figurait un dessin de maison stylisée. Tout en bas, en rouge, le code : « *PTCT EPS – MRN – 1201* ». Dardeau avait soigneusement souligné les chiffres.

Un sourire irrépressible illumina le visage de la jeune femme.

Elle se souvint qu'Aymeric Dardeau était né un 12 janvier.

— Bien sûr que c'est ton code, susurra-t-elle. Tu es bien prévisible, toi aussi…

Elle neutralisa la lumière du plafonnier avant d'ouvrir la portière, soucieuse de ne pas attirer l'attention. Ce chemin avait beau être isolé, elle n'était pas à l'abri qu'un riverain ait la bonne idée de sortir son chien avant d'aller se coucher.

À pas de loup, elle s'approcha de la grille. Sur la façade de la maison était accroché un panneau délavé par les intempéries.

La clinique vétérinaire est fermée
depuis le 24/10/2013
Pour le suivi des visites,
merci de contacter directement
le centre vétérinaire de Saint-Jean-de-Braye

Cet affichage aurait dû être retiré depuis longtemps, signe que la maison n'avait plus été occupée. Mais au moins, songea Estel, elle avait une idée du genre de bâtiment dans lequel elle s'apprêtait à pénétrer. *Une clinique à l'abandon.*

Un investissement fiscal, avait soutenu Aymeric à son épouse.

Qu'il n'avait jamais loué ?

Estel sauta prestement par-dessus le portail. Sur la façade, un grand rideau métallique baissé protégeait les portes de la fameuse clinique. La clé devait se trouver sur le trousseau, mais c'était trop risqué. Sur le côté gauche, un escalier bordé de jardinières vides menait au premier étage. Estel préféra emprunter ce chemin. Sans un bruit, elle arriva devant une porte à l'ancienne, munie d'une vitre et d'une grille.

Impossible de voir quoi que ce soit à l'intérieur.

Elle essaya les clés une par une, jusqu'à trouver celle qui correspondait.

La porte s'ouvrit sur un couloir qui empestait la poussière, l'humidité et le salpêtre.

Estel referma soigneusement derrière elle. Le boîtier de l'alarme était fixé derrière la porte, sur le mur de droite. Une diode rouge papillonnait en silence dans le noir.

Inutile de se presser. Elle disposait de trente secondes. Elle tapa le code tel que l'avait noté Dardeau, acheva par une pression sur l'icône représentant un cadenas ouvert.

La diode passa au vert. Le boîtier émit une série de *bips* harmonieux.

— Première étape, murmura-t-elle, rassurée d'avoir vu juste.

Elle hésita quelques instants avant d'allumer l'éclairage. Puis, après tout, elle se fit la réflexion que les volets étaient fermés, il était peu probable que qui que ce soit aperçoive la lumière depuis l'extérieur. Elle n'avait pas fait tout ce chemin pour rien.

Elle actionna l'interrupteur.

Des leds incrustées au plafond dévoilèrent le couloir et son antique carrelage en céramique bleue, qui desservait quatre ou cinq petites pièces. Il y avait eu un logement ici, à en juger par l'évier et les restes d'installations de cuisine dans la première de ces pièces, sur la gauche. Du côté droit, les chambres qu'Estel découvrit étaient toutes vides et mangées par la moisissure. Dans l'une d'elles subsistait une structure de lit, dans une autre des étagères démantelées, un grand miroir brisé et une pile de vieux livres reliés, gondolés par l'humidité.

Ce qu'elle découvrait correspondait, pour le moment, à tout ce que Nadia Dardeau avait raconté à son amie. Une simple maison déserte.

Plutôt foireux, l'investissement.

Qui viendrait s'installer au milieu de nulle part ?

Au bout du couloir, une porte verrouillée. Estel mit à contribution le trousseau. Clé adéquate. Interrupteur. Lueur anémique diffusée par une vieille ampoule. Un escalier redescendait vers le rez-de-chaussée : la clinique vétérinaire proprement dite.

Elle s'engagea sur les marches.

Quand elle arriva en bas, les battements de son cœur devinrent assourdissants.

C'était à cause de la nouvelle odeur qui régnait ici. Une aigreur piquante de détergent. Et aussi, en dessous… comme si quelque chose avait brûlé ?

Estel tâtonna pour trouver l'interrupteur. De longs néons se mirent à clignoter.

Par intermittence, d'abord, elle vit apparaître les murs chargés d'étagères.

La lumière se stabilisa enfin. Estel s'approcha d'un évier fendu et couvert de crasse, observa sur le mur le bloc lumineux servant à lire les radios. Partout où elle posait les yeux, davantage de rayonnages en métal. Vides, pour la plupart. Elle repéra quelques cartons de masques chirurgicaux moisis, ce qui ressemblait à des ossements d'étude en plastique, et même une vieille boîte de transport pour chat.

L'arrière-salle d'un vétérinaire. Tout à fait ordinaire.

Cependant, elle reniflait avec un malaise grandissant, sa gorge de plus en plus irritée. L'air empestait de relents acides. Peut-être à cause de ces bidons de détergents et de peinture qu'elle apercevait au pied de l'évier ? Alors qu'elle les observait, circonspecte, sa vision fut peu à peu envahie de vastes taches noires.

— Pas maintenant ! grogna-t-elle en collant son dos au mur. Merde !

Le vertige reflua. Un peu.

Elle cligna des yeux jusqu'à ce que sa vue revienne. Le sol tanguait encore sous ses pieds. Rien qu'elle ne puisse gérer.

— Cinq minutes, putain. Je peux tenir… cinq minutes…

Elle actionna le robinet pour s'asperger le visage. Cela lui fit du bien.

— Je fais le tour et je me tire. C'est pas sorcier…

La surface occupée par le rez-de-chaussée, Estel s'en rendait bien compte à présent, était plus vaste que celle de l'étage. La clinique débordait sur l'arrière du bâtiment, par une extension vitrée qui donnait sur un jardin à l'abandon. Une succession de pièces vides où s'entassaient des cartons, des tas de vieux jouets pour animaux, des cages et paniers d'un autre temps. Estel repéra la salle d'attente, dans laquelle subsistaient des chaises et des piles de vieilles revues *people* nappées de poussière, ainsi que le bureau de l'accueil, tout près du rideau métallique de la devanture.

Une seule porte était verrouillée. La plaque indiquait « Bloc opératoire ». Mais, cette fois, aucune clé du trousseau ne voulait s'insérer. Estel inspecta plus attentivement la serrure. *Flambant neuve.*

— Voilà autre chose, maugréa-t-elle.

Elle refit un tour d'horizon des pièces qu'elle avait parcourues, et avisa une dernière issue, tout au bout, la seule qu'elle n'avait pas explorée.

Elle abaissa la poignée. La porte s'ouvrit sans problème.

Elle alluma la lumière et contempla les marches qui descendaient devant elle.

Une cave ?

Des remugles de combustion remontèrent, une bouffée asphyxiante.

Estel s'engagea dans l'escalier d'une démarche raide.

À mesure qu'elle s'enfonçait dans les profondeurs du bâtiment, l'odeur se fit de plus en plus écœurante.

Quand elle atteignit le fond, la jeune femme comprit. Les murs et le plafond couverts de suie. L'incinérateur, ouvert et souillé, comme un monstre repu.

La machine avait été démantelée. En partie, tout au moins. La plaque en fonte qui accueillait jadis les dépouilles des animaux était toujours là, couverte d'épaisses substances noires et gluantes.

Estel aperçut le boîtier de contrôle, avec ses gros boutons, démonté et posé par terre. Elle leva ensuite les yeux vers l'énorme gaine d'extraction en aluminium qui pendait du mur.

Une salle de crémation.

Son cœur refusait de ralentir.

Elle se tourna vers les étagères accrochées sur le mur gauche. Une urne en émail vert-de-gris trônait tout en haut. Le récipient ne possédait ni étiquette, ni scellé.

La curiosité était trop forte. Estel se saisit du vase émaillé, le soupesa. Sans erreur possible, il contenait quelque chose. Elle dévissa le bouchon.

Le récipient était rempli à ras bord de cendres granuleuses, grises et noires. Estel distingua des résidus d'os broyés.

Qu'est-ce que tu t'imagines ?

Elle agita doucement l'urne. Un nuage de poussière s'en échappa, lui causant une quinte de toux. Mais ce qui l'intriguait se précisa.

Elle se risqua à tâter de l'index la surface des cendres. Il y avait quelque chose de dur. Juste là.

Elle ressortit l'objet en le tenant entre son pouce et son index.

Une dent.

Une molaire, très exactement.

Avec un plombage.

118

La nausée revint. Tout d'un coup, le vertige happa Estel. Elle colla son dos contre le mur, étourdie par les exhalaisons suffocantes de la suie. La dent lui échappa. Elle se jeta à genoux pour la récupérer, fouilla l'épaisse poussière du sol, sans parvenir à la localiser.

Sa vision se troubla un peu plus fort. Son estomac se souleva dans sa poitrine. Elle ne pouvait pas avoir rêvé cette dent. Elle l'avait tenue dans sa main. Elle en était *sûre.*

Elle laissa de la cendre granuleuse couler entre ses doigts, toussa un peu plus fort, s'étouffa à moitié.

Je suis folle, c'est ça ?

Ils ont tous raison ?

Les émanations de cet endroit continuaient de l'asphyxier, elle ne se sentait plus capable de raisonner de manière cohérente. Il fallait qu'elle sorte de là. Vite.

Elle remonta en titubant, traversa l'enfilade de pièces et se planta devant la porte du bloc opératoire. Secouer la poignée ne servit à rien. Elle donna un coup de pied, puis des coups d'épaule, sans même parvenir à faire trembler la porte.

— Merde ! Fait chier !

Elle sentait la frustration et la rage monter, prendre peu à peu le contrôle. Elle chercha un objet dur, pouvant lui servir à forcer cette serrure. Dans un carton de vieux outils de bricolage. Une barre à mine massive. Un marteau. Cela irait très bien. Elle revint devant la porte, posa l'extrémité biseautée de la barre au niveau du loquet et assena de grands coups pour la faire pénétrer dans l'interstice.

L'espace était trop étroit. Le biseau ne faisait qu'émietter le bois de la porte sans aller plus loin.

— Allez, s'impatienta-t-elle. *Allez !*

Rien à faire. Exaspérée, elle changea d'angle, plaçant le biseau au niveau des gonds. Ils étaient anciens, rouillés, forcément plus vulnérables. Cette fois, la barre se logea dans la rainure. La porte craqua. Et, d'un coup, se descella du mur.

Enfin.

Estel s'acharna. Tira dans un sens et dans l'autre. Le pan de bois sortit des gonds.

Un ultime coup de pied, de toutes ses forces. La porte s'effondra devant elle.

Estel se trouva au seuil de la dernière pièce.

Elle prit une longue inspiration et, barre de fer en main, s'avança.

Cette salle était intégralement carrelée et peinte en rouge.

Elle pressa l'interrupteur…

Une vive lumière illumina le fauteuil de dentiste installé au milieu de la pièce. Estel plissa les yeux, presque aveuglée par les deux projecteurs sur pieds. De part et d'autre, il y avait des établis, vides à présent, deux chaises posées dans le coin et ce qui ressemblait à un tas de bâches et de sacs en plastique fourrés dans un grand carton, tout au fond.

— Sérieusement… laissa-t-elle échapper. Tout ça pour…

Elle n'osa achever sa phrase, se contenta d'avancer, de poser une main sur le cuir souillé du fauteuil.

La pièce puait. Derrière l'odeur du détergent flottaient des relents de sueur et de pourriture.

Sa gorge se noua. Estel ne put s'empêcher de contempler ces murs, ce sol, ce plafond, le tout uniformément badigeonné de peinture luisante, de la couleur du sang.

— Et puis quoi encore ?

Lorsqu'elle se plaça devant les lampes qui déversaient leurs flots de lumière, elle repéra la caméra fixée juste au-dessus.

Une diode rouge allumée sur le côté de l'objectif.

L'appareil était en train de filmer.

Alors elle cessa de contenir sa colère. Un râle de rage pure jaillit de ses lèvres tandis qu'elle abattait la barre à mine sur la caméra. Le premier coup suffit à briser l'appareil, qui pendit le long du mur. Le deuxième coup l'arracha tout à fait et la caméra en miettes rebondit au sol. Estel continua de frapper le mur, fissurant le carrelage, puis s'en prit aux projecteurs, qu'elle brisa en poussant des ahanements de plus en plus forts à chaque coup.

— Salaud ! Salaud ! SALAUD !

Elle lança la barre au hasard dans la pénombre, empoigna les chaises qu'elle fracassa l'une après l'autre contre le fauteuil de dentiste.

Après quoi elle essaya de renverser ce fauteuil, mais il était vissé au sol. Elle se mit à le bourrer de coups de poing, comme si elle avait voulu le démolir, le réduire à néant, jusqu'à laisser son propre sang sur le cuir.

Toujours emplie d'une fureur absolue.

Que rien ne pourrait plus éteindre.

119

Le battement hypnotique de la musique.

Les danseurs s'agitaient, se frôlaient. Les mains se levaient pour traverser les lignes vertes dessinées par les lasers. Les cris de joie fusaient quand les boucles rythmiques repartaient de plus belle.

Delphine Bellefonds reposa son verre sur la petite table. Elle sentait les vibrations de la musique jusque dans ses os.

Elle se pencha contre l'épaule de son collègue. Elle tenait à se faire entendre sans avoir à crier.

— Table du fond. La fille qui vient de se faire offrir un verre par le petit gros à lunettes.

— Bien vu, lui répondit Escorsac à l'oreille. Ça en fait trois.

— Quatre. Parce que sa copine, derrière elle, travaille aussi.

Escorsac hocha la tête.

— T'es toujours aussi redoutable.

La policière ne se sentait pas le moins du monde redoutable. Elle avait simplement développé sa capacité d'observation. En l'occurrence, le racolage de ces quatre prostituées au milieu de la fête était tout sauf discret.

Cela confirmait ses suppositions. Sofia Baranov, ou qui que ce soit sur la photo de Djebbari, avait probablement tapiné dans cet endroit, comme ces filles le faisaient en cet instant.

Et, surtout, cela alimentait ses réflexions.

Avant de venir ici, le temps qu'Escorsac passe la chercher, elle en avait profité pour passer en revue les éléments concernant les meurtres de 2014. Les deux victimes retrouvées carbonisées dans les garages étaient, l'une comme l'autre, issues du milieu de la prostitution. Il était déjà établi que le gigolo lillois trouvait ses clients en boîte de nuit. Après recherche, il apparaissait que la prostituée massacrée à Angers utilisait un mode de travail similaire.

Les boîtes de nuit.

Et tout l'univers fauve qui gravitait autour.

— C'est normal qu'il y en ait autant ? Toi qui sors tout le temps ?

Escorsac prit le temps de finir son verre. Puis il se pencha de nouveau vers son oreille :

— C'est une infraction qui concerne avant tout les mœurs, mais je trouve pas ça pire qu'ailleurs. Personnellement, le garçon qui deale à côté des toilettes m'emmerde davantage. D'autant que le portier est passé devant lui plusieurs fois. Je l'ai même vu lui taper dans la main.

Bellefonds comprit ce qu'il sous-entendait.

— L'équipe de sécu est au courant et laisse faire ? C'est organisé ?

— C'est *toujours* organisé. Tiens, en parlant du loup, mate donc ton ami teuton, à 3 heures.

De l'autre côté de la salle, elle reconnut l'homme à qui il faisait allusion : le grand blond en costume, visiblement attaché à la sécurité du patron. Il escortait d'ailleurs son employeur, accompagné d'une très jeune fille, en direction des loges.

— J'aurai besoin de la liste de tous les employés, dit Bellefonds. Actuels, et aussi passés.

— Je vois ça avec l'URSSAF lundi matin, on saura au moins qui est le personnel déclaré. C'est bon pour toi ? On fait quoi, maintenant ? Un autre verre ?

La policière détacha ses cheveux, se leva et saisit les larges mains de son collègue.

— Maintenant, beau gosse, on danse !

120

Passé 3 heures du matin, à l'hôtel Hilton de Berlin, la chambre d'Aymeric Dardeau était seulement illuminée par la couleur de la nuit : une pulsation multicolore et indistincte de la ville au travers de la baie vitrée.

La sonnerie de son téléphone lui fit lentement ouvrir les yeux.

Le romancier massa ses tempes douloureuses, tout en ravalant une salive épaisse, arrière-goût âpre de whisky. En fin de soirée, il s'était installé dans le fauteuil en cuir, devant les fenêtres qui offraient une vue imprenable sur la capitale allemande, avant de descendre une bonne partie de la bouteille laissée à son intention par l'éditeur. Il avait fini par s'endormir là, son verre encore posé sur ses genoux.

La sonnerie continuait, tout près de lui. Dardeau palpa les accoudoirs du fauteuil, puis la surface de la table basse, jusqu'à retrouver l'appareil. Sa vue peinait à faire la mise au point. *Numéro masqué*. Il se racla la gorge avant de décrocher.

— Qui que vous soyez, vous avez vu l'heure ?

— *Désolé, monsieur. C'est le commissariat de Saint-Jean-de-Braye. Vous êtes bien Aymeric Dardeau ?*

La voix de l'interlocuteur était rocailleuse. Un homme d'un certain âge avec un accent prononcé.

— Lui-même. Vous allez me dire ce qui se passe ?

— *Un incendie s'est déclaré dans votre maison, à Marigny-les-Usages. Les pompiers de Saint-Jean essaient d'éteindre les flammes depuis plus d'une heure, mais cela se présente mal. Le foyer est impressionnant.*

Dardeau bascula la nuque en arrière. Il observa le plafond où se reflétaient les lueurs mouvantes de Berlin.

— Qu'est-ce que vous me racontez ? Cette maison est inoccupée, il n'y a rien d'inflammable à l'intérieur.

— *Il s'agit vraisemblablement d'un acte criminel. Difficile d'en dire plus pour le moment, mais selon le chef des sapeurs-pompiers, il y a eu de multiples départs de feu. La combustion est anormalement virulente. Vous n'entreposiez aucun produit chimique au rez-de-chaussée, n'est-ce pas ?*

— Je vous répète que cette maison est *totalement* vide ! Le rez-de-chaussée, c'était une clinique véto, mais cela fait belle lurette qu'il n'y a plus le moindre mobilier, ou quoi que ce soit qui puisse alimenter la combustion, comme vous le dites.

— *Je prends note. Je vous assure que les pompiers font leur possible, mais vu la progression de l'incendie, je crains qu'il ne reste plus un mur debout. Vous devriez contacter votre compagnie d'assurances à la première heure. Nous restons à votre disposition si vous souhaitez porter plainte.*

Dardeau ne se fatigua pas à répondre.

Il laissa le téléphone retomber sur l'épaisse moquette.

À la place, il se saisit de la bouteille de whisky et la porta à ses lèvres.

VII

LA FEMME À REBOURS

121

Tu te crois maligne.

Mais tu laisses des traces.

Comme tout le monde.

Quentin Falconnier refusait de quitter son poste, dans l'angle de la chambre. Il restait scotché au bureau. Recourbé au-dessus de ses ordinateurs. C'était sa deuxième nuit sans sommeil, ce que son dos meurtri et ses yeux irrités ne se privaient pas de lui rappeler.

Aucune importance. Il s'accorderait du repos quand il aurait trouvé la louve vicieuse. Dans l'immédiat, il surveillait la machine virtuelle qu'il avait connectée au site web de la Saignée. Le redoutable logiciel recherchait les failles de protection, aspirant et analysant les informations qui transitaient sur la page d'accueil.

Tu es là.

Quelque part dans ces constellations de data.

Tu te crois à l'abri ? Tu ne me connais pas encore.

Ses doigts, comme englués au clavier, enchaînaient les invites de commandes sur l'interface en ligne. L'anonymat du Dark Web n'était dû qu'à la succession de nœuds qui chiffraient les données. L'outil d'extraction profitait du hachage partiel des informations pour les reconstituer à force de recoupements. Ce qui n'était pas une mince affaire. Quoi qu'il en soit, il pouvait déjà déterminer que cinq autres utilisateurs étaient connectés à la pièce rouge. S'il demeurait impossible de les localiser physiquement, leurs pseudonymes de login étaient apparents, entre noms de code et titres de guerre. Les prédateurs aimaient se parer de surnoms plus glauques les uns que les autres.

L'une de ces personnes pouvait être le créateur du site.

Ou même elle.

ELLE.

Celle qu'il démasquerait bientôt. Il était prêt à faire *tout* ce qui serait nécessaire pour cela.

Alors que le logiciel émettait une série de *bips*, il se pencha, curieux. Brusque regain de trafic. Pourtant, il ne s'agissait pas de données envoyées par le site, ni même transitant par lui. Le flux d'informations était *aspiré* depuis sa propre connexion.

La mâchoire du policier s'en décrocha. Il n'y avait qu'une explication possible à ce phénomène : quelqu'un était en train de faire exactement comme lui ! Cette personne avait repéré son activité, et cherchait à récupérer ses informations à l'aide d'un programme d'extraction semblable au sien.

Réagir. Mais comment ? Tout d'abord, il fut tenté de couper la communication. Il n'était vulnérable que tant qu'il demeurait relié au serveur. Ou bien… Il pouvait saisir sa chance. S'il y avait un moment parfait pour contre-attaquer, c'était maintenant.

Il disposait d'un équipement de pointe. Le *meilleur*. Seuls les services secrets auraient pu rivaliser avec son installation.

— Tu veux jouer à ça ? beugla-t-il aux écrans. Putain, on va jouer !

Il lança une deuxième machine Parrot. Avec cette virtualisation-là, il utiliserait l'ensemble des performances dans un seul but : détricoter les adresses IP.

La procédure de mise en route ne dura que quelques dizaines de secondes. Elle lui sembla ne jamais finir.

Le logiciel émit un premier *bip*. Le login de la personne qui essayait de le pister était isolé. Il s'agissait de *PVn1sH3r*.

— Punisher, c'est très original. À quoi ressemble ton VPN, dis-moi ?

Sans surprise, cette protection se révélait efficace. La localisation de l'ordinateur était masquée par une série de passerelles, allant et venant dans une dizaine de pays, jusqu'à ce que l'adresse d'origine soit trop éloignée pour être retracée.

Un système sécurisé, oui, mais pas inviolable.

La fenêtre du logiciel affichait une succession de cases reliées les unes aux autres par des pointillés. Pour le moment, seule la première des cases était renseignée : elle indiquait une adresse IP localisée en Chine. Il s'agissait de l'unique information disponible en l'état, et elle était bien évidemment fausse. Le travail de l'outil était de remonter de passerelle en passerelle jusqu'à identifier le lieu d'émission initial.

Parfaitement jouable.

Les informations de log défilaient inexorablement. À mesure que les données étaient extraites, les pointillés reliant la case à la suivante s'illuminaient.

J'ai juste besoin de quelques minutes.

La deuxième case fut atteinte. Adresse aux États-Unis.

Les pointillés poursuivirent leur chemin vers la suivante, avec une lenteur exaspérante.

Case atteinte. Adresse en Indonésie.

Falconnier s'essuya le front.

— Te déconnecte pas, putain…

Pointillés. Nouvelle case. Portugal.

Le policier se rongeait déjà les ongles quand l'ordinateur lança une alerte sonore.

Il était victime d'une tentative d'intrusion. Attaque par injection SQL. Classique, mais redoutable.

La personne qui se cachait derrière le pseudonyme *PVn1sH3r* était tout sauf novice. Elle avait compris qu'il essayait de la débusquer. En réplique, elle envoyait des salves ininterrompues de scripts sur son disque. L'ordinateur résistait pour l'instant, mais un de ces codes malveillants finirait par trouver une faille. Il pouvait être sûr qu'aucune de ses données n'y survivrait.

Falconnier se tourna vers l'interface décryptant la localisation. IP bidon en France. IP bidon en République tchèque. Les petits points s'illuminaient tout doucement vers la case suivante.

Combien en restait-il pour accéder à celle d'origine ?

Du coin de l'œil, Falconnier observa la progression de l'attaque sur son disque. La pluie de scripts ne faiblissait pas. Il n'y avait qu'une manière de se protéger, il fallait qu'il éteigne tout. Tout de suite.

Pour perdre la trace de son attaquant ?

Hors de question.

— Allez… Putain…

Les défenses de son disque lâchaient les unes après les autres. Trop de codes à gérer en même temps.

La barre de progression arriva dans le rouge. S'il ne déconnectait pas sa machine immédiatement, l'attaque allait réussir et tout détruire.

Il ferma les yeux.

— Fait chier…

Un ultime son d'erreur système lui fit rouvrir les paupières.

Devant lui, l'écran de son ordinateur s'était éteint.

Rideau.

Le disque avait rendu l'âme.

Le policier fit lentement craquer sa nuque.

— Pauvre tache, murmura-t-il. J'ai tout mon backup bien à l'abri.

Il se pencha sur l'écran du deuxième ordinateur, où tournait encore la machine virtuelle.

— … et tu étais tellement occupé à m'attaquer que toi non plus, tu ne t'es pas déconnecté.

Comme si le pirate l'avait entendu, il vit la connexion cesser net.

Mais il vit aussi que l'ultime case avait été dévoilée.

Révélant l'adresse IP d'origine.

— Oh, oui… *Oh, oui !* s'écria-t-il comme un dément en transe. Ça y est, je t'ai baisé !

L'ordinateur qui avait lancé l'attaque était localisé tout près de Paris.

Il dépendait du nœud Orange de Chelles.

Exactement comme le policier l'avait espéré.

Désormais, il disposait de tous les éléments pour retrouver cet ordinateur. En plus de preuves matérielles irréfutables.

Il porta ses doigts à sa bouche et s'efforça de calmer ses tremblements d'excitation.

122

À 20 h 15, le chauffeur Uber arrêta la berline au pied de l'immeuble. Aymeric Dardeau embrassa son attachée de presse dans le cou, lui souhaita une agréable soirée et se hâta vers le porche pour échapper à la pluie qui reprenait.

Il abandonna sa valise dans l'entrée de l'appartement. Se contentant d'allumer la veilleuse au-dessus de l'îlot central, il se laissa tomber dans son canapé et commença à défaire les premiers boutons de sa chemise.

— Sacré week-end, murmura-t-il pour lui-même, avant de se figer.

Il venait d'apercevoir la personne assise dans le fauteuil, juste en face de lui.

La silhouette attendait en silence, drapée de pénombre.

— Estel ?

Sa voix était étouffée par le son de la pluie contre les baies vitrées. Il tendit le bras vers la lampe tactile sur la table. Sa garde du corps apparut dans le halo lumineux. Mains posées à plat sur ses genoux. Visage sévère. Regard de braise.

— Qu'est-ce que vous fichez là ?

La jeune femme se redressa, d'un mouvement souple, une flamme qui s'élève. Le tonnerre fit trembler les vitres.

— Je voulais être sûre de te voir. Sans témoins.

Sa voix, d'une rigidité totale, s'échappait de ses lèvres tandis que ses dents demeuraient fermement serrées.

— Je ne sais pas ce qui se passe dans votre tête, l'avertit le romancier en se levant à son tour, mais je vous jure que vous allez déguerpir de chez moi…

— Ta gueule.

En un éclair, elle fut sur lui. Uppercut à l'estomac. Dardeau s'effondra contre le canapé. Il se mit à hurler de terreur.

— Qu'est-ce qui vous prend ? À l'aide ! AU SECOURS !

Un coup de pied circulaire le plia en deux. Il roula sur le côté, bras autour de ses côtes. Des larmes se déversaient sur ses joues.

— J'ai eu envie de ça depuis le jour où je t'ai rencontré, susurra Estel en s'approchant. Tu l'as bien cherché. C'est toi qui m'as forcé la main.

Elle balança un deuxième coup. Dardeau geignait déjà comme un animal à l'agonie.

— Estel… Si c'est de l'argent que vous voulez…

— Tu m'as contrainte à entrer à ton service. En parfait égoïste que tu es. Tu voulais tellement que ta petite personne soit protégée des méchantes féministes. Comme tous les porcs avant toi.

— Je m'excuse… pour tout ce que…

La pointe de son pied rencontra la tempe de l'homme à terre. Il cessa de bouger.

Le cri de rage d'Estel se répercuta dans tout l'appartement, avant d'être noyé par les rugissements de l'orage qui redoublait de violence.

123

Le degré de certitude ?

— Monsieur le procureur, je ne comprends pas.

— *La question est pourtant simple. Je veux le degré de certitude de votre information.*

Falconnier éloigna le téléphone de son oreille pendant une fraction de seconde. Il avait envie de crier.

— Cent pour cent, répliqua-t-il avec un calme absolu. Cette femme était fichée S et on l'a retirée de la base de données parce qu'elle s'est tenue à carreau assez longtemps. Par je ne sais quel stratagème, elle a réussi à passer sous tous les radars. Nous devons l'interpeller au plus vite afin d'éviter qu'elle nous file entre les doigts.

Le procureur émit un bruit de langue, qui résonna dans l'écouteur.

— *Je comprends votre enthousiasme, mais si cette personne est en relation avec les concepteurs du site, cela ne risque-t-il pas de les alerter et de mettre en péril la suite des investigations ?*

— Pas si nous profitons de l'effet de surprise, justement. Nous conservons un coup d'avance.

Nouveau bruit de langue.

— *Soit,* finit par concéder le magistrat. *Je veux bien vous suivre sur ce coup-là, mais en contrepartie j'attends des résultats irréfutables. Les services pari-*

siens vous fourniront l'assistance nécessaire. Assurez-vous seulement qu'ils ne sont pas déjà engagés sur des opérations prioritaires.

Falconnier garda pour lui ce qu'il pensait de ce genre de réflexion. Rien n'était plus prioritaire que son affaire.

— Merci, monsieur le procureur.

Quand il raccrocha, il regarda l'écran de l'ordinateur avec excitation.

JOURS	HEURES	MINUTES	SECONDES
1	4	20	49

Il avait d'autres coups de fil à passer.

Il savait déjà qu'il ne trouverait nul sommeil cette nuit encore.

124

Au plus fort de l'orage s'éleva le grincement de la porte.

Lucille Vuillemin se tendit, yeux grands ouverts sous le sac, toujours aveuglée par la toile épaisse. Elle avait fini par perdre la notion du temps. À sa dernière visite, sa geôlière lui avait fait une injection dans le bras, ce qui l'avait plongée dans un état cotonneux. Pourtant, la plaie à son oreille mutilée continuait de la faire souffrir de manière toujours aussi intense.

Elle toussa. Sentit le sang qui recommençait à perler dans son cou.

Des pas se rapprochèrent. Elle les percevait derrière les grincements des tôles malmenées par le vent. C'était les claquements assurés des talons, désormais reconnaissables, de son bourreau.

Et aussi, un nouveau raclement sourd.

Elle traînait quelque chose sur le sol de béton.

Lucille renifla. Sa morve maculait sa mâchoire. Elle avait froid. Elle avait mal. Elle sanglota en silence.

Les bruits se déplacèrent. Il y avait des gémissements étouffés, des chocs contre des objets métalliques. Et tout provenait d'un peu plus haut, maintenant. La jeune femme reconnut le cliquetis d'un rideau métallique en mouvement, une chute de cartons vides peut-être.

Les gémissements se firent plus forts. Une paire de claques retentit, un son reconnaissable entre mille, soulevant une plainte étouffée.

— Là, on ne t'entendra plus. Si tu savais comme j'attendais ce moment. Maintenant, c'est la fin.

Le tonnerre gronda.

Puis Lucille entendit l'écho des talons se rapprocher.

Elle se contorsionna. L'effet de la drogue s'estompait. La peur la saisissait de plus belle.

— Lucille ? susurra la voix.

Elle voulut hurler. Un simple geignement s'échappa de ses lèvres engluées de morve.

— Tu vas avoir de la compagnie, se réjouit le bourreau. Tu ne le verras pas vraiment, mais j'espère que ça te remontera un peu le moral, de le savoir. Tu ne seras pas la seule à mourir, demain soir.

Lucille toussa. L'élancement à son oreille reprit.

— Pitié…

Un rire acide résonna.

— Ne t'impatiente pas, ma belle. Ce n'est plus qu'une question d'heures.

Son bras fut empoigné.

La seringue s'enfonça sans ménagement. L'injection se répandit dans ses veines, un froid glacial.

La douleur ne dura pas. Le flottement revint, estompant les sensations, diluant le temps dans cette rumeur constante et grise de la pluie furieuse.

Lucille en fut presque soulagée.

125

Lundi.

L'écran du téléphone affichait 8 h 45.

Léo avait passé la nuit à regarder les éclairs par la fenêtre.

Il réfléchissait encore à la situation, mais sa décision était prise.

Il attendit encore, faisant tourner son mobile entre ses doigts.

À 9 heures précises, il appela le numéro qu'il avait inscrit sur le Post-it.

— Allô ? Docteur Mauduit ?

— *Elle-même.*

— Je m'appelle Léo Pelletier. Je suis le compagnon d'une de vos patientes, Estel Rochand. Elle vous a probablement parlé de moi, depuis le temps.

Il y eut un silence. Un bruit de froissement.

— *Bien sûr. Estel m'a souvent parlé de vous, Léo. Mais je ne comprends pas vraiment l'objet de votre appel.*

Il ferma les yeux. Bien. Très bien.

— Je me fais du souci pour elle. Je sais que vous la voyez une fois tous les quinze jours et, selon elle, vous faites un très bon travail, mais… je crois qu'elle a replongé dans de sérieux ennuis. Cela fait plusieurs jours qu'elle n'est pas rentrée à la maison, et…

— *Excusez-moi, monsieur Pelletier...*

— Oui ?

— *Je crois qu'il y a un malentendu.*

— Comment ça ?

— *Je me souviens très bien d'Estel, mais cela fait deux ans qu'elle n'est plus ma patiente.*

Léo ne réagit tout d'abord pas.

La sidération. Puis l'angoisse, glaciale.

— Elle a changé de psychologue ? Elle ne l'a jamais évoqué.

Le docteur Mauduit hésita avant de répondre.

— *En toute honnêteté ? Je doute qu'elle ait poursuivi la thérapie. Estel a fait un rejet total de son suivi psychologique. J'ai essayé de lui faire entendre raison, il n'y avait rien à faire.*

Léo ouvrit la bouche, la referma. Ses pensées se bousculaient.

— Il y a deux ans, vous dites ? Début 2017 ?

— *La dernière fois que je l'ai vue, ce devait être... courant janvier 2017, oui, c'est ça.*

Le calcul n'était pas compliqué.

— Son ancienne collègue, Madalena, s'est suicidée à Noël, en 2016. Estel était abattue. Elle avait plus que jamais besoin de se faire suivre, au contraire !

La psy hésita de nouveau.

— *En tant que thérapeute, vous vous en doutez, je ne peux entrer dans les détails intimes. Le décès de son amie a été un électrochoc pour Estel, c'est certain. Elle a pris sa décision. Je considère que c'était une grave erreur, bien sûr, mais personne ne pouvait la forcer à poursuivre nos séances, si elle ne le souhaitait plus. Je suis sincèrement désolée de vous l'apprendre comme ça.*

Léo frissonna, le regard perdu, ses maxillaires saillants.

— Mieux vaut tard que jamais.

— *Vous dites qu'elle a replongé. Qu'entendez-vous par là, exactement ?*

— Je ne suis même pas sûr, fit Léo d'une voix déjà absente. Il n'y a rien que vous puissiez faire, de toute façon.

Il raccrocha.

Une larme roula sur sa joue, très vite suivie de nombreuses autres. Comment ne l'avait-il pas vu ? Comment ne l'avait-il pas COMPRIS ?

Il tourna dans la pièce, impuissant à chasser la sensation d'oppression qui comprimait son torse.

Qui voyait Estel, dans ce cas, une fois toutes les deux semaines ?

Que faisait-elle ?

Léo finit par s'asseoir, se recroquevilla au-dessus de la table, toujours incapable d'encaisser. Il fixa l'ordinateur, où l'économiseur d'écran déversait sa pluie de caractères verts.

Deux ans, putain.

Deux années entières qu'elle lui mentait. Et que lui, stupide et aveugle, avait cru ses histoires alors qu'elle s'enfuyait Dieu sait où, une semaine sur deux.

Sans même réfléchir, il appela Cassandre.

126

Cassandre Klem ne pouvait pas dire qu'elle avait des habitudes strictes, pourtant, quand elle se levait, en général aux alentours de 9 heures du matin, rien ne lui faisait plus plaisir que se rendre à la boulangerie pour se choisir un bon petit déjeuner. Depuis quelques mois, elle avait même développé une passion pour les puddings bien gras et sucrés. Elle les dégustait dans son canapé avec un plaisir assumé, tout en buvant son café et en écoutant les infos, avant de débuter sa journée de travail sur son ordinateur.

Ce matin n'échappait pas à la règle. Ses achats effectués, elle allait retraverser le rond-point pour revenir chez elle quand la sonnerie de son téléphone s'éleva de son sac. Ou, plus précisément, « Duel of the Fates », le morceau qu'elle avait choisi pour les appels de Léo.

Elle commença à chercher l'appareil.

Avant de s'interrompre.

Il y avait des voitures de police de part et d'autre de sa résidence.

Beaucoup *trop* de voitures de police.

La jeune femme s'arrêta, une main dans son sac, l'autre serrant maladroitement contre elle le sachet de la boulangerie et sa baguette de pain au pavot, tandis que la mélodie continuait.

— Pas maintenant, Léo, murmura-t-elle.

Elle dénombra cinq véhicules en tout. Ils venaient d'arriver, car ils manœuvraient encore sur les trottoirs de l'avenue.

Gyrophares, mais pas de sirène. Des agents de police sortirent de ces voitures au pas de course. Oreillettes. Gilets pare-balles. Brassards orange clamant POLICE. Un sacré groupe d'intervention. Le portail s'ouvrit. Les hommes s'engouffrèrent dans le bâtiment, en file indienne parfaitement organisée.

Cassandre savait très bien *qui* ils venaient chercher.

Et *pourquoi.*

Elle songea à son ordinateur encore allumé sur son bureau, à toutes les choses incriminantes qu'ils allaient découvrir dans l'appartement.

À cause de son assurance puérile. De toute son inconscience. Elle savait qu'elle avait poussé le bouchon beaucoup trop loin. Elle s'était crue au-dessus de leurs compétences. Elle était allée de plus en plus loin. Mais la chance tournait.

Une seule question, à présent. *Comment réagir ?* La mélodie du téléphone cessa enfin. Cassandre recula à pas mesurés. Ses doigts avaient lâché le sac sans même qu'elle s'en rende compte. Le pain et les puddings luisants roulèrent sur le trottoir encore trempé de la pluie de la nuit.

Un des policiers se retourna. Il était loin, mais il pouvait la voir, elle en était sûre.

Ne reste pas là, idiote.

Elle tourna les talons, l'air de rien, revint sur ses pas en direction du centre-ville. Elle s'efforça d'accélérer le rythme sans – trop – attirer l'attention.

Ne. Panique. Pas.

Il ne t'a pas reconnue.

Ils te croient chez toi.

Tu as le temps de mettre les voiles.

Sauf que se mentir ne servait à rien. Elle avait bien vu comment le policier la scrutait. Elle risqua un regard en arrière pour en avoir le cœur net…

Le jeune homme au brassard orange traversait le rond-point. Il la suivait d'un pas rapide, une main pressée sur son oreillette.

— Cassandre Klem ! s'écria-t-il.

Elle s'était trop approchée de la chaussée. Une voiture klaxonna sur son passage.

— Police ! Restez où vous êtes !

Compte là-dessus, abruti.

Elle s'élança au milieu de la circulation. Les véhicules pilèrent dans un concert de klaxons. Arrivée sur le trottoir d'en face, elle fonça tout droit dans le passage entre les résidences.

Derrière elle, le flic fonçait lui aussi à grandes enjambées.

Elle traversa la rue Henri-Rol-Tanguy comme une furie, fendant les groupes de piétons et frôlant davantage de voitures. Elle n'entendait plus que le vacarme de ses pas, de son souffle, des battements affolés de son cœur. Les allées entre les immeubles ne semblaient pas avoir de fin. Des balcons de part et d'autre. Des portails hermétiquement fermés. Un labyrinthe sans issue. Nulle part où se cacher.

— Saloperie ! cracha-t-elle, hors d'haleine.

Pourtant, la panique lui conférait une endurance insoupçonnée. Elle coupa à travers un parking, progressa à moitié accroupie en espérant que les véhicules la dissimuleraient un peu. Il y avait des travaux dans cette rue, encadrés par des palissades plus ou moins bien raccordées. Elle avisa une étroite ouverture entre deux panneaux de tôle blanche. Sans hésiter, elle s'y engagea, s'écorcha les bras et les genoux. Une cinquantaine de mètres à peine derrière elle, elle aperçut le flic qui se rapprochait vite.

— Cassandre ! vociféra-t-il. Ça suffit ! Arrêtez-vous !

Elle se démena, poussa, passa péniblement de l'autre côté de la palissade. Qu'il continue de s'époumoner. Elle lui souhaitait bonne chance pour la suivre, avec sa corpulence et son gilet pare-balles !

Des tranchées pleines d'eau lui barraient le passage. Elle les enjamba à toute allure, progressant dans les flaques au milieu des vapeurs de goudron et d'éclairs de soudure. Au pied d'un engin de chantier aux roues énormes, des hommes casqués lui firent de grands gestes.

— Mademoiselle ! Vous ne pouvez pas passer par là ! C'est interdit au public !

Elle les laissa vociférer, eux aussi. Elle franchit le reste des tranchées jusqu'au portail, tout au fond des travaux. Vite, se hisser, sauter de l'autre côté. Elle sprinta de plus belle à travers le parking d'un immeuble de cité.

Un regard rapide en arrière lui confirma que, comme elle l'avait espéré, le flic était bien retenu par les obstacles. *Enfin.*

Ses poumons l'élançaient. Ses jambes menaçaient de flancher. Mais elle y était presque. Elle *refusait* de se laisser attraper.

Le seul problème, c'est qu'elle n'apercevait pas d'issue. Les longues barres d'immeubles formaient comme un foutu cul-de-sac. Qu'importe. Il lui fallait semer son poursuivant. *Tout de suite.* Elle se glissa derrière un échafaudage installé contre les façades, suivit le bord des bâtiments sans ralentir. À leur extrémité, elle aperçut la sortie du parking. Elle prit à gauche dans la rue, courut au hasard le long d'autres immeubles, zigzagua entre les passants et les automobilistes, bifurqua encore et encore à chaque intersection.

Elle ne s'autorisa une brève halte qu'une fois arrivée dans la rue Gambetta. Il y avait beaucoup plus de monde ici. Des commerces tout le long. Circulation fluide. Pliée en deux, une douleur intense martelant la veine de son cou, Cassandre scruta dans toutes les directions à la recherche d'un danger.

Aucun en vue.

Pas le temps de se reposer pour autant. Le quartier devait grouiller de forces de l'ordre. Elle se remit en marche tout en essayant de reprendre sa respiration. Application Uber. Commande d'une course vers Paris. Après un instant de réflexion, elle sélectionna comme lieu de rendez-vous le bout de la rue, au niveau du petit parc. Avec toutes les voitures garées un peu partout et la foule omniprésente, personne ne la repérerait le temps que le chauffeur arrive.

Il faudrait simplement qu'elle se débarrasse de ce téléphone sitôt dans la voiture. Il était compromis. Mais rien d'irremplaçable.

Elle s'imagina tirée d'affaire.

Quand soudain un grand type barbu qui marchait à contresens se jeta sur elle et l'écrasa au sol.

— Police ! beugla-t-il en lui tordant le bras.

— Vous… me faites… *mal*…

— Et là ?

Il tordit davantage. Son épaule sembla se disloquer. Cassandre hurla.

Le bruit d'une course précipitée lui parvint. D'autres hommes et femmes portant des brassards de la police apparurent de tous côtés.

Le grand flic barbu lui passa les menottes avant de la faire se redresser. Il la plaqua contre le mur pour qu'elle se tienne droite. Un autre individu beaucoup plus jeune, les cheveux en bataille et les traits insolents par nature, approcha son visage tout près du sien. Il reprenait péniblement sa respiration.

— Je suis le lieutenant Falconnier, murmura-t-il, son regard enflammé par une lueur intense. Enchanté de te rencontrer, Cassandre. Ou tu préfères *Punisher* ?

Elle serra les dents.

— Je n'ai rien fait de mal…

Le policier siffla d'un air méprisant.

— Les blagues qu'on entend, dans ce métier.

Il fut interrompu par les chœurs de « Duel of the Fates » s'élevant de son téléphone qui avait fini par terre, un peu plus loin.

— Une fan de *Star Wars* ! Tu crois que c'est le côté obscur qui cherche à te joindre ?

Elle ne répondit rien.

Le policier s'accroupit pour s'emparer du téléphone et prendre l'appel de Léo.

127

Quinze heures avant la fin du compte à rebours.

L'écran de l'ordinateur, installé au fond de la salle de réunion, donnait le rythme. Une vie humaine en jeu, un peu plus à chaque seconde qui s'écoulait. Falconnier ne s'en plaignait pas. Il aimait cette tension. Les perquisitions progressaient à vive allure. Des pièces concrètes s'ajoutaient au dossier. Quand l'investigateur appela le procureur de Marseille, il mit du miel dans sa voix pour lui détailler l'avancée rapide de son enquête. Il ne manqua pas de mettre en avant ses déductions, ses initiatives, son implication de chaque instant, et Coquelet le félicita, de sa manière froide et directe.

— *Continuez à faire du bon boulot, alors.*

— On en a bien l'intention, monsieur.

Sa jubilation ne tarissait pas. Coquelet jouait le jeu. Devant la gravité des faits, il acceptait de débloquer les budgets pour toutes les réquisitions que l'investigateur jugerait nécessaires. Il lui donnait son feu vert sur l'enquête, et sa hiérarchie directe à Marseille ne s'y opposait pas. N'en déplaise au groupe DPJ, c'était *lui* qui donnait les ordres maintenant. Au diable les regards sombres, qu'il sentait obstinément braqués dans son dos comme sur une cible. Que la jalousie les dévore tous.

Il y était presque. Tout près des loups vicieux. Comment ne pas exulter ?

— Estel Rochand, déclara-t-il en désignant la photographie de la boxeuse tatouée, punaisée au mur de liège. C'est notre cible prioritaire. On la trouve et on l'interpelle. Le plus vite possible.

La pièce manquante.

Léo Pelletier venait de leur lâcher le nom. Le garçon semblait au bord des larmes. Il y avait de quoi. On parlait de meurtres. De tortures sadiques. Et comme par hasard, son ex-compagne avait déserté leur appartement depuis plusieurs jours. Tellement pratique.

— On vérifie l'histoire du petit ami pour savoir s'il y a des trous. Tout le monde dessus. Rochand a été impliquée dans la mort d'une civile, il y a quatre ans. Il semble que ça lui ait vrillé le cerveau. Je veux parler à la psy qui l'a suivie pendant deux ans. En attendant, Delphine et moi allons discuter avec l'autre gardée à vue.

Le lieutenant Bellefonds le suivit sans un mot. Cassandre Klem et son avocate commise d'office patientaient dans un bureau étroit qui sentait l'encaustique et le renfermé. La petite pirate informatique avait remis sa capuche sur ses cheveux blonds. Air concentré, lèvres pincées.

Cette fille n'en avait peut-être pas conscience, mais elle était fichée S pour cyberdélinquance. Mouvance d'extrême gauche, la plus surveillée. Elle avait réussi à se tenir loin des radars, certes, et cela avait repoussé son niveau d'intérêt dans les bases de données, mais la preuve était que ce genre d'animal finissait toujours par replonger. Cette fois, elle s'était mise dans des ennuis de grandes personnes. Faire profil bas ne la sortirait plus d'affaire.

En retrait, Delphine Bellefonds s'était installée derrière un ordinateur et avait lancé l'application d'enregistrement vidéo de l'audition. Falconnier fit confirmer à Cassandre Klem son identité, son adresse et sa profession, avant de poser le PC sur la table. Il la regarda de haut.

— C'est le tien ?

— Pourquoi vous me posez la question ? Vous savez qu'il est à moi, et vous avez déjà trouvé tout ce que vous vouliez dessus. Non ?

— La prévenue confirme que l'ordinateur saisi à son domicile lui appartient, déclara le policier.

Il changea de ton pour ajouter :

— Maintenant, je dois avouer que j'ai l'embarras du choix, pour t'envoyer derrière les barreaux. Et pour longtemps.

— N'essayez pas d'intimider Mlle Klem, intervint l'avocate. Elle répondra à vos questions de son plein gré tant que vous restez dans le cadre d'une audition correcte.

L'investigateur l'ignora. Il méprisait par principe les avocats. Celle-ci était aigrie comme l'exigeait sa profession et mince comme un coup de trique. Une tâcheronne tout juste diplômée, qui devait découvrir les joies de son quotidien sous-payé. Gêne mineure. La règle était claire, elle n'était là qu'à dessein d'observation, et pouvait tout au plus formuler ses remarques par écrit, à l'issue de l'audition.

Il tapota l'ordinateur recouvert d'autocollants de têtes de mort et autres signes de reconnaissance propres au monde des hackers.

— On doit aller à l'essentiel, Cassandre. Je passerai donc sur tes liens avec les militants ultra de Greenpeace, même si tu as aidé plus d'une fois cette bande d'abrutis, et je parle d'opérations où ils ont mis en danger la vie d'autrui tout autant que la leur. Je laisse également de côté les détournements de crypto-monnaie dont j'ai retrouvé la trace sur cet ordinateur. *Pour le moment.* Tout ça, c'est déjà la prison ferme, c'est acquis.

— Vous racontez tellement de conneries, soupira la programmeuse. Vous n'avez pas l'ombre d'une preuve à partir des données de mon disque.

— Vous ne devez pas répondre à la provocation, lui conseilla son avocate.

— Et vous, vous ne devez pas intervenir, lui rappela le policier.

Il se pencha davantage vers la jeune prévenue.

— Détournements de fonds multiples, intrusions illicites et dégradations de sites web gouvernementaux, j'ai de quoi te coffrer avec ce que je veux, Cassandre. N'attends aucune aide de ton avocate, qui ignore encore les règles de base d'une audition. Ce que je ne comprends pas, c'est comment on passe de la compagnie de gamins idéalistes à celle des pervers qui se branlent sur des vidéos de torture.

— Je n'ai rien à voir avec ça ! cingla-t-elle. Les photos ne sont pas à moi. Je les ai juste enregistrées…

Elle hésita en se tordant nerveusement les doigts.

— Oui ? l'encouragea le policier. Parle-nous un peu de ces photos. D'où les sors-tu ?

— C'est Léo qui les a trouvées.

— Tu parles de ton ami Léo Pelletier, que nous avons dans la pièce d'à côté ? Il a l'air perdu, le pauvre.

Cassandre Klem releva les yeux.

— Ces photos se trouvaient sur l'ordinateur de son ex-copine. Il vous l'expliquera mieux que moi. Mais il ignore tout de l'existence du site, je vous le jure ! Je ne lui ai pas dit que j'avais découvert de quoi il s'agissait. Et encore moins que je m'y étais inscrite !

— Et *pourquoi* tu t'y es inscrite, précisément ?

— Juste pour voir… pour essayer de comprendre…

La jeune femme dévisagea les deux policiers avec une animosité contenue. Grand bien lui fasse. Elle ne pouvait plus s'en sortir avec une pirouette.

— On attend ta version, ma belle. Accouche !

Elle leur expliqua, tout, en détail. L'appel de Pelletier trois jours auparavant. Le dossier inquiétant qu'il avait découvert, mal dissimulé dans l'ordinateur de son ex-petite amie, et dont Klem avait effectué une copie. Falconnier la laissa parler. Il avait pris le soin de vérifier la date de création des fichiers sur son disque dur. Pour le moment, son récit collait à celui de Pelletier. La jeune hackeuse précisa qu'elle avait traqué la Saignée sur les forums pour pouvoir s'inscrire au prochain *live*. Elle confessa aussi sa tentative de piratage sur la connexion du policier, ce qui s'était révélé sa plus grosse erreur et, au bout du compte, la raison de son arrestation. Pourtant, tout ce qu'elle avait fait, jurait-elle, n'était que dans le but de découvrir ce qui se cachait derrière cette pièce rouge. Elle avait cru s'attaquer à un de ses organisateurs, et non pas à un cyberenquêteur.

Elle semblait sincère, d'accord. Le policier avait espéré serrer un membre actif de la Saignée, il n'avait entre les mains qu'une surdouée du clavier qui s'était jetée dans ses pattes au mauvais moment. Il comprenait très bien la fascination qu'elle avait pu avoir à percer le site à jour. Il était surtout sidéré que cette presque gamine ait réussi à s'y faire accepter plus rapidement et plus efficacement que lui ! Quand il lui demanda avec quel argent elle avait payé le droit d'entrée exorbitant, elle prétendit avoir détourné les fonds d'une fausse association d'aide humanitaire basée à Trappes. Une forme de justice, selon elle, car cette structure servait essentiellement de façade à des ramifications salafistes. En ce moment, ces fous d'Allah devaient s'arracher la barbe en constatant que plus de 30 000 euros s'étaient évaporés de leurs précieuses subventions.

— Une bonne idée, oui, qui va t'emmener tout droit à l'ombre, conclut Falconnier.

— Je ne pensais pas que vous me choperiez, si c'est ce que vous voulez entendre.

— Ton problème, c'est que tu te crois très forte, alors qu'en définitive tu n'es pas si douée que ça. Je peux t'assurer que tu as trouvé beaucoup plus fort que toi.

La jeune femme le toisa un moment avant de répondre :

— Je viens de tout vous avouer sans montrer la moindre réticence. Pourquoi vous en revenez à votre intimidation à deux balles ?

— Nous allons déjà vérifier tout ce que tu viens de nous avancer, lui renvoya Falconnier.

— Je ne suis pas complice de ces malades. Ces choses me dégoûtent.

— Ne crois pas que cela t'évitera la prison pour autant, Cassandre. C'est là où vont les méchants.

— Et votre rôle c'est d'arrêter les méchants, c'est ça ? ricana-t-elle avec un manque d'assurance presque touchant.

— Mon rôle, petite, c'est d'empêcher que des personnes innocentes se fassent assassiner en direct. Et ça commence par attraper cette tarée avant qu'elle tue à nouveau.

Il posa la photo d'Estel Rochand sur la table.

Les traits de Cassandre Klem se plissèrent en une expression circonspecte.

— Attendez. Vous vous imaginez que c'est *elle* qui a torturé et assassiné tous ces gens ?

— Ce n'est pas ce que tu crois ? répliqua Falconnier. Réfléchis bien. Tu aimes la logique, non ? Quelle déduction tires-tu ?

La jeune femme regarda ses mains sans répondre.

128

Quatorze heures avant la fin du compte à rebours.

L'effervescence croissait dans les bureaux. Elle était palpable partout, dans les regards concentrés, les appels téléphoniques en sourdine, les imprimantes qui crépitaient, les effluves de café et des vapeurs de cigarettes électroniques qui s'attardaient dans l'air.

Falconnier ne cessait de revenir à son écran pour contrôler l'état de ses logiciels. Sur le fond rouge, le sinistre décompte continuait de s'égrener. Les programmes d'extraction de données tournaient en tâche de fond, incapables de percer le site pour autant. Tout ce que pouvait déterminer le policier était, au mieux, la présence de six connexions en direct. Des loups attendant déjà l'ouverture de la séance, leurs masques numériques inviolables. *Pour l'instant.*

Il grinça des dents tandis que le *pop-up* écarlate revenait à l'assaut de son écran, lui demandant s'il aimait.

— Saloperie.

Au moins, il avait enfin isolé l'origine de ces fenêtres intempestives. Il s'agissait d'un simple script de quelques lignes, sans le moindre danger pour son système, ce qui le rendait indétectable par l'antivirus. Un *gimmick* pour poser l'ambiance. Il fallait se résoudre à cliquer pour libérer l'écran à intervalles réguliers.

— Alors ? appela-t-il à la cantonade. On ne peut toujours pas localiser cette Estel Rochand ?

Le lieutenant Pouget s'approcha, mine circonspecte.

— Son téléphone est éteint. Sa voiture est trop ancienne pour avoir un suivi GPS. On a vérifié l'identité de son employeur donnée par Léo Pelletier. Aymeric Dardeau. J'avais oublié avoir lu un de ses livres. C'était pas fameux.

— En quoi cette réflexion est-elle utile à l'enquête ? releva sèchement Falconnier.

La policière se rembrunit. Elle écarta les mains.

— Il ne répond pas au téléphone. J'ai essayé plusieurs fois et j'ai fini par laisser un message.

— Alors on envoie une patrouille. On lâche rien.

Les autres flics se regardèrent de biais. Toujours rechignant à obtempérer quand il leur donnait un ordre.

— Un problème ? s'impatienta-t-il.

— Ça marche, tempéra Pouget en saisissant sa veste. J'y vais avec Gauthier.

— Un instant !

La voix du capitaine Escorsac avait tonné tandis qu'il s'engouffrait dans le bureau. Il apporta à Bellefonds une liasse de feuilles imprimées.

— Voilà ce que tu avais demandé. Comme d'habitude, tu as eu du nez.

Falconnier s'approcha.

— C'est quoi ?

— Peut-être de quoi accélérer les choses, murmura Delphine Bellefonds en compulsant le dossier. Oh, oui, en effet ! Merci, Vincent !

Elle déposa les feuillets sur sa table et appela le reste de l'équipe.

— Écoutez tous. J'avais demandé la liste des employés du Grand Paris. C'est une boîte de nuit dans le XIe arrondissement. Alioune Djebbari enquêtait sur ce club avant de se faire assassiner.

— Un rapport avec la fille sur la photo ? demanda le lieutenant Picard.

— Exactement. Il est probable qu'elle y tapinait. Alioune devait penser que, si quelque chose de grave était arrivé à cette fille, c'était peut-être lié au personnel de cet endroit.

Elle sortit un des CV où figurait la photo d'Estel Rochand.

— Comme cette personne, par exemple.

Falconnier s'empara de la fiche.

— Bon sang ! Rochand travaille aussi là-bas ?

— Travaillait. Pendant six mois. Jusqu'à sa démission, le 18 mars dernier. C'est tout ce qui est indiqué.

— On convoque le patron de cette boîte tout de suite ! Bon travail, Delphine !

Elle haussa les épaules.

— Chacun avance avec ses moyens d'investigation, hein ?

Falconnier voulait lui demander ce qu'elle sous-entendait quand la porte s'ouvrit de nouveau. Une femme aux larges épaules qui travaillait à l'identité judiciaire traversa la pièce. Elle avait le visage circonspect et ses cheveux frisés mal attachés.

— Vous êtes prêts ? lança-t-elle à la volée.

Tout le monde se tourna vers elle.

— On a quelque chose, Cécile ? demanda Bellefonds.

— Et comment. Le coffre trouvé dans le placard de la chambre à coucher.

— Il était fermé à clé, se souvint Falconnier.

— On l'a forcé pour vérifier ce qu'il renfermait.

— Et ?

— Il vaut mieux que vous voyiez par vous-mêmes, annonça la scientifique en leur présentant une large enveloppe. C'est du lourd. Nous ne sommes qu'au tout début des analyses, mais toute l'équipe ne s'occupe plus que de ça.

129

Treize heures et quarante minutes avant la fin du compte à rebours.

Léo Pelletier demeurait abattu, prostré derrière la petite table. On lui avait servi un verre d'eau gazeuse qu'il n'avait pas touché. Son avocate attendait au fond de la pièce, tout aussi amorphe. Falconnier mit tout de suite les choses au clair :

— Il n'est même pas midi et demi, personne n'est encore fatigué et je vous assure que ce n'est que le début du torrent de merde. Vous voulez voir quelque chose de très intéressant ?

Il déposa l'enveloppe de papier kraft, en sortit ostentatoirement la photo de ce qu'il avait instantanément appelé le « coffre au trésor ».

— Tu connais cet objet, Léo ?

Le jeune homme grogna à voix basse.

— C'est le coffre d'Estel.

— Tu peux préciser où il se trouvait ?

— Dans l'armoire de la chambre. Pourquoi ?

— Ce coffre était à cet endroit depuis longtemps ? insista le policier.

Pelletier se gratta la joue.

— On a cet appartement depuis cinq ans. Mais Estel a toujours trimballé ce truc avec elle. Elle y attache une grande valeur affective. Je ne comprends pas ce que vous voulez savoir.

— C'est simple. Je veux que tu nous expliques ce qu'il y a dedans.

Le gardé à vue secoua la tête, de plus en plus nerveusement.

— Elle n'a jamais voulu me le dire.

— Tu veux dire qu'elle a conservé ce machin hideux dans votre chambre pendant cinq ans sans que tu cherches à savoir ce qu'elle y rangeait ?

— Écoutez, supplia-t-il, c'est sa vie privée. Je l'ai toujours respectée, je…

— Arrête les violons, tu veux ?

Falconnier sortit les autres photos de l'enveloppe.

L'une après l'autre, afin de bien ménager son effet, il les disposa sur la table.

— Regarde plutôt ça. Tu vois ?

Bien sûr, qu'il voyait. Difficile de faire autrement. Les photos montraient des tee-shirts, des brassières, et même un short et une paire de collants déchirés. Les vêtements s'alignaient, soigneusement étiquetés au séchoir, la salle où l'équipe entreposait les pièces à conviction. Les longues taches brunes qui les maculaient sautaient aux yeux.

— Des fringues couvertes de sang, commenta le policier face au silence stupéfait du garçon. Voilà ce qu'il y avait dans le coffre de ta copine, Léo. Et ça fait des années qu'elle les entasse là. Putain, mais ça devait sentir la mort, en plus !

Pelletier resta figé, les yeux humides. Le policier poursuivit son explication :

— L'équipe du labo planche sur les recherches ADN. Ce qu'on peut déjà dire, c'est que chacun de ces vêtements est imbibé du sang d'une personne différente. Tu expliques ça comment ?

— Je ne l'explique pas, jura le jeune homme.

Une énorme larme roula sur sa joue.

— Mais ce dont je suis sûr, c'est qu'Estel ne peut pas avoir fait de mal à des gens.

Falconnier avait prévu ce déni idiot.

Il sortit une autre enveloppe et laissa tomber les photos sur la table. Des impressions en couleur des images retrouvées sur l'ordinateur de Rochand. Les corps mutilés. Les ventres ouverts de la gorge à l'aine. Les visages de la Mort, écarlates et grimaçants.

— Pour te rafraîchir la mémoire, Léo. Voilà ce que fait la personne que tu crois connaître. La fille avec qui tu as partagé ta vie pendant des années. Voilà qui elle est *vraiment*. Mais tu le savais déjà, non ? Tu t'en es rendu compte, quand tu as trouvé ces images. Je suis sûr que, au fond de toi, tu avais déjà compris. Mais tu n'as pas appelé la police. Moi, je vois ça comme de la complicité.

— Vous exagérez, intervint l'avocate.

— J'aimerais que votre client réponde par lui-même.

Léo Pelletier continuait de secouer la tête.

— Je n'y suis pour rien…

— Alors qui ? Elle a forcément des complices. Qui est-ce qu'elle côtoie ?

— Je vous l'ai dit, je n'en sais rien. Elle ne voit jamais personne en dehors de son travail.

— Et un endroit où elle aurait pu aller se terrer ? Tu as forcément une idée. La balle est encore dans ton camp, Léo.

Il se prit le crâne entre les mains sans parvenir à ajouter quoi que ce soit.

— Bien. Prends ton temps. Je te laisse réfléchir à ça, acheva le policier en abandonnant les photos sur la table. Et à tout ce que tu pourras nous dire sur elle pour nous aider à la retrouver avant qu'elle ne recommence.

130

Treize heures avant la fin du compte à rebours.

Delphine Bellefonds fit un geste à l'intention de Falconnier. Elle tint encore son téléphone contre son oreille quelques instants, assura qu'ils arrivaient le plus vite possible et raccrocha.

— Sophie et Gauthier sont chez l'employeur de Rochand. Aymeric Dardeau.

— À ton expression, j'en déduis qu'elle n'est pas avec lui ?

La moue de Bellefonds se changea en véritable grimace.

— Pire que ça. Il y a de la casse et du sang partout dans l'appartement, et le type est introuvable. Il avait rendez-vous avec son assistante et son attachée de presse ce matin, elles sont dans tous leurs états comme tu peux l'imaginer. Son téléphone a été abandonné sur place. Il est éteint depuis hier soir.

— Merde, murmura Falconnier.

— Il y a autre chose que je viens d'apprendre. Figure-toi que la femme de Dardeau s'est suicidée il y a deux semaines.

Il resta interdit quelques instants.

— D'accord. On y va vite pour éclaircir tout ça.

Douze heures et quinze minutes avant la fin du compte à rebours.

Un technicien de l'identité judiciaire avait accompagné les deux enquêteurs au domicile du romancier. En blouse blanche, gants et charlotte, il commença les prélèvements sans attendre. Multiples traces de sang. Morceaux de verre éparpillés. Bris de meubles. Il allait y avoir du travail pour tout photographier et échantillonner.

— Ils se sont battus, commenta Falconnier en parcourant la vaste pièce du regard.

Il fronça les narines sous les effluves de l'alcool répandu. Mais il n'y avait pas que ça.

— Bon sang, c'est carrément des vomissures, là ?

— Exact, lui dit le technicien qui achevait de prélever un échantillon et replaçait l'écouvillon dans son étui étanche. Des coups violents à l'estomac, ça peut donner ce genre de réaction. On dirait qu'elle lui a bien cassé la gueule.

— Et vous avez vu le sang sur le mur ? indiqua le lieutenant Picard. À côté du bloc de l'alarme, là-bas. Il y a des empreintes.

Falconnier s'approcha de l'angle de la pièce où avait été fixé le petit boîtier blanc. Terminal d'alarme classique, muni d'un bouton sur le côté qu'il suffisait de presser pour alerter la société de surveillance. Il avait repéré les stries rouges qui maculaient le mur. De près, on distinguait de belles empreintes digitales écarlates. Elles arrivaient tout près du boîtier, sans toutefois l'atteindre.

— À vérifier si c'est bien M. Dardeau qui s'est appuyé là. Ce qui semblerait logique. On dirait qu'il a essayé de déclencher l'alarme.

Son regard longea les traînées de sang séché. L'homme avait dû trébucher, ou être retenu. Sa main avait agrippé le mur, y imprimant ces marques.

— Elle l'en a empêché, acheva-t-il. Avec le palmarès de cette fille, il n'avait aucune chance.

— Cette horrible garce, murmura Salomé Nadal dans leur dos.

Ils se retournèrent. L'assistante de Dardeau ainsi que son attachée de presse se tenaient sur le pas de la porte. L'une comme l'autre affichaient des regards paniqués.

— Vous n'avez plus de nouvelles depuis quand ? interrogea Falconnier en les rejoignant.

Lili Favier renifla. Machinalement, elle resserra les pans de sa veste, comme pour dissimuler son large décolleté.

— J'ai laissé Aymeric au pied de l'immeuble hier soir, vers 20 heures.

— Juste pour rayer cette possibilité, cela ne lui arrive jamais de disparaître sans prévenir ? On raconte tellement de choses sur les lubies des artistes…

— Absolument jamais ! trancha à son tour Salomé Nadal, au bord de la crise de nerfs. Qu'est-ce que vous vous imaginez ? Il aime écrire la nuit, il se lève parfois un peu tard, mais jamais il ne quitte cet appartement sans prévenir. C'est cette femme. Elle l'a attaqué.

Bellefonds intervint :

— On dirait que vous ne la portez pas dans votre cœur.

La jeune femme en tailleur eut un geste d'abandon.

— Je sais que je ne devrais pas faire ce genre de réflexions, mais on voit du premier coup d'œil que c'est une personne à problèmes… pas vrai ?

— Votre patron l'a pourtant engagée, souligna Bellefonds. Et le jour même du suicide de son épouse, c'est bien ça ?

— En effet. Il voulait plus de sécurité. Mais en réalité, il a laissé entrer le loup dans la bergerie.

La policière s'avança vers elle.

— Et donc, Mlle Rochand aurait dû venir travailler aujourd'hui ?

Salomé Nadal tritura ses mèches blondes.

— Comme tous les matins, oui. Elle aurait dû être ici à 10 heures.

— La voiture d'Aymeric n'a pas bougé du parking, renchérit l'attachée de presse. Vous pensez qu'il est en danger ?

Les policiers échangèrent des regards lourds de sens.

— On ne peut vous cacher qu'il s'agit d'une disparition inquiétante, finit par répondre Falconnier. Mais tout le service est déjà dessus. Soyez assurées, mesdames, que nous prenons cette affaire très au sérieux…

Il marqua une pause, observa la porte du bureau, de l'autre côté du palier, puis celle de l'appartement.

— Mlle Rochand n'a pas déclenché l'alarme. Elle avait les clés de ces deux logements ainsi que le code de l'alarme ?

— Les clés, oui, indiqua l'assistante. Le code de l'alarme, certainement pas.

— Avez-vous l'impression que quelque chose manque ? M. Dardeau gardait-il de l'argent quelque part, ou bien des bijoux ? Un coffre-fort, peut-être ?

— Pas de coffre, non. Il a des bijoux, mais je ne sais pas où il les met habituellement.

— Nous allons effectuer une perquisition pour le déterminer. Je vais avoir besoin d'emporter l'ordinateur de M. Dardeau, ainsi que ses disques durs. Je dois établir son emploi du temps avec la plus grande précision.

— C'est moi qui gère tout ça, l'informa l'assistante d'une voix éteinte. Il aime bien tout déléguer. Je vais vous fournir tout ce que vous voulez. J'espère que vous trouverez quelque chose au plus vite.

131

Neuf heures avant la fin du compte à rebours.

Falconnier avait emporté tout ce qu'il pouvait. Disques durs, clés USB, historiques d'agendas, y compris un iPad et une montre de sport. Les bijoux du romancier se trouvaient encore dans sa chambre, ainsi que plusieurs centaines d'euros en liquide. Le vol n'était pas le motif de l'agression. Une première vue d'ensemble de ces pièces lui laissa présager qu'il n'en tirerait rien, mais tout élément serait bon à éplucher au cours des jours à venir.

Dans l'immédiat, l'urgence n'avait pas changé.

Localiser Rochand.

Il avait espéré que les multiples caméras de la ville donneraient un début de piste. Aucun miracle n'arriva de ce côté. Les orages de la veille rendaient la lecture des plaques d'immatriculation quasi impossible par le système automatisé de surveillance. Aymeric Dardeau et Estel Rochand s'étaient littéralement évaporés dans la nature. Tout au moins, désormais, l'ensemble des patrouilles de France disposaient du signalement de la voiture. Diffusion prioritaire. Suspicion de crime en cours.

Côté identité judiciaire, on en était à vingt-cinq traces d'ADN différentes isolées sur les vêtements du coffre. L'analyse du sang retrouvé au domicile de Dardeau avait même été effectuée en urgence, et elle confirmait que ce sang appartenait au romancier. Les empreintes d'Estel Rochand étaient présentes sur les débris de verre. C'était bien elle qui avait agressé son employeur. Elle l'avait ensuite enlevé.

Pour l'emmener *où* ?

Pour lui faire *quoi* ?

Le cœur de l'investigateur battait un peu plus vite à mesure que les secondes s'égrenaient sur son écran.

— Il nous faut quelque chose. Bon sang, il nous faut un nouvel élément, vite !

Il faillit crier de joie quand on lui annonça que le précédent employeur de Rochand venait de se présenter à l'accueil.

Il bondit sur ses pieds tel un diable et se précipita à la rencontre de Clément Droux. Le bonhomme était goguenard et rougeaud. Habits de marque serrés sur son ventre de jouisseur. Bijoux en or. Il aurait pu avoir l'étiquette « proxénète » tatouée sur son front huileux. Falconnier le convia à prendre place dans le bureau de Bellefonds. La policière les rejoignit aussitôt. Elle lança l'enregistrement vidéo et posa la première question :

— Donc, vous avez été le patron d'Estel Rochand, si je comprends bien ?

— Un peu, que je l'ai été. Estel a travaillé à mon service pendant six mois tout juste.

— Le mois dernier, elle a démissionné. Vous pouvez nous dire pourquoi exactement ?

— Il y a moyen que ça reste entre nous ? s'enquit leur interlocuteur, souriant jusqu'aux fossettes.

— Contentez-vous de répondre aux questions, lui intima Falconnier. On n'a pas le temps de jouer, aujourd'hui.

Droux fit rouler ses yeux dans ses orbites, mais n'insista pas. Il lissa ses cheveux d'une main étincelante de bagues.

— Elle s'est castagnée comme une folle, d'accord ? Elle a totalement démoli deux autres portiers, des Blacks. Ça s'est passé dans un établissement concurrent. Une rixe violente et gratuite, je dirais même raciste. Il y a pas eu de plainte, heureusement pour elle, mais j'ai été mis au courant et ça a été clair : ou elle s'en allait d'elle-même, ou je la virais pour faute grave. Je pouvais pas garder quelqu'un d'instable dans mon équipe. Question de standing…

— Vous témoignez qu'il s'agit d'une personne violente ? Il y a eu d'autres dérapages de ce genre ?

Le patron de boîte regarda les policiers l'un après l'autre. Un voile de transpiration luisait à ses tempes, en dépit de son défi affiché.

— C'est une ancienne championne de boxe, vous devez le savoir, non ? Mais vous voulez un exemple récent de son comportement ? Alors que j'avais plus de nouvelles depuis un mois, voilà qu'elle a débarqué chez moi comme une cinglée, mardi dernier. Elle a cassé la gueule à mon chauffeur. Et pas qu'un peu. Vous pouvez le lui demander vous-même, il m'attend dans la rue. Vous n'aurez qu'à voir la tronche qu'il a encore !

— Mais vous, elle ne vous a pas touché ? interrogea Bellefonds. Vous êtes champion de boxe ?

— Rigolez pas, c'était pas loin. J'ai réussi à lui parler. Je sais y faire avec les brutes.

La policière soupira.

— Que voulait-elle exactement ? s'agaça Falconnier.

Le directeur haussa les épaules avec dédain.

— Vous savez quoi ? Elle était encore plus incohérente que d'habitude. Elle m'a bassiné avec une autre femme, avec qui elle a eu des heurts, il y a quelque temps. J'ai pas tout compris à ses histoires. Elle se prend la tête avec tout le monde.

— Quelle femme ? le pressa Falconnier.

Davantage de transpiration. La voix du bonhomme ne tremblait toujours pas.

— Nadia Dardeau. Autant vous le dire tout de suite, c'est l'épouse d'une connaissance. Estel et elle se sont accrochées dans mon club en début d'année. Des trucs qui sont pas mes affaires, d'accord ?

Au tour des policiers de se lancer un regard circonspect. Bellefonds reprit la parole :

— Vous connaissez Aymeric Dardeau ?

— Je viens de vous le dire. C'est un client de mon établissement depuis des années. Du coup… vous devez savoir ce qui est arrivé à Nadia, non ?

Silence. Malaise. Delphine Bellefonds hocha la tête. Elle était blême, assommée par l'avalanche d'informations. Falconnier se sentit lui-même flotter pendant quelques instants, perdu dans les ramifications de ce qu'ils découvraient.

Tant mieux.

Il avait la sensation grisante de traverser un à un les cercles de l'enfer, à mesure que chaque pièce du puzzle trouvait sa place.

Il sortit la photo de la fille sur laquelle enquêtait Djebbari. Première pièce. Premier mystère.

— On n'a pas de temps à perdre, maintenant. Est-ce que vous reconnaissez cette personne ?

Le visage du patron de boîte frémit.

— J'en déduis que oui ?

— J'ai peut-être vu cette fille une ou deux fois.

— Ne vous fatiguez pas, on sait qu'elle tapinait chez vous.

— Sofia Baranov, tenta Bellefonds.

— Hein ?

— Est-ce que c'était bien son nom ? fit Falconnier. Une Russe qui ne parlait même pas français, visiblement.

Droux massa distraitement son énorme Rolex.

— Qui vous a raconté ces conneries ? Elle était française pure souche, cette gonzesse. Mais le seul nom qu'elle a jamais donné, c'est Sucre.

Les policiers échangèrent un bref regard. L'information récoltée par sa collègue n'était, comme Falconnier l'avait craint, pas fiable. Il perdit le peu de patience qui lui restait.

— Qu'on s'entende bien, vous trafiquez ce que vous voulez dans votre club. Notre problème, c'est de comprendre ce qui est arrivé à cette personne. Et puisque vous jouez les durs…

Il saisit l'ordinateur, cliqua sur la vidéo de la Saignée enregistrée par Haussmann et orienta l'écran vers Droux. Les yeux du bonhomme se transformèrent en soucoupes.

— Putain. Pourquoi vous me montrez ce truc ?

— Vous pouvez identifier la victime sur ces images ?

Droux eut une moue quelque peu gênée.

— Ouais, bien sûr. La qualité est pas très bonne, mais on reconnaît bien Sucre. La pauvre fille. Qu'est-ce que l'autre tarée lui fait, nom de Dieu ?

Deuxième pièce.

L'ensemble frémissait. Se reconfigurait. Enfin le puzzle s'assemblait. Le policier dévisagea son interlocuteur, qui s'épongeait à présent le front avec un mouchoir en soie. Les traces de couperose sur ses joues viraient au pourpre.

— Sérieusement, insista Droux, qu'est-ce que ça veut dire, ces horreurs ? Est-ce que je suis suspect ? Je dois demander un avocat ou quoi ?

— Vous répondez tout de suite et on vous laisse déguerpir, se contenta de lui indiquer Falconnier. Regardez attentivement le bourreau. Cette femme, est-ce que vous la reconnaissez ?

— Comment voulez-vous ? Elle est masquée !

— Sa silhouette ? Sa posture ? Elle ne vous fait penser à personne ?

— Je sais ce que vous voulez me faire dire, grommela le bonhomme. Vous pensez que c'est Estel.

— Selon vous, pourrait-il s'agir d'elle ?

— J'en ai aucune idée. Je peux vraiment pas vous dire.

Falconnier tapa du poing sur la table. Plus violemment qu'il aurait voulu. L'ordinateur fit un bond.

— Arrêtez de nous balader ! On va tout reprendre, maintenant. Nous *voulons* savoir qui était cette Sucre. Vous nous aidez, ou on perquisitionne chez vous jusqu'à ce qu'on retrouve l'identité de cette pauvre fille. On dissèque tout ce qui se trame dans votre établissement, je vous promets la totale. Les Stups et la mondaine seront enchantés.

Droux se cambra sur sa chaise.

— Ça va bien avec les insinuations, Columbo ! J'ai un business qui fonctionne, je suis droit dans mes bottes. J'ai pas le nom de cette fille, je vais pas l'inventer pour vous faire plaisir. Et vous fatiguez pas, je pense pas qu'elle l'a donné à qui que ce soit.

Il se fendit d'un sourire pervers.

— Par contre, j'ai son numéro de téléphone…

132

Sept heures et trente minutes avant la fin du compte à rebours.

— Floriane Verner, lut Falconnier, scotché à son écran. Vingt ans. Émancipée à l'âge de seize ans, lourds soupçons de violences familiales. Connue depuis quelques années sous le surnom de « Sucre » en région parisienne. Et bien sûr, introuvable à ce jour.

Grâce à l'abonnement téléphonique, il n'avait eu aucun mal à obtenir l'état civil de la jeune femme. Il put constater qu'elle n'apparaissait presque nulle part au niveau administratif. Elle devait payer son logement au noir, n'utiliser que de l'argent en espèces pour ses dépenses. Une vraie marginale. Facile à faire disparaître sans que personne s'en soucie.

Il lui fallut une demi-heure supplémentaire pour dénicher le numéro de ses parents, dans la Creuse. Et moins de cinq minutes de discussion avec eux pour comprendre qu'ils ne considéraient plus Floriane comme leur fille depuis longtemps. Ils n'avaient eu aucune nouvelle, et ne tenaient pas à en recevoir.

— Putains de ploucs, gronda-t-il en raccrochant. C'est l'impasse de ce côté.

Il se leva pour haranguer ses collègues.

— Par pitié, dites-moi qu'on avance ! Toujours pas de retour sur la plaque d'immatriculation de Rochand ?

— Toujours pas, l'informa à regret le lieutenant Pouget. Elle a dû éviter les autoroutes et les entrées de villes.

Le lieutenant Picard, téléphone à l'oreille, leva la main pour les avertir. Il remercia son interlocuteur et raccrocha avant d'annoncer :

— C'était la réponse de la Banque Postale ! Le compte de Floriane Verner n'a pas bougé depuis deux mois. Le dernier retrait qu'elle a effectué date du 27 février. Ils nous envoient l'historique pour qu'on puisse l'éplucher.

— On a au moins ça ! Et le détail de la téléphonie ?

Au tour de Bellefonds de lever la main.

— C'est bon. Tous les relevés de nos réquisitions viennent d'arriver en même temps.

— On commence par ceux de Verner. Tu peux les envoyer sur le réseau ?

— C'est parti. Ce que je peux déjà te dire, c'est qu'elle a donné une adresse bidon à l'opérateur. La même que pour sa banque, en fait. L'abonnement a couru durant le mois de mars, n'a pas été renouvelé comme elle le faisait jusque-là, et a donc été coupé.

— D'accord. On va regarder tout ça.

Falconnier attrapa une chaise qu'il fit rouler jusqu'à son bureau, et parcourut au plus vite les pages sur son écran.

— Les appels s'arrêtent le 1er mars. Et le tout dernier… je reconnais le numéro.

Il désigna une des feuilles punaisées au mur, où un numéro de téléphone avait été entouré plusieurs fois.

— C'est le sien. La dernière personne à avoir parlé à Floriane Verner est Estel Rochand, le vendredi 1er mars à 20 h 30. Et vous savez quoi ? Le lendemain soir, soit dans la nuit du samedi au dimanche, Verner se faisait assassiner en direct sur le site de la Saignée.

Le silence dura quelques secondes.

— Maintenant, voyons la téléphonie de Rochand, poursuivit Falconnier, comme en ébullition. On a bien la liste des appels et les bornages qui vont avec ?

— J'ai tout mis sur le réseau.

L'investigateur s'empressa d'accéder aux fichiers d'historique. D'un côté le détail des appels passés et reçus, de l'autre la localisation des antennes 4G auxquelles l'appareil s'était connecté. Le schéma se dessinait avec plus de précision.

— Toutes les deux semaines, Estel Rochand met son téléphone hors service pendant presque une journée entière.

— Cela correspond à ce que nous a expliqué son petit ami, releva Bellefonds. Les soi-disant rendez-vous avec sa psychologue, qui n'ont plus lieu depuis deux ans.

— Et cela nous permet surtout de faire correspondre certaines dates. Elle l'a éteint samedi soir, à 20 h 29 très précisément. Juste avant d'agresser son patron. Si je compare avec le bornage… Je vois qu'elle est arrivée dans le quartier plus d'une heure et demie avant.

— Elle l'a attendu, alors ?

— Qu'est-ce que tu crois ? fulmina Falconnier. C'était prémédité. Cette femme sait très bien ce qu'elle fait.

Il fit défiler les lignes, avant de poser son doigt sur l'écran.

— Et là. Dimanche 3 mars. C'est la date de la vidéo enregistrée par Haussmann, autrement dit l'assassinat en direct de Floriane Verner. Le téléphone de Rochand a été éteint pendant vingt-deux heures précisément, du samedi à 14 heures jusqu'au dimanche à midi.

— Cela n'est pas encore une preuve concrète de son implication, fit toutefois remarquer Bellefonds.

Il se tourna vers elle avec humeur.

— Tu veux rigoler ? Il te faut quoi de plus ?

Bellefonds lui adressa un geste d'apaisement.

— Je te laisse continuer tes déductions…

— J'y compte bien !

Il pressa les touches du clavier.

— Quelqu'un a pu joindre la brigade de gendarmerie en Seine-Maritime, au sujet de ce suicide ?

Un jeune homme au visage blafard et au regard cerné, dont Falconnier n'avait pas retenu le prénom, prit la parole :

— Je les ai eus au téléphone. Ils ont l'air un peu dépassés. Et ils se protègent. Pour eux, tout a été fait dans les règles. Le légiste n'a pas établi la nécessité de demander une autopsie. La femme était une dépressive notoire. Ils m'ont aussi confirmé qu'Estel Rochand accompagnait son employeur quand il est venu reconnaître la dépouille de sa femme.

— C'était quel jour, ça ?

— Le lendemain du décès, soit le samedi 27 avril. Après leur visite à la gendarmerie, Rochand et Dardeau sont retournés à l'appartement où a eu lieu le suicide.

Série de clics. Déroulement de l'historique. Surlignage des informations.

— Le 27 avril, donc. Le téléphone de Rochand était allumé. On peut voir les emplacements où il a borné ce jour-là. Et si on regarde l'historique de la veille…

Falconnier étouffa un rire nerveux.

— On retrouve un bornage identique le 26 après-midi !

— Rochand se trouvait déjà sur place, le jour du suicide ?

La voix de Bellefonds tremblait. Son collègue lui lança un regard de biais.

— Combien tu paries que ce sera même à l'heure exacte ?

Elle croisa les bras sans répondre.

— Tu lui trouves encore des excuses, Delphine ?

Elle fut obligée de l'admettre.

— Plus à un certain moment, non. Tu as gagné.

— Bien, exulta Falconnier. On progresse !

Il avait cependant conscience que le soir approchait à grands pas, et qu'ils ne disposaient encore d'aucun élément leur permettant de retrouver cette foutue psychopathe. Personne n'avait gagné. Loin de là.

Mais il refusait de relâcher son attention. Il lui restait une masse d'informations à éplucher.

Il jeta un simple regard au compte à rebours. Les *pop-ups* étaient repartis à l'assaut de l'écran.

Est-ce que tu aimes ?

Est-ce que tu aimes ?

Est-ce que tu aimes ?

Il ne cherchait même plus à les refermer.

133

Six heures et quarante-cinq minutes avant la fin du compte à rebours.

L'anxiété grandissait.

Bellefonds ne quittait pas son bureau. Elle parla au secrétariat du cabinet de psychothérapie, pour obtenir qu'Apolline Mauduit se présente au commissariat central le lendemain à la première heure. Puis elle contacta la boîte de sécurité où avait travaillé Rochand. On lui passa le responsable, un dénommé Jean-François Maxime. Il l'informa qu'en effet la jeune femme avait été une recrue sur laquelle il avait pu compter, mais qu'il avait dû se séparer d'elle en raison de son tempérament *borderline*.

Une femme trop belliqueuse. Trop paranoïaque. *Potentiellement dangereuse.*

Tout le monde se désolidarisait d'elle comme d'une seule voix. Les témoignages s'additionnaient. Accablants.

La policière enregistra ses notes sur un document Word. Elle se rendait compte qu'elle travaillait de manière minutieuse mais mécanique, comme détachée de ce qu'elle faisait.

Elle souffla longuement.

Qu'est-ce qu'on oublie ?

Elle sortit de son portefeuille le Post-it sur lequel le détective Bruno Santoni lui avait noté les deux seuls noms qu'il connaissait.

Sucre.

Sofia Baranov.

Qui était exactement cette deuxième personne ? Au dire de Santoni, une prostituée russe… Si elle avait bien disparu depuis des mois, comme il le prétendait, il est compréhensible que Djebbari ait, de son côté, envisagé qu'il s'agisse de la fille sur la photo.

Mais Djebbari, comme il l'avait craint lui-même, s'était engagé sur une fausse piste. La personne sur la photo n'était pas une prostituée étrangère. Il s'agissait de Floriane Verner. Une escort de vingt ans qui ne manquait à personne. Elle avait été identifiée. Et elle était, sans aucun doute possible, la victime apparaissant dans la vidéo.

Bellefonds ne pouvait nier que tout collait. Ils auraient le temps d'enquêter sur cette autre prostituée, si jamais cette information se révélait effectivement en rapport avec l'affaire. Pour le moment, leur priorité demeurait ailleurs.

Pourquoi avait-elle ce sentiment qu'ils passaient à côté d'un indice essentiel ?

Elle était incapable de mettre le doigt dessus.

Elle se dit que ce n'était peut-être rien.

Ou, qu'au contraire, c'était peut-être tout. Toute la différence.

Ses réflexions ne la laissaient pas tranquille. Quel était le détail que Falconnier refusait de prendre en considération ? Et, par extension, que plus aucun d'entre eux ne voyait ?

Qu'avait donc relevé son inconscient, qui l'empêchait de s'investir totalement dans la croisade de son collègue ?

134

Six heures avant la fin du compte à rebours.

Le soir tombait. Au cœur du bâtiment du Xe arrondissement, tout le service restait mobilisé. Un livreur venait de leur apporter des pizzas et des boissons. Falconnier s'était contenté d'une tasse de cappuccino à la machine et continuait de travailler dans son coin sans s'accorder de pause.

Il avançait. Étape après étape. Sous les logiciels d'analyse, le téléphone de Rochand livrait ses secrets. Les bornages, tout d'abord. Le samedi soir, la garde du corps s'était rendue dans le département du Loiret. Vérifications effectuées – et après un appel surréaliste à la brigade de gendarmerie locale –, il apprit qu'Aymeric Dardeau y possédait une propriété, mais qu'un incendie criminel avait ravagé les lieux au cours de la même nuit. Plus rien ne subsistait du bâtiment.

— Spirale délirante, murmura l'investigateur face à ses écrans. Elle s'acharne sur son employeur et tout ce qui l'entoure.

Cela ne l'aidait toujours pas à la localiser.

Il poursuivit les recherches, éplucha méticuleusement les contacts qu'avait pu avoir la jeune femme au cours des dernières semaines. Parmi les appels téléphoniques ressortait le numéro d'une jeune femme nommée Lucille Vuillemin. Falconnier la trouva sans mal sur les réseaux sociaux. Militante féministe et LGBTQ, cheveux roses, piercings, tee-shirts à slogans. Elle relayait toutes les pétitions imaginables, était de tous les débats. La *millennial* dans toute sa splendeur. Seul problème : cette personne ne s'était plus connectée au moindre de ses comptes depuis plusieurs jours. Falconnier tenta de la joindre. Téléphone éteint. Un schéma qui se renouvelait, et qui n'augurait rien de très encourageant.

— Ça sent pas bon. Delphine ? Tu es occupée ?

Sa collègue quitta son fauteuil où elle s'était réfugiée depuis un moment et le rejoignit.

— Non. Je revérifiais les dépositions, mais cela ne mène à rien. Qu'est-ce que tu as trouvé ?

Il lui montra l'écran.

— Elles se sont téléphoné mardi dernier. Depuis, silence total de la fille sur les réseaux sociaux, où en temps normal elle est omniprésente. Tu vois tous les messages de ses followers qui s'inquiètent ?

— À croire que toutes les personnes qui approchent Rochand se volatilisent, médita Bellefonds.

— C'est exactement la réflexion que je me suis faite. Tu peux envoyer quelqu'un au domicile de cette personne ?

— Tout de suite.

Alors qu'elle s'éloignait, il ajouta pour lui-même :

— Il ne reste plus qu'à prier pour avoir quelque chose avant…

Mais, par pure superstition, préféra ne pas finir sa phrase.

Cinq heures et trente minutes avant la fin du compte à rebours.

Les deux officiers envoyés sur place rappelèrent pour confirmer que l'appartement de Lucille Vuillemin était fermé, et inoccupé. Il y avait même du courrier dans la boîte aux lettres, laissant imaginer que la jeune femme ne l'avait pas récupéré depuis au moins le samedi.

Falconnier les remercia, puis se tourna vers Bellefonds, qui attendait, bouche bée.

— On a une nouvelle disparition inquiétante à signaler, Delphine. Et une autre réquisition de téléphonie à établir en urgence.

Quatre heures avant la fin du compte à rebours.

Ils reçurent un message automatisé de la banque leur donnant accès aux comptes d'Estel Rochand. Falconnier se connecta à l'espace personnel en ligne, maudissant entre ses dents le personnel de la BNP. Ces foutus feignants auraient pu les contacter en personne, et bien plus tôt, au lieu de déléguer l'opération à un robot informatique !

Surtout que, s'il se fiait aux informations qu'il pouvait lire, la jeune femme avait vidé l'intégralité de ses comptes le matin même. Elle avait procédé à distance, à partir d'une connexion sécurisée. Les fonds avaient été transférés sur un compte de cryptomonnaie basé en Russie. Anonymat total. Une manœuvre de brigand rodé à l'exercice.

Rochand avait prévu ce qui se passait. Elle commençait à couper les ponts.

— Elle va essayer de disparaître. La petite salope.

Il se leva. Il lisait la fatigue sur les visages autour de lui. Et se dit que lui-même ne devait guère paraître plus frais.

— Je sais qu'on est tous sur les rotules, lança-t-il à la ronde. Mais je vous rappelle qu'il ne nous reste plus beaucoup de temps ! On ne lâche rien !

Passant devant le moniteur intégralement recouvert par les *pop-ups*, il jura dans sa barbe et prit de longues minutes pour les refermer un à un.

Trois heures avant la fin du compte à rebours.

L'échec. En approche rapide.

Delphine Bellefonds sentait une barre douloureuse se solidifier dans son ventre à cette pensée.

Elle n'était pas la seule. Falconnier commençait à perdre son sang-froid, en dépit de ses efforts pour faire bonne figure. Quand il repéra deux appels téléphoniques passés entre Estel Rochand et Cassandre Klem, la fureur le reprit. La programmeuse s'était bien gardée de leur mentionner ce détail. Bellefonds l'accompagna donc pour une nouvelle audition, qui ne donna rien de neuf, comme elle s'y attendait. Klem avait simplement communiqué à Estel les adresses des biens immobiliers de Dardeau. Dont la maison de Marigny-les-Usages incendiée dans la nuit du samedi au dimanche.

— Piratage du cadastre. J'ajoute ça à ta délicieuse liste de mauvaise fille.

— Vous comprenez pourquoi je ne vous l'ai pas dit ? Ça change quelque chose pour vous ?

— Oh, oui, cingla Falconnier. Cela allongera de quelques années ton séjour derrière les barreaux.

La jeune hackeuse se mura dans le mutisme. Bellefonds se dit que c'était peut-être le mieux, vu l'attitude de son collègue. Elle le suivit hors de la salle et le vit se diriger d'un pas furibond jusqu'au fond du couloir, pour le moment désert. Là, il empoigna le distributeur de boissons chaudes et tira violemment dessus. Sans que Bellefonds puisse intervenir, l'imposante machine oscilla, une fois, deux fois, jusqu'à vaciller totalement. Elle s'écrasa face contre terre dans un vacarme de verre brisé.

— Quentin ! Mais putain ! Il t'arrive quoi, là ?

Falconnier se retourna vers elle, ses traits décomposés.

— On ne va pas y arriver, dit-il. Pas à temps.

Elle avait peur de ce qu'elle pouvait lui répondre.

— Alors on peut faire quoi ?

Sous la colère, il avait réellement l'air de perdre pied.

— On ne peut rien faire, Delphine. On finira par retrouver Rochand, mais certainement pas à temps.

Il s'éloigna en abandonnant la machine renversée au milieu du passage.

Il était désormais 1 h 30 du matin.

Plus que trente minutes avant la fin du compte à rebours.

De guerre lasse, une grande partie des effectifs avait fini par se retirer pour dormir un peu. Le bureau, qui n'était plus éclairé que par quelques lampes, baignait dans la pénombre.

Falconnier attendait devant l'ordinateur, résigné. Delphine Bellefonds gigotait sur une chaise à ses côtés. Ne restaient plus avec eux que Picard, Pouget et Escorsac.

— Vous n'avez pas à assister à toute la vidéo, si c'est au-dessus de vos forces, les avertit Falconnier.

— Mais on ne peut pas laisser faire ça ! s'emporta Escorsac. Il n'y a vraiment rien à faire pour localiser cet endroit avant qu'il ne soit trop tard ?

Falconnier demeura de longues secondes comme hypnotisé par le décompte.

— Il est déjà trop tard, Vincent. Le boîtier enregistre tout ce qui passe sur le site, mais l'anonymisation de TOR nous empêche d'en extraire la moindre localisation. Tout ce que nous pouvons faire, c'est documenter toutes les preuves du crime. Et espérer que la louve fasse une erreur…

L'heure approchait. Il lança l'enregistrement de l'écran, effaça les derniers *pop-ups* qui continuaient d'éclore et remit le son sur les enceintes.

Ils patientèrent sans un mot tandis que le compte à rebours arrivait à zéro.

— C'est parti, dit Falconnier d'une voix d'outre-tombe. J'entre.

Ses mains enchaînèrent les commandes, comme l'avaient fait celles d'Étienne Haussmann, deux mois auparavant. Le souffle court, les yeux brûlants, il renseigna ses codes, déclenchant à chaque frappe une succession de carillons minimalistes.

BIENVENUE
VOYEUR

Sur l'écran devenu noir, l'image apparut, avec un léger temps de décalage dû à la lenteur de la connexion.

Ils purent tous découvrir la pièce. Les murs luisants de peinture fraîche. La teinte rouge dominant, comme un filtre. Une jeune femme aux cheveux roses était attachée sur le fauteuil de gynéco. Sa tête dodelinait, et sa poitrine montait et descendait par saccades, comme si la fille hyperventilait déjà à l'idée de ce qui l'attendait.

— C'est Lucille Vuillemin, murmura Falconnier. Au moins, maintenant, on sait où elle est passée.

135

La caméra ne perdrait pas une seconde du spectacle. Sur les quatre écrans coordonnés, accrochés en bloc au mur, le compte à rebours avait laissé place à l'arène rouge. Le rectangle semi-transparent de la *chatroom* s'initialisa, les pseudos des participants s'affichèrent.

Estel détourna le regard de ces écrans. Elle fixa intensément la jeune femme ligotée sur le fauteuil. Offerte en sacrifice.

La mâchoire d'Estel demeurait contractée.

Tout son corps se tendit dans l'expectative, vibra du plus profond de ses entrailles.

— En piste, murmura une voix suave à son oreille.

Estel banda davantage ses muscles. Sa respiration s'accéléra.

Quand Lucille Vuillemin aperçut son bourreau qui s'approchait à pas lents, elle commença à gémir, s'agita, remua en vain ses poignets entravés par les sangles.

136

Aucune échappatoire.

Le spectacle était lancé. Depuis un endroit anonyme. Regroupant des pervers impossibles à démasquer.

Insupportable.

Dans la zone de *chat*, les pseudonymes s'illuminaient à tour de rôle. Falconnier dénombra pas moins de sept personnes en plus de sa propre connexion. À plusieurs dizaines de milliers d'euros la place, cette séance était un franc succès.

[VOYEUR] GiRl-A: Salut à tous ! Qu'elle est belle, la salope !

[GRAND SAIGNEUR] N3KRODA3MON: Salut !

[VOYEUR] c@pT@iN-H0WdY: Hi ! J'attendais tellement ce moment, les amis !

— Tu es qui, parmi eux ? s'enquit Bellefonds d'une voix éteinte.

— Docteur Satan.

Il sentit les regards de biais des autres policiers. Il précisa :

— C'est un travail d'infiltration.

— Pour ça, tu t'infiltres bien, grinça Escorsac.

Bellefonds donna un coup de coude à son collègue, qui soupira et n'insista pas.

— Nom de Dieu, murmura Falconnier.

Le bourreau venait d'entrer dans le champ de l'image.

La femme portait le même masque que celui de l'autre vidéo. Le cuir comprimait ses joues et faisait ressortir ses yeux enfiévrés.

Elle avait changé de tenue, cependant.

Un harnais noir et luisant, du vinyle sans le moindre doute, contenait sa poitrine mince.

Le vêtement était asymétrique. Il laissait à nu une épaule ainsi que ses deux hanches.

— Le tatouage, souffla Bellefonds.

— Le tatouage, répéta Falconnier, hypnotisé.

Impossible de ne pas le remarquer. La tête de mort, grossière, tout de rouge et de noir, mordait le flanc droit de la Saigneuse.

— C'est vraiment elle, fit Pouget. Estel Rochand.

Falconnier se recourba instinctivement. Ses yeux aspiraient la scène, la victime qui se débattait mollement, sous l'influence d'une évidente sédation. La zone de discussion s'animait.

[SAIGNEUR] L@MOD1: Allez ! Déshabille-la, qu'on voie un peu de chair !

La louve masquée ne se fit pas prier. Elle empoigna le tee-shirt de sa captive, qui tressautait sous les liens, et arracha le vêtement d'un geste brusque. La poitrine de Lucille Vuillemin fut exposée, avec ses piercings aux deux tétons et son tatouage de lune sur le ventre.

[SAIGNEUR] L@MOD1: Le bas aussi !

— Je vais pas pouvoir regarder ça, les avertit Escorsac.

— Comme tu veux, lui dit Falconnier.

[VOYEUR] c@pT@iN-HOWdY: Elle a les doigts de pied et les ongles peints en rose, la salope.

[VOYEUR] Sl3nd3rM@n: On devrait les lui enlever, non ?

[VOYEUR] GiRl-A: Oui ! Oui !

[SAIGNEUR] L@MOD1: Tout à l'heure. D'abord, rase la tête de cette pute.

Vincent Escorsac supporta les vingt premières minutes du spectacle. Comme le reste de ses collègues, il observa la victime impuissante se faire arracher les ongles. Il écouta ses hurlements qui faisaient saturer les enceintes de l'ordinateur.

Il patienta encore tandis que le bourreau étranglait la jeune femme jusqu'à lui faire perdre connaissance, avant de la réveiller à coups de claques.

Quand la horde avide demanda à la tortionnaire de se saisir d'un sac en plastique pour le lui coller sur le visage, il décida de se retirer en silence.

La porte se referma alors que la pellicule translucide épousait la bouche de Lucille Vuillemin au bord de la syncope.

Les autres restèrent. Jusqu'au bout de l'horreur.

137

Une heure.

Cela dura une heure entière.

Ou mille ans. Des tourments qui ne les quitteraient plus jamais. Ces images, ces cris, étaient désormais imprimés au fer rouge en chacun d'eux.

Le silence retomba dans le bureau. Personne ne semblait avoir assez de courage pour le briser.

Sur l'écran, le cadavre de la jeune femme restait exposé, ses cuisses démesurément écartées sur les jambières du fauteuil de gynécologie, son thorax ouvert en deux, de la gorge au bas-ventre, dévoilant ses entrailles humides. Image fixe. *Game over.*

Falconnier connecta une clé USB au poste de travail et fit glisser le fichier vidéo.

— Qu'est-ce que tu fais ? demanda enfin Bellefonds, la voix rauque.

Il replia l'ordinateur portable et se leva, mû par une indéfectible détermination.

— Je continue de bosser. Cette malade est encore sur place, où que ce soit, non ?

Il se dirigea vers la porte et sa collègue le suivit sans lui poser de questions. Ils arrivèrent aux geôles où il demanda à voir le gardé à vue. Ce n'est qu'à cet instant que Bellefonds comprit ce qu'il comptait faire.

— Tu es sûr que…

Inutile. Il était déjà dans la cellule, face à un Léo Pelletier hagard qui émergeait d'un mauvais sommeil, recroquevillé sur le bloc de béton faisant office de lit.

— Ouvre grands tes yeux, mon gars.

Le jeune homme s'assit, dos contre le mur. Échevelé. Yeux rouges.

— Que voulez-vous ?

— Contente-toi de regarder.

Il ouvrit l'ordinateur et lança la vidéo. Le visage de Léo Pelletier devint blanc.

Au bout d'une minute, le policier fit un arrêt sur image. On ne pouvait manquer le crâne éclatant ornant la hanche du bourreau.

— Pourquoi vous me montrez ça ? s'étrangla Pelletier.

— Pour te demander si tu as encore un doute.

Le garçon, pétrifié, fixait le tatouage luisant.

— Non, murmura-t-il. C'est elle. C'est vraiment elle.

— Maintenant, tu ne pourras pas faire comme si tu ne savais pas.

Léo ne dit rien. Il ne quittait toujours pas l'écran des yeux. Cette preuve abominable et irréfutable.

— Je te demande une seule chose, Léo. Aide-nous à la retrouver. Tu sais peut-être où elle est allée. Elle y est encore, en ce moment même.

Le gardé à vue secoua désespérément la tête.

— Je vous l'ai déjà dit cent fois. Je n'en ai aucune idée !

— Bon sang, espèce de débile, tu vas te creuser les méninges ! s'emporta le flic. Tu veux rester vingt-quatre heures de plus au trou ? Tu veux que je te passe les cris de cette fille en boucle pendant tout ce temps ? Tu veux voir comment elle a FINI ?

Bellefonds lui effleura le bras.

— Quentin, on est tous fatigués…

Il la repoussa. Ses yeux étincelaient dans la lumière grise de la geôle. Il invectiva de nouveau le jeune homme :

— Pelletier ! Si tu ne nous aides pas maintenant, tu auras la mort de ces gens sur la conscience pour le reste de ta vie ! Où est-ce qu'elle peut faire ce genre de trucs ? Avec qui ?

Le garçon se mit à trembler.

— Je sais pas. Elle allait juste au travail, à sa salle de gym. Vraiment, elle m'a jamais parlé d'autres endroits. Ou alors…

— Alors quoi ?

— Je ne sais pas si ça a le moindre rapport…

— Explique. On jugera.

— Il y avait une feuille de papier, dans son ordinateur. Elle y avait écrit des noms. J'ai même pensé à une liste de courses, parce qu'elle y parlait de sucre.

— Quel genre de noms ? s'énerva Falconnier.

— Des prénoms, plutôt. Je l'ai à peine regardée.

— Il n'y aurait pas « Nadia », parmi ces prénoms ?

Le garçon écarquilla les yeux.

— Oui, je crois bien. Ah, et Lucille, aussi, ça me revient.

— Bon sang, soupira Bellefonds en retrait.

— Léo, reprit Falconnier, concentre-toi bien. Avait-elle écrit une adresse, sur cette feuille de papier ? Quelque chose qui ressemble à un lieu de rendez-vous ?

— Non, pas ce genre de chose. Elle avait juste indiqué une école de mannequins.

— Quoi ?

— C'est tout ce qu'il y avait sur le papier. Je vous le jure. École de mannequins. Juste comme ça. Pas d'adresse, pas d'autre nom.

Falconnier étouffa un juron.

— On te fait remonter dans un bureau et on réveille ton avocate. Tu vas nous répéter tout ça clairement. La nuit est loin d'être finie.

VIII

LA FEMME ENRAGÉE

138

Une audition aussi brève qu'inutile.

Pelletier se souvenait des prénoms « Sucre », « Nadia » et « Lucille » griffonnés de la main de son ex-compagne sur une page de carnet, d'accord. Il précisait qu'il y était aussi fait mention d'une hypothétique « école de mannequins », mais c'était bien tout ce qu'il avait à leur apporter. Les deux policiers enregistrèrent sa déposition en bonne et due forme avant de renvoyer le jeune homme au dépôt.

Au fond du bureau désormais désert, Falconnier paramétra ses logiciels pour traquer d'éventuelles mentions d'une telle école et, le cas échéant, déterminer une localisation. Il sonda tous les objets connectés saisis, les disques durs et les historiques de messageries à sa disposition, sans aucun succès. Bellefonds s'occupa d'inventorier les établissements proposant une formation au mannequinat. Ce fut l'occasion de découvrir nombre de boîtes privées plutôt douteuses, aucun diplôme ni aucune formation n'existant officiellement pour un tel métier. Mais, hormis cela, pas une qui justifierait un quelconque intérêt dans le cadre de leur enquête. Plus par habitude que par conviction, Falconnier se chargea de leur adresser une lettre type. Il sollicitait la liste de leurs élèves, et notamment de toute personne ayant abandonné le « cursus » en cours d'année. Si certains d'entre eux n'avaient plus donné signe de vie du jour au lendemain, il s'agissait peut-être de disparitions inquiétantes.

Ou peut-être – et plus probablement – cette piste n'était-elle qu'une perte de temps.

À l'approche de 7 heures du matin, Delphine Bellefonds s'effondrait de fatigue. Elle décida de rendre les armes et rentra chez elle pour quelques heures. Falconnier opta pour un canapé défoncé au fond d'une pièce inoccupée. Bercé par le bruit de la circulation au travers des murs fins, il ne tarda pas à sombrer dans un sommeil profond.

Il rêva d'improbables défilés de mannequins aux cheveux roses, leurs corps brisés et couverts de pansements masquant mal leurs horribles blessures, et de la louve perverse qui se moquait de lui.

Dans le songe, il se jetait sur elle pour l'étrangler à mains nues. Sauver le monde, une fois pour toutes. Sous un tonnerre d'applaudissements.

139

Aucun sommeil pour Léo Pelletier.

Allongé sur la surface de béton, il ruminait. Il ressassait les abominations que lui avaient montrées les policiers.

Estel. Une aussi effroyable meurtrière ? Une tueuse en série ?

Comment accepter une telle horreur de la part d'une fille écorchée vive, certes, mais dont il avait été si éperdument amoureux ? Sauf que c'était bien elle, dans ce costume de bourreau. Impossible de le réfuter. Les images étaient là. Le tatouage noir et rouge si intense. Sa silhouette élancée de sportive.

Les yeux d'Estel, brillants d'un plaisir torride derrière son masque d'assassin.

Il ne songeait plus qu'à ce foutu tatouage qu'il avait si souvent caressé, embrassé. Estel avait toujours fièrement revendiqué cette décoration corporelle, en dépit de sa piètre qualité et de sa naïveté grossière. *La mort qui croque la vie à pleines dents.* Une métaphore de son adolescence sur le ring et de la personne qu'elle était devenue, ni plus ni moins.

La moiteur dans la geôle virait à l'étouffement. Son cuir chevelu le démangeait. Il se demanda s'il était possible d'attraper la gale dans un endroit pareil, et supposa que oui.

Estel frappant cette femme.

Les bras effilés d'Estel, ses biceps saillants de fauve sauvage.

La transpiration d'Estel perlant sur sa peau, faisant luire de plus belle le tatouage, surlignant les crocs de la tête de mort. Les yeux de monstre d'encre, entièrement blancs, implacables, comme illuminés de l'intérieur.

Léo cessa brutalement de se gratter le dessus du crâne.

— Mais *ça*, ce n'est pas possible…

L'évidence le frappait enfin.

Il bondit et tambourina contre la porte vitrée en s'époumonant :

— Je veux une autre audition !

Le planton, une jeune femme plutôt costaud, cheveux en bataille et visage épuisé, s'approcha et lui ordonna de se calmer.

— Il faut que je parle aux personnes qui m'ont interrogé ! Ce n'est pas Estel sur leur vidéo ! Je peux le prouver !

L'agent de police secoua mollement ses bajoues.

— J'ai pas que ça à faire. On reviendra vous chercher, ne vous en faites pas. Votre garde à vue n'est pas finie.

— Parce que vous avez quoi d'autre à faire ? Appelez-les tout de suite ! Je vous en supplie, c'est une urgence !

La femme donna de brefs coups de matraque sur le plexiglas.

— Ça suffit ! C'est pas de mon ressort, OK ? Quoi que vous ayez à avouer, cela peut attendre quelques heures. Profitez-en plutôt pour vous reposer et arrêtez de faire votre intéressant !

140

Estel, immobile, contemplait le corps désarticulé de Lucille Vuillemin, jambes écartées, buste ouvert en deux comme un fruit rouge et humide, toujours exhibé sur le fauteuil.

La lumière de l'aube transperçait les hautes fenêtres et déposait sa tiédeur sur son visage.

Elle bascula la tête en arrière. Baignée dans le cône de clarté, elle fixa le plafond. Les barres en croisillons de la structure industrielle, la myriade de vitres formant un ciel ouvert au-dessus de l'atelier. Elle aperçut son reflet, fractionné, démultiplié par autant de panneaux de verre. Son visage carré aux cheveux de garçon. Son regard comme deux puits de ténèbres. Le pli triste de sa bouche.

— Ce n'est pas moi, souffla-t-elle. Personne ne croira que c'est moi.

— Tu veux parier ? lança l'autre femme penchée sur le cadavre.

Son scalpel achevait de dessiner un rectangle parfait sur la cuisse de Lucille Vuillemin. Elle tira. La peau se décolla tout doucement.

Estel retient sa respiration. Tout son corps était agité de frissons de rage. Elle tira sur les liens qui la retenaient à son propre fauteuil.

Le rire de l'autre femme s'éleva.

Le rire du diable se moquant d'elle.

141

Un rendez-vous ?

— La personne vous attend à l'accueil, l'informa l'agent qui venait de le héler dans le couloir. Elle s'appelle Apolline Mauduit. Une psychologue, apparemment.

Falconnier remercia le jeune homme et descendit au rez-de-chaussée. Il avait dormi deux heures en tout et pour tout. Tout ce dont il rêvait, à l'instant, aurait été un copieux petit déjeuner. Il dut se contenter d'une brève halte aux toilettes pour passer son visage sous le jet du robinet. Changer de chemise ne serait pas superflu, mais cela aussi devrait attendre.

— Madame Mauduit ?

La femme qui patientait sur le petit fauteuil en plastique était une plantureuse dame portant de grandes lunettes, très maquillée, jupe plissée stricte et gros pull à col roulé noir. Elle se leva. Elle surplombait le policier d'une tête.

— Bonjour, dit-elle d'une voix basse et chaleureuse. Une de vos collègues m'a appelée hier, au sujet d'une de mes anciennes patientes, Estel Rochand.

Falconnier lui offrit son sourire le plus professionnel. L'événement de la nuit passée était monstrueux – et refusait de quitter ses pensées – mais, tout au moins, les choses continuaient d'avancer à vive allure. Il ne comptait pas perdre la moindre seconde.

— Je suis le lieutenant Quentin Falconnier. Veuillez me suivre, nous allons prendre votre déposition dans les règles. Désirez-vous un café ou un thé ?

La femme se contenta d'un verre d'eau. Falconnier se servit un cappuccino à la machine qui avait retrouvé sa place contre le mur, sa façade désormais fissurée. Ils s'installèrent dans la pièce où il avait passé sa courte nuit. Il ressentit une pointe de honte quand il remarqua l'odeur de fauve qui y régnait, et entrouvrit la fenêtre avant de lancer l'enregistrement.

Il entra directement dans le vif du sujet :

— Ma collègue a dû vous avertir que nous enquêtons sur Estel Rochand. Vous avez donc assuré son suivi psychologique ?

La femme croisa les jambes, tira sur sa jupe.

— Pendant deux ans, de décembre 2014 à janvier 2017. Elle devait suivre une thérapie à la suite d'un événement traumatisant.

— Une bavure. N'ayons pas peur des mots, madame. Estel Rochand avait fait usage de son arme alors qu'elle n'avait aucune visibilité sur sa cible, et cela a coûté la vie à une femme innocente.

— C'est exact. Elle avait une obligation de suivi, mais qui ne valait que durant la première année. Plus rien n'obligeait légalement Mlle Rochand à poursuivre nos visites. J'y ai souvent pensé, après coup. J'espérais qu'elle ne déraperait pas trop.

Falconnier posa les coudes sur le bureau et joignit ses mains sous son menton, songeur.

— Vous voulez dire qu'elle avait déjà des pulsions psychotiques ? Ou bien que c'est l'arrêt de sa thérapie qui aurait pu faire ressurgir chez elle un comportement agressif ? Quelque chose qui la pousserait à faire du mal aux autres ?

— D'une certaine manière, oui…

Elle hésita, tripota ses lunettes. Les yeux de Falconnier se rétrécirent.

— Vous a-t-elle fait part de ce genre de fantasmes ? Elle vous a peut-être parlé de lieux précis ? Le secret médical n'est plus de mise dans notre situation, madame. Rochand est introuvable à l'heure actuelle, nous avons un urgent besoin de ces informations.

— J'en suis consciente, lui dit la femme. Ne vous méprenez pas, c'est pour vous apporter des éléments concrets que je suis ici. Je ne veux simplement pas accabler Mlle Rochand inutilement.

— Ne vous souciez pas de ça, éluda le policier avec un paternalisme affecté. Elle est suspectée de plusieurs crimes. Vous comprenez pourquoi nous devons déterminer où elle a pu se retrancher.

— Ces crimes… ce sont des faits graves ?

— Des meurtres, madame.

La psy s'éclaircit la gorge.

— Bien. Alors je pense qu'il est important que vous compreniez la situation. Voilà…

Elle ouvrit son sac et en sortit plusieurs photographies au format A5, qu'elle déposa sur la table.

Nom de nom, songea Falconnier.

Il s'attendait à de nombreuses choses, et se jugeait prêt à tout encaisser sans sourciller, pourtant il fut frappé de stupeur en découvrant ces images. Il saisit la première : un homme assis contre un mur, visage ensanglanté. Puis la suivante : une femme, même état, yeux révulsés, filet de sang s'écoulant de son nez et des coins de sa bouche. Une troisième photographie montrait Estel Rochand debout, face à l'objectif. Elle souriait tout en ôtant le tee-shirt d'une autre jeune femme. Cette personne était à genoux devant elle, tête baissée. Signe de soumission désespérée ?

Du sang maculait à la fois le visage de cette femme et son vêtement en train d'être arraché.

Et le visage extatique de Rochand, bien sûr.

Falconnier était rarement allé aussi vite de surprise en surprise.

Les interrogations fusèrent dans son esprit.

— Comment avez-vous eu ça ? Qui sont ces gens ? Où ces photos ont-elles été prises ?

La psy remonta ses lunettes de l'index.

— Pour répondre à votre première question, un détective privé m'a contactée il y a deux ans, à la mi-janvier. Il m'a remis ces images. J'ai appelé Mlle Rochand pour en discuter, et elle m'a d'abord assuré qu'elle m'expliquerait quand elle reviendrait me voir. Puis, quelques jours plus tard, elle a annulé le rendez-vous. Elle préférait arrêter la thérapie. Elle m'a soutenu qu'elle avait trouvé une meilleure manière d'apaiser ses pulsions. C'est la dernière fois que je lui ai parlé.

Falconnier se replongea dans les clichés. Il resta figé sur Estel.

— Ce sont des preuves qu'elle a fait du mal à toutes ces personnes…

— En fait, pas exactement, dit la psy. C'est là où les choses deviennent plus compliquées.

Il releva le regard, sourcils froncés.

— Que voulez-vous dire ?

— Le détective qui m'a donné ces photos… Il avait été embauché par la femme de l'homme que vous voyez là, avec le nez cassé. Cette dame souhaitait comprendre dans quoi était tombé son mari, car celui-ci découchait une nuit toutes les deux semaines environ. Chaque fois, il inventait des histoires qu'elle n'avalait pas, et elle avait fini par trouver du sang sur ses vêtements. Comme vous pouvez l'imaginer, elle était morte d'inquiétude. Le détective a finalement compris…

— Alors éclairez-moi, la supplia-t-il, parce que moi, je ne vois pas du tout.

— Vous savez ce qu'est un *fight club* ?

Falconnier eut un moment de silence.

— Qu'est-ce que vous racontez ?

— Estel Rochand a rejoint un de ces clubs. Des individus, hommes et femmes sans distinction, qui se réunissent à intervalles plus ou moins réguliers pour se coller des raclées. Je suppose qu'elle a découvert ces réunions vers la fin 2016. Elle y est devenue accro. Elle considérait que nos discussions n'étaient pas efficaces, alors elle a trouvé une alternative. Se passer les nerfs entre personnes consentantes, qui ne se connaissent même pas dans la vie. Comment aurais-je pu lutter ?

Le policier serrait les dents. Apolline Mauduit parla plus bas :

— En tant que psy, je ne peux pas cautionner ce genre de débordements. Pourtant, j'ai supposé que cela lui faisait du bien. Nous avons tous besoin de trouver des exutoires qui nous maintiennent debout et focalisés. Estel Rochand a toujours eu un profil psychologique particulier. La société l'a valorisée pour sa capacité à cogner. C'est le seul système de valeurs qu'elle connaît. Cela ne fait pas d'elle une mauvaise personne, entendez-moi bien. Elle a toujours cherché à canaliser cette violence d'une manière qui ne nuise à personne. Elle l'avait brièvement trouvée au travers du sport, avant d'être contrainte d'abandonner la compétition à la suite d'une blessure. Vous comprenez ?

— Je comprends surtout que cette personne est une meurtrière.

— C'est ce que j'essaie de vous expliquer. Je ne la crois pas capable de faire du mal à quelqu'un comme vous le sous-entendez.

Falconnier souffla par les narines. Il fixait les photos. Rochand en train d'ôter le tee-shirt de la femme. D'autres images – celles des vêtements couverts de sang retrouvés dans le coffre – se superposaient dans son esprit. Tous les éléments de la fresque trouvaient leur place, oui. Mais pas du tout où il l'espérait. Pas du tout comme il le *fallait.*

— Les membres du club communiquent grâce à une messagerie spéciale et sécurisée, ajouta la psychologue. C'est ce que m'avait expliqué le détective, en tout cas. Il n'y a rien d'illégal dans ce qu'ils font.

Le policier réfléchissait vite. Une détestable amertume envahissait sa gorge. Il but une longue gorgée de cappuccino, sans que cela change quoi que ce soit au goût infect de la frustration.

— Les personnes qui participent à ce club… elles sont nombreuses, donc ?

— Je n'en ai aucune idée. Quelques dizaines, peut-être. Cela doit fluctuer au fil du temps.

— Ces gens témoigneraient de ce qu'ils font ?

— Vous connaissez la règle, dit la psychologue.

— J'ai vu le film, merci.

Mauduit haussa les épaules.

— Alors vous savez qu'aucune des personnes impliquées ne témoignera sous quelque prétexte que ce soit. Et Estel Rochand, quand vous la retrouverez, ne vous en parlera pas non plus.

Elle resta silencieuse quelques instants, avant de conclure :

— Je pensais que vous deviez savoir. Pour comprendre.

— En effet, dit le policier, le regard dans le vague. C'était nécessaire…

— Puis-je vous demander une faveur ?

— Je vous écoute.

— Si cette affaire devait finir devant les tribunaux, serait-il possible que mon nom circule le moins possible ? Ce n'est pas la meilleure des publicités pour une psy.

— Votre nom ne sera pas mentionné, madame Mauduit. Je vous en fais la promesse.

142

C'était la vérité.

Tout ce que la psychologue lui avait raconté se vérifiait.

Le fournisseur d'accès Internet de Rochand avait mis à la disposition du service l'historique des logs. Il fallut moins de vingt minutes au policier pour isoler les traces de la messagerie Riot. Une application chiffrée. Bien joué de la part de Rochand, car, pour le coup, il y avait très peu de chances de retrouver le moindre échange passé par ce biais.

Pris d'une inspiration, Falconnier fouilla tout de même dans la mémoire des deux ordinateurs de Léo Pelletier saisis au domicile du couple. Il croisait les doigts pour que la jeune femme se soit, au moins à une occasion, connectée à partir de l'un deux.

Il faillit pousser un cri de joie en retrouvant la trace de l'application. *Voilà !* L'an passé, Estel Rochand s'était bien servie de cette machine pour accéder à sa messagerie. L'application avait été désinstallée depuis, mais le fichier AppData n'avait pas été écrasé. Parfait petit mouchard.

Une fois une copie de ce fichier effectuée et placée sur son disque dur de travail, il ne resta plus à l'investigateur qu'à télécharger l'application. Celle-ci reconnut le fichier AppData et lui donna accès au compte complet. Les messages s'affichèrent. Il n'en restait que quelques-uns. Tous plus concis les uns que les autres, des instructions plutôt que des discussions. « Quand ? » « Détails prochainement. » « Lieu annoncé. » Falconnier vit que plusieurs provenaient de la même source, un expéditeur sobrement nommé « C ». Ses messages ne contenaient le plus souvent qu'une date, une heure, un lieu.

— Putain, jura Falconnier dans sa barbe. Fait chier.

À en croire les instructions de « C » (le Club ?) leur dernier rendez-vous s'était tenu la semaine passée, le lundi 6 mai. Le précédent avait eu lieu le mercredi 24 avril. Et celui avant encore, le lundi 8 avril.

Falconnier avait déjà mémorisé ces jours.

C'étaient ceux où le téléphone de Rochand était mis hors service.

Les messages antérieurs avaient été effacés, mais il savait ce qu'il aurait trouvé, s'il avait pu remonter à la date du 2 mars, la nuit de la diffusion du meurtre de Floriane Verner.

Estel Rochand était en train de se battre avec des inconnus.

Emportant avec elle un trophée de sa soirée. Un souvenir s'ajoutant à tous ceux retrouvés dans son coffre.

Cette femme n'avait rien à voir avec la pièce rouge.

Falconnier se rongea consciencieusement la pulpe des doigts.

Comme si le destin avait décidé de le tourmenter davantage, il constata qu'il avait un appel en provenance de Marseille. Son supérieur voulait des nouvelles.

Il allait perdre la face. C'était inévitable. Toute la gloire de sa chasse lui échappait, tous les abrutis travaillant dans ce service comme tous ceux de Marseille pourraient de nouveau s'autocongratuler à ses dépens.

Et avec raison. Ils pourraient recommencer à le harceler pour le punir. Même Bellefonds se joindrait à eux, il avait bien vu comment son comportement avait changé à son égard. C'était *toujours* la même chose, où qu'il aille.

Il se revit à seize ans, au commissariat de quartier. Les railleries des hommes en uniforme, la sommation de laisser tomber ses élucubrations sous peine d'avoir, *lui*, des problèmes.

— Ce que je fais est sérieux, murmura-t-il entre ses dents.

C'était une question de dignité. *Quoi qu'il en coûte.*

Il essuya la sueur sur son front, inspira à pleins poumons.

La décision devait être prise.

D'abord, il vida la totalité de la messagerie de Rochand. Il s'assura que les messages effacés étaient bien écrasés. Puis il supprima définitivement le compte.

La première règle du fight club *est de ne jamais parler du* fight club*, n'est-ce pas ?*

On n'en parlera pas.

PERSONNE n'en parlera.

Falconnier hésita encore.

Il observa les photos que lui avait laissées la psy. Ces preuves gênantes.

Il les passa une à une dans le destructeur de documents.

Il regarda les bandes de papier s'échouant dans la poubelle.

La justice ferait son travail comme elle l'entendait.

Lui, d'ici là, ne laisserait personne le ridiculiser.

143

Deux jours auparavant

Estel observait la silhouette de l'écrivain recroquevillé à ses pieds. Elle tourna autour de lui, courbée, ses émotions la submergeant jusqu'à la nausée. L'homme ne bougeait plus. Il gémissait tout bas. Elle ne se laisserait pourtant pas avoir par une feinte.

— Debout ! beugla-t-elle avec une sensation de plaisir coupable.

Elle le saisit à deux mains, l'arracha au sol et le plaqua contre l'îlot central, où les verres et les carafes s'entrechoquèrent. Dardeau ouvrit péniblement les yeux.

— Pitié, Estel… Qu'est-ce que tu veux ?

— Il n'y a que deux choses que je désire. D'abord, te faire souffrir physiquement. Comme tu le sais, c'est ce que je fais de mieux.

Elle le frappa, un coup de coude porté au visage. L'homme bascula en arrière, emportant le plateau et les boissons posés sur l'îlot. Les verres explosèrent au sol.

— Ensuite, reprit-elle en l'enjambant, je veux des réponses. Plus de mensonges.

Dardeau commença à ramper au milieu des débris et de l'alcool répandu.

— Je ne comprends… pas…

Elle le laissa progresser sur un mètre environ, puis avança derrière lui. Nouveau coup. Pointe du pied dans la rate. Dardeau vomit un violent jet de bile couleur whisky.

— Tu veux que je continue ?

Il se redressa. S'adossa au mur. Il essuya gauchement son menton souillé.

Et subitement, il se mit à sourire. Un éclair sournois traversa ses yeux.

— Ça ira comme ça. Tout ce que tu as fait est déjà au-delà de nos attentes.

Estel se figea.

— De quoi parles-tu ? Les attentes de qui ?

Elle sentit un mouvement derrière elle.

Elle commença à se retourner au moment où le coup l'atteignit à la nuque. Une matraque. L'impact l'ébranla, une décharge d'électricité dans sa colonne vertébrale.

Elle étendit son poing par réflexe, toucha son agresseur à la clavicule.

La femme en face d'elle poussa un bref cri de douleur, tout en répliquant aussitôt par un coup de pied chassé qui lui coupa les jambes. Juste l'espace d'une seconde, Estel chancela. La matraque revint. Estel para, comme à la boxe. La matraque la frappa en travers des avant-bras.

Nouveau coup de pied, de biais sur ses genoux.

Estel s'effondra avec un râle.

Elle reconnaissait son adversaire. Mais elle n'arrivait pas à comprendre, ni à l'associer à ce qui se produisait.

— Salomé… qu'est-ce que…

L'assistante du romancier s'approcha.

— Tu t'imagines être la seule championne de boxe ? Espèce d'abrutie.

Sa jambe s'envola. Estel l'intercepta, bloqua le coup, empoigna fermement la cuisse de la jeune femme. Salomé se déhancha pour l'emmener à terre. Soumission au sol. Estel connaissait la technique. Mais la surprise et l'étourdissement des coups accumulés perturbaient ses réflexes de riposte. Elle se retrouva écrasée, les cuisses de son adversaire lui broyant la poitrine, l'avant-bras pressé contre sa gorge l'empêchant de bouger.

— J'ai remporté plus de médailles que toi, ajouta Salomé avec une férocité contenue. Et encore plus jeune. Mais je ne me pavane pas pour autant.

— Je… ne… comprends… pas… s'étouffa Estel.

— C'est ton problème depuis le début, fit Dardeau.

Il prit son temps pour se redresser. Puis il rit.

Estel paniqua. Se cambra.

Se débattre ne lui servait à rien. La prise de Salomé était parfaite.

Le rire de Dardeau ne cessait pas. Proche de l'hystérie.

— Ma petite sœur adorée ! Comme d'habitude, je peux compter sur toi !

— Toujours un plaisir, souffla Salomé.

Elle se pencha vers Estel.

— On va enfin s'amuser.

Estel n'avait qu'une pensée en tête.

Petite sœur ?

— Vous êtes… de la même famille ? parvint-elle à hoqueter.

Salomé se replia davantage. Estel sentit son souffle sur sa joue, et le parfum de son rouge à lèvres. La jeune femme lui cracha au visage. Sa salive épaisse et poisseuse entra dans ses yeux, dégoulina sur sa peau.

— J'aurais dû te tuer aux Eaux Claires, chuchota-t-elle tout près de l'oreille d'Estel. J'ai fait une grossière erreur, c'est entièrement de ma faute. Fort heureusement pour nous, tu as tout rectifié de toi-même. Encore mieux que nous l'avions espéré.

La tête d'Estel tournait de plus en plus vite. Trop d'informations qu'elle ne parvenait pas à faire coller entre elles. L'appartement des Eaux Claires… Quand elle avait été attaquée ?

— Ce n'était pas Nadia ? C'était toi, la femme à la matraque ?

— Pauvre tarte, susurra Salomé. Tu crois que cette dinde sous Valium aurait pu te tenir tête ? Je t'ai carrément envoyée au tapis ! Et pourtant, tu as imaginé être impliquée dans sa mort. Comme tu as cru qu'Aymeric avait réellement besoin d'une garde du corps… Si tu savais combien ta naïveté nous a été précieuse !

— Tu joueras avec elle plus tard, l'avertit Dardeau. On ne doit pas perdre plus de temps que nécessaire.

Estel le vit poser sa main blessée sur le mur, y étalant une marbrure rouge. Il effleura le bord du boîtier de l'alarme, puis laissa ses doigts glisser le long du mur. Enfin, il se mit à genoux et, là aussi, déposa ses empreintes au sol.

— Si avec tout ça, ils n'ont pas assez de grain à moudre, soupira Salomé.

Estel ouvrit la bouche pour essayer de discuter, gagner du temps par n'importe quel moyen, mais la femme la frappa à la nuque. Son visage s'écrasa contre le plancher.

Elle ne parvint qu'à gémir misérablement.

Du coin de l'œil, elle vit Dardeau ouvrir une mallette et en sortir une seringue hypodermique.

Salomé raffermit sa prise sur ses cervicales, l'empêchant de bouger.

L'aiguille s'enfonça dans son cou.

Apportant le vertige.

Puis le néant.

144

Le néant n'était pas exempt de pensées. Désorganisées. Incompréhensibles. Le souvenir du corps de Nadia Dardeau, porté à bout de bras par la statue au visage enfiévré, remontait telle une bulle à la surface d'un marais nauséabond… La jeune étudiante quittant la chambre d'hôtel du romancier, en larmes… Toutes les mises en garde qu'elle avait reçues sans les comprendre. Les pièces du passé volaient et tourbillonnaient – et entraient en collision les unes avec les autres, fatalement.

(*... Et puis Nadia a fini par trouver une photo dans le téléphone de son mari... Une fille avec le visage défoncé...*)

Les paroles de Juliette Bourgeon se joignaient à la cacophonie. Toutes ces affirmations qui se recoupaient et se contredisaient en même temps. Des mensonges. De la manipulation. Le sourire constant d'Aymeric Dardeau, telle une gravure de mode rassurante, alors qu'il se servait d'elle depuis le début.

(*... Vous êtes en état de choc. N'aggravez rien en faisant n'importe quoi. Vous allez remonter dans votre voiture et revenir à Paris... Je vous sauve de la prison, Estel. Acceptez-le. Vous me remercierez plus tard...*)

Il avait déjà tout prévu.
Tout organisé.
Pourquoi ?

À de nombreuses reprises, entre ses divagations, Estel revint à elle, à la manière d'un noyé qui tente de remonter à la surface : par à-coups, spasmodiques, maladroits. Elle était secouée, enfermée dans le coffre d'un véhicule. Ses poignets étaient entravés par des Serflex. Impossible de se débattre, impossible de se soustraire à son sort.

Elle n'aurait su dire combien de fois elle avait plongé dans le noir, était remontée, avait sombré à nouveau, aspirée vers le fond par l'effet de la drogue qu'on lui avait injectée. Le coffre de la voiture était ouvert. La pluie tombait dru. Salomé l'empoignait, la tirait derrière elle. Estel ignora la douleur des liens en plastique qui cisaillaient sa peau et engourdissaient ses mains. Elle jeta des regards hébétés autour d'elle, cherchant à comprendre où ils l'avaient emmenée. Des locaux industriels ouverts aux vents. Une ancienne usine ? Elle n'apercevait aucune lumière dans le voisinage. Seulement les silhouettes d'arbres, sous les hachures de la pluie.

— Avance ! C'est pas une visite ! lui intima la jeune femme en la bousculant vers un porche en brique.

Aymeric Dardeau ouvrait la marche. Il éclaira à la lampe torche plusieurs grandes salles vides, avant d'allumer des néons antiques et de s'engager sur des marches en métal. Le moindre son se répercutait tout autour d'eux. À l'étage, ils débouchèrent sur une sorte d'atelier qui empestait la moisissure et la rouille. Le romancier retourna un fauteuil vers elle. Salomé la poussa dessus.

— T'avise pas de bouger.

Elle trancha les Serflex qui emprisonnaient les poignets d'Estel, lui pressa les bras sur les accoudoirs et les maintint ainsi avec des sangles solides.

— Tu me coupes la circulation.

— Ta gueule.

De l'autre côté de l'atelier, Dardeau pressa un bouton et un rideau métallique se souleva en grinçant, dévoilant la salle en contrebas.

L'effet de la drogue persistait. Estel cligna des yeux, lutta pour s'arracher à l'engourdissement, comme elle s'était habituée à le faire lors de ses crises. Elle constata qu'ils surplombaient un vaste entrepôt, dont une partie avait été intégralement repeinte en rouge. Du sol au plafond, exactement telle que l'avait été la salle d'opération de la clinique vétérinaire.

Elle se concentra davantage. Tout en bas, à une vingtaine de mètres environ, elle apercevait un fauteuil médical, qui faisait face à un appareil photo sur pied. Sur le fauteuil se trouvait une silhouette, attachée tout comme elle, le visage recouvert par un sac de toile.

— Qu'est-ce que ça veut dire ?

Elle reçut deux violentes gifles, la réduisant au silence. Puis Salomé noua un linge en travers de sa bouche.

— Là, on ne t'entendra plus.

Estel étouffait déjà sous le bâillon improvisé au goût de poussière et de graisse. Elle essaya de tousser. S'étrangla un peu plus.

— Si tu savais comme j'attendais ce moment, s'émerveilla Salomé. Maintenant, c'est la fin.

Dardeau, en retrait, s'installa sur une chaise et déboucha une bouteille d'alcool. Salomé redescendit l'escalier.

Estel la vit s'approcher de la silhouette ligotée.

— Lucille ? minauda Salomé avec un entrain presque obscène. Tu vas avoir de la compagnie. Tu ne le verras pas vraiment, mais j'espère que ça te remontera un peu le moral, de le savoir. Tu ne seras pas la seule à mourir, demain soir.

Lucille ?

Lucille Vuillemin ?

Estel chercha Dardeau du regard. L'homme buvait tranquillement son verre, comme détaché de ce qui se passait. Derrière lui, elle aperçut un bureau occupé par plusieurs écrans, et divers établis encombrés de matériel qu'elle distinguait à peine.

L'étourdissement la reprenait. Elle tourna les yeux en tous sens pour essayer de le chasser.

Son regard accrocha les silhouettes.

Des tas de silhouettes.

Attendant dans l'ombre.

Son cœur s'emballa l'espace de quelques secondes, avant qu'elle ne comprenne de quoi il s'agissait.

Alors qu'un éclair illuminait les vitres au plafond, elle les vit plus distinctement.

Tous ces bustes. Les visages sans yeux.

Des mannequins en plastique.

Ils étaient entassés par dizaines au fond de l'atelier. Leurs bras et leurs corps emmêlés formaient une mer de damnés.

145

— *Finalement, cette pauvre imbécile aura joué son rôle à la perfection...*

— *Quand je lui ai remis la commande de l'alarme, c'était tellement gros que j'ai pensé qu'elle ne mordrait jamais à l'hameçon. Mais elle a été parfaite ! Elle a foncé tête baissée !*

Leurs voix, au cœur des remous et de la confusion. Des mots dont le sens lui échappait.

— *Je repars à ton bureau. Je laisserai Lili découvrir les traces de ton kidnapping. Espérons qu'elle fera bien sa cruche avec la police.*

— *Je ne me fais pas de souci. La jugeote, c'est pas sa valeur ajoutée, à celle-là...*

Leurs rires virevoltaient autour d'elle, l'étranglaient de leur méchanceté crue.

Le temps demeurait une notion subjective.

Dans sa succession de rêveries et de réveils flous, il était plus insaisissable que jamais. Du sable entre ses doigts.

À un moment, Salomé avait disparu, Estel en était à peu près sûre. Elle devait être retournée chez Dardeau, comme elle s'en était vantée, pour jouer la comédie devant la police. Puis, quand Estel parvint à recracher son bâillon et se mit à gémir, Dardeau lui fit une autre injection de drogue. De la lave ardente propulsée dans ses veines.

— J'ai… soif… parvint-elle à articuler.

Le romancier fit tournoyer un verre empli d'alcool ambré devant elle. D'un mouvement de poignet, il lui jeta le contenu au visage. Le liquide poisseux s'écoula sur sa peau.

— Tu pourrais me dire merci. Ce whisky est hors de prix.

Il éclata d'un rire malveillant.

Estel ne s'en souciait déjà plus. La drogue agissait vite.

L'oubli était, malheureusement, de courte durée. Les questions revenaient. Une pluie continue d'interrogations, la lacérant aussi âprement que des coups de lame sur sa peau.

(... *J'aurais dû te tuer aux Eaux Claires...*)

Même dans les voiles de l'inconscience.

Les implications terribles de ces paroles.

(... *Tu ne seras pas la seule à mourir demain soir...*)

Quand elle se réveilla tout à fait, ce fut au son d'un bourdonnement mécanique qui allait et venait. La position assise meurtrissait son dos. Chacune de ses articulations hurlait de douleur. Au moins, son esprit recommençait à fonctionner. Il lui fallait en profiter. Parvenir à rassembler ses forces défaillantes…

En contrebas, elle apercevait toujours la jeune femme attachée au fauteuil de gynéco. Lucille Vuillemin ne bougeait plus, mais elle était encore vivante. Sa respiration soulevait par intermittence la toile du sac qui enveloppait sa tête et ses épaules. La pauvre devait être tout aussi droguée qu'elle. Et elle n'osait imaginer son état de détresse.

Ce vrombissement... Je le connais...

Le bruit de fond persistait. Il s'élevait par saccades, reprenait plus longuement. Tournant la tête, Estel discerna plusieurs écrans d'ordinateur, où un grand compte à rebours s'égrenait sur fond écarlate. Un peu plus loin sur la droite, Dardeau s'affairait au-dessus d'un établi chargé de matériel et de flacons. Le son entêtant provenait des mains du romancier. Un outil composé de bobines reliées entre elles pour actionner de fines aiguilles. La supposition d'Estel était la bonne : un dermographe de tatoueur. Mais si son ravisseur utilisait ces aiguilles sur quelque chose, ce n'était pas une personne. Elle s'efforça d'ajuster sa vision en clignant des yeux. Dardeau tatouait un grand rectangle de cuir fixé à un cadre. Nouveau clignement. Mise au point. Pour ce qu'elle pouvait en entrevoir, ce cuir avait la couleur dérangeante de la peau humaine.

Elle parvint une nouvelle fois à expulser le bâillon de sa mâchoire. Le monde tangua. Elle banda tous ses muscles pour demeurer lucide. Elle avait *besoin* de réponses.

— Aymeric ! appela-t-elle d'un timbre presque désincarné. Espèce de malade…

Le dermographe se tut. Dardeau reposa l'appareil sur la table et se tourna vers elle. Son visage était marbré par les coups qu'elle lui avait donnés, creusé par l'absence de sommeil.

— Dur à comprendre pour ton petit cerveau, n'est-ce pas ?

D'un geste ample, il désigna les locaux industriels autour d'eux.

— Tu ne pourrais jamais t'imaginer ce que nous avons accompli en seulement quelques années, grâce aux fabuleux talents informatiques de ma sœur et des sujets triés sur le volet. Une aventure que ma regrettée épouse a bien failli mettre en péril, mais tout est arrangé maintenant. Et grâce à *toi*, Estel ! Je ne te remercierai jamais assez pour ta précieuse contribution !

Estel peinait à prendre sa respiration, une douleur lancinante entre ses tempes. La déshydratation poursuivait son lent travail d'érosion. Ses pensées n'en demeuraient pas moins en ébullition.

— Vous m'avez manipulée.

— Tu étais la solution à nos petits tracas. Littéralement tombée du ciel, je dois bien le dire !

L'homme se perdit en un long rire méprisant. Au travers de sa chemise à moitié déboutonnée apparaissaient ses tatouages, qu'il avait peut-être bien réalisés lui-même, si elle se fiait à ce qu'elle découvrait ici. Estel fixa sa longue cicatrice rosée, au niveau de la clavicule.

— Est-ce qu'elle t'a seulement agressé ? Ou même ça, c'était un mensonge ?

— Oh, mais oui, absolument ! s'exclama-t-il en passant sa main sur la blessure à peine cicatrisée. C'est bien à Nadia que je dois ce souvenir. Comme je l'ai dit, elle commençait à découvrir nos activités. Elle était révoltée à un point ! Elle s'imaginait même me faire chanter, à l'aide d'un détective de seconde zone, tu imagines un peu ? J'ai essayé de lui faire entendre raison, sans succès.

Il s'approcha d'elle avec une désinvolture étudiée.

— Si ma sœur ne t'avait pas griffée comme une foutue pucelle effarouchée, nous aurions pu prévenir la gendarmerie, et tout aurait été bouclé. Mais nous ne pouvions risquer une autopsie de Nadia, ni que les médecins analysent tes blessures de trop près. Il a fallu improviser. Je n'avais pas prévu que tu resterais à nos côtés aussi longtemps, à fouiner comme tu l'as fait !

La logique des événements, son aveuglement naïf, firent monter une honte terrible en Estel.

— Si j'avais signalé le décès de Nadia à la gendarmerie… J'aurais été innocentée ?

— Idiote ! Tu n'as même pas touché Nadia. Et l'ADN de Salomé était dans ta chair ! Je l'aurais butée, tellement je lui en ai voulu ! Si les forces de l'ordre s'étaient intéressées à toi à ce moment-là, nous étions finis, tu te rends compte ? Heureusement, tu as écouté la voix de ton maître ! Tout est bien qui finit bien ! Enfin, pour nous, bien sûr.

L'homme marqua une pause. Ses yeux luisaient plus que jamais sous l'effet de l'alcool.

— Grâce à toi, nous avons fait disparaître tout ce qui pouvait compromettre notre ancien studio. C'est toi seule que la police va tenir pour responsable de l'incendie. Et l'ironie, c'est que l'assurance me versera même un dédommagement !

— Quel incendie ? balbutia-t-elle.

Il balaya l'air avec une condescendance appuyée.

— Ne t'en fais pas pour ça, ce ne sera jamais ton problème. Il ne nous reste que des détails à régler. Notre jeu est toujours périlleux. Mais c'est tout son piment.

Elle ne comprenait pas grand-chose à ces paroles. Ce qui se produisait la dépassait totalement. Elle ne parvenait à penser qu'à la jeune femme attachée et droguée dans l'entrepôt, et à sa propre posture guère plus rassurante.

— Que faites-vous ici ? C'est quoi, ce délire avec les murs rouges ? Que comptez-vous faire de nous, putain ?

— Ne sois pas vulgaire, et ne te fais pas plus idiote que tu ne l'es non plus. Tu sais très bien que nous allons vous tuer. Attends juste de voir le tatouage que j'ai fait à Salomé pour l'occasion. Tu n'en reviendras pas. Elle n'était pas très partante, cela dit. Je crois qu'elle te déteste encore plus pour ça.

Elle cracha dans sa direction.

— Vous ne vous en tirerez pas comme ça. La police ne va pas tarder à me retrouver.

— Mon Dieu, tu ne comprends toujours rien à rien. C'est presque touchant.

Il pointa l'index vers les écrans. Sur celui tout à droite, Estel eut la surprise de voir sa propre image, dans la pièce peinte en rouge de la clinique vétérinaire.

— Qu'est-ce que ça veut dire ?

— La police cherche une femme qui assassine des gens. Cette femme, c'est toi, Estel.

Elle secoua la tête.

— C'est ridicule. Je n'ai assassiné personne.

— C'est toute la poésie de l'histoire, au contraire. Les preuves sont accablantes. Nous y avons veillé. Les enquêteurs vont continuer à les découvrir partout où ils glisseront leur gros nez. Pour eux, tu as massacré des *tas* de gens. Et bien sûr, tu as abusé de ma crédulité pour te débarrasser de ma tendre épouse. Je suis officiellement la victime, et toi la bête enragée.

— Espèce de malade, suffoqua Estel.

— Tu te répètes.

Il la regarda de haut, le visage traversé par une joie sadique.

— Tu veux savoir le plus beau ? J'ai décidé que ce sera le sujet de mon prochain livre. Mes lectrices ont toujours voulu que j'écrive ma biographie. N'est-ce pas le moment idéal ? Un auteur à succès attaqué par une folle psychotique, un vrai monstre avide de sang, déjà virée de la police pour homicide et pourtant jamais inquiétée par la justice ! Non seulement elle a tué ma pauvre femme, mais cette inqualifiable ordure m'aura séquestré pour me torturer… et bien sûr, je serai parvenu à m'évader de cet antre sordide, puisant dans ma volonté hors du commun, tel un héros romanesque. Il sera juste dommage que je ne me souvienne pas de mon lieu de détention… ni qu'on puisse retrouver la psychopathe nommée Estel Rochand, bien sûr. Une partie du mystère demeurera. Mon éditrice appellerait ça un *sequel bait*. Elle va adorer.

Estel dodelina de la tête, parcourue de tremblements. De la bave s'écoulait de ses lèvres. Un haut-le-cœur lui souleva la poitrine.

— Libère-moi. Tu peux encore arrêter tout ça… Réfléchis…

— C'est tout vu. Tu es arrivée à la fin de la route.

— Je te tuerai, pantela-t-elle. Je te jure que je te tuerai.

— Vraiment ? Et comment ?

Il lui envoya une puissante gifle, qui fit un bruit sec, comme un coup de fouet.

— Comment tu vas me tuer, abrutie ? Allez, fais-moi frissonner !

Elle resta de marbre. À l'intérieur, elle n'était qu'un torrent de larmes. Elle reçut la gifle suivante sans broncher davantage.

Puis celle d'après.

Elle savait encaisser.

Elle avait l'impression qu'elle n'avait fait que ça, toute sa vie.

Elle compta chaque coup, jusqu'à ce qu'elle sombre à nouveau. Enfin.

146

Au siège de la 2e DPJ. Xe arrondissement.

Dans le bureau éclairé aux néons, le parfum doux-amer de la transpiration se mêlait aux émanations de café froid et de déodorant industriel.

Delphine Bellefonds s'abstenait de commentaires. Elle écoutait avec une grande concentration ce que le jeune homme hagard s'évertuait à leur expliquer.

— Estel a refusé de me dire ce qui s'était passé, mais elle s'est battue le mois dernier. Une sale blessure à la hanche, du côté gauche, peut-être causée par une arme blanche. Je vous assure qu'elle a encore une cicatrice qu'on ne peut pas louper. Sauf que cette cicatrice est absente sur votre vidéo.

— Les images sont de mauvaise qualité, objecta Falconnier.

— Et le tatouage ? martela Pelletier. Vous avez écouté ce que je vous raconte depuis tout à l'heure ? Vous voyez bien qu'il luit, comme s'il était tout frais ! Estel s'est fait le sien quand elle était adolescente. Il est beaucoup trop ancien pour ressortir avec autant de netteté !

— L'éclairage rouge accentue les contrastes, sans aucun doute.

— Mais arrêtez vos conneries ! Même à partir de vos images pourries, je peux vous assurer que ce n'est pas le tatouage d'Estel !

— Ça suffit.

Le policier se leva du coin de table où il avait posé ses fesses.

— Lieutenant Bellefonds, maître, je crois qu'il est temps de mettre fin à cette audition. Nous avons bien noté les théories de M. Pelletier. Nous en reparlerons quand nous aurons retrouvé Mlle Rochand et que nous disposerons d'éléments concrets.

L'avocate se contenta de bâiller. Égale à elle-même. Elle était restée amorphe au cours de chaque entretien. Le jeune homme les dévisagea, le teint blême.

— Et maintenant ? Vous comptez faire quoi, au juste ?

— On va déjà te raccompagner au frais pendant quelques heures, rétorqua le policier. Un peu de réflexion sur ta vie ne te fera pas de mal. Quand les vingt-quatre heures de ta garde à vue seront achevées, tu pourras rentrer chez toi. Estime-toi heureux qu'on ne t'accuse pas de complicité.

147

L'avalanche des preuves, sans discontinuer.

Les rapports du labo confirmaient que les échantillons de sang et de vomissures prélevés au domicile d'Aymeric Dardeau appartenaient bien au romancier, tout comme les empreintes étaient les siennes. Celles d'Estel Rochand avaient été retrouvées sur plusieurs tiroirs. La femme avait fouillé. Peut-être cherchait-elle quelque chose.

En revenant devant ses écrans, Falconnier avait poussé un cri de joie quasi enfantine. Le logiciel d'extraction venait de repérer l'*upload* d'un fichier image sur le serveur de la Saignée.

— Mesdames et messieurs, nous avons le pompon !

La photo montrait Estel Rochand dans la pièce aux murs rouges. Cette fois, il n'y avait aucune équivoque, la femme ne portait pas de masque. Vêtue de noir, elle brandissait une barre de fer et fixait l'objectif, son visage transfiguré par une expression de pure sauvagerie.

— Comment cette image a-t-elle atterri sur le site ? questionna Bellefonds.

— Tout bêtement. Un des administrateurs l'a enregistrée dans leur base, sans doute pour la conserver en guise de souvenir. Ce n'est pas censé être accessible par qui que ce soit. Et, bien sûr, ces petits vicieux ne peuvent pas savoir que j'aspire toutes leurs données.

Des individus aussi redoutables et organisés ? songea Bellefonds, révoltée. *Il n'y a que moi qui trouve cela bien pratique ?*

— Ce qui est sûr, c'est qu'on ne nous aura jamais servi autant de preuves sur un plateau, se contenta-t-elle de faire remarquer, avant de se pencher pour scruter les détails de l'image. C'est bizarre, tout de même, on ne dirait pas la même pièce que celle de la vidéo de Vuillemin.

— Parce que cela ne l'est pas, confirma Falconnier. Si j'en juge par les carreaux et les angles, il s'agit plutôt de la pièce où a été filmée la vidéo de Floriane Verner, alias Sucre.

— Ce qui signifie que le site a changé son lieu de tournage, alors ?

— Ce n'est pas étonnant. Ce genre d'installation est amenée à déménager en permanence. Pour nous, c'est même encore mieux. Cela prouve que Rochand s'est trouvée non pas sur une, mais sur deux scènes de crime ! Il ne me reste plus qu'à l'alpaguer, et à mettre fin à cette horreur.

ME reste. MON trophée de chasse. MES lauriers. MOI.

Bellefonds s'efforça de faire taire ses pensées. Tâche difficile. Il y avait trop d'indices, trop d'heureuses coïncidences. Elle en retirait une sensation d'indigestion.

Cela dit, si détestable que devienne l'attitude de Falconnier, la chaîne hiérarchique était établie. Les deux procureurs, celui de Marseille comme celle de Paris, s'étaient entendus pour le placer à la tête de l'investigation.

À partir de maintenant, lui seul décidait des priorités de l'enquête.

— Je vois que tu as auditionné la psy, lui dit-elle en faisant défiler les pages du document Word. Mais il y a dû y avoir un problème, le fichier vidéo n'a pas été uploadé sur le serveur.

Falconnier claqua des doigts plusieurs fois et non sans un agacement évident avant de répondre.

— C'est tout à fait normal, l'ordinateur a planté. Cela doit vous arriver souvent, avec cette version obsolète de Windows, non ?

— Non, pas que je sache, lui assura-t-elle.

— En tout cas, tant pis. On va devoir se passer de l'enregistrement. Tout est reproduit sur le PV d'audition de toute manière, et il n'y a rien de bien folichon. Mauduit confirme simplement que Rochand est perturbée et susceptible de s'en prendre à d'autres depuis des années. En tant que psy, elle préférerait aussi ne pas être trop citée dans les pièces à conviction.

D'accord. Ce procès-verbal, comme les autres, était signé par le rédacteur, en l'occurrence Falconnier lui-même, et la personne entendue. Cela suffisait amplement pour la procédure.

Bellefonds le remercia de l'éclaircissement, rangea la paperasse et se prit la tête dans les mains.

Tout était irréfutable.

Chaque témoignage. Chaque indice matériel.

Sauf les rectangles de peau.

Ce détail brillait encore par son absence. Dans l'hypothèse où c'était bien Rochand qui les prélevait sur ses victimes, pourquoi ne les avaient-ils pas retrouvés dans son coffre, avec les vêtements ensanglantés ? Après tout, c'était l'endroit où la jeune femme conservait ses trophées.

La question ne quittait pas les pensées de la policière, sans qu'elle puisse y faire grand-chose. Elle décida de mettre de l'ordre dans ses PV pendant les heures qui suivirent.

Mais dès qu'arriva la fin de la garde à vue des deux prévenus, elle se leva discrètement et se rendit à l'accueil.

— Mettons-nous juste ici. Mes collègues n'ont pas à nous voir discuter. Je vous promets que ce sera bref.

Ils s'éloignèrent vers la station de métro Louis-Blanc. À quelques dizaines de mètres du commissariat, Bellefonds les dirigea sous le porche d'une entrée de parking, qui les couperait des regards indiscrets.

Léo Pelletier et Cassandre Klem collèrent leurs dos au mur. Ils avaient été libérés en même temps. En dépit de toutes les intimidations de Falconnier, le dossier demeurait trop peu solide pour justifier une détention de la programmeuse – sans compter que son statut de personne fichée S privilégiait sa liberté à tout prix, afin de mieux recenser ses contacts dans les milieux contestataires. Pour autant, les deux jeunes gens ne faisaient pas les fiers, avec leurs mines épuisées et leurs yeux cernés. Le garçon tenait un sac de sport contenant ses ordinateurs, que les policiers lui avaient rendus. Son amie n'avait pas eu cette chance.

— Écoutez-moi, tous les deux. Si on se range du côté des évidences, elles accusent toutes votre copine. Mais j'ai bien entendu ce que vous nous avez raconté, et je préfère ne négliger aucune possibilité.

— Vous seriez bien la seule, releva Cassandre Klem avec acidité. Votre collègue a déjà toutes ses conclusions établies.

La policière acquiesça, et les regarda à tour de rôle.

— Je sais. Je suis maniaque. Ça a toujours rendu mon équipe marteau. Mais c'est comme ça que je fonctionne, et c'est aussi pour ça que je vous parle. Léo a mentionné une note d'Estel où il était question d'une école de mannequins. Le problème, c'est que nous n'avons rien pu trouver qui s'y rapporte.

— Peut-être parce qu'il n'y a rien à trouver, se résigna le garçon. C'était juste un bout de papier, après tout.

— Je ne le crois pas. Les trois noms écrits dessus correspondent à des personnes décédées. Il doit y avoir un lien. Quoi que ce soit, c'est sous nos yeux.

Cassandre Klem attacha sa longue chevelure blonde, avant de rabattre sa capuche sur sa tête, dissimulant la plus grande partie de ses traits.

— Reçu cinq sur cinq, madame. On va trouver de quoi il s'agit. Sauf votre respect, votre collègue se touche, quand il se croit le meilleur en exploration numérique. C'est *moi*, la meilleure.

Bellefonds lui adressa une moue de défi.

— Dans ce cas, j'attends moins de parlotte et plus d'action, Cassandre. Si Estel n'est pas le bourreau, c'est qu'elle est une victime.

148

Tête basculée en arrière, son corps contracté dans le fauteuil, Estel fixait les vitres au plafond de l'atelier.

Son reflet l'exposait dans toute son impuissance.

Elle ne s'en remettait pas. Elle avait assisté à un meurtre en direct.

Pire. Un spectacle de torture, sauvage, abject.

Elle avait fermé les yeux pendant la plus grande partie du massacre. Cela n'avait pas suffi. Les cris lui étaient parvenus, d'une netteté épouvantable. Les crissements de la scie dans la chair résonnaient dans les enceintes de l'ordinateur, emplissant l'atelier, comme si la victime était tout contre elle. De sorte que, même paupières fermement closes, elle avait eu l'impression de tout voir.

Curieusement, son cœur n'avait pas continué de battre à toute allure. Il était redevenu calme. Dans une sorte de plénitude.

Est-ce cela d'être morte ? se demanda-t-elle.

Le suis-je déjà ?

Elle releva la tête.

Non. Je ne veux pas mourir. Pas comme ça.

Je veux me battre.

En contrebas, sur le fond écarlate, le fauteuil était désormais vide. Salomé et Aymeric avaient emporté le corps de la pauvre fille. Et à présent, une vague odeur de carbonisation parvenait à ses narines.

Ils disposent d'un incinérateur, ici aussi.

Estel se remémora la maison de Dardeau dans laquelle elle s'était introduite, et de la salle de crémation au sous-sol. Ces deux monstres avaient déjà commis ces horreurs auparavant. Probablement souvent, dans des lieux sans cesse nouveaux.

Leurs pas retentirent dans l'escalier. Aymeric et Salomé débouchèrent dans la pièce. La jeune femme était encore couverte du sang de Lucille. Elle ne portait plus son masque de bourreau, mais n'avait pas encore changé son costume de scène. Jambières en cuir. Haut asymétrique en plastique luisant. Le flanc de Salomé affichait le tatouage noir et rouge, toutes dents dehors. Une provocation obscène. Au cours des semaines passées en sa compagnie, Estel n'avait jamais remarqué à quel point le corps de cette femme était semblable au sien. Tout aussi mince. Les muscles pareillement à fleur de peau. Cela aurait pu être elle, oui. Ce monstre masqué maniant ses outils et ses lames, assenant des coups sur le ventre de sa victime hurlante. Même la manière de bouger de Salomé était proche de la sienne. Fruit de l'entraînement au kick-boxing et au MMA.

— Tu peux toujours te déguiser. Tu peux te tatouer autant que tu veux. Tu n'es pas moi.

Salomé s'approcha.

Son poing partit. Direct au plexus. L'estomac d'Estel remonta dans sa poitrine. Elle émit une brève plainte étranglée.

— Pour les flics, j'ai bien peur que si, ricana Salomé. J'ai assez payé de ma personne pour ça.

Elle passa doucement sa main sur son flanc. La tête de mort rouge et noire sembla frémir sous la caresse.

— D'ailleurs, tu sais comment nous avons eu la documentation pour cette immondice ?

Estel lutta contre l'engourdissement de la drogue. Cette sensation d'abandon terrible.

— La photo… À la salle de boxe…

— Exact ! J'en ai pris plusieurs quand tu sortais de la douche. Mon frère est féru de tattoo, comme tu as dû le remarquer. C'est lui qui a eu l'idée de ce petit bonus. Comment on dit, dans un tour de magie, déjà ? Le *prestige*…

La poitrine d'Estel se souleva. Les tressautements d'un rire nerveux.

— Vous n'avez rien de prestigieux. Vous n'êtes que des animaux sauvages. En plus, vous êtes stupides. Tu t'es marquée d'une preuve indélébile.

Aymeric se laissa tomber sur le fauteuil devant les outils de tatouage. Il lança :

— Je lui ferai un joli *cover up*. Les policiers, quand ils ne sont pas incompétents, se contentent de ce qui satisfait leur ego. Et en la matière, avec toutes les preuves accablantes contre toi qu'on leur a gentiment glissées, ils n'ont que l'embarras du choix. Nous sommes tranquilles pour un moment.

— Il ne nous reste plus qu'à nous occuper de ton cas, annonça Salomé.

Estel la vit empoigner un énorme cutter sur l'établi.

— Attends…

D'un coup de lame, Salomé entailla son tee-shirt, et sa peau en même temps. Estel tressaillit sous la sensation de brûlure. Elle se refréna de crier, car c'était ce que ces monstres attendaient.

Alors Salomé avança sa main vers elle, la glissa dans l'entrebâillement du tissu. Elle dévoila le sein gauche, petit, aux larges aréoles, son contour parcouru par les stries du muscle pectoral. Le sang suintait déjà méchamment.

— Connasse, souffla Estel.

Salomé pinça son téton entre le pouce et l'index. Fort. Estel se tétanisa. Se répéta qu'il était *hors de question* de lui fournir la moindre satisfaction. Des larmes s'écoulèrent sur ses joues.

— Tu aimes la douleur, peut-être ?

— Libère-moi et je te montrerai, susurra Estel.

Les doigts relâchèrent son téton.

Ils revinrent sous forme de poing. Crochet au visage. Estel entendit son nez craquer, un son affreux qui venait de l'intérieur de son crâne. La douleur explosa. Du sang salé et métallique emplit sa gorge.

— Oh, putain, gémit-elle.

Sa vision se brouilla. Elle fixa pourtant sa tortionnaire dans les yeux.

— Tue-moi donc, qu'on en finisse ! vociféra-t-elle au milieu des rigoles de sang qui s'échappaient de ses narines.

Salomé respirait un peu plus fort maintenant. Un sourire sauvage se dessina sur ses traits fins.

— Si cela ne tenait qu'à moi, pauvre débile, ce serait déjà fait depuis longtemps. Mais nous devons attendre notre associé.

— Et à ce sujet, je te rappelle que nous avons promis de ne pas trop l'abîmer, intervint Dardeau depuis son fauteuil. Après tout, c'est grâce à lui si nous t'avons trouvée.

Estel tourna la tête. Sa respiration hachée.

— Quoi ? Qui ?

Un grincement s'éleva de l'autre côté de l'usine.

— Justement, le voilà, dit le romancier. On va pouvoir finir le nettoyage !

149

Pas n'importe quelle école de mannequins.

L'école.

Il lui fallut trois heures de recherches intensives pour faire enfin la connexion, presque par hasard.

— En fait, il ne s'agit pas du tout d'un établissement scolaire ! s'écria Cassandre en levant la main comme une enfant enthousiaste. Et ce n'est même pas une appellation officielle ! Les flics ne risquent pas de trouver !

Léo se redressa. Il avait conclu qu'il ne serait pas d'un grand secours, car Cassandre pilotait son ordinateur mieux que lui, aussi s'était-il accordé un peu de repos sur le canapé. Il se frotta les paupières, puis remit ses lunettes.

— Ça veut dire quoi ?

— Que c'est juste un surnom que lui ont donné les gens de la région. L'entreprise n'existe plus depuis vingt ans. Les bases de données informatiques n'en ont aucune trace, forcément. Mais pas les archives papier.

Léo traversa le salon et se pencha à côté de son amie, installée au plan de travail de la cuisine.

— Scans de la Bibliothèque nationale ?

— Il suffisait d'y penser. Je te présente les établissements Barbier, communément appelés « l'école de mannequins de Maubeuge » !

Elle tourna l'écran vers lui pour qu'il puisse lire les pages numérisées de ce qui ressemblait à un ancien catalogue. Des photos montraient des publicités du début du xxe siècle. ***ETS O. BARBIER : GRANDE FABRIQUE DE BUSTES ET MANNEQUINS POUR HOMMES, GARÇONS, DAMES, FILLETTES !*** clamait le texte en majuscules et en gras. ***USINE HYDRAULIQUE ET À VAPEUR.***

Le document expliquait que cette ancienne école de garçons, fondée en 1800 dans le Nord-Pas-de-Calais, était devenue une usine de mannequins en 1945, à la sortie de la guerre, d'où l'appellation qui avait perduré. « L'école de mannequins » avait prospéré quelques décennies avant de cesser ses activités durant la crise des années 1980. Depuis, aucune autre entreprise n'avait pris le relais, essentiellement à cause de son isolement au milieu des bois.

— L'usine est située sur un terrain qui fait partie de la forêt de Mormal, précisa Cassandre. Propriété privée bien fermée. Aucun voisin, aucun curieux. Qu'est-ce que tu en penses ?

— Que si je cherchais un lieu parfait pour torturer des gens, c'est pile le genre d'endroit qui m'intéresserait.

— Exactement.

Elle se tourna vers son ami et le contempla.

— Qu'est-ce qu'il y a ? s'inquiéta-t-il.

— Je me demande juste… Tu n'as jamais cessé d'être amoureux d'elle, n'est-ce pas ?

— Qu'est-ce que ça change ?

— Rien, dit-elle en détournant le regard. Enfin, si. C'est parce que tu l'aimes que tu t'accroches à son innocence à ce point ?

Léo pressa ses lunettes du bout de l'index.

— Non. C'est parce que je *sais* qu'elle n'est pas comme ça. Jamais elle ne tuerait personne de sang-froid.

— Tu es prêt à prendre le risque de te tromper ?

— Au moins, je saurai. Ce sera mieux que d'imaginer le pire et de ne jamais être certain de rien.

— Je suppose, soupira la programmeuse.

Elle pressa une combinaison de touches. L'écran se scinda en deux et un fichier Excel s'ouvrit dans le volet de droite.

— J'ai l'historique des transactions effectuées par les notaires. Le jour où l'Insee engagera des codeurs professionnels pour faire ses bases de données, il y aura moins de malversations.

— L'école de mannequins y figure ? demanda Léo.

— Oui, je l'ai trouvée. Il y a même eu une modification tout récemment.

Un clic. Ouverture de fenêtre. Des mentions légales s'affichèrent.

— Elle a été rachetée, il y a pile six mois, si je m'en tiens à ce que je vois là.

— Tu peux savoir par qui ?

— Je peux *toujours* tout savoir, répliqua la jeune femme. C'est au nom d'une SCI basée à Lille. Je vois que cette société est plutôt ancienne, son adresse initiale n'est même plus valide. À vue de nez, ça ressemble à un montage de petit filou. Laisse-moi deux minutes.

Il lui en fallut tout de même une trentaine, le temps de faire le tour des forums communautaires où elle avait ses habitudes. Pour peu qu'on sache précisément ce qu'on y cherchait, toutes les bases de données imaginables étaient partagées dans les recoins de la Toile.

Léo venait de refaire du thé et versait le liquide doré embaumant les fleurs dans un mug de l'Alliance Rebelle quand son amie s'écria :

— Et voilà ! J'en aurais mis ma main à couper. La société est une coquille vide. Ses fondateurs, Yann et Gaël Gautheron, sont en Ehpad. Un associé a débarqué de nulle part, juste avant l'achat de l'école de mannequins, et pilote tout désormais. Cela n'a rien d'illégal, c'est juste que l'administration française est tellement incompétente et sous-équipée que, pour elle, les vérifications que je fais là sont inenvisageables. Le type est assuré de rester invisible aux yeux du monde.

— Arrête un peu de tout dénigrer, je sais que tu as un cerveau surhumain. Tu as relevé le nom de cette personne ?

Elle retourna son siège vers lui et battit des cils.

— Un certain Clément Droux.

Léo siffla entre ses dents. Son visage devint blême.

— Quoi ? Tu connais ce type ?

— Estel m'en a assez parlé, oui. Il faut absolument rappeler cette flic !

150

— On a l'air de bien s'amuser, ici !

Estel était tétanisée. Son esprit cherchait à remettre les éléments à leur place. Toutes ces évidences terribles, qui crevaient les yeux à présent. Et les implications, plus effroyables encore, de tous les événements qu'elle avait vécus au cours des dernières semaines…

Clément Droux, fanfaron comme jamais, tapa dans la main de Dardeau et s'inclina respectueusement devant Salomé, avant de s'approcher de leur prisonnière. Il lui caressa le bras en faisant courir ses doigts sur sa peau.

— Me touche pas ! se révulsa Estel, à moitié étranglée par le sang qui continuait de suinter dans sa gorge.

— Et sinon ? Tu comptes me faire quoi, ma grande ? Quelqu'un a l'air de t'avoir déjà expliqué un truc ou deux, non ?

Son ancien employeur éclata de rire. Il tripota la chaîne en or dans l'ouverture de sa chemise.

— Je t'avais dit que si tu me quittais, tu le regretterais, non ? Eh bien, voilà. Je tiens toujours mes promesses !

Estel recracha le sang dont sa bouche était pleine, une longue éclaboussure écarlate aspergeant le visage du gros bonhomme. Droux jura, frappa son sein droit, poing fermé. Elle gémit. Il la cogna à nouveau. Plusieurs fois. Elle pantela, prise d'étourdissements.

— Ah, que c'est bon ! s'exclama-t-il. Tu l'as pas volée, celle-là !

Il s'éloigna de quelques pas pour récupérer un mouchoir et essuyer son visage souillé. Dardeau contemplait leur proie, hilare.

— Tu as vu ça ? Comment elle nous regarde ? Elle a toujours envie de mordre.

— C'est pas faute d'avoir essayé de la dresser ! plaisanta Droux. Mais c'est déjà du passé. L'essentiel, c'est qu'elle nous a bien servis, non ?

— Notre solution idéale, approuva Dardeau. Tu avais raison, Clément.

De l'autre côté de l'atelier, Salomé avait sorti une éponge et un récipient. Elle essuya ses bras.

— Les flics sont venus te voir, toi aussi ? Ils ne se doutent de rien ?

— Ces bâtards m'ont convoqué dans leurs locaux. Je leur ai lâché l'identité de notre petite sucrerie. Effet garanti !

Frère et sœur ricanèrent.

— Tu comprends, maintenant ? pérora Droux en empoignant la gorge d'Estel. Notre belle entreprise a failli être mise en péril, mais nous avons géré la crise. Nous avions toujours un coup d'avance !

Ses doigts boudinés appuyant sur sa gorge, il la secoua violemment. Estel hoqueta, sa trachée malmenée. De la salive tachée de rouge suintait sur son menton. L'homme se pencha sur elle avec une impatience manifeste.

— Quant à toi, tu as suffisamment joué ta diva. C'est le moment de voir comment tu couines quand on te chatouille un peu !

Estel contracta sa gorge du mieux qu'elle put. Des nuées lumineuses inondèrent ses rétines.

— Toujours besoin… de compenser… Toutes les filles… n'arrêtent pas de se moquer de tes petites pannes… Mais tu dois t'en douter, non ?

Droux relâcha son cou pour lui envoyer une paire de claques. Estel se força à rire, ce qui ressemblait surtout à un grincement. Mais c'était l'idée. Ne surtout pas lui montrer la moindre peur.

— La seule manière que tu as de faire crier une fille, c'est de la payer, ou de la torturer, hein, petite bite ?

Droux, écarlate, se tourna vers ses deux associés.

— Vous me laissez en disposer, maintenant ?

— Comme convenu, dit Dardeau en grattant nonchalamment ses cheveux en bataille. Elle a toujours été ta propriété.

— Ouais, grommela Salomé, bras croisés, les yeux réduits à des fentes jalouses.

— De toute manière, ma sœur et moi devons revoir les derniers détails, ajouta le romancier. Tu penses qu'une heure de tête-à-tête te suffira ?

— Ça dépendra de la résistance de notre petite chienne, gloussa Droux. C'est une bête de race, après tout.

Le frère et la sœur hochèrent la tête d'un air entendu avant de s'en aller vers l'escalier.

151

Dans le ciel dégagé, le disque blanc du soleil apportait enfin un peu de chaleur. Il illuminait de mille feux les tuiles des bâtiments. L'état de l'usine n'était pas bien fameux pour autant. Dans l'aile ouest, où se situait la presse hydraulique mais aussi l'incinérateur si précieux pour leurs affaires, les murs s'étaient presque tous effondrés. Et même de l'autre côté, composé des anciens entrepôts, bureaux et ateliers, qui demeuraient bien mieux conservés, des trous apparaissaient dans la toiture, et de nombreuses vitres manquaient.

Salomé ôta son harnais de dominatrice. Elle resta quelques instants seins nus sous le soleil avant d'enfiler un ample tee-shirt The Kooples rose et noir.

— J'ai besoin d'une douche. Je pue vraiment les entrailles de cette truie.

— On a encore besoin de toi ici, lui rappela son frère.

Ils se trouvaient à l'arrière des bâtiments, sous un ancien préau de chargement. Une petite table en tek et des fauteuils confortables permettaient de profiter de la vue sur les bois. Aymeric se laissa tomber sur un des fauteuils. Il déboucha une bouteille de whisky et versa deux verres à ras bord.

— À la santé de la condamnée ! Notre petite cruche providentielle.

— À la fin de nos soucis, fit Salomé en entrechoquant son verre contre le sien.

Après une longue gorgée pensive, elle jeta un regard en arrière. Les entrepôts étaient à bonne distance. Les sons ne portaient pas jusqu'à eux.

— J'aurais tellement aimé la tuer moi-même. Lui faire avaler son petit sourire hypocrite.

— Je fais confiance à Clément pour ça, railla Aymeric. Elle l'a humilié. Notre ami n'aime pas qu'on remette en question sa virilité. Même en tant que patron.

Salomé but le reste de son verre et fit claquer sa langue. Son regard s'enflamma.

— Je ferai disparaître le corps de cette débile dès qu'il aura fini. Tant que le fourneau est allumé…

Elle hésita, avant d'ajouter d'une voix plus sombre :

— On pourrait en profiter pour se débarrasser de lui, aussi.

Aymeric leva lentement son verre vers elle.

— Ne dis jamais ça, je t'en prie. Clément est fiable depuis le début. Nous sommes un *triumvirat*. C'est notre force.

— Je suis très sérieuse. On lui a suffisamment passé de caprices. Sans oublier que tous nos sujets récents viennent de son club. Ça va finir par laisser des traces, là aussi. Et tu sais à quoi mènent les traces, avec la cybersécurité. Je me suis bien payé la tête du petit renifleur en lui faisant croire qu'il avait retrouvé tout seul l'accès au site, mais il peut y en avoir d'autres. Va savoir ce que Nadia a pu semer et qu'on n'a pas encore sécurisé…

Elle observa les voitures garées un peu plus loin. Il y avait la vieille Mégane bleu verdâtre, réservée à leurs déplacements incognito. Pas de GPS, aucun composant électronique. Juste à côté, le véhicule de Droux, une épave tout aussi *low tech*, immatriculée sous une fausse identité. C'était leur règle depuis le début. Interdiction d'emporter leur téléphone quand ils se rendaient sur les lieux de la Saignée, ou un quelconque *device* susceptible de borner leurs déplacements.

— Clément n'a rien sur lui qui pourrait relier cet endroit à sa disparition…

— Arrête, lui dit Aymeric.

— … Si on lui réglait son compte maintenant, personne ne pourrait remonter jusqu'à nous…

Aymeric étendit brusquement son bras. Le contenu de son verre éclaboussa sa sœur.

— Je t'ai dit stop, Salomé !

Elle lâcha son propre verre, qui éclata sur le béton à ses pieds, et fusilla son frère du regard.

— À ton bureau, c'est comme tu veux. Mais ici, tu n'es pas le patron. La Saignée, c'est mon idée. Mon bébé. Tu crois sincèrement que je ne m'en sortirais pas, sans ta précieuse protection ?

— Je ne le crois pas. Je le sais.

Il se leva et s'approcha, un froncement sinistre remplaçant ses habituelles mimiques de séducteur.

— Tu as toujours été le muscle, petite sœur, je te l'accorde. Et je le respecte. Tu es douée pour tout régler quand il le faut. Tu es devenue un as des as, en ce qui concerne Internet. Mais je suis le cerveau. Ne. L'oublie. Jamais.

— Quoi ? Tu t'imagines que tu vas me faire baisser les yeux ?

C'était un défi. Il lui donna une gifle sonore. Elle ne détourna pas le regard.

Alors il lui en donna une deuxième. Encore plus forte. Les cheveux de Salomé volèrent.

— Je ne suis pas comme toi, susurra-t-il entre ses dents. Je ne suis pas une machine sans affect. Si je n'étais pas là pour veiller sur toi, tu serais derrière des barreaux depuis longtemps. Ou pire.

Elle passa lentement sa langue sur ses lèvres. Son regard brillant ne quittait pas celui de son frère.

— Tu as tout autant besoin de moi, cerveau. Je te rappelle que je dois t'injecter une dose. Et il vaut mieux le faire sans tarder. Les flics te feront passer des analyses. Il faut que la drogue ait été dans ton corps assez longtemps pour coller à ton petit roman.

Il soupira, s'ébouriffa de nouveau les cheveux.

— Laisse-moi au moins profiter d'un dernier verre du condamné.

Il reprit la bouteille et remplit son verre.

— Je vais devoir te frapper, aussi, le prévint Salomé d'une voix sinueuse.

— Elle s'est déjà bien chargée de ça. Tu as vu ma tête ?

— Ne fais pas l'enfant. Il faut que tout ce que tu raconteras soit crédible. Tu peux parader autant que tu veux, nous sommes passés près, cette fois.

Le sourire d'Aymeric se fana. Il s'humecta les lèvres avec le whisky.

— Tu crois que je ne le sais pas ? dit-il en basculant la tête pour exposer son visage aux rayons du soleil. J'aurais dû m'occuper de Nadia il y a longtemps. Je voulais tout avoir… J'ai péché par fierté. Mais notre histoire tient droit. Les flics ne retrouveront jamais la petite boxeuse. Ils se contenteront des preuves tombées dans leur bec. De notre côté, j'ai pensé qu'on devrait changer le nom de la pièce rouge. Je sais que celui-là te tient à cœur, mais il a vécu.

— On en rediscutera, proposa Salomé.

Il rit.

— Allez. Fais ce que tu as à faire.

Il reprit place, confortablement installé dans le fauteuil, et sa sœur ouvrit la mallette contenant les seringues. Elle lui planta l'aiguille dans le cou, violemment, comme un ravisseur l'aurait fait.

— Oh, putain, souffla-t-il. On le sent passer !

— J'ai mis la dose. Tu vas faire de beaux rêves.

Il sourit, et se mit à dodeliner de la tête très vite.

Salomé s'approcha de lui et écrasa avidement ses lèvres sur les siennes.

152

— Salope ! Espèce de petite salope ! Tu fais moins la fière !

L'homme tapait mal, mais il y mettait du cœur, et il aimait ce qu'il faisait, on ne pouvait lui ôter ça. Ses poings s'écrasaient sur le visage d'Estel, martelaient sa poitrine, lui arrachaient des gouttelettes de sang et des cascades de gémissements. À chaque coup porté, il ponctuait d'un ahanement comblé qui évoquait un râle de sanglier en rut.

— Salope ! répétait-il en litanie euphorique. Prends donc ça !

Estel encaissait les coups. Sa tête lui donnait l'impression d'être devenue un sac de frappe. L'odeur de son sang et de ses vomissures l'enveloppait dans une spirale grandissante.

Droux s'interrompit pour ôter sa chemise trempée de sueur et maculée de taches écarlates. Au travers de ses paupières gonflées, Estel discerna son torse flasque, ses poils gris, les taches brunes qui parsemaient sa peau. Un corps déjà vieux, marqué par les excès et l'arrogance satisfaite. Lui n'arborait aucun tatouage, bien sûr. Il considérait probablement ce genre de décorations comme un signe de marginalité. La pensée était si décalée qu'Estel fut prise d'un ricanement stupide.

— Qu'est-ce qui te fait rire, putain ?

Elle aurait aimé rire réellement. Lui jeter : « Ta laideur ! » Mais sa gorge ne parvenait plus à émettre le moindre son. Ses forces l'abandonnaient. Sur le ring, elle avait toujours disposé d'une arme imparable, qui n'appartenait qu'à elle : son propre corps. Dans cet endroit nauséabond, ces monstres lui avaient retiré jusqu'à cela. Ils lui avaient arraché toute possibilité de se défendre. Elle ne nourrissait nulle illusion sur la suite des événements. Elle allait mourir. Sans que personne risque jamais de la retrouver. Et cette pensée la pétrifiait d'une profonde terreur.

— Tu vas finir comme ta copine Sucre ! décréta Droux en lui balançant une claque avec un élan maladroit. Elle t'a dit que c'était Aymeric qui l'avait cognée, cette conne, hein ? C'était moi ! MOI !

Estel lutta pour rester consciente tandis que les coups reprenaient.

— Nadia avait trouvé la photo d'une morte, putain ! C'était Sofia, une de mes escorts qui ne parlait même pas français ! Heureusement que c'est MOI qui ai eu l'idée d'arranger le coup ! C'est MOI qui faisais bosser Sucre, MOI qui ai décidé d'envoyer cette gourde, qu'elle se fasse passer pour Sofia, qu'elle raconte qu'elle avait juste baisé avec Aymeric, et qu'il fallait pas en faire tout un plat ! MON PLAN !

Il s'arrêta quelques instants, à bout de souffle lui aussi, et son visage rayonnait d'une fierté sadique.

— Ça a pas marché aussi bien qu'on l'espérait, mais ça nous a fait gagner du temps ! poursuivit-il avec une vive autosatisfaction. Et de toute manière, Sofia, à l'origine, ce n'est même pas Aymeric qui l'avait choisie. C'est encore MOI ! C'est MOI qui ai arrangé son rendez-vous en lui disant qu'elle avait un client et qui l'ai conduite à l'abattoir ! Et le petit minet décoloré qu'on s'est fait avant elle ? Je me souviens même plus de son nom, à cette merde ! C'est MOI aussi qui l'avais choisi ! Tu comprends, ou pas ? AUCUNE DE VOUS NE ME RÉSISTE ! PARCE QUE VOUS N'ÊTES RIEN ! DES PETITES SALOPES SANS IMPORTANCE !

Il brandit subitement un couteau de chasse. Vingt centimètres d'acier rigide. Sa simple vue électrifia Estel.

— C'est toujours MOI qui vous mate ! exulta Droux en revenant à l'assaut.

Il saisit la gorge d'Estel d'une main. De l'autre, il brandit le couteau haut au-dessus de sa tête.

— Tu la veux dans la bouche ou dans la chatte, salope ?

Estel se cambra, traversée par un nouveau spasme de pure panique.

— La chatte ! décida-t-il. Allez !

Il abattit le couteau vers son entrejambe.

Estel donna un coup de hanche pour se détourner comme elle le pouvait. Son genou heurta celui du bonhomme, qui en dévia son geste.

La lame ripa contre la jambe d'Estel, allumant un feu lancinant dans son muscle. Le tranchant était si affûté qu'en glissant un peu plus bas il entama la moitié de la sangle.

Estel donna une secousse désespérée. De toutes ses forces.

La sangle claqua net, libérant sa cheville.

Droux se jeta en arrière pour lui échapper. Pas assez vite. Estel vrilla son bassin, à s'en désarticuler la hanche. D'un mouvement fluide, elle replia sa jambe autour de la tête de son tortionnaire, le ramena de force jusqu'à elle, se déhancha encore davantage.

Même avec une seule jambe libre, sa technique de neutralisation était parfaite. Répétée encore et encore, jusqu'à faire partie de ses plus profonds réflexes.

C'était désormais Droux, entravé, la cuisse musclée d'Estel pressant contre sa gorge, qui ne parvenait plus à se débattre.

Elle fit pivoter son bassin à nouveau. La nuque du bonhomme émit un craquement affreux, semblable à plusieurs tiges de craie se fracturant en même temps.

Clément Droux cessa de bouger. Pour toujours.

Estel sentit de l'urine chaude suinter du pantalon et dégouliner sur sa jambe.

— Oui, c'est toi, articula-t-elle lentement à l'oreille du cadavre obèse.

Elle en retira une joie inexprimable.

Ensuite, elle bascula la tête en arrière pour reprendre son souffle.

Le corps gluant de Droux restait allongé sur elle.

Elle essaya de se cambrer, de le repousser avec son genou pour le faire chuter du fauteuil. En vain. Le bonhomme était trop lourd. Ses bras pendaient mollement de part et d'autre.

— Putain… c'est pas vrai…

Elle tira et tira sur ses sangles.

Impossible.

Elle toussa. S'étouffa.

Elle perdait son sang.

Elle était toujours aussi prisonnière.

Et les autres allaient finir par revenir.

153

Un abysse velouté avait absorbé Aymeric Dardeau en son sein. Le romancier trouva la sensation curieusement agréable, alors que sa sœur, pressée contre lui, l'allongeait sur un transat au soleil.

— Dis-toi que je t'aime, lui chuchota-t-elle à l'oreille.

Il ressentit vaguement les poings de Salomé le frapper. Au visage. Plusieurs fois. Un de ses yeux se referma tout à fait. Des sécrétions salées envahirent sa gorge.

Ensuite, elle le lacéra. De brefs passages de lame, comme ils l'avaient décidé. Juste ce qu'il fallait pour faire couler le sang et laisser des traces indiscutables, mais superficielles. Salomé connaissait son affaire.

Il sourit, depuis l'écrin de béatitude chimique.

— Merci, haleta-t-il, ses globes oculaires révulsés.

Il sentit la main de sa sœur dans ses cheveux. Et il sentit aussi cette main lui caresser la poitrine, tout doucement.

Il devina que Salomé s'écartait. Sa silhouette fine se dessina en contre-jour. Elle fit voler ses cheveux en secouant la tête. Elle était belle. Et fatale. Comme elle l'avait toujours été.

— Il est temps que j'aille voir ce que fabrique notre ami avec la salope. Repose-toi, grand frère, tu l'as bien mérité…

Estel s'efforçait de ne pas penser aux minutes qui s'écoulaient. Ce précieux temps qui s'échappait, à l'instar du sang suintant de sa plaie à la cuisse.

Le couteau avait échoué à un mètre du fauteuil à peu près. Elle le voyait, abandonné sur le béton.

Tu peux le faire.

Elle se dandina sous le poids mort de Droux, essayant de ne pas croiser le regard figé du cadavre.

Elle commença à se balancer d'un côté. Puis de l'autre.

Le fauteuil n'était pas fixé au sol. Simplement très lourd.

Il pencha. À peine.

Estel poussa plus fort. Un coup à gauche, un coup à droite.

Le corps de Droux commença à basculer.

Un coup de l'autre côté. Le fauteuil pencha davantage.

Et en sens inverse. Cette fois, le corps glissa tout à fait. Ce poids sur l'accoudoir, ajouté à l'élan, entraîna enfin le fauteuil dans une chute brutale. La structure métallique du siège s'écrasa au sol. Le choc secoua Estel à tel point qu'elle eut un haut-le-cœur.

L'espace d'un instant sa tête se mit à tourner comme si elle était emportée par un manège fou.

L'évanouissement la guettait.

Non. Non. Pitié.

Elle se mordit la langue. La vive douleur la maintint éveillée.

Tu vas y arriver. Tu le DOIS.

Elle chercha le couteau du regard. Il était bien là, si près maintenant. Totalement insaisissable.

— Merde !

Elle se sentait au bord des larmes. Elle repoussa la carcasse de Droux du pied, pour libérer ses mouvements. Puis elle étendit la jambe autant que possible.

Il lui fallut tordre son bassin de plus belle.

Elle s'étira. Se vrilla. Son articulation craqua. Elle s'était peut-être luxé la hanche.

Ce n'était rien comparé à ce qui lui arriverait si elle ne se sortait pas de là très vite.

La pointe de son pied effleura le couteau, le repoussa un peu plus loin.

Non non non.

Elle ferma les yeux et étendit encore le pied.

Elle frôla à nouveau le manche…

Alors que Salomé traversait les entrepôts, une soudaine vague de nostalgie monta en elle. Elle se remémora leurs studios précédents. Tous ces précieux souvenirs. Les premières fois, c'était elle qui avait tout organisé, de A à Z. Elle avait choisi les victimes, avait déniché des parkings faciles à louer sans laisser de trace. Ils n'avaient pas encore établi de moyen de se débarrasser des sujets. Seul Aymeric pressentait les risques que cela supposait. Il avait toujours eu cette intelligence supérieure. Et, en matière de logistique, il n'avait pas tari de créativité non plus.

Aymeric avait mené la Saignée à un autre niveau, Salomé ne pouvait le nier.

Au gré des années, ils avaient testé, expérimenté. Un bateau leur avait servi de studio pendant quelques mois. Les corps cachés dans les baies espagnoles n'avaient, a priori, pas encore été retrouvés. Il y avait eu un chalet dans les Pyrénées, et ensuite les coulisses d'un club échangiste à la frontière belge. Elle conservait des souvenirs savoureux de tous ces lieux, même si le plus pratique de tous avait été la clinique vétérinaire de Marigny. Ils l'avaient utilisée une année entière, avant que les choses ne se gâtent à cause de Nadia.

Cette infime contrariété devrait la contraindre à changer le nom de son bébé ?

Salomé le refusait catégoriquement. Cela avait toujours été *la Saignée*. Domaine de ses fantasmes les plus personnels. Ce nom s'était imposé dès son adolescence. Elle l'écrivait en titre de ses journaux intimes, à l'époque où sa mère et son salaud de beau-père avaient décidé de la mettre à la porte. Durant toutes ces années, son frère n'avait cessé de lui répéter qu'elle avait un problème dans sa tête, que ses pulsions sadiques allaient toujours la poursuivre, mais qu'il l'aimait envers et contre tout. En fin de compte, il ne valait pas mieux qu'elle.

Leurs névroses étaient simplement différentes. Il voulait la célébrité, les filles fragiles. Salomé, elle, ne voulait que le plaisir. Celui de brutaliser les autres. De savourer le doux chant de leur agonie. De saisir, au fond de leurs yeux, l'étincelle qui s'éteignait pour toujours. La formidable montée d'endorphines. Elle en retirait des sensations sexuelles. *Plus* que sexuelles.

Fut un temps, elle avait cherché un palliatif dans la boxe et les compétitions de MMA. Mais ce n'est qu'avec le site qu'elle s'était accomplie. Qu'elle s'était vraiment, enfin, épanouie.

Et à l'instant, elle ressentait encore ce besoin de brutalité.

Clément ne devait pas avoir fini. La petite boxeuse était coriace. Salomé se joindrait à eux pour un final en beauté. *Ménage à trois*.

Elle gravit à peu près la moitié de l'escalier avant de prendre conscience du silence. Total. Déjà ? Elle parcourut le reste des marches avec précipitation.

Elle se tint quelques instants à la porte de l'atelier, contemplant le corps de leur associé à plat ventre, et le fauteuil renversé. *Vide.*

Son rugissement de fureur se répercuta dans tout l'entrepôt.

154

Le silence. Une chape de plomb sur le bureau. Falconnier patientait, assis derrière un ordinateur, en compagnie des lieutenants Picard et Pouget qui regardaient leurs chaussures, de toute évidence aussi mal à l'aise l'un que l'autre.

Quand Delphine Bellefonds toqua, Falconnier la pria d'entrer et se leva.

— Désolée pour le retard ! s'excusa-t-elle. Il fallait que j'étudie les derniers détails, comme je vous l'avais dit. J'ai tout soigneusement noté, et j'ai demandé à Klem et Pelletier de revenir. Ils devraient arriver d'ici une heure. Leur aide est inestimable !

Falconnier lui répondit d'une voix presque mécanique :

— Tu as *vraiment* mêlé ces deux civils à une enquête pour homicides ?

Elle lui jeta un regard surpris, avant de remarquer l'air penaud de ses deux collègues, en retrait

— Je sais que c'est limite, niveau déontologie, d'accord ? Mais cette petite Cassandre, c'est une crack en informatique, Quentin ! Pour le coup, elle te coiffe au poteau !

Falconnier esquissa un sourire acide.

— Il n'empêche que tu lui as communiqué des éléments confidentiels, alors même qu'elle sortait de garde à vue. Tu as conscience de ce que tu as fait ?

— Je te dis qu'elle a trouvé quelque chose de troublant !

Elle lui tendit une feuille sur laquelle figurait une adresse. Il resta les bras croisés, refusant de s'en saisir.

— Mais merde, c'est l'école de mannequins qu'on cherchait ! s'impatienta-t-elle en agitant le papier. En réalité, une usine abandonnée, propriété d'une SCI dont les associés fondateurs sont aux portes de la mort. Je ne comprends pas tout dans les détails, mais Cassandre m'assure que Clément Droux a utilisé cette société pour acquérir le bâtiment il y a six mois, sans que son nom apparaisse nulle part. Qu'est-ce que tu en penses ?

— Que Klem te manipule bien comme il faut. Elle essaie de te détourner de notre vraie cible, qui demeure Estel Rochand. Et ça a l'air de marcher. Ça, c'est la première chose.

Bellefonds resta estomaquée.

— Qu'est-ce qui te prend ?

— Pour le reste, enchaîna-t-il sur un ton toujours aussi rigide, pourrais-tu nous dire comment Mlle Klem a pu te sortir le nom de Droux, si celui-ci n'est pas public ?

La policière eut un regard rapide à ses deux collègues, qui essayèrent de lui faire un « non » appuyé de la tête. Elle ne saisit pas ce que cela signifiait. Elle sentit seulement monter son emportement. Après toutes ces années, sa propre équipe continuait de la voir comme une originale, toujours trop appliquée.

— Évidemment, que Klem s'est débrouillée pour consulter les registres des services fiscaux ! lâcha-t-elle. Mais cela n'a pas à apparaître de manière officielle sur notre PV. Quentin, c'est ton domaine d'expertises, non ? Il faut que tu prennes le relais. Si elle l'a trouvé, tu le trouveras toi aussi.

— Je lancerai une réquisition aux impôts, soupira-t-il. En bonne et due forme, cette fois.

— Hein ? Mais on ne peut *pas* attendre ! Il faut envoyer une patrouille dans les Hauts-de-France tout de suite ! Qu'est-ce qui se passe, à la fin ?

Le regard de Falconnier demeura d'une froideur totale.

— Il se passe que nous sommes tous tenus à des règles, Delphine. Il y a des limites à ne pas franchir. En conséquence, je suis au regret d'en arriver là, mais tu es relevée de tes fonctions. Effet immédiat.

— C'est une putain de blague ? Parce que je ne ris pas, là.

Ce fut à cet instant qu'elle remarqua la diode allumée sur la caméra de l'ordinateur. Son estomac se serra.

— Ce n'est *pas* une blague, murmura-t-elle. Tu enregistres cette discussion… mais…

— Tu as encouragé une civile, fichée S de surcroît, à pirater les données du cadastre, les registres des entreprises et, bien sûr, les services fiscaux. À quoi t'attendais-tu ? J'ai été obligé de prévenir l'inspection générale. Ils ont demandé à ce que nous te retenions ici, le temps qu'ils puissent venir te chercher. Tu sais à quel point ils sont à cheval sur ce genre de détail.

Bellefonds blêmit.

— Espèce de petit fils de pute…

— Continue, tant que ça tourne, se réjouit-il. Il ne faudrait pas que les bœuf-carottes s'ennuient.

Elle prit une longue inspiration. Cela ne servait à rien, en effet.

— Rochand est très probablement en danger, grinça-t-elle. En danger mortel. Et tu le *sais*, n'est-ce pas ?

Je ne sais pas comment, mais tu t'en doutais ? Tu préfères la retrouver morte et pouvoir tout lui coller sur le dos plutôt que d'admettre que tu te trompes de cible ?

— Ces histoires que tu t'inventes…

— En tout cas, ce que j'ai entendu sur toi, ce n'était pas inventé. Tu es totalement *cinglé* !

Il haussa les épaules et se tourna vers ses collègues sidérés :

— Lieutenant Picard, lieutenant Pouget, je me propose d'accompagner Delphine en cellule. Dans l'état où elle est, je ne lui fais pas confiance dans un bureau. Je vous demande de vous rendre à l'accueil pour ne pas manquer l'arrivée de Léo Pelletier et Cassandre Klem. Dès qu'ils seront là, je veux que ces personnes soient de nouveau placées en garde à vue. Il est temps que cette investigation rentre dans l'ordre une bonne fois pour toutes, et pour ça il faut que je supervise tout moi-même.

155

— Où es-tu ? hurla Salomé. Personne ne nous échappe !

C'est précisément ce dont se vantait ton copain Droux, songea Estel en se mordant les lèvres.

Recroquevillée beaucoup plus près d'elle que Salomé l'aurait imaginé, elle tenait le couteau serré dans sa main tremblante. Elle avait perdu un temps précieux. D'abord, en se contorsionnant pour saisir ce maudit couteau et pour parvenir à se libérer du fauteuil, ce qui avait achevé de l'épuiser. Elle avait alors fait le tour de l'établi, une vraie âme perdue, contemplant les écrans qui affichaient le navigateur TOR et plusieurs boîtes de dialogue IRC. Elle avait déniché une bouteille de jus d'orange, au milieu de la réserve d'alcool de Dardeau, et elle en avait englouti la moitié. L'afflux de sucre lui avait procuré un regain d'énergie. Il lui fallait s'échapper de cet endroit *tout de suite*, et la seule voie de sortie semblait être cet escalier en métal.

Sauf qu'au moment où Estel se décidait enfin à tituber vers les marches, elle avait aperçu Salomé en train de revenir. Elle s'était précipitée vers la pièce du fond, découvrant une sorte de profond débarras où étaient entassés des dizaines de vieux mannequins blanchâtres.

— Montre-toi ! hurla Salomé, qui faisait le tour des fenêtres pour scruter en contrebas.

Dans sa frénésie, elle tapa du poing, brisant une vitre.

Estel, le plus silencieusement possible, continua de s'enfoncer dans la masse de bras rigides, de bustes drapés de plastique moisi. Cet océan de corps entremêlés, saupoudré de poussière et de fientes de pigeon, dégageait une odeur douceâtre. Estel s'efforça de ne pas tousser.

— OÙ ES-TU, PETITE PUTE ?

Épuise-toi donc à aboyer...

Elle atteignit le mur du fond. Comme le reste de l'atelier, cette étroite pièce était percée de grandes vitres lézardées. Sa première supposition se révélait correcte : nulle issue de ce côté.

Elle était prisonnière d'un cul-de-sac.

Elle cala son dos contre la baie, posa sa main sur sa cuisse pour tester sa blessure. Entaille superficielle, heureusement.

Les cris de Salomé s'étaient tus.

Juste un instant.

Sa voix éclata de nouveau, sa férocité accrue.

— Je te vois !

Depuis l'endroit où elle se tenait, Estel l'apercevait très bien, elle aussi. Elle la vit empoigner une barre à mine sur l'établi, puis se précipiter vers l'entassement de mannequins. Salomé commença à les jeter de côté, l'un après l'autre, se frayant un passage jusqu'à sa proie.

— Tu t'attendais à quoi ? Franchement, tu espérais t'en tirer ? Tu es déjà morte ! Tu entends ?

Estel contracta ses abdominaux pour rester droite.

Elle ne dit rien. Et se tint prête.

Elle ne s'était pas repliée là pour se cacher.

Simplement pour se préparer.

Salomé balança un coup de barre à mine, qui décapita un mannequin juste à côté d'elle.

Alors Estel se jeta sur elle, dévoilant son arme.

Elle *faillit* porter son coup comme elle l'avait prévu. Mais Salomé esquiva d'une brusque rotation de hanches. Le couteau déchira la manche de son tee-shirt, découpa la peau.

La barre revint, dans un grand mouvement circulaire, et s'écrasa contre le plexus d'Estel.

Éblouissement. Estel se replia en deux, le souffle coupé. Le couteau lui échappa des mains.

Elle ne laissa pas Salomé s'écarter pour autant. Elle l'agrippa à bras-le-corps. La barre à mine tinta en roulant au sol. Les deux femmes, gémissant et grognant, s'envoyèrent des coups de genou au creux des côtes.

Un combat sans ring. Une bataille de rue.

Maintenant, Estel était dans son élément. La fatigue disparut, évacuée par le déferlement d'adrénaline.

Elle envoya un coup de tête. Elle avait visé le nez, toucha plus haut, front contre front. Le choc les ébranla toutes deux, mais, au moins, son adversaire s'écarta.

— Espèce de petite connasse, haleta Salomé en s'essuyant le nez du revers du poignet. Tu ne…

Estel lui coupa la parole par un coup de pied haut. Elle manqua le visage d'un cheveu. Salomé répliqua aussitôt, par la même attaque. Beaucoup mieux maîtrisée. Le bout de sa botte, appuyé par un mouvement de tout le corps, percuta le menton d'Estel et lui arracha un gémissement aigu et bref.

Les mannequins s'effondraient en tas entre elles. Des bras désespérés. Des bustes figés. Elles devaient sans cesse les repousser et veiller à ne pas trébucher dessus.

Salomé chargea, écumante. Les deux femmes s'empoignèrent de plus belle, se déplacèrent en tourbillonnant, absorbant les coups, tel un couple ivre, renversant les silhouettes de plastique d'un bout à l'autre de la pièce.

Jusqu'à s'écraser contre une baie vitrée.

Estel perçut avec angoisse le bris de toute la vitre contre son dos, les éclats tranchants mordant dans sa nuque et son cuir chevelu.

Puis le vertige la saisit, au moment où leurs deux corps emmêlés passèrent par-dessus bord et basculèrent dans le vide.

156

Elles chutèrent d'un mètre à peu près, avant de percuter la rampe en fer de l'escalier. La violence de la collision les éjecta un peu plus bas. Elles roulèrent contre les angles durs des marches, jusqu'au béton du rez-de-chaussée.

Le corps d'Estel n'était plus qu'un foyer de douleur. Elle voyait le sol peint en rouge luisant sous ses mains ensanglantées.

En pivotant la tête – ses cervicales au supplice –, elle aperçut Salomé qui se mettait à genoux. L'état de la jeune femme n'était guère meilleur que le sien. Lèvre inférieure fendue, tee-shirt déchiré de toutes parts par les éclats de verre. Dans les entrebâillements du tissu, ses abdominaux se dessinaient à chaque expiration.

— Tu as moins fière allure, grimaça Estel.

Salomé éclata d'un rire rauque.

— Tu vas quand même mourir, tu sais.

Estel se releva à son tour et bomba la poitrine.

— Pour l'instant, je suis encore debout.

Sa voix était dure. Mais elle n'affichait qu'un aplomb de façade. Sa respiration devenait difficile. Ses muscles étaient traversés de crampes. Elle observa l'espace autour d'elle. Le fauteuil où avait été torturée Lucille Vuillemin se trouvait tout près. La caméra désormais éteinte leur faisait face.

Elle dirigea son regard vers la table où étaient posés tous les outils encore poisseux de sang. Des scies, des couteaux, des marteaux. Il y avait même un pistolet à agrafes de charpentier. Juste à portée de main. Ou presque…

— N'y pense même pas ! lui lança Salomé.

Elle leva ses poings serrés en garde devant son visage.

Estel cracha à ses pieds. Une petite flaque rouge sur rouge.

— Tu as raison. Affronte-moi comme une femme !

Sa voix était aussi glaciale que sa détermination.

Elle se jeta sur son adversaire avec un rugissement de fureur.

Direct. Balayage du tibia. Bloquer. Esquiver.

Elle frappait en ahanant, sans répit. Salomé se battait bien. Au moins aussi bien qu'elle. Elle évitait la plupart des attaques, cognait dur et touchait souvent. Estel encaissait les violents coups au visage.

Low kick. Parer. Coup de coude circulaire. Uppercut.

Penser ne servait à rien. Estel avait assez de rage en elle. Ce torrent intarissable qui poussait ses poings l'un après l'autre, en rythme de plus en plus rapide. Elle était sur le ring. Elle était dans l'octogone. Elle était au fond d'un parking, face à des inconnus aux yeux enflammés.

Frapper. Frapper. Frapper.

À chaque coup qui traversait sa garde, Salomé perdait un peu de sa ténacité. Et Estel en gagnait. Plus aucune blessure ne comptait. Ni ses phalanges probablement brisées par la violence des coups qu'elle assenait en continu. Elle se contentait de faire la seule chose qu'elle avait jamais su faire : elle frappait, elle avançait, elle frappait plus fort. Des genoux, des avant-bras, avec ses poings, à revers. L'odeur du sang l'intoxiquait. Elle savait que son visage se métamorphosait peu à peu, devenait celui de cette hyène folle qui avait toujours habité en elle.

Crochet à la clavicule. Craquement.

Salomé recula, chancela.

Saisie du poing. Neutralisation. Coup de genou en remontant dans les côtes flottantes. Nouveau craquement.

Salomé ne riait plus. Son nez saignait abondamment, une peinture de guerre primitive et féroce. En désespoir de cause, elle happa Estel avec une clé de jambe, l'emmena au sol, effectua une prise de soumission, mais non sans difficulté. Estel ne se laissait pas faire. Elles roulèrent en geignant.

— Tu les as eues où, tes médailles ? haleta Estel dans son oreille.

Quand elles atteignirent les pieds de la table, celle-ci se renversa. Les outils tombèrent sur elles les uns après les autres.

Estel sentit un marteau écraser sa rotule, les dents d'une scie arrachèrent des larmes rouges à ses bras.

Salomé s'écarta à quatre pattes et empoigna le pistolet à agrafes.

— Tu triches, fit Estel.

— Mais je gagne ! répliqua Salomé.

Elle pressa la détente avec un cri sauvage qui se mêla à la série de coups secs propulsant des dards d'acier. Les agrafes se fichèrent dans la peau d'Estel, sur ses bras levés en protection, sa poitrine, ses cuisses.

Estel ne ressentit aucune douleur.

Elle ne ressentait plus rien depuis un moment.

Elle se jeta sur Salomé et la plaqua au sol, raz-de-marée irréversible.

— Je ne suis pas une victime !

Sans laisser le choix à son adversaire épuisée, Estel la contourna d'un mouvement de bassin et verrouilla, à son tour, une clé d'étranglement.

— Tu sais ce que je fais, une semaine sur deux ? Je ne l'ai jamais dit à personne…

Salomé poussa un râle.

— Je m'entraîne, poursuivit Estel. À être moi.

Salomé suffoqua de plus belle. Elle n'essayait même plus de se débattre. Des larmes coulaient sur ses joues, se mêlant au sang.

— Tu es… encore plus fêlée… que nous…

Une grimace sauvage froissa le visage d'Estel.

— Tu as eu des problèmes dans ton enfance, Salomé ? C'est comme ça que tu excuses ce que tu fais ? Parce qu'on en a tous eu.

Salomé n'était plus capable de répondre. Ses yeux se révulsèrent.

— La différence, grogna Estel d'une voix basse et lugubre, c'est qu'on ne choisit pas les mêmes solutions pour étouffer nos démons.

Elle continua d'étrangler.

Impitoyablement.

Au bout d'une minute, le corps de Salomé devint flasque sous ses cuisses et bras noués.

Alors Estel sourit. Son visage ensanglanté s'éclaira comme celui d'une enfant.

Elle laissa son adversaire échouer face contre terre, elle déchira son tee-shirt pour le lui ôter, et en fermant les yeux elle huma longuement le tissu imprégné de sang et de sueur.

157

La cellule de dégrisement.

Au moins, ce n'était pas la geôle de garde à vue. Même si une vague odeur de vomi s'accrochait aux murs.

Delphine Bellefonds s'efforçait de ne pas y penser. Elle avait soigneusement repoussé la couverture douteuse sur le sol, essayant de toucher le moins de surface possible.

Quand elle aperçut Falconnier approcher au travers du large oculus de la porte, elle se leva avec raideur.

— Enfoiré !

Son collègue affichait une mine contrite.

— C'est toi qui l'as cherché.

— Arrête tes conneries ! s'écria-t-elle en frappant la porte.

— Et en plus, tu te montres violente. Tu vas devoir mariner un peu plus longtemps, alors. Mais je tenais à te prévenir. Si tu t'entêtes à vouloir interférer dans mon affaire, tu en perdras ton emploi. Tu m'entends ?

La porte du couloir s'ouvrit. Il se redressa imperceptiblement et rayonna d'autosatisfaction.

— Madame la procureure Calzoni, bonjour !

— Je suis venue le plus vite possible, annonça la femme en s'approchant à grands pas. Ce que j'ai entendu est inacceptable.

Elle était brune, grande et mince, la mine austère. Ses talons aiguilles claquaient sur le lino.

— Voici la personne incriminée, lui indiqua Falconnier d'une voix mielleuse. Elle a dérobé des informations de l'enquête et les a communiquées à une personne fichée S qui sortait à peine de GAV. Elle l'a encouragée à pénétrer dans les bases de données du fisc.

Marta Calzoni jeta un regard à Bellefonds au travers du plexiglas.

— C'est bien la raison de ma présence. Capitaine Escorsac ?

Le grand gaillard barbu arriva à sa suite, le regard noir.

— Je suis là, madame.

— Veuillez libérer le lieutenant Bellefonds et mettre le lieutenant Falconnier à sa place. Il est relevé de ses fonctions en attendant l'arrivée de l'IGPN.

— Quoi ? s'écria Falconnier.

Escorsac lui saisit le poignet d'une main, déverrouillant la porte de l'autre.

— Tu as entendu les ordres, tocard.

— Mais… madame…

— Toutes mes excuses Delphine, ajouta la procureure. Mais je vous assure que la comédie est finie, maintenant.

— Qu'est-ce qui se passe ? brailla Falconnier, repoussé sans ménagement à l'intérieur de la minuscule chambre. Pourquoi ?

— Vous vous êtes assez moqué de tout le monde comme ça, soupira la procureure sur un ton de dédain absolu. Cassandre Klem m'a contactée sur mon e-mail personnel, que lui avait heureusement communiqué le lieutenant Bellefonds. Elle m'a envoyé des documents. Léo Pelletier avait fait des sauvegardes de ses disques durs sur un *cloud*, figurez-vous. Il n'a eu aucun mal à se rendre compte que vous aviez effacé une partie de ses archives.

La porte fut claquée. Falconnier posa ses mains dessus, son visage écarlate derrière la vitre.

— C'est une invention de ces hackers !

— Je dois préciser que nous avons également jeté un œil dans votre ordinateur.

Sa mâchoire retomba.

— Mais… vous n'en avez pas le droit !

— Dans la mesure où Mlle Klem a pu prouver que vous avez délibérément détruit des indices, cela m'a semblé tout à fait acceptable. Nous avons pu retrouver une vidéo d'audition que vous aviez effacée, et constater que le PV que vous avez tapé est un faux. Imitation de la signature de Mme Mauduit. Ce sera à charge dans l'enquête de l'IGPN, bien sûr.

À présent, le regard de Falconnier s'emplissait d'appréhension.

— Vous ne pouvez pas avoir eu accès à ça. Comment est-ce que…

Une voix juvénile lui apporta sa réponse :

— Un technicien normal, non. Pour moi ? Les doigts dans le nez.

Il aperçut Cassandre Klem, un peu plus loin dans le couloir, qui lui faisait coucou de la main.

— Mais vous le savez très bien, ajouta-t-elle avec un clin d'œil qui n'avait rien d'amical. On peut retrouver les fichiers effacés si on est malin. Votre problème, c'est que vous croyez être le meilleur.

— Je le *suis*, grogna Falconnier, mais sa voix était voilée.

Il regardait tour à tour la procureure, le grand policier et cette gamine attardée dans son sweat-shirt à capuche. L'humiliation était intolérable.

— Vous êtes juste très bon, dit encore Klem. Mais entre nous, loin d'être un super-héros…

Blême, il s'abstint de commentaires.

158

Aymeric Dardeau, toujours anesthésié par la drogue, devina les mouvements autour de lui, sans pouvoir déterminer leur nature. L'observait-on ? Parlait-on de lui ?

— Salomé ?

La silhouette le surplomba, bloquant la lumière. Fine et nerveuse, comme sa sœur, cependant il ne s'agissait pas d'elle. Il distingua un grand sourire sur le visage sombre.

— Estel ?

La jeune femme l'arracha à sa chaise longue et le traîna sans ménagement à l'intérieur.

— Tu avais raison, Aymeric. C'est une belle idée que tu as eue. La demande est croissante. Maintenant c'est à ton tour de donner de ta personne. Si tu savais comme j'ai hâte…

Même à demi conscient, il avait peur de comprendre.

Il était *terrifié* à cette idée.

Puis, le temps que l'effet du narcotique s'estompe et que ses sens lui soient peu à peu restitués, la nuit était déjà tombée. Une ombre humide noyait les salles de l'usine désaffectée. Aymeric chercha à avaler un filet de salive dans sa gorge sèche comme du papier de verre. Il était désormais attaché sur le fauteuil de gynécologie, au centre du studio. Jambes écartées sur les jambières, chevilles solidement sanglées. On lui avait ôté ses vêtements. Son corps n'était plus habillé que par ses tatouages, la multitude de fines lignes de texte, en bleu et en gris, qui s'étalaient sur l'ensemble de son anatomie désormais hérissée de chair de poule.

D'un coup, les blocs de leds installés sur le mur face à lui s'illuminèrent et l'éblouirent.

Il plissa ses paupières douloureuses.

En contre-jour, il aperçut le bourreau. Elle portait le costume noir de Salomé, qui moulait sa silhouette comme une seconde peau.

— Allez ! On se réveille, Aymeric !

— Impossible… Tu étais… notre prisonnière…

C'était pourtant les traits boursouflés d'Estel Rochand que recouvrait le masque de cuir. Son tatouage, l'original cette fois, était bien plus terne que celui arboré par sa sœur.

— Clément… ? Salomé… ? haleta-t-il.

L'attitude satisfaite de la femme constituait une réponse éloquente.

— Oh, mon Dieu…

Il éprouvait toutes les peines du monde à demeurer concentré. Ses pupilles se révulsaient par saccades. Il se sentit partir, revenir. Maintenant, le nouveau bourreau était tout contre lui. Elle n'avait pas nettoyé son visage, et du sang séché entourait sa bouche comme un maquillage grossier. Une divinité cruelle attendant son sacrifice.

— Estel…

— Je t'ai promis que je te tuerais, tu te souviens ?

— Attends…

— Et tu m'as demandé comment j'allais faire.

Il secoua désespérément la tête.

— Ce n'était pas personnel… écoute-moi… par pitié…

Elle lui décocha un coup de poing à la tempe.

— Je t'ai très bien écouté. Tu avais raison. J'ai toujours été naïve et manipulable. Il est temps que cela change. Grâce à toi. Regarde donc…

Elle désigna l'appareil photo sur le trépied, sa diode rouge illuminée. Plus loin, sur le mur de briques, le grand écran avait été rallumé lui aussi. Il affichait une image du mur écarlate. Avec, en surimpression, le compte à rebours qu'Aymeric connaissait bien.

Il restait moins de cinq minutes avant d'atteindre le zéro.

— J'ai réinitialisé le site. *Livestream* bonus ! Les amateurs se sont empressés de réserver leur place.

— Comment… as-tu réussi ça ?

— Tu me crois si nulle en informatique ?

— Tu mens ! C'est NOTRE système ! Tu ne peux pas…

Elle saisit ses testicules et les comprima entre ses doigts. La douleur fut immédiate, paralysante. Aymeric se mit à sangloter, au bord de la syncope.

— Ce système, il va te manger, lui dit la jeune femme avec un calme glacé. Je trouve cela poétique. Tu es prêt ?

À l'approche de la fin du compte à rebours, l'écran se scinda en deux. Du côté droit, les secondes de la dernière minute continuaient de s'égrener. Sur la gauche, l'image dévoilait le romancier, exposé, impuissant. Estel pencha son visage masqué sur le côté et salua de la main. Le *livestream* vidéo afficha ses mouvements avec quelques secondes de décalage.

L'homme trembla de manière incontrôlée.

— Tue-moi, plutôt que de m'imposer ça. Je t'en supplie.

— Tu sais quoi, Aymeric ? Je crois que j'aime ce que tu as créé. Que j'aime *vraiment*. Ce doit être l'uniforme. Ou simplement le goût de la vengeance, qui sait.

Elle tourna lentement autour du fauteuil.

— Je suis curieuse d'une chose, cependant. Qui d'autre participe à cette petite entreprise ?

— Personne. Je te jure que c'est vrai… Salomé était… tellement douée en programmation. Elle a créé le site de A à Z… Je l'aidais… à tout organiser… et Clément… il voulait à tout prix en faire partie. Mais c'était seulement nous trois…

— Depuis combien de temps ? demanda Estel en se penchant vers son oreille. Quand avez-vous commencé vos petits spectacles ?

— Il y a quatre ans. Nous avons… d'abord essayé sur Paris, puis en province… pour ne pas risquer… que la police fasse des rapprochements.

— Combien de victimes à votre tableau de chasse ?

— Mais qu'est-ce que ça te…

Il reçut une gifle sur l'oreille droite. Puis sur la gauche. Un sifflement emplit ses tympans. Le romancier hoqueta.

— Combien, Aymeric ? Je VEUX savoir !

— Vingt-six, balbutia-t-il après avoir ravalé sa salive plusieurs fois. Je tiens des archives très précises… Tu les veux ? Je te les donnerai, tu sais ! Et puis… l'argent ! Il est placé… sur plusieurs portefeuilles cryptés… Au rythme où va le cours du bitcoin, c'est une fortune qui… ne cesse de grandir. Tout est à toi ! Je t'en supplie, arrête la diffusion !

— Trop tard pour ça. Il est l'heure.

Le décompte atteignit le zéro fatidique. La *chatroom* commença à se remplir de messages. Les internautes connectés se saluaient mutuellement et manifestaient leur joie – et leur impatience – de lancer les hostilités.

— Je dois te prévenir, reprit Estel en se dirigeant vers la table où attendaient les outils. Ce soir, il n'y a que des Voyeurs. Je serai donc à la fois le bourreau et la Grande Saigneuse. Mais ces gens vont en avoir pour leur argent. Je leur ai promis un beau spectacle.

Elle sélectionna un couteau Ka-Bar qu'elle brandit face à la caméra. Les discussions s'emballaient dans le *chat*, sans qu'elle leur accorde le moindre coup d'œil.

— Je t'en supplie, Estel !

— Tu vas faire bien plus que supplier.

Elle dirigea la pointe de la lame vers sa victime, l'appuya juste en dessous du plexus, et pressa tout doucement. Un filet de sang s'écoula sur le ventre de Dardeau, dégoulinant sur le pénis recroquevillé.

— Tu as essayé de détruire ma vie. Tu m'as mis sur le dos des crimes dont je n'étais pas coupable.

Des larmes ruisselaient en abondance sur les joues du romancier. Son regard tétanisé par la terreur en était presque vitreux.

— Que puis-je te donner… pour que… tu m'épargnes ?

— Commence par donner des réponses. Mais pas à moi. À eux. Nos spectateurs.

Elle retira la pointe du couteau et, la dirigeant vers la caméra, s'exclama :

— Soyez les bienvenus, mes chers amis voyeurs ! Comme je vous l'ai précisé dans l'invitation, nous allons marquer l'histoire du *livestream* ! Notre sujet est une célébrité que vous pourrez vous vanter d'avoir vue tomber en direct ! Le créateur même de la Saignée !

— Qu'est-ce que tu fais ? s'affola Dardeau.

Elle le frappa d'un revers, du manche du couteau.

— Je veux qu'ils sachent qui tu es ! Présente-toi !

— Tu me tueras plus vite ?

— Divertis-nous et tu le sauras ! Allez ! Attendris-nous donc !

Dardeau hocha la tête. Il murmura :

— Je m'appelle Aymeric Dardeau. J'ai… créé la Saignée avec ma sœur…

Le tranchant du couteau érafla son avant-bras, une longue ligne qui se chargea de rouge alors que le sang arrivait à flots.

— Plus fort ! Ils ne t'entendent pas ! Explique-nous ton importance dans l'histoire de la Saignée !

Il ferma les yeux et, le corps assailli de frissons et de hoquets irrépressibles, parla aussi fort qu'il le pouvait. Il raconta la naissance du site dans les parkings, décrivit le soin apporté à sélectionner les victimes pour divertir les amateurs de spectacles non éthiques. Il pleurait toujours en jurant qu'il avait fait tout cela pour eux. Pour leur plaisir.

Quand il s'interrompit, Estel lui donna un coup de coude dans le creux de la clavicule, qui le fit hurler.

— Encore ! exulta-t-elle. Tu n'as pas fini ! Dis-leur pourquoi je suis là ! Comment tu as essayé de me piéger !

— Parce que… la police allait finir par remonter jusqu'à nous, putain ! Nadia… ma femme… avait contacté un détective… Elle avait… des preuves…

D'une voix entrecoupée de reniflements, il révéla qu'il avait fallu se débarrasser de ce gêneur, effacer toute trace de leur implication au plus vite. Sauf que cela n'était pas suffisant. Des images de la Saignée avaient fuité ailleurs. La police allait remonter leur piste, ce n'était qu'une question de temps. Estel venait de démissionner, Clément Droux était fou de rage après elle. Il connaissait son passé, son tempérament. Il avait convaincu Aymeric et Salomé qu'elle serait un bouc émissaire idéal. Il n'y avait plus qu'à éliminer

Nadia et faire porter le chapeau à la petite boxeuse. Des preuves accablantes avaient été placées un peu partout. Y compris dans son propre ordinateur, piraté par les soins de Salomé, et où ils avaient déposé des images d'archives de la Saignée.

— On a tout fait pour… mâcher le travail… à l'abruti de flic qui avait repéré notre site, conclut Dardeau d'une voix chuintante. On lui a donné ta photo, avec des codes pour se connecter. Juste ce qu'il fallait pour qu'il s'imagine… tout découvrir tout seul. Je suis tellement désolé, Estel ! Mais… Tu as gagné, tu vois ? Tu t'es vengée… Arrête ça ! Par pitié !

— Certainement pas, grinça-t-elle. On doit donner au public ce qu'il réclame.

La pointe du couteau revint vers ses testicules. Elle souleva ses bourses. Aymeric Dardeau tira sur les sangles à s'en déboîter les épaules.

— Je rembourserai tous ces gens ! sanglota-t-il. On leur proposera… beaucoup mieux ! Deux sujets à la fois, s'ils le veulent… Ou même trois ! Ce serait une première ! On le ferait ensemble ! Pense à tout ce que je peux t'offrir !

Le tranchant du couteau longea son pénis. Le sourire d'Estel devint bestial. Dardeau hurlait à présent :

— Réfléchis, Estel ! Tu serais la patronne ! Je chercherai des sujets ! Clément n'est pas le seul à pouvoir les dénicher… Les flics sont stupides et incompétents, ils ne nous trouveront jamais ! Tu seras riche ! Tu seras célèbre ! MON DIEU, JE T'EN SUPPLIE !

Estel avait retiré le couteau.

Elle le regardait d'un air enflammé.

Lentement, elle se tourna vers l'écran, où les dialogues dans le *chat* s'étaient interrompus depuis un moment.

— C'est bien enregistré ?

Une voix s'éleva depuis l'étage :

— On a tout ce qu'il nous faut. Mais vous ne deviez pas l'abîmer plus qu'il ne l'était déjà, Estel.

Dardeau releva la tête.

— Quoi… ? Qui… ?

— Police, dit la femme rousse qui venait d'apparaître à la fenêtre de l'atelier. Comme quoi, monsieur Dardeau, nous ne sommes pas aussi stupides que vous le pensez.

159

Trois heures auparavant

Estel s'était installée devant le clavier de l'ordinateur. L'écran principal lui indiqua qu'elle devait déposer son doigt sur le lecteur d'empreinte digitale pour déverrouiller la session.

Évidemment.

Elle se pencha sur la jeune femme ligotée et bâillonnée à ses pieds. Salomé avait encore la gorge bleuie par l'étranglement qu'elle avait subi. Si Estel avait insisté, ne serait-ce que trente secondes de plus, elle n'en aurait pas réchappé.

— Besoin d'un coup de main, connasse.

Elle agrippa le poignet de la jeune femme gémissante et appuya chaque doigt sur le capteur jusqu'à trouver celui qui l'activait.

Elle se connecta à sa messagerie et tapa la seule destinataire à laquelle elle pouvait penser : Cassandre Klem. Son message était simple.

Tu es devant ton ordinateur ? J'ai besoin d'aide.

La réponse vint quelques secondes plus tard, avec un lien vers une application en ligne de vidéoconférence.

Estel cliqua.

Tous les écrans affichèrent la même image de Cassandre, la mine sévère, et de Léo en retrait.

— *Mon Dieu, ton visage !* s'exclama la programmeuse. *Des secours sont en route !*

— Parce que vous savez où je me trouve ?

— *Une ancienne usine, c'est bien ça ?*

Estel fit un signe affirmatif de la tête.

— Est-il possible d'entrer en contact avec les policiers qui arrivent ? Il faut que je leur parle…

— *Je te bascule sur le téléphone de la personne en charge sans problème.*

— Mais avant… Je dois te demander quelque chose. Si je te donne accès à l'ordinateur que j'utilise à l'instant… Pourrais-tu prendre les commandes d'un site sur le Dark Web ?

— *Et tu vas me demander si je sais utiliser Word, aussi ?* répliqua Cassandre en levant les yeux au ciel. *Allez, je t'écoute...*

160

Alors que les personnes portant des brassards orange siglés POLICE descendaient l'escalier pour les rejoindre, Aymeric Dardeau braqua un regard injecté de sang sur son bourreau.

— Espèce de petite pute. Tu m'as piégé ! Ils étaient là… depuis combien de temps ?

Estel ôta son masque, le laissa tomber au sol et l'écrasa sous sa semelle.

— Plus de deux heures. Ils sont passés devant toi, ils t'ont observé, mais tu étais tellement défoncé que tu n'as rien capté. Cette petite mise en scène était mon idée. Maintenant, tu as avoué devant témoins le meurtre de ta femme, et la fabrication de toutes les preuves contre moi. Je suis définitivement hors de cause, et l'enquête sera plus facile à mener pour ces gens.

— Vous ne deviez pas le toucher ! répéta la policière rousse en s'approchant. C'était notre arrangement, et vous savez qu'il n'a pas été facile à obtenir !

Le visage couvert d'hématomes de Dardeau se chargea de malveillance pure.

— Petits arrangements, hein ? Je te reconnais bien… J'avais raison, Estel, tu n'auras été qu'un chien-chien soumis jusqu'au bout. Tu n'as pas de couilles. Tu n'en as jamais eu.

Estel inspira profondément. Elle observa la policière, qui était presque arrivée à leur niveau, puis elle se tourna vers l'homme goguenard sur le fauteuil. Elle sentit une grande vague noire et brûlante remonter dans sa poitrine.

— Je crois…

Elle plaça le tranchant du Ka-Bar sous le pénis de Dardeau. Un geste précis et implacable.

— … que j'en ai moins besoin que toi, connard.

Les cris des policiers qui se précipitèrent pour l'empoigner à bras-le-corps furent largement couverts par les hurlements, effrénés et aigus.

Ils écartèrent la jeune femme, l'emmenèrent à reculons, mais Estel continua de fixer cet homme qui se vidait de son sang en glapissant à la mort.

Elle souriait.

Comme une enfant, comme une démente, au milieu du vacarme, auquel s'ajoutait à présent une voix déformée et stridente. La litanie jaillissait des enceintes, au rythme où, sur l'écran, un texte en grandes lettres noires sur fond rouge défilait sans fin :

Est-ce que tu aimes ?

Est-ce que tu aimes ?

Est-ce que tu aimes ?

Est-ce que tu aimes ?

Est-ce que tu aimes ?

Épilogue

Aymeric Dardeau survécut. Parce que dans la vie, contrairement à ce que les romanciers se plaisent à inventer dans leurs histoires, les véritables méchants survivent toujours. Et, bien sûr, parce que les secours l'avaient pris en charge tout de suite. Estel ne s'attendait pas à autre chose, elle savait très bien qu'il ne risquerait rien, quand elle lui avait tranché le sexe d'un coup précis. Seulement, l'espace d'un bref instant, elle *avait* ouvert la porte à ses démons.

Elle ne le regrettait pas une seule seconde. Ni sur le moment, ni jamais.

Par ailleurs, son acte fut retenu comme un geste désespéré d'autodéfense par l'ensemble des policiers présents. Dardeau ne passerait que quelques semaines à l'hôpital, avant de rejoindre sa chère sœur à la prison de la Santé. Le pire, pour lui, serait ce qui l'attendait *après*. Les années de procès. Les décennies derrière les barreaux. La diminution brutale et humiliante de son ego ne constituait, finalement, que la cerise sur le gâteau.

Mais cette pensée aidait Estel à dormir.

Un tout petit peu.

Elle-même demeura hospitalisée pendant une dizaine de jours. Ironiquement, elle eut droit à toute la batterie d'examens qu'elle avait reportés si longtemps, ce qui permit aux médecins d'enfin élucider son problème de lipothymie : l'angioscanner révéla un beau traumatisme de son artère sous-clavière, causé par de multiples luxations de sa clavicule. Ces séquelles de ses combats clandestins, qu'elle avait toujours considérées comme bénignes, s'étaient aggravées au fil du temps à cause de son surentraînement idiot, et l'inflammation permanente avait comprimé son artère jusqu'à bloquer une partie de l'irrigation du cerveau. Elle n'échappa donc pas à un passage au bloc pour intervenir sur sa première côte homolatérale. L'opération devait, selon les médecins, suffire à faire rentrer les choses dans l'ordre. Estel aurait simplement droit à de la rééducation et de la kinésithérapie à long terme, et l'obligation de lever le pied sur son entraînement. Un bien mince sacrifice, finalement, si cela lui permettait de retrouver une vie normale.

Le grand cirque judiciaire ne commencerait pas avant des semaines. Dans l'immédiat, le tourbillon du scandale ne faiblissait pas. Même sans s'intéresser aux actualités, il était impossible d'y échapper, que ce soit à la télévision comme sur les réseaux sociaux.

Elle apprit ainsi, sans vraiment le vouloir, que les ventes des romans d'Aymeric Dardeau atteignaient des sommets. Et aussi, qu'on avait retrouvé, dans un coffre-fort lui appartenant, un cahier fait de peau humaine. Chaque page provenait d'une victime de la Saignée. Le romancier tatouait sur l'épiderme de ce *work in progress* l'histoire de sa vie, dans une biographie fantasmée et surréaliste.

La photo d'un certain Quentin Falconnier, lieutenant de la police judiciaire de Marseille, fut également diffusée durant cette période. À en croire les médias, tout le crédit de l'affaire lui revenait. Or,

Léo et Cassandre avaient bien expliqué à Estel que cet homme était écarté de toute fonction, et en aucun cas près de revenir en service. L'Inspection générale de la police nationale avait ressorti de vieux dossiers le concernant, ce à quoi s'était ajoutée l'enquête pour ses diverses malversations, détournement de fonds et tentatives de destruction de preuves. Delphine Bellefonds, dont le groupe avait repris l'affaire depuis, préférait ne pas être importunée par cette lumière. Elle la laissait volontiers à son ancien collègue, qui de toute façon ne pourrait jamais en profiter.

Des mensonges, encore.

Toujours. Partout.

Aussi, Estel ne regardait plus la télévision. Par pure nostalgie, elle avait renoué avec sa vieille passion : les combats de MMA. Une forme de vérité brute, le jugement de la valeur, à un contre un, sans couardise, sans hypocrisie. Elle regardait les rediffusions sur son ordinateur et cela lui faisait un bien fou.

— Encore ?

Léo, qui travaillait dans le salon, était revenu s'assurer qu'elle ne manquait de rien. Il s'assit au coin du lit, et contempla avec elle les images, son coupé, de deux femmes en train de s'affronter dans l'octogone.

— Qu'est-ce qui fait que nos obsessions nous possèdent à ce point, Estel ?

Elle le regarda, le visage grave. Ses blessures avaient cicatrisé et elle était belle, d'une façon étrange, avec ses hématomes qui s'estompaient. Ou peut-être, pour une obscure raison, qu'elle se *sentait* belle, pour la première fois de sa vie.

— Je ne sais pas, Léo. Je crois qu'on ne le saura jamais. Mais elles font partie de nous.

Il hocha la tête.

— Alors je suppose qu'on doit l'accepter. Nous ne pourrons jamais nous en débarrasser, quoi que nous fassions.

Elle n'ajouta rien.

Elle posa simplement sa main sur celle de Léo.

Il la prit, la serra fort.

Estel ressentit une émotion qu'elle avait crue totalement éteinte en elle.

Quelque chose d'indéfinissable et de chaud.

Quelque chose qui s'appelait l'espoir.

REMERCIEMENTS

Je n'aurais pu concevoir le puzzle de ce récit sans les conseils des professionnels de sécurité David F. et Bastien M. d'une part, ni de longues et passionnantes discussions avec les officiers de police et de gendarmerie David B., Vincent E., Sacha E., Constance A. et Gilbert C., sans oublier les éclairages que m'ont apportés l'ICC Robert D. et le codeur *White-Hat* Yann G. sur tout ce qui relève des mondes numériques. Il va de soi que je me suis autorisé certaines libertés romanesques pour des besoins de rythme narratif. Le détricotage d'une adresse IP, notamment, s'il correspond dans son concept à celui décrit en ces pages, n'est malheureusement pas aussi palpitant et consiste surtout à patienter devant un écran !

Un merci tout particulier aux deux premiers lecteurs de cette histoire, Bruno L. et Jean-Claude D., à la talentueuse photographe Orlanda D. C., et enfin à Baptiste B. pour les après-midi d'écriture ensemble et ses cappuccinos maison.

J'ajoute ma joie de découvrir ma nouvelle « famille » aux éditions Fayard : Sophie de Closets, Sophie Hogg-Grandjean, Carole Saudejaud, Katy Fenech, Catherine Bourgey, Pauline Duval, Laurent Bertail, Romain Fournier, Florian Madisclaire, Martine Thibet, Iris Neron-Bancel et Nathalie Pirrone. Quant à Alexandrine Duhin, mon éditrice, et Éléonore Delair, elles n'ont pas seulement permis à ce manuscrit de devenir le roman que vous tenez entre vos mains, leur regard affûté et leurs précieux conseils éditoriaux l'ont surtout élevé à son meilleur.

Toulouse, Villa Vindicta, août 2021

Au son d'Alice Cooper (parce que encore et toujours), « Take it Like a Woman ».

Du même auteur :

Thriller

Vindicta, HarperCollins, 2021.
Du feu de l'Enfer, Le Livre de Poche, 2023.
Avec tes yeux, Pocket, 2017.

Thriller fantastique

La Mort en tête (Svärta et Vauvert 3),
HarperCollins, 2022.
Le Premier Sang (Svärta et Vauvert 2),
Pocket, 2013.
Le Jeu de l'ombre (Alexandre Vauvert 2),
Pocket, 2012.
De fièvre et de sang (Svärta et Vauvert 1),
Pocket, 2012.
L'Enfant des cimetières (Alexandre Vauvert 1),
Pocket, 2011.

Fantastique

Dreamworld (recueil de nouvelles),
Nuit d'Avril, 2007.
Angemort, Nuit d'Avril, 2006.
Déchirures (recueil de nouvelles),
Nuit d'Avril, 2005, 2010.

PAPIER CERTIFIÉ

Le Livre de Poche s'engage pour l'environnement en réduisant l'empreinte carbone de ses livres. Celle de cet exemplaire est de :
250 g éq. CO_2
Rendez-vous sur www.livredepoche-durable.fr

Composition réalisée par NORD COMPO

Achevé d'imprimer en septembre 2023 en France
par Maury Imprimeur – 45330 Malesherbes
Dépôt légal 1re publication : août 2023
Édition 06 – septembre 2023
N° d'impression : 272890
LIBRAIRIE GÉNÉRALE FRANÇAISE
21, rue du Montparnasse – 75298 Paris Cedex 06

35/1384/4